第二卷

文学活动的美学阐释

童庆炳 著

童庆炳文集

北京师范大学出版集团
BEIJING NORMAL UNIVERSITY PUBLISHING GROUP
北京师范大学出版社

本卷说明

本卷分两部分。主体部分为专著《文学活动的美学阐释》，此书最初由陕西人民出版社于1989年出版，20世纪90年代初出过修订版，后再一次修订并增加章节以《文学活动的审美维度》为名由高等教育出版社于2001年出版。此次据高等教育出版社版收入。

附录部分是有关历史题材问题的专题系列论文，其中除作者后写的导言外，余皆选自各期刊发表的论文，文后注明出处。

代前言

——我的新时期文学理论研究之旅

1936年12月，我出生于福建省连城县莒溪村。1952年毕业于连城一中初中部。1955年毕业于福建龙岩师范学校。1958年提前一年毕业于北京师范大学中文系本科，留校任教。现为北京师范大学资深教授，文学院教授委员会主席，文艺学博士生导师，国家级重点学科北师大文艺学学科点学术带头人，教育部文科基地北师大文艺学研究中心学术顾问。

自1958年大学毕业留校任教，即分配到北京师范大学中文系文艺理论教研室，师从黄药眠教授。经黄药眠先生精心指导，逐渐形成自己的文学理论研究路数。1963年纪念曹雪芹逝世200周年，我在《北京师范大学学报》发表的长篇论文《高鹗续红楼梦的功过》，是我发表的第一篇正式的论文。这篇受到好评并被收入《红学三十论文选编》等多种集子的论文，激发了我的学术研究的自信心，但同时也令我列入“走白专道路”的名单中，而遭受到政治整肃。1963～1965年在越南河内师范大学中文系任教期间，我讲授过中国古代文学发展史及作品选读、古代汉语、写作等课程。我在每周讲授24节课的情况下，利用一切时间，编写了《中国古代文学发展简史》，在炮火连天的河内油印出版，还注释了几十万字的中国古代文学作品。1967～1970年在阿尔巴尼亚地拉那任教期间，除讲授“中国文学”课程外，我用大量的闲暇时间研读“十三经”、“二十四史”、《资治通鉴》和中外名家的大量作品。仅巴尔扎克的长篇小说我就阅读了二十多部。这为我日后的研究打下了比较坚实的基础。我是幸运的。当我的同事下乡“四清”之时，我在炎热的河内静静地读书备课；当我的同事不得不为“文化大革命”“文攻武卫”浪费时间之际，我则在地拉那宁静的城市里研读中外各类书籍。从1958～1976年，这可以说是我学术研究的一个准备时期。

出于对长期以来的文论的政治化和哲学化的不满，我开始了“审美诗学”的建构。“审美”文学的特征，这是我新时期最初的理论观点，许多文学理论问题都要在“审美”的视野下加以具体的解释。

1978年进入新时期以后，整个国家处在一种社会转型中，如何建立中国自己的新的形态的文艺学的课题被现实生活鲜明地提出来了。我的文艺学的教学和研究也随之开始新的阶段。我和文艺学界的同行们此时面对的主要问题是如何清理统治中国长达几十年的苏联教条主义文艺理论的僵化模式，以及在苏联模式基础上发展起来的更为教条化机械化的东西。从新中国成立初直到“文化大革命”结束的二十多年的时间里，中国的文艺学始终受到苏联20世纪50年代极“左”的文艺学的深刻影响。苏联50年代的文论基本上是20年代“拉普”派的庸俗社会学和机械论文论的翻版。把一切文学问题政治化和哲学化是其突出的特点。苏联文论的核心是“社会主义现实主义创作方法”，这个理论一半是政治，另一半才是文学，而“创作方法”则是少数人拼凑出来的概念，并非创作实践的总结。在“苏共”十九大上，苏共中央书记马林科夫竟然荒谬地在政治报告中大谈特谈文学典型问题，认为典型问题是“党性在现实主义艺术中表现的基本范围”，“典型问题任何时候都是政治问题”。50 年代初、中期，正是中国文艺学的起步时期，但在“全面学习苏联”口号的指导下，我们在苏联文艺学面前完全失去起码的创造精神，亦步亦趋地跟在苏联文论后面。更为严重的是在 60 年代初和“文化大革命”时期，中国变本加厉地把一切文学问题政治化，把“写真实论”“题材广阔论”“中间人物论”“人道主义论”等，都当作“修正主义”加以批判，连文艺学的一般常识也被完全堵塞。由此可知，新时期开始，文艺学学术研究的起步是十分艰难的。

在这种历史语境中，我清醒地认识到在文学问题上僵硬的政治化和大而化之的哲学化，是阻碍中国文艺学发展的最重要的问题，而如何突破此前的“反映论”的单一的视角，寻找到文学自身的特征是当务之急。这一时期我的研究主要就围绕这个问题展开。我加入了有关文学创作的“形象思维”的讨论，发表了《略论形象思维的基本特征》《再论形象思维的基本特征》和《评当前文学批评中的“席勒化”倾向》三篇论文，力图摆脱文学研究中的政治化、哲学化模式，揭示文学自身的特征。但是在此期间我最重要的研究成果是向俄国大批评家别林斯基发起“挑战”，发表了受到当时文论界广泛重视的《关于文学特征问题的思考》一文（发表于《北京师范大学学报》1981 年第 6 期，1982 年中国社科院编写的《文学年鉴》详细介绍，并选入《中国新文艺大系·理论一集》）。这篇论文怀疑苏联和我国 50 年代到 80 年代流行的“文学形象特征论”的正确性。这种理论认为：文学与科学的不同不在内容，而在形式。科学家用逻辑说话，文学家则用形象和图画说话，可它们说的是同一件事，所以文学的根本特征就是用形象来反映生活。我的文章认为区别事物之间的不同特征首先要追寻它们的不同内容，然后才是形式。文章写道："形式，这是事物的外部联系、外部标志，它不可能从根本上确定事物的特征；内容，这是事物的内部联系，内部规律性，只有它才能从根本上确定事物的特征。""我丝毫没有否定'文学用形象的形式反映生活'这一命题的意思。问题在于'文学用形象的形式反映生活'这一特点难道不是由文学的独特对象、内容派生出来的吗?"由此，我认为上述文学特征定义是有问题的。我由这篇文章追根溯源，进而发现这一说法最早是由俄国大批评家别林斯基提出来的。别林斯基曾强调指出："人们只看到，艺术和科学不是同一件东西，却不知道它们之间的差别根本不在内容，而在处理一定内容时所用的方法。哲学家用三段论法。诗人则用图画和形象说话，然而他们所说的是同一件事。"我认为别林斯基的观点是受黑格尔的"美是理念的感性显现"的影响所致。在黑格尔的哲学体系里，"理念"是万事万物的根本，是它派生出一切事物，因此只能从不同的形式来区分此一事物与彼一事物的不同特征。别林斯基的文学特征论显然是黑格尔"理念"论在文学问题上的翻版。把这样一个黑格尔式的文学特征论长期奉为圭臬，不但是错误的，而且会使中国的文学理论裹足不前。在清理了别林斯基的文学特征论后，我在文章中提出了关于文学特征的理论假设：文学特征问题应分层次、分主次地进行探讨：甲，文学的独特内容——整体的、审美的、个性化的生活；乙，作家的独特的思维方式——以形象思维为主，以逻辑思维为辅；丙，文学的独特的反映形式——艺术形象和艺术形象体系；丁，文学的独特功能——艺术感染力，以情动人。我认为文学和科学的具体的对象与内容是不同的。文学反映的生活是人的整体的生活，即现象与本质、个别与一般具体地、有机地融合为整个生活。整体不是指包罗万象，而是"从一粒沙里看一个世界”。“一首短诗可能只抒发诗人瞬间的一点感受，一篇小说可能只写两三个人之间一点纠葛，但都是活生生的一个完整的世界，那里面闪烁着生活的全部色彩。”进一步，这种整体的生活能不能进入文学作品中，还要看这种生活是否与审美发生联系。“文学是美的领域。文学的对象和内容必须具有审美价值，或是描写之后具有审美意义。”更进一步，还要看这种生活是否经过作家的思想感情的灌注，留下作家精神个性的印记。可以说我的这篇文章是新时期国内最早揭示“文学形象特征论”的缺陷，并提出“文学审美特征论”的文章之一。此后我又吸收马克思主义关于对事物的“艺术掌握”以及“诗意的裁判”的观念，认真学习了马克思的《1844年经济学—哲学手稿》中涉及美学的论述。此外，苏联80年代文论界的审美学派的理论资源，也进一步丰富、完善了我的理论。我将上述理论最早吸收进高校的“文学概论”教材中，特别是我自著的由红旗出版社出版的教材《文学概论》(上、下)，以“文学审美特征论”贯穿全书，使教材面貌焕然一新。由于全国各地高校纷纷采用此教材，发行量达到了27万册。从而使我的“文学审美特征论”产生了广泛的影响。“文学审美特征论”摆脱了文学理论依附政治的状况，改变了文学理论简单套用政治理论的模式，推动了中国现代文论的发展，具有重要的学术价值。

另外我还把“文学审美特征论”运用于文学理论的重要问题——文学典型——的研究中，于1994年发表了论文《特征原则与作家的发现》，提出了与以前的哲学化的典型定义——典型是个性与共性的统一，或典型是偶然性与必然性的统一——完全不同的典型定义。文章认为，过去的典型理论缺少“中介”，因此只是把典型的塑造过程看成是对生活的“综合”或“拼凑”。文章借用德国古典艺术鉴赏家希尔特的“特征”理论，把典型创造理解为对特征的生发、强化，把典型理解为经过特征化的、能够唤起人们美感的形象。我的文章认为：“就外延而言，‘特征’可以是一句话、一个细节、一个场景、一个事件、一个人物、一种人物关系等；就内涵而言，‘特征’具有两种属性，其一，它的外在形象是极其具体的、生动的、独特的；其二，它通过外在形象所表现的内在本质又是极其深刻丰富的。‘特征’是生活的一个凝聚点，现象和本质在这里相连，个别和一般在这里重合，形与神在这里聚首，情与理在这里交融。特征化就是指作家对他所抓取的生活凝聚点的加强、扩大和生发的过程。”所以典型创造是否成功，不在积累的生活材料的量的多少，而在于质的高低。我的关于典型问题的“特征”说，是国内典型理论的一种新说。这一理论由于它深入到文学的审美层次，具有一定的启发性，也被学术界不断地引用。我还发表文章试图用“审美”的观点来解释艺术真实性问题，文学结构问题，以及文学的内容与形式的关系等问题。

我的文学审美特性论研究，获得了文学理论界的理解与支持。随后，我的“审美”论就进入各类教材。中国社会科学院文学所的《文学年鉴》转载了我的论文；许觉民先生主编的《新文学大系》“理论卷”收入了我的论文；多年后，王蒙和王元化主编的另一本《新文学大系》“理论卷”也收入了我的论文。值得一提的是越南重要的期刊《文学》，专门翻译了我的评论苏联文论的文章。我自编的以审美为核心观念的教材《文学概论》，1984 年第一版印刷了 27 万册之多，它在大江南北、黄河两岸学习文学理论课程的师生手中流传。1982 年我还是讲师，1986 年，我成为了教授，我还是 1984 年北京市的“劳动模范”。我自己把新时期这一时段的文学审美特征论研究，称为“审美诗学”研究时期。

80 年代中期文学理论界提出的文学主体性是一个重要问题，为深化文学主体性研究，“心理诗学”的探索耗费了我多年的时间。“体验”成为我们阐释的核心观念，而把“矛盾上升为原理”则是我的一种研究思路。

本世纪(20世纪)80年代中期，文艺学“拨乱反正”的任务基本完成后，“实现文学观念的转变，以适应变化了的文学现实”的问题被鲜明地提了出来。1985年刘再复发表了《论文学主体性》的重要论文，引起了学界的轩然大波，立刻引起了激烈的论争。一些人完全否定这篇论文，甚至给扣上“反党反社会主义”的罪名。但我是赞成刘再复的观点的，我认为应该延伸他的研究。刘再复的“文学主体性”研究，我觉得仍然囿于哲学的范畴，难于在文艺学范围内进行深入的探讨。我意识到“文学主体性”问题的重要意义，同时感到“文学主体性”问题可以转到“文艺心理学”领域加以研究。1986年我申请到了国家“七五”社科重点项目——文艺心理学(心理学美学)研究。从1985年起到1992年，经过七年的时光，我和我指导的研究生终于获得了令人欣慰的成果，出版了“心理美学丛书”(十五种)，论文集《艺术与人类心理》，以及由我任主编的，达56万字之多的学术专著《现代心理美学》。我自己的学术专著《艺术创作与审美心理》一书也列在“丛书”中。我和我的学生的“心理学美学”研究与一般的“文艺心理学”有些不同，我们不把“心理学美学”看成是心理学的一个分支，因此不同意用普通心理学的概念生硬地宰割文学艺术的事实。相反，我们主张从文学艺术的事实出发，来寻求心理学视角的解释，因此“心理学美学”完全是属于美学、文艺学的一个分支。

在我所撰写的《艺术创作与审美心理》这部著作中，我所选择的研究范畴并不是新鲜的，仍然是审美知觉、审美情感、审美想象等。但是我在前人研究的基础上，运用辩证思维的方法，使我的研究获得了新的成果。我的研究方法完全是朴实的、富于启发性的，我说过：“我在研究艺术家的创作心理机制的运动、变化和相互作用时，发现了一个普遍的现象，即艺术家诸种创作心理活动往往是矛盾的、相互冲突的：审美知觉既是无关功利的，又是有关功利的，既是对现实的超越，又要受现实的制约；艺术情感既是艺术家自我的情感，又是人类的情感，既是内容的情感，又是与之相对的形式的情感；审美想象既具有主观的意向性，又具有客观的逻辑性……这一对对的矛盾、冲突，起初使我困惑。”在困惑中，海森堡的“将矛盾提升为原理”给了我以极大的启发，为我的创作心理研究开辟了一个崭新的路数。如对审美知觉的研究，在前人那里，或是认为审美知觉是超越功利的，或是认为审美知觉是功利的。这种分歧成为美学理论的一个“死结”。我正是在这个“死结”起步，否定了那种静态的调和功利说与非功利说的尝试，即把审美知觉分成知觉效果与心理状态两个方面，认为从知觉效果上讲，审美知觉是无关功利的，而从心理状态上讲，审美知觉是有关功利的。我认为这种理论离解开“死结”还很远，因为“审美知觉是一种流动的并充满心理冲突的过程”。“最能体现审美知觉深层特征”的，恰好是它“从日常实际态度向审美态度的转变”。而这种过渡与转变能否实现，关键在于两种心理力——功利的、实用的心理力，与超功利的、审美的心理力——反复较量的结果。“换句话说，在这过渡与转变的瞬间，知觉主体处于一个被争夺的临界点上。一方面，审美对象的特质所构成的审美世界召唤他，使他对经验世界处于一种‘假遗忘’状态；可另一方面，他所熟悉的由强大的功利、欲望所构成的经验世界，又挽留他，像一个情人那样拽拖着他，尽量不使他超越临界点，阻止他顺利进入审美世界。”两种心理力的斗争决定着审美知觉能否实现。我的研究的独到之处是在于：把“斗争”“较量”的概念引入知觉过程的研究，从而获得同行的好评。我探索的最后的结论是：“审美知觉作为一个动态过程，不能简单地说成是‘无关欲望’、‘无关功利’的，只能说它从欲望、功利的束缚中解放出来，达到无关功利欲望的境界。有欲是无欲的对立面，但是有欲是无欲的超越条件，甚至可以说，欲望、功利的拖累越是沉重，对此欲望、功利的超越后审美愉悦也越是痛快淋漓。”关于“审美知觉”研究我所提出的新说可以叫作“解放”说。这是我把书本知识、创作经验和生活体验三者关联贯通起来所获得的成果。

我对审美情感的研究也采取融通的态度。我认为“自我表现”论和“人类情感表现”论，都有片面性，都不能完全揭示审美情感的本质。我认为审美情感应该是“自我情感”和“人类情感”的交合、重合和结合。但是这种结合是如何实现的呢？我又一次引进“冲突”“搏斗”“征服”等概念。我认为，艺术家的自我情感与对象所体现的人类情感之间的冲突是通过相互征服而实现双向流通，从而达到“神秘的统一”。艺术家必须有伟大的人格，超常的智慧，巨大的搏击力量，以及主观战斗精神，把对象所体现的人类情感吸纳、同化到自己心中，成为自我情感的有机组成部分，这样方能克服自我情感与人类情感之间的紧张，方能“在搏击之后结为一体”。我的这一观点在审美情感的研究中被同行专家认为是深刻而独到的。

我用同样的方法研究审美想象，认为审美想象是认识性与意向性两个因素相互征服、相互渗透的结果。

我的“心理学美学”研究力图揭示艺术创作心理机制的复杂性、辩证矛盾性，把“矛盾上升为原理”，学界同好认为这一研究思路颇具独特性。另外一点，也许是更重要的一点，我们朴素地认为作为文学创作的主体，“体验”是最为重要的，我把“体验”与一般的“经验”区别开来，成为我们集体研究的最重要的成果。在由我任主编、我的朋友程正民任副主编的56万字的《现代心理美学》一书中，我们用了最多的篇幅来研究“艺术与体验”，我们罗列了“童年体验”“缺失性体验”“丰富性体验”“崇高体验”“愧疚体验”“孤独体验”“神秘体验”“皈依体验”等来阐明艺术主体问题。我们的研究成果不但深化了文学主体性问题的研究，而且把朱光潜30年代的古典的文艺心理学研究提到现代的水平。我们的作品获得了教育部的奖励，还被列为国庆五十周年的“献礼”著作。对我而言，我与我的学生——丁宁、陶东风、李春青、蒋原伦、黄卓越、李珺平、陶水平、唐晓敏、周帆、曹凤、陈向红、金依锂、黄子兴等——的激烈的学术争论，使我们收获了弥足珍贵的友谊。

当作家苦苦摸索“怎么写”的时候，我知道文学理论界应该干什么。我选择了“文体诗学”研究，提出了“文体非文类”说，“文体是一个系统”说，为新时期的文体研究探了探路。

90年代初期，我的研究方向又一次转换。此时我已经清楚地意识到，作家们遇到的问题不仅仅是写什么的问题，还有一个更重要的怎么写的问题，他们正苦苦摸索这个问题。对于文学理论来说，这就是文体问题了。文学是语言的艺术，语言是文学的第一要素，如果不把研究沉落到语言层面，那么怎么写的问题，以及文学的特征和相关的一系列文学问题，还是不可能解决的。经过三年的努力，我的研究又一次获得了成果。1993年我主编了一套“文体学丛书”，我自己撰写的专著《文体与文体的创造》也正式出版。“文体学”的研究在中国文艺学界几乎是一个新开辟的领域，因为我并非把“文体”单纯理解为过去人们所说的“文类”或“文学体裁”。在系统而详尽地梳理了中国和西方关于文体理论的基础上，我提出了对文体的新见解：“文体是指一定的话语秩序所形成的文本体式，它折射出作家、批评家独特的精神结构、体验方式、思维方式和其他社会历史、文化精神。”这一“文体”定义实际上可分为两层，从表层看，文体是作品的语言秩序、语言体式；从里层看，文体负载着社会的文化精神和作家、批评家的个体的人格内涵。进一步我把文体作为一个“系统”，认为从呈现层面看可以分为相互联系的三层：体裁——语体——风格。我认为一定的体裁要求一定的语体，一定的语体经作家个性的过滤，达到稳定和成熟的极致，就形成风格。文体是体裁、语体和风格的结合体。这部书最富创造性的部分是它提出的文体创造问题的新发现。我在评述了“美在内容”“美在形式”和“美在内容形式的统一”的观点的局限之后，提出了“美在内容与形式的交涉部”和“内容与形式的相互征服”的新观点。长期以来，内容与形式一直是文艺学中一个最重要的二项对立模式。但这二项对立模式中的内部关系并不是平等的。在“内容决定形式，形式反作用于内容”的理论表述中，内容决定形式，几乎就等于“文艺为政治服务”。所以我想拆解这个二项对立模式，但又认为照搬本世纪(20世纪)在西方流行的完全排斥内容的各种形式主义的模式是不可取的。

经过研究，我把文学的内容与形式的关系理解为辩证矛盾运动，并在内容与形式之间找到了一个中介概念，这就是“题材”。我认为文学作品的内容是无法意释的，但题材则是可以意释的。把题材从艺术内容中剥离出来，其目的是强调从题材(材料)向内容的转化过程中，形式所起的关键作用。我提出：“作品的内容是经过深度艺术加工的独特方式，以语言体式为中心的形式则是对题材进行艺术加工的独特方式，一定的题材经过某种独特方式的深度的艺术加工就转化为艺术作品的内容。”值得一提的是，我在提升艺术形式的作用时，与各种形式主义的美学，其中包括西方的所谓“语言论转向”，仍保持着一条清晰的界限。这不但表现在我仍然使用被形式主义文论弃置不用的“内容”这个概念，更重要地是表现在对内容形式关系的含有辩证矛盾思想的处理。我强调的是，作品的形式无论如何总是一定内容的形式，一定的形式只有在题材的吁求下才会出现。如果题材不发出吁求，形式是不会出现的。而且我进一步指出，题材吁求形式，其中就包含形式的创造要受到题材的生活逻辑和情感逻辑的制约，形式必须这样或那样与题材相匹配。但又强调，这种“制约”不是“决定”。在内容决定形式的理论中，内容是“主人”，形式是“仆人”，“仆人”永远是被动的。在我所理解的题材吁求形式的关系中，题材与形式是“主人”与“客人”的平等关系。把“客人”请到“家”，“客人”就往往“造起反”来，“客人”征服“主人”，重新组合，建立一个新的“家”。所以我认为，题材与形式是相互征服的关系，一方面是题材吁求形式，征服形式；另一方面则是形式改造题材、征服题材。我在书中写道：“我们的基本观点是，创造最终达到内容与形式的和谐统一，不是形式消极地适应题材的结果，恰恰相反，是形式与题材的对立、冲突，最终形式征服（也可以说克服）题材的结果。”我举了俄国作家蒲宁的短篇小说《轻轻的呼吸》，认为是形式征服题材的典范。就这篇小说的题材而言，其意义指向是沉重的、哀伤的、令人叹惜的。小说描写了年轻漂亮的女中学生奥丽雅，她先与一个哥萨克士兵谈恋爱，后又与一个老地主乱搞，最终奥丽雅被哥萨克士兵在火车站站台上开枪打死。这样一个故事就其本事而言是“生活的溃疡”“生活的腐败”。但是作家在结构这个故事的时候，把“开枪打死”这四个字，隐含在对乱糟糟的站台和来往人群的描写的长句子中，如果你不认真读，就可能被忽略过去。小说的艺术描写的重点被转到奥丽雅和羡慕她的女生的一次关于女性美的谈话上面。奥丽雅家的藏书中有一本《古代笑林》，其中的一个故事把“轻轻的呼吸”列为女性美的标准要点之一。奥丽雅绘声绘色地对女友们说：“轻轻的呼吸！我就这样的——你听到我怎样喘气——真是这样吧？”此外，奥丽雅的班主任——一个老处女——对奥丽雅的美貌和风度的羡慕，也得到了大肆地渲染。艺术形式的诗情画意使题材的意义指向发生逆转，整部小说流露出一种乍暖犹寒的春的气息。形式征服了题材，转化出一种新的内容。我的书中通过大量的资料分析证明，这种形式对题材的征服，乃是文体创造的基本规律。作家之所以喜爱描写苦难、伤痛、哀愁、苦闷、死亡，甚至丑恶、病态等，就是因为形式可以征服题材，使题材的意义指向发生逆转，并创造出新的艺术世界来。我在内容与形式关系上的理论突破，被认为使文体学研究进入文艺学研究的前沿，是值得重视的。王蒙给我们的丛书写了“序言”。值得庆幸的是，我们的书再版时，季羡林先生也称赞这套丛书，给丛书写了三段评语。其中第一段说：“‘文体学丛书’是一套质量高、选题新、创见多、富有开拓性、前沿性的好书。以前我们对文体问题、对中国古代文论中的有关文体的思想遗产研究、总结得很不够，因而这套丛书的出版对文艺学的学科建设具有填补空白的意义。”季先生的评价让我受宠若惊。而我的学生莫言在听了我的“创作美学”课程后，所记住的就是那个用来说明文体创造的“轻轻的呼吸”的故事，这也让我感到些微的安慰。

文学理论作为学科建设，我一直觉得应在中、西、古、今四个主体间进行平等的对话，互通有无，互相补充，互构互动，互相发明，既借鉴西方的有益的观点，又不失中国民族之地位。当文学理论能利用历史留给我们的全部资源的时候，文学理论的学科建设就可以获得成功。这就是我在“比较诗学”上下了较大工夫的原因。

新时期三十余年来，我一直把文艺学当成一个学科来建设。就整个文艺学的学科建设而言，我认为要走古今对话、中西对话的路。我深深体会到文艺学的真理不在一家一派手里，而在各家各派手里。因此古今对话、中西对话，是关系到开发文艺学建设的资源问题。我把“古”“今”“中”“西”理解为四个“对话”的主体，通过这种对话，我们才能把包括古今中外一切含有真理性的东西吸收过来，才可能进行综合，并建立起具有新质的中国的现代的文学理论。20世纪90年代我提出了古代文论研究的学术策略是：第一，历史原则。把古代文论的资料置放到产生它的历史文化语境中考察，尽可能恢复其本来面貌。只有这样才可能激活历史资料的生命。尽管这不可能完全做到，但一定要尽力去做。脱离开原有的历史文化语境的研究是不可取的。第二，对话原则。把“古”“今”“中”“西”理解为四个平等的“对话”的主体。通过古今对话和中西对话，互相补充，互相发明，互相贯通。把古今中外一切具有生命力的观点和方法置于我们的视野之内。对话不是相互简单的比附。第三，自洽原则。对话的目的是把古今中外的真理性的成分交融在一起，这种交融不是机械相加，要能自圆其说，而且在对话中寻找新质，创造出属于中国现代的文论形态来。我和黄药眠先生主编了《中西比较诗学体系》(上、下)一书，1991年出版，内容包括中西文论的背景比较、范畴比较和影响研究，至今仍是国内最完整的一部比较诗学的著作。我于90年代发表在《文史知识》杂志上的两组文章，或是以西释中，或是以中释西，受到读者的欢迎，尔后中华书局结集出版，台湾的万卷楼图书有限公司也出版了这部题为《中国古代心理诗学与美学》的书。2000年，我完成了国家“九五”社科规划项目“中国古代文论的现代意义”，成果由北京师范大学出版社出版。2000年，我在新加坡南洋理工大学中华语言文化研究中心担任研究员，完成了“现代学术视野中的中华古代文论”书稿，此书由北京出版社出版。我自1994年起给博士生上的“《文心雕龙》研究”的课程讲稿，即将汇集成《〈文心雕龙〉三十说》一书出版。我的“比较诗学”的研究得到国内研究古文论的朋友的鼓励，我的研讨《文心雕龙》论文的观点，被收入张少康等人编著的《文心雕龙研究史》中。已故资深古代文论研究专家陈良运在评价我的《中国古代文论的现代意义》一书时，认为这部书是“找到古代文论现代阐释的一把钥匙”。他说：“值得我们这些长期研究古代文论的学人特别感兴趣的是，他将现代心理科学知识引进了古代文论研究领域，从人的心理层次观照、诠释某些观念范畴的生成、扩散、延伸与发展，往往令人耳目一新。”他特别称赞我把李贽的“童心”说与马斯洛的“第二次天真”说的比较研究，说“听到他以美国人本主义心理学家马斯洛的'第二次天真'说诠释明代李贽的'童心'说，感到十分新鲜且心胸豁然开朗，一缕古代文论现代阐释的新曙光，启开了笔者原来比较狭窄的视界"。对于我对孔子的"乐而不淫，哀而不伤"的新解，对刘勰的"蓄愤""郁陶"说的新解等，也赞赏有加。我觉得我找到了知音。

> 自韦勒克的《文学理论》一书被翻译过来之后，文论界对他提出的所谓"内部研究"和"外部研究"的划分趋之若鹜。90 年代"文化研究"被引入后，文学理论的"文化转向"又变为"日常生活审美化"的话题。"文学理论往何处去"又成为一个问题。这个时候，我提出了把"内部研究"与"外部研究"综合起来的"文化诗学"的新思路。

我于 1998 年扬州会议上提出建立"文化诗学"的初步构想。1999 年我又发表了两篇论文《文化诗学是可能的》《文化诗学的学术空间》。2001 年再次发表了论文《文化诗学刍议》，并于当年 11 月 7 日到中央电视台"百家讲坛"做了题为《走向文化诗学》的讲演。不幸的是我的这个讲题被美国学者斯蒂芬·格林布拉特于 1986 年在西澳大利亚大学讲过。这样，就有人认为我的理论是从格林布拉特那里搬来的。的确，此前我读过格氏有关"新历史主义"批评的论文，他那种把文学文本解读放回到原有的历史语境中去的方法对我有启发。但我当时不认为这是什么新鲜的东西，因为孟子的"知人论世"的方法早就倡导这样做了。我在 90 年代末提出"文化诗学"是基于这样三点：第一，文学理论界过分的"内部研究"，特别是一些琐碎的文本语言研究，忽视了文学的内容，即所谓文学"外部"的东西，我觉得过分的"内部研究"是片面的，文学理论应该追求全面性，那就是把"内部研究"和"外部研究"综合起来，既要关注文学文本的言语技巧、抒情技巧、叙事技巧，也要关注文学文本的文化、社会和政治内容，进行跨学科的研究。第二，90年代后期，随着西方的“文化研究”被引进，一时间又成为文论界追逐的目标。我认为从英国威廉斯等人那里引进的“文化研究”基本上不属于文学理论，它是文化社会学，甚至就是政治社会学。虽然，它有时也举某些文学作品为例来说明某个问题，但它并不看重文学文本的诗情画意，不看重文学文本的审美品质，甚至提出“反诗意”。如果我们搞文学理论的人，都钻进这个“文化研究”中去，那么就必然会脱离文学和文学理论本身，这不利于文艺学这个学科的建设。后来主张引进文化研究的学者又转而提倡什么“日常生活的审美化”研究，实际上常常与商业主义“同流合污”，这就更引起我的反感，我觉得他们这样走下去，必然要撇开我所钟爱的文学。而我所提出的“文化诗学”，就是要坚守文学理论的阵地，与搞文化研究的人保持距离。第三，面对诸种社会问题，我们研究文学理论的学者不能置身局外，要通过文学批评发出我们的制衡的声音。这样文学理论中缺乏文化的元素和视野显然是不行的。我觉得“文化诗学”恰好能使我们研究文学理论的人“介入”现实，与现实保持紧密的、生动的联系。我发表一系列的文章来界说我提出的“文化诗学”。最终，我用“一个中心，两个基本点”来说明我的“文化诗学”的结构。一个中心，就是要以审美为中心，文学与审美不可分离，审美不是小事，是关系到人的自由的大事。两个基本点，文学研究既要伸向微观的文学文本的细部，文本的分析不可或缺；又要伸向宏观的文化历史的观照，把文学文本或问题置放回原有的历史语境中去把握，揭示文学文本中的文化意涵。但是，我认为重要的不是“文化诗学”这个提法本身，重要的是要在文学理论和文学批评中进行实践。我先后主编了两套丛书，一套是北京师范大学出版社出版的“文化与诗学丛书”(10本)，一套是由湖南人民出版社出版的“文化诗学丛书”(5本)，这些著作研究的问题是不同的，但方法则是

“文化诗学”的。我为这两套丛书都写了“序言”，申明我的“文化诗学”的主张。我主持完成的教育部重大攻关课题“历史题材文学创作中的重大问题研究”，最终形成71万字的专著，和一套五本的丛书，也可看成是对“文化诗学”实践的作品。

新时期过去了三十余年，转瞬之间，我已从中年迈入晚年。我从审美诗学起步，经过了心理诗学、文体诗学和比较诗学的跋涉，最后一站来到文化诗学。这就是我的新时期的文学理论之旅。回顾所走过的路，总觉得所做的太少，留下的遗憾太多，论文和著作的质量不能令人满意。我清楚知道，我离我的学术研究目标还有很大的距离，未能像某些大家那样达到那种令人神往的境界。但生命的火焰即将黯淡，我可能再做不了什么来补救了。遗憾将陪伴上天留给我的日子。我只能告诫我的学生：努力吧，勤奋地、不倦地在文学理论这块园地里耕耘。要读万卷书，行万里路，永远和现实生活保持密切的、生动的联系，把书本知识、创作实践和生命体验贯通起来，也许你们能在这块园地获得丰收。我从来不嫉妒学生。我希望你们成家立派。当你们像我这样年老的时候，回首往事，觉得自己的生命没有虚度，你们已经成功，达到了你们的老师没有达到的境界。那对我来说，就是最好的安慰了。

（2012年5月10日，时年76岁）

目　录

序　言

蒋孔阳

我是学文艺理论的，虽然没有学好，但却读过一些这方面的书。我觉得，凡是好的文艺理论著作，差不多都具备两个特点：一是知识面宽，内容丰富，读的时候，就像采矿一样，让人不断地有新的发掘和新的发现；二是有整体的构思，能够把所讲的内容贯串起来，形成一个体系，使人懂得这些知识所占的地位和所起的作用，从而举一反三，触类旁通。

童庆炳同志的《文学活动的美学阐释》一书，我发现就具有这样两个特点。因此，我觉得它是我国新时期的文艺理论，经过曲折的探索之后，所开出来的一朵花，所结出来的一个果，值得重视和向读者推荐。

马克思主义文艺理论，30 年代开始，就已经在我国占据了支配的地位。经过半个世纪的发展，照理说，应当成熟和壮大起来，形成具有中国特色的、现代化的文艺理论体系。但是，事与愿违。由于苏联教条主义和我国“左”倾路线的影响，使它脱离了中国文学的实际，理论僵化，失去了应有的活力。一些有代表性的文艺理论著作，既缺乏丰富的文学史知识，又缺乏理论思维所应有的敏感和激情，结果变得肤浅和枯燥。再加上宗派主义和排外主义作祟，把无限丰富复杂的文学现象，简单地划分为进步的和落后的、革命的和反动的，以至古今中外的文学遗产和西方现代风起云涌的各种文艺理论，都被当成“封、资、修”，一概排斥。排斥了他人，孤立了自己；失去了挑战的对立面，也就失去了应战的竞争能力。就这样，那时的文艺理论，不仅先天不足，而且后天失调，只能靠政治的权威来维持自己的生存。

三中全会以后，对内搞活，对外开放。我国的文学创作，像脱缰的马，突破了过去那种封闭的、万马齐喑的局面，涌现出大量的作家与作品，一时之间，呈现出繁荣与昌盛的局面。比较起来，文艺理论的步子要慢一些。这不仅因为它所肩负的“因袭的重担”要更重一些，而且也因为理论思维本来就需要更长的准备阶段。但是，在开放政策的指引下，西方现代主义的各种各样美学理论，像浪潮一样地蜂涌而来，不能不对我国旧的文艺理论形成重大的冲击和挑战。我们再要像过去那样，搞一个权威、一种结论、一种模式，显然是不可能了。改革旧的文艺理论，建立既有中国特色、而又现代化的马克思主义的文艺理论，乃成了时代的呼唤，成了人们共同的向往和追求。从事文艺理论研究的同志，他们都从不同的方面进行了摸索和探讨，并在不同的方面取得了不同的成绩。童庆炳同志的这部著作，应当说，是比较突出的一部。它不仅仅介绍某一个问题、某一个流派，而是把各种文学知识和文学流派综合起来，形成了一个比较完整的文艺理论体系。

为了改革旧的文艺理论，建立新的文艺理论体系，童庆炳同志先从方法上来一个革新。他一再认为，方法比结论更为重要。他引用了恩格斯的话说：“马克思的整个世界观不是教义，而是方法，它提供的不是现成的教条，而是进一步研究的出发点和提供这种研究使用的方法。”这段话，虽然过去也曾为人引用，但却始终没有受到重视。现在童庆炳同志把它具体地运用到自己的研究当中来，就使马克思主义在实际的运用当中重新活了起来。例如理论联系实际这一马克思主义最基本的方法，过去就一直没有得到贯彻。童庆炳同志则把它与西方文艺理论联系起来，提出：“文艺学研究的方法的选择和运用，应把握‘三个适应’的原则。即方法必须与研究对象相适应，方法必须与运用它的主体相适应，方法必须与研究目标相适应。”这样，理论联系实际的原则，不仅受到了重视，得到了运用，而且扩大到主体与目标，这就大大地丰富了这一方法的内容和意义。

庆炳同志这部书，共分四章：文学的本质、文学的创作、文学作品的结构以及文学的接受。这和传统讲法上的本质论、创作论、构成论和鉴赏论，好像没有多大的差别。但问题不在于写什么，而在于怎样写。由于庆炳同志在方法上有了革新，他同时联系对象、主体和目标三个方面来进行，所以他的研究面貌和内容，就焕然一新，与旧的文艺理论，迥然不同。例如，关于文学的本质问题，他就不是先从概念或定义上来回答，而是从文学的四个要素出发。艾布拉姆斯把艺术分成作品、艺术家、宇宙和观赏者四个要素。四个要素发生三种关系：宇宙与作品的关系，作品与艺术家的关系，作品与观赏者的关系。从这三种关系中，引申出有关文学本质的四种理论：模仿说、实用说、表现说、客观说。但庆炳同志认为这还不够，还应当加上体验说和自然说。然后，他结合历史的发展，对这六种学说分别做了详细的介绍和分析。分析之后，他认为它们都各自抓到了文学活动某一方面的因素或某一方面的关系，因而都接触到了文学的本质。但是，他们所采用的方法还是“元素论”的方法，因此，只能解释部分的文学现象，而不能把握整体的文学本质。

为了把握整体的文学本质，童庆炳同志进一步从再现说与表现说的对立和统一、客观说与体验说的对立和统一，来进行分析和研究。研究的结果，他认为这种统一论，比前面所说的元素论，是“更接近科学的文学概念”。但是，如果说元素论是线性因果思维的结果，那么，“统一论至多也还只是复合因果思维的结果”，要真正揭示文学的本质，还“应该用系统因果思维”。就这样，他一方面继承前人研究的结果，一方面又根据文学的实际情况，不断进行诘难，不断进行新的修正和补充，从而把研究工作一步一步推向更高更深的层次。

所谓系统因果思维，就是要把文学纳入人的整体活动来研究，把文学放在人的活动的坐标上，来探讨它在这个坐标上的位置及其所发挥的功能和作用。人有各种需要，人有各种活动，从整个人的活动来看，“文学是满足人的审美需要的活动”，因而文学的本质是审美。这样，他又从对审美的分析来分析文学的本质。审美不仅是静态的，还是动态的，于是，他从文学的起源，一直探讨到共产主义社会。说明只有到了共产主义社会，“人类的活动达到了自由的阶段，文学的审美本质方才能够得以完全的、充分的实现”。

从文学的本质这一个例子，就足以说明童庆炳同志这部著作，是怎样善于从多方面的联系，根据大量的文学知识，来建立一个比较完整的文艺理论体系。他的论证很具体、细致。任何一个问题，他都不是先得出结论，而是根据客观的事实，层层剥茧，步步深入，逐步把我们引向问题的核心。正因为这样，所以自然具有说服力。

文学理论落后于文学创造，这在各国的文学史上，都不少见。但像我国近半个世纪来的落后状况，实属罕见。最近几年来，我国的文学理论工作者，正在大力地赶上去！童庆炳同志这部《文学活动的美学阐释》，可以说是跃马扬鞭，赶在最前面的一批。我希望今后能够读到更多的这样的好作品。

1988 年 12 月 18 日

导言：关于文艺学的方法论问题

一、方法论的意义

1985 年，中国文学理论界掀起了“新方法热”。那一年，被人们称为“方法年”。此后，各种各样的新方法逐步付诸脚踏实地的实践。时至今日，对于文艺学来说，方法论问题才开始受到了真正的重视。

文艺学方法论问题被人们空前重视，是与新时期文艺学研究的危机分不开的。新时期文艺学研究的危机是怎样出现的呢？我认为这里有外部和内部的多种复杂原因。

首先是长期以来文艺学的研究变得僵化，失去了应有的活力。这突出地表现在某些过去时代的著作和观点像神像一般，受到了人们异口同声的崇拜和礼赞，而根本放弃了从实际情况出发做自己独特研究和判断的企图。文学理论在一个固定的轨道里旋转，本应是生气勃勃的理论变得凝固了、封闭了。如果说以前的人们在封闭的世界里，视野被限制住了，还不知问题的严重性的话；那么，在近年来，人们逐渐地从“左”的绳索的捆绑下挣脱出来，怯生生地通过打开了的门户向四处张望，终于发现了自己在某些方面的无知、落后之后，再不愿意走原有的旧轨道，可新轨道又暂时还寻找不到，这时候真正想做一点事的人们发现举步维艰，文艺学研究的危机似乎就突然出现在大家的面前。

其次，由于受长期经院式哲学的思想禁锢，人们习惯于从定义出发，从原理出发，而不是从实际出发。原有的文艺学研究人员知识结构单一化，观念陈旧化，能力贫弱化，他们已不能解释和回答新时期文学创作中像潮水般汹涌而来的新现象、新问题；跟一些思想比较开通、企图借外来观念和方法来解释新时期文学现象的年轻的或已经不很年轻的新军，又发生了冲突，加重了文艺学研究领域的危机。

再次，社会主义新时期的改革开放政策，不但引进了一批新的现代化的科技知识、物质设施，西方世界的思想观念、审美意识和批评标准也随之不可阻挡地涌了进来。从某种意义上说，西方的科技发展是西方文化历史发展的产物，他们的科学技术与其文化历史是不可分割的整体。在我看来，在科学技术的背后是哲学，在哲学的背后是文化。它们一环套一环，环环相连。我们现在想把西方的科学技术与他们的思想文化切割开来，取其科学技术，舍其思想文化。这种愿望自然是好的，但实行起来则困难重重。这就不能不造成中国传统文化与西方外来文化的冲突。这种冲突也必然要在文艺学的研究中反映出来。是保守传统，还是吸收西方；是“中学为体，西学为用”，还是“西学为体，中学为用”，就成为一个争论的焦点。就文艺学而言，完全退回到古代文论的思路中去已是不可能，全盘照搬西方的一套又不可取，而要把中、西文论交融起来又谈何容易，于是在这进退维谷中，危机感愈加浓重了。

最后，自然科学的迅速发展形成了对人文社会科学(包括文艺学)的冲击，人文社会科学(包括文艺学)不能不吸收自然科学的新成果。但如何根据学科的特点来吸收和运用，又绝非易事。生吞活剥式的移植，大搞新名词、术语“轰炸”，会引起人们的反感；不露痕迹地吸收运用，又暂时做不到，这就不能不使文艺学的研究陷入困境。

危机并不是坏事，它的出现往往是某种突破的前奏。

当一个民族、国家、团体、个人或学科有危机感的时候，这个民族、国家、团体、个人和这个学科就获得了一种前进的动力。因为有危机，就要寻找摆脱危机的出路，就不会夜郎自大、故步自封，就会愿意尝试新的东西。

正是危机，孕育着转机和生机。对文艺学领域出现的危机，也要作如是观。

就一个学科而言，摆脱危机的奇迹往往是由方法的改变、革新而获得的。科学发展史的事实一再证明这一点。新时期文艺学研究所出现的转机与生机也同样证明了这一点。早从1978年十一届三中全会以来，就开始出现了某些新的趋势，主要表现在以下几方面：

第一，由着重考察文学的外部关系向深入研究文学的内部关系转移。第二，从单一的哲学认识论或政治的阶级论方面来观察文学转变为从美学、心理学、伦理学、历史学、人类学等多角度的考察。第三，由微观分析到宏观综合，增强了历史感和哲理性。第四，由封闭到开放，不断吸收外来文论的养料，包括自然科学的思维成果。第五，从静态到动态，把各种文学体裁看成动态过程，重视动态中的偶然性因素。第六，从客体到主体，不仅要研究文学的客体，还要强调对文学的创造主体和接受主体的研究。

我认为，上述种种新的发展趋势，只能把它看成是对文艺学新方法的一种热切的呼唤，当时并无多少实绩可言。随着时间的流逝，这种热切的呼唤得到了广泛的响应。文艺学研究领域应该说有了不小的改观。仅笔者有限的涉猎，就发现文艺学方法竟达三大类32种之多，如下表所示：

类　型	名　称
哲学型	认识论　美学　系统论　信息论　控制论 结构主义　类型学　符号学　比较学　价值学
社会科学　型	文化学　社会学　历史学　心理学　教育学 语言学　神话学(原型)　形态学　风格学　解释学 接受美学　传播学　市场学　禅学　人类学
自然科学　型	模糊数学　热力学(熵定律、耗散结构) 量子力学(测不准原理、互补原理)　场论 生态学　统计学　工程学

当然，应该实事求是地指出，上表所列的方法，并非每一种方法的运用都已获得了令人满意的成果。有的仅处于介绍的阶段，有的只是一种初步的尝试，离我们想达到的目标还很遥远，然而重要的是我们已经开始迈步。人们把希望的目光一齐投向方法，要求更新方法，这并不是偶然的，这与人们对方法论的重大意义的认识的提高是分不开的。

长期以来，人们重视的是可供利用的结论，总以为结论反映了某种观点，比之于方法更重要。造成这种认识的根本原因，就在于我们的理论往往没有随着社会实践的发展而发展。人们习惯于以为出之于某人之口的观点就是绝对正确的，就够我们用几十年、甚至几个世纪。“文化大革命”的结束，使社会生活发生了明显转折，许多新事物似乎是一夜之间就涌到了人们的面前。与此同时，人们带着某种惶惑的心情发现某些过去认为是天经地义的观点，现在看来竟然是错误的，或者已过时，不再能用来解释新的事物。这样，人们才逐渐领悟到：结论并不是最重要的，更重要的是方法——方法比某些结论更为重要。人们的这种认识已迟到了一个多世纪。20世纪初，黑格尔就把方法比喻成犁，指出它比结论更重要："手段是一个比外在合目的性的有限目的更高的东西；——犁是比由犁所造成的、作为日的的、直接的享受更尊贵些。工具保存下来，而直接的享受则会消逝并忘却。"（《逻辑学》）手段造成的东西可能已消逝，但手段却永存。这里所说的手段就是我们今天所说的方法。关于方法比某些结论重要这一点，恩格斯在谈如何对待马克思主义时也强调过，他说："马克思的整个世界观不是教义，而是方法。它提供的不是现成的教条，而是进一步研究的出发点和供这种研究使用的方法。"①这段话被我们经常引用，但却未能被我们很好地理解。我们总是以固守马克思的一些现成的结论为满足，却并没有想到对于马克思主义的信奉者来说，更有价值的是马克思的整个世界观所提供的作为进一步研究的出发点的方法。

那么，为什么说方法比某些结论更重要呢？或者说科学方法有什么重大意义呢？

首先，科学的方法可以帮助人们去发现新的真理。所谓发现真理，就是主体要切入并深入到客体，揭示客体固有的规律性。而主体要切入并深入到客体，就必须以一定的科学方法作为中介。今天，我们已不能把方法理解为像箱子、锤子那样的简单的工具。科学的方法意味着一整套的科学理论。理论与方法之间并不存在不可逾越的鸿沟，理论可以转变为方法。某种科学理论一旦建立，它就必然要形成新的科学概念、范畴和体系，那么人们就会利用这些科学概念、范畴和体系作为出发点，去探讨某一方面未知的领域，去发现新的真理，这样，科学理论不就转化为一种科学方法了吗？从这个

① 恩格斯：《致威纳尔·桑巴特》（3月11日），《马克思恩格斯全集》第39卷（上），人民出版社1974年版，第406页。

意义上说，科学理论也可以说是行动中的方法。一部科学发展的历史，也可以说是理论与方法相互转换、相互推进的历史。在科学发展到如此高度的今天，没有一定的科学方法的引导，是不可思议的事情。没有科学的方法，就是对于摆在眼前的成果，也可能视而不见，失之交臂。恩格斯说："从偏斜的、片面的、错误的前提出发，循着错误的、弯曲的、不可靠的道路行进，往往当正确的东西碰到鼻子尖的时候还是没有得到它（普利斯特列）。"①普利斯特列是英国18世纪的教士、政论家和科学家，他在1774年实际上发现了氧，但由于他运用的方法不科学，他并未想到自己发现了一种新的化学元素，更未想到这一发现将引起化学领域的巨大变革。正因为科学方法具有如此重大的意义，所以有经验的科学家在鉴定一篇科学论文的价值时，不仅要看它得出了什么结论，更重要的还要看论文的作者是通过什么方法取得这一结论的。结论重要，方法也许更重要。对此，马克思在《评普鲁士最近的书报检查令》一文中指出："不仅探讨的结果应当是合乎真理的，而且引向结果的途径也应当是合乎真理的。真理探讨本身应当是合乎真理的。"马克思的话是对方法论意义的最深刻的揭示。

其次，科学的方法有利于发挥研究者的才能。关于这一点，法国著名生物学家贝尔纳说，良好的方法能使我们更好地发挥运用天赋的才能，而拙劣的方法则可能阻碍才能的发挥。因此，科学中难能可贵的创造性才华，由于方法拙劣可能被削弱，甚至被扼杀；而良好的方法则会增长、促进这种才华。贝尔纳所讲的这个道理是不难理解的。一个人尽管很有才能，可他走了弯路，这就会使他感到心理上受挫而徘徊不前，导致才能难以全部发挥出来。另一个人可能才能一般，可他沿着正确的道路前进，这就会使他感到一种鼓舞，

① 恩格斯：《自然辩证法》，《马克思恩格斯选集》第4卷，人民出版社1995年版，第341～342页。

而获得才能上的超水平发挥。

以上两点，说明科学方法的重大意义。让我们记住科学家爱因斯坦所列的公式：A＝x＋y＋z。A代表成功，x代表艰苦的劳动，y代表正确的方法，而z代表少说空话。

二、方法论的级位

人的认识是分层次的。人们认识的方法自然也就分级位。一般地说，方法分为高层、中层、低层三个级位。

首先是哲学方法。哲学是世界观，同时又是一种方法论。它作为方法中的最高级位，要求中间级位和低层级位的方法与它保持一致，并进而体现它。因此它对社会科学、自然科学、思维科学都是普遍适用的。对我们来说，马克思主义的辩证唯物主义哲学对所有的科学的研究都具有普遍的指导意义。因为辩证唯物主义的方法概括的程度最高，适用范围最广。具体到文艺学科，它要求具体的方法都应体现它的原则，不发生矛盾冲突。譬如，西方流行过的各种各样的具体方法，像实证主义批评、精神分析法、俄国形式主义批评、结构主义批评、新批评、神话与原型批评、接受美学和解构主义批评等，都可能有合理的因素，都可以加以吸收，但都要经过辩证唯物主义的过滤和改造。只有那些多少具有唯物主义或辩证法因素的东西，或经过改造后具有唯物主义或辩证法的成分，才能为我所用。例如，弗洛伊德的泛性论、新批评派的形式主义就不应吸收，可弗洛伊德的无意识理论经过改造后可能是合理的，新批评派对文学语言的重视和他们主张的文本细读法经过改造后也可能是有用的，都可以作为吸收的对象。我们承认真理存在于古今中外一切真正的学者的著作中，我们绝不拒绝这份宝贵的遗产，但在吸收时没有马克思主义哲学的批判的眼光又是不可行的。还有，从哲学方法的级位也必然要提出一些文艺学的哲学问题，例如，文学的意识形态性质问题，文学的反映问题，文学的人性、民族性、时代性、阶级性、人民性、党性问题，等等。这些问题作为带有哲学性的文学问题，主要反映了文学的外部关系，文学的实践将会证明，这些问题连一个也抹不掉。人们现在对这些问题有一种厌倦情绪，这是因为长期以来没有给这些问题以真正的科学阐释。例如，一谈文学的党性，就否定个性；或者一谈个性，就否定党性，把党性与个性对立起来。这种情况必须改变。但想把这类问题从文艺学中抹掉，或者只要谁一谈这个问题，就说谁是保守派，这是一种偏激情绪。生活将会教育我们：这类问题存在着，而且从某种意义上说，它们从主要方面规定着我们的文艺学的马克思主义性质。所以我们的任务不是取消它们，而是给它们以真正的科学的阐释。哲学问题是任何一个研究者也摆脱不掉的问题。与其想摆脱哲学的指导，还不如寻求最好的哲学指导。恩格斯说："自然研究家尽管可以采取他们所愿意采取的态度，他们还是得受哲学的支配。问题只在于：他们是愿意受某种蹩脚的时髦哲学的支配，还是愿意受某种以认识思维的历史及其成就为基础的思维形式的支配。"①列宁也曾说："谁不预先解决一般问题而着手解决特殊问题，谁就将不可避免地、不知不觉地处处'碰到'这些一般问题。"毫无疑问，恩格斯、列宁的话同样也适用于文学研究。

对于文学研究来说，哲学的前提无疑是重要的。但是，哲学的方法又不是万能的。哲学的方法只能在哲学这个高层级位上发挥它的功能。如果我们片面强调哲学方法的意义，用哲学取代一切，那么文学理论研究就只能永远停留在哲学的台阶上，而进不到审美学的层次中，从而造成文学研究的抽象化、普泛化和单一化。这是我

① 恩格斯：《自然辩证法》，《马克思恩格斯选集》第4卷，人民出版社1995年版，第308页。

们过去的文艺学研究中存在的一个主要问题。

在苏联，这种倾向早在1956年就由著名的文艺理论家阿·布罗夫指出来了，他在《美学应该是美学》一文中说：

> 我国的美学，整个说来是站在正确的马克思列宁主义立场上的。它的出发点是：把艺术理解为反映现实并反过来对现实起改造作用的一种特殊的社会意识形态。……这些完全正确的基本原理是我们理解艺术本质和任务的基础。但是，十分清楚，如果对最正确的一般原理抱着过分直线式的、粗暴的和简单化的态度，不估计所研究的现象的特殊实质，那就可能把这些原理庸俗化。……在美学的一切基本问题上，例如在艺术实质问题、审美实质(首先是美的实质)问题、典型问题、艺术方法问题、艺术的内容和形式问题以及艺术的功能问题上，庸俗社会学和其他粗暴地简单化的毛病至今还是一犯再犯。我们且拿第一个问题作例子，看看艺术实质的定义是怎么回事。在我们的美学中几乎成为老生常谈的是这样一个原理：艺术是用形象的形式来反映现实，它与科学和思想体系不同，后两者虽也反映现实，但是用另一种形式即逻辑形式来反映的。从哲学的认识论的观点来看，这个定义一点也不错，因为艺术在事实上是反映客观现实，认识现实并以形象的形式来表现现实的。但是，由于这里没有充分揭示出艺术的审美特征(哲学的定义不会提出这个任务)，所以这还不能算是美学定义。①

布罗夫以上述分析为基础，得出了这样的结论：哲学的前提是十分必要的，但是局限于哲学前提，就等于把研究停留在一般的哲

---

① “学习译丛”编辑部：《美学与文艺问题论文集》，学习杂志社1957年版，第35～36页。

学阶段上，就不可能解决文艺内部的任何问题。布罗夫的这些议论，在当时苏联的文艺学界具有振聋发聩的作用。同一年，布罗夫还出版了《艺术的审美本质》这部重要的著作，引起了苏联美学界和文艺学界的极大关注，坚持不同观点的人展开了互不相让的激烈的争论，一场长达十年之久的关于审美的本质和艺术的本质的大讨论的序幕就这样揭开了。这场讨论的实质，在我看来，是一场关系到要不要改革美学、文艺学方法的论争：一方坚持，对于美学、文艺学来说，我们有哲学这个最高层次的方法就够了；而另一方则认为仅仅停留在哲学方法这个级位，是不可能揭示艺术本身的固有规律的。在苏联的这场讨论中，新崛起的“审美学派”大胆革新研究的方法，取得了令人瞩目的成果，给苏联文艺理论界带来了勃勃生机。

毋庸讳言，新中国成立以来我国文艺学的建设是从学习苏联开始的。但我们学习的主要是苏联 20 世纪三四十年代的东西，至多是 50 年代初期的东西。例如，关于文艺的本质问题，我们的许多文艺理论教科书总是说，文艺是生活的反映，文艺和科学的不同之处在于科学用逻辑的形式反映生活，文艺则用形象的形式反映生活。很明显，这个定义并非我们的创造，它是别林斯基提出来的，并为苏联 20 世纪三四十年代文艺理论教科书所反复强调过。正如布罗夫所说的那样，这个定义从哲学认识论来说是绝对正确的，但它只强调了文艺与其他意识形态的共性，却没有强调文艺独具的个性，因而不能揭示文艺的审美特征。又如典型问题，我们的理论总是说，典型是个性和共性的统一。这个定义也不是我们自己研究的结果，从黑格尔、别林斯基、高尔基直到苏联的各种文艺理论教科书，都在重复这个结论。当然，我们也发现了这个定义的不足，于是在“共性”一词前面加上“充分的、深刻的”的修饰语；在“个性”一词前面加上“鲜明的、丰富的、独特的”修饰语(笔者自己也曾这样做过)。然而，什么叫“充分的、深刻的”？什么叫“鲜明的、丰富的、独特的”？

这是无法做出科学规定的，于是提法的核心还是那个“个性与共性的统一”。把文艺作品中的典型界定为个性与共性的统一，从哲学方法看当然是绝对正确的，可又不可能完全解决文艺典型自身的问题，因为岂止文艺典型是个性与共性的统一，世界上的万事万物，大至宇宙、小至鱼虫，有哪一个事物不是“个性与共性的统一”呢？这就说明文艺学虽然要以哲学方法作为研究的最高级位，不可违背哲学的原则，但仅运用一般的哲学方法是提不出，也解决不了文艺学自身的问题的。

其次，是一般方法，即跨学科方法。这就是现在人们经常提到的“三论”——系统论、信息论、控制论，以及其他一些跨学科的方法，如概率论方法、模糊数学方法、结构一功能方法、耗散结构方法、协同论方法、统计学方法，等等。由于这些方法具有一般性、普遍性的特征，因而能够从一门学科转移到另一门学科，具有较高的概括程度和较大的适用范围。这是方法中的第二个级位——中间级位。这个级位的方法低于哲学级位，却高于具体学科级位。这些方法在自然科学、社会科学和思维科学中已得到了广泛的运用，现在也开始有人把它们运用到美学、文艺学的研究上来。

应当肯定，对于文艺学来说，系统论等跨学科的方法无疑是有用的。因为文学艺术是一个极其复杂的事物，具有不同层面。其中有些层面是哲学方法和具体学科方法所无能为力的。或者说，其中有些层面的问题是哲学方法和具体学科方法提不出来也解决不了的，这就需要运用系统论等中间级位的方法。例如，系统论把事物看成一个由各种要素构成的整体，但整体不等于要素之和，整体大于要素之和。如果我们密切结合文学艺术本身的实际，灵活地运用这一整体论原则，就可以解决许多长期争论不休的问题。当然要达到这一目的，需要经过长期、艰苦的努力，简单的“移植”是不能奏效的。

但是，这些跨学科的方法也只能在它们所处的级位上发挥它们的功能。正如哲学的方法不能取代一切方法，跨学科的方法也同样不能取代一切方法。文学艺术的许多层面也是一般方法无法切入的。若硬要切入，就必然生硬地套用，这种研究方式是不足取的。近几年出现了一股主要是把自然科学的某些方法“移植”到文学研究中的热潮。信息论、系统论、控制论、模糊数学、统计学、工程学等各种方法，组成了几路纵队，浩浩荡荡地进入文学研究领域，完全不顾文学这一复杂事物的实际情况，以及文学领域中不同问题的区别，就去争夺文学研究中一个又一个地盘。新的名词、术语、公式和图表令人眼花缭乱，多年搞文学研究的人突然发现自己看不懂某些文学研究论文，一种落伍感油然而生。这些研究者的开拓、革新、创造的勇气毫无疑问是值得称道的，他们的研究给死气沉沉的文学研究界所带来的新鲜空气也是令人高兴的，但是我在读过了这些用新方法所写的论文之后，从内心深处产生一种怀疑：这是文学研究吗？或者像有的学者所说的那样：我们过去千方百计地把文学从政治的奴役下解放出来，千万不要那么快又把它出卖给科学。如果文学是人的话，她会感到痛苦的，刚刚有人用“左”的政治和庸俗化的哲学绳索捆绑过她，现在又有人把她放在自然科学的手术台上，面对着一把把锋利的却是无情的手术刀。

最后，是具体的学科方法。这是方法中最低的一个级位，也是最贴近研究对象的级位。这个级位的方法与学科的具体内容相对应，它直接与研究对象发生最密切的联系，或者简直就可以说，这种方法是从研究对象本身生长出来的。例如，天文学的学科方法是观测，物理、化学的学科方法是实验，数学的学科方法是运算。天文学离开观测法，物理、化学离开实验法，数学离开运算法，单靠哲学方法或跨学科的方法，是不可想象的事。同理，文艺学的研究对象是文学，那么也就必须有直接能切入研究对象的特殊的学科方法，而不能完全依赖哲学方法和跨学科的方法。那么文艺学的基本方法是什么呢？我认为是审美学的方法，包括审美社会学和审美心理学等方法（详后）。

上述三个级位的方法既相互区别，又相互联系、相互作用、相互补充。三个级位的方法具有不同的功能，它们只能各自在适合于自己的层面上发挥作用，不能互相混淆和代替。不然的话，研究工作就要走上歧途。哲学方法不能代替一般的方法和特殊的学科方法，因为哲学方法只具有一般的科学意义。如果硬要以哲学方法来取代其他级位的方法，那么这不但意味着降低了它的方法论的意义，而且必然使研究停留在哲学的一般领域，而深入不到具体学科的具体对象中去，不能揭示具体对象所特有的本质特征。反过来，具体学科方法也不能代替哲学的方法。一方面，具体的学科方法提不出也回答不了哲学层次上的问题；另一方面，具体学科方法、跨学科的方法又必须受哲学方法的指导和制约。爱因斯坦说："如果把哲学理解为在最普遍和最广泛的形式中对知识的追求，那末，显然，哲学就可以被认为是全部科学研究之母。"①具体的学科方法和跨学科的方法要是离开了正确哲学的指导，研究工作也会误入歧途。

三、文艺学研究方法的选择和运用

文艺学研究方法的选择和运用，应把握"三个适应"的原则：方法必须与研究对象相适应，方法必须与运用它的主体相适应，方法必须与研究目标相适应。

（一）文艺学的方法必须与研究对象相适应

从方法与研究对象的关系角度看，方法是对象的对应物。按黑格尔的说法，方法是"对象的原则和灵魂"。方法与对象必须有内在

---

① 爱因斯坦：《物理学、哲学和科学进步》，《爱因斯坦文集》第1卷，商务印书馆1976年版，第519页。

的适应性，或者说，是对象决定方法，不是方法去框对象。关于这一点，马克思说过："分析经济形式，既不能用显微镜，也不能用化学试剂。二者都必须用抽象力来代替。"[①]马克思还提出过"探讨的方式要随着对象改变"的思想。他说："当对象欢笑的时候，探讨难道应当严肃吗？当对象悲痛的时候，探讨难道应当谦逊吗？"[②]爱因斯坦也深知方法与对象的这种关系，他说："决不能用归纳法来发现物理学上的基本概念。十九世纪许多科学研究工作者不认识这一点，他们的最基本的哲学错误就在于此。……我们现在特别清楚地认识到：那些相信归纳经验就能产生理论的理论家是多么的错误啊！"[③]我们从黑格尔、马克思、爱因斯坦的话中，似乎可以得到这样的启示：并不是随便什么方法都可以跟文学这个对象"联姻"，文学的本性要求与它本性相契合的研究方法。只有当研究方法能够体现文学的性质和特点时，这方法才能深入到文学的内部，才能揭示出文学的固有的规律。作为方法本身并不具有独立的意义，它只是一种工具，只有当这工具与对象契合，工具才会具有意义。如若工具与对象不具有内在的适应性，不论你掌握的工具是多么"新"，多么"现代化"，也不会得到什么。

既然文学研究方法应与文学的本性具有内在的适应性，那么简略地考察一下文学的本性问题也许是必要的。文学是什么？文学如何存在？对这个文学本体论问题我们过去的理解一直是含糊不清的。文学是指那些放在书店里和图书馆里的五颜六色的、大小不一的、厚薄不同的小说集、诗歌集、剧本集、散文集，还是指作家头脑中

---

① 马克思：《〈资本论〉第一版序言》，《马克思恩格斯全集》第23卷，人民出版社1961年版，第8页。

② 马克思：《评普鲁士最近的书报检查令》，《马克思恩格斯全集》第1卷，人民出版社1961年版，第9页。

③ W. I. B. 贝弗里奇：《科学研究的艺术》，陈捷译，科学出版社1979年版，第140～141页。

正在构思的形象和形象体系？是指在读者手中传来传去的、能够引起他们的感情波动的刺激物，还是指人们的一种职业(如说：他是搞文学的)？我们过去似乎只把杂志上发表的、出版社出版的作品当文学，这种看法未免过于片面。实际上俄国大文豪列夫·托尔斯泰在《艺术论》一书中早已指出：文学是一种活动，文学是以活动的形式而存在的。文学活动是一个流动的完整的过程。客观存在的社会现实，经过作家的观照、体验、把握，内化为心理现实，这种心理现实经过艺术化的加工处理，外化为审美现实——作品中的艺术形象，作品经过读者的阅读活动，又把审美现实转化为心理能量。如果我们对文学活动结构的上述分析大致不差的话，那么我们从这里就可以大致把社会性、心理性和审美性确定为文学的本性。在这“三性”中，社会性和心理性只是文艺的一般属性，因为其他意识形态也具有此种属性；而审美性则是区别于文学艺术与非文学艺术的关键，是其他意识形态所不具有的，因而应视为文学的特性。社会性、心理性和审美性作为文学的本性是有区别的，但又具有同一性。社会性和心理性只有在被文学审美特性所过滤、所溶解、所规范、所制约的条件下，才能成为文学的本性(上述这些论点将在第一章做具体论述)。假定关于社会性、心理性和审美性是文学的本性的论点可以成立的话，那么文学已给文学研究暗示了研究它的三种基本方法，这就是社会文化学的方法、心理学的方法和审美学的方法。或者可以这样说，文学研究的三种基本方法是从文学内部固有的性质里生长出来的，不是外加的，因此这三种方法与它们的对象之间具有天然的联系和内在的适应性，是对象的“类似物”。当然，正如纯社会学、纯心理学不能成为真正的文学的审美内容一样，纯社会学的方法、纯心理学的方法也还不是文学研究的方法。社会学的方法、心理学的方法必须与审美学的方法相结合，被改造为审美社会学和审美心理学，才能成为文学研究的方法。其他一切方法(包括自然科学方法)，有可能解释文学某些局部的、个别的现象，却难以成为揭示文学固有规律的基本的方法，因为就目前和可预见的未来来看，文学作为一种满足人们特殊需要的具有自己独特品格的存在，还不可能与自然科学实现广泛的结合而成为另一种东西，因而一切与它独特性格不合的方法，也暂时只能在它的周围转一转，而不太可能深入它的内部，把它的独特的规律揭示出来。不太精确的文学暂时还不需要太精确的方法。

(二)文艺学的方法必须与运用它的主体相适应

文艺学的方法与运用它的主体要有内在适应性。方法连着两头，一头连着对象，另一头连着主体。因此，一方面是对象在选择方法，另一方面是主体在选择方法。主体的个性特征、性格类型、知识结构的不同，所选择的方法也可以不一样。甲所遵循的方法对乙未必合用，乙所遵循的方法对丙未必合用。我们就按瑞士心理学家荣格的性格类型理论来说，假定一个内倾思维型占优势的人和一个内倾直觉型占优势的人都来研究文学，那么那个内倾思维型占优势的人，在研究方法上就自然会发挥他的个性优势，用思辨性较强的一类方法，如逻辑学的、哲学的方法等去开辟自己的研究领域。刘勰和黑格尔可能是属于这种性格类型的学者，所以他们以思辨的方法，建立起气势恢宏、逻辑严密的理论体系。而那个内倾直觉型占优势的人也会发挥自己的个性优势，更多采用内省的、直觉的、顿悟的方法，去获得自己独特的研究成果。中国古代的诗话、词话的作者，还有那些小说评点派，如金圣叹、脂砚斋等可能有不少是属于这种性格类型的学者，所以他们在文学作品的评论，特别是在作品细部的艺术分析方面，取得了富有特色的研究成果。在选择和运用方法问题上，研究者有什么样的知识结构至关重要。知识结构不合理，或知识贫乏，方法也不会听话。英国剑桥大学教授贝弗里奇在他的《科学研究的艺术》一书中说，当满载丰富知识的头脑思考问题时，相应的知识就成为思考的焦点。这些知识如果对于所思考的问题已经足够，那就可能得出解决的方法。但是，这些知识如果不够，而在从事研究工作时往往如此，那么已有的知识就使头脑更难想象出新颖的、独创的见解。在后一种情况下，即在缺少知识的情况下，任什么方法也帮不上忙。知识结构的合理与平衡是选择与运用正确方法的前提条件，或者说方法的选择与运用要受主体的知识结构的制约。方法的不当往往是自己知识畸形或贫乏的一种表现，方法与主体条件的上述关系告诉我们，首先要丰富自己、认识自己，然后才有可能找到对自己来说是合用的方法。

(三)文艺学的方法必须与研究目标相适应

文艺学的研究应该说有其特定的目标。就文学理论而言，它的目标是揭示文学的本质特征和独特功能，揭示文学活动的艺术规律，揭示文学发展的历史规律。就文学评论而言，它的目标就是深入而具体地分析作品所达到的真、善、美的程度。文学研究方法的选择就要与我们的研究目标相吻合。对于文学这样一个复杂的对象，的确可以从不同的角度、用不同的方法去加以研究，甚至统计学的方法、工程学的方法等都可以用来研究文学。假定我们用统计学的方法来研究《红楼梦》，就有许多东西可统计：全书共多少字，写了多少个人物，其中男性多少人，女性多少人，主子多少人，奴才多少人，其他非主非奴的又多少人，每回出现了几个新人物，每个人物在全书中共说了多少次话；贾府共举行过多少次宴会，大宴多少次，小宴多少次，不大不小的宴会多少次；全书写了多少次丧事，共举行多少次丧仪，用了多少钱；全书大小事件共多少件，大事多少，小事多少，不大不小的事件又是多少；全书写了多少个梦，好梦多少，噩梦多少，平平常常的梦又是多少；全书用了多少汉语词，名词多少，动词多少，形容词多少，典故共用多少，北京口语共用了多少……大概还有许多东西可统计。问题是你对《红楼梦》做了这些统计，是为了达到什么目的呢？是为了分析《红楼梦》的思想，还是为分析《红楼梦》的艺术呢？抑或是为统计而统计？当一种方法失去了应有的独特目标时，它也就失去了任何意义。再如，每一部作品诚然都有自己的系统，人们完全可以用系统分析的方法，分析出它的系统，二级子系统，三级子系统……系统中的要素及结构关系，系统的各种功能，哪是有序关系，哪是无序关系，等等。问题是，一部有生命的、有机的作品，被切割成这儿一块，那儿一块，究竟是为了什么？我相信系统论在文艺学的研究中是很有用的，因为它可以使理论增加层次，趋于严密，从而加强理论广度、深度和严格的科学性。但我对用系统分析去宰割作品会获得我们希望达到的目标表示怀疑，文学研究应该有自己独特的目标，这一独特目标对研究方法也具有制约的作用。

研究的对象，研究主体，研究应达的目标，这三个方面制约着方法。方法的选择和运用也有它自己的固有规律。深入认识自己的研究的对象，深入认识自己，明确研究应达到的目标，我认为是正确选择与运用方法的前提。还有，我们在看到方法对研究问题的重要意义的同时，也不可夸大具体方法的作用。重要的是要有丰富的知识、分析问题的能力以及真知灼见。对一个饱学的、才能出众的、经常有独到见解的研究者来说，他是不会为方法而发愁的，他的知识、才能和见解自然会帮助他发明或掌握妙不可言的方法。

第一章　文学活动的审美本质

本章在总结、厘清历史上各种文学本质论的基础上，引进了心理学的动机、需要、活动等若干观念，把文学理解为人的一种活动。并且，从文学活动在人类整个活动坐标上的位置，以及文学活动在人类历史活动发展中功用的变异的新角度，探讨文学的本质特征。

文学为什么是一个永恒而常新的课题，从它产生之日起，人类就在不断地探讨并留下了许许多多的答案。在科学得到空前发展的今天，更有多种多样的解答。每换一个角度和方法，就会有一个新的答案。正如萨特在《为什么写作》一文中所说，各有各的理由：对于这个人来说，艺术是一种逃避；对于那个人来说，是一种征服的手段。只要生活还在继续发展，思想不断流动，文学不断更新，这个问题就将一再地被提出来，而答案也将会不断地产生。

文学是一种社会意识形态。意识形态性是文学同哲学、政治、宗教、道德等的共同本质。本章要着重探讨的则是文学区别于其他意识形态的独特的本质。

第一节　文学本质论的历史回顾

过去的文学理论教科书，往往把历史上关于文学本质问题的理解，归结为唯物主义和唯心主义的对立，并认为这种分歧就像哲学的基本问题的分歧一样，贯穿文学理论发展的始终。当然，唯物主义文学观和唯心主义文学观的对立和斗争是存在的，我们无法否认这个事实。但如果我们只注意这种对立和斗争，而看不到对立双方观点中的合理因素，那就容易犯简单化的毛病。列宁并不认为唯心主义就毫不足取。他在一封信中对高尔基说："我认为艺术家可以在任何哲学里汲取许多对自己有益的东西。最后，我完全地、绝对地相信，在艺术创作问题上你是权威，你从自己的艺术经验里，从即使是唯心主义的哲学里汲取这种观点，你一定会作出大大有利于工人政党的结论。"[①]在某种意义上说，聪明的唯心主义比呆笨的唯物主义可以给我们提供更多的东西。在漫长的历史发展过程中，古今中外的理论家、作家从不同的途径(唯物主义的或唯心主义的)对文学的本质进行探讨，留下了许多带有真理性的成果。这些成果不应轻易被抛弃，值得我们慢慢地去吸收和消化。但同时我们也发现，历史留给我们的遗产往往只具有片面的真理性，还远未达到科学的地步。

一、文学四要素和六种文学本质论

美国当代文学批评家、康奈尔大学教授 M. H. 艾布拉姆斯在

① 列宁：《给阿·马·高尔基》，《列宁论文学与艺术》，人民文学出版社 1983 年版，第 258 页。

1953年出版的《镜与灯》一书中提出了著名的"艺术四要素"的理论，他说：

> 在几乎所有力求博大的理论中，一件艺术品总体情形中的四要素都被这样那样的同义词予以区分，得以昭示。第一是"艺术品"(work)，艺术产物本身。既然是人工产品、加工品，那么第二要素就是加工者，"艺术家"(artist)。第三，艺术成品又有一个直接或间接源于生活的主题，涉及、表示、反映某个客观事物或者与此事物有关的东西。这第三个要素，不论是由人物、行动、思想、情感、材料、事件或者超越感觉的本质所构成，常常可用"自然"这个通用词来表示，不过让我们用一个含义更广泛的中性词"宇宙"(universe)来替换它。最后一个要素是"观赏者"(audience)，使作品变得有用的、艺术品的对象——听众、观众和读者。①

艾布拉姆斯把艺术分成作品、艺术家、宇宙和观赏者四个要素的理论，把艺术活动看成是一个由多种要素形成的流动的整体，是符合实际的，无疑是有价值的。他接着又进一步把这四要素联系起来，构成了以作品为中心的三角关系(见右图)：

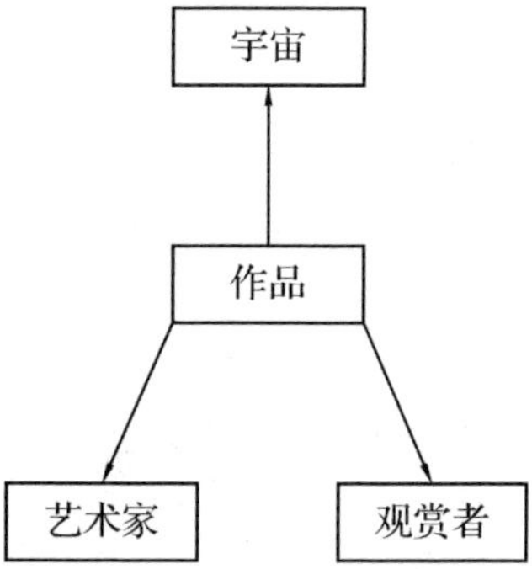

艾布拉姆斯所勾画的三角关系，深刻反映了艺术活动中各要素之间的内在关系，这也是合理的。但他断言，这四要素和三角关系只能形成四种主要的理论：(1)强调作品与宇宙关系的摹仿说；

① 艾布拉姆斯：《批评理论的趋向》，《文艺理论研究》1986年第6期。

(2)强调作品与读者关系的实用说；(3)强调作品与艺术家的心灵关系的表现说；(4)强调作品本身是客观“自足体”的客观说。他似乎认为所有的理论都不可能超越他规定的四要素所构成的三角关系，文学本质论也只能有上述四大分支。然而在我看来，艾布拉姆斯所画的三角关系中，实际上可以建立起六种关系。除他所说的四种关系外，还可以有两种关系，其一是强调观赏者这个重点，把作品看成是观赏者的体验。接受美学所强调的正是这种关系。其二是强调宇宙这个重点，把自然、现实当成作品自身来看。新近兴起的纪实艺术及其理论所强调的正是这种关系。

文学四要素所构成的三角关系，形成了六种文学本质论。下面我将逐一缕述。

第一种，再现说。

再现说，也叫摹仿说，它强调文学作品与现实的关系，认为作品是现实的复制、摹仿、再现、复写、映现、呈现、镜映。这些词语尽管内涵有所不同，但它们都用来说明两种事物之间的关联与对应。对再现说来讲，这些词语表明文学作品与生活现实之间的关联和对应关系。

再现说在西方最早可追溯到古希腊的一些思想家那里。柏拉图认为事物有三类，第一类是理念；第二类是可感觉到的世界；第三类是艺术品。艺术品是对可感觉到的世界的摹仿，而可感觉到的世界是对理念的摹仿。因此，艺术品就是摹仿的摹仿，影子的影子。这是客观唯心主义的摹仿说。亚里士多德在《诗学》中也把文学艺术定义为摹仿。他说：“史诗、悲剧、喜剧和酒神颂以及大部分双管箫乐和竖琴乐——这一切实际上是摹仿。”[1]跟柏拉图不同的是，亚里士多德认为只有现实与艺术两类事物，理念是不存在的。这里亚里

---

① 亚里士多德：《诗学》，《诗学·诗艺》，人民文学出版社 1962 年版，第 3 页。

士多德就把他老师的客观唯心主义的摹仿说改造为唯物主义的摹仿说。从这以后，摹仿说长期统治西方的文论界。车尔尼雪夫斯基认为，亚里士多德的以“摹仿”为中心的一整套概念在欧洲“雄霸了二千余年”，这话并不夸张。古罗马思想家贺拉斯承袭摹仿说，贺拉斯劝告作家“到生活中到风俗习惯中去寻找模型”。西塞罗则说：“喜剧是对人生的摹仿，是生活习惯的镜子，是真理的形象。”其后，塞万提斯在《堂吉诃德》第一部第四十八章提出“戏剧的原则是摹仿真实。”莎士比亚在《哈姆雷特》中借人物之口说，演戏的目的，从前也好，现在也好，都是仿佛要给自然照一面镜子，给德行看一看自己的面貌，给荒唐看一看自己的姿态，给时代和社会看一看自己的形象和印记。这些说法，都源于古希腊罗马的摹仿说、镜子说。17 世纪的新古典主义理论家布瓦洛把摹仿说进一步规范化，提出“只有真才是可爱”，而他说“自然就是真”①。启蒙时代的思想家狄德罗的文学观念也偏重于再现。他认为，摹仿性艺术的美，“就是所描绘的形象与事物一致”。特别值得一提的是 18 世纪法国批评家查理·巴德的一段趣事。巴德当时感到，艺术的规则太多，很有必要将众多的艺术规则减少为单一原则。他为此大声疾呼，然而他自己找来找去，还是从亚里士多德的《诗学》中得到启发，于是把摹仿原则定为艺术的第一原则。还有德国的莱辛，他发表于 1766 年的重要著作《拉奥孔》，不满意“画是无声诗，诗是有声画”的格言，不满意当时德国批评家们的演绎法，似乎要搞出什么新名堂来。但他最终用归纳法获得的结论一点儿也不新鲜：诗与画的区别是由于摹仿的媒介不同，为便于摹仿，就必然要在对象上有所区别。他反复强调这样一点：“摹仿仍然是诗的标志，是诗人艺术的精髓。”19 世纪的批判现实主义作家把摹仿说、镜子说作为创作的基本原则，从而把再现说推到极端。司汤达规定

---

① 布瓦洛：《诗的艺术》，任典译，人民文学出版社 1959 年版，第 4 页。

小说是如实地反映现实的“一面镜子”，巴尔扎克主张作家“严格模写现实”“照世界原来的样子表现现实”，福楼拜认为“只要是真的就是好的”。直到19世纪俄国革命民主主义者仍在恪守摹仿说的原则，如别林斯基说：“艺术是现实的复制，从而，艺术的任务不是修改、不是美化生活，而是显示生活的实际存在的样子。”①车尔尼雪夫斯基说：“艺术的第一个作用，一切艺术作品毫无例外的一个作用，就是再现自然和生活。”②不难看出，再现说是20世纪以前在欧洲占统治地位的、核心的文学观念。

人们一直有这样一个看法，认为中国古代文论史上只有表现说，没有再现说。这个看法是不符合实际的。实际的情形是，在中国古代文论史上，再现说也是贯穿古今的。大约成书于战国初中期的《易传》，就提出了“观物取象”的重要观点。《易传》的《系辞传》中说：“古者包牺氏之王天下也，仰则观象于天，俯则观法于地，观鸟兽之文，与地之宜，近取诸身，远取诸物，于是始作八卦，以通神明之德，以类万物之情。”这里所说的“易”象当然不是文学艺术形象，必须加以区别，但它与审美形象无疑有相通之处。因此“观物取象”的思想对后代的艺术理论产生了影响。所谓“观”，就是用我们的感觉器官面对着“物”，也就是一个观察、体验的过程。所谓“取”，就是在观察、体验基础上，加工、提炼、创造出与“物”大体一致的“象”来。很清楚，“观物取象”就如同西方的“摹仿”。其后，“观物取象”的思想就作为一种传统在艺术理论上流传下来。五代大画家荆浩在《笔记法》一书中说：“画者画物，度物象而取真。”完全与“观物取象”思想一脉相承。明代评论家叶昼也说：“世人先有《水浒传》一部，然后施耐庵、罗贯中借笔墨拈出。若夫姓某名某，不过劈空捏造，以实其事耳。如世上先有淫妇人，然后以杨雄之妻、武松之嫂实之；

① 别列金娜：《别林斯基论文学》，梁真译，新文艺出版社1958年版，第106页。

② 车尔尼雪夫斯基：《生活与美学》，周扬译，人民文学出版社1957年版，第91页。

世上先有马泊六，然后以王婆实之；世上先有家奴与主母通奸，然后以卢俊义之贾氏、李固实之，若管营，若差拨，若董超，若薛霸，若富安，若陆谦，情况逼真，笑语欲活，非世上先有是事，即令文人面壁九年，呕血十石，亦何能至此哉！此《水浒》之所以与天地相终始也欤！”[①]这与“观物取象”思想也十分近似。清代思想家叶燮也说：“文章者，所以表天地万物之情状也。”[②]他还认为“尽天地万事万物之情状者，又莫如诗。”他说：“彼其山水云霞、人士男女、忧离欢乐等类而外，更有雷鸣风动、鸟啼虫吟、歌哭言笑，凡触于目、入于耳、会于心，宣之于口而为言，惟诗则然，其笼万有，析毫末，而为有情者所不能遁。”[③]这是“观物取象”思想的具体说明和发展。当然，我们也要承认，在中国古代，这种“观物取象”思想不占优势。但在“五四”新文化运动后，再现说逐渐取得了主流的地位。

再现说是探讨文学本质的第一条路线，无论中外都可以说是一条最为古老的路线。在人类的童年，人作为主体还未得到充分的发展，在客体面前，主体总是十分虔诚的，还没有想超越客体的奢望，更多的是想摹仿它、学习它。德谟克利特说：“在许多重要的事情上，我们是摹仿禽兽，作禽兽的小学生的。从蜘蛛我们学会了织布和缝补；从燕子学会了造房子；从天鹅和黄莺等歌唱的鸟学会了歌唱。”摹仿，特别是逼真的摹仿，给人以创造的快感。当人们能将外部世界的事物逼真地描画在纸上，变为自己的声音，凝结在文字上时，那就是了不起的艺术创造，其获得的快感异乎寻常。这样，人们很自然地认定，艺术就是对客观事物的摹仿，摹仿得逼真不逼真，是艺术性高低的标准。再现说于是就成为一种最为古老的文学本质论。因此我们似乎可以说，再现说最初是人类童年心理的产物。

---

① 叶昼：《〈水浒传〉一百回文字优劣》，明容与堂刊一百回本《水浒传》。

② 叶燮：《原诗·内篇》。

③ 叶燮：《赤霞楼诗集序》，《已畦文集》卷八。

第二种，表现说。

表现说，也可叫情感说，它强调文学作品与作家心灵的关系，认为文学作品是作家感情的自然的流露、倾吐、宣泄、抒发。表现说在文论史上有多种的形态，但它们有共同点：一是强调文学是自我情感的独特表现；二是强调文学中的情感不是人为创造的，而是真情的自然流露。

中国古代文论中的表现说比较悠久。《尚书·尧典》最早提出“诗言志，歌永言，声依永，律和声”的论点，认为文学主要是表现。所谓“诗言志”，按《毛诗序》的解释：“诗者，志之所之也，在心为志，发言为诗。情动于中而形于言，言之不足故嗟叹之，嗟叹之不足故咏歌之。”可见“诗言志”具有两个含义：一是表达意志；二是表达情感。“志”是意和情的结合，是人们心中蕴藏着的东西。诗就是人的内在“意”“情”的外在表现。其后，陆机在《文赋》中提出了“诗缘情而绮靡”的论点，这个论点是对“诗言志”理论的重大发展，它强调诗歌的抒发情感的本质特征。此后，就出现了“言志”派和“言情”派的对立，而像刘勰、钟嵘等著名文论家则主张“情志并重”。这样“诗言志”论就如同一条大河，分成三个支流，即“言志”派、“言情”派、“情志并举”派。“言志”派以宋明理学家为代表；而“言情”派则以历代主张抒写“性灵”的诗人为代表，如明代公安派主张“独抒性灵”，清代袁枚提倡“性灵”说，都属于言情派。而更多的人则拥护“情志并举”。不过在我看来，这三派并无本质上的重大区别。拿“言情”派说，他们所谓“言情”，是“发乎情，止乎礼义”，实际上还是情志并举。而“言志”派呢，他们写诗也不能完全不动情，干巴巴地去说理，并非诗人所为。所以这三派之分意义并不大。有意义的是，志、情或情志并举，无非都是人的心中的思想情感，这样“诗言志”“诗缘情”，就都可以说是表现说。我们似乎可以说，“诗言志”“诗缘情”的表现说雄霸中国古代数千年。“五四”新文化运动以后，以郭沫若为代表的“创造社”标举表现说，不过他们的表现说并非“诗言志”的传统的发扬，而主要是受西方近代浪漫主义思潮影响的产物，已经带有现代性的特征，与中国古典的“言志”“缘情”有很大的不同。

西方的“表现说”在朗吉努斯(约公元213—273)的《论崇高》一文中已露端倪，他在这篇文章中说，始终一致的正确只靠艺术就能办到，而突出的崇高风格，尽管不是通体一致的，却来自心灵的伟大。但真正的表现说却产生于19世纪初兴起的浪漫主义文学思潮中。英国诗人华兹华斯在1800年发表的《〈抒情歌谣集〉序言》中第一次提出：“诗是强烈情感的自然流露。”①诗人柯尔律治在文学观点上与他的朋友华兹华斯有分歧，但在对文学本质的看法上是一致的，他认为：“有一个特点是所有真正的诗人所共有的，就是他们写诗是出于内在的本质，不是由任何外界的东西所引起的。”②雪莱在著名的《为诗辩护》一文中也指出：“诗是最快乐最良善的心灵中最快乐最良善的瞬间之记录。”③尽管这些诗人的论点有所不同，但其基本思想是相同的。这就是他们一致抛弃了文学是生活的摹仿的由外而内的观点，而强调文学，特别是诗，是作家诗人思想感情的流露、倾吐和表现，而形象是诗人心灵的表征。此后，西方的表现说还有许多变种，如克罗齐的“直觉表现说”，立普斯的“移情说”，弗洛伊德的“无意识升华说”，列夫·托尔斯泰的“传达情感说”，T. S. 艾略特的“客观关联物说”，鲍桑葵的“使情成体说”，等等，但基本观点始终未变。

表现说是探讨文学本质的第二条路线。表现说的出现和流行，从一定的意义上说，标志着人类心理的成熟。表现说的旨意在于不再把客体看得那么神圣，不认为摹仿是了不起的创造，可以从中获

① 刘若端编：《十九世纪英国诗人论诗》，人民文学出版社1984年版，第22页。
② 刘若端编：《十九世纪英国诗人论诗》，人民文学出版社1984年版，第111页。
③ 刘若端编：《十九世纪英国诗人论诗》，人民文学出版社1984年版，第154页。

得快感；相反，更加看重主体，确信主体有能力超越客体，并认为从这种超越中才能获得真正的美感。这样一种理论，如果不是作为主体的人的本质力量相对的丰富与发展，是不可能提出来的。正是在这个意义上，我把表现说理解为人类心理成熟的标志，似乎可以说，它是人类青年期的产物。

第三种，实用说。

实用说强调作品与读者的关系，认为文学的本质就在于文学作品对读者所产生的作用。实用说实际上就是一种工具论，即认为文学无论怎么说都是一种工具，尽管文学可以给人以美感，但美感不过是一种手段，非美感的作用才是目的。

在中国古代，儒家的思想作为封建统治阶级的理论，把“克己复礼”作为人的一切行动与活动的规范，因此在儒家的典籍以及受封建正统思想影响的理论家、作家的著作中，文学活动就被纳入到维护“礼义”的思想轨道。这样他们就把文学视为伦理、道德教化的工具。孔子的“思无邪”说，“兴、观、群、怨”的诗论，荀子的文章应“合先王，顺礼义”的文章观和“美善相乐”的美学观，《毛诗序》的“经夫妇，成孝敬，厚人伦，美教化，移风俗”的文学观点，王充的“劝善惩恶”的观点，班固的“抒下情而通讽喻”“宣上德而尽忠孝”的观点，曹丕的文章乃“经国之大业，不朽之盛事”的观点，刘勰的“征圣”“宗经”的观点，姚思廉的“经礼乐而纬国家，通古今而述美恶”的观点，孔颖达的“诗者，论功颂德之歌，止僻防邪之训”的观点，崔文翰的“以文事助时政”的观点，梁肃的“文章之道与政通”的观点，白居易的“文章合为时而著，歌诗合为事而作”以及“上可裨教化”“下可理性情”的观点，韩愈的“道文合一”的观点，柳宗元的“文者以明道”的观点，柳冕的“文章本于教化，形于治乱，系于国风”的观点，周敦颐“文所以载道”的观点，李觏的文章是“治物之器”的观点，曾巩的“文章得失系于治乱”的观点，朱熹的“道者文之根本，文者道之枝叶”的观点，郝经的“文即道”的观点，一直到顾炎武的“明道”“纪政事”“察民隐”“乐道人之善”的观点，尽管说法各不相同，但其实质都是把文学作为维护礼教的工具，因而都可归入实用说。由于古代中国封建社会长期在儒家思想的统治下，提倡和实行的是伦理中心主义。“君君、臣臣、父父、子子”，成为人人必须遵守的生活准则。这种伦理中心主义就不能不渗透到意识形态的各个领域，作为意识形态之一的文学就不能不强调“教化功能”，这样一来，实用说就成为中国古代一种占主导倾向的文学本质论。当然，中国古代的实用说是和以“诗言志”为核心论点的表现说紧密结合在一起的。因为在儒家思想的控制下，表现说所说的“志”，与实用说所说的“道”，尽管有情感与理智的区别，但从根本上说都以遵从儒家的“礼义”为旨趣。因此在中国古代文论发展史上，表现说和实用说双管齐下，并行不悖，构成中国古代文学本质论的重要特色。

在西方，实用说也源远流长。古罗马时期贺拉斯的“寓教于乐，既劝谕读者，又使他喜爱，才能符合众望”①的观点，反映了贺拉斯对罗马帝国和奥古斯都的忠诚，在“教”与“乐”这两者中，他把“教”作为目的、根本，把“乐”作为手段、工具，而他的所谓“教”，是指教育人民遵守罗马宫廷的道德规范。显然，贺拉斯的“寓教于乐”，开了西方实用说之先河，其影响一直延续到近代浪漫主义思潮兴起之后。在整个中世纪，神学统治一切，文学理论不过是神学中一个小小的分支，对待文学更是采取实用态度，把文学视为歌颂神明与圣徒的工具。在古典主义时期，实用说的文学观念，处于主导地位。因为像 17 世纪的法国，王权统治达到了顶峰，一切都要为王权服务，文学也不能例外。当然，这一时期的文学观念也讲真和美，但真和美必须为王权所推崇的“义理”所规范。古典主义理论家布瓦洛

① 贺拉斯：《诗艺》，《诗学·诗艺》，人民文学出版社 1962 年版，第 155 页。

就明确提出："首须爱义理：愿你的一切文章永远只凭着义理获得价值和光芒。"[①]为什么要如此强调"义理"呢？这就是要通过文学中的"义理"来规范读者的思想。

此外，革命民主主义作家和无产阶级作家，也强调文学的实用目的，所以他们的文学本质论除再现说之外，也往往是实用说。例如，车尔尼雪夫斯基的"文学是人的生活教科书"的观点，高尔基的"文学是社会诸阶级和集团底意识形态——感情、意见、企图和希望——之形象化的表现"，以及"文学家是阶级的耳目与喉舌"的观点，马雅可夫斯基的"最好的诗将是为共产国际的社会订货而写"的观点，郭沫若的"文学是革命的前驱"以及作家是"阶级的代言人"的观点，特别是无产阶级革命导师列宁的文学是党的事业的"齿轮和螺丝钉"的观点，毛泽东的文学是"团结人民、教育人民、打击敌人、消灭敌人的有力武器"的观点，都毫无例外地把文学视为手段、工具、武器，都是文学本质问题上的实用说。

实用说是探讨文学本质的第三条路线，它的出现与流行有其历史必然性，它是人类的各种社会关系充分发展的产物。既然社会分成各种各样的阶级与集团，各阶级、集团又必然要谋求自身的利益，那么各阶级、集团之间就不可避免地发生矛盾与斗争。在这种矛盾、斗争中必然要寻找工具与武器，这样原来不是工具、武器的文学被当作工具、武器来加以使用，就是很自然的事。为此，它们不能不建立起相应的文学本质论，实用说就这样应运而生了。不同阶级、集团的实用说在基本观点上是一致的，但其性质则截然不同。无产阶级利用文学作为战斗武器，是文学的光荣。例如，在抗日战争那样一个国家民族面临生死存亡的危难时刻，抗日的人民把文学当作武器是自然而合理的；但没落的封建阶级利用文学来"卫道"，以挽

① 布瓦洛：《诗的艺术》，任典译，人民文学出版社 1959 年版，第 4 页。

救必然要没落的社会，则是文学的堕落。这两者是不能混淆的。

第四种，客观说。

客观说，或可叫作作品本体说。客观说在文学四要素中把作品这个重点强调到高于一切、重于一切的地步。客观说的基本观点是：文学作品一旦离开作家的笔，它就不再与作家发生联系，与读者的联系也没有多大意义，作品本身就获得了完全客观的性质，成为一个封闭的“自足体”，因此文学是一种独特的语言建构。当然，文学不可能不与社会生活以及读者发生关系，客观说并不否认此种关系的存在，但认为作品与社会生活的关系，作品与读者的关系，都是文学之外的关系，不在“文学性”之内，只有作品语言的结构关系，才是文学之内的关系，才具“文学性”。

客观说最早由俄国形式主义学派首先提出，其后捷克和法国的文学结构主义、英美新批评、德国的文本主义批评都在接受俄国形式主义的影响的基础上，加以变化、丰富、发展，成为现代西方文论中影响最大的一个流派。俄国形式主义对文学本质的理解与再现说、表现说、实用说完全不同，他们认为文学不是社会生活的再现，因而不是社会学；文学也不是作家情感的流露，因而也不是心理学；文学也不是在读者中发生作用，因而也不是伦理学；文学仅仅是一种特殊的语言建构，是“对于普通语言的系统歪曲”（罗曼·雅各布逊语）。捷克文学结构主义的代表人物杨·穆卡洛夫斯基看到了俄国形式主义的片面性，他提出的结构主义似乎要把传统的再现说、表现说与新兴起的客观说结合起来，提出每一个文学事实都是两种力量——结构的内部运动和外部干涉的合力[①]，但他的整个立场与俄国形式主义是相似的。例如，他曾讲过“内容的要素在一定意义上具有形式的性质”，“新的句型和新的用词也能表示对现实的新态度。

① 参见《什克洛夫斯基〈散文理论〉捷译本序言》，《世界艺术与美学》第7辑，文化艺术出版社1986年版，第35页。

所以，节奏在诗歌中经常更新人评价世界的方法”。很明显，在他那里不是内容决定形式，而是形式决定内容，因此文学的本质还是由形式决定的。英美的新批评发挥了俄国形式主义的论点，提出：“艺术品似乎是一种独特的可以认识的对象，它有特别的本体论的地位。它既不是实在的(物理的，象一尊雕像那样)，也不是精神的(心理上的，象愉快或痛苦的经验那样)，也不是理想的(象一个三角形那样)。它是一套存在于各种主观之间的理想观念的标准的体系。”①如果说文学活动是由生活——作家——作品——读者这四个环节构成的话，那么新批评派就把中间一环单独抽出来，作为独立存在。为此，就必须切割作品与作家、读者这两头的联系。这样，作品才成为完全客观的、可供解剖的“自足体”。而文学的本质也就只能从作品内部的形式构造上去寻找了。

从社会心理的角度看，客观说的出现与流行是人们企图逃避熙攘现实的心理的反映，是对强调文学社会性的一种逆反心理的表现。文学研究中这种心态的出现与20世纪社会现实的变化发展密切相关(详后)。但我们也不能不看到，客观说的产生也与人们对文学本身认识的深入有关。文学本身的确是一个多维度、多层次、极复杂的事物，文学形式，特别是文学语言形式，是文学的一个极重要的层面，而在传统的理论中如果不说是被忽视的话，起码也是重视不够。随着文学研究的发展与深入，是必定要发现文学语言这一层面的特殊的、重大的意义的。因此，客观说把研究主视角对准作品及其语言建构，虽说有偏颇、片面之处，但其价值是不容抹煞的。

第五种，体验说。

体验说，也可叫读者本体说。它强调读者对作品的体验这种关系，强调读者阅读作品时的体验和创造。按这派人的看法，作家笔

---

① 韦勒克、沃伦：《文学理论》，刘象愚等译，生活·读书·新知三联书店1984年版，第164页。

下的白纸黑字或是报刊杂志发表出来的诗歌、小说等，只是“文本”，而“文本”是死的，还不能成为供读者观照的美学对象。“文本”一定要在读者阅读过程中，经过读者的心理体验和创造，才能实现为美学对象，这才是真正的“作品”。所以在读者的阅读活动之外，在读者的心理体验之外，就不存在文学。

体验说的思想萌芽虽说古已有之，如中国古代诗论中有“以意逆志”“诗无达诂”“诗为活物”等说法，法国诗人保尔·瓦莱里也有“我诗歌中的意义是读者赋予的”的说法，都重视读者在整个文学活动中所起的作用，都认为读者对作品的解释、理解是十分重要的。但真正成为一种正式的学派是20世纪60年代中期的事。当时，联邦德国几位志同道合的年轻学者共同提出了“接受美学”的构想(接受美学作为一种新兴的文学理论有它的体系、范畴、概念和术语，我们将在第四章再详加介绍。在这里只就接受美学的基本的文学观念作些述评)。就文学的本质问题而言，接受美学的提倡者认为，文学并不是作家这个主体面对着自然这个客体的活动，而是作者与读者缔结的一种“对话”关系。不错，作家笔下的“文本”建立了某种“召唤结构”，但此种“召唤”有待读者的响应，才能构成对话关系。这种对话关系的建立之日，才是真正的文学作品诞生之时，因此读者的体验对于蕴含美学对象的作品的产生具有举足轻重的作用。接受美学的创始人之一姚斯说：“在这个作者、作品和大众的三角形之中，大众并不是被动的部分，并不仅仅作为一种反应，相反，它自身就是历史的一个能动的构成。一部文学作品的历史生命如果没有接受者的积极参与是不可思议的。”① 根据这样的原理，他们提出了这样的文学本质论：“文学的本质是它的人际交流性质，这种关系不能脱离其观察者而独立存在。”(姚斯语)

---

① H.R.姚斯、R.C.霍拉勃：《接受美学与接受理论》，周宁、金元浦译，辽宁人民出版社1987年版，第24页。

体验说的产生及其迅速流行，有其社会心理学的根据。如果说客观说的倡导者是对于文学和文学研究过分关注社会现实的一种逆反心理的表现的话，那么体验说的倡导者则是对于文学和文学研究逃避社会现实的一种新的逆反心理的表现(详后)。从思想实质上说，体验说是对再现说、表现说贴近社会现实精神的一种回归，不过所选择的道路又很不相同。再现说、表现说选择了作家，体验说则选择了读者。体验说开辟了认识文学本体的一条新路，无疑是有意义的。

第六种，自然说。

自然说在文学四要素中强调宇宙、自然、生活这个重点，认为文学作品就是不必经过艺术加工或不必经过较大加工的自然或生活本身。这是一种反传统的、非艺术的文学观念。传统的(包括中外传统)文学观念都认为文学和自然形态的生活、事物是不能等同的，文学是作家的创造与虚构，因此艺术加工是必不可少的。为了进行艺术加工，作家就必须有经过专门训练的技巧。就作品而言，必须是艺术化的、具有审美价值的。自然说的倡导者却有意鄙视上述这一切传统的法规，打破一切因袭的观念，把文学跟自然、生活等同起来，认为文学可以不要艺术加工，不要艺术技巧，也不必提出什么美学命题。

自然说这种非艺术、反艺术倾向的观念，最初产生于绘画。被称为“真正的现代艺术运动的创始人”的法国画家杜桑有一次把溺器送到美术展览馆展出，起名为“泉”。这简直是破天荒的“创举”。如果说杜桑的“创举”的用意是想对传统艺术进行嘲弄的话，那么其后的波普艺术家(新达达主义)就把杜桑的揶揄变成了创作的原则，形成了一种反艺术的艺术观念。他们随便把手边的一切，譬如，电线、纸张、破布、地图、空罐头盒、木头等现成的物品，稍加摆设，就成了他们的作品。当代美国学者杰克·格里克曼认为：“我们没有充分的理由认为自然物(如漂浮的木头)不能被评定为艺术品。”自美国新达达主义大师劳生柏到北京举办他的大型艺术展览之后，中国现代绘画中的这种新流派也如雨后春笋般出现。

自然说的艺术观在文学中的表现以纪实性文学的兴起为标志。按传统的观念，那种引人入胜的、攫取人心的、曲折诡奇的故事只能出现在作家的笔下，文学总是比生活更高、更集中、更典型、更强烈，因此文学的本体永远是经过作家的艺术加工和改造的。然而社会发展到20世纪七八十年代，生活本身出现了巨大的变化，加之广播、电视的迅速发展，各种各样、无奇不有的人物和事件被报道出来，吸引了许多听众、观众的注意，这就向文学提出了挑战。于是纪实性的文学、口述实录文学应运而生。这种主要靠录音机“创作”出来的作品，完全是生活的实录，或者说并未经过很大的艺术加工。作者推到读者面前的是带着生命气息的原本的生活，而这种作品居然也立刻赢得了许多读者。这究竟是怎么回事呢?让我们借用蒋子龙在其中篇小说《燕赵悲歌》的“引子”中的一段话来回答这个问题，他说：“千百万群众在创造生活的劳动中，看似偶然爆发的事件，却代表了一种历史的必然、社会的必然，往往比作家费尽心机加工提炼出来的情节更可信、更集中、更概括。许多生活中的平常人或不平常人，往往比作家呕心沥血塑造出来的人物更真实、更感人、更典型!”生活既然如此，为什么不可以冲破传统的观念，把生活本身充当作品呢?《美国寻梦》《北京人》《五·一九长镜头》《公共汽车咏叹调》等作品就是生活的实录，不也赢得一片叫好声吗?!文学发展中的这一新现象，促使某些人不得不重新来探讨文学的本质，并据此得出一个非艺术、反艺术的结论：文学不需加工，文学不需技巧，文学就是自然、生活本身。也许绘画界的自然说与文学界的自然说有很大的差异，但其在根本点上是相同的，即艺术与生活是可以混同的。

自然说的文学本质论是作家既向社会生活认同与又向传统艺术观念反叛这双向心理的撞击而形成的。一方面作家们感到社会生活中就有许多现成的激动人心、意味深长的人物和事件，难道不应当用最快的速度向关心社会生活变化的读者做出如实的报告吗？另一方面作家们对于“虚构性”“技巧性”产生了反感，翻来覆去的虚构模式和日益精细的技巧法则已成为了禁锢和扼杀创造力的绳索，把艺术的才华捆绑在传统的观念上是愚蠢的，何不别开生面，打破艺术和生活的界限，把生活当作艺术拿出来展览呢？

文学的四要素，构成了六种关系，出现了六条探讨文学本质的路线，产生了六种文学本质论：再现说、表现说、实用说、客观说、体验说、自然说。应该说，这六说都有其合理的因素，因为无论哪一说，都抓住了文学活动的一个因素或一种关系，都从一个侧面切入到了文学的本体，所以都接触到了文学的本质问题。至今，这些论点仍然是我们研究文学本质的基础，仍有许多东西有待于我们去吸收和消化。但是这六说又都存在着局限，并不能整体地揭示文学的本质。尽管六说各异其趣，是很不相同的，但从方法论的角度来看，它们的弱点是相同的。它们都企图从文学的某一因素、某一关系、某一部分来规定文学的整体，所采用的都是元素论的方法。而元素论的方法是西方 17 世纪至 19 世纪的机械精神的产物，已被实践证明是过了时的不符合客观实际的东西。因此，沿着上述六条同样带有元素论偏颇的路线走下去，是注定没有学术前途的。它们都可以解释部分文学现象，但要整体地把握文学的本质是困难的。这样，我们要想真正揭示文学的本质特征，就不能不试探着走一走别的路子。

那么，我们把再现说和表现说结合起来，或者把客观说和体验说结合起来，是否能把探讨推进一步呢？让我们来试一试吧！

二、再现说和表现说的对立统一

（一）再现说和表现说的对立

文学创作活动有两极，一极是主体，一极是客体。在这里所谓的主体就是作家，所谓的客体就是社会生活。主体—客体的轴线横亘在整个文学创作活动中。再现说与表现说各执这条轴线的一端，再现说执客体这一端，表现说执主体这一端。正是因为它们各自偏执轴线的一端，它们之间的对立就不可避免地产生了。

从历史发展角度来看，此种对立与反拨在西方表现得特别明显。古典主义力主再现，浪漫主义就大声地喊“表现”来反对它。批判现实主义又起来跟浪漫主义唱对台戏，旗帜上写着是“再现”；现代派企图取代现实主义，重新亮出了“表现”。在西方，文学就在再现说与表现说的争斗中发展着。在中国古代，不存在此种对立与反拨。但就现代文学发展史而言，由于中国文学观念已经走出古典进入现代，此种对立斗争也时有出现。文学研究会主张再现，创造社主张表现，从文学思想上看，也是再现说与表现说的对立。

从理论的角度看，在主体—客体轴线上各执一端的再现说与表现说的分歧是深刻的。有些论者想通过三言两语就把它们调和起来，这是办不到的，我们要充分地看到它们之间存在的对立。

1.“向外转”还是“向内转”

在这里，我们所说的“外”是指外在的客观世界，“内”是指内在的心灵世界。再现说主张文学创作要以外在世界作为参照点，作家所描写的东西越逼近外在的世界，其艺术性就越高，这样，文学的本体就应在向外转的过程中去寻找。而艺术真实，也主要表现在描写外部世界的逼真上面。他们之所以把文学的本体看成就是自然本身，而强调文学创作要向外转，这跟他们对生活的理解有密切关系。

英国作家、学者蒲伯这样说：

> 首先要追随自然，按它的标准来下判断，这标准是永远不变的。
>
> 自然永远灵光焕发，毫不差错，
>
> 它是唯一的，永恒普遍的光辉，
>
> 万物从它得到力量、生命和美，
>
> 她是艺术的源泉、目的和检验的标准。
>
> 古代的创造法则，并非臆造，而是被发现的，法则就是自然，只不过是规范化了；
>
> 就象自由，她让自定的法律，给自己加上一些限制。①

很明显，既然外在的自然充满了力量、生命和美，放射出永恒的普遍的光辉，那么文学摹仿它、复制它，围着它转，文学自身才能获得生命、力量和美，才能成为人类精神的食粮。尽管再现说有多种多样的流派，但在上述这个基本点上——向外转并逼真地摹仿自然——是一致的。

表现说的主张恰好相反。他们认为再现说企图把文学的本体视同外在自然本身，要求逼真地描写自然，这是根本不可能的，雨果对此曾经提出批评，他说：

> 艺术的真实根本不可能如有些人所说的那样，是绝对的现实。艺术不可能提供原物。②

---

① 蒲伯：《批评论》第1部分，见《文学理论学习参考资料》，春风文艺出版社1981年版，第157页。

② 雨果：《〈克伦威尔〉序》，《雨果论文学》，上海译文出版社1980年版，第61页。

他举例说，一个主张再现说的人，如果他在看一出浪漫主义戏剧(譬如《熙德》)，他就会处处感到不满意。他首先会说："怎么?《熙德》的人物说话也用诗！用诗说话是不自然的。""那么，你要他怎么说呢?""要用散文。""好，就用散文。"如果他坚持模仿逼真的原则的话，过一会，他又要说了："怎么，《熙德》的人物讲的是法国话?""那么该讲什么话呢?""自然要求剧中人讲本国语言，只能讲他的西班牙语。""那我们就会一点也听不懂了；不过，还是依你的。"然而挑剔并没完。他可能站起来质问：这位在台上说话的熙德是不是真正的熙德本人？这位名叫彼得或雅克的演员有什么权利顶用熙德的名字？这都是假的。这样下去，他就可能要求用太阳代替灯光，用"真正的树"和"真正的房屋"来代替那些骗人的舞台布景。因为这样一开了头，逻辑就把我们逼下去，再也煞不住。雨果的意思很明白，逼真的摹仿是不可能的，再现说是经不起推敲的。这样一来，表现说就主张文学创作是作家心灵世界的表现，或者是作家感情的自然流露，文学的本质在作家的心灵状态之中，文学创作应该"向内转"。当然，表现说并不是拒绝描写人物、景物、事件等，但他们的兴趣不在人物、景物、事件上面，依然是在情感的表现上面。表现说的代表人物之一约翰·斯图尔特·密尔对此做了这样的说明：诗歌并不在对象本身，而是在心灵状态之中，诗就在心灵中被冥思苦想着。当诗人描绘一头狮子时，他只是在表面上描绘狮子，其实诗人自己的兴奋状态才是真的。因此，文学的真实，不是描写外部世界的逼真，而是情感抒写的真实。如果说某种人物、景物在文学中占着地位的话，那不过因为它是表现诗人内在心灵状态的一个等值物而已。①

表现说之所以把文学的本体看成是作家心灵本身，强调文学创

① 参见艾布拉姆斯：《批评理论的趋向》，《文艺理论研究》1986年第6期。

作要“向内转”。首先，外在的世界作为文学的描写对象，如果只做平板的摹仿，是没有艺术生命力和艺术表现力的。生活一定要经过作家心灵的过滤和拥抱，才可能得到艺术的提升。当代文艺理论家胡风说过，尽管题材怎样好，怎样实有其事，但如果它没有在作者的情绪里面溶解、凝晶，那你就既不能把握它，也不能表现它的。因为，在现实生活上，对于客观事物的理解和发现需要主观精神的突击，在诗的创造过程中，客观事物只有通过主观精神的燃烧才能使杂质成灰，使精英更亮，而凝成浑然的艺术生命。其次，表现说看重作家心灵的表现，还由于文学创作的“向内转”必然要构建起奇妙的多功能的心理时间和心理空间。在这个由心理时空所建筑起来的艺术世界里，作家会获得空前的自由，展现在他们脚下的路变得无比宽阔，人与自然可以在这里复合，主体和客体可以在这里交汇，昨天与今天可以在这里重叠，此刻与彼刻可以在这里联姻，理想与现实可以在这里结合。在某种意义上说，作家的心灵比实在存在的世界更加广阔无垠。正是根据这样的道理，表现说认定文学是作家情感的流露，文学创作应“向内转”。

“向外转”与“向内转”反映了再现说与表现说对文学本体的认识的根本对立。由于这一根本对立，又派生出了其他一些对立。

2. 重学习还是重天才

人们早就形成这样一种看法：一个人对情感的敏感是天生的，但一个人的知识、学问、技能则是后天习得的。再现说既然把文学界定为生活的摹仿，那么他们就很自然地认为，这种摹仿的技能主要是靠后天努力学习获得。当然，天赋也起作用，但不是主要的。所以主张再现说的作家、理论家一般总是说文学创作主要不是靠天才和灵感，而是要靠后天的勤学苦练。例如，主张摹仿论的黑格尔就认为，创造伟大的艺术品，首先要有“外在的机缘”，并做出努力，而不能单靠天才与灵感，他说，最大的天才尽管朝朝暮暮躺在青草地上，让微风吹来，眼望着天空，温柔的灵感也始终不光顾他。

表现说对这个问题的看法正好与再现说相反。在它的倡导者们看来，文学既然是作家感情的自然流露，那么创作就主要不是靠后天的习得，而是靠天才与灵感。雪莱曾这样来认识这个问题：我们时常感到某种激动人心的思想和情感向我们袭来，这种情形有时与外部世界的刺激有关，有时则只与我们自己的心情有关，它往往是来时不可预见，去时也不可追寻。“诗灵之来，仿佛是一种更神圣的本质渗彻于我们自己的本质中；但它的步式却象拂过海面的微风，风平浪静了，它便无踪无影，只留下一些痕迹在它经过的满是皱纹的沙滩上。这些以及类似的情景，唯有感受性最细致和想象力最博大的人们才可以体味得到。”①雪莱所说的这种“人们”，自然是“天才”。在这个问题上看法最为绝对的是近代浪漫主义理论的开山祖康德，他说，必然是大自然在创作者的主体里面(并且通过它的诸机能的协调)给予艺术以法规，这就是说，美的艺术只有作为天才的作品才有可能。

3. 重叙事类还是重抒情类

由于再现说和表现说在文学本体问题上的严重对立，它们在文学作品类型的选择上面也产生了分歧。

再现说认为，史诗、悲剧、小说等叙述类的文学作品是文学正宗，最应受到推崇。例如，力主摹仿说的亚里士多德就认为，悲剧是诗歌的最高形式，而情节——摹仿的主要对象，则是它的灵魂。古典主义流派的理论家、作家也把悲剧和史诗推到文学的王座上面。19 世纪的摹仿说虽然不再把情节作为文学的灵魂，而把人物，特别是典型人物，放到了文学殿堂的中央，但在审视叙事类这一点上，与他们的前辈是完全一致的。

---

① 雪莱：《为诗辩护》，《十九世纪英国诗人论诗》，人民文学出版社 1984 年版，第 154～155 页。

表现说则与此相反，它的倡导者们贬抑叙事类作品，甚至认为一首史诗“就它是一首史诗（即叙事的）来说……根本就不是诗歌”，而情节则变成了一种“难逃的灾祸”。他们认为只有抒情诗是情感的最纯正的表现，所以它与其他种类的诗相比，是“更为杰出和独特的诗歌”①。中国古代文学中的叙事类作品在很长时期里受到歧视，得不到像抒情诗那样的发展，看来也与中国古代文论中表现说一直占主导地位密切相关。

4. 重读者还是重自我

尽管对这个问题不可不加分析地一概而论，主张表现的作家也有重读者的，主张再现的作家也有并不重视读者的；但就一般而言，再现说重视读者及其反响，表现说则不太重视或根本不重视读者及其反响。

再现说的倡导者和拥护者一般都与生活保持亲密的关系，与周围的人们保持密切的关系，他们再现的生活，往往就是周围人们的生活。那么他们再现得逼真不逼真呢？他们乐于听到读者的反映，他们正是在读者的热烈的反应中，得到快感，得到奖励。反过来，由于他们希望得到读者的积极的反响，就必然要在创作中更注意去写带有普遍性的生活，以期引起读者的理解和共鸣。力主文学是现实的复制的别林斯基认为，文学不能没有读者群而存在，正像读者群不能没有文学而存在一样。他说：“读者群和他们的作家是有着生动的关联的：后者是生产者，前者是消费者；后者是演员，前者是以自己的共鸣和热情奖励演员的观众。”②既然作者与读者是生产者与消费者的关系，那么作者就不能离开读者。离开了读者，作者的劳动就毫无意义了。所以别林斯基的结论是：“读者群是文学的最高

① 参见艾布拉姆斯：《批评理论的趋向》，《文艺理论研究》1986年第6期。

② 别列金娜：《别林斯基论文学》，梁真译，新文艺出版社1958年版，第249页。

法庭、最高裁判。”①

表现说强调作家的个性的表现，强调“自我表现”，只要表现出来了，那就是创作，至于有没有读者，读者反响如何，是不重要的。克罗齐甚至认为“艺术即直觉”，只要你心里体味到了，不必写出来，那就是诗，就是创作。在这样一种理论框架里，读者自然就没有地位。也许说得最绝对的还是英国的约翰·斯图尔特·密尔。密尔认为：“诗歌是情感，是在孤独的时刻自己表白自己”，“所有的诗歌都具有自言自语的性质”。这样密尔就把诗歌的读者减少到一个人，即作者自己。他甚至认为，一旦诗人为读者而歌唱，那么诗人就不再是写诗，而“变成了耍嘴皮”。许多表现派诗人都持有与密尔相同的看法。济慈宣称：“我从未带着公众思想的些微影子写下一行诗句。”雪莱也说：“诗人是一只夜莺，栖息在黑暗中，用美妙的歌喉唱歌来慰藉自己的寂寞。”

(二)再现说与表现说的统一

正如我们前面所说的，再现说和表现说各自抓住了文学创作活动中的、方向相反的一极，因此它们之间互相排斥、互相反对、互相否定、互相分离就是必然的。然而正是在这种排斥、对立中又蕴含着同一性。这就是说，再现说与表现说可以而且应该统一起来，因为在文学创作活动中，再现与表现虽是不同方向的两极，却又总是相互依存，相互贯通的。

1. 再现和表现之间相互依存

在文学创作活动中，再现与表现都不能孤立存在。再现要以表现为媒介和条件，表现也要以再现为媒介和条件，它们之间是互相对立的，同时又是互相依存的。

就再现来说，完全客观的再现是不可能的，再现总是以表现为

① 别列金娜：《别林斯基论文学》，梁真译，新文艺出版社1958年版，第250页。

媒介和条件。上面引述的雨果的论点很清楚地说明了这一点。且不要说《熙德》不可能完全客观地摹仿真实的人物、事件、时间、地点和其他条件，就是我们面对极简单的事物，如一盆花、一块石头、一只鸟，也很难照实地摹仿与再现。这不但是因为我们不可能创造出与这盆花、这块石头、这只鸟完全一样的花、石头、鸟，还因为我们在观照这盆花、这块石头、这只鸟的时候，已把我们主观的感觉、情绪、思想等心理投射到对象中去，实际上在把握事物的这一瞬间我们已经在创造。把握即是创造。人的头脑并不是一面平光镜，客观世界是什么，人脑的反映就是什么。人的反映永远是从他的个体经验和社会经验出发的，从他已形成的个性和心理定势出发的。正是在这个意义上，马克思才在《资本论》第一卷中说："人的意识是在人的头脑中变位了变形了的物质。"列宁才说："人的意识不仅反映客观世界，并且创造客观世界。"同样的道理，对于感受敏锐、情感执着、思想深刻、个性鲜明的作家来说，他在再现外界事物的时刻，完全的实录是不可能的，他的主观意识必定要介入，从而必定是要改变外界事物的本来面貌。也只有这样，再现才有可能。当然，再现出来的事物已不是原来的事物的原来的样子。歌德说，艺术家一旦把握住一个自然对象，那个对象就不再属于自然了；而且可以说，艺术家在握住对象那一顷刻间就是在创造那个对象，因为他从对象中取得了具有意蕴、显出特征、引人入胜的东西，使那对象具有更高的价值。由此可见，外部刺激会引起作家的什么样的心理反应，进行怎样的再现，很大程度上是由活动主体的心理素质和心理品格决定的。"我们所看到的总是我们知道的。"(歌德语)再现的结果总是倾向于主观的心理变异。这就说明了，完全客观的再现是不可能的，再现总是以表现为媒介，没有表现这个媒介，再现也就不可能实现。

完全客观的再现不但是办不到的，即使是办到了，也没有多少意义。单纯的模仿、再现，无论在中外都受到了嘲讽。苏轼说："论画以形似，见与儿童邻。”歌德则说：“只有态度认真但智力有限的人才搞单纯的模仿与复制。”他认为那种能够把小狗贝洛画得如同真狗复制品的人是不值得称赞的。因为即使这种技艺获得成功，我们也不会捞到什么，充其量不过得到两只贝洛，而不是一只而已。这无论对生活，还是对艺术都不会增添什么。这就说明了艺术的再现不但必然以表现为媒介和条件，而且也必须以表现为媒介和条件。

就表现而言，纯粹的表现也是不可能的。表现也必须以再现为媒介和条件。作家的情感是流动着的，飘忽不定的，往往是稍纵即逝的。作家如果想把自己的情感表现出来，不能直接地喊叫、哭泣，他一定要把自己的情感凝结到一定的对象上面。只有这样，表现才能是真正深刻的、艺术的表现。我们的古人早就懂得这个道理。许多诗论家都论述了情与景相互依存的关系，实际上就是谈表现与再现的关系。一方面，“景无情不发”，再现离不开表现；另一方面，“情无景不生”，表现离不开再现。离开再现的表现，必定流于空喊，流于直白。连力主“主观战斗精神”的胡风，也明白这个道理，他曾说过这样的话：作家可以哭泣，可以狂叫，可以有任何种类的情绪激动，不但可以，而且还是应该的，但却不能把他的哭泣、他的狂叫照直地吐在纸上，而是要压缩在、凝结在那使他哭泣、使他狂叫的对象里面。这就是说真正的表现必须以再现为条件，有了再现这个条件，要表现的情感才有所附丽、有所依托。在这里特别要提到美国著名诗人、批评家 T. S. 艾略特的“客观关联物”的理论，他说：“用艺术形式表现情感的唯一方法是寻找一个‘客观对应物’；换句话说，是用一系列实物、场景，一联串事件来表现某种特定的情感；要做到最终形式必然是感觉经验的外部事实一旦出现，便能立刻唤起那种情感。”①尽管艾略特只把客体、情境、事件这些再现因素当

① 艾略特：《哈姆雷特》，《艾略特诗学文集》，国际文化出版公司 1989 年版，第 13 页。

成一种手段，其所要强调的还是情感，但他深刻地看到了，浪漫主义的过分主观倾向使情感溢出客体，是不符合艺术规律的，诗人的情感如找不到“客观的关联物”，就不可能深刻地表现出来。因此他的理论同样也说明了表现必须以再现为媒介和条件。

2. 再现与表现之间互相贯通

文学创作中的再现和表现不但互相依存，而且还互相贯通、互相包含，“你中有我，我中有你”。再现中有表现，表现中有再现。一切再现都是表现，一切表现都是再现。从创作的触发角度看，再现因素与表现因素是相互发动、相互深入的过程。客观外界的生活刺激了作家，作家以他全部的心理定势为基础，做出了反应；反过来，作家的思想情感的火花一旦被激起，它又回过头来深入到对象中，从而按自己的意愿和需要改变了对象。对象作为再现因素发动了作家的情感，作家的情感作为表现因素又改变了对象。我们的先辈通过对诗歌创作中情、景关系的论述，深刻地揭示了创作触发阶段表现与再现相互发动、深入的规律。谢榛认为：“景乃诗之媒，情乃诗之胚，合而为诗。”[①]王夫之则说：诗的产生是“景生情，情生景”。情与景之间通过“相值相取”（王夫之语），“相摩相荡”（刘熙载语），诗意才被激发起来，才能进入创作过程。从构思和表达的角度看，再现因素与表现因素总是不可分离地结合到一起的。中国古代诗论“情景交融”的论述也很深刻地阐明了这一点。当然，有的诗论家倾向于再现，他们更强调“景”的作用，如王夫之说：“不能作景语，又何能作情语耶？古人绝唱多景语，如‘高台多悲风’，‘胡蝶飞南园’，‘池塘生春草’，‘亭皋木叶下’，‘芙蓉露下落’，皆是也，而情寓其中矣。以写景之心理言情，则身心中独喻之微，轻安拈出。”[②]有的诗论家倾向于表现，他们更强调“情”的作用，如李渔说：

---

① 谢榛：《四溟诗话》。

② 王夫之：《姜斋诗话》。

“词虽不出情景二字，然二字亦分主客。情为主，景是客。”[1]但是无论是倾向于再现的，还是倾向于表现的，又都强调情景交融，不可分离。如王夫之说：“情、景名为二，而实不可离。神于诗者，妙合无垠。”[2]李渔也说：“说景即是说情，非借物遣怀，即将人喻物。有全篇不露秋毫情意，而实句句是情，字字关情者。”[3]总而言之，“情”作为表现因素，“景”作为再现因素，是互相贯通、互相包含的。景中含情，情中含景。景者情之景，情者景之情。写情时景自在，写景时情并到。这样一来，一切景语皆情语，一切情语皆景语。

从心理学的角度来看，作为文学观念的表现与再现的关系，实际上就是心与物、主体与客体的关系。从一般的经验看，心与物、主体与客体是分离的。人们总以为一切客观的知识好像仅仅是人对外界的知觉记录、运动联想、语言说明。似乎人对外部世界的反映，就是刺激—反应，即按 S-R 这个公式运动。或者说人脑的机能就是将外部传来的信息进行集合、安排，智慧的内容仅仅来自外部、来自客体。实际上这种看法是不正确的。

现代心理学已经证明，客体作用于主体感官，还不足以产生映象，为此还必须有一个来自主体方面的回答性的积极过程。主体对客体的反映活动不是反应，也不是反应的总和，而是具有自己的结构、自己的内部转变和转化、自己的发展的系统。[4] 一个从偏僻的山村里来的、没有文化的老太太突然坐在中国歌剧院里看一流的芭蕾舞演出，她不明白舞台上发生了什么事，她会感到莫名其妙而索然无味。明明是那么美妙的舞姿，却不能引起她的兴趣，就因为作为主体的她缺少接受芭蕾舞的心理结构，缺少积极的回答过程。一

---

① 李渔：《窥词管见》。

② 王夫之：《姜斋诗话》。

③ 李渔：《窥词管见》

④ 参见列昂捷夫：《活动・意识・个性》，李沂译，上海译文出版社 1980 年版，第 51 页。

个从未接触过现代派绘画的人，面对着毕加索的著名油画《格尔尼卡》，他看到了立体派、超现实主义派的几何图式似的东西，除此之外，他再也看不出什么东西来。毕加索的画明明发出不同凡响的信息，而他却没有接受到。其原因也是因为他作为主体缺少必要的结构，缺少回答性的积极过程。这就说明，在认识客体的过程中，客体的刺激诚然是不可缺少的，但主体的条件也是重要的。正如著名的心理学家皮亚杰所说：

> 为了认识物体，主体必须对它们施加动作，从而改变它们：它必须移动，连接，合并，拆散和再集拢它们。
>
> 当然，主体需要客体的信息，以便明确自己的动作，但是它也需要许多主观的成分。没有长期的练习，或者缺少构造精细的分析与协调的工具，他就不可能知道属于客体的是什么，属于自己作为一个积极主体的是什么，以及属于从最初阶段到最后阶段转化的动作本身又是什么。因此，知识在本原上既不是从客体发生的，也不是从主体发生的，而是从主体和各个客体之间的相互作用——最初便是纠缠得不可分——中发生的。①

根据皮亚杰的论点，文学创作也是在主体与客体相互作用中产生的，没有客体的信息诚然不行，没有主体的回答性的积极过程也不行。

现在需进一步弄清楚的是，主体的回答性的积极过程是怎样实现的。人作为认识世界的主体，他的心理并不是一张没有写过字的白纸，只能听任客体的笔在这张白纸上随意描画。人作为主体在面对客体时，已有一个心理图式，一个由生活积淀而成的心理图式。

① 张述祖等审校：《西方心理学家文选》，人民教育出版社 1983 年版，第 424～425 页。

形成一个人的心理图式的原因是多方面的：例如，体现在个人身上的人类在长期的社会实践中积淀起来的心理素质；体现在个人身上的民族因素；体现在个人身上的时代因素；体现在个人身上的阶级、阶层、集团的因素；个人所处的经济、政治、文化地位；特定环境下的心境、情绪，等等。这多方面的因素融合在一起，构成了作为准备对客体做出反映的个人的心理图式。这种心理图式，也可以叫作心理定势，它是对事物进行反映的准备。这种心理定势不是消极的，而是具有动力的。当主体以它独特的心理图式对客体做出反映时，就产生了主体以自己的心理图式将客体纳入其中的过程，即主体按自己的心理图式对客体加以整合的"同化"过程。对此，皮亚杰解释说："没有一种行动，即使对于个人是新的，能构成一种绝对的开端。它总是嫁接在以前的格式之上，因此这等于说，累进地把新的元素同化于已经构成的结构（先天的，如反射，或习得的）之中。"①"同化"的运动随时发生。这里且不必说那些有意义的事物要被主体的心理图式所同化，就是那些毫无意义的事物，也要被既定的心理图式所同化，并被整合到自己的结构中去。例如，蝉鸣的声音，本来是毫无意义的。但不同的主体也会力图把它整合到某种有意义的事件中去。一个发胖而又怕热的人，由于自身的结构，他会把蝉鸣听成"热呀！热呀！"一个在蝉鸣的季节感觉到自己亲爱的孩子在腹中躁动的母亲，多少年后，每当她又一次听见蝉鸣时，她耳边就仿佛响起了"快生了！快生了！"的喊叫。总之主体的心理图式是十分活跃的因素，它总要按自己的结构去同化、整合客体，而客体那些无法被同化、整合的部分，也是由主体心理图式所决定的。

但是，如果主体仅仅有同化作用，那么主体的心理图式就不能发展、变化，就不会获得新内容，人也就不会增长智慧。实际上，

---

① 张述祖等审校：《西方心理学家文选》，人民教育出版社1983年版，第430页。

在主体发生同化的过程的同时，又产生了“顺化”的过程。所谓“顺化”，按皮亚杰的解释是：“在行为的领域内，我们把同化性的格式或结构受到它所同化的元素的影响而发生的改变称之为顺化(即顺应)。”①用通俗一点的话来说，“顺化”就是主体在整合客体的同时，又受到客体的影响，对客体产生顺应。可以这样说，同化和顺化，是主体认识客体的同一过程的两个方面：一方面主体以原有的心理图式去整合客体(同化)；另一方面，主体心理图式又受影响于客体(顺化)。主体对客体反映的实现，是由同化与顺化之间的平衡促成的。所以皮亚杰说：没有顺化就没有同化；没有同时的同化，也就没有顺化。不仅如此，皮亚杰还进一步指出，在主体和客体互相作用、实现反映的过程中，虽然顺化和同化都出现，但它们之间的强弱状况是经常改变的。他认为：“只有在它们之间存在着或多或少稳定的(即使经常是流动的)平衡，才表现出一种完满的智慧动作的特征。”②假定达不到这种平衡，那又会怎样呢？皮亚杰回答说：“当同化胜过顺化时(就是说不考虑客体的特性，只顾到它们与主体的暂时兴趣相一致的方面)，就会出现自我中心主义的思想，甚至表现我向的思想。”“相反地，当顺化胜过同化达到它能忠实地仿效当时作为模型的物体或人物的形式动作时……表象……向着摹仿的方向发展。”③这种情况，对于人的反映来说就必然会带有这样或那样的片面性。

上述的心理图式、同化、顺化、平衡等认知心理学观念，我以为是充满辩证法的。如果我们用上述观念来考察再现和表现这两者的关系的话，我们就可得出某些比较科学的结论：第一，根据主体在认知客体时其心理图式具有动力的原理，我们可以认识到，作家再现生活是以自己的心理定势作为准备，要产生极活跃的同化过程，因而单纯

① 张述祖等审校：《西方心理学家文选》，人民教育出版社1983年版，第431页。
② 张述祖等审校：《西方心理学家文选》，人民教育出版社1983年版，第432页。
③ 张述祖等审校：《西方心理学家文选》，人民教育出版社1983年版，第433页。

的再现是不可能的，作家的再现是对生活的消化理解，积极整合，按自己的偏爱积极整合，因而必定在再现中灌注了表现。第二，根据没有顺化就没有同化，没有同化也就没有顺化以及同化和顺化应当平衡的原理，我们得到的结论应该是，没有再现也就没有表现，没有表现也就没有再现，或者说，一切再现都是表现，一切表现都是再现。如同顺化与同化是认知的双腿一样，再现与表现是文学创作的两翼，把再现和表现统一起来，文学创作就可以起飞。

基于上述的理解，再现说和表现说可以而且应该统一起来。

然而，把文学界定为再现与表现的统一，只是从文学的两个因素，而不是从文学的整体结构来阐释文学的本质，因而这种阐释还是不能完全令人满意的。再现与表现的统一说关注的是作家的思想情感与客观的社会生活的契合，但这种契合是怎样呈现出来的呢?这就要通过文学的形式。然而再现说强调的是复制现实，表现说强调的是情感的自然流露，文学的形式问题差不多被忽视。而文学的形式对文学来说是至关重要的。所以再现说和表现说以及这两者的统一说就自然引起了俄国形式主义、捷克和法国结构主义、英美新批评派的不满。他们把再现与表现的统一，讥讽为“表现现实主义”。他们认为，一旦把文学文本看作是表现或再现的工具，就很可能忽视文本的文学性质的特殊之处。把文学作品看作是作者个性的表现将不可避免地导致传记和心理学，而把它当作是某一社会的描绘又会导致历史学、政治学或社会学。① 这种种批评显然是夸大的，但不能说他们的意见不含有合理的成分。

三、客观说和体验说的对立统一

如果说再现说和表现说是20世纪以前的古典理论的话，那么客

---

① 参见安纳·杰弗森、戴维·罗比等:《西方现代文学理论概述与比较》，包华富等译，湖南文艺出版社1986年版，第5页。

观说和体验说就是20世纪才涌现出来的现代理论了。文学理论的发展，出现了一种将文学本体“下移”的现象。文学活动按顺序可分为四个环节：生活——作者——作品——读者。最早出现的再现说把生活本身看成是文学的本体。其后，表现说将文学本体下移到作者的情感本身。到了20世纪20年代，出现了俄国的形式主义。20世纪四五十年代又出现了英美“新批评”，他们将文学本体又一次下移，下移到文学作品本身。到了20世纪60年代，开始于联邦德国的接受美学又进一步把文学的本体下移，这一次下移到读者。正如表现说是作为再现说的对立物出现的一样，重视读者的体验说也是作为客观说的反拨而出现的。

（一）客观说和体验说的对立

1. 是文本的语言还是读者的体验

客观说与体验说对文学的本体的认识是对立的。客观说认为文学的本体在文本的语言。体验说则认为文学的本体在读者的体验。前者崇拜作品，后者崇拜读者。

客观说以俄国形式主义、英美的新批评派为主要代表。尽管这两种流派的观点不尽相同，但他们在对待文学本质的理解上是一致的。在作者——作品——读者活动链条中，他们把作品这一环节取出来，作为文学的本体；而把作者的创作意图、读者的体验都排除在文学本身之外，从而切断了与作者、读者这两极的联系。

俄国形式主义给文学下过这样的定义：文学的本质不是别的，而是它与其他事物的差异（他们自称“特异论者”）。那么文学与其他事物的差异又在何处呢？他们认为既不在它所反映的生活，也不在它所抒发的感情上，而是在它所使用的语言上。他们认为文学是一种特殊的语言建构，并被当作建构来体验；也就是说，文学是充满活力的语言建构。[①] 那么，

① 参见佛克马、蚁布思：《二十世纪文学理论》，香港中文大学出版社1985年版，第20页。

这种“语言建构”究竟“特殊”在什么地方？又是怎样“充满活力”呢？对此，他们提出两个重要概念，即“自动化”与“陌生化”。日常语言由于人们过分熟悉，而成为一种自动工具，一种司空见惯的东西，因而已不能引人注意，或者说它已失去艺术功效。这就是他们所说的“自动化”。而要克服这种语言“自动化”的弊病，使读者把注意力集中于作品词语方面，并真正地把作品的语言建构当作建构来体会，那么作品里的语言材料就必须“扭曲变形”，这就是“陌生化”。“陌生化”与惯常是对立的。什克洛夫斯基强调说：“艺术使那些已变得惯常的或下意识的东西陌生化。”他们认为，惯常的“自动化”是非文学的，而“陌生化”才是富于“文学性”的。对此，什克洛夫斯基举例解释说：比如说步行，由于我们每天都走来走去，成为一种习惯，我们就不再意识到它。但是当我们跳舞时，有意识的步行姿态就会给人以新鲜之感。因此，舞蹈是一种感觉到了的步行，甚至可以更确切地说：它是一种为了被感觉到才构成的步行。同样的道理，文学正是那种日常无意识因素的实用语言经过加工后变得陌生新鲜了的东西。“陌生化”的效果是巨大的。在日常的语言俗套中，我们对现实的感受和反应变得陈腐、迟钝。但在“陌生化”之后，即普通的语言被强化、凝聚、扭曲、缩短、拉长、颠倒之后，就能迫使读者对语言产生强烈的意识，从而获得对现实的新鲜感受。① 俄国形式主义学派正是把这“陌生化”的“语言建构”，作为文学的本体，并认为区别文学与非文学的界限就在这里，文学的本质就在这里。他们并不否认文学与生活、情感的联系，但认为生活、情感是文学之外的东西，只有特殊的语言建构才是文学本身。这样一来，他们就把文本语言抬到至高无上的地位。

后来兴起的英美新批评派走到了更加极端化的地步。他们以“意

① 参见安纳·杰弗森、戴维·罗比等：《西方现代文学理论概述与比较》，包富华等译，湖南文艺出版社 1986 年版，第 5～6 页。

图迷误”为理由切断了作品与作者的关系，又以“感受迷误”为理由切断了作品与读者的联系。他们轻视作品与作者的联系，其理由是作品不一定能体现作者的意图。越是有才华的作家其意图在作品中实现得越少。因此作者写作的意图是不值得重视的。况且评价一部作品的价值，只能就作品论作品，而不必追寻它的作者的创作意图是什么。作品从作者的手中脱稿之日，也就是作品与作者告别之时。他们尤其反对把作品与读者的感受联系起来。对此韦勒克、沃伦做过非常清楚的说明：“诚然，一首诗只能通过个人的体验去认识，但它并不等同于这种个人的体验。每个人都一首诗的体验包含了一些纯属个人气质与特征的东西。这种体验带上了个人情绪与精神准备的色彩。每位读者的教育程度、个性、一个时代的总的文化风气和每位读者的宗教的、哲学的或者纯技术方面的定见，每读一次都会给一首诗增加一些即兴的、外在的东西。同一个人在不同时间的前后两次诵读就可能有相当大的差别，或者因为他可能在心理上成熟了，或者由于疲劳、忧虑、心不在焉等暂时的因素减弱了他的智力。这样，对一首诗的每次体验不是遗漏了一些东西，就是增加了一些属于个人的东西。体验与诗永不相当：即使一个修养很好的读者，也可以在诗中发现他从前阅读时未曾体验过的新的细节，而一个在这方面缺乏素养或者根本没有素养的读者会把诗读得如何走样、如何肤浅就无须细论了。”[1]新批评派在切割开作品与作者、读者的联系之后，提出了自己的文学本质论。他们认为，文学作品是一个“自足体”，是一种独特的可以认识的对象，它有特别的本体论地位。最终，他们和俄国形式主义完全一样，把文学的本体落实到文本的语言上面，认为“语言是文学艺术的材料。我们可以说，每一部文学作品都只是一种特定语言中文学语汇的选择。正如一件雕塑是一块削

① 韦勒克、沃伦：《文学理论》，刘象愚等译，生活·读书·新知三联书店 1984 年版，第 152～153 页。

去了一些部分的大理石一样”①。基于这样的理解，他们认为作品作为文本是客观的，文学的审美对象就蕴含在文本之中，我们只需把文本中的语言及其结构置于放大镜下，我们就可寻找到文学的本体了。

作为客观说的反拨，体验说把文学的本体从文本的语言下移到读者的体验。正如前面所述，体验说以接受美学为主要代表，其基本思想是：文学作品并不是一个“独立王国”，并不是一座可以超越时间和空间的纪念碑；文学作品不过是一部用语言文字组成的、不能发声的乐谱，它期待读者的阅读。只有读者在阅读活动中，运用自己的想象力，才能把作品具体化为活生生的形象体系。读者才是创造作品的真正力量，因为唯有读者的阅读，才能把死的语言材料化为有现实生命的作品，特雷·伊格尔顿认为，用接受理论的术语来说，读者使本身不过是纸页上有序的黑色符号链的文学作品“具体化”。没有读者方面这种连续不断的积极参与就没有任何文学作品。② 这也就是说，作品本身还不是审美对象，审美对象要在读者阅读过程的体验中才会呈现出来。因此，文学的本体并不在文本上面，而是在读者的创造性的阅读体验中。这样一来，体验说就摧毁了客观说的文本的“独立王国”，而建立起了自己的“读者王国”。

客观说和体验说对文学本体认识上的对立，又派生出其他方面的对立。

2. 是封闭还是开放

客观说既然认为作品是一个独立的自足体，那么作品就应是一个封闭的体系。在这个封闭的体系里，一切都是早已确定了的，它

---

① 韦勒克、沃伦：《文学理论》，刘象愚等译，生活·读书·新知三联书店 1984 年版，第 186 页 。

② 参见特雷·伊格尔顿：《二十世纪西方文学理论》，伍晓明译，陕西师范大学出版社 1986 年版，第 96 页。

的蕴含、意义、价值、隐喻、暗喻，等等，都是确定无疑的，因此文学研究不是主观地给作品增添一点什么东西，而只是把确定的东西发现出来，并做出一种过细的分析。

体验说的看法正好相反。在他们看来，作品中有许多空白，有许多断裂，有许多暗示，有许多不定因素，这就有待读者去填补空白，去连接断裂，去推测暗示，去解释不定因素。因此，作品绝不是一个早已确定好的封闭性的体系，而是一个开放性的结构。从这个意义上说，一部作品的命运往往是由不同时代、不同审美趣味的读者决定的。某部轰动一时的杰作，若干年后，可能会被读者遗忘而不值一提。某部鲜为人知的、甚至未完的残篇，若干年后，可能为读者所喜爱而红极一时。因为作品本身既然是开放性的，那么读者就有权这样或那样地填充它、解释它，并左右着它的命运。这样，文学史也就是一部接受史，它永远也没有写完的那一天。

3. 是逃避现实还是介入现实

客观说对文学本体的看法与其对待现实的态度有关系。在经过了两次世界大战后，一批作家和批评家普遍对政治表示厌恶。在他们看来，正是政治斗争把世界人民拖进了深重的苦难之中。这样，他们对各种与政治密切联系的创作和理论产生反感。客观说的主要代表，英美的新批评派就在这种背景下诞生了。他们从逃避现实、逃避政治的思想出发，强调文学和批评的独立性、客观性，认为文学和批评是绝对的、无条件地独立和客观的。作品的意义与价值就蕴藏在作品自身之中，因此，对作品的解释、评论，无须借助什么背景材料。作品就是它的唯一的对象，解释作品就是唯一的目的。文学研究完全不必介入现实。

以接受美学为主要代表的体验说则是在批判客观说的不介入现实的态度的过程中产生的。20 世纪 60 年代中期，联邦德国文坛爆发了一场论争，论争的题目就是文学要不要介入现实。一批虎虎有生气的年轻学者尖锐地批判了德国当时的“文本批评法”（英美新批评在德国的变种）逃避现实、脱离社会的倾向，极力主张文学要介入现实的斗争。正是在这种思想的指导下，他们关注文学的社会效果，进而提出以读者为本体的文学观念。这种文学观念在全世界产生了广泛的影响。文学既然以读者的体验为本体，那么就必然要研究读者的体验与社会、时代的关系，必然要把社会、时代问题引入到文学研究和批评中来。所以体验说的实质也可以说在于它对现实的切入。

通过以上评述，我们不难看出，客观说和体验说分别抓住了文学活动的两极：前者抓住作品这一极，后者抓住了读者这一极。于是形成了完全对立的文学本体论。应该说，这两种文学本体论都持之有故，都有合理的部分，但又都存在着片面性。这两种文学本体论互相补充，并在互相补充的基础上统一起来将能更全面地说明文学的本体，因而是更加可取的。

（二）客观说和体验说的统一

首先，客观说所强调的作品和体验说所强调的读者也是相互依存的。没有作品，也就没有读者和读者的体验；反之，没有读者和读者的体验，作品的存在也就没有意义。作品与读者是文学活动中两个密不可分的环节。这两个环节都以对方的存在作为条件。

其次，作品与读者之间又是互相贯通的，文学的本体既不完全在作品中，也不完全在读者的体验中，而是处于作品与读者之间的某个地方。关于这一点，接受美学的创始人之一沃尔夫冈·伊瑟尔在《阅读活动：审美反应理论》一书中已有初步认识，他认为文学作品有两极：一极是作者写出来的文本，一极是读者的“具体化”。“从这两极化的观点来看，作品本身显然不能等同于文本，也不能等于具体化，而必定处于这两者之间的某个地方。”虽然这个看法是正确的，可他们在实际阐明问题时，仍然是架空作品的文本，而把读者的体验当成文学作品的真正的创造力量。因此有必要对这个问题做进一步的阐述。

为什么说文学作品是处于文本与读者体验之间的某个地方呢？为什么说应该把客观说和体验说统一起来呢？

第一，文本绝不像某些接受美学的倡导者所理解的那样，是死的语言材料，作品的意义和价值完全是由读者赋予的。实际上，文本作为作家创造出来的产品，它本身已蕴含了一个活生生的完整的艺术世界，其价值量是确定的。它本身已创造了一个“接受前提”，而这个“接受前提”作为一种潜能不是无足轻重的，也不能随意加以解释。实际上，它是一个指示器，一个导航员，它对接受过程可以起指示、引导、驾驭的作用。关于这一点德国的接受美学家瑙曼说得比较清楚，他说，作品不仅创造了接受的需要，也创造了满足这种需要的材料和接受的方式。每一部作品都表现出一种内在的意义，一种特有的结构、一种个性、一系列特点，这一切为接受过程预先规定了作品的接受途径、接受效果和对它的评价。[①] 我们可以接受俞平伯或李希凡、蓝翎对《红楼梦》的解释（尽管他们的解释是不同的乃至对立的），因为他们解释的都是书中应有之义，或者说是从书的内部发生的；但我们不能接受那些已背离文本指引的理解方向的解释。那种把文本看成是一个空洞的容器，读者想往里面填什么就可以填什么的说法是不正确的。我们应该肯定，文本确确实实具有作者自觉或不自觉赋予它的潜在的价值。尽管这些价值是潜在的，而非实现的，但它仍对读者接受的范围、方向、效果有大致的规定，并为价值的实现提供了基础。这就清楚地说明了作品与读者的体验之间并不是对立的，相反，已有一根无形的线把两个环节串联和统一在一起。

第二，我们又不可像英美的新批评派那样，肆意抬高文本的地

① 参见章国锋：《国外一种新兴的文学理论——接受美学》，《文艺研究》1985 年第 4 期。

位，把文本与文学的本体等同起来，似乎真正的作品就是无须读者阅读的放在书架上的印刷品本身。不，不是这样。文本只创造了“接受前提”，或者说只具有潜价值。“接受前提”要转化为接受效果，潜价值要转化为现实的价值，还必须通过读者的阅读、体验、理解等。通过阅读、体验、理解，文本所描写的形象才能活生生地呈现在读者的心中，文本的意义蕴含才能被发现，文本的思想和艺术价值才能得到评价。所以文本离开了读者的阅读活动，也不能实现为真正的作品。当然，由于读者所处的时代不同，文化修养各异，审美趣味不同，阅读时的心境不同等，文本的潜价值可能较圆满地得到实现，也可能只有部分得到实现，也可能完全没有实现，甚至还可能有其他种种令人意想不到的情况。但无论如何，文本的潜价值要变为现实价值，文本潜藏的含义要变为被发现的含义，没有其他道路可走，只有通过读者的阅读活动。

由以上两点看来，文学的本体的确既不在文本这里，也不在读者体验那里，而是处于文本和读者的交接处。而文本与读者的交接过程，实际上是相互占领对方的过程，相互改造对方的过程。关于这一点，瑙曼也说得比较清楚。他说，接受是从读者方面而言，它意味着作品作为一个被给定的客体被读者占有，而效果则是从作品方面而言，作品在被接受并且产生效果的同时，也占有了读者，作品是作用者，而阅读中和阅读后的读者则是被作用者。读者通过接受活动，用自己的想象力对作品加以改造，通过释放作品中蕴藏的潜能使这种潜能为自身服务。但是，读者在改造作品的同时，也改造自己，当他将作品中潜藏的可能性现实化时，也在扩大自己作为主体的可能性，这就是作品在他身上产生的效果。接受活动是使这两种对立的规定性统一起来的过程。① 这种分析无疑是符合文学活

---

① 参见章国锋：《国外一种新兴的文学理论——接受美学》，《文艺研究》1985 年第 4 期。

动固有的辩证法的。

上面，我们就再现说、表现说、实用说、客观说、体验说、自然说做了一些清理。在清理过后，我们不难发现，这几种文学观念，都仅是线性因果思维的结果，都偏执于一端，都有明显的局限性，都不能完全揭示文学的本质。后来，我们又肯定再现说与表现说的统一，客观说与体验说的统一。这种统一是不是就可以完全揭示文学的本质呢？应该承认，统一论比那种各执一端的单一论更接近科学的文学观念，它的确能解释范围较大的文学现象，因而也更可取。但是，这种统一论至多也还只是复合因果思维的结果，它们离真正揭示文学的本质还存在着一定的距离。要真正揭示文学的本质，还应该运用系统因果思维律，因此从人的整体活动切入，考察文学活动在整个人的活动坐标上的位置及其所发挥的功能和作用等，也许能寻找到关于文学本质问题的更正确的答案。

第二节　文学活动在人的活动坐标上的位置

人无疑是文学的出发点、扭结点和归宿点。马克思、恩格斯在谈到观察问题的方法时曾说："我们的出发点是从事实际活动的人，而且从他们的现实生活过程中我们还可以描绘出这一生活过程在意识形态上的反射和反响的发展。"[①]这个论断给我们以重大的启示。我们为什么不可以把文学活动放到整个人的活动系统中去考察，从中去寻找关于文学本质问题的正确答案呢？

一、生活活动是人类特有的存在方式

我们要想确立文学活动在人的活动坐标上的位置，先要搞清楚

① 马克思、恩格斯：《德意志意识形态》，《马克思恩格斯选集》第 1 卷，人民出版社 1995 年版，第 73 页。

一个理论前提。人的活动与动物的活动有什么区别？人类特有的存在方式是什么？进一步再追问文学活动是不是人类特有的一种存在方式。

人的活动和动物的活动是完全不同的。动物的活动完全是一种无意识的对自然的被动的适应过程，纯粹是为了维持生命，因此动物的活动是纯粹的生命活动，或者说是维持生命的活动。正如马克思所说：

> 动物和自己的生命活动是直接同一的。动物不把自己同自己的生命活动区别开来。它就是自己的生命活动。
>
> 诚然，动物也生产。它为自己营造巢穴或住所，如蜜蜂、海狸、蚂蚁等。但是，动物只生产它自己或它的幼仔所直接需要的东西。①

说到底，动物的活动是单纯的、被动的生命活动，这种生命活动绝不会超出本能的范围。动物不会根据自己的需要进行创造性的生产劳动。而人的活动我们称之为生活活动。人的生活活动与动物的生命活动的不同之处，在于人类是有意识的存在物，因此人的生活活动是有意识的，而“有意识的生命活动把人同动物的生命活动直接区别开来”②。那么，与动物的生命活动相比较，人的生活活动究竟具有什么特点呢？这里我想依据马克思在《资本论》第一卷第三编第五章中对“劳动过程”问题所做的总结，并结合《1844年经济学哲学手稿》所谈的人与动物活动的五点区别来论证一下这个问题。马克思说：

---

① 马克思：《1844年经济学哲学手稿》，《马克思恩格斯选集》第1卷，人民出版社1995年版，第46页。

② 马克思：《1844年经济学哲学手稿》，《马克思恩格斯选集》第1卷，人民出版社1995年版，第46页。

> 劳动首先是人和自然之间的过程，是人以自身的活动来中介、调整和控制人和自然之间的物质变换的过程。人自身作为一种自然力与自然物质相对立。为了在对自身生活有用的形式上占有自然物质，人就使他身上的自然力——臂和腿、头和手运动起来。当他通过这种运动作用于他身外的自然并改变自然时，也就同时改变他自身的自然。他使自身的自然中蕴藏着的潜力发挥出来，并且使这种力的活动受他自己控制。……我们要考察的是专属于人的劳动。蜘蛛的活动与织工的活动相似，蜜蜂建筑蜂房的本领使人间的许多建筑师感到惭愧。但是，最蹩脚的建筑师从一开始就比最灵巧的蜜蜂高明的地方，是他在用蜂蜡建筑蜂房以前，已经在自己的头脑中把它建成了。劳动过程结束时得到的结果，在这个过程开始时就已经在劳动者的想象中存在着，即已经观念地存在着。他不仅使自然物发生形式变化，同时他还在自然物中实现自己的目的，这个目的是他所知道的，是作为规律决定着他的活动的方式和方法的，他必须使他的意志服从这个目的。但是这种服从不是孤立的行为。除了从事劳动的那些器官紧张之外，在整个劳动时间内还需要有作为注意力表现出来的有目的的意志，而且，劳动的内容及其方式和方法越是不能吸引劳动者，劳动者越是不能把劳动当作他自己体力和智力的活动来享受，就越需要这种意志。①

这段话对于我们正在考察的问题极为重要。已故著名美学家朱光潜说，对马克思的论“劳动过程”的这段文字对美学的重要性，无论怎样强调也不过分，因为如果懂透其中的道理，就会懂得这个实

① 马克思：《〈资本论〉第一卷》，《马克思恩格斯选集》第 2 卷，人民出版社 1995 年版，第 177～178 页。

践观点必然要导致美学领域里的彻底革命。我以为马克思的这段文章从三个方面划清了人的生活活动和动物的生命活动的界限：

1. 人的生活活动作为劳动，是人和自然的交换过程

在劳动实践中，人改造了自然，自然丰富了；同时在劳动实践中，在改造自然的过程中，人也改造了自己，丰富了自己。即马克思所说的“人和自然之间的物质交换”。人以自己的本质力量改造、创造、占领了自然，使自然人化；同时自然也给人提供了场所，使人得到锻炼，从而提高了支配自然的能力。上述思想在《1844年经济学哲学手稿》中是用“人的彻底的自然主义和自然的彻底的人道主义”一语来表述的。所谓“自然的彻底的人道主义”，即人在与自然的交往中改造了自然，自然变成了“人化的自然”。所谓“人的彻底的自然主义”，即人在与自然交往中，人被自然所丰富所改造，人变成了“自然化的人”。而动物的生命活动不存在动物与自然的交换关系。动物无法支配、改造自然，它只能被动地适应自然。如果动物缺乏适应自然的能力，那它就要或迟或早地被自然所淘汰。与此同时，动物在与自然交往中也不能改造、丰富自己，它只能消极地延续生命。

2. 人的生活活动是合目的性和合规律性的

所谓“合目的性”，是指人的活动是有自意识的、有目的、有计划的，并且是根据一定需要(物质的或精神的)而设计的，用马克思的话来说就是：“劳动过程结束时得到的结果，在这个过程开始时就已经在劳动者的想象中存在着，即已经观念地存在着。”所谓“合规律性”，是指人的生活活动不是随意的，而是在把握一定的规律的基础上进行的，用马克思的话来说就是：“人却知道怎样按照每个物种的标准来生产，而且知道怎样到处把本身固有的标准运用到对象上来制造”。这里所说的“标准”就是指规律，前一个“标准”指客观的规律，后一个“标准”指主体的规律。在《1844年经济学哲学手稿》中马克

思也谈到了上面这个意思，但其表达是这样的：人的“自由自觉的活动恰恰就是人的类的特性”。在这里，“自由”和“自觉”都有特定的含义，其旨义也在说明人的生活活动的基本特征。所谓“自由”是说人的生活活动是建立在对对象世界的规律认识的基础上的，是以理性为指导的；所谓“自觉”，是说人的生活活动是有目的性、计划性和能动性的。而动物的生命活动既不自觉也不自由。动物的活动没有自觉意识，不可能在活动前形成观念。同时，“动物只按照他所属的那个物种的标准和需要去创造”，它不可能按对象的规律进行活动。或者说得更干脆些，对动物而言，无所谓主、客体，因此也就不存在由主、客体两极相互交换的活动。

3. 人的生活活动可以是富于美感的

在人的生活活动中，无论是物质生产活动，还是精神生产活动，只要活动的内容或方式具有吸引力，都可以产生美感，从而把自己的活动与美联系起来。用马克思《资本论》中的话来说，要是劳动的内容和进行的方式对劳动者吸引力愈大，那么劳动者就可以“从劳动中感到运用肉体和精神两方面的各种力量的乐趣”。在《1844 年经济学哲学手稿》中，这一思想用人的生活活动“按美的规律来制造”的话来表述。在实际的活动中，由于各种原因，人们从艰苦的劳动和与困难作斗争中感受到乐趣的情形是经常发生的。对动物来说，它们没有主体意识当然也不能成为审美主体，周围的一切即使再“美”，也不可能成为审美的对象世界。动物的自身的生命活动，可以成为人的审美对象，却不能成为自己的审美对象。孔雀开屏可谓美矣，人们为它的美所倾倒。但对孔雀自己来说，那不过是一种本能的求偶活动而已。

当我们这样来说明人的生活活动与动物的生命活动的时候，并不是说人就没有动物性。人作为一种动物，当然也有动物性。但由于社会生活的影响，动物性已经“人化”“文明化”。譬如，男女之间的关系，按马克思的意见，“是人和人之间最自然的关系”，但马克思又指出：“这种关系表明人的自然的行为在任何程度上成为人的行为。”这就是说，性的本能在人身上是用“人性的方式”来满足的，它已经不是“兽欲”，它已升华为爱情，所以就生命活动来看，人与动物已完全不同。在动物那里生命活动永远是本能活动，而在人这里生命活动已人性化、文明化、社会化。

以上所述，说明人的生活活动是人所独有的活动。人在他成为人那一天起，在他经历的所有时间，在他存在的所有空间，都被这种生活实践活动填满了。正是在这个意义上，我们说生活活动是人所特有的存在方式。这也就是说，人以什么来证明他是有意识的类的存在物呢？就是用人所特有的生活活动来证明。或者换句话说，人以生活活动作为有意识的类的存在物的自我确证。人的本质力量（肉体的、精神的）只有在生活活动中才能体现出来和外化出来。如果没有生活活动，人就丧失了人性，就退回到一般的动物世界中去了。从这里，我们可以得出这样的结论：在生活活动之外，在人对客观世界的反映、体验和改造之外，就没有人。人的生活活动是人类特有的存在方式。既然人的生活活动是人类特有的存在方式，那么，人的任何一种生活活动都是他的某种存在方式。而文学艺术作为人的一种精神性的生活活动，也是人的一种存在方式。

当我们说文学艺术活动是人的一种存在方式时，就意味着文学艺术活动也是人的本质力量的自我确证，人的本质力量的一部分是通过创造和欣赏文学艺术才体现和外化出来。如通常所说的，文学艺术是人类的审美活动。问题是这种审美活动是如何发生的。审美是与人、人性的觉醒密切相关的，没有人和人性的觉醒，也就不可能有什么审美。可以这样说，审美活动是“人的本质力量的确证”（马克思语）。人从千万年的实践活动中，人使自身成为人，成为具有人性心理的人。例如，原始的人只有性的欲望和活动，如同一般动物一样。但是经过长期的社会实践活动，一点一点地改造自己，人最终使本能的性欲变成了具有精神品格的爱情，具有审美品格的爱情。人与动物就这样区别开来，感觉成为人的感觉，人性心理终于成熟，人的意识终于觉醒，人具有了人的一切肉体的和精神的本质力量。如同马克思所说：人的“五官感觉的形成是以往全部世界历史的产物”①，在这种条件下，自然(包括外部的自然和人的自然)在人的意识、人性心理的主动作用下，终于可以成为人的对象。审美又是一种人的对象性精神活动，就是因为人在审美活动中体现了人的意识、心理和一切本质力量，把自然当作人的对象，从而建立起了活动的机制。例如，陆机《文赋》云：

悲落叶于劲秋，喜柔条于芳春。

表面看这是简单的动物性的刺激一反应的关系，只是把外部自然当作一种物理性的对象，其实不然。在这里对秋的萧条和春的生机的描写本身，把春秋景物作为对象，就已经是主体的意识活动的结果。而“悲”与“喜”则更是诗人的一种心理状态的表露。这里包含了对自然对象的体验、理解、联想和想象等。这短短的两个句子，就是人的整体精神活动表征。可见人的本质力量与自然对象之间，在人性心理的作用下，建立了一种关系，这种关系的建立之日，也就是人的对象性精神活动展开之时。我们说审美是人的一种精神活动，就在于在审美活动中，作家把外部自然和人的自然作为自己本质力量的确证，从而把文学变成人的精神活动过程。在这里我们必须严格区别客观存在与审美对象，当客观存在只是一种纯然的存在时，并不能为我的感觉所掌握，那就还不能成为我的对象。既然存在还不

① 马克思：《1844年经济学哲学手稿》，《马克思恩格斯全集》第42卷，人民出版社1979年版，第126页。

能成为我的对象，我与存在的关系也就还不能建立，那么审美活动也就还不能形成。马克思在《1844年经济学哲学手稿》中说：

> 从主体方面来看：只有音乐才能激起人的音乐感；对于没有音乐感的耳朵说来，最美的音乐也毫无意义，不是对象，因为我的对象只能是我的一种本质力量的确证。①

这里马克思就音乐的欣赏，对欣赏中的“存在”和“对象”做了有意义的区分。马克思的意思是，音乐演奏当然是存在，但这存在就必然是审美对象吗？马克思认为，这还不能肯定。按马克思的说法，一支乐曲（任何审美客体都如此）虽然是客观存在，但它不被人们所欣赏，或由于主体缺少音乐的耳朵而实际上没有欣赏，这时候，它是毫无意义的，对该主体来说，它不是对象，欣赏活动无法形成。因为，“我的对象只能是我的本质力量的确证”，活动有待于主体与对象关系的建立。同样的道理，春天的景色是客观存在，但是如果“我”因为暂时无欣赏春天景色的愿望或我的欣赏能力有限，“我”不能把握它的美，因此春天的景色还不能成为我的对象，“我”与“春天的景色”没有建立起诗意的联系，那么“我”不能欣赏它，更不能用语言描写它，于是审美活动也就无法形成。香山春天的桃花、秋天的红叶、冬天的松柏，还有那朝霞、落日、月亮、泉水、碧云寺、卧佛寺、黄叶村、琉璃塔等能不能成为我们的审美对象，都有待于人与这些事物所建立起来的诗意联系。没有这种诗意联系，也就没有“人的本质的对象化”，当然也就没有美。

更进一步说审美产生的根源还在于人的实践活动。人类在改造自然和社会实践活动中，掌握了事物的发展规律，这就有了“真”。

---

① 马克思：《1844年经济学哲学手稿》，《马克思恩格斯全集》第42卷，人民出版社1979年版，第126页。

人类作为主体把掌握的这些规律运用于创造人类的幸福的事业中去，达到了预想的目的，这就有了“善”。当真与善达到一致的和谐时，即达到“合目的性”与“合规律性”的统一时，就产生了美。一个小孩走在湖边，拣起一块石子，向水面投去，他期望着出现他的作品，果然湖面漾起一圈圈涟漪，他看到自己的杰作，笑了起来，这就是审美。这是小孩的实践活动产生的结果。一群大学生到农村帮助农民麦收，学习过程是掌握“真”的过程，运用这学到的“真”的本领用到多割麦是“善”，而终于在割麦中产生了劳动的节奏感等审美的感受，这就是“美”了。其实工人、农民在出色完成自己的工作中，都会有这种审美的感受。上甘岭战役是中国人民志愿军的作品，他们战斗就是他们的一种特殊的社会实践，尽管战斗十分艰苦，但在日后深沉的回忆、观照中，我们感受到它的美。审美活动不能不根植于人类的社会实践活动中。

文学艺术能够持久地延续下去，也在于它让人们“体验”最初的社会实践活动所生成的人性。文学艺术不是小孩儿手中的随时都可丢掉的玩具，在某种意义上它是像空气和水一般须臾不可缺少的东西。人类创造了文学艺术并一时一刻也没有想把它扔掉，没有把它视为奢侈品，就是因为文学艺术作为人的一种存在方式，满足了人所不可缺少的原初体验。在这种原初体验中，人的自意识和生命意识大大加强了，人时时刻刻意识到自己作为人作为生命而存在着。随着社会的发展和科学技术的发展，人的原初体验受到挤压，这时候，人就会越来越深刻地认识到文学艺术作为人的原初体验的重要性，人就必然会用更大的代价来创造文学艺术。这样，随着时间的推移，文学艺术作为人的一种存在方式，将会越来越显得重要。

二、人的活动系统中的文学活动

为了确定文学活动在人的活动系统中的位置，就先要对人的活动进行分类。

人的活动是一个复杂的系统。人们可以按活动的某一特征进行分类，如活动形式、实现的方式、时间空间特点、心理机制、生理机制，等等。但是一种活动与另一种活动的根本区别，主要在活动的动机和满足人的需要的差异。动机和需要是密切相连的。被人意识到的需要就成为了活动的动机。需要是人的活动的内在动力，需要的不同，决定了活动的对象、内容的不同，也规定了活动的方向性的不同；满足人的什么需要，规定着人的不同活动的本质特征。因此对人的活动进行分类，应该以人的需要作为分类的标准。基于这样的认识，我认为马克思、恩格斯对人的活动的分类是最值得重视的，而且对我们正在考察着的问题也最有意义。

马克思、恩格斯根据人的需要，把人的活动分成两大类。恩格斯《在马克思墓前的讲话》中说：

> 正像达尔文发现有机界的发展规律一样，马克思发现了人类历史的发展规律，即历来为繁芜丛杂的意识形态所掩盖着的一个简单事实：人们首先必须吃、喝、住、穿，然后才能从事政治、科学、艺术、宗教等等；所以，直接的物质的生活资料的生产，从而一个民族或一个时代的一定的经济发展阶段，便构成基础，人们的国家设施、法的观点、艺术以至宗教观念，就是从这个基础上发展起来的，因而，也必须由这个基础来解释，而不是像过去那样做得相反。①

恩格斯这段著名的话，作为历史唯物主义的最简明的概括，已被不断地引用过，但作为马克思、恩格斯关于人的需要的理论，关

① 恩格斯：《在马克思墓前的讲话》，《马克思恩格斯选集》第3卷，人民出版社1995年版，第776页。

于人的活动的分类的理论还很少被引用过。实际上，马克思、恩格斯认为人类有两种需要。第一种是低级需要，即吃、喝、住、穿，人类为满足这种需要，要从事物质生产活动。但人类并不以此为满足，在有了吃、喝、住、穿的基本物质生活的基础上，必然会产生第二种高级需要，即精神需要，为此人类又要从事政治、科学、艺术、宗教等精神生产活动。人们首先必须满足第一种需要，然后又必须满足第二种需要。只有两种需要都得到了满足，人才能成为“丰富的人”。马克思、恩格斯关于人的需要以及根据需要对人类活动进行分类的理论，对于认识文学活动在人类活动坐标上的位置，无疑有着重大意义。它不但告诉我们文学艺术是人的一种高级的精神需要，属于人类的精神生产活动，而且还告诉我们这种为满足人的精神需要的文学艺术活动，就像其他精神活动一样，是不可缺少的。因为人在解决了吃、喝、住、穿的基本生存需要之后，人的需要就会发展，高一级的精神需要就又会像吃、喝、住、穿一样重要。所以包括文学艺术在内的高级精神生产活动，并不是可有可无的，而是人的需要发展的必然结果，是人的需要系统中不可缺少的组成部分。

当然，马克思、恩格斯着眼于人类学的宏观的历史现象，着眼于人类整体，把人的需要及其分类和社会生产力的发展联系起来研究，目的在于推动社会的变革。马克思、恩格斯较少从心理学的角度、从个人的需要出发，来谈文学艺术等精神活动的意义。在这一方面，我认为现代西方人本主义心理学的创始人之一马斯洛的“需要层次论”做了有益的补充。马斯洛的着眼于心理学、着眼于个人的关于需要和活动的理论，对于我们所考察着的问题，无疑会有重要的启示。

马斯洛关于人的需要和活动的基本思想是：人的需要以及为满足需要所展开的活动，不是由本能决定的。本能决定论者“过分强调人与动物世界的连续性，而没有在同时强调人种与所有其他物种的深刻区别”①。为满足需要以及为满足需要所展开的活动，也不是由环境决定的。环境决定论完全忽视生物遗传因素的作用。实际上，“没有什么东西能够完全脱离遗传的影响，因为人也是一个生物族类。这一由遗传决定的事实，是任何人类行为、能力、认识能力等等的前提，即，正因为他是人类的一员，他才能做人类所能做的各种事情。”②马斯洛认为，人的需要以及为满足需要所展开的活动是由人的潜能所决定的，这种潜能类似本能，但又不是动物性的本能。马斯洛认为，潜能一方面有“本能的原基”，另一方面又与后天的习得有密切关系。在这个问题上，本能决定论和环境决定论都走了极端，而马斯洛则认为潜能是文化和生物两种因素相互作用的结果。人既然有潜能，就要发挥出来，这就产生了作为人的活动动机的各种需要。人有爱的潜能就有亲近同志、朋友、亲人等的需要；有智力的潜能，就有认知和创造的需要；有审美的潜能，就有进行审美活动的需要，等等。马斯洛的“需要层次论”就是由上述原理派生出来的一种理论。起初，马斯洛把人的需要分为五层，后又补充、归纳为七层：第一层，生理需要：饮食、性欲等；第二层，安全需要：生活有保障而无危险；第三层，归属和爱的需要：与他人亲近，受到接纳，有所归依；第四层，尊重需要：胜任工作，得到赞许和认可；第五层，认知需要：求知，理解和探索；第六层，审美需要：对称，秩序和美；第七层，自我实现需要：实现个人的一切潜在能力。

按马斯洛的理论，前两级是低层次需要，第三级及以上是高层次需要。低层次的需要得到相当的满足之后，高层次的需要才有可

① 马斯洛：《基本需要的类似本能性质》，《人的潜能和价值》，华夏出版社 1987 年版，第 193 页。

② 马斯洛：《基本需要的类似本能性质》，《人的潜能和价值》，华夏出版社 1987 年版，第 183 页。

能成为活动的重要决定因素。人的七种需要成为人的七种动力，导致了人的七种活动。这七种活动就是：其一，为满足生理需要所展开的本能活动；其二，为满足安全需要所展开的防御活动；其三，为满足归依和爱的需要所展开的情感活动；其四，为满足尊重需要所展开的人格活动；其五，为满足认知需要所展开的知识活动；其六，为满足审美需要所展开的审美活动；其七，为满足自我实现需要所展开的各种社会活动。马斯洛的“需要层次论”以及由此引申出来的人的活动的分类的理论，其优点在于以下方面。第一，它是从人的个体的角度来立论的，所以他讲的需要是个人的需要，他讲的活动是个人的活动，这就给我们提供了一个新视角：从人的个体的需要和活动来考察文学艺术在人的生活中的意义。第二，在马斯洛的理论框架中，人的需要和活动被安排在层级中，低一个层级的需要得到满足之后，高一级的需要才被提出来，并要求得到满足。各个层级的需要和活动既分层级又层层相连，级级贯通。这就有助于考察文学艺术活动的层级处在什么位置上，它与别的层级的需要与活动又是什么关系。

那么，从马斯洛的关于人的需要和活动分类的理论中，对我们正在考察的问题能引申出什么重要结论呢？

第一，文学活动是满足人的高层次需要的一种高级精神活动。就文学创作活动而言，是诗人、作家为满足自我实现的需要而进行的活动。诗人、作家的自我实现，就是他们的艺术创造潜能的充分发挥。艺术创造是一种比一般的生产劳动更高级更特殊的活动。生产劳动，譬如说制造皮鞋，它以皮革和橡胶为原料，制成之后，皮鞋有自己特定的形状、功能和名称，但它仍然是“皮革一橡胶”制品。然而创造一部文学作品就不同了。虽然，作家在写作时用纸和笔，在白纸上写上一行行字，但作家“创造”出的文学作品却不是“纸一笔”构造物，而是一个特定的艺术世界，一个艺术幻象，它不像纸和笔那样，可以用手触摸到。这个艺术世界或艺术幻象要凭读者的想象才会从白纸黑字中浮现出来。它犹如海市蜃楼、天边彩虹，犹如水中月、镜中花，但它却是由作家创造出来的。作家的这种创造潜能，既需天赋，又需习得。作家将自己的创造潜能发挥出来，需要极其艰苦又极其微妙的酝酿过程和发现、闪光的时刻，因而文学创作是人的最高智慧的运用，是最高一级的精神活动之一。就文学欣赏而言，它是人们为满足自己的审美需要所展开的审美活动。这种审美活动也不简单，它需要有敏锐的感受力，需要有多方面的文化修养，而且在欣赏活动中还要经过再创造，因此文学欣赏活动同样也是人的最高智慧的运用，属于精神活动中较高的层次。总而言之，文学活动处于人的需要层次的第七层与第六层之间，是以人的自我现实的需要所驱使的，来满足人的审美需要的活动，因而是人的高级精神活动之一。在文学这块园地里，古今中外集中了那么多的杰出的、智力超群的人物，这并不是偶然的。在这个精神活动的领域里，如果没有这些人物的劳动，那么人类的一个高层次的、重要的精神领域将是一片空白，人类在某种意义上就将是残缺不全的。

第二，人的需要作为人的活动的动力，决定着活动的本质。文学活动作为一种意识形态活动主要是为了满足人的审美需要而产生的，因而文学活动的独特本质是审美。当然，在人类的活动中无不存在着审美因素，连满足生理需要的低层级活动也存在着审美因素。例如，人吃饭，不但要求吃得饱，还要讲究色、香、味，这里就存在着对审美的追求。但就饭食来说，它的主要功能是满足人的生理需求，而不是为了审美。在人的活动中，唯有文学艺术活动，才把满足人的审美需要作为自己的基本的功能。正是在这个意义上，我们认为文学的本质是审美。然而人为什么需要这种本质上是审美的文学呢？在回答这个问题时，马斯洛创造的“缺失”这个观念就变得极为重要。正如前面所说，人有多种多样的需要，当低一级的需要得到满足之后，高一级的需要就被提了出来，并要求得到满足，当这高一级的需要得到满足时，更高一级的需要又被提出来。因此，人的需要尽管不断得到满足，但“缺失”状况是永远存在的。马斯洛说：“就某个人本身来说，所有他知道的只是，他是极端渴望爱的，而且他想，如果他获得了爱，他就会永远快乐和满足。他并不清楚，在这个满足到来之后，前头他还有追求的目标，他也不清楚，一个基本需要的满足，就会出现另一‘更高级’需要占统治地位的意识。”①所以马斯洛接着感叹说：“终极的人的状态仿佛是注定我们要永远力求达到、而又永远不可能达到的一种状态。”②总之，人的需要永远不会完全满足，缺失是永远的。缺失的永恒性，造成了人的经常的缺失感，这就需要寻找安慰，寻找精神的家园，以摆脱由缺失造成的缺失感。文学，作为审美活动的集中表现的文学，就是人生缺失时的一种安慰，就是摆脱缺失感的一种精神家园。

不要把人的缺失和缺失感看得那么可怕。诚然，缺失状况和缺失感的产生是一种痛苦，但这是一种积极的痛苦。说它是积极的，是因为人在缺失的状况下，就会去追求、去奋斗，不屈不挠地追求与奋斗。王蒙有一段话，说得很精彩。他说：“解放后我们往往只从社会的观点讲痛苦，就是我们只承认杨白劳、喜儿或者《天云山传奇》里的宋薇或者罗群的痛苦，而且我们把痛苦只看作一个消极的名词。似乎社会不公正消失了，人的思想觉悟提高了，就不会有痛苦，或只能是以苦为荣，以苦为乐。但我这里讲的不是这种社会造成或个人思想不开展所造成的痛苦，而是指与生命俱来的一种积极的痛苦。生是痛苦的，死也是痛苦的，饥饿是痛苦的，爱情也常常是痛苦的，觉得自己还幼小，还不如别人是痛苦的，觉得自己付出了许

---

① 马斯洛：《心理学的论据和人的价值》，《人的潜能和价值》，华夏出版社 1987 年版，第 73～74 页。

② 马斯洛：《心理学的论据和人的价值》，《人的潜能和价值》，华夏出版社 1987 年版，第 74 页。

多的时间许多的生命许多的代价终于成熟起来终于有所作为也是一种难言的痛苦……能量与愿望的积蓄是痛苦的，些许的发挥发泄与满足也绝不可能使生命真正地与长期地平静下来。这种痛苦便是生命内在的及与外界对象的矛盾冲突的表现。它不是消极的，因为它不因痛苦而遁入空门、而惧怕生活，它恰恰因痛苦而追寻而探求而行动而激扬而积极运转；而这种积极的运转也便是生命的最大的欢乐、最大的成功。那么，对于忌讳'痛苦'字眼的好人们，我们就说积极的痛苦便是积极的欢乐也可以。二者是一个东西，本源却是痛苦。欢乐是因痛苦而奋斗的结果。"①这段话包含了关于人生的深刻的体会。的确，痛苦与欢乐是相通的，人只有不回避痛苦，正视痛苦，跟痛苦做殊死的决斗，才能从痛苦中升华，化痛苦为欢乐。

既然人在某种意义上说总是处在积极的痛苦中，那么他就要积极运转，寻找解脱的办法，以抚平自己的痛苦(哪怕是暂时的)。换句话说，所谓痛苦，就是人的精神无所依归，而要消除痛苦，就是要寻找到自己的家园，以便在这个家园里，暂时得到安慰，暂时忘却生活的纷扰。迄今为止，人已寻找到三个家园：

I 创造——沉醉于工作——事业的家园
II 爱——沉醉于温情——亲情的家园
III 美——沉醉于艺术——一种精神的家园

创造是一种事业的家园。在为自己所喜爱的事业的奋斗中，会获得一种高峰体验，产生一种快感，从而抚平人的痛苦。这里且不说那些在事业上获得巨大成功的大科学家、大作家在获得诺贝尔奖时的欢乐，就是那些街头的小贩，当他(她)生意兴隆、买卖兴旺之

① 王蒙：《文学三元》，《文学评论》1987 年第 1 期。

际，在他们的不是歌声更似歌声的叫卖声中，也蕴藏着幸福感、快乐感、宁静感、满足感。所以每个人所从事着的事业，不但体现着高尚的理想，同时也是人的灵魂的一个家园。

爱是一种亲情的家园。恋人之爱、夫妻之爱、亲人之爱、朋友之爱、同志之爱，等等，也是把人从痛苦的此岸过渡到温馨的彼岸的一座桥梁。人的一生总是充满着风霜雨雪，有时甚至不得不在暴风雨中迈着艰难的步履，而爱(如果是真正的爱的话)则是一个风平浪静的港湾，人生之舟可以暂时在这里停泊、憩息，并得到各种各样的给养。人不能没有爱。爱不完全是出于实用的需要，爱首先是一个家园，一个感情的家园。

审美是一种精神的家园。审美的最高级形态是文学艺术的创造和欣赏。因此文学艺术作为一种审美的活动，是人的精神家园重要的组成部分(当然哲学和科学也是人的精神家园，详后)。文学艺术为什么也可以成为人的一个家园呢？因为在文学艺术的审美活动过程中，人进入了一个与现实世界完全不同的审美世界，可以使人忘却尘世的一切，包括那无尽的痛苦，使人的心灵在瞬间进入一种无障碍的、自由和谐的境界。因此，文学艺术作为一种审美活动，也是一种中介，一种从精神痛苦过渡到精神舒展、自由的中介。

我们把文学艺术看成是人的一种精神家园并不是毫无根据的。恩格斯在谈到德国民间故事书时指出："民间故事书的使命是使一个农民做完艰苦的日间劳动，在晚上拖着疲乏的身子回来的时候，得到快乐、振奋和慰藉，使他忘却自己的劳累，把他硗瘠的田地变成馥郁的花园。民间故事书的使命是使一个手工业者的作坊和一个疲惫不堪的学徒的寒伧的楼顶小屋变成一个诗的世界和黄金的宫殿，而把他的矫健的情人形容成美丽的公主。"①很清楚，当农民在读故

① 恩格斯：《德国民间故事书》，《马克思恩格斯论艺术》(四)，人民文学出版社 1966 年版，第 401 页。

事书之际，“把硗瘠的田地变成馥郁的花园”；当学徒在读故事书的过程中，把“寒伧的楼顶小屋变成一个诗的世界和黄金的宫殿”，实际上是把故事书当作自己精神上的温暖的家。他们在这里解除了“疲乏”“劳累”和痛苦，从精神上得到了“快乐、振奋和慰藉”。这也就是说，文学艺术诚然是一种意识形态，但它与其他意识形态不同之处，就在于它可以成为人们的精神家园，并使人们从这里得到慰藉、滋养，养精蓄锐，以便明天更好地奋进。因此文学艺术不是作为人生的奢侈品、装饰物而存在，而是作为人的积极的精神家园而存在。

创造——爱——审美这三者从客观上说，都汇合到了人类的社会实践中去，从这个意义上说社会实践是人类的大家园。

创造——爱——审美这三者构成了人的精神生活的“全圆”，三者缺一，人就会有家园丧失感、无家可归感，人的精神生活就会残缺不全。如果任精神生活的残缺不全发展下去，人就会活不下去。

从上述的意义上说，文学在人类活动的坐标上占着重要的地位，文学作为一种高级的审美活动，其基本功能是为了创造人的完整的精神生活，为了获得完美的“人性”，为了“全面的人”(马克思语)的实现。

三、审美和文学的审美本质

上面我们从宏观的人的活动的分类出发，确定了文学在人的活动坐标上的位置，说明了文学是满足人的审美需要的活动，其本质是审美。但是，具体地说什么是审美呢？文学活动内部诸因素的关系是不是审美关系呢？这需要做进一步的考察。

(一)审美活动的四个层面

简要地说，审美是人对事物的情感(广义)的评价。但是这种情感的评价是人们在社会实践活动中诸种关系的创化。那么，人的审美活动的实现需要什么关系结合呢？要回答这个问题并不是简单的。总的来说，审美是人类精神活动之一种，它的实现是一种创造，是多层面的整体关系的创造。整体性关系是审美的基本特征。审美活动对人而言是瞬间的事情，但如果加以解析，起码有以下四个层面。

1. 审美主体层

审美的“审”，即观照——感悟——判断，是主体的动作、信息的接受、储存与加工，即以我们的心理器官去审察、感受、领悟、判断周围现实的事物或文学艺术所呈现的事物。在这观照——感悟——判断过程中，人作为主体的一切心理机制，包括注意、感知、回忆、表象、情感、想象、理智等都处在极端的活跃状态。这样，被“审”的对象，包括人、事、景、物以及表达它们的形式，才能作为一个整体的结构，化为主体的可体验的对象。而且主体的心灵在这瞬间要处在不涉旁骛的无障碍的自由的状态，真正的心理体验才可能实现。主体的动作是审美的动力。主体如果没有“审”的愿望、要求和必要的能力，以及主体心理功能的活跃，审美是不能实现的。

我们还可以进一步说，审美是人们的一种体验，这种体验跟人们的其他一些体验，诸如生理快感所引起的体验，因相爱所引起的爱情体验，成为父母所获得的亲情体验，做了好事所获得的精神满足，攻克一个科学难题后所获得的求知愉快，等等，都可以叫作“高峰体验”。它们有共同的或相似的心理特征，即“在这些短暂的时刻里，他们沉浸在一片纯净而完善的幸福之中，摆脱了一切怀疑、恐惧、压抑、紧张和怯懦。他们的自我意识也悄然消逝。他们不再感到自己与世界之间存在着任何距离而相互隔绝，相反，他们觉得自己已经与世界紧紧相连融为一体。他们感到自己是真正属于这一世界，而不是站在世界之外的旁观者”①。然而只要我们深入地加以考

① 马斯洛：《谈高峰体验》，《人的潜能和价值》，华夏出版社 1987 年版，第 366～367 页。

察，就不难发现审美体验与其他体验在心理结构上的差异。对于非审美的体验来说，各种心理机制并不是完全贯通的，心理器官之间还是存在着这样的或那样的障碍的。例如，在性体验一类的生理快感中，人的生理欲望几乎压倒一切，人的注意一再被动物性的东西所吸引，人沉湎于肉体之中，局限于感官之内的快感，就使我们感到一种粗野和自私的色彩了。① 在道德判断所获得的精神满足中，"良心"的呼唤压倒一切，为了实现道德的完善，必须压抑人的动物性欲望甚至正常的快乐。因为道德绝不是主要地关心获得快乐的；在一切更深刻更可怜的道德格言中，倒更为关心避免痛苦。② "先天下之忧而忧，后天下之乐而乐"是中国人民最崇尚的道德格言。一个人达到了此种境界，自然也会有一种幸福感，一种"高峰体验"。但在走向此种境界的途程中，他已吃尽了人间万般苦，因此他的幸福感和"高峰体验"，是以饥饿、疾病、疲劳、孤独、侮辱等为代价的。在此种情况下，他的心理器官当然不可能是完全畅通的，毫无障碍的。在科学发现所获得的求知愉快中，理智的心理因素压倒一切。对于以探求真理为目的的科学研究来说，情感、印象等都有助于真理的锤炼。然而，科学家必须严格控制自己的感情与印象，因为真理本身要求客观，不允许掺杂主体任何心理因素。这样，科学家的心理经验也不是以心理器官无障碍为标志的。只有在审美体验中，人摆脱开现实而进入到了一个令人心醉神迷的审美世界，人的以情感为中心的一切心理机制才被全面、充分地调动起来，并达到高度的和谐。在诸心理因素之间，不是这个压倒那个，也不是那个压倒这个，各种心理器官完全畅通，达到了无障碍状态。乔治·桑塔耶纳说，审美的欣赏和美在艺术上的体验，是属于我们闲暇时生活的

---

① 参见乔治·桑塔耶纳：《美感》，缪灵珠译，中国社会科学出版社 1982 年版，第 24～25 页。

② 参见乔治·桑塔耶纳：《美感》，缪灵珠译，中国社会科学出版社 1982 年版，第 16～17 页。

活动，那时我们暂时摆脱了灾难的愁云和忧恐的奴役，随着我们性之所好，任它引向何方。这也就是说，在审美体验中，人们暂时超越了周围的纷扰的现实，升腾到一种心醉神迷的境界。正是在这个意义上，我们说审美是自由在瞬间的实现，审美是苦难人生的节日。在审美的节日里，人的感知、回忆、联想、想象、情感、理智等一切心理功能都处于最自由的状态，人的整个心灵都暂时告别现实而进入无比自由的境界。或者说，在这一片刻，你的心有充分的自由选择。尽管你是一文不名的乞丐，却可以去当百万富翁，拥有让人看了要惊愕得喘不过气来的珍珠宝贝。尽管你是一个毫无权势的小老百姓，却可以去当至高无上的国王，让成千上万的臣民跪在你的面前。你是一个男人，却可以尝一尝女人分娩时的痛苦。你是一个女人，却可以在瞬间变成一个伟大的丈夫。只要你愿意，你可以成为所有海洋里的所有的鱼，和世界各大街上所有的狗。只要你愿意，你可以成为深秋老树上最后一片叶，和严冬北方的最大一场雪。你生活得很幸福，却可转进罗密欧与朱丽叶的家庭纠纷，并为罗密欧与朱丽叶的爱情悲剧而哭泣。你身体很健康，却可以躺在手术刀下，做一个患了癌症的病人，去体验疾病和伤痛。你穿着牛仔裤却可以跟屈原、李白、苏东坡对话。你躺在床上却可以升上宇宙，遨游太空……或者如古人所说“精骛八极，心游万仞”，“寂然凝虑，思接千载”，“悄然动容，视通万里”，“吟咏之间，吐纳珠玉之声；眉睫之前，卷舒风云之色”，“登山则情满于山，观海则意溢于海”，“谈欢则字与笑并，论戚则声与泣偕”。概而言之，在审美的瞬间，人的以情感为中心的全部的心灵世界都打开了门窗，实现了完全的舒展、自由与和谐。在现实中的一切不可能，在审美的瞬间变成了一切都可能；在现实中人性的残缺，在审美的瞬间变成了人性的完全。因为人和社会的理想存在，从根本上说就是要使人性得以合目的性、合规律性地发展，而审美体验就是使这种发展得到充分、具体的确证。总之，审美首先需要的是上述主体心理层面的活跃。

2. 审美客体层

审美的“美”是指现实事物或文艺中所呈现的事物，这是“审”的对象。对象很复杂，不但有美，而且有丑，还有崇高、卑下、悲、喜，等等。因此，审美既包括审美(美丽的美)，也包括“审丑”，“审崇高”，“审卑下”，“审悲”，“审喜”，等等，这些可以统称为“审美”。对于审美来说，客体层最重要的特征就是整体关系。对象的整体结构关系极为重要。一般人都以为天鹅是美的对象，实际上天鹅作为孤立的“关系项”，没有成为整体的结构关系，并不能成为美的对象。例如，如果有人问天鹅美不美？这也是无法回答的。你还必须问：在怎样的环境中？天鹅在旱地上走路时，它的腿很丑，走起路来完全像鸭子那样左右摇摆，十分难看。天鹅只有在湖面上成双成对地游泳，把它的丑陋的腿没在水里，伸着它那美丽的脖子和头，左顾右盼，悠闲自在，或者在蓝天下展翅飞翔，一往无前，奋力搏击，它才有可能成为审美对象的。天鹅只有在适当的“语境”关系中，与审美主体建立起某种关系，才可能是美的对象。

3. 审美时空层

审美还必须要有“场”。场是指审美活动展开所必须有的特定的时空组合和人的心境的关系。“场”本来是从物理学中引进的一个概念。格式塔心理学家认为，像电场、磁场、引力场一样，人类的心理活动也有一个场。按美籍德国心理学家K. 莱温的看法，心理场是由人与现实环境、主体与客体、情与景相契合而形成的“具有一定疆界的心理生活空间”。当然完整地说这个“心理生活空间”，应包括特定的时间、空间和心境及三者的关系。如果有人问，暴风雨美不美？那是无法回答的。你还必须问：这对谁？在怎样的时空中？如果是一个孩子上山挑柴，当暴风雨来临之时，不论他正在山上砍柴，还是正挑着柴走在山路上，这对他都是灾难，他从未在这个时候认为暴风雨是美的。但是他后来长大了，有了成就，他可能经历过这样的时刻：安全，悠闲，但缺少刺激，这时他在高楼上，突然听见雷电的轰鸣，随后是那排山倒海般的风雨，他可能觉得那风那雨像刘邦的《大风歌》一样的壮阔雄伟。还有他可能多次看见(在电影、电视中)战士出征的画面，伴随着暴风雨，显得特别悲壮。暴风雨只有与审美主体建立起一定的关系，才可能是美的。孤立地作为"关系项"的暴风雨无所谓美不美。

4. 审美历史积淀层

审美的实现还必须有历史文化的条件。因为审美场不是孤立的存在，它的每一次实现都必然渗透人类的、民族的历史文化传统，同时历史文化传统又渗透、积淀到每一次审美的实现中。人们总是感觉到审美场让我们想起了过去的什么，似乎是文化传统凝结的成果。例如，我们欣赏长城，就会联想起我们民族的悠久的历史，联想到我们祖先顽强的意志和克服一切困难的精神，联想到我们中华民族的聪明才智，联想起我们祖先坚强不屈的抗击敌人的勇气和决心，联想起有关长城的种种民间传说和故事。历史文化的积淀使我们更能欣赏长城的壮美。一个儿童和一个成人在长城上领略到的美是不相同的。同样，一个不熟悉中华民族历史的外国人和一个熟知中国历史文化的中国人在长城上领略的美也是不相同的。历史文化的积淀是审美必备的条件之一。

当以上四个层面构成一种完整和闭合倾向的活动时，那就是人的审美和审美活动的实现。四个层面缺一不可。缺少其中任何一个层面，审美活动都不能实现。而且四个层面必须具有完整闭合倾向，审美活动才能实现。

概而言之，审美是心理处于活跃状态的主体，在特定的心境、时空条件下，在有历史文化渗透的条件下，对于客体的美的观照、感悟、判断。审美实现的过程是诸种关系的创化过程。

文学的创造与欣赏也是一种审美活动，也是由上面所讲的四个层面的参与才实现的。例如，我们欣赏杜甫的《闻官军收河南河北》："剑外忽传收蓟北，初闻涕泪满衣裳。却看妻子愁何在，漫卷诗书喜欲狂。白日放歌须纵酒，青春作伴好还乡。即从巴峡穿巫峡，便下襄阳向洛阳。"第一，我们作为欣赏的主体要有欣赏这首诗的愿望与要求，要是我们根本就不想读什么古诗，那么审美活动也就不能开始。第二，必须有这么一首好诗，一首内容令人感动、同时充满韵调的诗，我们的审美才有对象。第三，要有欣赏的心境，例如，我们此刻没有遇到意外和不测。第四，要有有关唐代安史之乱的历史知识储备。

还必须说明的是，审美或审美活动对人来说并不是可有可无的。审美活动直接连通人的原初体验，即一种作为一个真正的人都有的体验并且必须体验的情感过程。对个人而言，没有这种原初体验，生命就会失去活力，精神就会失去平衡，生活就难以为继。对社会而言，没有这种活动，社会也就缺少维系其存在的条件，社会的完整存在就成了问题。当然，这是极而言之。

(二)从文学活动要素的角度看文学的审美本质

通过对审美的阐述，不难看出审美关系是主体与客体(或者说人与对象)在特定的时空条件下所缔结的一种特殊关系。那么，文学活动诸要素之间所构成的关系，是否是审美关系呢？我们要想更深入揭示文学的审美本质，这是一个无法回避的问题。

人的活动的要素共有两个：主体及其能动性，客体及其属性。所谓活动就是这两个要素之间所产生的复杂关系。具体到文学活动，其要素是四个：第一主体及其能动性(作家)；第一客体及其属性(生活)；第二主体及其能动性(欣赏者)；第二客体及其属性(作品)。这四个要素，构成了两组关系，即第一主体及其能动性与第一客体所形成的关系(作家与生活的关系)；第二主体及其能动性与第二客体所形成的关系(欣赏者与作品的关系)。现在我们就来说明这两级关系是什么性质的关系。

1. 第一主体与第一客体的关系

作为第一客体的社会生活，无论是社会斗争还是家庭纠纷，无论是天上的星星、月亮，还是地上的花鸟鱼虫，都不是孤立存在的，而是存在于与其他事物的相互联系之中。这样，在与其他事物相互联系中的任何一个客体，就往往具有多种属性，如自然属性、认识属性、道德属性、政治属性、历史属性和审美属性，等等。如果用价值论的观点来分析的话，那么现实事物所包含的多种属性中，一种是非价值属性，另一种是价值属性。现实事物的非价值属性和价值属性是不同的。当我们说“这朵玫瑰花是红色”的时候，是在说明玫瑰花的自然属性。在人类出现之前，玫瑰花是红色的，在人类出现之后，玫瑰花依然是红色的，“红色”是玫瑰花的客观的性质，因此，这种属性是不取决于人和人类的存在的，它和人类之间不存在价值关系，人类不能评价而只能说明玫瑰花的红色。“红色”是玫瑰花的非价值属性。当我们说“这朵玫瑰花可以做香料”或“这朵玫瑰花很美”的时候，是在说明玫瑰花的实用属性和审美属性，这种属性是以人和人类的存在为前提条件的，它表现出了人类对玫瑰花的评价关系。在这种情况下，“可以做香料”和“很美”是玫瑰花的价值属性，它一方面反映了客体的性质，另一方面又表达了跟主体的关系。这就是说，没有玫瑰花这个客体本身的价值性，主体不能对它做出评价，但离开了主体，也不可能有这种评价。由此可见，价值是客观事物所具有的一种属性，这种属性因对人们具有意义而被后者认为对他们有价值。有了以上这些说明之后，我们就可以来解释作为主体的作家究竟跟作为客体的客观现实发生了什么样的联系。很清楚，对于客观现实事物来说，除了具有生物的或物理的自然属性(非价值属性)外，还包含一个在人类社会历史实践中形成的价值系统，其中包括实用价值、认识价值、道德价值、政治价值、宗教价值和审美价值等，这些不同形式的价值是在长期的社会历史过程中由不同性质及不同形式的主、客体关系形成的。作家面对着客观事物的自然属性和价值系统，它的对象是什么呢？它的对象不是客观的单纯的自然属性，否则文学就变成了生物、物理原则的图解；它的对象也不是客体的单纯的实用价值，否则文学就将变成物品的使用说明；它的对象也不是客体的单纯的认识价值，否则文学就将变成通俗化的哲学讲义；它的对象也不是客体的单纯政治价值，否则文学就将变成方针政策条文的解说；它的对象也不是客体的单纯的宗教价值，否则文学就将变成教义的形象讲解；它的对象必须而且只能是客体的审美价值。换句通俗的话说，作家的对象必须而且只能是社会生活中具有的诗意的属性。例如，陆游和毛泽东创作《卜算子·咏梅》，不是在说明梅是属于蔷薇科的落叶灌木（自然属性），不是在介绍梅花可制香料（实用价值），而是反映梅（客体）与诗人（主体）在社会历史实践中相互交汇所形成的诗意的因素，即梅的审美价值（由于审美主体不同，对梅的审美价值的把握也各异）。当然，这里我们要特别强调这样一点：当我们说作为主体的作家的独特对象是客观现实的审美价值的时候，不要把现实的审美价值当成是独立的存在。现实的审美价值永远和现实的自然属性以及其他价值内在地联系在一起。作家对客观现实的反映，的确是在撷取其审美的价值，但这撷取并不是也不可能是孤立地撷取。审美的价值与其他价值是矛盾的统一。一方面，审美价值不同于其他价值；另一方面，审美价值又和其他价值互相渗透。现实的审美价值和现实的其他价值并不是相互隔绝的，它们之间不存在鸿沟。应该看到，现实的审美价值具有一种溶解和综合的特性，它就像有溶解力的水一样，可以把认识价值、道德价值、政治价值、宗教价值等都溶解于其中，综合于其中。因此，作家撷取现实的审美因素，不但不排斥非审美因素；相反，总是把非审美因素的认识因素、道德因素、政治因素，甚至自然属性交融到审美因素中去。这样，作家所撷取的审美因素总是以其独特的方式凝聚政治、道德、认识等各种因素。譬如，陆游和毛泽东创作《卜算子·咏梅》虽是撷取了梅的客体中的审美价值，但从“已是黄昏独自愁，更著风和雨”“零落成泥碾作尘，只有香如故”，以及“已是悬崖百丈冰，犹有花枝俏”“俏也不争春，只把春来报”“待到山花烂漫时，她在丛中笑”等诗句中，不正是以艺术的方式折射了强烈的道德、政治因素吗？当然，认识、道德、政治等因素只有溶解于审美价值中，与审美价值化为一体，才可能成为作家的对象。单纯的认识、道德、政治价值，可以成为哲学、伦理学、政治学的对象和内容，却不能成为文学的对象和内容。这里还有一个问题要解决，是不是作家只要以客体的审美属性为对象，所建立起来的关系就一定是审美关系呢？不，不是。这还要看作家在与客体建立关系时是以什么心理机制与客体打交道。实际上，审美关系的建立还有赖于作家的心理状态。在审美关系建立过程中，作家的心态是：有认识，又不仅是认识；有表象，又不仅是表象；有情感，又不仅是情感；有思维，又不仅是思维；有意志，又不仅是意志；有想象，又不仅是想象。准确地说，是作家以情感为中心的一切心理机制的全部投入。对作家来说，他不仅用头脑，而且用心灵，不但用心灵，而且用全副身心。总而言之，作为第一主体的作家，以作为第一客体的客观事物的审美属性为对象，又投入了以情感为中心的全部心理机制。很明显，第一主体与第一客体所建立的关系，是折射了其他非审美关系(自然关系、实用关系、认识关系、道德关系、政治关系、历史关系等)的审美关系。苏联著名美学家列·斯托洛维奇在肯定作家与生活的关系是审美关系的前提下强调指出：作家对世界的审美关系不仅不排除道德关系、政治关系等，而且还以特殊的方式折射这些关系。所有这些关系也有它们的审美方面，它们在具体可感的表现中可以作为美或丑、崇高或卑下、悲或喜。正因为如此，这些关系能够进入艺术的内容中。他的论述把创作中的审美关系与非审美关系的联系说得很透彻。

2. 第二主体与第二客体的关系

如果文学活动的第一主体与第一客体的审美关系得以完全缔结的话，那么这种审美关系就物态化为文学作品。文学作品中的审美现实就是作家与生活所缔结的审美关系的结晶，它可以说是文学活动中的第二客体。第二客体的出现意味着文学活动进入到欣赏、接受阶段。在这一阶段中，作为第二主体的读者与作为第二客体的作品又缔结了关系。那么这种关系还是不是审美关系呢？为了回答这个问题，我们就必须说明两点：一点是作品中审美现实的结构关系，另一点是读者感知作品的方式。

文学活动第二组关系的建立，首先是由于作品中审美现实的结构关系。对于真正的文学作品来说，它的审美现实的结构关系应该是：一方面，它是“第二自然”，具有综合性，包容了世界的多种意义和价值；另一方面，这多种意义和价值又必须溶解于审美的意义和价值之中。审美因素与非审美因素有机地交融在一起。正如斯托洛维奇所说，文学价值不是独特的自身闭锁的世界。文学可以具有许多意义：功利意义、认识意义、政治意义和伦理意义等。但是如果这些意义不交融在艺术的审美冶炼炉中，如果它们同文学的审美意义折中地共存并处而不是有机地纳入其中，那么作品可能是不坏的直观教具，或者是有用的物品，但是永远不能上升到真正艺术的高度。① 只有那种把非审美意义交融在艺术的审美冶炼炉中的作品，其审美现实才是合理的，才能为建立文学活动的第二组关系提供必要的条件。

---

① 参见列·斯托洛维奇：《审美价值的本质》，凌继尧译，中国社会科学出版社 1984 年版，第 167 页。

其次，文学活动第二组关系的建立，还由于读者是以审美感知的方式去对待文学作品的。如上所述，文学作品不是一件简单的东西，它是一个像自然本身那样的多层面、多意义、极其复杂的艺术世界。因此人们可以通过不同方式来感知它，但并不是任何一种感知方式都有助于文学活动的第二组审美关系的建立。德国的美学家、心理学家费希纳曾讲过这样一件趣事：一位著名的医生观看拉斐尔的《西斯廷圣母》时宣称："婴儿瞳孔放大，他有肠虫病，应该给他开药。"对于《红楼梦》这部百科全书式的巨著，有人用企业家的眼光从小说所描写的人物的穿着中，去考察中国18世纪纺织工业发展的水平；有人用医学家的眼光，详细说明了林黛玉患的病是肺结核，在18世纪的中国，这种病是不治之症，所以从医学观点看，她是不适宜结婚的，贾宝玉最后娶身体健康的薛宝钗是理所当然的；有人从教育家的角度来说明贾母教孙、贾政教子的失败的原因，来对照检查当今父母们教育子女的经验与教训。上述这些感知作品的方式是非审美的感知方式，所以尽管他们感知的客体是文学艺术的杰作，也不可能在读者和作品之间建立起审美关系。作为第二主体的读者，他们应以审美的感知方式去对待作品的审美现实，他们应像作者对待生活一样，调动起以情感为中心的一切审美心理机制：不但用头脑，而且用心灵，不但用心灵，而且用全部的身心。只有这样，才能把握和深入到作品的审美现实的一切方面和一切层次。马克思早说过："对于没有音乐感的耳朵说来，最美的音乐也毫无意义，不是对象。"①同理，就文学活动而言，如果作为第二主体的读者没有审美的态度和能力，那么文学作品的审美现实对他说来不是对象，也不能建立起审美关系。

以上分析说明，文学活动的四个要素所构成的两组关系，虽然

---

① 马克思：《1844年经济学哲学手稿》，《马克思恩格斯全集》第42卷，人民出版社1979年版，第126页。

其中也交汇了非审美关系，如认识关系、道德关系、政治关系等，但就整体性质看，是审美关系。正是通过审美关系折射了制约了其他一切关系。因此，文学活动实际上是由双重审美关系结构而成的，它的本质不能不是审美。

应该补充说明的是，我们说文学的本质是审美，强调把文学与非文学区别开来，但这并不等于说，文学就只有审美。文学的疆域是十分辽阔的，文学是审美的，文学又是文化的。人类全部文化都必然要在文学中折射出来，神话、宗教、政治、历史、科学、哲学等一切文化形态都蕴含在文学中，文学不是什么“纯审美”之物。

第三节　人类社会的演变与文学功能的演变

我认为对于文学本质的考察，应该分为两个层次：第一个层次，从静态的角度，考察文学在一般情况下的审美本质；第二个层次，考察文学的审美本质在人类社会历史发展过程中的流变与呈现。上一节我们主要就第一个层次做了考察，这一节我们就尝试着考察第二个层次的问题。

马克思在《哲学的贫困》一文中说：“人们按照自己的物质生产的发展建立相应的社会关系，正是这些人又按照自己的社会关系创造了相应的原理、观念和范畴。”又说：“所以，这些观念和范畴也同它们所表现的关系一样，不是永恒的。它们是历史的暂时的产物。”① 马克思这段话具有巨大的方法论意义。它告诉我们：社会在运动过程中，社会关系也在不断的变化中，作为社会关系的产物的哲学、宗教、道德、文学、艺术等观念形态也在不断的变化中。所有的观念形态毫无例外都是“历史的暂时的产物”。当然，文学作为一种观

① 马克思：《哲学的贫困》，《马克思恩格斯全集》第 4 卷，人民出版社 1961 年版，第 144 页。

念形态也是“历史的暂时的产物”。这样，我们考察文学及其本质，就不能不采用历史主义的态度与方法。实际上，作为人的活动之一的文学活动永远是历史具体的，文学是一个发展过程，它存在于历史发展过程中。因此要了解文学活动的本来面貌，揭示其本质与功能，仅仅把它从纷繁复杂的历史规定性中抽出来，做孤立的、静态的分析，是远远不够的。在我们对文学做过静态的分析之后，还要把它放回到社会历史的进程中去，做历史主义的分析。如果我们不做这种分析，那么我们上一节所得出的结论就有极大的片面性，就不能解释不断变异着的极其复杂的文学现象，就会导致文学本质论的“时间外模式”。

文学的独特本质是审美，这个结论只是一种静态考察的结果。实际上，在社会历史发展的过程中，由于受变化着的各种社会因素的影响，文学的审美本质并不总是能够得到充分的实现，即使得到实现，实现的程度和具体的情况也不相同。文学发展历史呈示给人们的往往是这样：文学在其发展的过程中，由于受变动不定的社会关系的冲击，丧失了或部分丧失了自己的审美本质，而变成一种功利的手段。但有时又由于社会关系中出现了有利文学审美特性发展的条件，使其审美本质在很大程度上得以实现。而文学的未来，尽管还会有许多曲折，但最终其审美本质将得以完全、充分地实现。

从文学审美本质实现的不同程度和文学功能的演变情况，我们可以把人类的文学活动分为三个阶段，即发生阶段、发展阶段和自由阶段。

一、文学活动的发生阶段

文学活动的发生要追溯到两三万年前原始社会原始人类的歌谣创作。在原始社会，人刚刚摆脱一般动物的境地，成了能够制造简单工具的人类。在那时，生产力水平极其低下，这一社会的根本特征决定了社会的全体成员要共同劳动，全力地去解决吃、穿、住等起码的生活问题。正如我们前面已经指出的那样，人的需要是呈梯形的，当吃、住、穿这些低层的需要还未满足时，人的意识几乎完全被“饥饿”等感觉所优先支配着，人的全部注意力和能量都集中于满足食物等低一级的需要上，高一级的需要和活动是不会被提出来的。譬如，写诗的愿望在此时是不会被提出来的。以饥饿为头号社会问题的原始社会，一切都围绕着一个“吃”字转。对于饥肠辘辘的原始人来说，除了食物，一般不会有别的兴趣，也许原始人的梦也是梦见丰盛的食物。他们所想到的是食物，看见的是食物，渴望的也是食物。甚至可以说，解除饥饿成了那个时期普遍的社会心理。最初的文学就在这样一种土壤上生长出来。它不能不和劳动结合在一起成为劳动的附庸。德国学者卡尔·毕歇尔(1847—1930)在1896年出版的《劳动与节奏》一书，根据丰富的原始时代遗留的资料，得出结论说：在原始社会“发展的最初阶段上，劳动、音乐和诗歌是极其密切地互相联系着的，然而这三位一体的基本组成部分是劳动，其余的组成部分只是具有从属的意义”①。最早的诗歌之所以在劳动中产生，并成为劳动的一个有机的组成部分，这与劳动的节奏有密切的关系。关于这一点，普列汉诺夫和鲁迅最先谈到过。普列汉诺夫说：

在原始部落那里，每种劳动有自己的歌，歌的拍子总是十分精确地适应于这种劳动所特有的生产动作的节奏。②

---

① 普列汉诺夫：《没有地址的信·艺术与社会生活》，曹葆华译，人民文学出版社1962年版，第40页。

② 普列汉诺夫：《没有地址的信·艺术与社会生活》，曹葆华译，人民文学出版社1962年版，第39页。

当这种有节奏的声响、呼喊与意义结合在一起时，最早的诗歌就诞生了。鲁迅对此说得更加具体、生动，他说：

> 人类是在未有文字之前，就有了创作的，可惜没有人记下，也没有法子记下。我们的祖先的原始人，原是连话也不会说的，为了共同劳作，必需发表意见，才渐渐的练出复杂的声音来，假如那时大家抬木头，都觉得吃力了，却想不到发表，其中有一个叫道："杭育杭育"，那么，这就是创作；大家也要佩服、应用的，这就等于出版；倘若用什么记号留存了下来，这就是文学。①

被今天的人们视为审美的集中体现的文学，最初就这样产生于实用性最强的劳动中，并成为劳动的组成部分。

但是，在文学的发生阶段，作为劳动的附属品的文学，其中就完全没有审美的萌动吗？照普列汉诺夫的解释，歌谣一类的艺术活动是由于要把力量实际使用所引起的快乐再度体验一番的冲动而产生的。所以，"劳动先于艺术，总之，人最初是从功利观点来观察事物和现象，只是后来才站在审美的观点上来看待它们"②。这就是说，在文学发生的时期，文学最初只有功利性的功能，只是到了后来才有审美的萌动。概而言之，在普列汉诺夫看来，在原始文学那里，功利性与审美性最初是脱节的，一个在先，一个在后。普列汉诺夫肯定艺术起源于劳动的观点，大体上是正确的。但他的先功利后审美的理论，难于回答下面的问题：原始人类为什么能捕捉到劳动中的节奏，并产生歌唱的需要？文学活动中的功利观点出于什么

---

① 鲁迅：《门外文谈》，《鲁迅全集》第6卷，人民文学出版社1981年版，第93～94页。

② 普列汉诺夫：《没有地址的信·艺术与社会生活》，曹葆华译，人民文学出版社1962年版，第106页。

原因会转到审美观点上？文学为什么最终能够摆脱附庸地位而成为一种独立的审美的艺术形态？难道这一切仅仅出于外部的原因，而不存在人本身的生理—心理原因吗？普列汉诺夫的理论一味强调劳动这一外部因素的作用，完全忽略了人的生理—心理需要的作用，因而他的解释是不能完全令人满意的。

实际的情况可能是这样：在文学的发生时期，审美作为一种因素已在最早的文学形态中萌动，并非先实用后审美，而是从第一次文学活动中，审美与实用就像一对双生姐妹一样同时地不可分离地结合在一起。其原因是最初的文学活动，不但受作为外部因素的劳动的制约，而且还受作为内部因素的生理—心理因素的制约。现代心理学已经证明，人的生理—心理需要也是人的活动的动力因素，犹如“情欲是人强烈追求自己的对象的本质力量”(马克思语)。日本学者黑田鹏信早就倡导过艺术起源的“美欲”说，他认为，美欲，如字面所示，是求美的一种欲，与食欲、色欲同为人类三欲之一。[①]他认为美欲和知识欲、道德欲同为人类的高等的欲望。他说，知识欲的目的是真，道德欲的目的是善，美欲的目的是美。他认为这三欲是人与动物的根本区别，是推动人向理想境界前进的原动力。科学的起源用知识欲来说明，道德的起源用道德欲来说明，则艺术的起源也可用美欲来说明。[②] 黑田鹏信极力主张美欲是艺术冲动的原因。他的论点在当时只是作为一种假设提出来的。然而，现代脑科学的发现可以说证实了他的假设。美国斯坦福大学生物学家高德斯丁认为人体内有一种分泌物——内啡。正是这种分泌物与人的美感有密切关系。他做了一个有趣的实验，给70名学生注射了一种阻碍内啡分泌的药剂，然后让被试者去听自己平日喜爱的音乐，令人惊异的情况出现了：这些大学生对自己喜爱的音乐，不再感兴趣，平

① 参见黑田鹏信：《艺术概论》，丰子恺译，开明书店1948年版，第49～50页。

② 参见黑田鹏信：《艺术概论》，丰子恺译，开明书店1948年版，第49～50页。

日听音乐时的美感不再出现。但等到药剂的作用过去，他们又恢复了对音乐的美感享受。这个实验证明，人体内的确存在着“美欲”的生理一心理机制，正是这种机制的作用，使人有可能产生艺术冲动。如果这个实验可信的话，那么原始人之所以能捕捉到劳动的节奏，并终于随着劳动的节奏歌唱起来，就不完全是劳动的需要，同时还有人自身的生理一心理需要。换句话说，原始文学活动的产生有两种动力，即社会的动力和心理的动力。社会的动力，使原始文学活动纳入到劳动中，显示出功利性的一面；心理的动力，则说明原始文学活动是人的美欲的一种冲动，显示审美性的一面。由此看来，在文学发生阶段，就整体而言，文学带有很强的功利性，但审美的因子从一开始就存在着、活动着，作为劳动的附庸的原始文学从一开始就带有审美的丽质。这也正是文学后来能够成为人类生活中的独立的参天大树的原因。

二、文学活动的发展阶段

在人类进入阶级社会以后，由于生产力的发展，必然出现社会分工，这时候，专门从事文学生产的诗人、作家产生了，人类的文学活动从劳动的附庸地位中独立出来，成为一种独立的观念形态，文学活动从此进入了发展阶段。在文学的发展阶段，文学的审美本质的实现呈现出复杂的情况，文学的功利性与审美性互相消长：有时审美性超过实用性，文学的审美本质得到较大的回归；有时功利性超过审美性，文学被当作一种工具、手段而利用，文学的审美本质未能得到充分实现。

文学的审美本质实现的情况，归根到底也要用马克思、恩格斯所创立的关于社会的经济基础和上层建筑的学说来解释。但马克思、恩格斯又反复告诫人们，绝不可简单、直线式地滥用他们的公式去解释一切现象。特别是在解释那些“更高地悬浮于空中”的文学艺术等现象时，要给它们种种变异，只“寻找经济上的原因，那就的确太迂腐了”。普列汉诺夫作为一个研究过艺术史的专家，对此似乎有更深的体会，他在比较澳大利亚土著女人的舞蹈和18世纪的小步舞时指出：

> 为了理解澳大利亚土著女人的舞蹈，只要知道妇女采集野生植物的根在澳大利亚的部落生活中所起的作用就够了。而要理解比如小步舞的话，单单知道十八世纪法国的经济是远远不够的。这里我们要研究的是表现非生产阶级心理学的舞蹈……因而，经济“因素”不得不让位于心理因素。但是，不要忘记，非生产阶级出现于社会，本身就是社会经济发展的产物。①

在这里普列汉诺夫想强调对于一些比较复杂的艺术现象，不能仅从经济上做出说明，而要从社会心理上去做出直接的解释。社会结构理论中“社会心理”这个观念是普列汉诺夫首先提出来的。他在《马克思主义的基本问题》这部著作中，把马克思主义的社会经济基础和社会上层建筑的公式具体化，提出社会结构的五个因素：

其一，生产力状况。

其二，经济关系。

其三，社会政治制度。

其四，社会心理。

其五，反映这种心理特征的各种不同的意识形态。

普列汉诺夫认为，生产力状况决定经济关系，经济关系决定社会政治制度，而社会政治制度决定社会心理，社会心理决定各种意

① 普列汉诺夫：《马克思主义的基本问题》，引文见维戈茨基《艺术心理学》，上海文艺出版社1985年版，第10页。

识形态。这5个因素处在不同的层次中，一层决定一层，同时又相互作用构成了人类社会生活的活生生的真实画面。他对社会心理尤为重视，认为社会心理是经济关系和社会政治制度借以建立各种意识形态的中介机制，他强调：所有的意识形态都有一个共同的根源，即这个时代的心理。所以，要了解某一国家的科学思想史与艺术史，只知道它的经济是不够的，必须知道如何从经济进而研究社会心理；对于社会心理若没有精细的研究与了解，意识形态的历史唯物主义解释根本就不可能。因此，社会心理学异常重要。甚至在法律和政治制度的历史中，如果没有它，就一步也动不得①。普列汉诺夫如此强调的社会心理是什么呢？所谓社会心理，拿他自己的话来说，就是“一定的精神状况和道德状况”。社会心理实际上是一种没有经过理论家总结过的一定时代人们的原始的、流动的情绪与意识，它是在一定的社会条件制约下在日常生活的交往中自然而然形成的，是人们对周围事物的自发的、直接的、朴素的、不约而同的感受。它往往以不定型的感觉、情绪、情感、意志活动表现出来，与包括文学在内的各种意识形态关系最为直接。

在我看来，文学审美本质在文学发展阶段中的变异，也是以一定时代人们的社会心理为基础的。或者说，文学审美本质在不同历史时期实现多少，社会心理起着直接的制约和决定作用。那么在这里有没有规律可循呢？我认为是有的，起码有以下三点：

第一，当社会的民族斗争和阶级斗争趋向激烈时，无论什么人，都必然会自觉不自觉地卷入斗争的旋涡中去，人们急切地希望本民族本阶级在斗争中获得胜利，从而采取一切可能采取的斗争手段全力投入到斗争中去，这就使人们的审美的心态变淡。试想当人们正在和敌人拼刺刀的时刻，他们还会想到诗吗？除非这诗也是一种战

① 参见《普列汉诺夫哲学著作选集》第3卷，生活·读书·新知三联书店1974年版，第734页。

斗的武器，也能置敌人于死命。鲁迅在《〈且介亭杂文〉序言》中这样概括斗争时期普遍的社会心理："现在是多么切迫的时候，作者的任务，是在对于有害的事物，立刻给以反响或抗争，是感应的神经，是攻守的手足。"①他还认为："在风沙扑面，虎狼成群的时候，谁还有这许多闲工夫，来赏玩琥珀扇坠，翡翠戒指呢。"鲁迅这些话虽然是专指我国 20 世纪 30 年代这个斗争时代而言的，但他所描述的社会心理，则是一切战争时期斗争趋向激烈时的共同的社会心理。在这种社会心理的直接作用下文学的审美功能被推到了次要的方面，而实用的功能被提高到了主要的方面，就是必然的了。列宁在 1905 年把文学看成是党的机器的齿轮和螺丝钉；毛泽东在 1942 年要求文艺成为抗日时期的团结人民、教育人民、打击敌人、消灭敌人的武器，而不强调文学的审美功能，都是顺应当时人民群众的时代心理而提出的要求。在那金戈铁马、短兵相接的时代，文学能成为人民手中战斗的武器，这并没有辱没文学，这是对文学功能的"借用"，这种"借用"是文学的无上光荣。当然，在斗争激烈时期，文学也可能成为侵略民族和反动阶级手中的工具，在这种情况下，文学就被玷污了，这种"借用"就是文学的耻辱了。但是，无论上述哪一种情况，都属于文学的被"借用"，其审美本质都未能实现或未能充分实现。相反，在民族斗争、阶级斗争、集团斗争趋于缓和时期，生产力得到较大的发展，人们安居乐业，这时候社会心理也就为之一变，美化生活、丰富生活、享受生活成为一种自然的要求，对文学的审美性的呼唤就会强烈起来。在这种情况下，文学就会顺应人们的社会心理，文学的审美本质就会得到较大程度的实现。

第二，就作家创作的角度看，当他积极入世之时，一心想为社会服务，服务心理成为其心理的主导方面，这时候其创作的功利性

---

① 鲁迅：《〈且介亭杂文〉序言》，《鲁迅全集》第 6 卷，人民文学出版社 1981 年版，第 3 页。

就强一些。反之，当作家消极避世之时，作家与社会现实保持一定的距离，自娱的心态萌生，就连他的创作也会带有自娱的性质，这时他的创作的审美性就会强一些。最明显的例子是白居易，在其前期，积极入世，要“兼济天下”，所以他主张“文章合为时而著，歌诗合为事而作”，他把文学看成是一种改革社会的工具，看成是传达民意、抨击黑暗政治的武器。他不能容忍那种社会性较少而具有某种审美性作品的存在，他在《与元九书》中讥讽那种单纯写景的作品，说：“然则，‘余霞散成绮，澄江净如练’‘离花先委露，别叶乍辞风’之什，丽则丽矣，吾不知其所讽焉。故仆所谓嘲风雪弄花草而已，于是六义尽去矣。”他早期的诗歌创作，特别是《秦中吟》《新乐府》，简直就可以看成是向皇帝“启奏”的补充。但是，白居易的晚年，政治失意，消极“出世”，所谓“栖心释梵，浪迹老庄”。于是他写起了“闲适”诗，自己竟也“嘲风雪弄花草”。此时，他的诗社会性减弱，但审美性却大大加强了。

第三，就读者欣赏角度而言，当他以社会的人(如阶级、阶层、集团的代表)去要求作品时，文学的功利性就被突出地强调；当他以个体去欣赏作品时，他需要享受，文学的审美性就成为抉择的主要标准。普列汉诺夫曾说过，康德说：享受决定着兴趣的判断，它是不受任何利益关系的约束的，掺杂了丝毫的利害关系的审美判断，就带有鲜明的党派性质，绝不是纯粹的兴趣的判断。这应用到个别人的身上是十分正确的。普列汉诺夫又说，对于社会的人来说，功利毕竟是存在的，它毕竟是审美享受的基础；如果没有它，对象看起来就不会是美的。这意思是说，一个人处在社会的角度和处在个人的角度对文学的要求是很不相同的。一个党的领袖，当他以党的代表的身份要求文学时，他必然偏重于对文学功利性的要求，当他以个人的身份去要求文学时，那么他的“兴趣的判断毫无疑问是以作这种判断的个人没有任何功利的想法为前提”[①]。他必然会去选择审美性强的作品来欣赏，因为此时他的需要是审美享受的需要。

三、文学活动的自由阶段

在人类消灭了阶级，物质文明与精神文明都得到了极大发展之后，人类将进入马克思所描绘过的共产主义社会。那时，也只有在那时，文学活动才进入了完全自由的阶段，文学的审美本质和审美功能才得以完全的、充分的实现，其原因如下：

第一，在社会生产力极大发展、物质财富充分涌流的情况下，在生产关系进入空前未有的最佳的状况下，阶级斗争熄灭了，政党消失了。人的各种关系都达到了最理想最和谐的境地，人们已从必然的王国跨入自由的王国，人们的各种实际的功利考虑自然还会有，但已无须借用文学来为功利服务了。功利的满足各自有其正常的途径，无须文学来“掺和”，文学就完全还原为文学，文学于是也就回归到审美的家园，进入毫不受功利束缚的自由状态。

第二，科学技术的极大发展，将使原来要由人操作的机器改由电脑控制而自由正常运转，人从机器旁解脱出来。在这种情况下，工作时间缩短，自由时间增加，人变得越来越闲暇，这就必然导致人的活动结构和方式的改变，审美将在人的生活中占据越来越重要的地位。马克思说：到了共产主义社会，人人都是艺术家。怎样来理解马克思这个预言呢？曾有人认为，到那时，人人都能写诗作赋。我并不认为是这样。我的理解是：在人类未进入理想境界之前，人们要生活，就不能不经常从实用的道德的等观点来对待周围的世界，人们用诗人的眼光来观照周围的世界的次数是很有限的。对有些人

① 普列汉诺夫：《从社会学观点论十八世纪法国戏剧文学和法国绘画》，《普列汉诺夫美学论文集》（第一辑），人民出版社 1983 年版，第 498 页。

来说，也许他在一生中只有那么三两次是用诗意的眼光去发现世界。但是，到了理想的未来，情况就不同了，物质生活的最大富裕和文化修养的普遍提高，改变了人们观照世界的眼光，人们可以经常用诗意的观点来发现周围的世界，一切美都会涌到人们的眼前，甚至可以从极其普通的事物上面发现美。就像现在某些艺术家对周围世界的发现一样。我认为这才是马克思所说的“人人都是艺术家”的含义。那么，在人人都能以诗意的眼光观照世界的情况下，他们的审美趣味、审美理想必然是很高的，这就决定了对文学审美性的高度要求。但这并不是说文学整天就“嘲风雪弄花草”，文学照样写各种各样的题材，如历史上的阶级斗争也可以成为文学描写的对象，但这是在拉开审美心理距离的自由观照。图解式的描写已失去了土壤，教训式的写法失去了根据，认识式的再现也没有了必要(这是历史学的任务)。描写斗争不再为了斗争，唯一的目的是审美。

文学发展的路跟历史老人的路一样漫长、一样曲折。从它呱呱坠地起，审美的因子就在它身上存在着。它是人类的骄子，似乎本应让它在审美的家园里嬉戏。但它在成长过程中，为了人类的解放披甲上阵，作为一个英勇的战士东征西战，这虽不是它的“本职”，但却是它的光荣。然而人类爱护这个骄子，无论是过去还是现在都有许多人召唤它回到审美的家园。而人类正在努力着、奋斗着，为美好的明天努力着、奋斗着。人类的骄子——文学——终有一天会完全地回归到自己的审美的家园。

第二章　文学创作的艺术规律

本章考察文学活动的第一个环节——文学的创作活动。我们先考察文学创作的客体，看看文学反映现实的独特内容和角度，试图改变文学和科学的区别不在内容而在反映的方式的传统观点；然后再考察文学创作的主体，研究作家的创作个性和创作过程的心理机制。我们想通过以上两个方面的探讨，揭示文学创作的一般艺术规律。

第一节　文学创作的客体

根据辩证唯物主义的反映论，人类的任何一种观念形态都是对外在世界的反映。文学作为一种观念形态，也是对社会生活的反映，因此社会生活是文学创作的客体。我认为文学创作的过程是一个先“内化”后“外化”的过程。外在的社会现实内化为作家的心理现实，作家的心理现实再外化为作品的审美现实，这就是整个的创作过程。社会现实——心理现实——审美现实，是一个有序的排列，社会现实是整个创作活动的第一个链条。有了这第一个链条，才会有第二、第三个链条。我们应该看到，文学创作的题材、主题、人物、情节、结构、语言，虚构的与非虚构的，曲折的与直线的，离奇的与平淡的，抒情的与议论的，崇高的与卑下的，悲伤的与喜悦的，幽默的与滑稽的，淡雅的与浓丽的，豪放的与婉约的，严谨的与松散的……统统来自社会生活的赐予、暗示和启发。没有生活的赐予、暗示和启发，就不可能形成作家的心理现实，当然更不会创造出作品中的审美现实来。关于社会生活是创作的客体，古今中外许多理论家、作家都有许多精辟的见解，新中国成立以来我国在这方面也研究得比较充分，在这里就不赘述了。

但是，作为文学创作客体的社会生活与作为科学研究的客体的社会生活是不是具有不同的特征呢？对这个问题的研究我以为是极为重要的。然而恰恰在这个问题上文学理论界长期以来一直囿于别林斯基的看法而裹足不前。突破别林斯基的公式，深入揭示作为文学创作客体的社会生活的独特性，已成为创作论研究的当务之急。我们下面对文学创作客体的讨论也就集中在这个问题上面。

一、关于别林斯基的失误

关于文学创作的客体，人们长期以来总是认为：文学和科学的不同，不在内容，而在形式。文学用形象的形式反映生活；科学则用理论的形式反映生活。这些说法几乎成了文学理论中一个不容怀疑的定律。新中国成立以来产生过较大影响的几本文学概论著作，毫无例外地都坚守这一定律。例如，巴人的《文学论稿》(1954 年)说：

我们所谓文学艺术的形象性也就是文学艺术不同于别的学术文字的特征：学者是由一定的观点，解释事实，表现自己对事实的态度。但文学艺术中，情感表现得更为广泛的，是借了更生动的形象的形式而描写的……

文学艺术与思想科学不同的仅仅是表现方法，而其内容则是相同的。即同样在发现真理。①

以群主编的《文学的基本原理》(1964 年出版，1979 年修订后再版)说：

文学艺术的基本特点，在于它用形象反映社会生活。……作为一种反映现实的特殊形式，文学、艺术与哲学、社会科学又各有不同的特点。哲学、社会科学以抽象的概念的形式反映客观世界；文学艺术则以具体的、生动感人的形象的形式反映客观世界。②

作者以孙中山先生的《中国国民党第一次全国代表大会宣言》关于辛亥革命失败的根源的论述，和鲁迅先生的《阿 Q 正传》中“革命”“不准革命”两章做对比，说明同样的内容用了不同的表现形式，以证明文学和科学的区别不在内容而在形式。

蔡仪主编的《文学概论》(1979 年)说：

文学艺术和科学的重要区别，首先就是它们反映社会生活的方式的不同。……通过形象反映社会生活是文学的基本特点。③

---

① 巴人：《文学论稿》上册，新文艺出版社 1954 年版，第 320 页。
② 以群：《文学的基本原理》，上海文艺出版社 1979 年版，第 34～35 页。
③ 蔡仪：《文学概论》，人民文学出版社 1979 年版，第 17～18 页。

十四院校编写的《文学理论基础》(1981 年)说：

> 总起来说，文学和社会科学的不同在于：文学是作家运用形象思维，通过具体的生动的形象构成一幅完整的生活图画来反映社会现实生活。而社会科学则是运用抽象思维，通过概念、判断、推理的逻辑方式，反映总结社会现象某一门类或某一方面的规律，作出科学的结论。所以，我们说文学的根本特征就是用形象来反映生活。

对于上述"形象特征"论，我一直怀疑它的正确性。按上述说法，文学创作的客体和科学研究的客体都是同一社会生活，它们在客观上并没有丝毫区别，它们的区别仅是反映时所采用的方式不同而已。然而上述论点并非这些作者的独创，它们都来自文学理论权威别林斯基，或者说总根子在别林斯基的著名的一段话中。为了说明问题，还是把这段话引出来：

> 人们只看到，艺术和科学不是同一件东西，却不知道它们之间的差别根本不在内容，而在处理一定内容时所用的方法。哲学家用三段论法，诗人则用形象和图画说话，然而他们说的都是同一件事。政治经济学家被统计材料武装着，诉诸读者或听众底理智，证明社会中某一阶级底状况，由于某一种原因，业已大为改善，或大为恶化。诗人被生动而鲜明的现实描绘武装着，诉诸读者底想象，在真实的图画里面显示社会中某一阶级底状况，由于某一种原因，业已大为改善，或大为恶化。一个是证明，另一个是显示，可是他们都是说服，所不同的只是一个用逻辑结论，另一个用图画而已。①

---

① 别林斯基：《一八四七年俄国文学一瞥》，《别林斯基选集》第 2 卷，时代出版社 1953 年版，第 428～429 页。

值得一提的是，上述四种论著都在显要的位置上引用了别林斯基这段话。不过除巴人的《文学论稿》全文引用外，其他三种论著都删节了“艺术和科学的差别根本不在内容而在处理内容时所用的方法”这句重要的话。众所周知，别林斯基这段话是非常著名的，凡是谈到文学艺术的特征和文学创作的客体问题，就总要引用它。现在的问题是，别林斯基这位著名文学理论批评家的这一著名论断是不是就不容置疑呢？

事实上，早就有人对它产生了怀疑。普列汉诺夫早就看到文学创作的客体与科学研究的客体相等同的说法是站不住脚的。“因为不是任何一种思想都可能通过生动的形象表现出来的（例如，请试一试表现股平方之和等于弦平方的思想），那么看来，黑格尔（同他一起还有我们的别林斯基）在谈到〈艺术和哲学具有同一种对象〉时，是不完全正确的。”①苏联文艺理论界从20世纪50年代初开始，一直延续到现在，在讨论中对别林斯基这段话也有不同意见。有的人认为“别林斯基关于艺术、哲学和科学的内容同一的原理是不正确的”，有的则认为别林斯基的论点是不容争辩的，“必须信守别林斯基的遗教”（可参看《苏联文学艺术论文集》中阿·布洛夫《论艺术内容和形式的特征》一文；还可参看《外国理论家作家论形象思维》一书的苏联当代理论家、批评家和作家部分）。在我国，一般都正面引用别林斯基这段话，对它评价很高，认为它科学地规定了文学艺术和科学的区别。但也不是没有批评意见。朱光潜先生在《西方美学史》中评述别林斯基的艺术思想时，指出了别林斯基这一论点的偏颇，他说：“诗和哲学的分别不在内容而只在形式，完全相同的内容可以表现为完全不同的形式，内容和形式就可以割裂开来了。”②又说：“诗和哲学就在

① 斯托洛维奇：《现实中和艺术中的审美》，凌继尧、金亚娜译，生活·读书·新知三联书店1985年版，第197页。

② 朱光潜：《西方美学史》下卷，人民文学出版社1979年版，第550页。

内容上也不能看成同一的。他之所以把它们看成同一，是因为他随着黑格尔相信艺术是从理念到形象的。”[1]朱光潜先生的意见我以为是对的，一针见血地指出了别林斯基错误的根源。不过人们要问：别林斯基的思想有一个发展过程，提出艺术和科学的区别不在内容只在形式这一论点的那篇《一八四七年俄国文学一瞥》，是在他死前一年(1847 年)写的，他的思想早就转到唯物主义方面，那段话不但没有把现实看作“理念”，而且还清楚地提出“社会中某一阶级底状况”改善或恶化的实实在在的现实问题，怎么能说别林斯基论点的根子是在黑格尔的理念说上面呢？为了回答这一疑问，我们不能不看一看别林斯基关于艺术和科学的区别不在内容只在形式的论点的来龙去脉。

别林斯基前后三次提出艺术和科学同一内容、不同形式的论点。第一次是在 1839 年所著《智慧的痛苦》一文中提出来的：

> 诗是直观形式中的真理；它的创造物是肉身化了的观念，看得见的、可通过直观来体会的观念。因此，诗歌就是同样的哲学，同样的思维，因为它具有同样的内容——绝对真理，不过不是表现在观念从自身出发的辩证法的发展形式中，而是在观念直接体现为形象的形式中。诗人用形象来思考；他不证明真理，却显示真理。[2]

第二次是在 1843 年所著《杰尔查文作品集》第一篇论文中提出来的：

> 真理同样也构成诗歌的内容，正象构成哲学的内容一样；

---

① 朱光潜：《西方美学史》下卷，人民文学出版社 1979 年版，第 551 页。

② 别林斯基：《智慧的痛苦》，《外国理论家作家论形象思维》，中国社会科学出版社 1979 年版．第 57～58 页。

就内容而言，诗情作品是跟哲学论文一样的东西；在这方面，诗歌和思维之间没有任何不同之处。然而，诗歌和思维远远不是同一个东西：它们因其形式之不同而显著地互相有所区别，而形式正是构成它们各自极为重要的属性。……诗歌也进行议论和思考，这是不错的，因为它的内容，正象思维的内容一样，也是真理；可是，诗歌是用形象和画面，而不是用三段论法和两端论法来进行议论和思考的。……诗歌的本质正就在这一点上：给予无实体的概念以生动的、感性的、美丽的形象。①

从1839年到1843年，中间只隔四年，可是从别林斯基的思想发展过程看，1839年属于别林斯基所谓“跟现实妥协”时期，1843年则属于别林斯基的思想成熟时期。不过，他前后两次提出艺术和哲学、科学的区别的论点，则完全一样，并没有发展。从上面所引的这两段话看，他受黑格尔唯心主义思想的影响是很深的。别林斯基所说的“观念”“真理”“绝对真理”，就是黑格尔所说的“理念”“绝对理念”。黑格尔认为艺术是“理念的感性显现”，别林斯基接受了这个看法，也说诗歌是“观念直接体现为形象”。别林斯基之所以认为艺术和哲学在对象上没有区别，就是因为在他看来，艺术和哲学都同样以理念为内容，而理念是抽象的，不可捉摸的，或拿别林斯基自己的话来说，理念是“无实体的概念”，这自然无法区别。这样别林斯基就认为，不能从对象上去谈论艺术和哲学的区别，只能从形式上寻找它们的区别。由此可见，别林斯基关于艺术和哲学同一内容不同形式的论点直接来源于黑格尔的唯心主义的理念说。

1847年，别林斯基在《一八四七年俄国文学一瞥》这篇著名的论文中第三次提出了关于艺术和科学的区别不在内容只在形式的论点，

① 别林斯基：《智慧的痛苦》，《外国理论家作家论形象思维》，中国社会科学出版社1979年版，第67～69页。

这就是上面所引的那段最为人们注意的话。不能不看到，在这时，别林斯基的确抛弃了黑格尔的“理念”的概念，他所理解的现实不再是那不可捉摸的东西，而是“社会中某一阶级底状况”等实在的社会生活。他的脚已踏在唯物主义的土地上。但是，他的转变是不是那么彻底呢？不是。理论的惯性使他把艺术和科学的区别不在内容只在形式的旧的观点，带到了他的最成熟的著作里。这样就使他的著作里出现了唯心主义和唯物主义并呈交错的复杂情况。在彻底的唯物主义看来，艺术和科学所反映的不是什么“理念”，而是具体的社会现实。因此，就反映的客体而言，不但艺术和科学不同，而且此一科学和彼一科学也不同，此一艺术与彼一艺术也不同，此一作品与彼一作品也不同，怎么能说艺术和科学在内容上没有区别呢？可能有人会为别林斯基这一论点辩护说：就艺术和科学反映的总的对象看，艺术和科学所反映的难道不同是客观现实吗？当然，就最广泛的意义说，艺术和科学的对象是一样的。但这只能说明艺术和科学的相同点，而别林斯基提出的命题是艺术和科学的区别。既然研究的是两者的区别，怎么能只看两者在形式上的区别，而不首先看两者在对象上即客体上的区别呢？

实际上，别林斯基自己在跟自己打架。一方面，他强调文学和科学的区别不在客体，客体是同一的，它们的区别仅在反映客体的方式的不同。另一方面，当他具体谈到文学创作的客体时，又不能不强调文学创作所反映的生活不是一般的生活，而是诗意的生活(详后)。这又清楚地表明了文学创作的客体与科学研究的客体是不相同的。

那么，作为文学创作的客体的社会生活具有什么特点呢？或者说文学创作反映什么样的社会生活呢？这就是我们在下面要着重回答的问题。

二、文学创作反映整体的生活

文学创作和科学研究尽管都反映生活，但科学研究所反映的不是整体的生活，而文学创作所反映的却是整体的生活。怎样来理解生活？生活是分层次的。首先是表层，即生活的现象；其次是深层，即生活的本质。匈牙利著名文艺理论家卢卡契说：

> 现实有各种不同的阶段：有表面的瞬息即逝的不再重现的暂时的现实，也有更为深刻的现实因素和倾向，它们虽然随着变化着的情况而变化，但总是规律性地一再重现。①

这就是说，我们直接感知到的生活现象，是生活的初级因素，而生活中一再重现的规律，是生活的高级因素。文学创作既不是现实生活初级因素——现象——的机械的复制，也不是孤立的抽象的高级因素——本质——的概括。文学创作所反映的生活是现象与本质融为一个整体的生活，即生活的初级因素和高级因素的和谐统一，直接性和规律性的和谐统一。用黑格尔的话来说，就是“具体的一般”。黑格尔这样说的时候是正确的。创作实践已充分证明，在文学作品中，生活是以整体性特征出现的。作家尽管也力求揭示生活的“一般”“本质”“规律”，所谓要“穿透生活现象”，但一般是在个别中显现，本质是在现象中显现，规律是在感性中显现。所以卢卡契正确地指出：

> 每一种伟大艺术，它的目标都是要提供一幅现实的画像，

① “马克思主义文艺理论研究”编辑部：《马克思主义文艺理论研究》第 1 卷，文化艺术出版社 1982 年版，第 278 页。

在那里，现象与本质、个别与规律、直接性与概念等的对立消除了，以致两者在艺术作品的直接印象中融合成一个自发的统一体，对接受者来说是一个不可分割的整体。①

正因为作家笔下的生活形成了现象与本质、直接性与规律性、具体性与概括性相融合的不可分割的整体，所以每部作品所写的生活都是一个完整的“自我世界”。这个“自我世界”既不同于普通的实际生活，也不同于其他的作品所描写的生活。它是一个有机的、有生命的完整体，其中的一切都是依据必然性规律整合而成的，其中没有任何武断的随意的东西，既不多什么，也不少什么，没有一个字、一个词、一个句子、一个段落是可以被另外的字、词、句子、段落所代替的。由此可见，文学创作反映的是整体的生活，这是创作客体的重要特征之一。从现象与本质、直接性与规律性、具体性与一般性的统一中把握住生活的整体性，是一个优秀作家的创作才能的一种重要表现。缺乏创作才能的作家，往往把握不住生活的整体性，他或是抓住了生活的一些表面的枝节，进行琐碎的描写，不能触及生活的本质，或是抽象地抓住了一些关于生活本质的概念，而不能把它溶解于具体的动人的生活画面之中。总之，在这些作家的笔下，现象与本质、直接性与规律性、具体性与一般性或者是对立的，或者是留下了两者联结的人为的痕迹，不能使两者达到水乳交融的境界。这里我想举一个按诗作画的例子。中国古代画院常以诗题试画。据说有一次主考官出了“野水无人渡，孤舟尽日横”的诗句让众画家作画。结果是多数画家都画空舟系于岸侧，或拳鹭于舷间，或栖鸦于篷背，只有一位画家画一舟人卧于舟尾，横一短笛，其意思是：非无舟人，只无行人，摆渡人闲得睡大觉。结果，这位

① 卢卡契：《艺术与客观真实》，《马克思主义文艺理论研究》第2卷，文化艺术出版社1984年版，第429页。

独出心裁的画家得了第一名。为什么他人都落榜，而独有他中魁呢？这就是因为第一名以下的那些画家，只抓住了生活的表层的东西，他们的画缺乏生活深层的意蕴，他们的失败，在于没有把握到生活的整体。而得了第一名的那幅画恰好是把握到了生活的整体，它通过非无舟人，只无行人的描绘，表现了那种安闲、恬静、懒洋洋的牧歌式的古代农村气氛，真正做到了把现象与本质、直接性与规律性交融为一个有机的、富于活力的整体。

在反映生活的整体性上，文学创作与科学研究是不同的。科学研究的对象和内容不是人的生活的整体。它们把生活的整体切割成许多方面，每门科学只是撷取其中的一个方面进行研究。例如，心理学，它不是以人的包罗万象的整个的生活为对象和内容，它只是研究人的心理过程这样一个特定的方面。人体解剖学的研究对象也不是人的生活的整体，它只是研究人体的生理构造这样一个特定的方面。当然，这些科学为了深入说明某一问题，也可能涉及人的生活的其他领域，不过那只是一种次要的补充，并不改变它们各自的特定对象和内容。还有，从科学研究过程看，科学着眼于一般本质和规律的揭示，它虽然也从现象入手，但却不断地排除、抛弃个别现象，以便把一般本质和规律抽取出来。所以对于科学著作来说，关于事物本质的揭示、规律的证明就是它的“主体建筑”。当然，在科学著作中，也可能涉及个别现象，但那只是作为实例、证明材料被引用的。并且例子和论点之间也不是一种高度的有机的融合，只要能说明本质和规律，用这个例子可以，换个新的例子也可以。而在文学创作中，作家把握的是高度有机的流动着生命的生活整体，在作家这里，现象与本质、个别与一般是无法分割的。俄国心理学家巴甫洛夫指出：“生活明显地指出两种范畴的人——艺术家和思想家。他们之间有明显的区别。一些人是各种类型的艺术家、作家、音乐家、美术家等等，他们能从整体上全面地、完满地把握现实，毫无割裂、毫无分离地把握生动的现实。另一些人是思想家，他们恰恰是把现实分割开来，而且仿佛以此消除现实，把现实造成某种暂时的骨骼，而后只是慢慢地重新把现实的零碎部分集拢起来，努力用这种方法使它们变活起来，然而他们又总是办不到。”①巴甫洛夫清楚地说明了作家和科学家把握生活的不同特点。

但是，整体性是不是文学创作客体的特征，一直有不同的看法。有人说，生活是无限丰富、无限宽广的，文学创作(哪怕是鸿篇巨制)至多只能反映生活的小小的一角，怎么可能把握住生活的整体呢？为了解答这个问题，卢卡契提出了“外延的整体性”和“内涵的整体性”这样两个概念。他认为，生活的确是无限丰富、无限宽广的，没有任何一部文学作品能够把它包罗万象地反映出来，“现实的外延整体性必然会超出任何一种艺术描写所可能占有的范围，外延的整体性只能由全部科学的无穷过程从思想上越来越近似地再现出来”②。因此，文学创作不必把“反映生活的客观外延整体性作为自己的目标”③。文学创作反映生活的整体性，是“内涵的整体性”。所谓的“内涵的整体性”是指“艺术作品必须在正确的联系中和在比例正确的联系中，反映客观地限定了它所描写的那一部分生活的一切本质的客观规定性”，“这些规定性客观上对所描写的那部分生活具有决定性的意义，它们限定了那部分生活的存在、运动、特殊本质以及在整个生活过程中的地位”④。用比较浅近的话来说，“内涵的整体性”是说每部作品虽然只能描绘具体个别的、有限的生活，即生活的一角，但就这一角而言，是与整体有机地联系在一起的，是被生

---

① 科瓦廖夫：《文学创作心理学》，程正民译，福建人民出版社1983年版，第28页。

② 卢卡契：《艺术与客观真实》，《马克思主义文艺理论研究》第2卷，文化艺术出版社1984年版，第433页。

③ 卢卡契：《艺术与客观真实》，《马克思主义文艺理论研究》第2卷，文化艺术出版社1984年版，第433页。

④ 卢卡契：《艺术与客观真实》，《马克思主义文艺理论研究》第2卷，文化艺术出版社1984年版，第433页。

活固有的逻辑所规定的，既不缺少按生活逻辑的规定应该有的东西，也不掺杂按生活逻辑规定以外的随意、多余的东西，一切都建立在具体个别的、有限的、独特的生活固有逻辑的基础之上。“在这个意义上，最短的歌也同规模最大的叙事作品一样具有内涵的整体性。”我认为卢卡契的“内涵整体性”的观念十分确切地揭示了文学创作反映生活的整体的含义。从卢卡契的观念中，我们不难获得这样的认识：如果说科学以一般性（本质、规律）作为它的对象的话，那么文学就以个别性（现象与本质的结合体）作为对象。画家从不画水果，他只画这个或那个苹果、梨、桃、柑子，等等；作家不描写一般性的人，他只描写张三、李四、王五。他们是通过这些个别具体的水果、人的描写来反映水果、人的一般本质。心理学家恰好相反，他以一般人的心理过程为研究对象，而不以张三、李四、王五的心理过程为研究对象。他在研究过程中也可能涉及张三、李四、王五的心理特征，但那只是为了找材料说明一般人的心理过程。文学虽以个别的东西为其对象，但这个别的东西是以整体性为其特征的。这就是所谓“以一当十”“以少总多”“一花一世界，一叶一如来”。一首短诗可能只抒发诗人一瞬间的一点感受，一篇小说可能只写两三个人之间的一点纠葛，但都是一个活生生的完整的世界，在那里面闪烁着生活的全部色彩。因为个体总是这样或那样反映着整体，个人总是这样或那样反映着世界。黑格尔说：

> 世界与个体仿佛是两间内容重复的画廊，其中的一间是另外一间的映象；一间里陈设的纯粹是外在现实情况自身的规定性及其轮廓，另一间里则是这同一些东西在有意识的个体里的翻译；前者是球面，后者是焦点，焦点自身映现着球面。①

① 黑格尔：《精神现象学》上卷，贺麟、王玖兴译，商务印书馆1979年版，第203页。

黑格尔这个比喻深刻地说明了个体的人与整体的世界的关系。所以，只要作家深刻地、典型地把握住了个别，就可以反映出整体生活来。由于优秀作家深刻地体会到文学描写人的整体生活的特点，因此，他们笔下的人物的一颦一笑、一举一动，无不与人的整体生活相联系。

三、文学创作反映富于特征的生活

上面我们阐明了整体性是作为文学创作客体的一个重要特征，那么作家怎样才能把握到这种现象和本质交融在一起的整体性呢？在这里，关键就是要解决现象和本质、个别与一般、偶然与必然的矛盾对立的问题。在实际生活中，现象与本质、个别与一般、偶然与必然，并不总是统一的，相反，它们之间常常是矛盾的，不统一的。马克思早就说过：如果事物的表现形式和事物的本质会直接合而为一，一切科学就成为多余的了。由此可见，作家要使他笔下的生活具有整体性，就必须克服现象与本质、个别与一般、偶然性与必然性的对立，正如卢卡契所说：跟其他反映一样，“艺术反映生活的出发点，也同样是现象与本质等的对立，它的特殊性在于，为消除这些对立，它得寻找一条有别于科学的路”。很清楚，科学的路是综合（根据大量的现象）和抽取（抽取出本质和规律）。文学创作克服现象与本质的对立的路是什么呢？我认为就是通过选取富于特征的生活的描写，以现象反映本质，以个别反映一般，以偶然反映必然，从而达到反映生活的整体性。因此，特征性是作为文学创作客体的又一重要特征。

什么叫“特征”？怎样理解“特征性”？“特征”的概念是由德国18、19世纪的学者希尔特（Hirt，1759—1839）提出来的。黑格尔称希尔特为“现代一位最大的艺术鉴赏家”。从黑格尔的转述中，我们知道，他在《论艺术美》一文中提出："正确地评判艺术美和培养艺术鉴赏力的基础就在于特性的概念。"他认为"特性"就是"组成本质的那些个别标志"，是"艺术形象中个别细节把所要表现的内容突出地表现出来的那种妥帖性"①。黑格尔说，根据希尔特的"特性"的定义，"只有适合于照实表现恰恰某一确定内容的东西才应该纳入艺术作品"②。在希尔特的启发下，黑格尔又进一步把"特性化""特性原则"当作艺术创作的重要原理加以提倡。根据我的理解，就外延而言，"特征"可以是一句话、一个细节、一个场景、一个事件、一个人物、一种人物关系等；就内涵而言，"特征"具有两种属性：其一，它的外在形象是极其具体的、生动的、独特的；其二，它通过外在形象所表现的内在本质又是极其深刻和丰富的。"特征"是生活的一个凝聚点，现象和本质在这里相连，个别与一般在这里重合，形与神在这里联结，意与象在这里聚首，情与理在这里交融。而"特征化"就是指作家对他所抓取的生活的凝聚点的加强、扩大和生发的过程。因此，哪位作家要是在生活中抓住了富有特征的东西，并加以特征化，那么，哪位作家就可能有重大的艺术发现，就有可能创造出成功的典型来，写出新颖的富有独创性的作品来。

创作实践表明，一部优秀的作品并不需要许多支撑点。一个或几个真正富有特征的细节、场面、事件，就有可能把它支撑起来了。刘心武的《班主任》可以说是新时期文学的开篇之作。一个小流氓和一个"好学生"竟不约而同地把《牛虻》说成是"黄书"，这富有时代特征的细节，就是这篇小说的主要支撑点。这个细节简直就像一面镜子，照出了时代留下的变态、畸形、创伤、教训，等等。如果把这一发人深省的细节抽去，作品的思想内涵也就随之变得肤浅。无可否认，这一具有特征意义的细节以及据此创造的具有典型性的人物

① 黑格尔：《美学》第1卷，朱光潜译，商务印书馆1979年版，第22页。
② 黑格尔：《美学》第1卷，朱光潜译，商务印书馆1979年版，第23页。

谢惠敏，是刘心武对生活的重要发现。《高山下的花环》的成功，并不在于赵、梁两家两代人的出乎寻常的巧遇(这恰恰是作品的败笔)，而在于作者选取了“曲线调动”、血染的账单、军长甩帽、两发臭弹等几个极富特征的事件和细节。正是这几个“特征”，在想象力的帮助下，支撑起了一部不可多得的优秀作品。设想一下，如果把这几个“特征”从作品中抽去，光靠那些人物的巧遇，这部作品还能动人吗？巴尔扎克说：“在今天，一切可能的组合看来都已被发掘完，一切情境看来都已被描写净尽，连无法做到的事都已尝试过了，本作者坚信，今后唯有细节能够构成被不确切地称为‘小说’的作品的价值……”[①]巴尔扎克的话也许说过了头，但绝不是毫无道理的。一个编故事的专家，无法保证他作品的成功，而一个抓取特征的能手，其创作的成功率倒要大得多。蒋子龙的小说颇受人们的重视，绝不是偶然的。他的作品的动人的力量来自何处？是靠情节的曲折呢？还是靠特殊的韵味？我看主要不是靠这些。蒋子龙的才能在于他是一个抓特征的能手。他的短篇《拜年》抓住年初五头一天上班互相拜年这样一个富有特征的细节，展开了对胡万通和冷占国两个人物的性格描绘。一个要拜年，要搞好“人缘儿”，靠甜嘴蜜舌、靠磕头搞工作；一个则反对拜年，要靠周密的计划、严格的规章制度来搞好工作。生活是如此不公正，“拜年式”的人物胡万通，虽没有多少本事，倒跟周围的人保持着良好的关系，且官运亨通，被提拔为副厂长；而那个铁面无私的冷占国虽有一身本事、一心扑在工作上，倒显得那么孤立无援。当然，一旦胡万通真的被提到副厂长的位置上时，群众又怀疑起来，他们又把目光转向冷占国。在蒋子龙笔下，普普通通的一个拜年的细节，经过特征化的艺术处理，意蕴是那么丰富而深刻，社会的陋习、现实的严峻、“国民性”弱点、生活的浊

---

① “外国文学研究资料丛刊”编辑委员会：《欧美古典作家论现实主义和浪漫主义》(二)，中国社会科学出版社1981年版，第105页。

流、“四化”的艰难步履……都与“拜年”这个富有特征的细节联系在一起了。他的中篇《赤橙黄绿青蓝紫》获得成功，同样在于作者抓住了生活的特征。小说一开头刘思佳卖煎饼，就是一个极富特征的场面。工厂的混乱、制度的缺陷、领导的无能、清醒者的愤懑、青年人的变态和玩世不恭等错综复杂的现实都溶解于这一富有时代特征的场面中。

这里有一点值得注意，具有特征的事物，并不就是奇特的事物。凡人小事在一定的条件下，也可以具有特征性。这是因为，在生活中具有特征的事物并不是孤立存在着的，而是潜藏在事物的内在的和外在的复杂的联系中。一个特异的引人注目的生活现象，不一定就具有特征性，因为它可能没有处在生活的矛盾、冲突的交结点上。而一个司空见惯的极普通的生活现象，却可能由于它跟其他生活现象的特定的关系，而显示出鲜明的特征。例如，打喷嚏和发困都是不足挂齿的小事，但在契诃夫的小说《小公务员之死》和《困》里，由于作家把它们安置在特定的情境和关系里让打喷嚏和悲惨的死、发困和杀人合情合理地联系在一起，就使不足挂齿的小事，具有了不同寻常的震撼人心的力量。

人们可能要问，这里所说的“特征”和“特征化”，跟典型和典型化不是一样的吗？我认为，希尔特所提出的特征的概念和目前流行的典型的概念既有联系，又有区别。希尔特所说的“特征”(德文Charakteristsche)，朱光潜教授把它译为“特性”，他在注释中指出，也可“译‘特征’，近于‘典型的’”①。“近于‘典型的’”，并不等于典型。按我的理解，特征是“组成本质的那些个别标志”，但它只是一些幼芽(还没有成长)，一些枝节(还不够完整)。它还只是典型的部分初坯，它比一般的生活原型高，却比典型低，因而是介于生活原

① 黑格尔：《美学》第1卷，朱光潜译，商务印书馆1979年版，第22页。

型与艺术典型之间的一个概念，生活原型要提升到艺术典型的高度，必须经过“特征化”。比方说，生活是那无尽的矿石，从生活的矿石中，我们发现了生活的“璞”——特征，而生活的“璞”要经过加工才能变成“美玉”——典型。因此，我们可以说“特征化”是创造典型的必由之路。过去，由于我们不重视“特征”和“特征化”这个概念，忽视这个“中介”环节，典型和典型化问题就讲得过于简单，不够科学，这就给创作带来了一些有害的影响。譬如，过去我们一谈到典型和典型化，就笼统地强调对生活的综合、缀合、集中、“拼凑”、“杂取”等，似乎作家只需把他所搜集的生活材料归拢起来，就可以创造出作品来，于是大事记式的、编目式的作品出现了，从生活中东挑一点、西挑一点拼凑起来的、百衲衣式的作品出现了。当然，我不是说创作不需要综合、缀合、集中、“拼凑”、“杂取”，我是说这种综合、缀合、集中、“拼凑”、“杂取”要建立在选取特征的基础上。作家首先要从生活中发现并提取出富有特征的东西来，这富有特征的东西可能不够重大、不够深刻、不够完整，于是作家就充分发挥自己的主观能动作用，让自己的艺术想象力燃烧起来，扩大它，加强它，生发它，最后把它创造成重大的、深刻的、完整的典型。而综合、缀合、集中、“拼凑”、“杂取”等工作，只能在扩大、加强、生发特征的过程中进行。这样创作出来的才是浑然一体的带有艺术性印记的作品。不选取特征，不靠特征的生发，单纯靠综合拼凑起来的作品，不会是流动着生命的、完整的优秀作品。在这里，苏联著名作家阿·托尔斯泰有一段话是特别值得我们注意的。他认为：

艺术跟科学一样，都是在认识生活。科学是用经验（受科学家的观念指导的经验）来认识真理的。经验愈多，事实愈丰富，科学的结论就愈精确。……艺术在进行概括的时候，不必去追求经验在数量上的多少。艺术力图寻求具有特征的事实……你

> 遇见一个人，并且同他攀谈起来，于是你感觉到，根据这个人你可以塑造出一个时代的典型来。这种情况是否可能呢？是可能的。我再说一遍，艺术依据的是少量的（跟科学比较而言）经验，但是，它却根据的是艺术家的信念，即艺术家的“强词夺理”借以揭示时代概括的那种经验。①

阿·托尔斯泰的典型论跟那种一味强调综合、缀合、集中、“拼凑”、“杂取”的典型论不同，他认为典型论的基础是“寻求具有特征的事实”（可以是少量的事实，只要这事实具有特征），而关键则是作家的“信念”。我觉得，他的论点既强调了客观的基础，又强调主观的能动创造，符合创作的实际，科学地总结了创作的规律，比其他观点更接近真理。

特征性作为文学创作客体的重要属性，是文学创作思想性和艺术性的基础。作品的思想性与作品反映生活的深刻程度是相联系的。“这部作品开掘得深”，“那部作品写得浅”，这些几乎成了我们的评论家的口头禅。问题是作品的“深”与“浅”的关键在哪里？我们经常遇见这样两类作品，一类是作品的形象不足，作者使劲地用所谓深刻的议论去补充它，力图使作品能给人以“深刻”的印象。然而读者读着这样形销骨立的作品，仍免不了产生肤浅之感。另一类作品是作品只描写了一个或几个激动着作家自己的人和事，但出乎作家意料之外，却引起了强烈的反响，那些敏锐的评论家和热情的读者从作品里发掘出来的深刻的思想内涵，连作家自己也大吃一惊。比较上述两类作品，我们不难发现，前一类作品所缺少的是具有特征的形象，因此，它的思想肤浅绝不是所谓深刻的议论所能弥补的；后一类作品则正是由于选取和描写了具有特征的形象，而获得了“形象

---

① 阿·托尔斯泰：《论文学》，程代熙译，人民文学出版社1980年版，第265页。

大于思想”的效果。实际上，“特征”的思想力量可以在未经作者理性过滤的情况下表露出来。这就是说，作家本人对他笔下所选取的某些具有特征的形象，还没有用理性去分析过(或分析得不够)，但它所寓含的内在意义已不自觉地显露出来。正是在这个意义上，我们说，作家从生活中抓住了特征，也就为他的作品奠定了思想性的基础。

创作实践表明，文学作品的高度的思想性，就寄寓在作品的富有特征的细节、场景和人物形象中。蒋子龙的短篇《一个工厂秘书的日记》以“开掘得深”著称。其实，它深就深在作品的结尾抓住了一个极富特征的细节。假如把小说的结尾部分——金凤池在醉意中告诉魏秘书，反对他当人民代表的三票中，有一票是他自己投的，他自己看不起自己，他为刘书记那样的好人没有当选，为思想作风不正的自己当选，而感到悲哀——删去，那么整篇作品就变成了一般的批评“走后门”的平庸之作了。显然，蒋子龙由于熟悉金凤池这类人物，所以在小说结尾，按人物固有的性格逻辑，抓住了这样一个具有特征的人物内心表露的细节，使他的作品思想升华为对生活的新鲜发现，让人们久久地咀嚼、回味、深思。高晓声的《陈奂生上城》的主题至今仍有争论，人们对这篇作品的主题的几种概括，都不能说没有道理。这种文学评论现象本身就说明了这篇作品的思想内涵极其丰富。小说写的事件是那么简单：一个卖油绳的普通农民陈奂生，承蒙县委书记的关心住了县招待所，不得不心疼地付出五元钱住宿费，可他“因祸得福”，这个坐过县委书记的吉普车并住过五元一夜招待所的陈奂生，从此闻名遐迩了。这个从生活中提炼出来的简单事件，却是富有特征意义的。它扭结了现实生活中那么丰富而深刻的东西，吸引着人们去玩索、探究它的象外之旨，弦外之音。从以上分析中，我们不难引出这样的结论：“特征”好比一粒在土壤中吸饱了水分的种子，它潜藏的东西，远比我们在生活表层上看到的要丰富得多，深刻得多。“特征”就是“用最小的面积惊人地集中了最大量的思想”(巴尔扎克语)。因此，选取特征是提高作品思想性的一个基本途径。

特征的选取与描写不但与作品的思想性相关，而且也与作品的艺术性相连。别林斯基说：“艺术性在于：以一个特征、一句话就能生动而完整地表现出；若不如此，也许用十本书都说不完的东西。由于这原故，凡没有艺术性印记的作品，就特别冗繁而累赘。艺术家与此相反，他不用费很多话：他只要一个特征、一句话去表示思想就够了，而光是说明那个思想，有时就非得写一整本书不成。”①别林斯基的话无疑对我们有启发。我们的一些小说、电影常常写吃饭、睡觉、散步等场面，为什么要没完没了写这些场面呢？似乎只是为了交代事件发展的过程，或是为了给人物找个谈话的场所，于是关于这些场面以及房间里过分阔气的布置、餐桌上那随意摆上的美味佳肴、街道上熙熙攘攘的人流一类的琐细描写，使读者、观众大倒胃口。这些缺乏艺术性的描写，根源还在作者不善于抓取特征。其实，作家“无须在他的小说中描写主人公每次如何吃饭；但是他可以描写一次他吃饭的情形，假如这一餐对他的一生发生了影响，或者在这一餐上可以看到某一时代某个民族吃饭的特点的话”②。或者是“人们吃饭，仅仅吃饭，可是在这时候他们的幸福形成了，或者他们的生活毁掉了”③。电影《人到中年》写主人公陆文婷在书桌旁流着泪啃她的儿子为她准备的那个干火烧时，许多观众都感动得流泪了。因为工作的重负、生活的艰辛、难言的感情，一切的一切，都凝聚在这顿具有鲜明特征的午饭上了。

巴尔扎克曾这样谈到法国著名悲剧演员塔尔玛的富有艺术感染力的表演，他说：“当塔尔玛口中才说出一个字，就能把全场两千观

---

① 别列金娜：《别林斯基论文学》，梁真译，新文艺出版社 1958 年版，第 121～122 页。

② 别列金娜：《别林斯基论文学》，梁真译，新文艺出版社 1958 年版，第 127 页。

③ 契诃夫：《契诃夫论文学》，汝龙译，人民文学出版社 1959 年版，第 420 页。

众的心灵都吸引到同一种感情的激动中去，这个字就像是一种巨大的象征，这是一切艺术的综合。他只用一种表情就传达出一个史诗场面的全部诗意。对每个观众的想象力来说，这里既有画面或情节，又有被唤醒了的形象和深刻的美感。这就是艺术作品的力量。”①文学作品中的特征描写，就像塔尔玛所说的那个字，所做的那种表情一样，具有一种立体感、纵深感和艺术生命力。它像最美的浮雕一般，既能给人以生动、新鲜、突出的具体印象，又能给人以刻骨入髓的深刻感受。它使人如入幽谷，越往前探，越进入胜境，不能不引人惊奇，叫绝。对于读者来说，一切都可能忘记，但特征是忘不了的。人们可能把读过的小说的故事、人物等统统淡忘，但书中某个人物的一句话、某个不同寻常的细节、某个精彩动人的场面却久久不忘，多少年过去，可这一切仍历历在目，令人回味。这是为什么呢？这就是因为小说中的某一句话、某个细节、某个场面的特征性特别鲜明的缘故。由此可见，特征的选取和描写，是文学作品获得新颖、简洁、含蓄、蕴藉、深沉等艺术品格的基本途径，是文学作品的艺术感染力和生命力的基础。

当然，我们说特征的选取和描绘是文学作品思想性和艺术性的基础，这并不是说，一部作品只要有了富有特征意义的东西，就等于有了一切。应该说，特征的选取和描绘使作品有可能达到高度的思想性和艺术性，而要把这种可能性变为现实性，还有赖于从观察到表现的整个过程的全部努力。还有，特征化也要有分寸，适可而止。当特征被过分夸张时，那就变成了“特征的泛滥”，而“这种泛滥却不是为着表现特征性所正当要求的，它成了一种累赘的重复，使特性本身受到歪曲”②。

---

① “古典文艺理论译丛”编委员：《古典文艺理论译丛》第10册，人民文学出版社1965年版，第101页。

② 黑格尔：《美学》第1卷，朱光潜译，商务印书馆1979年版，第23页。

“特征”存在于生活的内在联系中，作家要发现它，绝不是走马观花就能奏效的。王充在《论衡》中说：“涉浅水者见虾，其颇深者察鱼鳖，其尤甚者观蛟龙。”“特征”就是潜藏在生活最深处的“蛟龙”，作家们要发现它，非得自己长期扎根于生活的深处，摸清生活的来龙去脉不可。蒋子龙说：“猎奇可以得到故事，却不容易碰到典型。典型是作家的心长期埋在土壤里所得到的结果。”①这个体会无疑是深刻的。如果韦君宜只是站在生活的孤岛上瞭望，不曾在动荡的生活漩涡中搏击，摸透了生活的内在脉搏，那么她也许只能步别人的后尘，一般地去诉说“文化大革命”所造成的伤痛，她就不可能发现王辉凡(《洗礼》主人公)这样一个在“文化大革命”中重新找到了自己的生活位置的富有特征的老干部。在这里，我记起了契诃夫的一段有趣的话。大概有一次有人抱怨说，生活里可写的题材太少。契诃夫不同意这种意见，他说：“怎么会没有题材呢？一切都是题材，到处都有题材啊。您看这堵墙。似乎它连一点有趣的地方都没有。可是您凝神看着它，就会在那里面有所发现，找到以前还没注意到的东西，那您就可以把它写出来了。我向您担保，好小说是可以因此写成的。又例如月亮，虽然已经是个很老的题材，可是仍旧可以用它来写成好东西，而且会写出有趣味的东西来。不过当然也得注意观察月亮，得到自己的发现，而不是别人的、已经陈旧的东西。”②契诃夫说这些话时，没有说清楚他为什么会有如此把握。但我们可以推测地说，契诃夫的把握来自他对生活的熟悉和理解。如同一个有经验的老工人，可以从机器的微小的异样的声音里，从机器上一个螺丝钉的松动里，知道机器某部位有故障，而能及时防止一场事故的发生一样，一个熟悉并厘清了生活的内在脉络的作家，他对生

① 蒋子龙：《跟上生活前进的脚步》，《文艺研究》1981 年第 3 期。

② 契诃夫：《契诃夫论文学》，汝龙译，人民文学出版社 1959 年版，第 418～419 页。

活有整体的理解，他可以见微知著，左右逢源，他可以从微不足道的小事上或陈旧的题材里发现生活中富有特征的东西，得到新的重大的发现。

当然，这并不是说，谁熟悉生活谁就一定可以发现特征。发现特征还有赖于作家的思想透视力。一个眼光敏锐、思想深刻的作家，才能异常警醒地在瞬息万变的生活中捕捉住别人不以为意的富有特征的东西。当然，我们不应在作家的思想修养和一般地学习理论之间画等号。对作家来说，一般地读些理论书，会讲些大道理，是没有多大用处的。作家的思想透视力是一种很微妙的东西。巴尔扎克说："在真正是思想家的诗人或作家身上出现一种不可解释的、非常的、连科学也难以明辨的精神现象。这是一种透视力，它帮助他们在任何可能出现的情况中测知真相；或者说得更确切点，是一种难以明言的、将他们送到他们应去或想去的地方的力量。"①其实，作家的这种透视力虽然微妙，却不是不可以解释的。概而言之，作家的透视力是作家的思想与直觉的一种结合。作家的任务既然是要捕捉生活中的事物，而这事物又不是赤裸裸的本质存在，而是具体感性的存在，那么，作家要捕捉特征就要靠自己感知的触须去探测。这样一来，至关重要的是作家的深刻的思想必须积淀到自己的感觉、知觉里，化为自己的直觉本能。当富于特征的事物从自己身边通过时，他的直觉本能就能像那灵敏的电子测试装置，立刻发出信号，立刻伸出钳子般的"手"。果戈理和其他人一起听了那个小公务员丢失新买的猎枪的故事，为什么其他人都无反应，只有果戈理低下头来沉思？看来是果戈理的直觉本能里所积淀的思想比别人深刻，所以他有一种直感，一下子就从这个不起眼的故事里捕捉到了特征，发现了不寻常的东西。应该说，作家不仅用头脑思考，而且用一切

① "外国文学研究资料丛刊"编辑委员会：《欧美古典作家论现实主义和浪漫主义》(二)，中国社会科学出版社1981年版，第107页。

感觉器官思考。这样说未免有点不科学，但创作的实际就是如此。我们反对直觉主义，因为直觉主义完全排斥作家的思想。但我们不能否定艺术直觉。艺术直觉能力对一个以艺术形象的创造为基本任务的作家来说，无论如何是需要的。

四、文学创作反映情绪化的生活

文学创作的客体与科学研究的客体还有一点重要区别：一般地说，科学研究的客体是不随人的意志为转移的、与主体的情绪、情感没有“纠葛”的客观事物；而文学创作的客体则是情绪化的、心灵化的生活。如果我们把客观作为“外”，而把主观作为“内”的话，那么科学研究的客体是“向外转”的，而文学创作的客体是“向内转”的。作家所写的生活永远是他眼中、心中的生活，即知觉化的、情绪化的生活。

人类的社会生活是一种双层结构，它是由物理境(Physical situation)和心理场(Psychological field)构成的，也就是说社会生活是心理、物理的。按格式塔心理学的观点，所谓物理境，是指事物的完全的、纯粹的存在。所谓心理场是指人们心目中的事物形态。我老家的村子中央，有一眼泉水，泉水日夜不停地从地下冒出来，形成了一个清亮洁净的水池。可这眼泉水有它的独特个性——冬暖夏凉。盛夏时节，骄阳似火，它却清凉宜人；严冬到来，寒风刺骨，它却温煦暖人。我小时候没有知识，总觉得这眼泉水太神了，竟然自己会变。长大以后，我才知道这眼泉水叫恒温泉水，无论冬夏，它都保持在20摄氏度左右，不因外面气温的改变而改变。这不变的水温，是纯客观存在，是它的物理境；而人们觉得这眼泉水冬暖夏凉，则是泉水温度与外界的温差所造成的人们的感觉效应，是它的心理场。这就说明同一世界，又可分为物理世界和心理世界，而物理世界和心理世界可以是不一样的，即“境”与“场”之间不存在一对一的关系。我们在日常生活中可以举出许多例子：同是一个12平方米的房间，对于住惯了宽绰房子的人来说，他会觉得十分窄小，而对正苦于无房结婚的男女恋人来说，他们会觉得已经够宽绰的了。同是登六层楼，如果到的是别人的家，你会觉得怎么这样高，如果到的是自己温馨的家，你并不觉得怎么高。在夏日骄阳下罚你站十分钟，你会觉得过了好几小时，而在凉风习习的树荫下跟你倾心的女友在一起谈笑几小时，你却会觉得才过了十分钟……由此可见，物理境与心理场是不同的：物理境是不以人的感觉为转移的客观存在，心理场则是人面对事物时的感知效应；物理境是事物的本来面貌，心理场是人对物的特殊的心境表现；物理境体现了物之“真”，心理场则体现了人之“诚”。然而，物理境和心理场正是同一生活的两个层面，完整的社会生活的含义就是由这两个层面构成的。也许正是基于对社会生活这种完整的理解，马克思才在他的著名的《关于费尔巴哈的提纲》中提出，“对事物、现实、感性”，不但要“从客体的或直观的形式去理解”，而且还要“从主观方面去理解”。在世界的面前，既见到物，也见到人，这才把握住了完整的世界。

那么作家和科学家面对着社会生活的客体，是如何对待的呢？各具什么特点呢？面对着社会生活的物理境和心理场这两个层面，对科学家来说，有意义的是物理境及其内在规律。因此，他们要着重运用理性的分析，尽可能地排除心理场的“干扰”，以逼近物理境及其规律。这样，科学家往往不相信自己的眼睛，他们怕被错觉“蒙蔽”，于是不能不借助于科学仪器的精确的实验。对作家来说，有意义的是心理场，因此他们要运用他们的感受和体验，尽可能地超越物理境，向心理场过渡和深入。所以，作家最相信自己的眼睛和心灵，最相信自己的感受和体验，哪怕是错觉对他们来说也是有特殊意义的。

一般地说，生活作为文学创作的客体越经过作家个性和情绪的折射就越好。这是因为在奇妙的心理时间和心理空间基础上构建起来的艺术世界，会使作家获得创作时应有的自由，会使他的创作走上无比宽广的道路。循着这条路，作家将创造出神奇的世界，人与自然可以在这里叠合，主体与客体可以在这里交汇，昨天和今天可以在这里交接，此刻与彼刻可以在这里联姻，美和丑可以在这里聚首，崇高与卑下可以在这里相斗，悲和喜可以在这里扭结……这样就便于作家纵横开掘生活的深层，便于写出生活的全部色彩。这里我想举一个也许并不完全恰当但却能说明问题的例子。俄国的陀思妥耶夫斯基和列夫·托尔斯泰无疑都是大文豪。但是如果将这两位大师相比的话，谁对生活开掘得更深呢？多数人可能会说是列夫·托尔斯泰，可苏联文学开拓者之一、《俄罗斯森林》的作者、苏联老一辈作家中最负盛名的代表列昂尼德·列昂洛夫的看法却完全不同。他认为：在深入揭示现代人的复杂性格，揭示人与世界的复杂联系方面，陀思妥耶夫斯基是前无古人的。为此，他把陀思妥耶夫斯基与列夫·托尔斯泰做了比较，他先画了一张图(见右图)，他说，请看，如果中间这条横线标志着河岸，那么上面这些曲线则代表岸边耸立的一片丛林，而下面这些弯弯曲曲的、错综复杂的线索则是这片丛林在水中的倒影。这水中的倒影不是要比那岸上林木本身更曲折有效，更深沉感人吗？在我看来，托尔斯泰就好比这林子，而陀思妥耶夫斯基则是这倒影。我感兴趣的并不是对事件本身的如实记述，而是这些事件在人的心灵深处的折射和沉淀，是人与世界复杂关系在艺术家的个性中的反映。如果只

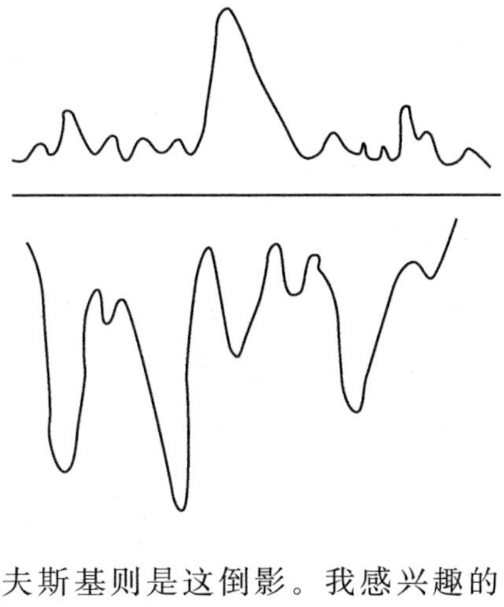

是为了了解事件本身，那只要去读新闻报道或回忆录就够了……陀思妥耶夫斯基之所以比托尔斯泰这样的文学泰斗显得更为深刻，正因为他具有向纵深开掘人的复杂内心世界的惊人才能，他创造的艺术世界渗透着他那炽热而深沉的个性。① 列昂尼德·列昂洛夫褒陀思妥耶夫斯基，贬托尔斯泰，也许并不公正。但他道出了一条艺术规律：优秀作家笔下的生活都是经过其情感和个性的折射的，都是“向内转”的，而且这种折射越是充分，对艺术作品来说就越好。

新时期文学开始后的一个创作现象，就是“向内转”，即作家笔下生活的情绪化、心灵化。我认为这是创作向艺术规律的一种值得肯定的回归，作家们比理论家们觉醒得更早。他们并不认为科学和艺术所反映的客体是一样的，而相信生活作为文学创作的客体必须经过作家心灵深处的折射与沉淀。任洪渊是当代中国的一位诗人，他的诗在台湾被列为大陆十二家诗之一，在香港和新加坡也有广泛的影响。他的诗当然反映时代生活，但却把生活充分地情绪化和心灵化了。他运用神奇的心灵时空构筑起他的独特的诗歌世界。例如，他的《女娲11象》，诗中的“我”诞生在西方的亚当、夏娃之前，东方的盘古、女娲之前，“我”是第一人，“我”的诞生是壮烈的人生悲剧的开始：“一半是兽/一半是人/我终于从野兽的躯体上/探出了人的头/呵！我的世界。”而且，几千年的文明的苦难的历程，也不是在地上、海上和天上，而是在人的生命体上进行：“羽毛的天空在我的身上死去/鲲的海洋在我的身上死去/甲壳的原野在我的身上死去”。无数次生和死的巨痛都留存在生命中。还有：“我走回黄河/我把自己的苦闷和无际黑夜的一角/揉痛了，揉红了，揉成了第一雄鸡的冠/昂起我的第一个黎明/时间开始了。”你看，连太阳也是“我”从黑暗中揉出来的，黑夜的一角揉成雄鸡的红冠，点亮了第一个黎明。“我”

① 参见刘宁：《今天的作家应当成为哲学家》，《世界文学》1987年第2期。

在不断地创造着自己，更新着自己。50万年前，“我为了换一副/新的大脑/便把藏着自己过去的/头盖骨/悄悄埋在地下”；现在，“所有的眼睛，还是来注视/我今天的前额吧/我头盖骨下正酝酿着的/一切，一旦形成；/这个世界，肯定将再一次/变样”。可以说，这是一首新的创世纪之歌。诗人的一段谈自己艺术追求的话，也许可以引在这里做个注脚，他说：“在我们的身上，正在经历一个民族由古老——抛弃衰败衰亡——而走向又一届青春的历程。这是一个对现实世界无限的追求、冒险、征服，与对自我灵魂的审视、拷问、搏斗同时展开的历程。正如《浮士德》的背后是德意志民族七百年的转变史，而在我们身上负担的几千年的文明，通过我们自身的一次死亡，同时获得一个新生。”显然，这首诗是时代面影的描画，但诗人不是采取客观纪实的方法，而是把生活心灵化、象征化。诗人以心理时空构建诗的艺术世界，在这个世界里，生命存在的“此刻”和“此在”如此伟大：过去因为有今天才活着，而明天已从今天诞生，过去和未来因为有今天才汇流在一起。正是由于生活心灵化所创造的心理时空的机制(这是任何电子技术都不能取代的人的生命的机制)使《女娲11象》把神话中的创世纪与当前现实的创世纪、把一个民族的昨天和今天在生命感觉中复合为一，从而产生震撼人心的艺术力量。

也许有人会说：诗是抒情的，它所描写的生活当然要情绪化、心灵化，而小说一类的叙事作品把生活过分情绪化、心灵化，可能就要妨碍对广阔生活的反映，就并非可取的了。其实不然，文学的情绪化、心灵化既然是一条艺术规律，那么它无论对抒情类文学创作还是对叙事类文学创作都是适用的。就以叙事类的创作而言，要是仅仅局限于客观事实的罗列、展览，没有作家心智和情感的灌注，即缺乏作家情绪和心灵的艺术穿透，它就必然缺少对生活的概括力量。反之，作家要是注重对生活的情绪化、心灵化，其概括的广度和深度都会大大加强。让我们来分析一下新时期文学另一部佳作——张承志的中篇小说《北方的河》。在这部小说中，客观的描写已被主观的感觉所代替，外在的大自然已经转化为人的内在情绪。流过小说中的北方四条大河，已经不单单是人物的外部空间和背景。“河”情绪化了，甚至音乐化了。它是河的主题的四重变奏的组诗，一套组曲，或者是一部交响乐的有机的几个乐章。黄河，“像北方大地燃烧的烈火”，“是自己的父亲”。黄河的一条支流湟水，是“古老的彩陶流成河”，是“自己的血脉”，是自己文化的一个源。而哈萨克草原养育的自由自在的额尔多斯河，波浪“涂着青春的光”，流过青春和爱情的梦。也不能没有无定河或者永定河，那几百年来不断改变着河道的狂野的流水，似乎快要在自己制造的“一片戈壁，一片荒漠”中干涸、消失了，但河心仍然“饱含着深沉的坚忍和力量”。最后自然是黑龙江，“一年一度轰隆隆开江，炸开首尾的万里长冰”，“送向那辽阔的入海口……人生的新旅程”。这里，主体和客体、人和自然之间的空间界限消失了，人与河合而为一：“他觉得自己的身体化成了一个大浪”，他甚至已经是用“浪涛的语言”在说话了。于是出现了奇异的审美境界，似乎已经不是作家在描写河，而是“河”在描写作家：

> 理想、失败、追求、幻灭、热情、劳累、感动、鄙夷、快活、痛苦，都伴合着那些北方大河的滔滔水响，清脆的浮冰的撞击，肉体的创痛和感情的磨砺，一齐奔流起来，化成一支持久的旋律，一首年轻热情的歌。

“河”完全主观化、情绪化了。好像黄河的源头不是从喀喇昆仑山流出，而是从作家的心灵流出。自然的“河”像马克思说的那样“人化”了，“河”成了“感性地摆在我们面前的人的心理学”（马克思语）。这“河”的四重奏是关于一代人的青春？是关于北方大地的命运？还是一个古老民族的历史和未来？这一切都是。由于作家紧紧地把握住了生活的情绪化、心灵化这一创作客体的艺术规律，作品获得巨大的艺术概括力量。

五、文学创作反映具有审美价值的生活

文学创作的客体和科学研究的客体最后一点也是最重要的一点区别是：科学研究的客体一般是事物的非审美属性，文学创作的客体一般是事物的审美的属性。这个问题，我们在第一章时已经讲过。但由于它特别的重要，在这里我们再做些补充。

文学创作所反映的是整体的、富于特征的、情绪化的生活。但是整体的、富于特征的、情绪化的生活能不能进入文学作品，成为文学创作的客体，还要求它本身是否具有审美价值，或经过描写以后是否具有审美价值。如果生活中某些事物具备了整体性、特征性，也激起了作家的某种情绪，但它与审美无关，即经过描写以后仍不具有审美价值，那么它就仍不能成为创作的客体而进入文学作品。生活无限宽阔、无限丰富、无限复杂，其中有美也有丑，有悲也有喜，有崇高也有卑下，有大也有小，有红也有白，有长也有短，有冷也有热……还有许多难以言喻的东西。总而言之，可分成两大类，一类是具有审美价值的，包括本身具有审美价值的(如自然美、社会美等)，或经过描写以后具有审美价值的(如丑的、悲的、喜的事物)，另一类是不具有审美价值的，包括本身不具审美价值的(如原子结构、光合作用、函数关系等)和经过描写以后不具审美价值的(如火葬场烧尸过程、人与动物的交配等)。一般地说文学创作只能反映那些本身具有审美价值和经过描写以后具有审美价值的事物，而不能去描写本身不具审美价值或经过描写以后仍然不具审美价值的事物。如果某个作者硬要去写这类事物，那么势必要毁坏艺术。

例如，在近几年的小说创作中，就真的有人去写火葬场的烧尸过程、人与狗之间的交配、当众性交一类的事情。这类不堪入目的描写，除了引起读者的恶心，悲叹文学的堕落之外，还能获得什么效果呢？鲁迅在《半夏小集》一文中说，作为缺点较多的人物的模特儿，被写入一部小说里，这人总以为是晦气的。殊不知这并非大晦气，因为世间实在还有写不进小说里去的人，倘写进去，而又逼真，这小说便被毁坏。譬如画家，他画蛇，画鳄鱼，画龟，画果子壳，画字纸篓，画垃圾堆，但没有谁画毛毛虫，画癞头疮，画鼻涕，画大便，就是一样的道理。也许鲁迅的例子不尽妥当，如他自己在《阿Q正传》里就着重地写过阿Q头上的癞头疮，经过他的描写，使癞头疮和阿Q的性格联系起来，成了作品中的审美的因素。但鲁迅在这段话中所提供的思路却是道出了文学创作客体的一个重要特征，可以给我们以极大的启发。在这里，鲁迅把事物分为两大类，可以写进小说的一类和不能写进小说的一类，这实际上就是把事物分成具有审美价值的一类和不具有审美价值的一类。这实际上告诉了我们，文学创作和科学研究的客体是不同的。对科学家来说，他们要“宽容”得多，他们从不挑挑拣拣，只要是对人类有益的，无论是毛毛虫、粪便还是鼻涕等一切领域，都可以成为他们的研究对象。作家就不那么“宽容”了，他们必须选择、挑拣、撷取，只有那些美的事物和经过描写之后可以创造出审美效果的事物才能进入他们创作的视野。

这里还有一层意思值得反复强调，对于那些可以写进文学作品中的生活，也是写入与这些事物的诗意情感的联系(即事物的审美价值属性)，而不是写这些事物的自然属性(非审美属性)。诚如鲁迅所说，画家可以画蛇，画鳄鱼，画龟，画果壳，画字纸篓，但并不是画这些事物的物理属性、生物属性，而是画这些东西与人的诗意情感的联系。譬如，画家笔下的龟，绝不会是生物学家所需要的解剖图，而是以龟象征人的生命长久，或表达人们的其他的诗意情感。

曹操的《龟虽寿》写道："神龟虽寿，犹有竟时。腾蛇乘雾，终为土灰。老骥伏枥，志在千里。烈士暮年，壮心不已。"在这里曹操没有去考察龟的生命到底有多长，像动物学家所做的那样。而是从龟说开去，表达自己的老当益壮的情怀。如果这一点可以肯定的话，那么我们对前面所讲的整体性就获得了一种新的理解。如前所述，所谓生活的整体性，就是指生活的现象与本质融合为一个整体。那么这里所说的本质是指什么呢？是指事物的生物的、物理的本质吗？或是指生活的单纯的哲学的、政治学的、经济学的本质吗？应该说，都不是。生活整体性中的本质，是指诗意的本质。苏联著名文艺理论家阿·布罗夫说得好：

> 大家知道，任何一种意识形态都力求揭示"一定现象的实质"。但有各种各样的实质。雷雨的真正的实质在于：这是一种大气中的电的现象。是否可以说，诗人在描写雷雨的时候给自己提出的任务是揭示这种物理实质呢？显然，不能这样说，因为诗人在描写雷雨的时候所揭示的实质是另一种东西。请想一想"我喜爱五月初的雷雨……"这句诗。这里不仅没有表明雷雨的物理实质，而且从严格的科学的观点来看，这种实质似乎被"遮掩"起来了，假如愿意的话，还可以说是被歪曲了。虽然如此，但这里所揭示的正是艺术所必需的那种实质，因为这里显示出人在一定的典型环境中的强烈的、丰富的和旺盛的典型感受。①

在我看来，不但写自然景物时，作家不是在写自然景物的生物的、物理的本质，就是在写政治生活、道德生活、伦理生活时，作

① 阿·布罗夫：《美学应该是美学》，《美学与文艺问题论文集》，学习杂志出版社1957年版，第40页。

家也不是在写这些生活的政治、道德、伦理的本质，仍然是写这些生活的诗意的本质，即这些生活的审美的价值属性。

别林斯基所说的艺术和科学所反映的是同一对象和内容，它们的区别不在对象、内容，而在处理这些对象、内容时的不同方式。这个论点连他自己也未必相信。事实上，当他清醒地谈到文学创作客体时，他不能不反复强调文学创作客体的独特性，不能不强调文学创作有自己的诗意的对象和内容。他曾不止一次地肯定：谁要成为纸上的诗人，就首先应该是心灵上的诗人。诗人应按其天性从现实的诗意方面看到现实。诗不单单在书本上，它也在生活的呼吸中，在这一生活所借以表达的任何事物上，在自然中，在历史中，或在人的私人生活里。别林斯基以普希金和果戈理为例，说明文学创作应“从生活的散文中抽出生活的诗”。别林斯基所说的“现实的诗意方面”“生活的诗”，其实就是指事物的审美价值属性，这种“诗意”“诗”既不存在于现实生活的生物规律之中，也不存在于大自然的物理性质之中，只存在于事物与作家的艺术情感的联系中，存在于作家的审美体验中。由此可见，存在着两个别林斯基：一个是受黑格尔影响的别林斯基，一个是深谙艺术规律的别林斯基。当前一个别林斯基说话时，他抹煞了文学创作客体的独特性；当后一个别林斯基说话时，他充分肯定文学创作客体的独特性。而前一个别林斯基肯定错了。试想，如果艺术和科学在客体上没区别，所区别的仅是形式，科学以逻辑的形式来揭示本质，文学以形象的形式来揭示本质，那么文学必不可免地要成为科学的图解与普及了。只有充分肯定文学创作客体的特征，说明在客体上文学对科学的独立性，说明文学不能由科学来取代，说明文学和其他意识形态一样有其独特的对象和内容，才能说明文学的存在是有其充分理由的。实际上，文学创作之所以在过去、现在和将来都被人类视为不可缺少、不可代替的骄子，难道不正是因为文学有某种只能由它把握而科学是无法把握的特殊的对象和内容吗？

上面，我们分别阐述了文学创作客体独特性的四个方面。这四个方面不可能也不应该机械地分割开来。实际上四个方面是相互交叉的、相互结合的。它们之间，往往是你中有我，我中有你。它们的交叉和结合完整地说明文学创作客体的特征。

第二节　文学创作的主体

如果作家面对着的生活具有了整体性、特征性、情绪性和审美性，这就有了把它转化为文学作品的审美现实的可能性。但要把这种可能性变为现实性，就要靠作为创作主体的作家能动的创造。一般地说，从生活到艺术要经过两次审美转换。首先，要把生活现实转换为审美心理现实。在这里，既要有诗意的生活(客体)，又要作家有诗意的眼光(主体)。只有诗意的眼光才能发现诗意的生活。其次，还要把审美心理现实——诗意的印象、情感和思想等——转换为作品中的具型化的审美现实。在这两度审美转换中，都要靠作家的能动的审美创造。那么，作家在进行审美创造时，是如何调动他的心理功能，怎样展开心理活动的呢？作家的创作个性是怎样形成的，对创作活动有何影响呢？这就是本节想着重阐明的问题。

一、作家的创作心理机制

关于作家创作时的心理活动，是揭示创作奥秘的关键。因为就主体的角度看，文学作品的产生，就是作家展开独特的心理活动的结果。这样我们就必须考虑作家的独特的创作心理机制。关于创作心理机制，涉及的问题很多，下面仅就艺术情感和艺术想象活动这两个创作心理的核心问题进行必要的阐述。

(一)艺术情感的活跃性与贯流性

可以肯定，作家作为审美主体对生活的诗意把握过程，也是一个认识过程，也要调动主体的感觉、知觉、记忆、表象、想象、理解等心理机制，就这一点而言，审美主体和认识主体的心理过程有共同之处。但是，审美主体对生活的诗意的把握过程，又不仅仅是认识过程，它与认识主体的心理过程又有相异之处。和认识主体的认识过程不同，审美主体在把握生活时而产生的一系列心理过程中，始终存在着情感的积极的介入。对于一般认识主体来说，他对他感知、思考的事物，在情绪上往往是平静的，并不是现实中每一种对象都能引起他的情感反应。但对于审美主体来说，他的对象不是事物的纯生物的、物理的自然属性，而是在主客体交流中形成的现实的审美价值属性，这就不能不引起主体的情感态度。情感是否介入其心理过程是作家作为审美主体的能动性和一般认识主体能动性的基本区别。

作家作为创造艺术美的主体是否需要特殊才能，这个问题“文化大革命”前就讨论过。讨论的结果是否定了这个命题，仅从认识论的观点去考察，只能得出这样的结论。但从审美的观点考察，这个问题是完全可以提出来的。创作作为一种最高形式的审美活动，是需要特殊才能的。这特殊才能是什么呢？就是创作主体的艺术情感的特别活跃。别林斯基说：“情感是诗的天性中一个主要的活动因素；没有情感就没有诗人，也没有诗……”①这个论断无疑是经得起实践的检验的。列夫·托尔斯泰在他的著名的《艺术论》中说：“在自己心里唤起曾经一度体验过的感情，在唤起这种感情之后，用动作、线条、色彩、声音，以及言词所表达的形象来传达出这种感情，使别人也体验到同样的感情，——这就是艺术活动。”②尽管普列汉诺夫

---

① 别列金娜：《别林斯基论文学》，梁真译，新文艺出版社1958年版，第14页。

② 列夫·托尔斯泰：《艺术论》，丰陈宝译，人民文学出版社1958年版，第47页。

对列夫·托尔斯泰的这段话有过补充和批评，但列夫·托尔斯泰的关于艺术家应是有感情体验的人的论断大体还是不错的。鲁迅说，“研究是要用理智，要冷静的，而创作须情感，至少总得发点热”①。鲁迅的话也精辟地说明了创作主体须有的心理素质。当然，喜悦、愤怒、悲哀、欢乐、爱憎、忧郁、颓丧本身不能说就是文学，情感活跃的人不一定就是作家，但作家必定是情感特别活跃的人。情感特别活跃是作家的特殊才能的基本标志。我们强调创作须有情感，这并不是说文学创作是“使情成体”，作品仅仅是作家主观情感的表现，而是说文学创作是一个创造美的过程，如果没有作家情感的特别活跃，作家就不能从活生生的现实中发现美，把握美，进而创造美。

文学创作活动是创作主体的多种心理机制协调的运动过程，其中主要是感知、表象、想象、情感和理解等多种心理机能的综合和谐的运动过程。而创作主体的感知、表象、想象、理解等心理过程无不灌注了情感的因素，于是出现了感知、表象与情感的融合，想象和情感的融合，理解和情感的融合。创作主体正是在这“三融合”中发现并把握了生活的美，进而创造了艺术的美。艺术情感在创作过程中不但是一种推动力、组合力，而且是一种发现力和创造力——发现生活的美和创造艺术的美的力量。下面就“三融合”如何发现美、创造美的问题做一些说明：

1. 情感与感知、表象的融合

感知和表象是文学创作主体不可缺少的心理机制。作家通过感觉和知觉而获得客体的印象，通过表象重新在脑海里唤起被感知过的印象。但是，一般的物理印象，如书桌是长方形的、木制的之类，只是事物的“第一性质”（洛克语），虽是作家必须知道的，但不是作家特别需要的。与作家的知觉密切相关的桌子的颜色、气味等，是

① 鲁迅：《读书杂谈》，《鲁迅全集》第3卷，人民文学出版社1981年版，第441页。

事物的“第二性质”，当然也是作家必须知道的，但还不是作家最需要的。作家特别需要的是通过感知、表象获得诗意的印象，即“以诗的方式获得现实的印象”(别林斯基语)。拿英国美学家鲍桑葵和美国美学家桑塔耶纳的话说，就是要获得事物的“第三性质”，即事物的表现性。那么，怎样才能通过感知、表象获得现实的诗意的印象呢?这就要作家美学情感的积极介入。心理学原理告诉我们，人的知觉、表象具有一种选择性，可以把对象的各种属性区分开来，即对象的某种属性得到了强调，而其余的属性则完全地或部分地淡化，甚至被推到背景上去。当然，这种选择性与客体本身的特点(强度、活动性、对比)有关，但与主体在感知、表象客体时加入情感态度有极密切的关系。假如，有一位作家来到蒋筑英生前所在单位，他在一个办公室里看见了一些长方形的木制书桌，这没有引起作家的特别注意，并没有寻找到诗意的东西。可是当别人指着一张书桌告诉他，你面前这张旧书桌就是蒋筑英生前使用过的书桌，上面沾有他的汗水，他趴在这张桌上写完了他最后一篇论文……这时作家就会含着一种深情凝视这张书桌，于是他的知觉立刻出现了选择性，长方形的、木制的特点淡化了，“这张桌子是蒋筑英辛勤劳动的证明”这一点被强调出来，大脑皮层中的一个兴奋中心占优势，皮层的其他部分则受抑制，作家终于在这知觉的选择性中，获得桌子的表现性，发现了诗意的东西，而这种知觉的选择性的发生是由于作家对桌子抱着情感态度所致。就是说，蒋筑英的桌子本身存在着诗意的因素，但作家情感的积极的介入，才使他发现了诗意的因素。如果说上述例子只是一种假设的话，这里还可以举一个真实的例子：许广平在鲁迅生前并未到过绍兴，新中国成立后，她才第一次来到她所热爱的人的出生地。她参观了“三味书屋”，看了学生们的课桌，这都没有引起她的过分激动。可是当别人把童年鲁迅在“三味书屋”读书时所使用过的、亲自刻了个“早”字的那张桌子指给她看时，她久久地抚摸着桌子，睹物思人，内心十分激动……是的，对于一张普通的书桌，不带感情态度的感知，不能发现诗意的内容，不能构成文学的对象，但一旦主体以情感的态度去感知它时，桌子就不再是孤立的仅供使用的桌子，而是流动了生命、显示了美的活物，作家就可以从这里发现诗意的东西。如果主体在感知客体时，对客体无动干衷，那么即使主体面对着的是最富有诗意的对象，也不会有任何诗意的发现。所以，马克思说："忧心忡忡的穷人甚至对最美的景色都没有什么感觉。"当然，如果主体在感知客体时，投入的情感不是艺术的情感，那么主体同样也不能发现对象的审美属性。所以，马克思又说："贩卖矿物的商人只看到矿物的商业价值，而看不到矿物的美和特性。"由此可见，艺术情感介入感知和表象，并使它们融合在一起，是作为审美主体的作家把握生活的一个特征。对此，古人早已注意到了，刘勰说："情以物兴，物以情观"；王夫之说："情中景，景中情""景以情合，情以景生。"刘勰和王夫之的观点是很辩证的，他们一方面强调"情以物兴""景中情""情以景生"，说明客观的物对主观的情的制约作用；另一方面，又强调"物以情观""情中景""景以情合"，说明了主观的情对客观的物的反作用。刘勰、王夫之所指出的第二方面，对于作为审美主体的作家来说，具有特别的重要意义。因为当作家"以情观物"之际，作家的情感就像显影液浸泡照片一样，会使"物"的审美价值属性清晰地显现出来。

2. 情感与想象的融合

文学创作不能离开想象。"真正的创造就是艺术想象的活动。"①但是，想象并非作家所专有。科学家在进行科学研究时也需要想象。在我看来，文学创作主体的艺术想象的独特之处，主要是情感的积极介入。情感对艺术想象的介入包含两种意思：第一，情感的介入，

① 黑格尔：《美学》第1卷，朱光潜译，商务印书馆1979年版，第50页。

给艺术想象以推动力，使艺术想象装上了翅膀，能够虚构出艺术形象来；第二，也是更重要的，情感的介入，使情感移入艺术想象中的对象，出现想象和情感的高度融合，从而创造了美。“移情”现象在审美活动中是存在的。用“移情论”来解释美的本质，当然是不尽妥当的，因为美是客观的，不是什么“心借物表现情趣”。但用“感情的移入”来解释文学创作中的艺术想象活动，则是有意义的。文学创作中的艺术想象活动，实际上是一种摹拟性的实践活动，就如同现实生活中真正的实践活动一般，它需要作家把自己的情感完全地移入（或者说沉入）所写的对象，使自己的感受、情感与对象的感受、情感达到同步的状态，甚至与所写的对象仿佛融为一体。拿移情论的创立者德国学者劳·费肖尔的话来说：“我们把自己完全沉没到事物里去，并且也把事物沉没到自我里去：我们同高榆一起昂然挺立，同大风一起狂吼，和波浪一起拍打岸石。”①作家的艺术想象只有达到这种极致，才能使艺术想象活动沿着生活的必然逻辑的轨道发展，艺术美才能在这情感与想象的高度融合中被孕育和创造出来。许多作家都谈到创作的想象活动中情感移入、沉入所出现的物我同一、“神与物游”的情况。法国作家乔治·桑在《印象和回忆》中谈到自己情感沉入所写对象时说：

我觉得自己是草，是飞马，是树顶，是云，是流水，是天地相接的那一条地平线……

福楼拜谈到自己写《包法利夫人》时说：

今天我就是丈夫和妻子，情人和他的姘头……我觉得自己

① 朱光潜：《西方美学史》下卷，人民文学出版社1979年版，第604页。

就是马，就是风，就是他们俩甜蜜的情语，就是使他们的填满情波的眼睛眯着的那道阳光。

高尔基也谈到文学家要写一头公羊，也要把自己的情感移入，把自己想象成公羊。巴金说："我写《家》的时候，我仿佛在跟一些人一同受苦，一同在魔爪下面挣扎。我陪着那些可爱的年轻生命欢笑，也陪着他们哀哭。"这些情况充分说明，创作主体的情感沉入所写的对象，实现情感与想象的高度融合，的确是创造艺术美的一个必要条件。我常想，一个作家很难在创作的中途检验自己的作品是否达到真善美的境界，但可以有一个间接的检查方法，那就是看自己在艺术想象的过程中，自己的情感是否移入了对象，自己的情感与所写的对象的情感是否达到了同步的状态。当然，我们强调主体的情感对艺术想象的引导作用，也不应忘记理智因素对艺术想象的制约作用。如果创作主体在艺术想象活动中，只有情感的引导，没有理智的制约，那么形象就会失去分寸，甚至引起创作的中断。据说，过去杭州有个女演员商小玲，以演杜丽娘能进入角色闻名。有一次，演到剧中的"寻梦"一折，当她唱到"待打拼香魂一片，阴雨梅天，守得个梅根相见"时，由于自己与角色完全融为一体过于情真，忘记了自己在演戏，竟随声倒在台上，待春香上场看时，"小姐"已经真的归天了。可见在艺术创造中，丧失理智也是不行的，甚至是危险的。

3．情感与理解的融合

理解也是创作主体不可缺少的心理因素。因为合规律性是艺术美的一个重要品质，而理解这种心理机制在作家的思维活动中，就主要担负了揭示所写对象的本质和规律的任务。那么，作家的审美的理解与科学家一般的理解是否有区别呢？我认为是有明显的区别的。科学家的理解一般是阐明事物某种逻辑依据，揭示事物的本质和规律，在理解的过程和结论中都没有情感的灌注。作家的审美的理解则始终有情感的介入。不但在理解的过程中有情感的参与，而且在理解的结果中，也有情感的融入。作家在创作过程中对其笔下生活的理解与他的作品的思想是直接相连的，甚至可以说他的作品的思想就是他创作过程审美的理解的物态化。正是由于作家的理解过程有情感参与，理解的结果有情感的融入，所以文学作品的思想，就不是一般的干巴巴的议论，不是纯粹的社会学结论。它带有理性的品格，又被情感所浸润，是思想与情感的合一，或者说是寓含了情感的思想，是蘸满了情感液汁的思想。别林斯基的"激情说"，理应受到更多的重视。他说：

> 艺术并不容纳抽象的哲学思想，更不要容纳理性的思想：它只容纳诗的思想，而这诗的思想——不是三段论法，不是教条，不是格言，而是活的激情，是热情……因此，在抽象思想和诗的思想之间，区别很是明显的：前者是理性的果实，后者是作为热情的爱情的果实。①

我认为，这是别林斯基在其杰出的文学批评活动中所把握到的真理性的东西。文学创作的事实表明，文学史上优秀的文学作品的思想是很丰富的，常常是只可意会不可言传的，因而是耐人寻味的。《红楼梦》已诞生二百多年了，"红学"热历久不衰，可是对于《红楼梦》的主题思想，至今似乎仍没有满意的"解味人"(曹雪芹云："都云作者痴，谁解其中味?")。这是因为作者的思想是极其丰富的、浸润着情感的思想。人们可以逐渐领悟它，但却无法用简单的言词限定它。有人问歌德，他的《浮士德》的主题思想是什么，歌德不予回答，他认为人们不能将《浮士德》所写的复杂、丰富、灿烂的生活缩小起来，用一根细小

① 别列金娜：《别林斯基论文学》，梁真译，新文艺出版社 1958 年版，第 52～53 页。

的思想导线来加以说明。列夫·托尔斯泰认为自己的长篇小说的思想与主题很难用语言表达出来："假如我想用语言说出我原来打算用一个长篇去表现的那一切思想，那么，我应当从头去写我已经写完的那部小说。"如果说后来的人不能完全"解出"《红楼梦》的"味"还可以理解的话，那么歌德、托尔斯泰连自己作品的主题都说不清楚，岂不太奇怪了。其实这并不奇怪。单纯的思想是易于用言词来表达的，可思想与情感的艺术地合一，就难以言传了。人们可以用各种方法去阐述它，说明一个大概，但不可能将其因情感的融入而形成的多义性、丰富性完全地解释清楚。优秀作品思想内涵的这种多义性、丰富性不但没有削弱作品的美，而且造成了作品的含蓄美、韵味美、意境美。而这，正是创作主体的情感与理解相融合的心理过程物态化的结果。

从以上说明，我们可以看到，所谓创作主体的审美把握，就是创作主体的感知、表象、想象、理解和情感的自由融合的心理过程。对于美的创造来说，感知、表象是出发点，想象是基本途径，理解是透视力，而情感作为一种自由的元素与上述各种心理功能融合，是美的发现力。因此，艺术情感是否贯流于感知、表象、想象、理解等一切心理过程，是创作主体审美把握的关键。从一定意义上看，我们简直可以这样说，创作主体的审美把握，就是情感把握。

(二)艺术想象的意向性和认识性

在创作心理中，除艺术情感外，艺术想象可以说就是最重要的了。但作家的艺术想象是如何运动的呢？这个问题是近几年关于文学主体性问题的讨论中的一个重要问题。在讨论中论者往往各执一端而不能不陷于片面。下面，我想从考察艺术想象中两种不同的"力"入手来揭示艺术想象的创作规律。

1. 艺术想象"力场"中的力的运动

作家创作的过程，从某种意义上说就是艺术想象的过程。关于艺术想象，尽管人们已经做过许多研究，但至今仍然是艺术心理学中一个比较深奥的领域。它的奥秘远远未被深刻地揭示出来。当然，在这个问题上最有发言权的是作家，因为他们的工作就是艺术想象，他们最清楚艺术想象是怎么回事。然而他们在描述艺术想象的心理状态时常常是矛盾的。甲说，在艺术想象进入最佳状态时，笔下的人物常常会违反作家本人的意愿，自己行动起来，而不听作家的指挥。乙说，不，在艺术想象的翅膀正腾飞之际，作家绝不会受役于自己的人物，作家始终是自己笔下的人物的主人。

例如，列夫·托尔斯泰在一位读者埋怨他让安娜·卡列尼娜卧轨自杀太残忍时解释说："您的这个意见不禁使我想起了普希金的一件事情。有一次，普希金对他的一个朋友说：'你想想看，达吉雅娜跟我开了多大的玩笑，她结婚了，我万万没有料到她会这样。'关于安娜·卡列尼娜，我也完全可以这样说。她也是跟我开了一个大玩笑。她卧轨自杀了，我万万没有料到她会这样。一般说来，我的男女主角们，有时跟我开的那种玩笑，我简直不大喜欢！他们做那些在现实生活中应该做的，和现实生活中常有的，而不是我愿意的。"①这就是说，作家笔下的人物可以独来独往，按自己的意识行事，而不管作家本人愿意不愿意。很明显，在普希金和托尔斯泰这里是人物起来指挥作家。然而，艺术想象过程中此种心态在果戈理那里似乎从未有过。恰好相反，果戈理在创作中始终是牢牢控制住自己笔下的人物的，他在《作者自白》中写道："我的人物的完全形成，他们的性格的完全丰满，在我非等到脑子里已经有了性格的主要特征，同时也搜集足了每天在人物周围旋转的所有零碎，直到最小的胸针，一句话，非等到我从小到大，毫无遗漏地把一切都想象好了之后不可。"②很明显，果戈理既然从小到大一切都构思好了，

① 《安娜与托尔斯泰开玩笑》，《世界文学》1961年第2期。

② 魏列萨耶夫：《果戈理是怎样写作的》，蓝英年译，天津人民出版社1982年版，第39页。

甚至连人物别什么胸针都构思好了，那么写作时自然就会按既定的构思办理，绝不会出现作者受役于人物的情形。

这种完全不同的创作心理描述在中国现代作家中也可以找到实例。吴强在谈到《红日》的人物形象的创造时这样说："与其说我创造了人物形象，倒不如说我是跟着人物走的。沈振新夜审俘虏张小甫，批评刘胜的骄傲情绪以后，把自己的夹绒大衣送给刘胜……石东根在莱芜大捷以后醉酒纵马，受了批评以后，上缴手表等战利品，发誓戒酒，在部队转移到鲁南敌后的路上，因为心情苦恼，又吃了老大爷的一杯酒……这也都是人物自己的思想行动。我以为，一个作家没有权利按照自己的意图去随意支配人物……让作者的自由限制了、侵犯了人物的自由，随意地支配人物的思想行动，那就必然使客观的存在为作者的主观意图所代替……作者写书，要对读者负责，但应当最先对所写的人物负责，尊重人物的自由，而不应当对人物有丝毫的委曲；任情摆布，是更不许可的。"[①]显然，吴强在这里强调的是艺术想象过程中人物按自己的性格逻辑行事，应尽可能避免作者的任情干预，随意摆布。然而，姚雪垠在谈到自己的创作体会时，这种创作心理状态是不存在的。他说："我从事文学创作实践活动数十年……对人物无能为力、任人物自由活动的奇妙现象，一次也没有遇到过。""伟大作家也是始终驾驭着他们的作品的创作过程。""作家并没有'受役于自己的人物'，而始终是小说人物的主人。""我始终牢牢地驾驭着我的人物，甚至连个别地方最细微的细节处理，都按照我多年来考虑成熟的计划完成。只有这样，才能达到我自己的美学要求。这是我的创作实践，是千真万确的事实。"[②]显然，姚雪垠的体会与吴强的体会是完全不同的，他强调的是作家对笔下人

① 吴强：《写作〈红日〉的几点感受》，《赞〈红日〉，颂英雄——〈红日〉评论集》，作家出版社 1959 年版，第 106～108 页。

② 姚雪垠：《创作实践和创作理论》，《红旗》1986 年第 21 期。

物的牢牢的控制力。

更令人困惑不解的是，同一作家谈创作体会，可以一会儿说作家始终是人物的主人，一会儿仿佛又说，人物是作家的主人。例如法捷耶夫，他一方面说，“如果作过酝酿并且经过深刻思考，那么在写作过程中的变动就不会怎么大”，似乎所写的一切都由作家牢牢地驾驭着、控制着。另一方面在谈到他的名著《毁灭》的创作时却又说：“照我最初的构思，美谛克应当自杀；可是当我开始写这个形象的时候，我逐渐逐渐地相信，他不能也不应该自杀。在作者用最初几笔勾画出主人公的行为、他们的心里、外表、态度等等之后，随着小说的发展，这个或那个主人公就仿佛开始自己来修正原来的构思，——在形象的发展中仿佛出现了自身的逻辑……在某种程度上他自己就会带领着艺术家向前走。”①

我不认为作家们在描述自己的创作心理时是故弄玄虚，我相信他们无论这样讲或那样讲都是真实的。问题在于我们如何去解释这些相互矛盾的描述。

在我看来，艺术想象作为作家主体意识活动的区域，形成了一个“力场”。在这个“力场”内，产生了两种不同的心理的力。

一种是描写对象的“力”。描写对象的“力”顽强地要以本身固有的性格逻辑作为运动轨迹，力图摆脱作家的控制。正如高尔基所说，人物的性格一旦形成，“他们每一个都有自己的生物学上的意志”。因此，作家无权“暗地里告诉主人公叫他该如何做”，当作家“强奸了自己的主人公的社会的天性，强迫他说别人的话和完成那根本对他们不可能的行为，他就是糟蹋了自己的材料”②，所以凡是追求艺术真实性的作家，都不能不受描写对象的力的制约。这种情况不仅是普

① 法捷耶夫：《和初学写作者谈谈我的文学经验》，《外国作家谈创作经验》(下)，山东人民出版社 1980 年版，第 767 页。

② 高尔基：《我的创作经验》，《苏联作家谈创作经验》，中国青年出版社 1959 年版，第3 页。

希金、托尔斯泰、莫里亚克、吴强等三五位作家说过，还有许多作家都谈到类似的体会。例如，海明威在回答“主题、情节，或者人物都是随着你在进行的时候而改变吗”这个问题时说：“有时候你知道这个故事。有时候你在进行中才把它构成，而不知道结果将是怎样出来。”①所谓“不知道结果将是怎样出来”，即是说故事的结果将由人物的性格逻辑自己造成，作者不得不尊重人物自己的选择。福克纳是美国的富于主观性的现代派作家，可连他也这样说：“我写的书里总有那么一个节骨眼儿，写到那里书中的人物会自己起来，不由我作主，而把故事结束了——比方说，写到二百七十五页左右结束。”②巴金也说过：“我常常说我的人物自己在生活，有些读者不大了解。然而这的确是事实，比如我开始写《秋》的时候，我并没有想到淑贞会投井自杀，我倒想让她在十五岁就嫁出去，这倒是更可能办到的事。但是我越往下写，淑贞的路越窄，写到第三十九章(新版第四十二章)，淑贞向花园跑去，我才想到了那口井，才想到淑贞要投井自杀。”③看来，淑贞投井自杀，并非是作家的愿望，而是人物的自主选择。

对于描写对象的力谈得最“玄”的是苏联作家薇拉·潘诺娃，她说：“我的人物总是好像在做我没有规定他们要做的事情，在诉说他们自己心里而不是我心里所产生的思想感情。他们自己创造小说的情节和结构，在最意想不到的时候进入小说，好像没有敲门便闯了进来似的，而和最出于我意料之外的人结了婚。甚至有的冲突并不出于我的创造，显然是由于分歧的性情而发生，这种性情是由我事前所没有能够领悟的。”④我之所以不厌其烦地罗列这些材料，旨在

---

① 董衡巽：《海明威谈创作》，生活·读书·新知三联书店 1986 年版，第 46 页。

② 李文俊：《福克纳谈创作》，《福克纳评论集》，中国社会科学出版社 1980 年版，第 261 页。

③ 巴金：《谈〈秋〉》，《中国现代作家谈创作经验》(上)，山东人民出版社 1980 年版，第 241 页。

④ 薇拉·潘诺娃：《谈我的创作》，《苏联作家谈创作经验》，中国青年出版社 1959 年版，第 110 页。

强调作家艺术想象的“力场”中描写对象的“力”是确实普遍存在的，并不是某个理论家杜撰出来的。一颗种子若是已经播到了地里，而又有足够的阳光和雨露，那么它就要顽强地按大自然赋予它的本性生根，发芽，开花，结果，连压着它的大石头也无法抑制它的这种力。作家笔下的人物就像那播到地里的种子一样，主要按社会历史赋予他的性格顽强地按自己应有的轨迹运转。作家要是想随意摆布它，甚至把它当傀儡来对待，那就势必违背人物固有的性格逻辑，而使创作归于失败。在当代文学的创作中，那种一厢情愿地按作家自己的意图，让人物说他不想说的话，做他不想做的事，完全不尊重人物的自主性的现象，难道还少吗？

但是，在艺术想象的“力场”中还有另一种“力”，这就是作家的审美理想、趣味等所凝聚而成的艺术追求。这种艺术追求作为一种“力”在具体的创作中表现为作家的创作意图。而创作意图总是具有某种定向性的，它力图引导、控制和规范描写对象。例如，雨果有他独特的审美追求，他曾说，“滑稽丑怪作为崇高优美的配角和对照，要算是大自然给予艺术的最丰富的源泉”，“崇高与崇高很难产生对照，于是人们需要对一切都休息一下，甚至对美也是如此。相反，滑稽丑怪却似乎是一段稍息的时间，一种比较的对象，一个出发点，从这里我们带着一种更新鲜更敏锐的感觉朝着美而上升。鲵鱼衬托出水仙；地底的小神使天使显得更美”①。雨果的这种艺术追求是在长期的生活实践中形成的，具有稳定性。因此当他动手去创作作品时，这种艺术追求就很自然地转化为具有定向性的创作意图，他按这个意图去引导、控制、规范他笔下的艺术形象。不难看出，他的《巴黎圣母院》《悲惨世界》《九三年》等巨著中的人物形象，都统统被纳入美、丑对比的艺术框架内。他在《巴黎圣母院》中着力塑造

① 雨果：《〈克伦威尔〉序》，《西方美学家论美和美感》，商务印书馆1980年版，第236页。

的外丑内美统一于一身的加西莫多，尤能说明雨果在坚定地贯彻他的创作意图，以自己的美学理想牢牢地控制着、规范着他的人物的外在的和内在的东西。由此看来，在一个成熟的作家那里，他在长期的生活中所形成的艺术追求，作为创作“力场”中的另一种力，同样也是顽强的。

创作“力场”中两种不同的但都是顽强的力碰撞到一起，必然产生巨大的矛盾运动。一方面要引导、控制、规范，力图实现自己的美学追求；另一方面则反控制，力图摆脱另一方施加给它的规范，并要按自己的性格逻辑行事。而作家的艺术的想象活动的任务就是要调和、克服这两种力之间的矛盾，或改变其中的一种力的作用方向，合两种不同的力为一种方向一致的新力，以打通创作之路，完成创作过程。

2. 艺术想象中的认识活动和意向活动

关于艺术想象“力场”中两种不同的力的矛盾斗争的观点，我们可以从心理学的角度加以考察。

人们在生活实践中完整的心理活动是由认识活动(指狭义的认识，下同)和意向活动两个方面所构成的。艺术想象作为作家的创作实践活动也是由认识活动和意向活动两个不可分离的部分构成的。应该着重指出的是，认识活动和意向活动是性质不同和走向不同的活动。

认识活动是人们对客观世界的反映活动，如回想、联想、思考、判断、推想等都属于认识活动。“认识活动要解决的主客观之间的矛盾是主观不符合于客观实际，对客观缺乏知识所构成的矛盾。通过认识活动，使主观在一定程度内反映客观，使主观转化为符合于客观实际，使客观表现于主观之中。……在这里的矛盾中，客观是主要的、支配的方面，主观是次要的、从属的、受支配的方面，所产生的转化主要是使主观转化为符合于客观实际。”[①]在艺术想象活动中，认识活动就表现为描写对象对作家的支配和引导上面。这就是说，作家笔下的艺术形象虽然是在艺术想象中虚构出来的，但如果它的性格逻辑一旦形成，它就成了作家的认识的对象，仿佛成了有生命的客观实体，它的运转的轨迹就具有了不以人的意志为转移的必然性。譬如，安娜·卡列尼娜最后卧轨自杀，是人物必然的性格逻辑和命运逻辑所决定的，尽管她当时完全可以跟渥伦斯基结婚并出国，但在那种情势下，自杀是人物自己必然的选择。这样，安娜·卡列尼娜作为一个认识对象对于作为认识主体的托尔斯泰来说，就成为主要的、支配的方面，而托尔斯泰自己的意图反成了次要的、从属的、受支配的方面，他不得不“受役于自己的人物”。人物形象的客观性格和生活道路既然已经形成，那么作家的任务就只能去熟悉、体验、理解自己的人物，跟着人物走，受人物的指挥，并使自己的主观愿望(如审美理想、艺术追求)转移到人物自身的运动中去。由此不难看出，在创作中所出现的仿佛人物带领着作家、指挥着作家的心理状态，正是由艺术想象中的认识性决定的。

意向活动与认识活动不同，它是人们对于客观世界的一种对待活动，如注意、欲念、意图、计划、构思、谋虑等都属于意向活动。“意向活动要解决主客观之间的矛盾是客观不适合于主观意欲所构成的矛盾。通过主观的意向活动和意向活动向客观过渡的行动，使客观在一定程度内顺从主观，使客观转化为适合于主观的意欲，使主观意欲体现于客观之中……在这里所说的矛盾的解决过程中，主观的意向方面是主要的、支配的方面，客观的事物方面是从属的、被支配的方面。”[②]人的意向活动是人区别于动物的重要标志之一。关于这一点，马克思在《资本论》中说得很清楚：“蜜蜂建筑蜂房的本领

---

① 潘菽：《心理学简札》(上)，人民教育出版社1984年版，第11页。

② 潘菽：《心理学简札》(上)，人民教育出版社1984年版，第11～12页

使人间的许多建筑师感到惭愧。但是，最蹩脚的建筑师从一开始就比最灵巧的蜜蜂高明的地方，是他在用蜂蜡建筑蜂房以前，已经在自己的头脑中把它建成了。……他不仅使自然物发生形式变化，同时他还在自然物中实现自己的目的。”马克思所强调的是，人不同于只有本能活动的动物，人具有自觉和自由意志，人的意向活动是人之所以为人的标志之一。在艺术想象活动中，人的意向活动就主要表现为作家的创作意图对描写对象的支配和引导。值得注意的是作为作家意向的创作意图，不是作家一时的心血来潮，也不是凭空的想入非非，而是作家在长期的生活实践和艺术实践中积累和沉淀下来的意欲，逐渐构成了比较稳定的独特的审美理想和审美趣味。而这种比较稳定的独特的审美理想和审美趣味，在创作中必然要转化为具体的艺术追求和创作意图。比如，作家对构思中的作品的立意的构想，对作品面貌、情调、韵味、风格的追求，对人物活动轨迹的设计等，都属于艺术追求和创作意图之列，它们是作家的意向活动，具有很强的主观性。作家总是要顽强地自觉地贯彻他的主观意向，使笔下的一切都尽可能向他的主观意向靠拢。南宋马远画山水，总是画山水的一角，“或峭峰直上而不见其顶，或绝壁直下而不见其脚”，人称之为“马一角”。他为什么总是画这种“残山剩水”呢？难道当时的山水是他笔下那个样子吗？这是因为他为南宋朝廷苟安一隅不思收复中原感到悲哀和愤怒，他要借画这种只有“一角”的山水来讽刺朝廷，并寄托他的爱国感情，并非当时的山水就是这个样子。而这种创作意图即是他的主观的意向性。他笔下的山水面貌即是受他主观意向引导、支配的结果。谈到作家笔下人物活动的轨迹，也可能会有两种以上可供选择的方案，一个从甲到乙，一个从甲到丙，一个从甲到丁……由于作家的人生经验不同，心理结构不同，艺术追求不同，创作意图不同，即主观意向不同，也就会有不同的选择。譬如，王昭君作为一个历史人物，其性格、命运都是确定了的。但在文人墨客的笔下，就不得不受制于诗人、作家的主观意向，而向不同的方向走去。李白的《昭君怨》，杜甫的《咏怀三首》(其三)，王安石的《明君怨》，欧阳修的《明妃曲和王介甫作》，以及马致远的《汉宫秋》，当代剧作家曹禺的《王昭君》，都是写的王昭君，可只需稍加比较，就不难发现在这几位诗人、作家的心中，王昭君的面貌、心灵都是不一样的，生活的轨迹也不完全一样，这是各自按照自己的意向——独特的审美理想和审美趣味等——乔装打扮过的王昭君。在这种情况下，对象是显示出来的本质，是人的真正的、客观的“我”①。由此不难看出，在创作中作家始终是人物的主人，作家规范着人物的运动轨迹，正是由艺术想象中的意向性所决定的。

概而言之，艺术想象中的认识活动和意向活动的性质是不同的。前者是客观的，是受对象的必然性所制约的；后者是主观的，是受作家的意欲所制约的。它们的走向也不同，认识活动由客观到主观，要求主观不断地去符合客观；意向活动是由主观到客观，要求客观不断地向主观靠拢。作为完整的艺术构思的艺术想象活动就由这两种性质不同、走向不同的心理活动构成。当然，这两种心理活动不是分离的，它们统一在一个“力场”中。“场”是一个格式塔心理学概念，它是指人们的心理经验规定好的一种情势，尽管心理经验不同，但它们却互相依存，统一在一个“场”内。艺术想象也是一个“场”，在这个“场”内，作为心理经验的认识活动和意向活动虽然具有不同的走向，但它们又互相依存、互相制约。“意向总是认识指引之下的意向，而认识总是意向主导之下的认识。没有一定的认识活动指引的意向活动是没有的。即使在变态情况下的‘梦游’和所谓‘无意识’举动等也是如此。另一方面，不在一定的意向活动的主导之下的认

① 参见费尔巴哈：《基督教的本质》，《费尔巴哈哲学著作选集》(下)，商务印书馆1984年版，第30页。

识活动也是绝对没有的。”①

当然，正如上面所述，在艺术想象的“力场”内，既然有认识和意向两种不同的方向的力，那么艺术想象对作家来说绝不是一个平静的过程，而必然是一个内心骚动的矛盾的过程。作家们有时迟迟不敢下笔，或下笔之后像烙饼一样翻过来覆过去，就是艺术想象中认识和意向两种心理力量相互碰撞的表现。当代作家叶蔚林在谈到人物塑造时这样说：“写中篇《在没有航标的河流上》的盘老五时，我努力克制着自己，不要无故地干涉、限制它的行动。它要骂人、打架，由它去；因为它是盘老五。然而，写到盘老五在排上当众脱裤子时，我和盘老五之间展开了一场激烈的限制与反限制的矛盾。我觉得脱裤子不雅观，有伤风化，不让它脱。但盘老五不干，它说它热，它无聊，它要借此排遣、发泄心头的愤懑。于是相持不下，几行字写了又抹掉，抹掉又写上，使我整整苦恼了一天。”②你看，作家一方面想按人物客观固有的性格逻辑去写，以反映作家对客观对象的认识；可另一方面又想按自己主观的意图去写，以表现作家自己的意向，这就使作家的心理产生了激烈的矛盾冲突，而“苦恼”则是这种矛盾冲突在情绪上的反映。在我看来，作家在创作过程中出现认识和意向两种心理力量的冲突，是创作的正常现象，甚至是创作成功的某种保证。因为在创作过程中若是缺乏这种冲突，就会出现那种纯认识活动或纯意向活动的不良倾向。不受一定意向规范的纯认识活动，会放任人物随意自主行动，使作家失去对描写对象的控制，而流于自然主义。不受一定认识引导的意向活动，会把人物当傀儡，使人物变成作家意欲和观念的传声筒，而滑向图解主义。

在艺术想象中认识和意向两种心理力量的冲突是怎样获得解决的呢？一般地说，在不同思维类型的作家那里解决矛盾的方式是不

① 潘菽：《心理学简札》(上)，人民教育出版社1984年版，第13页。

② 叶蔚林：《脚踏坚实的土地》，《文艺研究》1983年第1期。

同的。可以从不同的角度来区分人的思维类型。从思维的意识性的角度说，有的心理学家把思维分成“我向思维”和“现实性思维”。按照弗洛伊德等心理学家的原意，我向思维是一种原始思维方式。这种思维方式属原始人、幼儿、文化不发达的人和精神病患者所有。这种思维方式有两个基本特征：其一，以自我为中心，一切以“我”的感觉为转移，完全脱离客观实际；其二，意识性差，其思维过程缺乏抽象、归纳、综合、分析，而仅凭直觉、想象、幻想等。一般地说，成人的正常思维是现实性思维，它与客观真实具有适应性。如果哪个成年人的思维仍然完全是我向思维，那他不是智力太低下，就是得了精神病。但我又以为，在儿童和带有童心的作家那里，他们的思维中带有我向思维的成分，则属于正常现象。我们是否这样说，正是根据作家思维方式中含我向思维的多少，人们才把作家分成重再现和重表现的两大类。含我向思维少的作家，其思维方式偏重对客观现实的概括、提炼和描述，反映到他的艺术想象中，就表现为更重视对现实的再现。而含我向思维多的作家其思维方式偏重自我的情感体验，反映到他的艺术想象中，就表现为更重视自我情感的抒发。当然，无论是重再现的作家还是重表现的作家，在艺术想象中都要解决认识性和意向性之间的矛盾冲突，但解决矛盾冲突的方式是不同的。在我向思维成分少的、重再现的作家那里，由于认识性起着支配的作用，这就必须通过把主观意向转化为符合于客观描写对象的内在逻辑，以消除意向和认识的矛盾。但在我向思维成分较多的、重表现的作家那里，由于意向性起着主导的作用，这样就必须通过把客观描写对象的言行转化为主观意向的运动，以克服意向和认识的矛盾。譬如，写人物的生与死，在重再现的作家那里，不能因作家自己希望某个人物活下去(意向)，就硬把必然要死的人物救活。托尔斯泰写安娜·卡列尼娜卧轨自杀，巴金写淑贞投井自尽，并非作家“残忍”，按其本意，托尔斯泰更高兴让安娜活下去，巴金倒更想让淑贞十五岁就嫁出去……但由于他们都是属于重再现的作家，他们只能让自己的意向转化、调整到与生活同步的轨道上去。而在重表现的作家那里，创作意向处在主导的地位，人物的生与死可能就维系于作家的情感定向和创作意向了。汤显祖在《牡丹亭》中让杜丽娘“梦而死”，“死而生”，这多不合生活的逻辑！可汤显祖解释说：“情不知所起，一往而深，生者可以死，死可以生。生而不可与死，死而不可复生者，皆非情之至也。”①这说明汤显祖是一位重表现的作家，他同情杜丽娘，憎恨封建礼教，这种意向使他尊重、支持杜丽娘对爱情的执着追求，既让她因情成梦，因梦而死，又让她死后相爱，死而复生。这样，在他的笔下，人物的生与死就不是受生活固有逻辑的制约，而是按作家的意向来决定。客观对象的运动轨迹转化为作家的意向的运动。通过以上分析，我们可以看到，艺术想象中认识和意向两种心理力量的冲突，都必须通过“转化”才能得到解决，但这两种“转化”正好逆向而行。在重再现的作家那里，意向转化为认识，所以从表面上看起来往往是人物指挥作家，作家受役于自己的人物；在重表现的作家那里是认识转化为意向，所以从表面上看起来，是作家指挥人物，作家牢牢地驾驭着人物。

3. 艺术想象中的主体与客体

关于艺术想象“力场”中两种不同力的矛盾斗争的观点，我们还可以从哲学的角度加以考察。

艺术想象作为一种创作实践活动，其主体是作家，其客体是作家正在艺术处理着的描写对象。尽管描写对象是作家心目中假定的，是一个不占实在空间的幻象，但对作为人类特殊的创造活动的创作来说，它不能不是客体。在艺术想象中主体（作家）与客体（描写对象）形成了相互依存的关系。作家如果还没有进入艺术想象过程，他

① 汤显祖：《牡丹亭题记》。

与一定的对象不发生关系，那么此时作家还不是主体。主体是对一定的对象而言的。反之，一定的对象没有进入作家的艺术想象中，不与作家发生关系，那么一定的对象也还不是客体。主体与客体是相对而言的。主体之所以成为主体是因为有客体的存在，反之，客体之所以成为客体是因为有主体的存在。既无主，哪来客；既无客，哪来主。这样，主体是客体的主体，客体是主体的客体。创作活动的实际情况也是如此。意向作为一种力是主体的属性，而认识作为另一种力是客体的属性，可能这两种属性定向不同，但又不可分割。正是主体与客体两种不同的力的互相冲突和互相制约，构成了完整的艺术想象活动。

尤其值得注意的是，在艺术想象中，主体与客体之间的关系不但是相互依存的，而且是相互作用的。艺术想象的结果——艺术形象——就诞生在主体与客体相互作用中。长期以来，人们用反映论来研究艺术想象和创作构思，认为创作也是一种反映活动，这是正确的。但不能不指出的是，过去对"反映"的含义的理解是不全面的。人们把反映单纯理解为人脑对客观世界的摹写，这种看法只抓住了反映的一个方面，是片面的。因为"反映"不仅是人脑对客观世界的反映，同时也是对主体的反映。关于这一点，马克思早就指出过：

> 从前的一切唯物主义（包括费尔巴哈的唯物主义）的主要缺点是：对对象、现实、感性，只是从客体的或者直观的形式去理解，而不是把它们当作感性的人的活动，当作实践去理解，不是从主体方面去理解。①

马克思的这段话非常重要，但我们过去却没有完全弄懂。例如，

---

① 马克思：《关于费尔巴哈的提纲》，《马克思恩格斯选集》第1卷，人民出版社1995年版，第54页。

马克思这里所说的“从主体方面去理解”是什么意思？我们似乎懂了，其实是不懂。根据我个人的体会，马克思这里所说的“主体”是与上文“客体”相对，马克思的意思是我们对现实的理解，既要从客体方面去理解，又要从主体方面去理解。换成更通俗的话就是：人对某种现实的反映，既反映客体，也反映主体，是对主、客体的整体反映。因为在反映过程中，人一方面认识现实，一方面又评价现实，即评定某种现实在它对人的关系中所具有的意义。因此，真正的反映只能是主、客体相互结合的产物，而不是主体或客体单方面生成的。皮亚杰从“发生认识论”的角度，比较清楚地揭示了这一点。他认为，认识的发生既不像传统经验主义所假设的那样，所有的认识信息都来源于客体，也不像先验主义所假定的那样，主体一开始就具有一些内部生成的结构，并把这些结构强加于客体。他说：

> 心理发生学分析的初步结果，似乎是与上述这些假定相矛盾的。一方面，认识既不是起因于一个有自我意识的主体，也不是起因于业已形成的(从主体的角度来看)、会把自己烙印在主体之上的客体；认识起因于主客体之间的相互作用，这些作用发生在主体和客体之间的中途，因而同时既包含着主体又包含着客体。①

这段话含有深刻的辩证思想，认识的生成不是主、客体任何一方单方面作用的结果，而是双方共同相互作用的结果。在艺术想象这种特殊的反映活动中，情况同样也是如此。主体一方面要熟悉、体验、理解作为客体的描写对象，一方面又要从客体出发评定它对主体所具有的意义。上述两个方面的活动都是主体与客体的交互作

---

① 皮亚杰：《发生认识论原理》，王宪钿等译，商务印书馆1981年版，第21页。

用。但特别要注意的是，这两方面的活动所构成的主体与客体之间的关系是很不相同的。前者构成了客体与主体之间的较单纯的认识关系，即主体反映客体，其作用的方向是客体—主体；后者构成了主体与客体的评价关系，即主体在感知客体时优先从自己的需要出发来评定客体对主体的意义，其作用方向是主体—客体。

问题是在创作的艺术想象中，先后或同时实现这两种不同的主客体的相互作用是否可能呢？我认为是可能的。"体验派"戏剧大师斯坦尼斯拉夫斯基极力主张演员要完全进入角色，要完全与角色融为一体，但他也不得不承认："演员在舞台上生活，在舞台上哭和笑，可是在他哭笑的同时，他观察着自己的笑声和眼泪。构成他艺术的就是这种双重的生活。"①巧得很，意大利著名演员 T. 萨尔维尼也持同样的看法："当我表演的时候，我过的是双重生活，一方面要哭或者笑，但同时却又要解析我的眼泪和笑声，使它们能最有力地作用于我想使之动心的那些人。"②黄药眠教授在谈到这个问题时，似乎在"双重生活"上又加了"一重"："表演艺术家，喜欢谈进入角色。但我认为：表演者既要进入角色，又要不进入角色；既要完全体验他所表演的人物，又要不忘记自己是一个表演者，更不要忘记自己是在为台下的观众而表演的艺术家。这是表演艺术的三足，三者缺一，就不能达到完满的境界。"③这里所说的演员的"双重生活""表演艺术的三足"是什么意思呢？这就是说，演员在舞台上也要恰到好处地处理主体与客体的相互作用问题。对角色而言，演员是主体；对演员而言，角色是客体。真正的艺术表演活动是主体与客体的交互作用。一方面，演员在舞台上要体验角色的感情，完全进入

① 斯坦尼斯拉夫斯基：《演员自我修养》第一部，中国电影出版社 1986 年版，第 400 页。

② T. 萨尔维尼：《演员的冲动与抑制》，《"演员的矛盾"讨论集》，上海文艺出版社 1963 年版，第 299 页。

③ 黄药眠：《面向着生活的海洋》，花城出版社 1981 年版，第 188 页。

角色，与所扮演的角色融为一体，而把自己忘了，这样他就完全可以真正地像角色一样地哭和笑。这是强调客体对主体的作用，是客体向主体延伸，其作用方向是客体—主体。另一方面，演员又要有清醒的理智，他时刻不能忘记自己是演员，他是为观众演戏，他对自己所扮演的角色有他自己的独特追求。他要把握好表演的分寸，他哭和笑的时候，脸孔是朝上还是朝下，头是侧过去，还是不侧过去，这一招一式，都要恰到好处，他能控制自己的表演，他能观察和检查自己的表演。这是强调主体对客体的作用，是主体向客体延伸，其作用方向是主体—客体。文学创作构思想象中主客体交互作用的情况与表演艺术活动中的情况是基本相同的，所不同的是人们在概括此情况时的用语不同。在西方，立普斯提出“移情说”，布洛提出“心理距离说”，前者只强调客体—主体的作用，后者则只强调主体—客体的作用，这都是片面的。王国维提出的“出入说”综合了“移情说”和“心理距离说”，从而完整地阐明了文学创作中主体和客体的交互作用。王国维说：

> 诗人对宇宙人生，须入乎其内，又须出乎其外。入乎其内，故能写之；出乎其外，故能观之。入乎其内，故有生气；出乎其外，故有高致。①
>
> 诗人必有轻视外物之意，故能以奴仆命风月。又必有重视外物之意，故能与花鸟共忧乐。②

所谓“入乎其内”，所谓“重视外物”，就是要求作为主体的作家忘记自己，移情于对象，“与花鸟共忧乐”，使主体完全被客体所渗透从而构成“客体—主体”关系。所谓“出乎其外”，所谓“轻视外物”，

---

① 王国维：《人间词话》，第60则。
② 王国维：《人间词话》，第61则。

“以奴仆命风月”，就要求作为主体的作家有清醒的理智和明确的意向，让对象在理智和意向规定的范围内活动，使对象顺从主体，从而构成“主体—客体”的关系。文学创作的想象活动就是主体与客体的完整的双向运动。这两种不同方向的运动必然会有矛盾冲突，而作家的才能恰好就表现在如何解决和调和这种矛盾冲突之中。写到这里，我想起了二千多年前老子的一句话：“恒无欲，以观其妙，恒有欲，以观其窍。”这句话不正好说明了我们上面反复讲到的创作心理机制吗？

通过以上分析，我们不难看出，艺术想象中认识和意向两种心理力量的冲突，正是创作主体与创作客体的交互作用过程。认识活动的力是由客体产生的，而意向活动的力则是由主体发出的，认识活动标志“客体—主体”关系，意向活动标志“主体—客体”关系。艺术想象的最后完成是认识性和意向性的矛盾统一，主体和客体的矛盾统一。

二、作家的创作个性

在考察创作主体时，研究创作心理机制是重要的。不过这种研究还是对作家的心理活动的共性的研究。实际上，在创作活动中，作家的心理活动，在遵循一般的心理活动规律的同时，又表现出各人的不同的特点，这就关系到创作的个性问题。创作心理和创作个性是作家统一的创作实践活动的两个不可缺少的方面。这两方面是不同的，但又紧密地联系在一起。创作个性在创作实践的心理活动中形成，而形成了的创作个性又制约着创作心理活动过程，并在创作心理活动中表现出来。

(一)创作个性及其对创作活动的意义

1. 创作个性的含义

什么是个性？个性从某种意义上说就是区别于他人的较稳定的

个别性。“所谓个别性就是人的心理特点的独特的结合。其中包括性格、气质、心理过程进行的特点、主导的情感和活动动机的总和以及形成的能力。”[①]现代心理学又把人的个性分成两个基本的亚结构：第一是要受人的生物因素制约的“内向心理组织”，如感受性、记忆、思维和想象的特点，以及意志力、冲动等特性；第二是主要受社会因素决定的“外向心理组织”，如个人的经验和态度系统，其中包括兴趣、爱好、理想、占优势的情感等。人的个性就是这两种心理组织的统一。根据对个性的这种理解，所谓作家创作个性，既包含了作家先天所有的气质悟性、情绪记忆、形象思维、意志冲动等特性，又包含了作家在后天实践中形成的生活经验、思想倾向、趣味理想、艺术能力等精神特点。总的说，创作个性是指在一定生理基础上并在社会实践中形成的作家个人的独特的较稳定的全部心理特征的总和。为了正确理解创作个性，需要从以下两点对创作个性加以进一步的界说。

首先，作家的创作个性不能等同于作家的主观随意性。作家主观方面的特点是很复杂的，并非作家主观方面的任何一个特点都可以成为创作个性的组成部分。例如，作家个人的某种怪癖和病态，可能阻碍他反映生活和抒发情感，就不能视之为他的创作个性。作家个人主观方面的特点，只有同时恰好是客观存在的一种独特反映时，才能形成真正的创作个性。马克思在《评普鲁士最近的书报检查令》一文中说：“真理是普遍的，它不属于我一个，而为大家所有；真理占有我，而不是我占有真理。我只有构成我的精神个体性形式。”所谓“真理占有我”，就是讲“我”以我的“精神个体性形式”负载真理。如果“我”的“精神个体性形式”不能负载真理，那么即使这种形式非常独特也是毫无意义的。在马克思看来，个性不能离开真理。

① 彼得罗夫斯基编：《普通心理学》，朱智贤等译，人民教育出版社 1981 年版，第 105 页。

就作家而言，作家的自我的“精神个体性形式”也应以显现诗意的真理为条件。创作个性应该是精神个体性和“真理性”的融合，那种完全偏离真理的主观随意性并不能构成真正的创作个性。对真正的创作个性而言，个体性不能取代、妨碍真理性，真理性也不能取代个体性。如果个体性取代了真理性，那么就不能通过创作个性去揭示历史的必然，探求人生的真谛，导致文学创作走向病态、畸形。如果以真理性取代个体性，那么就必然要抹杀艺术的独创性，导致文学走向平庸、浅薄。真正的创作个性应该实现个体性和真理性的契合。如果上述道理可以成立的话，那么目前文坛上出现的一些怪到令人无法卒读的作品，就不能被认为是真正的创作个性的表现。

其次，作家创作的个性不等同于作家的日常生活中所表现出来的个性。毫无疑问，作家的创作个性与作家的生活个性特点是密切联系着的。作家的生活个性是作家创作个性的基础，无论如何，作家个人的实际的性格等心理特征，总是这样那样地或多或少地制约着他的创作个性和创作活动的。作家的个性心理特征与创作的联系，我们的古人早注意到了，扬雄在《法言·问神》篇中早就提出过“言，心声也；书，心画也。声画形，君子小人见矣”的论点，说明了作者的心理与创作的联系。曹丕的“文以气为主”以及这种气“虽在父兄，不能以移子弟”的论点，说明了作家个性、气质与创作面貌的密切关系。刘勰在《文心雕龙·体性》中对曹丕的论点做了深入的发挥，提出了“各师成心，其异如面”和“吐纳英华，莫非性情”以及“因内符外”的论点，他就此举例说：“是以贾生俊发，故文洁而体清；长卿傲诞，故理侈而辞溢；子云沈寂，故志隐而味深；子政简易，故趣昭而事博；孟坚雅懿，故裁密而思靡；平子淹通，故虑周而藻密；仲宣躁锐，故颖出而才果；公干气褊，故言壮而情骇；嗣宗俶傥，故响逸而调远；叔夜俊侠，故兴高而采烈；安仁轻敏，故锋发而韵流；士衡矜重，故情繁而辞隐；触类以推，表里必符。”扬雄、曹丕、刘勰的论点有一定的道理，点明了作家生活个性与创作个性之间的密切关系，但他们似乎把生活个性与创作个性完全等同起来，这就不能解释许多极为复杂的现象。实际上，作家的生活个性在生活实践中形成，并在实际生活中起作用。作家的创作个性在创作实践中形成，并在创作实践的审美创造中起作用。生活个性还不是创作个性。生活个性要通过创作实践的审美的升华，才能变为创作个性。"文如其人"的说法，把生活个性跟创作直接地简单地联系起来，不能解释全部创作现象。无论古今中外，文与人不相类(创作与一般个性不相类)的情况是屡见不鲜的。苏联学者赫拉普钦科说：

> 创作个性和艺术家日常生活中的个人的相互关系可能是各种各样的。决不是所有标志出艺术家日常生活中的个人的东西都可以在他的作品中得到反映。另一方面，并不经常总是，而且也不是所有一切显示出创作的"我"的东西，都能在作家实际的个人的特点中找到直接的完全符合的表现。①

唐代诗人、散文家韩愈就是一个表里不符的典型。在他的个性中，存在着极为卑下的一面，贪权媚贵，好财溺色，小人之心，处处可见。但他文章所表现出来的创作个性则是浩然正气，君子风度，不可侵犯。在西方这种情形也随处可见，巴尔扎克曾举过这类例子："拉伯雷——一个有节制的人——却在他的生活中驳斥了自己风格的无节制以及自己作品中的形象……他喝的是白水，却颂扬新酿的酒，正象布里亚—萨瓦兰一样，他吃得很少，却赞美丰富的食物。""大不列颠可以引为自傲的最富有独创性的现代作家马图林也是这样的；马图林是一个神父，留传给我们的有《夏娃》、《美尔莫特》和《贝尔特

① 米·赫拉普钦科：《作家的创作个性和文学的发展》，满涛等译，上海译文出版社1982年版，第82～83页。

拉姆》等作品；他自命风流，殷勤体贴，尊敬妇女；这个在其作品中专门描写灾祸的人，每到夜晚，就变成了巴结献媚妇女的人，就变成了花花公子。布瓦洛也是这样，他的柔和文雅的谈话跟他那种大胆诗句的讽刺精神是不相称的。”①当然，也有不少作家的生活个性与创作个性是一致的，他们的创作如同生活，如屈原、陶渊明、李白、杜甫、苏轼、曹雪芹等，都是“文如其人”的典范。此外，还有的作家生活个性很复杂，但创作个性则比较单纯。例如，乔治·桑的个性中有恨也有爱，她恨资本主义种种腐败、黑暗、堕落，她爱人与人之间的和睦与友爱，但在创作中她个性的“恨”的方面没有完全转化为创作个性，她在一系列作品中表现出来的是一种田园牧歌式的爱，她的创作个性与她的复杂个性相比要单一得多。

为什么作家的生活个性与创作个性会出现如此复杂的情况呢？怎样来解释这种现象呢？我认为，这要运用审美活动的规律来加以解释。应该知道，人们的审美活动与普通日常的生活活动之间关系是既有联系又有区别的。生活活动是审美活动的基础，审美活动是生活活动的升华和超越。一般地说，生活活动以直接的功利目的为中心而展开，而审美活动则必须在一定程度上超越直接的功利目的才能展开。而作家的生活个性，特别是个性中“外向心理组织”，主要受制于现实生活的直接功利——包括民族的、阶级的、集团的、阶层的、个人的各种功利性，而作家的创作个性则主要受制于审美活动的超功利性。作为审美创造主体的作家，只有在一定程度上摆脱各种实用功利欲求，以审美的态度去拥抱生活，才能将生活个性转化为创作个性。所以在日常生活中一个人格（人格也是个性的一个内容）高尚的人，如果他无法拉开一定的审美心理距离，他对周围的一切总是保持一种实用的、功利的眼光，那么他的高尚人格也无法

① 米·赫拉普钦科：《作家的创作个性和文学的发展》，满涛等译，上海译文出版社1982年版，第83页。

转变为创作个性。同样，在日常生活中一个人格卑下的人，如果他能超越现实的功利目的，进入一种审美的境界，那么在创作中他的卑下的人格也可以不化为创作个性。由此可见，作家在普通日常生活活动中形成的个性与创作个性不是等同的，这两者不能混淆。

2. 创作个性对创作活动的意义

对于创作活动来说，创作个性有着重要的意义。作家和科学家的劳动都是精神劳动。但作家的劳动是个性化的，科学家的劳动是非个性化的。对科学家来说，他们的目标是如实地揭示客观事物的某种规律性，因此他们的研究工作要求客观化，越是排除主观，越是接近客观，就越能靠近真理。所以科学研究的成果不要求打上个人的印记。作家的创作则恰好相反，他们要求保持个人的鲜明的特征，要求作家具有独特地理解现实、独特地表现现实的能力。社会生活是无限丰富多样的、具体感性的存在，它全方位地向作家开放，在这种情况下，作家对社会生活的反映，就有了发挥他个人主观方面的广阔天地。作家在创作活动中保持创作个性不但是可能的，而且也是必要的。作家独特的创作个性，可以使他对现实做出不同于他人的独特的发现，开拓出文学的新的疆土。一个作家如果只能重复前人的东西，没有自己的发现，那是他平庸和缺乏创作才能的表现。屠格涅夫说：

> 在文学天才身上……不过，我以为，也在一切天才身上，重要的是我敢称之为自己的声音的一种东西。是的，重要的是自己的声音，重要的是生动的、特殊的自己个人所有的音调，这些音调在其他每一个人的喉咙里是发不出来的……为了这样说话并取得恰恰正是这样的音调，必须恰恰具有这种特殊构造的喉咙。这正象禽鸟一样……一个有生命力的、富有独创精神

> 的才能卓越之士，他所具有的主要的、显著的特征也就在这里。[①]

一个作家要做到这一点并不是容易的。一般初学写作的人，在他们的脑子里总是盘踞着他们所崇拜的大作家的身影，他们下笔之际，总是沿着这些大作家走过的路走去，想不出自己可以按自己的创作个性走出一条新路来。为此高尔基这样教导青年作家："不要用别人的语句在您心灵的纯洁的篇幅上写任何东西——决不要写！要细心地、时时刻刻细心地倾听您自己，以便正确地知道——这是谁说的？是您，亚尔采娃，还是屠格涅夫、拜伦、契诃夫、海涅踞坐在您的心灵里？……如果是他们的话——那就赶走他们。滚出去！非这样不可。谁要敢当作家，谁就必须永远是无限真诚的。谁要想当作家，谁就必须在自己身上找到自己——一定要找到。"[②]的确，作家"必须在自己身上找到自己"，哪怕你找到的"自己"很微小，但这到底是见人所未见，发人所未发，是属于你自己的，这是你的创作才能的标志。在达到这一点之后，你才能说你是一个够格的作家。

而且，你只有在创作中充分体现你的创作个性，你的作品才会有生命力，才能获得永久的价值。法国学者布封在他的著名演说《论文笔》中这样说：

> 只有写得好的作品才是能够传世的：作品里面所包含的知识之多，事实之奇，乃至发现之新颖，都不能成为不朽的确实保证；如果包含这些知识、事实与发现的作品只谈论些琐屑对象，如果它们写得无风致，无天才，毫不高雅，那么，它们就

---

① 米·赫拉普钦科：《作家的创作个性和文学的发展》，满涛等译，上海译文出版社1982年版，第70页。

② 高尔基：《给玛·格·亚尔采娃》，《文学书简》(上)，人民文学出版社1962年版，第133页。

> 会是湮没无闻的，因为，知识、事实与发现都很容易脱离作品而转到别人手里，它们经更巧妙的手笔一写，甚至于会比原作还要出色些哩。这些东西都是身外物。文笔却是人的本身。因此，文笔既不能脱离作品，又不能转借，也不能变质。①

布封这里说的文笔就是风格，就是创作个性的体现与外化。创作的内容(包括题材与主题)都可能轻而易举地转到别人的手里，唯有创作个性是别人无法模仿、转借的。因此，一部作品能不能经得起时间的检验，能不能传世，其重要的关键在于你的作品是不是体现了一种别人无法转借的创作个性。

此外，文学的繁荣也有赖于创作个性的多样化。如果作家们按一个路子去写作，千人一腔，千篇一律，那么文学的花朵就要因单一而枯萎。如果每一位作家都在创作中找到了自己，都具有区别他人的创作个性，你从这个角度发现了生活的意义，他从那个角度摸到了生活的搏动，那么文学的领域就会增添一个个新的省区，文学这块疆土就会变得无限辽阔和富于魅力。

(二)创作个性在创作活动中的表现

作家的创作个性通过创作活动的各个阶段、各个环节、各个方面表现出来。可以这样说，在创作活动中，创作个性是无所不在的，它像溶于水中的盐，渗透到了创作的一切最细微方面。以下四个方面，是作家创作个性表现得最为突出的地方。

1. 创作个性与题材的选择

世界无比丰富、无比宽阔，作家面对的这些应接不暇、可供他选择的题材是无限多的，整个世界都是他的题材。实际的情况是每个作家所选择的题材又总是有限的，并非所有的对象都能引起他的创作冲

---

① 布封：《论文笔》，《布封文钞》，任典译，人民文学出版社1958年版，第10页。

动，只有那些与他的创作个性相契合的对象，才能引起作家的兴趣和激动，促使他进入创作过程。那些不懂这一艺术规律的作者，见什么就写什么，而不顾描写的对象与自己的创作个性是否适应，这种创作必定要以失败告终。歌德说："说到究竟，最大的艺术本领在于懂得限制自己的范围，不旁驰博骛。"①他还说："至于对本身自在价值，也就是本来具有诗意的材料，也须契合主观世界才被采用；如果它不契合主观世界，那就用不着对它进行思考了。"②这样说来，并非整个世界都是他的题材。每个作家都只有与自己的创作个性相契合的一口"井"，这似乎限制了作家，但正因为有这种限制，他才能从自己的"井"里发现新的东西，从而给整个文学贡献出新的艺术世界，从这个意义上说，这又是一种开拓。每一个尊重自己的创作个性的作家，都有自己的"敏感区"，都有只属于自己的园地。冈察洛夫说："我有(或者曾经有)自己的园地，自己的土壤，就像我有自己的祖国，自己的家乡的空气，朋友和仇人，自己的观察、印象和回忆的世界——我只能写我体验过的东西，我思考过和感觉过的东西，我爱过的东西，我清楚地看见过和知道的东西，总而言之，我写我自己的生活和与之长在一起的东西。"③实际上，任何作家都只有在与自己创作个性相契合的园地里耕耘，才能得心应手，应付自如，进入一种自由创造的境界。

2. 创作个性与作家的体验

创作个性特别突出地表现在作家对生活的独特的体验、理解、评价上面。选择什么样的题材还是创作活动中一个较浅的层次，在选定某个题材后，作家对自己选定的题材如何体验、理解、评价，是创作活动中更深的层次。正是在这个更深的层次上，才更能表现作家的创作个性。列夫·托尔斯泰反复向作家提出这样的问题："关

① 爱克曼：《歌德谈话录》，朱光潜译，人民文学出版社 1980 年版，第 80 页。

② 爱克曼：《歌德谈话录》，朱光潜译，人民文学出版社 1980 年版，第 46 页。

③ 冈察洛夫：《迟做总比不做好》，《古典文艺理论译丛》第 1 册，人民文学出版社 1961 年版，第 189 页。

于应当怎样看待生活这一点，你能够对我说出些什么新鲜的东西来呢?""你现在是从哪一个方面向我阐明生活呢?"契诃夫则说："作者的独创性不仅在于风格，而且也在于思维方法、信念及其他。"要达到托尔斯泰和契诃夫的要求，关键在于作家敢于并善于按自己的创作个性去体验和理解生活，对生活做出不同于别人的独特的评价。要做到这一点是不容易的。正如高尔基所说："大多数人是不提炼自己的主观的印象的；当一个人想赋予自己所感受的东西尽量鲜明和精确的形式的时候，他总是运用现成的形式——别人的字句、形象和画面，他总是屈从于占优势的、众所公认的意见，他形成自己个人的意见，就像别人的一样。"①这也就是说，习惯势力作为一种心理定势束缚着作家，使他总是按多数人对事物的理解去理解，难以超越世俗之见。只有当作家创作个性真正地确立，有了自己独特的感受和理解生活的方式之后，他才能"找到自己，找到自己对生活、对人们、对既定事实的主观态度"②，在这种情况下，即使他写的是个许多人都写过的陈旧的题材，他也能翻奇出新。例如，在古代诗歌中，写"送别"是一个陈旧的题材，哀伤、流泪、断肠、惆怅等则是对送别的最为流行的感受和理解。然而，王勃的《送杜少府之任蜀川》虽然也写送别，但王勃写出了他的不同于别人的独特体验和理解，诗中写道："海内存知己，天涯若比邻。无为在歧路，儿女共沾巾。"这里所写的离别之情是多么豪爽、旷达，丝毫也没有那种一把鼻涕、一把泪的辛酸之态，使人为之耳目一新。这是主动的独特创作个性的表现。曹雪芹笔下的宝黛爱情，鲁迅笔下的"国民性"等，都是作家创作个性制约下对生活的一种新的态度、新的理解、新的评价、新的观念。因此，我们可以说，作家的创作个性意味着在人

① 高尔基：《给康・谢・斯坦尼斯拉夫斯基》，《文学书简》(上)，人民文学出版社1962年版，第426页。

② 高尔基：《给康・谢・斯坦尼斯拉夫斯基》，《文学书简》(上)，人民文学出版社1962年版，第426页。

们熟悉的世界里去发现新的隐秘。也正在这个意义上，我们似乎可以说，富于创作个性的作家总是在教会人用一种新的观念去看周围的生活。

3. 创作个性与艺术构思

作家对生活的独特的体验、理解、评价一般不能直接宣讲出来，而必须通过艺术构思，构筑具体可感的艺术世界。因此，一个作家的独特的创作个性，也必然要体现在艺术构思中。不应该把艺术构思理解成一般的创作意图或具体细节的设计，也不应把艺术构思理解成对作品层次结构的设想。艺术构思是作家在体验、理解、评价生活的基础上，在艺术想象中形成的关于未来作品的内容和形式的总观念、总设想、总方案。因此它又是比体验、理解、评价生活更深层次的问题。在这个更深的层次上，作家的独特的创作个性必然要以这样或那样的方式渗透进去，从而获得更为突出的表现。例如，屈原的《天问》的构思十分奇特，用郭沫若的话说："《天问》这篇要算空前绝后的第一等奇文字。全篇以一'曰'字领头，通体用问语：一口气提出了一百七十二个问题。以那种主于以四字为句、四字为节的板滞的格调，而问得参差历落，奇矫活突，毫无板滞的神气，简直可以惊为神工。而那所提出的问题，从天地开辟以来一直问到他自己，把他对于宗教信仰上的、神话传说上的、历史记载上的、人生道德上的各种各样的怀疑，都痛痛快快地表示了一个淋漓尽致。那种怀疑的精神、文学的手腕，简直是前无古人而后无来者。"[①]《天问》构思之奇，乃是屈原的独特个性的表现。屈原在中国历史上是一个伟大的探索者，他的上下求索和敢于怀疑的精神是他创作个性的重要方面。他的这种创作个性正是通过那前无古人后无来者的奇特的艺术构思得到了最充分的体现。契诃夫的《小公务员之死》的艺术

① 郭沫若：《屈原研究》，《沫若文集》第12卷，人民文学出版社1959年版，第353页。

构思，也出人意料。本来对这个题材最可能的是这样一种构思：写将军因区区一件小事如何用残忍的手段逼死小公务员，也就是把构思的重点放在谴责将军的霸道和欺凌普通人民上面，而把小公务员写成一个纯粹的使人同情的受害者。然而契诃夫没有采用这样一个现成的构思，他把构思的重点放在小公务员没完没了的赔罪上面。这种构思的旨趣在于：既然卑贱的乞怜已成为小公务员的条件反射，那就说明了这种奴才性格乃是整个社会严酷的等级制度和专制政策的产物，使人们在觉得可笑的同时，不能不深感这个社会的可怜与可悲。这个构思对社会的批判意义无疑是更加深广的。契诃夫之所以能有如此的构思，其原因只在于他比一般人对俄国社会的认识更加深刻、透彻，他的独特的创作个性使得他获得了一种新的角度、新的眼光、新的思想和艺术力量。总之，这样一种艺术构思更加吻合他的创作个性。

4. 创作个性与艺术表现

作家在头脑中构思好的艺术世界，要成为作品中定型的审美现实，就还须通过结构、手法、语言的选择和运用，即通过艺术表现。创作个性不但表现在写什么上面，还表现在怎么写上面。甚至可以说，作家的创作个性表现在怎么写上面，比表现在写什么上面，具有更大的必然性。老舍先生在他早年编写的《文学概论讲义》中引过英国散文家伯罗斯如下一段话：“在纯正的文学，我们的兴味，常在于作者其人——其人的性质，人格，见解——这是真理。我们有时以为我们的兴味在他的材料也说不定。然而真正的文学者所以能够使任何材料成为对于我们有兴味的东西，是靠了他的处理法，即注入那处理法里面的人格底要素。我们只埋头在那材料——即其中的事实、讨论、报告——里面是决不能获得严格的意味的文学的。文学的所以为文学，并不在于作者所以告诉我们的东西，乃在于作者怎样告诉我们的告诉法。换一句话，是在于作者注入那作品里面的独自的性质或魔力到若干的程度；这个他的独自的性质或魔力，是他自己的灵魂的赐物，不能从作品离开的一种东西。蜜蜂从花里所得来的，并不是蜜，只是一种甜汁；蜜蜂必须把它自己的少量的分泌物即所谓蚁酸者注入在这甜汁里。就是把这单是甜的汁改造为蜜的，是蜜蜂的特殊的人格底寄予。在文学者作品里面的日常生活的事实和经验，也是被用了与这同样的方法改变而高尚化的。”伯罗斯认为作家的创作个性不表现在“告诉我们什么东西”上面，这有失偏颇。但他强调作家的创作个性特别突出地表现在“作者怎样告诉我们的告诉法”上面的见解，是合理的，对我们是有启发的。伯罗斯所说的“告诉法”，用今天的术语来说也就是“艺术表现”。的确，在艺术表现上面往往更能入木三分地表现作家的创作个性。甚至作家想有意识地换一副笔墨、另一种表现方式，把自己的创作个性隐藏起来，结果还是做不到，创作个性依然要在艺术表现上而顽强地表现出来。为了对此问题加深认识，在这里介绍一下钱锺书先生对扬雄“心声心画”说的批评与补充也许是有益的。钱锺书先生认为，如果要驳倒扬雄的说法，不须旁征博引，可以以子之矛攻子之盾，他说：“‘心画心声’，语本《法言》，而《法言》者，橅放《论语》，非子云心裁意匠之所自出；譬声之有回响，画之有临本，出于假借，所‘形’者果谁之‘心’哉。”①钱锺书先生认为，对扬雄的“言，心声也；书，心画也”的说法，若从内容的角度就无法解释，他举了元稹的例子，说“元微之《诲侄等书》云：‘吾生长京城，朋从不少。然而未尝识倡优之门，不曾于喧哗纵观，汝知之乎。’严词正气，一若真可以身作则者。而《长庆集》中，如《元和五年罚俸西归至陕府思怆曩游五十韵》《寄吴士矩五十韵》《酬翰林白学士代书一百韵》《答胡灵之见寄五十韵》诸作，皆追忆少年酗酒狎妓，其言津津，其事凿凿，《会真》一记，姑勿必

① 钱锺书：《谈艺录》，中华书局1982年版，第161页。

如王性之之深文附益可见。”[1]元稹的书信与诗作在内容上岂不是自相矛盾吗？所以钱锺书先生认为“心画心声”之说，从内容上说是讲不通的，但如果从艺术表现的角度上说，则是可以成立的。他说：“心画心声，本为成事之说，实匙先见之明。然所言之物，可以饰伪；巨奸为忧国语，热中人作冰雪文，是也。其言之格调，则往往流露本相；狷急人之作风，不能尽变为澄澹，豪迈人之笔性，不能尽变为谨严。文如其人，在此不在彼。”[2]钱锺书先生这个解释和补充，是很合理的。他给我们这样的启发：作家的创作个性，在语言格调上，在表现方式上是必然要表现出来的，而不论作家本人自觉还是不自觉。为什么作家在内容上可以做假（即“巨奸为忧国语，热中人作冰雪文”之类），这主要是因为内容所反映的是作家的显意识。而一般说来，显意识是可以“自我控制和调节”的。为什么作家在语言格调上、表现方式上不可能做假，必然要表现他的创作个性？这是因为语言格调和表现方式主要是平日积累而成的能力。这种能力在一定意义上说，已变成了作家的潜意识，而潜意识是无法“自控”和“自调”的，不论在何种情况下，都必然要流露出来的。所以一般地说，作家创作的结构、手法、语言等，主要不是取决于临时的练习，而主要是取决于平日积累所形成的心理定势，即未被注意的创作活动的准备状态。

总而言之，独特的题材，独特的体验、理解、评价，独特的艺术构思，独特的艺术表现这四者的统一，构成了一个作家的真正的创作个性。或者说，只有在创作的所有环节充分地表现出来的创作个性，才是作家的现实的创作个性。

上面，我们分别考察了文学创作的客体与主体。文学创作就是创作主体与创作客体的接触、碰撞、矛盾、争斗、统一、延伸、转

---

① 钱锺书：《谈艺录》，中华书局1982年版，第162页。
② 钱锺书：《谈艺录》，中华书局1982年版，第163页。

化、契合的过程。所谓文学创作的艺术规律也就是创作主体和创作客体相互限制和相互拥抱的规律。主体离不开客体，客体也离不开主体。主体制约着客体，客体也制约着主体。文学创作的规律也就在这两者互不相离又相互制约中产生出来。王蒙说，心灵与生活，主体与客体，永远是这样地或那样地、各有侧重而又变化多端地相争斗、相制约、相统一、相组合在一起。艺术家的想象来自生活，又是对生活的挑战和突破。生活哺育着艺术家，限制着艺术家，却又提出种种的可能，使艺术家的心灵不仅得到充实和发展，也得到一次又一次、一个角度又一个角度、一个样式又一个样式的表现和发挥。没有主体的对象是自在的对象，是得不到爱的少女，是没有花朵的土地，是没有鸟的天空。没有对象的主体是架空的主体，是得不到寄托的单恋，是离开了土地的花草，是没有天空的飞鸟。没有心灵的生活是冷淡的、僵硬的、枯燥的、琐碎的与可悲的生活；没有生活的心灵是空虚的、狭隘的、病态的、苍白的与可怜的心灵。[①] 既重视主体又重视客体，更重视主体与客体之间的各种关系，这就是文学创作的基本艺术规律。

第三节　文学创作的精神价值取向

新时期过去了 30 多年。这 30 多年间中国的文学创作出现了许多优秀作品，它们树立了一个个精神高地，使读者能从这一个个精神高地来瞭望纷繁的世界。文学创作也出现多种多样的价值取向：文学可以反思现实，可以寻根溯源，可以消闲破闷，可以娱乐调侃，可以演绎历史，可以增长知识，可以丰富情趣……这些多样的追求都无可非议。但毋庸讳言的是，当代文学创作的价值取向在多样化

---

① 参见王蒙：《也说主体》，《光明日报》1985 年 9 月 19 日。

中也存在混乱。新时期的社会生活主题无疑是“改革开放”，即一般人所理解的发展经济。正面反映现实改革和社会转型的作品除了有大量的纪实文学外，小说也不少。但就这些小说的艺术范式看，真正有影响并有代表性的则并不多。这当然问题还不在艺术范式少，而在这些范式背后的精神价值取向是不是令人满意。本节试图对这个问题做一些探讨，并提出“历史—人文”辩证矛盾的精神价值取向的新观点。

一、三种艺术范式及其精神价值取向

新时期的小说创作十分复杂。这里不一般性地泛论小说的得失成败，仅就反映“改革开放”现实的小说的范式及其背后的价值取向做一些评说。我认为新时期以来反映改革现实的小说的艺术范式，基本上有如下三种：

(一)范式 A——改革/保守

《乔厂长上任记》可以说是最早、最具代表性的正面反映改革的作品，其艺术范式可以概括为“改革/反改革”。“铁腕人物”乔光朴靠着自己的领导才能、专业知识和说一不二的作风，大胆革新，击败了反改革势力的代表人物原厂长冀申，硬是把一个亏损的大企业电机厂恢复了生机。这篇小说一出，其范式被许多作家采用。在我看来，连《沉重的翅膀》《人间正道》，都不过是这一范式的变异而已。作品中代表改革势力的人物，不论是胜利的功臣，还是失败的英雄，都怀着高度的社会责任感，为改革事业奋斗不息。这个范式的价值观是高扬历史理性精神，认为新的创造的现实取代旧的历史的惰性是必然的，社会就是这样在新陈代谢中前进。在高扬历史理性的同时，“人文关怀”基本上没有进入到他们的视野。一个例子是乔光朴为了避免人家的闲言碎语，为了营造没有后顾之忧的工作环境，竟然未与他的情人童贞商量，便突然宣布他与童贞已经结婚了，从而损害了童贞的感情。但在乔厂长看来，损害感情算得了什么，最富人文气息的爱情婚姻也可以被并入到他的改革方案中。生产的发展就是一切，这就意味着单维的历史理性就是一切，“人文关怀”可有可无。

这种范式与新中国成立后“十七年”的反映现实斗争的小说，虽然观点和具体内容都不同，但基本范式却十分相似。一般情况下，它产生的要么是颂歌式的作品，要么是诅咒式的作品。在这种范式中，作品中被作家从历史角度赋予肯定性(或否定性)的人物或事件，同时也是作家从人文道德角度加以赞美(或否定)的人物或事件。中国当代文学中这样的创作范式一直占主流，《暴风骤雨》《太阳照在桑干河上》《不能走那条路》《李双双小传》《创业史》《红旗谱》《山乡巨变》《金光大道》《艳阳天》，等等，以及所有的“样板戏”都是这样的作品。作品中被作家赋予历史发展必然性的人物同时也是人文道德上的“完人”(如梁生宝、高大泉)；同样，被剥夺了历史发展必然性的则一定同时是十恶不赦的罪人(如黄世仁、南霸天)。由于这类作品在人文道德评价与历史评价上没有出现分裂或悖反，因而风格上具有单纯、明朗的特点。平心而论，这一范式也产生过一些优秀作品，这是不应否定的。但是，在更多的情况下，这种单纯与明朗常常是建立在对历史、社会以及人性的简单化理解的基础上的。这一范式常常人为地掩盖或至少是忽视了社会历史发展中存在的悲剧性二律背反(即历史进步与人文道德的悖反、工具理性与价值理性的悖反、生活世界与工作世界的悖反)现象，完全慷慨地、赋予历史发展以人文道德与价值上的合法性，客观上或多或少起着美化现实、掩盖历史真相的作用。同时，这种创作范式也忽视、掩盖了人性的复杂性，人的道德品质与他(她)的历史命运之间的悲剧性悖反(好人、君子没有历史前途，而坏人、小人倒常常成为历史的弄潮儿。这就是人类社会历史发展的可悲事实)。由于看不到历史与人性的悲剧性二律背反，所以在这类作家的笔下充满了一种廉价的乐观主义，一种简单化的历史与道德的人为统一。仿佛历史的进步总是伴随道德的进步以及人性的完善，我们的选择总是十分简单的：顺应历史潮流的过程就是道德上的完善过程，好人必然而且已经有好报，坏人必然而且已经被钉在历史的耻辱柱上。这里反映出某些作家常以时下的口号为规范，而不是以自己对生活的真实体验为创作之资源。

(二)范式B——人文/改革

第二种范式以发表于1981年的王润滋的中篇小说《鲁班的子孙》和发表于1994年的张炜的长篇小说《柏慧》为代表，这也是一种二元对立范式。在《鲁班的子孙》中，矛盾在一个家庭内部展开，老木匠黄志亮与其养子黄秀川分别代表了不同的思想路线：前者迷恋于恢复大队主办的“吃大锅饭”的木匠铺，后者则热衷于开带有现代气息的私人的小企业；前者的信条是“天底下最金贵的不是钱，是良心”，后者推崇的则是“旧的不去，新的不来”，“能赚钱就行”。这是传统的良心与现代的金钱的对抗。《柏慧》的故事则是在象征朴素文明的葡萄园与象征现代文明的新的工业之间展开。作品中的主人公“我”从地质学院毕业来到零三所，不能承受人际纷扰；再到一家杂志社，还是不能适应这城市的生活；转移到登州海角(一处穷乡僻壤)的一个葡萄园，终于远离城市浩浩的人流和拙劣的建筑，找到自己内心中的“世外桃源”，并决心“守望”这片绿色的土地。但现代化的脚步还是来到这里，建立现代矿井的隆隆的炮声意味着“我”将失去这美丽的赖以生存的家园。这是素朴文明与现代文明的对抗。这两部小说虽然不同，但似乎可以归结为同一范式：“改革/人文”。值得注意的是，在“改革”与“人文”两个维度中，作者情感的天平完全倾向在“人文”一边。在《鲁班的子孙》中，作者的同情与赞美在老木匠黄志亮一边，而并非如有的评论家所说的那样作者是从抽象的道德良心出发的。作者通过其令人信服的艺术描写，证明了黄志亮的良心道义是世世代代劳动人民道德理想的凝聚，是他自己全部生活实践的凝结，这在任何时候都是最可宝贵的。在《柏慧》中，中心话语是“守望”：

……这越来越像是一场守望，面向一片苍茫。葡萄园是一座孤岛般美丽的凸起，是大陆架上最后一片绿洲。

是的，在人们面对现代工业所带来的环境污染和其他种种社会弊端的时候，激起人们的守望森林、山川、河流、果园等一切大自然的热情，是完全合理的。这一范式的价值观是人的价值与生存比什么都重要，改革也好，现代文明也好，一旦妨碍了人的善良之心或诗意地栖居，又有什么意义呢？然而这样一来，“人文”的维度也就压倒了“历史”的维度，甚至于只剩下“人文”这单一的维度了。那么请问，历史还要不要前进？科学文明还要不要加以提倡？物质文明还要不要发展？难道让人类退回到原始的丰富性是合理的吗？人文与工业化就真的是势不两立的吗？如果作者是在写一场保卫祖国的战争，难道也可以把战争的历史维度，即它的“正义”问题放在一边，而只关注人性、人道和人文关怀吗？

但是，我觉得还是可以寻找理由来替这一艺术范式辩护。因为，文学家是专门在人文、人性、情感这块园地上耕耘的人。他们观察现实的角度可以与政治官员、经济学家、企业家保持一定的距离。政治官员、经济学家、企业家所重视的方面，他们可以不予关注或少予关注；相反，政治官员、经济学家、企业家所忽略的方面，作家则会全神贯注，这是作家的责任与权利。中外文学史上都有这种对历史不恭而对人文道德理想倾注了热情的优秀之作。从意识形态理论的角度来看，我们认为意识形态不是抽象的，而是具体的。意识形态包括政治意识形态、经济意识形态、哲学意识形态、法律意识形态和审美意识形态(如宗教、文学、艺术)等。各种意识形态虽然最终要由社会的经济基础来解释，但各种意识形态有其相对的独立性。政治的意识形态对其他各种意识形态虽有影响，但不是决定一切的。审美意识形态的独立性常常是与处于中心地位的政治的、经济的意识形态保持距离，不但不一味依附它，相反要审视，反思这种政治的、经济的意识形态在实践中所产生的社会效果。新时期以来不再提“文艺从属于政治”，就是基于文艺作为一种审美意识形态的性质及其功能，可以发出不同的声音，甚至是批判的声音，而不必重复和图解主流话语，从人的条件和人的生存需要的角度来帮助时代的健康精神环境的形成。

这样，作为人文知识分子的作家，基于人文主义的立场对于工具理性、技术全能主义的现代化意识形态的警惕与批判是有益于人类精神环境的平衡、人的全面发展的。人文关怀的理想在他们作品中占据重要的位置，就显示了自己的特殊意义。这种意义一方面在于上述精神文化环境的平衡以外，还在于因为由于评价角度的不同，作家更多看到了历史发展过程中的复杂性和种种负面的情境，特别是历史发展所付出的道德代价，这样他们就从另一个角度真实地揭示了历史的“本来面目”。在人类的历史上，历史与道德常常出现二元对立现象，在激烈的社会转型时期就尤其如此。这体现出历史发展的“悲剧性”，体现出历史发展维度与人性完善维度的“错位”。西方的一些伟大思想家也深刻地看到了现代化和技术进步过程在文化、精神、价值、信仰方面造成的巨大负面效应。例如，西方马克思主义的代表人物赫伯特·马尔库塞说：

> 进步的加速似乎与不自由的加剧联系在一起。在整个工业文明世界，人对人的统治，无论是在规模上还是在效率上，都日益加强。这种倾向不仅是进步道路上偶然的、暂时的倒退。

集中营、大屠杀、世界大战和原子弹这些东西都不是向“野蛮状态的倒退”，而是现代科学技术和统治成就的自然结果。况且，人对人的最有效的征服和摧残恰恰发生在文明之巅，恰恰发生在人类的物质和精神成就仿佛可以使人建立一个真正自由的世界的时刻。①

马尔库塞并没有夸大事实，他只是揭露事实而已。20世纪的科学技术突飞猛进，人类文明似乎进入一个新时代，正是在这个看起来是历史进步的时代，人类也遭遇到了空前的战争灾难和其他种种威胁人类生存的问题。与这种情况相对应，站在新的文明之外的西方现代派作品往往是反现代文明的(反科技理性、反物质主义、反工具理性、反工业化、反城市化等)，现代派的作家也基本上都是对于现代化采取了这样或那样的批判。然而这种批判在很大程度上弥补了现代文明(自从人类进入现代社会以来，经济发展、物质进步、征服自然、个人自由等一直是主导的思想意识)的盲点，客观上有助于使人认识和警惕社会的现代化所付出的沉重的代价。福克纳的作品则走得更远，竟然反对19世纪美国南北战争，为南方的庄园主制度辩护。但历史理性的缺乏似乎并不妨碍他们的作品的思想与艺术价值。如果福克纳为南方的工业化进程唱赞歌而不是唱挽歌，很难想象他的作品还有如此强大的艺术力量。然而，我并不认为这种“唯人文主义”的作品就全然好。历史的进步包括物质的发展是人类必经之路，也是符合人类利益的，人文和人性的东西也要有物质的基础，离开这种物质文明的基础，人的生存质量也不可能改善。因此，离开一定的物质条件来讲人性、人情和人道，也是有困难的。

① 赫伯特·马尔库塞：《爱欲与文明——对弗洛伊德思想的哲学探讨》，黄勇、薛民译，上海译文出版社1987年版，第18～19页。

（三）范式C——权力/商业资本——历史理性与人文关怀双缺失

正面反映改革现实的第三种范式，是产生于1996年的所谓的“新现实主义”小说。代表小说主要有刘醒龙的《分享艰难》，谈歌的《大厂》，何申的《年底》，关仁山的《大雪无乡》等，这些作品描写改革和社会转型时期国有企业或乡镇企业所陷入的困境。困境的核心点是：厂长、党委书记、乡镇长面临着纷繁的问题，而这些问题的解决都得靠钱。有钱一切就会迎刃而解，没钱则寸步难行。“弄钱”成为这些小说的核心话语。为了弄钱，《大厂》中的厂长吕建国和书记贺玉梅就必须以牺牲良知与道德为代价，对那些吃喝嫖赌、无恶不作的订户奴颜媚骨、刻意逢迎、陪吃陪喝，甚至为他们提供犯罪的机会和条件（嫖娼宿妓）。当这些订户被公安局抓获后，又不惜走后门、拉关系，甚至用党费请客，把那些不法之徒“请”出来，以吕建国为代表的“权力资本”在与“商业资本”的对抗中实行了妥协。为了弄钱，《分享艰难》中的镇领导孔太平甚至可以原谅强奸他心爱的表妹田毛毛的流氓企业家洪塔山，继续与他同流合污。这种范式可以概括为“权力与商业资本的又对抗又勾结，以实现摆脱困境的目的”。问题在于如果作者对这种种污浊现象进行批判，揭露其实质，那就好了。可惜的是作者恰恰是同情这些厂长、书记、乡镇领导，把他们看成是改革的力量，认为他们的所作所为是不得已的事情。在以“弄钱”为中心话语的结构中，这些作者一方面对转型时期的现实生活中的丑恶现象采取了或多或少的认同态度，缺少向善向美的人文关怀；另一方面把改革开放理解为不择手段地发展经济，对何谓历史的进步缺乏清醒的认识，从而又丧失了历史理性。如果说，第一种范式抓住了历史理性维度，第二种范式抓住了人文关怀的维度的话，那么第三种范式则是历史理性和人文关怀两个维度的双重缺失。正面反映改革现实的作品变异到这样一种范式，不能不说是文学的“异化”。

这一范式的可悲之处在于，它们看似最贴近现实，实际上是向不合理的现实妥协。今日中国改革开放遇到的最大问题，就是以“孔太平”们为代表的“权力”因为没有行之有效的监督而与“商业资本”勾结，导致国有资产流失，导致贪污腐败流行，导致经济秩序混乱。在这样一个范式里，一方面是不关心普通人的生存状态：他们的人性所受到的种种摧残，没有进入作家的视野，自然容纳不了人文精神；另一方面又不强调企业的现代化改造和科学技术的运用具有丰富的内涵，特别要充分考虑人的发展的问题，这自然也就排斥了历史理性。在上述三种范式中，不能不说这是最无价值的一种范式。

二、历史理性与人文关怀之间的张力

当代文学创作的价值取向当然可以多种多样，但历史理性、人文关怀和文体选择三者之间保持张力和平衡，应该是文学的精神价值的理想。文体问题前面几章都有所涉及，这里仅就文学创作中的历史理性和人文关怀以及两者的关系简略地谈点看法。

(一)历史理性和人文关怀作为价值尺度

历史理性是人们对全面促进社会的经济、政治、文化进步力量的肯定评价。当然，经济的进步无疑是历史理性的重要的一环。马克思早就说过，人们首先必须吃、住、穿，然后才能从事别的活动。要解决吃、住、穿，当然要发展经济。所以发展经济以及如何发展经济是历史理性题中应有之义。如何发展经济，这是极为复杂的问题，要由经济学家去研究解决。但是面对目前的经济改革和社会转型，我们绝不可以把“改革”与不择手段地“弄钱”简单地等同起来。我们起码要知道，在改革开放中建立现代企业制度的重要性，建立有序的金融管理体制的重要性，经济的发展应有利于社会的公正与道义的重要性等。社会进步所面临的问题是很多的。文学家如果要正面反映当前的正在变化的现实，就不能不以历史理性深入思考这种种复杂问题，不能没有对社会问题的清醒意识和深刻理解。没有历史深度的作品必然不能体现时代精神，因此“历史理性”不能不是文学创作的一个价值尺度。马克思、恩格斯在评论文学作品时高扬“历史的”尺度是理所当然的，但对历史尺度必须有正确而深刻的理解。像当前所谓的“新现实主义”小说那样去把握历史，去理解改革和社会转型，肯定是不行的。《乔厂长上任记》中乔光朴通过健全厂规厂法，激发人们生产的热情，虽说具有一定的历史理性精神，但总的来看还是把复杂的社会问题简单化了。“十七年”所产生的大量的以反映现实斗争为题材的“运动/反运动”范式的作品，其中有不少也是把复杂的社会问题简单化了。这里面都存在着对历史理性的“误读”。

人文主义在欧洲是文艺复兴时期的产物。可以说文艺复兴运动的全部精神成果，就是肯定了“人”在宇宙中的中心地位。“一般来说，西方思想分三种不同模式看待人和宇宙。第一种模式是超越自然的，即超越宇宙的模式，集焦点于上帝，把人看成是神的创造的一部分。第二种模式是自然的，即科学的模式，集焦点于自然，把人看成是自然秩序的一部分，像其他有机体一样。第三种模式是人文主义的模式，集焦点于人，以人的经验作为人对自己，对上帝，对自然了解的出发点。”①英国学者阿伦·布洛克对西方思维模式的概括于我们是有启发的。根据他的研究，他认为人文主义有三个特点：第一，人文主义集中的焦点在人身上，一切从人的经验开始。人可以作为根据的唯一的东西就是人的经验。第二，人的价值就是人的尊严。一切价值的根源和人权的根源都是人的尊严。人之尊严的基础就是人具有潜在的能力以及创造和交往的能力。第三，对于

---

① 阿伦·布洛克：《西方人文主义传统》，董乐山译，生活·读书·新知三联书店1997年版，第12页。

人的思想的重视。人能够通过对历史文化背景和周围环境的理解形成一定的思想。思想既不完全是独立的，也不完全是派生的。与人文主义发生最为密切关系的就是艺术。“艺术与人文主义有着一种特殊的血缘关系，这除了适用于文学和戏剧以外，也适用于音乐、舞蹈以及其他非口头艺术如绘画、雕塑、陶瓷，因为它们有着越过不同语言障碍进行交往的力量。”[①]由此不难看出：第一，人文主义的主题是人的尊严、人的潜能和人的创造力；第二，人文主义与文学艺术有血缘关系。人文主义作为文学的一个批评尺度，是历史赋予的，不是人为制造出来的。中国古代有没有人文主义？我们的看法是，作为一种思潮的确没有，但作为一种精神是自古就有的。古人讲礼乐，实际是以人为中心，是讲对人的尊重。“己所不欲，勿施于人”，也是强调对人的尊重。所以古人说人“为五行之秀，实天地之心”(刘勰语)。中国的“人文”与文学艺术的关系也是极为密切的。当然，中西人文精神在具体内容上又有很大差异，还是不应混淆的。我们在运用中要区别对待。然而西方的人文主义和中国的“人文”精神都以人为中心，认为人的良知、道德、尊严是所有价值中最具有价值的，这些基本点是相同的。从这个意义上看，人文关怀作为文学价值的一个重要的尺度是理所当然的。《鲁班的子孙》中的黄志亮关于“天底下最金贵的不是金钱，是良心”的呼唤，《柏慧》中“我”对人的诗意的家园的“守望”，都可以说是人文关怀的艺术体现。

(二)“历史—人文”双重价值取向

目前的现实出现了历史理性获得某种进步与人文关怀严重失落的悖反困境。科技的进步、物质的丰富、经济的发展、社会的转型，带来的并不是人文精神的同步“增长”；也许恰恰相反，带来的是许多反人文的“污泥浊水”和“沉渣泛起”。也许正是在中国这块大地上

① 阿伦·布洛克：《西方人文主义传统》，董乐山译，生活·读书·新知三联书店1997年版，第237页。

证实了恩格斯的如下论断：

> 在善恶对立的研究上，他同黑格尔比起来也是肤浅的。黑格尔指出："有人以为，当他说人本性是善的这句话时，是说出了一种很伟大的思想；但是他忘记了，当人们说人本性是恶的这句话时，是说出了一种更伟大得多的思想。"在黑格尔那里，恶是历史发展的动力的表现形式。这里有双重意思，一方面，每一种新的进步都必然表现为对某一神圣事物的亵渎，表现为对陈旧的、日渐衰亡的、但为习惯所崇奉的秩序的叛逆，另一方面，自从阶级对立产生以来，正是人的恶劣的情欲——贪欲和权势欲成了历史发展的杠杆，关于这方面，例如封建制度的和资产阶级的历史就是一个独一无二的持续不断的证明。①

在我们这里以市场经济逐渐取代计划经济，社会实现转型，但恩格斯所说的"人的恶劣的情欲——贪欲和权势成了历史发展的杠杆"的严酷现实还是展现在我们的面前。面对此种现实，文学家怎么办？文学家不是厂长，不是企业家，不是产品推销商，他们不能只顾经济学定义的"历史发展"(实际上是物质主义、科学主义、技术全能主义、唯生产力主义)，而不管什么"情欲""贪欲"和"权势"的危害。作家是人文知识分子，他们既要顺应历史潮流，促进历史进步，同时他们又是一个特别关注人的情感状态的群体，他们更重视人的良知、道德和尊严，并在他们的作品中艺术地体现出来。如果说历史理性是"熊掌"，人文关怀是"鱼"的话，那么在作家这里这两者都要要，作家看世界有自己的独特角度。在政治官员、经济学家和企业家看来，为了"历史的进步"，打破一些坛坛罐罐，伤害一些人的

---

① 恩格斯：《路德维希·费尔巴哈和德国古典哲学的终结》，《马克思恩格斯选集》第4卷，人民出版社1995年版，第237页。

情感，损害一些人的尊严，甚至牺牲一些人，都没有什么了不起。难道为了历史的进步能不付出一些代价吗？但在作家看来，人的生命是最可宝贵的，人的生存高于一切，为了历史付出这样的代价也是令人万分感伤的。在某些政府官员、经济学家和企业家看来，要实现经济现代化，就要弃旧图新，就要“交学费”，种种社会的负面现象的发生是不可避免的。但在作家看来，经济发展所产生的一切负面现象都是丑恶的，都在揭露批判之列。“熊掌”，要！“鱼”，也要！二者应“得兼”。这就是真正的作家面对现实的独特视角。因为他们认为任何为了历史进步的社会改革都必须以人的良知、道义为基础，同时又认为任何人的良知、道义也要符合历史潮流的运动。

因此，真正的作家总是面临一个“困境”：历史理性与人文关怀的悖反。在这两者之间，不是非此即彼或非彼即此，而应是亦此亦彼。他坚持历史进步的价值理想，他又守望着人文关怀这母亲般的绿洲。新的不一定都好。旧的不一定都不好。他的“困境”是无法在“历史理性”与“人文关怀”之间进行选择，而只能在这两者之间徘徊。而且这种“困境”是他所情愿的，是作家的一种特性。于是他对一切非历史和非人文的东西都要批判，于是他悲天悯人，于是他愤怒喊叫，于是他孤独感伤……可惜的是中国当代正面反映改革现实的三种范式，要么缺失人文关怀(第一种)，要么缺失历史理性(第二种)，要么人文关怀与历史理性双缺失(第三种)，这不能不引起作家们的深思。这样，我认为呼唤第四种艺术范式，提出“历史—人文”辩证矛盾的精神价值取向，就变得十分必要了。我们提出的这一范式的特点在于困境的“还原”，既不放弃历史理性，又呼唤人文精神，以历史理性和人文精神的双重光束烛照现实，批判现实，使现实在这双重光束中还原为本真的状态。在价值取向上是历史理性中要有人文精神的维度，人文精神中则要有历史理性的维度。

这第四种范式并非凭空提出来的。我觉得苏联时期一些优秀作家的创作实践，是值得我们借鉴的。

人与自然的斗争，是历史与人文展开的重要方面。人当然不能屈服于自然的淫威之下，改造自然是改善人的生存状况所必需的，属于历史理性的必然选择。作家不应站在这一历史维度之外，单纯地指斥人们征服自然给人类带来的坏处，这是一方面。而另一方面是作家又必然要关注改造自然中是不是破坏了人与自然的和谐，是不是伤害了人的感情和生存方式。两个方面处于辩证矛盾中。苏联著名作家拉斯普京发表过一部题为《告别马焦拉》的小说。马焦拉是安加拉河上一个小岛。春天来了，马焦拉岛上的人们怀着不同的心情等待一件事情的发生：这里要修建水电站，水位要提高几十米，全岛都将被淹没。年轻人站在历史理性一边，他们渴望现代化的新的生活，离开这个小岛出去见世面，去过更富有的日子，是他们求之不得的事情。作家肯定了他们的弃旧迎新的生活态度。但是老年人却差不多都站在“人文关怀”这一边，他们世世代代在这里生活，岛上的一草一木都是亲切的、温暖的、不可或缺的；这里有他们绿色的森林，有他们宁静的家园，有他们的初恋之地，有他们眷恋着的一切。达丽亚大婶对她的孙子安德烈说：你们的工业文明不如旧生活安定，机器不是为你们劳动，而是你们为机器劳动，你们跟在机器后面奔跑，你们图什么呢？作者同情、理解他们，认为他们的怀旧情绪是美好的，有着丰富的人文内涵。作者在“历史理性”与“人文关怀”中徘徊，在“新”与“旧”中徘徊。新生活必然要取代旧生活，然而旧生活就没有价值吗？现代工业文明会使人变成机器，而素朴的母亲般的田园和传统的良知、道义的绿洲则会使物变成人。这种范式是在乔光朴与黄志亮之间保持张力，在现代工业与“葡萄园”之间保持张力。

在人与战争的关系中，是历史与人文展开的另一个重要方面。战争当然有历史的维度，这就是战争的正义性问题。在保卫祖国的战争中，人人都要有敢于牺牲和敢于胜利的精神，要有坚强不屈的精神，这是一方面。但另一方面作家又不能不体察到，不论是什么战争，都是要死人的，都是要破坏人们的正常生活的。战争给人类带来的精神创伤是难以磨灭的。这里还是来看一看写了《告别马焦拉》的拉斯普京，如何运用同样的范式来写战争。小说《活着，可要记住》(1974 年)是他的又一成功之作，小说的故事并不复杂，却别开生面。故事发生在苏联的卫国战争接近胜利的最后几个月。安加拉河旁的一个村子，集体农庄庄员老古塔科夫家突然丢失了一把老式斧子，这虽然是一件小事，但却引起了他们一家人的注意和不祥的预感。果然，老古塔科夫的儿子古塔科夫·安德列在前线受伤，他在一个医院治愈了他的伤后，本应重返前线效力，但他却潜回故乡，当了可耻的逃兵。斧子就是他拿走的。安德列深知逃兵是要受到惩罚的，所以不敢公开露面，而是躲到安加拉河对岸暂无人住的过冬的房子里。他的妻子娜斯焦娜猜到是她丈夫回来了，但她没有想到是如此回来的。可她还是与她的丈夫偷偷幽会，过着苟且偷生的日子。安德列不许她告诉任何人，包括他的父母。小说的主要人物是娜斯焦娜。作家对这位心地善良、感情丰富的妇女的内心的斗争展开了细致描写。自她丈夫逃回来之后，她的生活乱了。她希望丈夫能活着回来，但她所期待的见面不是这样胆战心惊的幽会。她感到不安、羞愧、有罪，但她没有想揭发她的丈夫，甚至可怜他。尤其在她多年不育现在却怀孕之后，她更感到愧对那些丈夫已经在前线牺牲或仍然没有回来的同村的姐妹。她开始疏远大家。她处处怀疑人们知道她的秘密。她的内心的斗争更激烈：

喏，娜斯焦娜，拿去吧，别给任何人看见。在人们之间，你只能保持孤独，完全保持孤独，不能跟任何人说话，不能哭泣，凡事都只能藏在心里。往后，那往后怎么办呢？

她点头责备自己：瞧，你到了什么地步啦，以前要心里痛快，就到人群里去；如今，正相反，却逃出人群。她心头的痛感已感到麻木了，可是不知为什么她的呼吸中夹杂了哀怨而痛苦的呻吟。

在战争结束那天，村里开会庆祝胜利，她的内心情感更为复杂。她为反法西斯的胜利而高兴，但同时她又更感到无地自容：

娜斯焦娜走进她住的边屋，换了衣服。她的心早在田间就飞腾狂欢起来了，此刻仍在激动不已，渴望着到大庭广众中间去。但是有个声音喊她别去，一口咬定这并非她的节日，并非她的胜利，她跟胜利毫无关系，最下贱的人都有份，就是她没有。

她听到了歌唱胜利的歌声，她很激动，可内心的矛盾也更加激烈：

娜斯焦娜愈加心如刀割，心弦欲断。但她虽则痛苦不堪，却又一阵阵欲有所为，有所向往，有所追求。她从屋里走到院中，朝板墙外一探身，发现了村街尽头的游行人群。但未看清楚里面都有谁，她没有去细看，就转身回屋了。她转念间想起了安德列，不过这想念伴随着一股意外的怨气；是安德列，是安德列连累了她，使她无权跟大伙一样欢庆胜利。继而她又想，等安德列听到战争结束的消息时，一定会更加难受、自怜自悯的。想到这里，她立刻冷静下来，心软起来，可怜起安德列来，尽管依然夹带着一些恼恨情绪。她突然想去找他，跟他呆在一起。人们在普天同庆，惟有他们俩该靠边站。“一点也不该靠边站。”

她委屈地抗议道，为自己辩护着，要争取重返人间。“怎么，战争期间我没有干事，没卖力气？为换来这一天出力比别人少吗？不，现在就出去，现在就出去。”娜斯焦娜一个劲地催促自己．可又原地不动……

娜斯焦娜因这种内心的极度矛盾得不到解脱，终于在绝望中投河自杀，安德列闻讯后逃往深山。村子里的人在埋葬了娜斯焦娜后，开了一个简单的追悼会，妇女们哭了几声，觉得娜斯焦娜怪可怜。不难看出，小说从历史和人文两个维度展开艺术的思考。卫国战争是保家卫国的战争，是反对德国法西斯的进步的、正义的战争，任何人对祖国都负有不可推卸的神圣的历史责任，临阵脱逃就是背叛，就会沦为历史的罪人，最终都不会不受到谴责和惩罚。逃兵安德列最后逃往深山，与野兽同群，不能见人，就是应得的“惩罚”。娜斯焦娜感到自己欺骗大家，感到压力和羞愧，最终感到绝望，感到生活不下去，也是历史铁一般的原则给予的教训的结果。但是，很明显，作品在充分展开这个原则的同时，另一个原则，即人文的原则也在作品的人物身上展开。特别是在娜斯焦娜的身上，展开了“历史原则”与“人文原则”的激烈冲突。作家并没有把同情、保护作为逃兵的丈夫的娜斯焦娜当作“反面人物”来写。作家以他的生花妙笔细致地揭示她的内心矛盾，她的善良，她的勤劳，她的富于人性和自我牺牲的品质等，作品都给予了充分的抒情性的笔墨，并不是在一味谴责她。作者拉斯普京说：

我不完全同意批评家认为中篇小说《活着，可要记住》的主要人物是个逃兵的看法。小说的主要人物是娜斯焦娜。我一动笔就一心要表现这样一个妇女，她富有忘我的和自我牺牲的精神、心地善良……为了更充分地表现她的性格，必须把这个妇女置于一种特殊的环境，让她内心的一切显示出来。我决定最好是把她置于战争的环境，就象小说所发生的环境那样。①

的确，作家是把娜斯焦娜作为主要的人物来写，而且不仅如此，还把她作为一个富有人性和人性光彩的人物来写，把她作为一个真正的人来写。作家自觉不自觉地通过娜斯焦娜内心冲突，展示历史责任的呼声与人文关怀理想的对立和斗争。娜斯焦娜在安德列作为逃兵出现后，始终面临“困境”：一方面，她作为一个公民，忠诚于祖国的责任始终在她心中跃动，使她不安，使她羞愧，使她感到自己外在于人民，这是历史的呼声一再在她心中像号角般响起；可另一方面，她作为一个妻子，对安德列的爱情以及怜悯之情使她无法割断与丈夫的联系，特别是丈夫处在“困难”中，需要她的帮助，她不能不理睬，不能不对他倾注情感，她的善良的心不能不这样做，这是人文的力量促使她如此去行动。这样，历史的向度和人文的向度在她内心分裂为两种不同的力量，进行着殊死的“较量”。或许有人认为娜斯焦娜还有别的选择，为什么非把自己置身于这种困境中呢？让我们听听作者自己的解释：

现在谈谈娜斯焦娜。读者准备好出现这种情况，或者她本人告发自己的丈夫，或者她迫使他出面认罪。可是娜斯焦娜既没有这样做，也没有那样做。而我应当加以证明，通过证明，让读者有充分的理由相信她的行为的必然性和合理性。如果她照另一种方式行事，这已经是另一篇中篇小说了，小说也应当由另外的作者来写。我觉得，我能够证明娜斯焦娜行为的必然性。②

---

① 拉斯普京：《在莫斯科大学创作讨论会上的发言》，《苏联当代作家谈创作》，北京师范大学出版社 1984 年版，第 107 页。

② 拉斯普京：《人的净化》，《苏联当代作家谈创作》，北京师范大学出版社 1984 年版，第 118 页。

事实上，作家已证明了娜斯焦娜的行为的必然性。作家通过对娜斯焦娜内心活动的真实描写，特别是对她的为人处事的真实描写，证明了娜斯焦娜只能有这样一种选择，而没有其他的选择。这里特别要注意的一点是，作者说，如果小说照她的另一种方式行事，那么“应当由另外的作者来写”，这就清楚地说明娜斯焦娜的内心冲突，在很大程度上反映了作者的社会人格结构中历史力量与人文关怀这两个维度的冲突。我们甚至可以说，“娜斯焦娜”不过是作家的另外一个“自我”。作者不能不选择这种“困境”范式。

如果说，上面我所分析的这部作品，作家有很强的自觉性，作家是“自觉地”进入这种“战争/人文”的“困境”范式的，或者说“困境”范式是他们的审美意识自觉的追求。那么有的作家也可能不自觉地“陷入”这种“困境”的范式，此类作品的“困境”范式就是一种不自觉的甚至是无意识的选择。这类作品范式重要的是要有“真实性”的品格，只要真实，那么即使是“不自觉”，也能达到同样的艺术效果。

这里我们来分析一下美国作家米切尔的著名小说《飘》。玛格丽特·米切尔(1900—1949)的《飘》取材于美国著名的南北战争。发生于1861—1865年的那场战争，实际上是北方的“自由劳动制度”与南方的“奴隶制度”之间的两种制度的斗争。奴隶制度是美国南部农业社会的基础，妨碍了正在兴起的资本主义的发展。《飘》的作者本意是站在南方农奴主的立场，反映那场战争和战后南方重建的现实。这样，作品的历史观就成了问题，甚至可以说，它是逆历史潮流而动的。这样一部鼓吹历史倒退的作品，在1936年问世后竟立即风靡全国，6个月内发行达100万册，到1949年作者逝世时，此书已在40多个国家销售800万册，到80年代，已增加到2 500万册，这看起来不是有点奇怪吗？当然这与后来小说被成功地改编为电影并获奥斯卡奖有一定关系，与小说的言情性质有一定关系，但我认为这都还不足以使这篇小说如此被大家所欣赏。根据我的考察，我认为小说的成功还是与它的历史维度与人文维度的悖论所形成的艺术张力有关。作者从主观上虽然是站在南方农奴主的立场美化南方庄园的主人与奴隶的关系，但在作品实际表现出来的比这要复杂和丰富得多。作品实际上是不自觉地但却真实地表现了“多重”的“历史呼声”与“人文关怀”的冲突，从而使小说获得了丰厚的思想和艺术内涵。作品通过塑造一系列的人物形象，特别是郝思嘉和白瑞德这两个复杂的人物形象，起码展现出三重的“历史”与“人文”的悖论：

第一，在南北战争中，北方虽然站在“历史进步”这一面，解放农奴的确是解放生产力的进步之举，但北方人在战争中对南方人的极为残酷的屠杀，和战后的血腥统治，却是“非人文”的；反过来，南方人虽然想坚持农奴制，但倒很有人情味。作品充分展现南方的黑奴与主人之间的和谐、互助关系，这只需看看作者对郝思嘉的庄园内部那些黑奴如何与主人“共命运”，就给人以深刻的印象了。这样“历史进步”却非“人文”，而“人文关怀”却非“历史”，这个悖论给人以深刻的反思。因为，自小说发表以来的半个多世纪中，人们就生活在这样荒谬的充满悖论的世界里，这不能不引起人们的共鸣。

第二，作品在客观上又反映出“历史进步”的必然，但这“历史进步”必然又不能不伴随“占有”“掠夺”“罪恶”等，即反“人文”的东西。作者着力刻画的郝思嘉和白瑞德这两个主要人物的性格的复杂性，就充分地揭示了这一点。这两个人物身上有许多共同的东西，与作为没落的农奴主的艾希礼不同，他们是南方社会中最具有历史感的人物，他们看到北方的胜利、南方的失败是必然的。因为北方有着先进的生产力。在威尔克斯庄园的野餐会上，男人们争论着战争，大家都觉得南方必胜，唯有到过北方的白瑞德不这样看：

先生们，你们有没有人想过，在梅森一狄克森线以南，没有一家大炮工厂？有没有想过，在南方，铸铁场那么少？或者木材场、棉纺厂和制革厂那么少？你们是否想过，我们连一艘战舰也没有，而北方佬能够在一星期之内能够把我们的港口封锁起来，使我们无法把棉花运销到国外去。……我们有的只是棉花、奴隶和傲慢。他们会在一个月内把我们干掉。

而在那么多人反对白瑞德的论调的时候，只有在一旁偷听的郝思嘉“却有某种无名的意识引起她思索，她觉得这个人所说的话毕竟是对的，听起来就像常识那样”。唯有一个女性认真思索并同意白瑞德的看法。他们是南方具有“资本主义进步”意识的“精英”。这还表现在战后重建经济的活动中，他们都是最会运用资本主义的机制，以最艰苦的精神最快富裕起来的人。但这样的一对虽然走到了一起，组成了家庭，却享受不到幸福。其原因就是他们身上的“人文”太少。以郝思嘉来说，她一生的生活大致可以分为三个阶段，支持她的精神的是三样东西：爱情、土地和金钱。然而她对这三种东西的态度，并不是“生存式”的需要，而是“占有式”的“掠夺”，她对艾希礼的爱情始终是一种盲目的“占有”的欲望，就是想尽一切手段(甚至可耻的手段)把他弄到手，愈是难于实现，就愈要实现，但艾希礼是不是真爱她，或者艾希礼真的爱她了，又会不会有真正的幸福，则并非她所关心的事情。对土地和金钱的态度也是如此。她完全被自己的欲望所“异化”，成为欲望的机器。这样，在必要的时候，她甚至可以像出卖“物品”一样地出卖自己。如为了弄到庄园所必须交的税款，她竟在一夜之间，不同任何人商量，不惜损害自己的妹妹，就同其妹妹的未婚夫、自己所不爱的人弗兰克结婚，连一点人性也没有。白瑞德的具体情况与郝思嘉有所不同，但投机取巧、诡诈狡猾、损人利己、乘人之危等，与郝思嘉相比，则有过之而无不及。他们的历史感超过了书中所有的人物，可他们对“人文品格”的丧失也超过了书中所有的人。这样，他们的性格的多重性就表露无遗。通过他们的性格的多重性所反映的现实就获得了真实而丰厚的内涵。艺术的创造性也就隐含其中。

第三，“历史”与“人文”的悖立还反映在郝思嘉、白瑞德这两个人物与媚兰等人物的对比上面。媚兰作为缺乏历史感的艾希礼的妻子，在作者的笔下是“仁慈”的化身。她心胸的博大，性格的善良，感情的纯洁，待人的宽容，处事的诚挚，爱情的忠贞等，无处不显示出她是一位“贤妻良母”，她的“人文品格”是显而易见的。但是，在历史变动时期，在遇到困难或机会的时候，她彷徨等待，无所作为，没有活力，没有力量，又是一位最软弱、苍白的人物。作者情不自禁地赞扬她的美德，她简直是郝思嘉和白瑞德的一面镜子，让郝思嘉和白瑞德在这面镜子面前，感到羞愧。但在他们的“历史”(生活)的重要关头，作者却又把赞美之词给予郝思嘉和白瑞德，他们虽然“不道德”，甚至投机取巧，不择手段，但他们无论在如何艰难困苦的情况下，他们都有足够的智慧和勇气，有豁得出去的冒险和牺牲精神，有那种不达目的绝不罢休的决心和能力。例如，在北军占领了亚特兰大之后，他们偷来了马车，在战火纷飞中，在尸横遍野中，冒着重重的危险，拉着马车中虚弱的媚兰和她刚出生的孩子，返回庄园。回到庄园后，面对被战争摧残得面目全非的家境，郝思嘉又以极大的魄力和不怕吃苦以及战胜困难的精神，在绝境中重整家业，并适应资本主义在南部的发展的机遇，独立地闯出了一片天地。在这点上看，他们更像一个新时代的“新人”。因此，反过来，郝思嘉和白瑞德简直又是媚兰和艾希礼的一面镜子，让媚兰和艾希礼在这面镜子面前自叹无能，并映照出他们作为农奴主代表的不可逆转的没落的必然性。作品客观上通过人物性格的对比，艺术地写出了“历史精神”与“人文关怀”这两者的悖立，这就使作品既非对历史进步的简单歌颂，又非对人文精神的一味赞美。

在有了上面这几点分析之后，我们就不能简单地断定作者米切尔只是仅站在南方农奴主的立场，来理解和描绘南北战争和南方的战后重建情况。实际上米切尔的艺术视野和价值取向是双重的。她对北方资本主义向南方推进的历史，特别是对推进中的屠杀、破坏，确有严厉的批判。对南方庄园生活的美化和怀念，对媚兰的“仁慈”的赞美，在显示了她历史观的落后的同时，又表现了她对人文精神的神往。但客观上她又通过郝思嘉、白瑞德这两个具有资本主义智慧的人物的描写，以及在这两个人物身上所投入的激情，对南方贵族的无可挽回的败落的预示，又显示出作者的人文精神已获得了某种历史的维度。正是她的“历史—人文”双重精神价值的取向暗中在起作用，使她的作品不自觉地“陷入”了“困境”范式：历史进步的背后是人文精神的泯灭，可人文理想光环的闪烁中又拒斥历史的进步。

“历史—人文”双重精神价值取向的本质是，它既要历史的深度，肯定历史发展(包括科技进步)是不以人的意志为转移的，而且对人类的生存是有益的，物质的发展可以而且应该成为发扬人文精神的基础与依托；同时又要人文深度，肯定人性、人情和人道以及人的感性、灵性、诗性对人的生存的极端重要性，不是在这“两个深度”中进行非此即彼或非彼即此的选择。它假设“历史”与“人文”为对立的两极，并充分肯定这两极的紧张关系对文学的诗意表达的重要性和精神价值追求的重要性。

三、工业文明的礼品和哲人的启示

在经过了30多年“改革开放”的风风雨雨之后，我们对西方社会自14世纪文艺复兴以来，特别是17世纪以来的以工业文明为主要特征的时代，有了深刻的体会。对一系列西方思想家、文学家对以技术理性为主要标志的工业文明的批判，也有了深刻的体会。尤其是对马克思对资本主义的批判和“异化”理论有了深刻的体会。这种种体会对我们今天的文学要建立什么样的精神价值取向是有启示意义的。或者换句话来说，我所提出的当代文学的“历史—人文”辩证矛盾的精神价值取向，正是植根于上述种种体会中。

(一)现代工业文明给人类带来的双重“礼品”

科学和随科学而来的工业文明是完全的社会进步吗？对这个问题的回答早就不是一个新鲜话题。英国是世界上第一个工业化国家。在其开始工业革命的时期，就有人看到了工业发展给人类带来既有利又有弊的双重“礼品”。法国政治思想家亚里克西思·德·托克维尔(Alexis de Tocqueville，1805—1859)早在1835年写到英国的工业化城市曼彻斯特时做了这样的描述：

> 从这污秽的排水沟里流出了人类工业的最大巨流，浇肥了整个世界；从这肮脏的下水道里流出了黄灿灿的纯金。在这里，人性得到了最完全的，也是最残暴的发展；在这里，文明表现了它的奇迹，文明的人几乎变成了野人。①

这里的话虽不多，却揭示了工业文明给人类带来的是双重的“礼物”。一方面是物质的丰富，巨大的财富，想象不到的奇迹，才能的充分发挥；可另一方面是环境的污染，生存条件的破坏，人的贪欲的泛滥，人性的片面的发展等。如果说托克维尔对工业化还比较的“客气”，指出它的双重意义的话，那么在英国浪漫主义诗人那里，以商业为目的、以技术理性为标志的工业文明，对人和人的生存价值而言，就成为故意设置的陷阱和罪恶的深渊。华兹华斯写道：

> 人世俗务过分繁重；起早摸黑

① 阿伦·布洛克：《西方人文主义传统》，董乐山译，生活·读书·新知三联书店1997年版，第133页。

挣钱花钱，我们荒废了天赋；
我们在大自然里很少看到自己的东西；
我们丢弃了自己的心灵，可怜的恩赐。

诗人看到工业社会有可能摧毁人的价值，于是呼唤着返回自然。对自然的美倍加赞扬：

因为，我已经学会观察自然，
再不似少年时不假思索，常从
无声处听见悲怆的人性乐曲，
……………………我能感觉到
有什么常以崇高思想的喜悦
使我心动，一种庄严的意识——
意识到融合无间的某种事物
存在于落日的余晖、丰盈的
海洋，清新的空气，蔚蓝色的
天空，和人类心灵；一种动力，
一种精神，在推动着那一切
有思想的事物和思想的对象，
通过万物，运行不息。所以，
我依旧热爱那草地那森林，
热爱山峦．和从这绿色的大地
看到的一切，热爱我的耳与目
所感受到的心或是经过他们
再创造的宏伟世界；十分喜爱
从大自然，从感觉到的语言里
辨认出我最纯净的思想支柱，

心灵的保姆、向导、守护者，
我的全部精神生活的灵魂。

（《桥腾寺畔所作诗》1798 年）

从这些诗里，我们不难看出华兹华斯对现代工业社会的反感。他的逻辑是：工业文明没有给人类带来什么好处，相反它使人终日为繁忙的俗务所累，导致自己的心灵无所寄托；那么怎么办？那就是要回归自然，因为在落日的余晖、丰盈的海洋、清新的空气、蔚蓝色的天空、美丽的山峦中，可以辨认出最纯净的思想支柱和心灵的保姆、向导和守护者，并于大自然的无声处奏响悲怆的人性乐曲。

但是，对工业文明最直接最深刻的批判是来自德国的思想家和文学家席勒。席勒鲜明地提出人的“断片”论以指斥工业文明摧毁了人的完整。他完成于 18 世纪末的《美育书简》一书的思想，对当代中国人来说也许远未过时，席勒提出一种人的理想，这就是人的感性和理性的和谐全面的发展。于是他把古希腊时代的人性与现代人性加以比较。他说：

希腊人的本性把艺术的一切魅力和智慧的全部尊严结合在一起，不象我们的本性成了文化的牺牲品。希腊人不仅以我们时代所没有的单纯质朴使我们感到羞愧，而且在由此可以使我们对习俗的违反自然（本性）而感到慰藉的那些优点方面也是我们的对手和楷模。他们既有丰满的形式，又有丰富的内容；既能从事哲学思考，又能创作艺术；既温柔又充满力量。在他们的身上，我们看到了想象的青年性和理性的成年性结合成的一种完美的人性。①

① 席勒：《美育书简》，徐恒醇译，中国文联出版公司 1984 年版，第 48～49 页。

那么现代历史前进了，人类来到了工业的时代，人的本性又怎样了呢？席勒说：

> 现在，国家与教会、法律与习俗都分裂开来，享受与劳动脱节、手段与目的脱节、努力和报酬脱节。永远束缚在整体中一个孤零零的断片上，人也就把自己变成一个断片了。耳朵里所听到的永远是由他推动的机器轮盘的那种单调乏味的嘈杂声，人就无法发展他生存的和谐，他不是把人性印刻到他的自然（本性）中去，而是把自己仅仅变成他的职业和科学知识的一种标志。①

席勒笔下古希腊人与现代人关于人性的对比的意义，就在于这一对比从人性的完整的视角批判了现代工业文明。席勒认为现代工业生产的分工，等于把自己身心交给了一个支配者——机器，人就永远束缚在冷冰冰的机器上面，那温暖过我们心灵的感情和想象的火焰就这样被熄灭了，于是人的全面性丧失了，人“断片”化了。席勒为此喊了起来：人怎么可能把自己的自由托付给这样一种人为的、盲目的钟表机械呢？席勒毫不含糊地断定，正是现代文明本身“给现代人性造成了这种创伤”。我认为整个西方思想界都听到了席勒的声音。马克思关于人的劳动“异化”的分析，克尔凯戈尔的“个体孤独感”的谈论，梯里希的“疏离状态”说，卢卡契的“物化”说，杜克海姆的“反常状态”说，海德格尔的“烦”说，雅斯贝斯的“苦恼”说，弗洛伊德的“焦虑”说，弗洛姆的“重生存”说，马尔库塞的“新感性”说，等等，都可以说是席勒的声音的这样或那样的回响。可以断言的是，只要人类还是崇尚技术全能主义，崇尚物质主义，崇尚工具理性，那么“席

---

① 席勒：《美育书简》，徐恒醇译，中国文联出版公司1984年版，第51页。

勒”们的声音就不会消失。换言之，这些学者的学说不是空论，都是基于人文主义或人道主义的理想对现实所做出的理论反应。

但是，我们不能不指出的是，无论是华兹华斯还是席勒，在批判现代工业文明时，他们的眼睛是向后看的。华兹华斯除了要返回自然之外，还赞美英国封建社会农村的宗法制度。席勒则要人们回到古希腊时代的原始的丰富性上面去。他们的历史观是倒退的。这种倒退的历史观有悖于社会的发展，与时代的潮流也是相悖的。反映到文学的精神价值取向上，由于只思考人文关怀这单一维度，而置历史理性的维度于不顾，也就有可能堕入道德训诫主义、唯美主义、游戏主义的泥潭而不能自拔，如在席勒那里，可以说是三者兼而有之。这是不能不让人感到遗憾的。

(二)青年马克思的启示

马克思一生的思想可以分为两个时期，这就是他写《1844 年经济学哲学手稿》的青年时期和他写《资本论》的中年时期。这两个时期的思想有它的连贯性，即都在论证和批判资本主义的不合理性，但又有其明显的区分。马克思前期思想主要是从人道主义出发，从劳动异化的角度，批判资本主义，认为共产主义的理想基本上是建设完整的人的理想。马克思后期的思想主要是以剩余价值理论和阶级斗争理论来批判资本主义，呼唤消灭私有制，实现进入共产主义的理想。与本论题密切相关的是青年马克思的思想。

《1844 年经济学哲学手稿》是青年马克思对于当时处于工业文明和资本主义发展时期的一次不同凡响的观察与研究。他从费尔巴哈、黑格尔那里接过“异化”思想，从席勒那里接过“完整的人”这个思想，以人道主义关怀为出发点，加以改造，建立了他的“人论”，从而对资本主义的工业文明进行了深刻的批判。马克思说：

工人生产的财富越多，他的产品的力量和数量越大，他就越贫穷。工人创造的商品越多，他就越变成廉价的商品。物的世界的增值同人的世界的贬值成正比。①

这一切后果包含在这样一个规定中：工人对自己的劳动的产品的关系就是对一个异己的对象的关系。因为根据这个前提，很明显，工人在劳动中耗费的力量越多，他亲手创造出来反对自身的、异己的对象世界的力量就越强大，他自身、他的内部世界就越贫乏，归他所有的东西就越少……工人把自己的生命投入对象；但现在这个生命已不再属于他而属于对象了。因此，这种活动越多，工人就越丧失对象。凡是成为他的劳动的产品的东西，就不再是他自身的东西。因此，这个产品越多，他自身的东西就越少。②

首先，劳动对工人来说是外在的东西，也就是说，不属于他的本质；因此，他在自己的劳动中不是肯定自己，而是否定自己，不是感到幸福，而是感到不幸，不是自由地发挥自己的体力和智力，而是使自己的肉体受折磨、精神遭摧残。③

这就是说，劳动者在这种雇佣劳动中，身心都被外在的东西所控制，劳动者的感觉被"异化"了。异化的一个重要原因是，劳动者使自己的生物个性适合于现代机器设备的需要，人成为了工具的附属物。如果资产者不把人作为工具的附属物纳入其中，技术的联合就不能建立，生产也就无法进行。所以异化的结果是心理的畸形和生理的畸形。所谓心理的畸形是指由于工业所要求的技术理性的发

---

① 马克思：《1844年经济学哲学手稿》，《马克思恩格斯选集》第1卷，人民出版社1995年版，第40页。

② 马克思：《1844年经济学哲学手稿》，《马克思恩格斯选集》第1卷，人民出版社1995年版，第41页。

③ 马克思：《1844年经济学哲学手稿》，《马克思恩格斯选集》第1卷，人民出版社1995年版，第43页。

展，直接导致人的感性与理性的分裂。人的感受力、情感力和想象力都受到压抑，人的灵性消失了，诗意衰退了，神秘感也隐遁了。充塞他们生活的是各种公式、图表、机器操作、生产线等。所谓生理的畸形是指人被束缚在固定的生产的流水线上，导致人的某个感官片面地发展，相应地其他感官则逐渐萎缩。有人可能会认为在资本主义高度发展、高科技发达的今天，劳动者的命运是不是有了改变？当然，改变是有的，但马克思所讲的“异化”的本质和对劳动者的控制并没有改变。诚如马尔库塞所说，在发达资本主义国家，虽然仍维持着剥削，但日臻完善的劳动机械化改变了被剥削者的态度和境况。在技术组合内部，由自动化和半自动化的反应占据了大部分(如果不是全部的话)劳动时间的机械化劳动，作为终生职业，仍然是耗费精力、愚弄头脑的非人的奴役——控制机器操作者(而不是产品)的速度加快和劳动者的彼此孤立，更使得精力消耗殆尽。除此之外，马尔库塞还认为社会通过对人的物质的需要来控制人们的“灵魂”。工人的购买力和针对高科技产品的消费能力提升了，这似乎使得工人和他的老板一样能够享受同样的电视节目并游览同样的娱乐场所。如果打字员打扮得像雇主的女儿一样花枝招展，如果黑人挣到了一辆卡德拉牌汽车，如果他们都读同样的报纸，那么这种同化并不表明阶级的消失，而是表明那些用来维护现存制度的需要和满足在何种程度上被下层人民所分享。在当代社会最高度发达的地区，社会需求向个人需求的移植是非常有效的，以致他们的差别看起来纯粹是理论的。但异化仍然存在，只是形式有所改变而已。人们在他们购买的商品中识别自身，他们在他们的汽车、高保真音响设备、错层式房屋、厨房设备中找到自己的灵魂。那种使个人依附于他的社会机制已经变化了，社会控制锚定在它已产生的新的需求上，人还是被异化为物。由此可见，马克思的“异化”理论仍然适合于高度发展的资本主义的现实，一点也没有过时。马克思还认为，不但工人在异化劳动中变成了非人，就是那些资本家的一切感觉也被“拥有感”所代替，他们也异化为非人。整个人类都被与商业资本所密切联系的工业生产所异化。值得强调的是青年马克思没有停留在对商业资本和工业文明给人类带来的异化的分析上面，马克思提出了如何从“非人”恢复为“人”的道路。为此马克思提出了“人性的复归”和建设“全面发展的人”的论点，这就要通过对“人的自我异化的积极的扬弃”。并且他把人性的复归过程与共产主义理想的实现联系起来。很明显，马克思当时是热衷于人道主义的，人道主义是他的这些理论的核心之点。在这一点上，他与席勒是相通的，并没有根本的区别。所不同的是，马克思的历史观与席勒不同。席勒在批判现代工业文明的同时，神往的是古希腊人的全面发展，频频向后看。这可以说是没有前途的。就像我们今天看到城市的污染，焦躁不堪，于是就神往陶渊明、王维、孟浩然、李白那时的荒凉却清新无比的自然环境，这是不现实的，或者说是完全没有前途的。马克思的历史观是前进的历史观，他急切要求人性的复归，实现人的完整，但不希望历史倒退。解铃还须系铃人。人性的复归不是要消灭工业文明，还是要靠这种生产劳动实践。马克思说：

> 全面发展的个人……不是自然的产物，而是历史的产物。要使这种个性成为可能，能力的发展就要达到一定的程度和全面性，这正是以建立在交换价值基础上的生产为前提的，这种生产才在产生出个人同自己和同别人的普遍异化的同时，也产生出个人关系和个人能力的普遍性和全面性……留恋那种原始的丰富，是可笑的，相信必须停留在那种完全空虚之中，也是可笑的。[①]

---

① 马克思：《政治经济学批判》，《马克思恩格斯全集》第46卷（上），人民出版社1979年版，第108～109页。

这里所说的“生产”主要还是指物质生产。由生产所造成的异化，人的感性与理性的分裂，还是要通过生产实践活动本身的发展与改造来解决。马克思的意思是要在取消私有制的条件下，改造生产实践，使生产实践与审美活动结合在一起，使生产实践与人的属人的本质的展开和谐一致起来。换言之，人可以借助于实践活动这一绝对中介，消除异化。就像今天我们治理环境污染，不是要返回原始，拒绝使用一切现代化的能源，而是要从改进能源的生产与使用的机制，来控制和治理环境的污染。生产中产生的问题，还是要靠生产本身来解决。工业文明所产生的问题仍然要通过发展和改造工业文明来解决。历史不是往回走，而是向前进。这一点正是马克思与华兹华斯、席勒等许多西方思想家不同的地方。西方那么多理论家神往原始的丰富不但是可笑的，而且也是不切实际的空想。这样马克思就消除异化的道路给出了两个维度：一是人性的复归，高扬人道主义的精神这是人文的维度。二是生产实践活动的发展，推动社会文明的发展，走社会必由之路，这是历史的维度。人文与历史这两者不是“非此即彼”，也不是“非彼即此”，而是“亦此亦彼”。

青年马克思的思想给了我们深刻的启示。文学作为人的高级的精神活动，应该从“人的建设”的理想的视野来加以思考。就是说，马克思在解决人的异化问题时所提出的两个维度，可以标举为中国当代文学的精神价值取向。当代中国文学家的眼光应该是充满人文关怀的。人文关怀应该成为文学的永远的精神“母题”。我们需要华兹华斯，需要席勒，需要沈从文笔下的“边城”境界，需要《鲁班的子孙》中的黄志亮对“良心”的呼唤，需要张炜心中的“葡萄园”的绿色，甚至需要达丽娅大婶的怀旧情怀。但与此同时，我们又需要建设现代化的大坝、矿山、工厂、高科技开发区，制作一切能满足人们物质需要的高科技产品和其他产品，历史进步所展现的一切鲜亮的、明丽的光辉，都要加以肯定。也许这样就会出现“鱼与熊掌不可得兼”的困境。文学家可以展现这“困境”，但不必在困境中进行选择。如果要选择的话，那么我们就给它一个“全选”。这样作家们的创作很自然地就会进入我们前面所说的“人文—历史”辩证矛盾的范式。

第三章　文学作品的审美结构

本章考察文学活动的第二个环节——文学作品。重点研究文学作品的审美层次结构。试图改变传统的把文学作品分成内容与形式的作品构成论，吸收中国古代哲学中“言、意、象”说和西方现象学派的作品“层次”说的方法，把文学作品分为浅层结构与深层结构，并对其中一些问题加以讨论。在这个基础上再试图从一个新的视角，来讨论文学作品的内容与形式的关系。

第一节　文学作品审美结构的新观念

一、文学作品构成论的历史回顾

我们只需做一简要的历史回顾，就可以看到，在文学理论发展史上，形成了重内容和重形式这两种作品构成论。

重内容的作品构成论认为，文学作品是客观的社会生活的再现，或者是作家主观思想感情的表现。因此，文学作品的生活内容和感情内容是最为重要的，内容决定形式，形式的意义仅在于它是一定内容的载体、容器、工具，形式本身不具有独立的意义。我们在第一章里介绍过的再现论、表现论、实用论、体验论都是持这种重内容的构成论的。在他们看来，文学作为一种美，永远是“依存美”，文学永远依存于社会学的、政治学的、宗教学的、道德学的、历史学的内容，正是它们构成了文学作品的基本实体。要是把文学所依存的内容抽空，文学也就不存在了。目前各种教科书所流行的把作品分为内容与形式的观点，尽管也从哲学角度谈到文学作品形式的相对独立性和形式对作品内容的反作用，但由于它们把作品的内容和形式或多或少地机械地割裂开来，并特别强调内容决定形式和形式服从内容，因此它们都是属于再现论的或表现论的重内容的作品构成论。由于上述观点流行较久，大家都比较熟悉，这里就不赘述了。

重形式的作品构成论则认为文学作品是语言的自主结构，一篇作品就是一个长句子，这样，文学作品是由纯粹的形式构成的。诚然，文学作品也再现生活，也表现情感，但那不过是社会学、政治学、宗教学、道德学、历史学范畴的东西，它们处在文学的“外部”，它们不是文学作品的构成因素。因此，文学作为一种美是“纯粹美”，即不依存于内容的纯形式的美。持此种观点的是我们在第一章介绍过的客观论者，即俄国的形式主义，捷克、法国的结构主义，英美新批评等。俄国形式主义在作品构成论方面提出了一种“文学性”的观念。俄国学者雅各布逊说：“文学研究的对象不是笼统的文学，而是文学性，也就是一部作品成其为文学作品的东西。”那么什么是“文学性”呢？他们认为，既然文学作品可以描写各种各样的题材，大至政治风暴，小至花鸟鱼虫，那么文学的特殊性就不在题材内容上面，而在文学所特有的形式上面，即语言的运用和修辞技法的组织安排等。这样“文学性”就仅仅是文学作品的形式，尤其是语言形式。至于文学中的社会、历史内容，那是社会学家、历史学家的事，它们与文学无关，因为它们不能体现“文学性”。如果研究者只关注社会、历史内容，那他们就“滑进了别的有关学科——哲学史、文化史、心理学史，等等”。基于这样理解，艾亨鲍姆就文学作品的构成问题明确地提出自己的看法：“作为有美学意义的统一体，艺术作品乃是由许多手法组成的体系，就是说由词和词组构成的体系，这些词和词组就是完全独立自主的口头表现的手段。”①很清楚，俄国形式主义者并不否认文学作品有内容，他们否认内容是“文学性”的，因而内容不是文学作品的构成要素。以杨·穆卡洛夫斯基为代表的捷克文学结构主义在作品构成论上面则提出了“外部干涉”的观念。他认为，文学作品中的确有两种事实、两种力量，即以语言形式为核心的“内部运动”和以社会学、历史学内容为核心的“外部干涉”。文学作品就是“内部运动”和“外部干涉”的“合力”。杨·穆卡洛夫斯基讲的似乎要辩证一些，但无论怎么说，他还是把作品的社会学、历史学的内容看成是来自文学“外部”的“干涉”，而把语言形式则看成是“内部”的、“自主”的。这样他的作品构成论与俄国形式主义的作品构成论并无本质的区别。以罗兰·巴尔特为代表的法国结构主义，在文学作品构成方面，与俄国形式主义、捷克结构主义是一脉相承的，所不同的是他们把形式强调到更绝对的地步。罗兰·巴尔特说：“叙事作品是一个大句子”，“叙述作品具有句子的性质”。在他看来，唯有具有结构功能的语言单位，才是作品的构成因素，而社会生活、主观情感都不在作品构成之内，他强调说：“叙事作品中‘所发生的事’从（真正的）所指事物的角度来说，是地地道道的子虚乌有，‘所发生

① 阿·梅特钦科：《继往开来——论苏联文学发展中的若干问题》，石田、白堤译，中国社会科学出版社1983年版，第160页。

的'仅仅是语言，是语言的历险"[①]；"叙述的代码是我们的分析所能达到的最后层次"，"叙述不可能从使用它的外界取得意义。超过了叙述层就是外界，也就是其他体系(社会的，经济的，思想意识的体系)。这些体系的项不再只是叙事作品，而是另一种性质的成分(历史事实，决心，行为等等)。"[②]不难看出，法国的结构主义在作品构成论上面比俄国形式主义、捷克结构主义走得还要远。英美"新批评"提出了"感受迷误""意图迷误"以及作品是封闭的"自足体"的观念，切断了文学作品与生活的联系，作品与读者、作者的联系。然后又提出了"内部研究"和"外部研究"的方法，一股脑把文学作品的生活、情感内容摒除在作品的"外部"，处在"内部"的只剩语言形式了。综上所述，从俄国形式主义到英美"新批评"，它们的作品构成论是重形式轻内容的构成论，甚至可以说是唯形式无内容构成论。

在文学理论发展史上，出现重内容和重形式两种作品构成论的对立，绝不是偶然的，这与文学艺术演变的规律有着密切的关系。中外有些学者经过研究发现，人类的文学艺术总是走着这样一条路线：由再现到表现，由表现到装饰。再现是写实，表现是抒情，它们都是重内容的，而装饰则只剩纯粹的形式了。当然，人类文学艺术这种演变规律并不是直线型的。由于受直接的、间接的社会生活的变动、斗争和不同社会心理的作用，其发展的路线和形态往往是极其复杂的。但就总趋势而言是由再现到表现，由表现到装饰。例如，在人类的原始时代，就现在发现的材料看，文学艺术在其初始阶段多半是原始人巫术活动中的图腾、仪式。这些图腾、仪式往往是原始人某种生活的再现和模拟，他们重视的是文学艺术中的内容方面。随着历史的发展，原本是再现性、模拟性很强的图腾、仪式

---

① 罗兰·巴尔特：《叙事作品结构分析导论》，《美学文艺学方法论》(下)，文化艺术出版社1985年版，第561页。

② 罗兰·巴尔特：《叙事作品结构分析导论》，《美学文艺学方法论》(下)，文化艺术出版社1985年版，第555页。

开始“走样”，逐渐成为一种写意式的、符号式的东西；再往后就完全“走了样”，变成了一些纯粹的抽象的线条、动作和图案了。譬如，西安半坡出土的陶器中的鱼的造型，就逐渐由写实到写意，由写意到图案化。

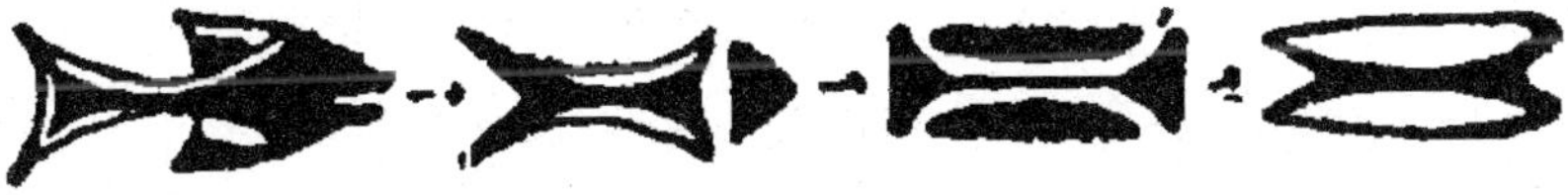

（写实）　　　　（写意）　　　　（图案化）

就原始时代的人们看来，从写实到写意，从写意到图案化，其内容并未消失，可能是恰恰相反，原始图腾、仪式的生活、情感内涵加强了。拿有的学者的话来说，可以叫“内容积淀为形式”。但后来的人们，由于他们不再处在图腾崇拜的活动中，他们仅能识辨写实、写意的形式，已无法识辨图案化的形式。也就是说，就抽象的图案化形式而言，在后来的人们看来，仅是一种美观的装饰而已，是一种无内容的纯形式。一般地说，当一种艺术走到装饰之日，也正是它的衰亡之时。此时，人们就会逐渐厌倦这种纯形式，而希望注入一种明确而富于诗意的具体内容，这时候，艺术又在一个新的层次上走再现——表现——装饰的路线。艺术的演变就沿着这条路线循环上升，不断地为人类所利用。就文学发展的历史来看，当写实抒情的文学达到高峰之后，随之而来的必然是形式主义文学的兴起。但形式主义盛行之后，就又会有人不满，以充满崭新的具体内容的新文学取而代之。中国文学的发展大体上也走着这样的路线，先秦的诗文，是写实抒情的，是重内容的。孔子“有德者必有言”“辞达而已矣”的说法，似乎可以概括先秦时期的诗文重道德修养的具体内容和不强调形式的特征。而汉代的骈体文，则一反先秦诗文的作风，内容空虚，一味堆砌辞藻典故，所谓“饰其辞而遗其意”，形式主义的倾向是很严重的。汉魏六朝时期则是两种倾向的文学反复较量的时期。到唐代，“初唐四杰”反对六朝绮靡的诗风。白居易作“新乐府”提出并实践了“系于意，不系于文”的主张。韩愈、柳宗元则在散文方面起来造骈体文的反，所谓“文起八代之衰”。韩、柳的古文运动，明确提出“文以载道”或“文以明道”，淡化形式，充实内容，可以说是从汉魏六期的重形式的“装饰”重新走向重内容的再现、表现。在欧洲，文学演变的路线就更为清晰：18、19 世纪的现实主义、浪漫主义文学，内容超越形式，而从 19 世纪末到 20 世纪初，形形色色的以反传统、重形式为特征的现代派文学则是从再现、表现过渡到装饰的证明。然而时至今日，抽象性、装饰性过强的现代派文学又开始衰落，所谓“后现代主义”又开始引起人们的兴趣。

以上情况说明，文学的发展过程，是重内容与重形式的两种文学的矛盾运动过程。与此相适应，作为文艺学的一个重要部分的作品构成论，也必然是一部重内容与重形式两种理论矛盾运动的历史。

我们说重内容和重形式两种作品构成论出现的历史必然性，并不是说这两种作品构成论就不存在着弱点。实际上，重内容的作品构成论和重形式的作品构成论，都只能解释一部分作品。而它们共同的理论悲剧就在于它们都企图解释情况极不相同的所有的作品。这样，它们总是在各自解释清楚部分作品后，又在企图去解释另一部分作品时陷入困境。

把文学作品分为内容与形式两种要素的构成论，实际上是重内容的构成论的理论形态。这种理论形态的致命弱点在于，它以纯哲学的内容与形式的范畴直接地、生硬地去剖析作品的构成，这就产生了两个弊端：其一，未能紧密结合文学作品的审美特征，不能真正进行作品构成的分析；其二，把文学作品的形式置于附庸地位和与内容相游离状态，人为地割裂了内容和形式的联系，并低估了形式在作品构成中的意义。实际上，文学作品的内容与形式是不可分的，其形式也不是游离于内容之外的。黑格尔、别林斯基都说过，没有内容的形式或没有形式的内容，都是不存在的。内容中有形式，形式中又有内容，两者融合在一起，是不能分离的。内容与形式二分法所遇到的困难就在于，它把不可分离的硬区分开来。韦勒克、沃伦说："这种分法(指内容形式二分法——引者)把一件艺术品分割成两半：粗糙的内容和附加于其上的、纯粹的外在形式。显然一件艺术品的美学效果并非存在于它所谓的内容中。几乎没有什么艺术品的梗概不是可笑的或无意义的(这种梗概只有作为教学的一种手段才有意义)。但是，若把形式作为一种积极的美学因素，而把内容作为一个与美学无关的因素加以区别，就会遇到难以克服的困难。"①韦勒克、沃伦的说法可能有偏颇，但他们所指出的内容与形式二分法不可克服的困难，的确是存在的。

那么重形式的构成论是否好一些呢？那也不是。无论是俄国形式主义还是英美"新批评"，在作品构成论方面的重大失误就是切割文学与生活的联系，切割文学与作者、读者的联系，从而把语言形式孤立化、纯粹化、绝对化。这种唯"形式主义"的思想是不符合文学作品的实际的。文学的生活、情感内容绝不是什么文学作品的"外部""外界"，它就在作品之中，若硬要把作品之中的不可分割的要素强行摒除在文学作品之外，这在方法上也会遇到"二分法"同样的无法克服的困难。文学本身就是一种"依存美"，它依存于生活，依存于情感，想把形式从内容联系中独立出来，是做不到的。连抽象派大师、最讲究形式的康定斯基也不得不承认："绘画寻找着'新的形式'，但还只有很少几个人知道，那却是一种不自觉地寻找新的内容。""抽象艺术离开了自然的'表皮'，但不是离开它的规律。"②绘画这种最讲形式美的艺术况且如此，那么文学作为一种讲究依存美的艺术就更是如此。所以克莱夫·贝尔在其《艺术》中也不能不承认，

---

① 韦勒克、沃伦：《文学理论》，刘象愚等译，生活·读书·新知三联书店 1984 年版，第146～147 页。

② 瓦尔特·赫斯编：《欧洲现代画派画论选》，宗白华译，人民美术出版社 1980 年版，第 131、143 页。

文学不是一种“纯粹的艺术”，文学“这种形式负荷着理智的内容，而这种内容又是一种混合并基于生活情感之上的情绪”。我们可以肯定地说，形式主义的作品构成论的理论缺陷是无法弥补的。

二、文学作品审美结构的新构想

我们能不能在重内容和重形式两种作品构成之外，找到一种既具有上述两种理论的优点，又避免了上述两种理论的缺点的新的作品构成论呢？我以为这是可以尝试的。

1. 中西作品层次论的比较

实际上无论中外，早就有人在作品的构成问题上提出一种区别于上述两种理论的看法。

中国先秦时期，庄子就提出言与意的关系问题。在道家的理论体系中，最高的观念就是“道”。“道”是“物之初”，是万物的起源，但它只可“神遇”，不可“目视”，是不容易追寻到的东西。所以庄子说：

> 世之所贵道者，书也。书不过语，语有贵也。语之所贵者，意也，意有所随。意之所随者，不可以言传也，而世因贵言传书。世虽贵之，我犹不足贵也，为其贵非其贵也。故视而可见者，形与色也；听而可闻者，名与声也。悲夫！世人以形色名声足以得彼之情。夫形色名声，果不足以得彼之情，则知者不言，言者不知，而世岂识之哉！①

这意思是说，世人所珍贵的道载于书，书不过是言辞，言辞有

① 《庄子·天道》。

它的珍贵处。言辞可珍贵的是意义，意义有所指向。但意义所指向的，是不可用言辞来表达的，世人因珍贵言辞而传之于书。世人虽贵重书，我却以为不足贵重，因为所贵重的并不是值得贵重的。可以看得见的是形与色，可以听得见的是名与声。可悲啊，世人以为从形色名声就可以得到事物的实情。假定形色名声不足以确知事物的实情，那么知道的不说，说的又不知道，这样，世人如何能理解呢？庄子这段话的旨趣在于提出"言不尽意"的命题，但从另一方面看，他提出了作品中言与意的两个层次及其关系的可贵思想。言辞不是言辞本身，它的价值是指向意义。但言辞不可能说尽"道"的意义。其后六朝时期年轻的学者王弼在继承庄子的"言意"说的基础上，又提出了一个"象"的观念。他说：

> 夫象者，出意者也。言者，明象者也。尽意莫若象，尽象莫若言。言生于象，故可寻言以观象；象生于意，故可寻象以观意。……故言者所以明象，得象而忘言，象者所以存意，得意而忘象。犹蹄者所以在兔，得兔而忘蹄，筌者所以在鱼，得鱼而忘筌也。

需要说明的是，王弼这段论述是在《周易略例·明象》中提出的。他在这里所谈的"象"是易卦中的象，它并非作品中具体的形象，是抽象的象征，与生活中的事象是不同的。但如果我们可以把王弼的言论加以"误读"或借用，则可以把"言"—"意"—"象"作为文学作品中的层面。王弼在原有的言与意之间又加入了"象"，这样就可以借用来理解作品的由表及里的言、象、意三个层次。这一思想看似普通，实则揭示出了作品的层次结构以及层次结构之间的内在联系。如果我们的借用可取的话，从作品构成论上看，是一个很大的发展。其后陆机的《文赋》、刘勰的《文心雕龙》、萧子显的《南齐书·文学传论》等，都只在“言不尽意”上面下功夫，从构成论角度看都未超过王弼。但真正自觉地分析作品的层次的是清代桐城派的文论家。刘大櫆在《论文偶记》第十三条中把作品分为“粗”与“精”两个层次，他说：

> 神气者，文之最精处也；音节者，文之稍粗处也；字句者，文之最粗处也。然论文而至于字句，则文之能事尽矣。盖音节者，神气之迹也，字句者，音节之矩也。神气不可见，于音节见之；音节无可准，以字句准之。

这里所说的粗与精并无褒贬之义，粗是指作品的可见的形式上的外在因素；精是指不可见的超形式的内在因素。文学作品即由“字句—音节—神气”三层构成。后来，刘大櫆的弟子姚鼐继承了他的思想，提出了分析作品的结构的要由粗而精的见解。他在《古文辞类纂》中说：“凡文体类十三，而所以为文者八，曰神、理、气、味、格、律、声、色。神、理、气、味者，文之精也；格、律、声、色者，文之粗也。然苟舍其粗，则精者亦胡以寓焉。学者之于古人，必始而遇其粗，中而遇其精，终而御其精者而遗其粗者。”不论姚鼐所说的精与粗所包含的因素是否妥当，他所提出的分析作品的构成要由粗而精、由形式到内容、由可见的因素到不可见的因素的方法，是极富启发意义的。这种作品构成论，比之于上述两种作品构成论似乎都要合理一些。

在西方，与王弼、刘大櫆、姚鼐相似的作品构成论也早有提出，这种理论的思想萌芽在古希腊时期就有。而真正把它当作一种理论自觉提出来的是黑格尔的“意蕴”说。黑格尔说：

> 遇到一件艺术作品，我们首先见到的是它直接呈现给我们的东西，然后再追究它的意蕴或内容。前一个因素——即外在

因素——对于我们之所以有价值，并非由于它所直接呈现的；我们假定它里面还有一种内在的东西，即一种意蕴，一种灌注生气于外在形状的意蕴。那外在形状的用处就在指引到这意蕴，因为一种可以指引到某一意蕴的现象并不只是代表它自己，不只是代表那外在形状，而是代表另一种东西，就像符号那样，或者说得更清楚一点，就像寓言那样，其中所含的教训就是意蕴。文字也是如此，每个字都指引到一种意蕴，并不因它自身而有价值……艺术作品应该具有意蕴，也是如此。它不只是用了某些线条，曲线，面，齿纹，石头浮雕，颜色，音调，文字乃至于其他媒介，就算尽了它的能事，而是要显现出一种内在的生气、情感、灵魂、风骨和精神，这就是我们所说的艺术作品的意蕴。①

值得注意的是，黑格尔在这里没有从内容与形式的角度来谈论作品的层次结构，而是从“外在的因素”与内在的“意蕴”来说作品的层次结构，而且他认为“外在因素”的作用就在于“指引到”内在的“意蕴”。由此不难看出，黑格尔的见解与姚鼐的作品的“粗”“精”及其关系有着异曲同工之妙。他们用的词语不一样，可思想却完全一致。然而在西方关于作品的层次结构的理论，最值得注意的是波兰现象学派的艺术理论家英伽登(R. Ingarden)的理论，英伽登把文学作品分成由表及里的五个层面：第一个层面是声音的层面，基于这一声音层面产生了第二个层面——意义单元的组合层面，即每一句法结构都有它的意义单元。在这种句法的结构上产生了第三个层面，即要表现的事物，也就是小说家的“世界”、人物、背景这样一个层面。第四个层面是所谓“观点”的层面，即文学作品中“世界”的局面是从

① 黑格尔：《美学》第1卷，朱光潜译，商务印书馆1979年版，第24～26页。

一个特定的观点看出来的。有的作品还有第五个层面是“‘形而上性质’的层面(崇高的、悲剧性的、可怕的、神圣的)，通过这一层面艺术可以引人深思”[①]。韦勒克认为，这最后一个层面对某些作品来说，并不是非有不可的。韦勒克给英伽登的作品层次论以很高的评价，认为“他对这些层面的总的区分是稳妥的，有用的”，因为“对一件艺术品做较为仔细的分析表明，最好不要把它看成一个包含标准的体系，而要把它看成是由几个层面构成的体系，每一个层面隐含了它自己所属的组合”[②]。在我看来，英伽登的层次论的优点不仅在于他把作品的内容与形式融通在一起分成五个层面，而且还在于他把五个层面的关系沟通了，他设想这些层面是互为条件的，缺少第一个层面，第二个层面就不能存在，缺少第二个层面，第三个层面也就不能存在……而且其中任何一个层面没有其他四个层面也不能存在。可以这样说，英伽登的作品层次论既避免了内容与形式二分法的机械分割的缺点，又弥补了形式主义的作品构成论完全把生活、情感内容撇开的弊病，因此英伽登的作品层次论理应引起我们高度的重视。还值得一提的是，英伽登的理论似乎是对王弼的言、象、意理论的补充与完善，虽然他们既非同时代，又非同国度，英伽登也根本不会知道中国有一个王弼在一千多年前就曾提出过与他相似的层次结构理论坯型。当然，英伽登的作品层次结构论在我们看来也并不是毫无缺点的：首先，他把声音列为一个层面是不是有必要，是可以怀疑的；其次，在他排列的层次中对文学作品所反映的社会的、历史的生活内容重视不够。但无论怎么说，英伽登还是为我们建立比较符合实际的作品构成论开辟了一条新路，我们沿着这条新路，可能提出一些新的东西来。

---

① 韦勒克、沃伦：《文学理论》，刘象愚等译，生活·读书·新知三联书店 1984 年版，第 159 页。

② 韦勒克、沃伦：《文学理论》，刘象愚等译，生活·读书·新知三联书店 1984 年版，第 158 页。

2. 文学作品层次的新构想

我认为以王弼的"言、象、意"说和英伽登的"层次"说为基础，来建立文学作品的层次论是比较可取的。若把他们的理论稍加改造，我们可以把文学作品由表及里地分为浅层结构与深层结构。浅层结构总的来说是人的感知觉可以直接或间接地把握的层面：首先，是语言—结构层。我们面对一部文学作品，第一眼看到的是它的言语体系，但这个言语体系之所以能为读者所理解，识出其一个个的意义的单位，是因为它是按一定的结构整合起来的。言语与结构之间的联系是紧密的，依靠它们的联系，文学作品才得以成为一个有机的整体。其次，是艺术形象层。语言—结构层的有机整体唤起具体可感的艺术形象，而作品中的艺术形象这个层面不是直接可以感知的层面。语言—结构层所组成的整体必须经过读者的想象机制的作用，才能在读者头脑中出现具体可感的艺术形象。文学作品的深层结构总的来说是人的感知觉无法把握的层面，它是要靠思考才能把握到的层面。首先是历史人文的内容层，作品中的艺术形象一般总是要表现、指向或暗示一定的经过作家评价过的历史人文内容，这里既包括生活内容，又包括倾注于作品中的情感内容。其次是哲学意味层，即上述三个层面最终又引向某种人生哲学意味的传达。这个层次相当于英伽登所说的作品"形而上性质"层面，它是作品中透露出来的对人生真谛的高层次的体验和思考，包括悲剧性、喜剧性、神圣性、象征性等各种各样的对人生的理解。当然，在一些作品中这个层面是不存在的，或者说还没有被人发现。浅层与深层各有两个层面，每一个较浅的层面都指向较深的层面，上述层面互为条件，没有语言—结构层，就没有艺术形象层。没有艺术形象层，就没有历史人文内容层，以此类推。而没有后头的层面，前头的层面往往就失去了价值与意义。浅层与深层的结合构成了文学作品和谐的整体，如下图：

内容

……………语言—结构层……………实在层

形式 ↕

浅层　　　　　　　　　形式美

内容

……………艺术形象层………………经验层

形式 ↕

内容

……………历史人文内容

形式 ↕

深层　　　　　　　　　内容美

内容

……………哲学意味层………………超验层

形式

这里还须说明三点：

第一，上述作品层次结构避免了内容与形式二分法的机械割裂的缺点，却贯穿了内容与形式的辩证法。辩证唯物主义不是形而上学地把内容和形式看成是两个分离和孤立的范畴，而是把它们看成是两个不可分离、辩证统一和相互渗透的范畴。而且，我们不应把形式理解为外壳、容器一类的东西，而应把形式理解为内容的内在组织。形式是内容的实际存在，形式是内容的具体表现。从这个意义上说，俄国形式主义者所说的"形式是完成了的内容"还是有一定道理的。那么，在上面所绘的作品层次结构图中，哪是内容，哪是形式呢？对此，我们已不能像内容与形式二分法论者那样绝对地去加以回答了。应当注意，当我们说某个层面是内容或形式时，并不是固定的。一切都以我们是在哪些层次来考察问题为转移。那些在较浅的层次的内容对较深的层次而言就是形式了。例如，就语言这个层次说，它对结构、对形象而言是形式，可它对言语的音节而言就是内容了。同理，就结构这个层次说，它对语言而言是内容，可它对形象而言又是形式了。就形象这个层次说，它对语言—结构而言是内容，可它对历史人文内容而言就又是形式了，以此类推。由此可见，内容与形式在作品中不是一种固定的、绝对的存在，而永远是不固定的、相对的存在。像过去那样把文学作品分为内容与形式两大块是不符合实际的。

第二，上述四个层次，每一个层次都作为艺术美而存在。语言—结构层和艺术形象层所整合而成的浅层结构，相对而言是作为形式美而存在的，如韵律美、节奏美、结构美、人物美、意境美等，都以其具体的感性特征给人的感官以审美的愉悦。历史人文内容层和哲学意味层所构成的深层结构，相对而言是作为内容美而存在的，如生活美、人情美、情操美、悲剧美、喜剧美、理性美等，都能令人心驰神往。历史人文内容主要是生活美的折光，它为文学所固有。它不是什么文学“外界”，它是“内界”。哲学意味作为超越作品一切形式的最深层次的意蕴，是一种具体的人生精义、深刻的生活真谛，它具有超越时空的普遍性，它最耐人寻味，最富启迪力，最能使人联想到生活，但它又往往说不尽道不明，它可以说是文学作品的无言之美。

第三，作为一种艺术的文学，也可以理解为实在层—经验层—超验层。文学是语言的艺术。语言是由物质性的语音构成的，人说话，引起声音震动，这才显现出言语，也才显示出意义。记录语言的文字文本，那物质性的笔画，即所谓的“白纸黑字”，也是物质实在的。通过这语言文字的实在层，所显示出来的历史人文内容，是作家人生经验的结晶，读者要理解它，也需要人生经验的积累。经验层是作品的中间层面。作品所暗示出来的哲学意味，则是超越了具体的经验，它给人生以启迪，属于作品的最深的层次。如苏轼的《题西林壁》：“横看成岭侧成峰，远近高低各不同。不识庐山真面目，只缘身在此山中。”全诗直接所写都是人的感觉经验，但却透露出：要看清楚一个巨大的事物，必须与事物保持距离的道理，即所谓“旁观者清”。这则是超越了我们经验的抽象的哲理了。

第二节　文学作品的浅层结构

一、语言—结构层

(一)语言

当我们面对一部文学作品时，首先接触到的是文字。文字作为语言的符号是不出声的语言，但当人们去朗读它时，就变成了有声的语言。语言是人的特征之一。语言作为构成文学作品的一个层面，不能把它仅仅理解为一种单纯的媒介和工具。在文学作品中，语言的选择、运用和创造，表明了作家的一种独特的思维模式和对事物的一种独特的评价。就像在生活中一样，当人们创造出“最高指示”“最最最伟大……”这些词语和句法时，不仅仅是在利用语言这个媒介，而是表明人们对时代和生活的一种理解。当人们把“改革”与“开放”这两个词连在一起来运用时，也不仅仅是在运用语言这个工具，而是表明了人们对时代和生活一种新的愿望和新的理解。在文学作品中，当郭沫若写下“我在我的神经上飞跑/我在我的脊髓上飞跑/我在我的脑筋上飞跑/我便是我呀！/我的我要爆了”这样一些“不通”的句子之际，它不仅仅是利用语言这个媒介，它实际上在召唤一种与传统完全不同的新的精神的诞生。我们只有从这一新角度、新高度来看待文学作品中的语言，我们才能把语言摆到文学作品构成的应有的地位上，才能把语言本身当作艺术美的一种重要成分。

那么，文学语言与普通的语言有什么不同呢？这绝不是一个简单的问题。它的复杂性，使得我们的文学理论至今还没有去真正地触碰它。下面，我仅就内指性、心理蕴含性、妥帖性、阻拒性这样几个较少为人注意的特点提出讨论。

1. 内指性

文学的本质特征是审美。因此，文学的“真”不属于自然的“真”。文学从本来的意义上并不是对一件真实事件或一个真实人物的真实叙述，它是作家创造出来的作用于人的知觉、情感和想象的人类经验。“这种创造物从科学的立场和从生活实践的立场上看，完全是一种幻觉。这种创造出来的幻象可以令人联想到真实的事件和真实的地方，就象历史性小说或是描写某一地区风貌的小说可以令人回忆起往事一样。然而在大多数情况下，这种创造出来的幻象却是一种不受真实事件、地区、行为和人物的约束的自由创造物。”①这样，普通生活中的客观世界和文学作品中的艺术世界是不同的。艺术世界尽管最终来源于客观世界，但又完全不同于客观世界。艺术世界作为一种幻象，它的逻辑另是一样。在艺术世界中说得通的东西，在客观世界未必说得通；反之，在客观世界说得通的东西，在艺术世界未必是合乎逻辑的。在这两个世界的叉道上，文学语言与普通语言也就分道扬镳了。普通语言是“外指性”的，而文学语言是“内指性”的。普通语言指向语言符号以外的现实环境，因此它必须符合现实生活的逻辑，必须经得起客观生活的检验，必须遵守各种形式逻辑的原则。譬如，如果你的一个朋友见面时问你：“你住在哪里？”你必须回答说“我住在北京西长安街甲40号”之类，你不能回答说“我住在天堂”或“我住在地狱”。文学语言则是具有“内指性”的语言，它指向作品本身的世界，它不必符合现实生活的逻辑，而只需与作品

① 苏珊·朗格：《艺术问题》，滕守尧、朱疆源译，中国社会科学出版社1983年版，第145页。

艺术世界相衔接就可以了。例如,“感时花溅泪,恨别鸟惊心”,这里的花和鸟。不是指自然界中的花和鸟,自然界中的花不会“溅泪”,鸟也不会“惊心”。这里的花和鸟属于杜甫的诗的世界,它在这诗的世界中合乎情感逻辑就可以了,不必经过动物学家去检验。杜甫的名句“月是故乡明”,明显地违反客观真实,但因为它不是“外指性”的,而是“内指性”的,因此在诗的世界里它不但说得通,而且深刻地表现了思念故乡的真实感情。鲁迅的小说《故乡》的开头的话:“我冒了严寒,回到相隔二千余里,别了二十余年的故乡去。时候既然是深冬,渐近故乡时,天气又阴晦了,冷风吹进船舱中,呜呜的响,从篷隙向外一望,苍黄的天底下,远近横着几个萧索的荒村,没有一些活气。我的心禁不住悲凉起来了。”这段话语不必经过气象学家的查证,读者就乐于接受。因为它指向小说的内部世界,而不指向实际的外部世界。实际的外部世界,即鲁迅回故乡那一天,是不是深冬时节,天气是否阴晦等是无关紧要的,只要这段话与下面所描写的生活联系得起来,就可以了。列夫·托尔斯泰的《安娜·卡列尼娜》的开头:“幸福的家庭都是相似的,不幸的家庭各有各的不幸。”这句话也是指向托尔斯泰构筑的小说世界,因而也不必经过科学论证。只要它能与下文联结得上,能够成为作品内在世界的一部分,读者就可以不必追究它的正确、科学的程度。概而言之,文学语言的“内指性”特征,只要求它符合作品的艺术世界的诗意逻辑,而不必经过客观生活的验证。从这个意义上说文学作品中的语言是“自主符号”,是有一定道理的。

2. 心理蕴含性

文学语言的这一特征,要从语言的功能谈起。一般地说,语言有指称和表现两大功能。瑞士著名语言学家索绪尔说:“语言符号连结的不是事物和名称,而是概念和音响形象。后者不是物质的声音,纯粹物理的东西,而是这声音的心理印迹,我们的感觉给我们证明的声音表象。它是属于感觉的，我们有时把它叫做‘物质的’，那只是在这个意义上说的，而且是跟联想的另一个要素，一般更抽象的概念相对而言的。”①例如，“海”这个词，一方面它是一个“概念”，即它是对各种各样的海的一种抽象。谁都没有见过“海”，因为这里所说的“海”是一个抽象的概念，与人的感知无关，这就是“海”这个词的指称功能。另一方面，这个词又有“音响形象”，人们一听到“海”这个词，就会立刻在头脑中唤起那无边的、辽阔的、碧绿的、波涛汹涌的水的形象，这就是“海”这个词的表现功能。语言符号是这两种功能的对立统一。语言的指称和表现功能是重合在一起的，无论在实际生活中还是在文学作品中都是如此，但它们的作用又各有侧重，各自独立。一般地说普通的日常语言侧重运用语言的指称功能，而文学作品中的语言则把语言的表现功能提到了更加重要的地位。这样一来，文学语言与普通语言相比，它就更富于心理蕴含性，即文学语言中蕴含了作为主体的作家的知觉、情感、想象等心理体验。文学作品中出现的词语如“花”“鸟”“春天”“冬天”“风”等可能与普通语言中的词语是一样的，但作家眼中、笔下的“花”“鸟”“春天”“冬天”“风”等词语则已被赋予了不同寻常的心理内涵了。譬如，在上面所引的杜甫的“感时花溅泪，恨别鸟惊心”的诗句中，“花”“鸟”被伤感的、悲戚的心理所浸染，从这两个词中，人们仿佛可以拧出情感的汁液来。在雪莱的“让预言的号角奏鸣！哦，风啊，/如果冬天来了，春天还会远吗?”中，“冬天”“春天”“风”也已被一种希望、神往、憧憬等情绪所浸泡过，因而也比生活中出现的“冬天”“春天”“风”更富于心理蕴含性。

许多作家都谈到过“语言的痛苦”，高尔基曾引诗人纳德松的话说：“世界上没有比语言的痛苦更强烈的痛苦了”。阿·托尔斯泰刚

① 索绪尔：《普通语言学教程》，高名凯译，商务印书馆1980年版，第101页。

开始练习写作时，深感掌握语言的困难，产生了“语言的痛苦”之感，曾一度对创作灰心丧气。刘勰则在《文心雕龙·神思》中早就说过：“方其搦翰，气倍辞前，暨乎篇成，半折心始。”道出了作家们共同的苦恼。我们似乎还较少听说科学家如此地呼喊“语言的痛苦”。在这里，问题的关键在于文学语言所要求的心理蕴含性与语言的功能之间所产生的矛盾。从语言发生学的角度来看，原始人类的最初的语言，是一种摹声、拟形的“手势语言”。它虽然是一种“连喊带比划”的极其笨拙的语言，但正如人类学家列维一布留尔所说的，“这些语言力求把它们想要表现的东西的可画的和可塑的因素结合起来”①。这也就是说，原始语言抽象性差，指称功能差，但具象性强，表现功能强。此种语言，因其概念的不确定和带有过多的心理痕迹，可能不利于用来进行科学研究，但却较有利于进行文学创作。这就是为什么人类的祖先在他们生活的那个时期，可以创作出至今仍是不可超越的典范的史诗、歌谣，却未能留下不可超越的科学成就的原因之一。然而，语言的发展却越来越走向抽象，于是指称功能大大增强，与此同时，语言又不可避免地与人的情感生活分离开来，这也就是说语言的表现功能在词语逐渐脱离实践语境中受到了削弱。于是作家们常常感到自己心理体验到的东西说不出来或说不清楚，这就产生了“不可言传”与“非说不可”之间的矛盾。而克服这个矛盾的过程，就是要重新给过分抽象化、概念化、通信化、指称化的语言注入主体的知觉、情感、想象内涵。例如，“闹”字，已经是一个概念，它已是对各种各样的具体的“闹”的抽象。作家如果要用这个字，就得想法创造一种语境或语感，使人能够从这个词中体验到一种情绪。宋祁的“红杏枝头春意闹”和苏轼的“小星闹若沸”中都用“闹”这个字，这个字在这两句诗中之所以用得好，历来受到人们的称赞，就是因为诗人给这个

① 列维-布留尔：《原始思维》，丁由译，商务印书馆1985年版，第150页。

字重新注入了心理体验。钱锺书在评论宋祁的“红杏枝头春意闹”和苏轼“小星闹若沸”这两句诗时说：“宋祁和苏轼所用‘闹’字，是想把事物的无声的姿态描绘成好像有声音，表示他们在视觉里仿佛获得了听觉的感受。用现代心理或语言学的术语来说，这两句都是‘通感’或‘感觉移借’的例子。”①像这种富于感知、情绪、想象等心理蕴含的语言，是文学语言区别于非文学语言的一个显著特征。

由此看来，一个作家要掌握好文学语言，不断地丰富自己的词汇是必要的。但关键不在这里，关键在作家对生活的心理体验是否独特、是否深刻，以及在这种心理体验与语言运用之间的关系。阿·托尔斯泰说：

> 我终于懂得了艺术文句构造的秘密。这种艺术文句的形式取决于讲述者和说故事人的内心状态。②

老舍也说：

> 同是用普通的语言，怎么有人写的好，有人写的坏呢？这是因为有的人的普通语言不是泛泛地写出来的，而是用很深的思想、感情写出来的，是从心里掏出来的，所以就写的好。③

这些论述都是经验之谈。当一个作家对生活没有深刻的心理体验时，即使词汇再丰富，即使成语成串，歇后语成堆，他说出来的话还是干巴巴的，因为这些话不是以独特的内心状态为依据，不是“从心眼里掏出来”的。相反，当作家对生活有了自己的独特的深刻的知觉反

---

① 钱锺书：《通感》，《文学评论》1962年第1期。

② 阿·托尔斯泰：《论文学》，程代熙译，人民文学出版社1980年版，第297页。

③ 老舍：《关于文学的语言问题》，《出口成章——论文学语言及其他》，人民文学出版社1984年版，第60页。

应、情感态度、联想体验之后，即使他用的是极普通的词语、句法，也会富有神妙的光彩、奇异的芬芳、动人的声响、迷人的韵致。

3. 妥帖性

文学语言和科学语言都讲究准确性，但其准确的标准是不同的。科学语言所要求的准确是可以计量的精确，文学语言的准确则是诗意的妥帖。这种诗意的妥帖既不能完全抛开客观的尺度，又包含了主观的尺度。科学语言和文学语言的这种区别与它们描写对象的不同有关。按西方经验派美学家的见解，同一种事物可以分为三种性质。英国哲学家洛克首先区分事物的第一性质和第二性质。他认为事物的第一性质是指那些不以人的感觉为转移的、事物本身固有的体积、形状、动静等，这些都是可以计量的。人对事物的这一性质的理解和描写是事物的“真正的映像或肖像”。事物的第二性质是指那些不是事物本身所固有的，而是人的感觉或经验附加到事物身上的性质，如事物的色、香、味等，必须靠知觉主体的感觉、经验才能出现或存在。后来英国的经验派美学家鲍桑葵和美国的桑塔耶纳又把由事物所唤起的情感，即事物的表现性，看成是事物的第三性质。他们对事物性质做这样的区分，其科学性如何可以暂且不论，可它对我们深入理解某些文学艺术问题却是有益的。科学语言之所以要求可以计量的精确，就是因为它主要用来描写事物的第一性质。文学语言之所以不要求可以计量的精确，而要求一种诗意的妥帖，主要是用它来描写事物的第二和第三性质。当然，这不是绝对的，有时候文学作品中也需要描写事物的第一性质，因此文学语言有时也不得不与事物的第一性质相适应。这样一来，文学语言的妥帖性往往表现为两种极不相同的情况。第一种情况，当文学语言用来描写事物的第一性质兼及第二性质时，文学语言的妥帖性偏于实在和确定。例如，《红楼梦》第三回中描写林黛玉进贾府，从林黛玉眼中见出贾府的房舍的位置、大小、座向、布置等，虽带有林黛玉的感觉成分在内，但语言是明确的、写实的，不带丝毫模糊之处。譬如，用如下的语言写王夫人住房的陈设：

> 原来王夫人时常居坐宴息，也不在这正室内，只在这正室东边三间耳房内。于是嬷嬷们引黛玉进东房门来，临窗大炕上铺着猩红洋毯，正面设着大红金蟒引枕，秋香色金钱蟒大条褥。两边设一对梅花式洋漆小几，左边几上摆着文王鼎，鼎旁匙箸香盒，右边几上摆着汝窑美人觚，里面插着时鲜花草。地下面西一溜四张大椅，都搭着银红撒花椅搭，底下四副脚踏。两边又有一对高几，几上茗碗瓶花俱备。其余陈设，不必细说。

在这里，这些语言文字主要用于描写事物的第一性质(房屋的大小、摆设、位置等)和第二性质(林黛玉感觉中的五颜六色)，因此语言是写实的、确定的，这是一种妥帖性。但文学语言还有另一种妥帖性，那就是通过模糊来求妥帖，如贾宝玉眼中的林黛玉，作家用了如下的语言文字：

> 两弯似蹙非蹙罥烟眉，一双似喜非喜含情目。态生两靥之愁，娇袭一身之病。泪光点点，娇喘微微。闲静时似娇花照水，行动处如弱柳扶风。心较比干多一窍，病如西子胜三分。

很明显，这里写的是事物的第三性质，即写林黛玉外貌神情的表现性，及其在宝玉心中引起的情感体验。而事物的第三性质往往是难以言传的，但又非写不可，怎么办？用上面那种明确、写实的语言当然不行，于是作家就用一种模糊的、朦胧的语言来描写，在模糊和朦胧中求得诗意的妥帖。读了上面这段文字，谁都分明感到了一个多愁善感的、带有纤弱美、古典美的林黛玉亭亭玉立地站在我们面前。

4. 阻拒性

文学语言“陌生化”思想可能早已有之。我国中唐时期有一批诗人对诗歌语言有特别的追求，如韩愈、孟郊等，在主张“陈言务去”的同时，以“怪怪奇奇”的恣肆纷葩的语言为美，欣赏所谓的“盘硬语”。又如19世纪初期英国诗人华兹华斯也说：“我又认为最好是把自己进一步拘束起来，禁止使用许多的词句，虽然它们本身是很适合而且优美的，可是被劣等诗人愚蠢地滥用以后，使人十分讨厌，任何联想的艺术都无法压倒它们。”那么怎么办呢？诗人提出“使日常的东西在不平常的状态下呈现在心灵面前”①。这不仅指题材，而且也指语言。这说明语言“陌生化”问题前人已隐隐约约感觉到了。但作为学术观点正式被提出来，是由俄国的学者什克洛夫斯基。

我们在第一章已对它做了评述。如果用“阻拒性”“陌生化”原理来解释整个文学，我以为是片面的，是不可取的。但我以为把阻拒性（或者陌生化）作为文学语言一个突出的特性，则是完全正确的。什克洛夫斯基在《艺术作为手法》这篇重要的论文中，把“陌生化”与“自动化”对立起来。他认为“自动化”的语言缺乏新鲜感。他说：“如果我们研究一下感觉的一般规律，我们就会看到，动作一旦成为习惯性的，就会变成自动的动作。这样，我们的所有的习惯就退到无意识和自动的环境里；有谁能够回忆起第一次拿笔时的感觉，或是第一次讲外语时的感觉，并且能够把这种感觉同一万次做同样的事情时的感觉作一比较，就一定会同意我们的看法。”②“自动化”的语言，由于我们反复使用，词语原有的新鲜感和表现力已耗损殆尽，已不可能引起我们的感觉。因此在“自动化”的语言里，“我们看不到事物，而是根据初步的特征识别事物。事物仿佛被包装起来从我们

---

① 华兹华斯：《〈抒情歌谣集〉序言》，《十九世纪英国诗人论诗》，人民文学出版社1984年版，第5页。

② 维·什克洛夫斯基：《艺术作为手法》，《俄苏形式主义文论选》，中国社会科学出版社1989年版，第63页。

身边经过，我们根据它所占的位置知道它是存在的，不过我们只看到它的表面。在这样的感觉的影响下，事物首先在作为感觉方面减弱了，随后在再现方面也减弱了”①。这样，什克洛夫斯基就提倡“陌生化”的言语作为文学的手法。他说：

> 为了恢复对生活的感觉，为了感觉到事物，为了使石头成为石头，存在着一种名为艺术的东西。艺术的目的是提供作为视觉而不是作为识别的事物的感觉；艺术的手法就是使事物陌生化（又译奇特化——引者）的手法，是使形式变得模糊、增加感觉的困难和时间的手法，因为艺术中的感觉行为本身就是目的，应该延长。②

与“阻拒性”的语言相对立的是“自动化”语言。所谓“自动化”语言就是那些过分熟悉而不能引起人的注意的、失去功效的语言。这种过熟的语言，在当代文学创作中随处可见。我随手翻开一本小说，发现了这样的句子：“冬去春来。又是一年春草绿。弹指间老明大伯的坟垄上已长过两茬青草了。我们这伙知青也仅剩我一个，来陪伴这位长眠不醒的生死恩人了。”这段文字是流畅的，一点毛病都没有。毫无疑问，假如是第一个用“冬去春来”这简短的词语来表达时间流逝，第一个用“又是一年春草绿”这句子来表达春天来到了，第一个用“弹指间”来表达时间过得快，第一个用“长眠不醒”来表示“死”，那是很生动的、很简明的，因而也是很有活力的。但是，像“冬去春来”“又是一年春草绿”“弹指间”“长眠不醒”这些词语都已被人们用得烂熟，人们只把它们当作一些干巴巴的记号了，或者说这些言语在

---

① 维·什克洛夫斯基：《艺术作为手法》，《俄苏形式主义文论选》，中国社会科学出版社1989年版，第64页。

② 维·什克洛夫斯基：《艺术作为手法》，《俄苏形式主义文论选》，中国社会科学出版社1989年版，第65页。

长期不断的使用过程中其功能已被损耗尽了，已不再能引起人们的兴趣了。这种“自动化”的语言看似形象、生动，实则因其陈旧而失去了魅力。这一点正如俄国学者什克洛夫斯基举例说的：“比如说步行，由于我们走来走去，我们就不再意识到它。”他建议说：“当我们跳舞时，无意识的步行姿态就会给人以新鲜之感。‘舞蹈是一种感觉到了的步行，甚至可以更确切地说，它是一种为了被感觉到才构成的步行’。”①对文学语言来说，所谓要把“步行”改为“跳舞”，也就是要把普通的语言加工成陌生的、扭曲的、对人具有阻拒性的语言。这种语言可能不合语法，打破了语言的常规，不易为人所理解，却能引起人的注意和兴趣，从而获得较强的审美效果。老作家汪曾祺说，语言写到“生”时，才会有味，语言要流畅，但不能“熟”。援笔即来，就会“大路话”。这个论断抓住了文学语言的“阻拒性”特征，是很有见地的。让我们回忆一下郭沫若在《凤凰涅槃》中写下的如下诗句：

我们新鲜，我们净朗，
我们华美，我们芬芳，
一切的一，芬芳。
一的一切，芬芳。
芬芳便是你，芬芳便是我。
芬芳便是他，芬芳便是火。
火便是你。
火便是我。
火便是他。
火便是火。
翱翔！翱翔！

① 安纳·杰弗森、戴维·罗比等：《西方现代文学理论概述与比较》，包华富等译，湖南文艺出版社 1986 年版，第 6 页。

欢唱！欢唱！

这些句子重来复去，颠三倒四，奇怪至极，不通至极，但正是通过这些具有“阻拒性”的语言，我们更强有力地感受到了郭沫若所写的凤凰再生之后的自由感、欢愉感和疯狂感。这样的语言才是真止的文学语言。不但诗要用“阻拒性”的语言，就是小说也应当适当提炼这种语言。卢那察尔斯基在谈到列夫·托尔斯泰的小说时说：“当你读托尔斯泰的时候，你会觉得他只是个粗通文墨的人。他很有些笨拙的词句。”① 卢那察尔斯基说：“莫斯科的一位教授甚至指出，《复活》开头一句根本不通，如果一个学生交来这么一页作文，任何一位俄语教师都会给他打上个‘2^{-}’(即不及格)。”这是怎么回事？难道语言巨匠真的文墨不通，在十遍、二十遍修改后，仍无法把作品中的句子写通畅。当然，情况绝不是这样。正如卢那察尔斯基所说：“托尔斯泰本人情愿让他的句子别扭，而惟恐它华丽和平顺。”② 这里所说的“句子别扭”，即是语言的“阻拒性”，其目的是增加读者感知的难度，延长感知的时间，使惯常的东西变得陌生，以加强审美的效果。似乎大作家笔下都有这种“别扭”的句子。肖洛霍夫在《静静的顿河》中，在写到主人公葛利高里埋葬了他的爱人阿克西妮亚以后，作家写葛利高里抬头看那刚刚升起的太阳，竟有如下一段奇怪的语言：

在烟雾中，太阳在断崖的上空出现了，太阳的光线把葛利高里的光头上浓密的白发，照得发光了，又沿着苍白的、可怕的和一动不动的脸上滑着。他仿佛是从一个苦闷的梦中醒来，抬起了头，看见自己头顶上的黑色的天空和太阳的、耀眼的黑色圆盘。

---

① 卢那察尔斯基：《论文学》，蒋路译，人民文学出版社 1983 年版，第 284 页。
② 卢那察尔斯基：《论文学》，蒋路译，人民文学出版社 1983 年版，第 285 页。

这段话里有许多不明白之处，让人简直不好理解。既然已经出了太阳，天空为什么会是“黑色的”？而太阳明明是光芒四射，为什么会变成“黑色圆盘”？既然太阳已变成了“黑色圆盘”，为什么又会“耀眼”？其实，这段文字完全是在写葛利高里的感觉，当葛利高里刚刚埋葬完自己的突然被打死的爱人阿克西妮亚之后，他的心碎了，他觉得自己“刚从一个苦闷的梦中醒来”，所以在他的眼中，明朗的天空和红色的太阳都变成“黑色的”，可那太阳毕竟是光芒四射的，他又不能不感到“耀眼”。根据机能主义心理学的原理，我们在解释人的行为时，不能完全根据外部刺激物的性质做出判断。例如，明朗的天空，红色的太阳是外部刺激物，人对它的反应是不是就一定如同刺激物本身一模一样呢？这就要看做出反应的机体本身。美国心理学家吴伟士认为，刺激不是引起某一特殊反应的全部原因，有机体及其变化着的能量，有机体的现在和过去的经验，等等，也对反应起着决定性的作用。作为活的有机体的葛利高里此刻正陷入悲痛欲绝的境地，此时他的心理是变态的，这样他就不能像正常人那样对天空、太阳做出正常的反应，而出现了变态的反应，于是太阳既是“黑色圆盘”，可它又是“耀眼”的。如果读者能对这“阻拒性”的语言慢慢玩味，那么作品的审美效应就会增强与延长。

值得指出的是，对语言的陌生化的理解，不能一味从语言的扭曲、变形的角度来理解。文学不但要求真实，而且还要求新鲜。这就要求文学语言新鲜而奇特。语言的“陌生化”命题，就是为适应文学的新鲜感而提出来的。

根据我对什克洛夫斯基这一思想的理解，所谓“陌生化”语言，更主要是指描写一个事物时，不用指称、识别的方法，而用一种非指称、非识别的仿佛是第一次见到这事物而不得不进行描写的方法。什克洛夫斯举了许多列夫·托尔斯泰的例子。他说：

列夫·托尔斯泰的作品中的陌生化的手法，就是他不直呼事物的名称，而是描绘事物，仿佛他第一次见到这种事物一样；他对待每一事件都仿佛是第一次发生的事件；而且他在描写事物时，不是使用一般用于这一事物各个部分的名称，而是借用描写其它事物相应部分所使用的词。

其实，这种非指称性、非识别性的描写在中国的小说中也屡见不鲜。如《红楼梦》第六回，写到刘姥姥一进荣国府，她来到王熙凤的厅堂等待王熙凤，在这里她第一次“遭遇”到“挂钟”：

刘姥姥只听见咯当咯当的响声，很似打罗筛面一般，不免东瞧西望的，忽见堂屋中柱子上挂着一个匣子，底下又坠着一个称铊似的，却不住的乱晃，刘姥姥心中想着：“这是什么东西，有煞用处呢?”正发呆时，陡听得“当”的一声，又若金钟铜磬一般，倒唬得不住的展眼儿。接着一连又是八、九下，欲待问时，只见小丫头子们一齐乱跑，说：“奶奶下来了。”

刘姥姥因是平生第一次看到挂钟这种东西，叫不出来，只好用她农村熟悉的事物来理解和描画，这既自然真实，又使平常之物让读者像浮雕般地感觉到，增添了神采与趣味，延长了审美感受时间。这种非指称性的陌生化言语的表现功能也就充分展现出来了。必须说明的是，陌生化言语手法是多种多样的，上述这种非指称性、非识别性的对事物原本形态的描写，只是陌生化最重要的一种。

语言编织的文学世界是“新鲜”的，与此点相对文学语言应该适当“陌生化”。

(二) 结构

在文学作品的结构中，语言并不是一个孤立的层面。语言以其句子和句子群表示一定的意义单元，这些意义单元如不经过组织，随意地堆砌在一起，那么语言符号所传达的意义，所形成的韵调等，就会自相矛盾，不能被人理解，难以整合成完整的艺术世界。这里所说的对句子和句子群所表达的意义单元的组织就是结构。语言的意义单元经过结构的作用，就形成了文学作品的第一个层面：语言—结构层。

结构问题也是一个复杂的问题。这里仅就结构的基本原理及其审美心理学的依据提出来讨论。

作家们为结构而苦恼。翻开近几年的小说创作，我们立刻就会看到，作家们真是为作品的结构费尽心机，各种各样的结构方法都尝试过，然而那种天衣无缝的、浑然无迹的、令人叹为观止的艺术结构，除少数伟大作家外，仍可求而不可得。单线结构，一个情节贯穿始终，缺少纵横开阖之趣，让人觉得单调乏味；复线结构，忽甲忽乙，交错发展，看似摇曳多姿，终露斧凿痕迹；连环结构、联珠结构、链式结构，意在求不枝不蔓，跌宕腾挪，然而又往往弄巧成拙，给人以机械拼凑之感；网状结构、辐射结构，力求错落有致，花团锦簇，然而往往因笔力不济，而失之繁缛……看来，简单地变换一些结构的方式，并不能通往艺术的佳境。一部作品采用什么结构，要依据内容而定，而无论采取什么结构，又都必须深刻理解艺术结构的原理及其依据。

对此，古人早已注意到了。所以他们在阐明结构原理的同时，还力图说明提出这些原理的根据。刘勰说："何谓附会？谓总文理，统首尾，定与夺，合涯际，弥纶一篇，使杂而不越者也。若筑室之须基构，裁衣之待缝缉矣。"[①]王骥德说："作曲犹造宫室者然。工师之作室也，必先定规式，自前门而厅、而堂、而楼，或三进、或五

① 刘勰：《文心雕龙·附会》。

进、或七进，又自两厢而及轩寮，以至廪庾，庖湢、藩垣、苑榭之类，前后、左右、高低、远近，尺寸无不了然胸中，而后可施斤斫。”[①]李渔也认为结构如“工师建宅”，“基址初平，间架未立，先筹何处建厅，何方开户，栋需何木，梁用何材，必俟成局了然，始可挥斤运斧”[②]。在这里，刘勰、王骥德、李渔三人都不约而同地将文学的结构与工师之筑室相类比。在这个朴素的比喻中，他们阐明了作为人类精神产品的文学结构与作为人类物质产品的建筑的结构，存在着某种同构关系。也可以这样说，他们认为文学的结构原理，是以人类在物质生产中形成的结构观念为依据的。刘勰等人提供的思路（即从文学之外去寻找文学结构原理的依据）是可贵的，但他们从工师筑室作为确立文学结构法则的参照系，则是大可商榷的。工师之建宅，总的说是一种机械式的排列和组织，与文学艺术的创作活动相比，它的结构要简单得多。关于这一点只需进行这样的比较就可以证实：一个作家难以凭借文艺理论中提供的一种结构法去写小说，但一群建筑工人却可以凭借设计师绘制的图纸，建造起像人民大会堂这般复杂的建筑物来。所以刘勰等人对文学结构所做的比喻，只是在较浅层次上对结构原理的一种说明，其局限性是很明显的。

对于文学的结构原理，如果想从一个深层水平上去寻根据和说明的话，那么我们应该想到生命这一重要现象。我们经常用“栩栩如生”“生气灌注”“呼之欲出”“跃然纸上”“活蹦乱跳”“活脱脱”“活生生”等一类词语来评价文学作品和作品中的艺术形象。我们经常说，作家的首要任务是赋予作品以“生命”，一部“死”的作品肯定是不成功的。当然，我们把文学作品看成是生命体，这不过是一个隐喻。正如美国当代著名美学家苏珊·朗格所说：“艺术品并不真正地等同于那些具有生物机能的有机体，绘画本身并不能呼吸，也没有脉搏的跳动；

① 王骥德：《曲律》。

② 李渔：《闲情偶寄·结构第一》。

奏鸣曲本身也不能吃饭、睡眠，更不能象生物那样自我恢复；如果小说自身被放置在图书室里，它们也不会象生物那样生育繁殖，等等。”[①]可是，这位美学家接着又指出：

> 但是，在艺术领域中所流行的这一“生命形式”或“有机形式”的暗喻具有如此强大的影响力，以至于当一个严肃的和热爱思考的艺术家听到我们将刚才所引用的那些字眼（指“生命形式”等）称之为暗喻时，会对这种肤浅的说法感到异常吃惊。[②]

这就意味着我们有理由把文学看成是生命的形式。因此，与其说文学的结构跟建筑的结构具有同构关系，还不如说与生命活动的结构具有更内在的、更深刻的同构关系。

在我看来，无论就一部优秀作品的结构的获得，还是就一般的文学结构原理的确立，都应从生命活动的规律和特征中去寻找。一个作家在创作中要获得一种理想的结构，既不能从文艺理论教科书提供的结构方法中去挑选，也不能靠人为的编造。当你要写的人物、事件、景物还没有活脱脱地站立在你的面前时，当它们还仅仅是一堆死材料时，你就是用多么巧妙的方法去编制结构提纲，也是毫无意义的。这样结构出来的作品至多不过是摆得好一些的积木而已，是不会有艺术魅力的。一部作品的真正富于艺术性的结构的获得，有待于作家获得一种无法抗拒的结构感，而此种结构感的获得是不容易的。当你对构思中的人物、事件、景物等都已经烂熟于心，而且它们都各自获得了生命的活力，它们都已知道自己在作品中将按什么样的生活逻辑行事，按什么轨迹运动，只有在这时，作家的结构感才会出现，真正富于艺

① 苏珊·朗格：《艺术问题》，滕守尧、朱疆源译，中国社会科学出版社 1983 年版，第 42 页。

② 苏珊·朗格：《艺术问题》，滕守尧、朱疆源译，中国社会科学出版社 1983 年版，第 42 页。

术性的结构才会获得。关于作品的结构有赖于人物生命力的形成这一点，苏联著名作家阿·托尔斯泰讲得极好，他说：

> 当他笔下的人物开始过着独立自主的生活的时候，开始过着活生生的人的生活的时候，——这就是创作的最高境界……这时，结构感支配着作家的全部身心，占有了他的思想、感觉和感情。[①]

不但具体作品的结构要由构思中人物等的生命运动规律所决定，而且一般的文学结构原理也是跟生命形式的基本特征相对应的。那么，生命形式的基本特征是什么呢？与其相对应的文学结构原理又是什么呢？

1. 文学结构的第一原理——有机统一原理

关于生命，迄今为止，还没有一个大家都能接受的、准确的定义。对生命的特征，不同专业的研究者倾向于用本专业的角度和术语来表述。但其中有一些基本特征是各专业的研究者普遍认同的。譬如，具有生命的个体都是有机体，有机体各部分关系协调，具有不可分割和不可改变的统一性。如果将其整体分割或改变，有机整体就遭到破坏。就有机整体性这一点说，地球上一切有生命的个体，从最低等的原始的单细胞，到一片碧绿晶莹的叶子，直到作为万物之灵的人，都是大自然的无与伦比的杰作。与生命这一有机整体性的特征相对应，文学结构的第一原理是有机的统一原理。

文学结构的第一原理，在西方文学理论史上，先由柏拉图提出，后经亚里士多德阐明了它的含义。亚里士多德说：

> 悲剧是对一个完整而具有一定长度的行动的摹仿(一件事物

① 阿·托尔斯泰：《论文学》，程代熙译，人民文学出版社 1980 年版，第 247 页。

> 可能完整而缺乏长度）。所谓“完整”，指事之有头、有身、有尾。所谓“头”，指事之不必然上承他事，但自然引起他事发生者；所谓“尾”，恰与此相反，指事之按照必然规律或常规自然的上承某事者，但无他事继其后；所谓“身”，指事之承前启后者。所以，结构完美的布局不能随便起迄，而必须遵照此处所说的方式。①

其后，他又进一步解释说，悲剧所摹仿的完整行动，“里面的事件要有紧密的组织，任何部分一经挪动或删削，就会使整体松动脱节。要是某一部分可有可无，并不引起显著的差异，那就不是整体中的有机部分”。② 亚里士多德这些话，看似普通，实际是很精到、很深刻的。关于文学结构的有机的统一的原理，我们的古人也早已注意到了，谈得最好的是上文提到的刘勰提出的“杂而不越”的观点。所谓“杂而不越”，就是要在多样中实现有机的统一。柏拉图、亚里士多德提出的有机的统一原理，是所有文学结构原理中最重要的一条，可以说是主导原理，其他原理都从它这里生发出来，并围绕着它。

根据创作经验的总结和文艺理论家的论述，我认为有机的统一这个结构原理包含了以下几个原则：第一，文学作品作为一个生气灌注的整体，是有机组织起来的，它必须像许多生命一样有头有尾有中段。元代散曲家乔孟符说：“作乐府亦有法，曰凤头、猪肚、豹尾六字是也。大概起要美丽，中要浩荡，结要响亮。尤贵在首尾贯穿，意思清新。”③乔氏所强调的就是头、尾、中段俱全的完整的原则。第二，文学作品的头、尾、中段，依照必然性规律所决定，各

---

① 亚里士多德：《诗学》，《诗学·诗艺》，人民文学出版社1962年版，第25页。
② 亚里士多德：《诗学》，《诗学·诗艺》，人民文学出版社1962年版，第28页。
③ 陶宗仪：《辍耕录》。

在一定的位置上，而不是随意安排的。别林斯基这样说过：“任何艺术作品之所以是艺术的，因为它是依据必然性规律而制作的，因为其中没有任何随意武断的东西：没有一个字、一种声音、一笔线条可以被另外的字、声音、或线条去代替。”[①]别林斯基强调的就是整体中各因素之间联系的必然性原则。第三，文学作品中的头、尾、中段之间实现了有机联系，既没有多余的东西，也不缺少别的东西；既不能挪动，也不能删削；某一部分发生变化，其他部分也必然受影响而不能不发生变化，所谓牵一发而动全身。列夫·托尔斯泰曾这样说过：“在艺术作品里，只有在这样的情况下，即既不能加一字，也不能减一个字，还不能涂改一个字而使作品遭到损坏的情况下，思想才算表达出来了。”列夫·托尔斯泰这里所强调的作品整体的不可侵犯性和脆弱性，实际上是有机性原则的表现。完整原则、必然性原则和有机性原则相结合，构成了有机的统一原理。

一件真正的艺术作品，其结构必然是有机的、统一的，因而是不能随意改动的，或者说是不可侵犯的。人们都熟知五代著名画家黄荃奉皇帝之命改吴道子的《掐鬼图》的故事。本来在这幅画中，钟馗用食指掐鬼目，皇帝却要黄荃改画成用拇指掐鬼目。黄荃苦思数日，终不能下笔，他对皇帝说：“吴道子所画钟馗，一身之力俱在第二指，不在拇指，以故不敢辄改。”黄荃的高明之处在于他看出了原画的结构是一个不可改动的统一整体，是按有机的、统一的原理构造成的，因而是具有生命活力的。如果按照皇帝的命令去改，那么就势必要破坏原画的有机性、必然性和完整性，破坏了原画的生命活力。与此相反，如果是一件结构上有缺陷的作品，那么它必然要受到有机的统一原理的检视，从而暴露出病弱之处，最终不得不受到应有的处理。法国雕塑家罗丹砍掉巴尔扎克雕像的手的故事，就

① 别列金娜：《别林斯基论文学》，梁真译，新文艺出版社1958年版，第3页。

充分说明了这一点。罗丹在完成了巴尔扎克的雕像之后，十分地兴奋，曾先后叫了他的三个学生来欣赏。这几个学生先后站立在巴尔扎克雕像面前，都把目光集中在雕像胸前那双叠合的手上，他们不约而同地称赞这双手的奇妙，罗丹听了之后生气了，他毅然拿起斧子，把那双“完美的手”砍掉。学生们大惑不解，罗丹解释说：“这双手太突出了，它们已经有了自己的生命，已不属于这个雕像的整体了。记住，一件真正完美的艺术品，没有任何一部分是比整体更重要的。”直到现在，陈列在巴黎艺术馆内的巴尔扎克雕像仍然没有手。它仿佛在向人们显示这样一个艺术真理：任何奇妙、完美的部分，如果不与有机的整体融合为一，它就必然要受到严酷的艺术处置。有情的艺术受制于无情的艺术法则，这是一切艺术家在创作时都不应该忘记的。

这里有一个问题需进一步加以考察：一般说，在艺术品中，完整性原则的实现还是比较容易的，而必然性、有机性原则的实现就非常困难。只有少数艺术高手才能克服困难，完全地在自己的作品中实现上述有机的统一原则所包含的三个原则。就文学作品各部分如何组成统一的整体看，最常见的有三种不同的组织方法，即三种不同的“完整”。拿著名的剧作家威廉·阿契尔的话来说，就是有三种不同“结构的一致”：“葡萄干布丁式的一致，绳子或链条式的一致，以及巴特农神殿式的一致。让我们分别称它们为调和的一致，衔接的一致，结构或者组织的一致。”①

所谓“葡萄干布丁式的一致”，就是“把许多成分搅和起来，裹上一层外衣，烧到一定火候，然后，伴着一连串轻松愉悦的幽默话把它端上桌来，——这样一种形式的一致就正好是《结婚》的一致。一大堆乱七八糟的有关婚姻问题的想法、偏见、观点和怪念头，用一

---

① 威廉·阿契尔：《剧作法》，吴钧燮、聂文杞译，中国戏剧出版社 1964 年版，第 111～112 页。

层外皮包在一起，煮得浓稠稠粘糊糊地，因此当你把外皮揭掉时，它们一下子还不会立即失去外面的压力所赋给它们的凝集圆浑的形状。”[①]我以为刘心武的小说《钟鼓楼》也是采用了这种“葡萄干布丁式的一致”的结构。薛家办喜事，女大学生单恋，年轻的翻译和他的女友的生活受到一位农村姑娘的干扰，一个京剧演员和她的丈夫的矛盾，一位老编辑被一个“文坛新人”气得发抖……这些生活碎片之间并无多少必然的联系，但作者用庄重的历史感这块布把它们包裹起来，放到艺术的蒸笼上去蒸煮，于是这些生活碎片终于混合到一起。你不能说这类作品的结构不统一，它是统一的，是完整的，但它所缺的是浑然无迹的有机性，人为的痕迹太重。有机的统一的结构原理在这里没有得到完全的实现，因而不是理想的结构。

所谓“链条式的一致”，就是把一连串事件，或多或少地牵连在一起，但并不是相互依赖地组织起来的。如《水浒》《儒林外史》《官场现形记》等小说，就属于“连锁的一致”，一个故事完了，接着再来一个故事，故事与故事相连，但也可以独立成篇，增加或减少一个或数个故事并不影响整体，把故事前后挪动也不影响一致。这类结构也具有统一性和完整性，但它缺少有机性和必然性，有机的统一的结构原理实现得更不完全，因而也不是理想的结构。

所谓“巴特农神殿式的一致”(巴特农神殿是祭祀雅典女神的神殿，这座神殿在希腊雅典城内，它以完整一致、匀称美观为世人所瞩目)，是真正的有机的统一，它内部的因素不是乱七八糟地排列在一起，它匀称整齐又错落有致，它经过精心的计划可又不露痕迹，它既不多余东西，但也不缺少东西，各部分相互联系又相互依存，“任何部分一经挪动或删削，就会使整体松动脱节”。《红楼梦》就是“巴特农神殿式”结构的典范作品。这部作品虽然是经过作者长期精

---

① 威廉·阿契尔:《剧作法》，吴钧燮、聂文杞译，中国戏剧出版社1964年版，第112页。

心规划的，但它浑然一体，不露雕镂痕迹，所有的构成部分都是由必然性所规定的。其有机性也已达到这样的程度，只要稍稍改动它，它的整体性就立刻受到损害。例如，作者出于某种原因，把原稿中“秦可卿淫丧天香楼”一节删去，结果在结构上就留下了无可弥补的缺陷。因为这个部分已成为作品生命有机体的不可分割的组成因素，它与其他部分都有了血脉相连的关系，作者把它删去，整体就出现了松动，许多问题就无法解释，连焦大骂“爬灰的爬灰”这句话都失去了依据，读者在审美欣赏中就必然产生挫折感。如果我们把这一人为的缺陷不计在内，那么《红楼梦》的结构是有机统一原理的完全实现，它已达到了文学作品结构的最高理想。

值得特别指出的是，有机的统一与单调、单一是完全不同的。单一的东西，甚至是单调的东西，也可以是有机的整体。例如，那一节节的木头，你不能说不是整体，不能说不是有机的整体。但是这种单调式的整体，不能给人以美感。乔治·桑塔耶纳说：“单调的倾向有两种，而且在两个方向妨害我们的快感。当重复的印象十分刺眼，无止境的千篇一律使人难忘，这种单调就使人痛苦了，不断地诉诸同一感觉，不断地要求同一反应，就使神经系统疲倦，我们希望变化一下好松一口气。如果重复的刺激不是十分尖锐，我们顷刻之间就会淡忘了它们；像时钟的嘀答一样，它们不过变成我们体内状态的一个要素，按照情形，或引起懒散的快感或引起不安的情绪，但是不能表现出一件可辨别的东西。”[①]他举例说：“一排士兵或一条铁轨有其感人之处，但是不能长久地取悦我们，也不能以越来越深沉的兴趣吸引我们，像我们对着一群牛羊或一片树林沉思那样。”由此可见，单一、单调并不符合有机的统一原理。更准确地说，有机的统一原理应叫作多样的有机统一原理。刘勰所说的“杂而不

---

① 乔治·桑塔耶纳：《美感》，缪灵珠译，中国社会科学出版社1982年版，第72页。

越”，也就是多样统一的意思。中国古代画论最讲究“多样统一”，最忌呆板，画一山一水，一人一物，既讲统一，又讲多姿，如《林泉高致》中说：“布置之法，势如勾股，上宜空天，下宜留地。或左一右二，或上奇下偶，约以三出为形。忌漫团散碎，两两互平头，枣核虾须。”[①]论画山，就讲“山无云则不秀，无水则不媚，无道路则不活，无林木则不生，无深远则浅，无平远则近，无高远则下”[②]。论画树，就讲“小树大树，一偃一仰，向背浓淡，各不相犯。繁处间疏处，须要得中”[③]。论画竹，则讲“有宾主，有掩映，有补缀，有衬贴，有照应，有参差，有烘托”[④]。这些都很细致地讲了多样统一原理。黑格尔在艺术作品的结构上，特别看重和谐。其实，他所看重的和谐，也就是多样的统一。他说：“比单纯的符合规律更高一级的是和谐。和谐是从质上见出的差异面的一种关系，而且是这些差异面的一种整体，它是在事物本质中找到它的根据的……和谐一方面见出本质上的差异面的整体，另一方面也消除了这些差异面的纯然对立，因此它们的互相依存和内在联系就显现为它们的统一。”[⑤]正是基于这样的看法，黑格尔断言：“这种不整齐中的整齐和不符合规则中的规则却也可以被某些艺术用为唯一的原则。”[⑥]

为什么有机的统一的结构原理如此重要呢？我想从审美心理学的角度来做些探讨。让我们先来看一看，结构不统一、不完整的作品会给人什么印象呢？结构不统一、不完整，如在头、尾、中段，缺少其中一段，或虽有头、尾、中段，却缺少有机联系，就会使人觉得这个组织是有缺陷的(少了东西)，偶然的(缺少必然联系)和短暂的(不稳定

① 郭熙、郭思：《林泉高致》。
② 黄公望：《写山水诀》。
③ 蒋合：《写竹杂记》。
④ 蒋合：《写竹杂记》。
⑤ 黑格尔：《美学》第1卷，朱光潜译，商务印书馆1979年版，第180～181页。
⑥ 黑格尔：《美学》第1卷，朱光潜译，商务印书馆1979年版，第316页。

感)，因此人们会觉得这是一种临时性的病弱的东西，从心理上感到不稳定，似乎觉得作品中各种因素、各个部分都不满意自己所处的位置，都呈现出一种极力想改变自己所处的位置以便达到一种更加适合于有机整体结构状态的趋势。在这样一种情况下，由于作品中各种因素，各个部分缺少合理的和符合艺术要求的安排，作品中的力的结构就不能形成一种共同的指向，于是艺术品所传达的含义就变得不可理解，或者使读者在两个或更多的含义之间徘徊。这时他们又会进一步产生这样的想法：这部作品是在创作过程中中断了，它还未完成，它还需继续加工。可作者却把它作为完成的东西推到读者面前，于是，读者就会产生挫折感。于是他们烦躁起来，失去了耐心。就像调一部电视机的图像，图像怎么也调不好而终于把电视机关掉了。

现在让我们再来探讨一下，有机的完整统一结构又会引起人的什么心理反应呢？第一，由于作品中各种因素和谐相处，消除了彼此之间的对立，它们都恰到好处地得到了安置，已不需要有些微的改变。这样，读者就会觉得这个结构是完整的(既不缺东西，也不多东西)、必然的(有一种不可抗拒的内部联系)和平衡稳定的。在这种情况下，作品结构的各种力就会形成一种共同的指向，使作品的含义显豁起来，清晰起来，读者就会产生一种完满感。第二，多样统一的有机整体结构与那种单调的整一的结构不同，与那种多样而不统一的结构也不同，它是作家们的才能的表现，这种结构无论用于再现生活还是用于表现人的内在情感，都可以获得最佳效果。这是因为多样的统一的结构本身就是社会生活和人类情感的真实反映和概括。就情感刺激力来说，它大大超过那种单调的整一的结构，因为它是一个动的过程：从不平衡到平衡，从紧张到松弛，从不完全到完全。与这种动的过程相对应，人们的感受也就有了变化，如从不稳定到稳定，从紧张到松弛，从杂乱到和谐，等等。具有这种情感刺激力的结构，当然能够给人以高度的审美享受。

需要补充说明的是，结构的有机统一原理，并不意味着作品在结构上不能有所省略。当然，头、尾、中段是必须有的。但对其中各段处理，可以有不同的变化，如某些段只需简单地提示或暗示一下就够了，也就是可以通过“不完全”来求“完全”。所以，结构的统一完整并非把头、尾、中段机械地、呆板地拼凑在一起。对此，我们古人早有论述，如宋代画家郭熙、郭思在谈到绘画的章法时就说过：

> 山欲高，尽出之则不高，烟霞锁其腰则高矣。水欲远，尽出之则不远，掩映断其派则远矣。盖山尽出不唯无秀拔之高，兼何异画碓嘴？水尽出不唯无盘折之远，兼何异画蚯蚓？①

这就是说，结构的有机统一原理是规律性的东西，是不能违背的，违背了，结构就失败。但作为有机统一原理的运用则可以灵活多变，而且越是灵活多变，其结构就越有艺术魅力。这也正是清代学者姚鼐所说：

> 古人文有一定之法，有无定之法。有定者，所以为严整也；无定者，所以为纵横变化也。二者相济，而不相妨。②

“一定之法”与“无定之法”，看似矛盾，实际上是有机统一整体的结构要求与章法的纵横变化这二者之间的矛盾统一，即所谓“不定之中为一定”。

为什么整体的某些部分的省略、变化不会使人觉得结构不完整呢？这就可用格式塔心理学来解释。人们的知觉在特定情况下，都有趋合倾向。所谓“趋合倾向”是指，某些事物这样的被感知，以至

---

① 郭熙、郭思：《林泉高致》。
② 姚鼐：《惜抱轩尺牍》。

它们看起来似乎是完整的或封闭的，而不是不完整的和不封闭的。例如“∪”，明明是一个有缺口的圆形，但人们往往会在感知中把那个缺口补上，仿佛看到的是一个完整的圆形。又如“△”，这本来是三个无关的“/”“\”“_”号，但人们在知觉中有种趋合倾向，把它们理解为一个三角形。这也就是说，一切不完整的东西，只要它们之间有某种联系，那么人们平时形成的追求完整、对称，追求和谐、统一的心理定势就会起作用，从而把本来不完整的、不统一的事物通过知觉，使它们趋向为完整、对称、统一、和谐的事物。在文学作品的结构中，作家完全可以利用人们的知觉趋合倾向，通过创造似乎是不完整的却是具有艺术趋合力的结构，造成一种意味、一种倾向，从而达到更具艺术魅力的有机统一的完整结构。例如，可以通过省略头、尾、中段的某些部分，并将一些具有特征的部分突出出来，使其产生一种艺术的张力，使读者能顺着这张力自己去把不完整的部分补充起来，从中获得一种审美再创造的愉悦。

2. 文学结构的第二原理——主题原理

生命的又一特征是它具有物性、灵性。草木善生长在向阳处，向日葵总是向着太阳转，大雁到时就要整队南飞，最小的麻雀也知道保护自己的幼子，狗总是向着自己的主人……这都是生物和动物的物性和灵性的表现。作为高级生命体的人，他的中枢神经系统对其他器官的机能活动有支配的权力，他有思想，有灵魂，其灵性是其他生物所无法比拟的。

与生命的这种物性、灵性的特征相对应，文学结构的第二原理是主题原理。这里所说的主题的意思，包括主旨，也包括特征、重点、特色等多方面的意思，如主色、主调、主旋律、主风格等，概括地说是指作品要强调的方面。文学结构中的主题原理在结构中的实现，就是要艺术地突出作品所需要强调的方面，做到有主有宾，主宾协调，有轻有重，轻重分明，使作品获得生命体所具有的灵性、灵魂。主题原理与有机统一原理有着密切关系。譬如，一部作品有许多思想并存，如果这许多思想都被同样地对待，作品就必然形成多中心、多重点，实际上是无中心、无重点，也就不能给人以统一的印象。这样，作家就必须要在这许多思想中选定一个思想为主题，其他思想则被定为围绕主题的情节思想，这才能使作品的结构轻重分明，主次分明，纲举目张，尊卑有序，这样的作品才能达到整一的境界。对文学作品来说，主旨是特别重要的东西。每部作品都必须有一个主旨，结构上就要把重点完全放在主旨上，要在主旨上面渲染烘托，使作品所创造的艺术形象成为一个崭新的世界，并使这个世界远远超出于其他世界之上，从而给人以强有力的印象。古人对结构的主题原理很重视，刘熙载就说过："主脑皆须广大精微……不可硬出意见。主脑既得，则制动以静，治烦以简，一线到底，百变而不离其宗，如兵非将不御，射非鹄不志也。"[①]黄侃说："近世有人论文章命意谋篇之法，大旨谓一篇之内，端绪不宜繁多。譬如万山磅礴，必有主峰，龙衮九章，但挈一领，否则首尾冲天，陈义芜杂。"[②]这些论述都说明了一部作品总有一个主旨，主旨是纲，与主旨相联系的材料是目。就像众星捧月一般，主旨要突出，其余材料都依次附在它的周围。

上面说的主题是思想主题。实际上结构的主题原理不限于此。每部作品都追求某种艺术特色、格调、韵调，而这些也可以成为作品所强调的方面。有些作品就往往以此为主题来结构。

结构主题原理在实际运用中也不能机械化、呆板化。实际上，主题原理中包含了主题变化原理。无论是思想主题，还是艺术主题，都可以在不同的形式中加以重复和变化，就如同在乐曲中主旋律变成了另一种相似的旋律和另一种速度。就文学的结构来说，只要不离开主题，就可千变万化。越是多样的变化，越能丰富主题。黄宗

---

① 刘熙载：《艺概》。

② 黄侃：《文心雕龙札记·熔裁》。

羲曾说过："杜牧之曰：'丸之走盘，横斜圆直，不可尽知也。其必可知者，知是丸不能出於盘也。'夫宗旨亦若是而已矣。"[①]这里所说的"盘"，就是主题。在这个主题的范围内，作者结构线索的"丸"，可以横斜圆直，自由滚动，只要不出"丸"的范围就可以了。这样，既肯定了作品的主题，又肯定了主题的变化。所以，黄宗羲的话是很有道理的。如果把《红楼梦》的结构和《水浒传》的结构比较一下，就会发现《红楼梦》在结构的主题原理的变化上大大超过了《水浒传》。《水浒传》的结构在贯彻"官逼民反"这个主题上面是十分突出的，每一个故事都暗含"官逼民反"的思想，但从结构上说，每一个故事都仅是前一个故事的结构重复而已，这样的主题就缺少变化，就不能使主题在变化中步步加深。《红楼梦》的结构没有超出自己的主题范围，但千变万化，迂回曲折，脂砚斋在第二十七回的批语写道："石头记用截法、岔法、突然法、伏线法，由近渐远法，将繁改简法，重作轻抹法，虚猷实应法，种种诸法总在人意料之外，且不曾见一丝牵强。"主题却就在这多种多样的变化中丰富了、加深了。

结构的主题原理的心理机制，一般地说与注意集中的原则有关。大家知道，注意就是意识把一些所感知的客体分出来，使它们脱离其他客体，这样，意识就对一定客体具有了选择性和指向性。读者对文学作品的欣赏需要集中审美注意，需要意识的选择性、指向性，因为只有这样，读者才能沉浸在作品的艺术境界之中，感受到艺术的价值。而要使读者集中审美注意，产生意识的指向性，不仅与读者的主观努力有关，也与读者注意的对象(作品)有关。如果作品的结构没有体现主题原理，轻重不分，主次不分，出现多重点、多中心的情况，读者由于受注意广度所限，就不能在自己的意识中将某个感知的对象从其他对象中分离出来，意识就没有一个选择性、指

① 黄宗羲：《明儒学案〈发凡〉》。

向性，读者也就在作品面前感到迷惑，感到眼花缭乱，而无所适从。只有在作品的主题方面得到强调的情况下，读者才能集中注意力，把作品的主题方面从其他方面分离出来，成为意识指出的对象，成为前景，而把其余方面作为背景。在这种情况下，背景不但不会干扰前景，反而会加强和突出前景。同时，读者必然会产生明显的负诱导，全身心都沉浸在作品所描绘的世界之中，似乎把周围世界完全忘记了。所以在结构作品时，作家应使作品主题方面得到强调，找出一条读者注意力集中的点与线来。英国有位剧场经理巴脱莱说过这样的话："如果你要英国的观众明了你在台上做什么，你必须告诉他们你准备要做什么，然后你必须告诉他们你正在做什么，最后你必须告诉他们你已经做了什么。于是，他们才能明了你。"①这段话说明了要集中观众的注意力是多么困难。因此，作家必须充分考虑到"心无二用"的心理规律，在结构作品时贯穿主题原理。

3. 文学结构的第三原理——节奏原理

生命的另一个特征是它的流动性、交替性。所有的植物都按春夏秋冬的节令进行周期性的有规律的流动和交替。所有生命体中最明显的流动性与交替性活动是人和动物的心脏跳动和呼吸的运动。苏珊·朗格说："在心脏跳动时，每一次收缩都是下一次扩张的开始，每一次扩张也都是下一次收缩的开端；在呼吸运动中，每一次呼吸都涉及着全身，当第一次吸入的氧气用尽时，便形成一个紧急要求氧气的指令，这也就是下一次吸入的开始了，而这种相互之间的调节作用便是有机活动的规律。你愈是细心地观察这种形成我们称之为'生命的运动形式'的全部生理过程，就愈能发现更多的精细、多样和复杂的节奏。"②

---

① 顾仲彝：《编剧理论与技巧》，中国戏剧出版社 1981 年版，第 155 页。

② 苏珊·朗格：《艺术问题》，滕守尧、朱疆源译，中国社会科学出版社 1983 年版，第 48 页。

与生命这一流动性、交替性相对应，文学结构的第三原理是节奏原理。文学是一种时间艺术，是演进性的。比如，小说要写事件，事件就有一个发展过程。事件发展的秩序有两种，一种是作品所要表现的事件本身固有的先后次序，事件的开头也就是它的开端，事件的结尾也就是它的结尾。另一种次序就是所谓描写次序，暴露次序。暴露次序，就是作品揭示事件的次序。譬如，可以把事件的结尾或中段提到前面来写、来揭示。《祝福》是从结尾写起的，《哈姆莱特》则从中段写起。在作品中无论怎样安排作品的次序，都要有逻辑性。也就是前一部分自然引出后一部分，是后一部分不可缺少的前提，而后一部分是前一部分的必然承续。总而言之，在事件的演进过程中，要有符合逻辑的次序。如何来安排这次序，这就有一个节奏问题。英国批评家帕特说："一切艺术都以逼近音乐为指归。"克罗齐则说："一切艺术都是音乐。"所以与音乐一样同是时间艺术的文学，就特别重视节奏。在文学的结构上也有一个"拍子"问题，即节奏问题。抒情作品中的情感的起伏，叙事作品中的故事演进的速度、强度和变化，就是节奏问题，它对作品所起的影响是很大的，以事件演进的速度而言，就可以有两种速度：慢速度和快速度。前者使事件在平缓中一步一步向前移动，半部小说过去了，主人公还可以躺在床上。后者则可以是跳跃式的突然变化，闪电般地演进，几行文字就可以使好几年过去了。

究竟用快节奏的结构好，还是用慢节奏的结构好，并无一定之规。从审美心理学的角度看，表现悲哀的情感，一般说结构的节奏就应放慢一些；表现轻快的情感，一般说结构的节奏就得快一些。总的来说，作品的结构的节奏应是快慢相间，时快时慢。因为始终是太快的节奏，读者是不容易接受的，如同我们站在火车道边，看见火车从身边飞驰而过，心理压力过大，精神过于紧张，这就可能使我们失去审美的心境。始终是太慢的节奏，读者也是不容易接受的，因为慢节奏的结构显得平淡，缺少刺激和振奋，容易使人感到厌倦而失去耐心。快慢相间的结构则使读者的情绪由紧张到松弛，又由松弛到紧张。既不缺少刺激，又让人觉得这刺激是承受得了的。这样的节奏自然能够引起人的审美愉悦。例如，苏联小说《这里的黎明静悄悄》，一段写平缓的和平生活，一段写紧张的战争生活，把和平与战争穿插起来写，这就是按快慢相间的节奏来结构的，因此取得了明显的艺术效果。

文学作品结构的原理不止这三个，还有其他一些。但有机的统一原理，主题原理和节奏原理是三个基本的原理，则是可以肯定的。

二、艺术形象层

由“语言—结构”所构成的文学作品的第一个层面，处于作品的最外层。读者在把握了这一层面后，经过想象、联想等作用，头脑中就会唤起活生生的具体可感的、能够拨动人心的艺术图像，这就是文学作品的第二个层面——艺术形象层。艺术形象因其本身的具体可感性、艺术概括性以及能够唤起美感的特点，具有独立的审美价值，同时，艺术形象又处在作品结构的中心地带，它沟通了作品的浅层结构和深层结构的联系，因而它又是作品结构的中介因素。

艺术形象也是一个复杂的问题。下面仅就文学作品的艺术形象的一般特征和形象的类型这样两个问题提出讨论。

我们想要揭示艺术形象的一般特征，第一，必须把作品中的艺术形象与生活中的形象区别开来；第二，艺术形象是作家的一种创造，这就需要把作家的这种创造与科学家的创造区别开来；第三，艺术形象是对生活的概括，这就需要把艺术概括与科学概括区别开来；第四，所有的艺术都有艺术形象，这就需要把文学作品的艺术形象与其他的艺术的形象区别开来。从这四个角度切入，我们就不难发现，文学作品的艺术形象有如下四个基本特征：

其一，与生活形象不同，艺术形象是主观与客观的统一。

文学作品的艺术形象与生活形象既有联系又有区别。生活形象是客观存在的，是不以人的主观意志为转移的。文学作品的艺术形象虽然归根到底是生活形象的反映，但却经过了作家心灵的创造，因而已灌注了作家的思想感情。我国古人对此早有明确的认识。他们把生活形象称为“物色”之象，而把文学作品的艺术形象称为“意兴”之象。王昌龄《论诗境》云：“凡诗，物色兼意下为好，若有物色，无意兴，虽巧亦无用处之。”所谓“意兴”之象，就是作家的情感和生活形象的结合，它既具有客观性，又具有主观性，是这两者的统一。章学诚在《文史通义·易教》中说：

> 有天地自然之象，有人心营构之象。天地自然之象，《说卦》为天为圜诸条，约略足以尽之。人心营构之象，睽车之载鬼，翰音之登天，意之所至，无不可也。然而心虚用灵，人累于天地之间，不能不受阴阳之消息。心之营构，则情之变易为之也。情之变易，感於人世之接构，而乘於阴阳倚伏为之也。是则人心营构之象，亦出于天地自然之象也。

这段话，把“物色”之象与“意兴”之象的区别与联系讲得很透彻。首先，章学诚认为形象包括两种：一种是“天地自然之象”，即物色之象，是自然存在的，不是人意构造出来的；另一种是“人心营构之象”，即意兴之象，这是人们创造的结果，如文中所说的“睽车之载鬼”和“翰音之登天”，都是《易经》中的爻辞。“睽车之载鬼”讲一个久别家乡的游子，在一天夜里，在路上遇到了一头猪和一个鬼，当他要弯弓射鬼时，才发现那些鬼并不是鬼，而是人，是寻找猪的人。“翰音之登天”是讲没有高飞本领的鸡幻想升天，最终必将跌得粉碎。

犹如那些没有本事的人，即使升入朝廷做大官，最后也不会有好结果。这两个故事都是人意构造出来的。其次，章学诚指出这两种形象的区别，他认为“天地自然之象”是物象，出于自然，是纯客观的；而“人心营构之象”是意象，所谓“意之所至，无不可也”，也就是说意兴之象是按人的意图构想出来的，因此主观性很强。最后，章学诚又说明了意兴之象与物色之象的联系，意兴之象虽是人们以意为之，不是天生的自然之物，但最终又是物色之象的曲折反映。在他看来，意象是由“心之营构”，而“心之营构”是由“情之变易”的结果，而“情之变易”又是由“感于人世之接构，而乘于阴阳倚伏为之也”。所以他的结果是“人心营构之象，亦出于天地自然之象也”。这也就是说，意兴之象又有其客观性的一面。章学诚的论点是很辩证的，他清楚地说明了艺术形象是一种意象，是主观性与客观性的统一。在中国文论史上，意兴之象这一观念最初由刘勰在《文心雕龙·神思》中提出，“独照之匠，窥意象而运斤”。他的“神用象通”和“拟容取心”的说法，是对意兴之象内涵的最清楚的说明。神、心，都是指主观方面的精神、思想、感情、意愿，象、容，则是客观方面的人、事、景、物。“神用象通”和“拟容取心”也就是主观和客观的契合。在刘勰之后，意兴之象这一观念一直沿用下来，中间有许多阐发、说明，但都离不开主客观统一这一基本思想。如王昌龄在《诗格》中提出“诗有三格”：“一曰生思。久用精思，未契意象，力疲智竭，放安神思，心偶照境，率然而生。二曰感思。寻味前言，吟讽古制，感而生思。三曰取思。搜求于象，心入于境，神会于物，因心而得。”这是从诗学的角度，对刘勰的观念说做了很好的发挥，其要旨也是说明意兴之象是“心入于境，神会于物”的主、客观统一。白居易的《金针诗格》也曾做如下见解：“诗有内外意，内意欲尽其理，理谓义理之理，……外意欲尽其象，象谓物象之象。”这里强调的也是主观的“义理”与客观的“物象”的统一。一直到王国维提出的“境界”

说——“一切景语皆情语”，都是强调艺术形象作为作品的艺术图像是主、客观的统一。我们似乎可以说，对文学作品的艺术形象来说，一切都是主观的，一切又都是客观的。艺术形象是主观与客观相契合所构筑起来的艺术图像。

其二，与科学创造不同，艺术形象是假定与真实的统一。

文学和科学作为人类所钟爱的两姐妹，都是创造，而且在创造中，都包含了对真理的追求。在真理性这一点上，文学与科学是相通的。但艺术形象作为文学创造的成果，与科学结论作为科学创造的成果，又是不同的。在科学结论中，不允许虚构和假定，它所要求的真实，是实实在在的对客观规律的揭示。但对艺术形象来说，它是一种艺术虚构和艺术假定，它的真实性是在虚构和假定中透露出来的，是假中求真。一方面，它是假定的，它不是生活本身，纯粹是子虚乌有；可另一方面，它又来自生活，它会使人联想起生活，使人感到比真的还真。文学作品就是这种假定和真实的统一体。

文学作品从某种意义上说是作者与读者达成的一种默契。读者允许作者去虚构，去假拟，他津津有味地去看作品中的故事，并为它欢喜或落泪，可不认为它实有其事。作者则也“宽宏大量”，允许读者不把他在作品中所讲的故事当实事看待，允许读者把作者的作品当“谎话”(或者如巴尔扎克所说的“庄严的谎话”)。正是在这种永久的默契中，文学“放心大胆”地走到了与科学相对立的另一极——虚拟的、假定的一极。文学作品之所以是文学作品，而不是实验报告，不是洗衣机使用说明，不是工作总结，不是科学论文，不是生活本身，就在于它的虚拟性质。或者说，文学作品的前提就是它的不完全照实的记述。文学的虚拟性质和假定前提是不允许破坏的，如果谁破坏了这种性质和前提，完全地实录其人其事，那么文学也就变成了非文学。斯坦尼斯拉夫斯基曾以如下一段话来说明艺术及其形象的假定性特征：

在生活中光线从太阳上边射来，在剧场里却相反，是从下边射来的。在大自然中不存在均匀工整的线条，在剧场里却设置了各个景次，树木被排成笔直的间隔相同的行列。在生活中一个人无法把手伸到巨大石屋的二层楼，在舞台上却是可能的。在生活中房屋、石柱、墙壁等始终屹立不动，在剧场里却由于最轻微的风吹而抖动起来。在舞台上房间的设置始终不象生活中那样，整个房屋的建筑也完全不同。例如，我在生活中从来没有见到过几乎在所有剧本中作者们都这样指示的房间：在前景上左边和右边都有门，后墙中间又有门，在后景上左右两边都是窗户。你就试来建造这样的房屋看看……在生活中这简直不可能的，然而为了艺术的、假定性的真实，这个问题并不重要，可以自由地加以解决。①

斯坦尼斯拉夫斯基在这里是谈论剧场的假定性，其实，他所阐述的这种假定性对文学及其形象也是适用的。在生活中，动物、植物不会思想，不会说话，可在作品里，动物、植物可以显得比人还聪明能干。在生活中，人不能上天，也不能下地，但在作品中只要需要，人就可以上九霄下五洋。在生活中，神、鬼都是没有的，可在作品中神与人、鬼与人可以做夫妻或做仇人。在生活中，人死而不复生，但在作品中人死而可以复生，生而又可以复死……读者不但“容忍了”这一切虚拟，而且还要为它高兴得发狂或悲伤得哭泣。假定在哪位作家流水账般把某种真实的生活如实地记录下来，人们反倒要骂一声：不真实，不像文学。由此可见，虚拟性、假定性是文学的艺术形象的一个不可缺少的基本特征。如果削弱以至剥夺文学的这种虚拟性和假定性，文学的艺术形象将失去其美学本质。要知道，从严格的意

① 斯坦尼斯拉夫斯基：《斯坦尼斯拉夫斯基创作札记》，《世界艺术与美学》第二辑，文化艺术出版社1983年版，第239页。

义上说，生活是不可再现的，不可描写的，当作家把生活“折腾”到他的稿纸上的时候，那已经是处于虚拟假定之中了。

那么，为什么作家会愿意去创造这种虚拟的、假定的艺术形象呢？为什么读者又乐于接受这种虚拟的、假定的艺术形象呢？我认为这是人类的天性使然。虚拟、假定，实际上也就是想象。而想象是人类的一种天性。没有一个人不“爱好”想象。人有三种不同的想象，而且这三种不同的想象都是人所希冀的。第一种，无意识想象。按弗洛伊德心理分析学派的理论，无意识是人的心灵中一块广阔的、神秘的、不可知的大陆，它伸展到无限远的地方。譬如做梦，就是一种无意识想象。在梦里，一切都是虚幻的，一切又都那样真实。正如弗洛伊德所说：“我们在夜间所做的梦，不是别的，正是幻想。”①或者说在梦中人们进入了一个在当时觉得是非常真实，醒后又觉得非常荒诞的世界。有时候，人在生活中的不满，在梦中得到满足；人在生活中的痛苦，在梦中得以解除；人在生活中的愿望，在梦中得到了实现。正因如此，做个好梦，是人人皆有的愿望。第二种，知觉想象。这是一种不完全脱离开眼前或记忆中的事物的想象，它处在有意识和无意识之间。这种知觉想象也是人们自觉不自觉地重复着的。譬如，你向别人述说你的回忆中的故乡，这无疑是以自己的童年或在故乡时的知觉为依据，但在有意无意之间，你给你的故乡罩上了一种温馨的、甜美的、古朴的、亲切的薄纱，你夸大了你的故乡山水田园的美，风俗人情的美，你省略了故乡那些曾经使你苦恼过、困扰过、悲伤过、愤怒过的事物，或者你把那些落后的、原始的、迷信的东西，述说得很有诗意。那土路上缓缓而行的牛车，那充满粪肥气味的小屋，那古庙里袅袅的香火，那夜间从深山里传来的虎啸狼嚎……在你的述说中被大大地美化了。像这种知

① 弗洛伊德：《诗人同白昼梦的关系》，《弗洛伊德论创造力与无意识》，中国展望出版社 1986 年版，第 46 页。

觉想象也是人人皆有、人人乐为的。第三种，创造性想象。这是一种离开眼前的或记忆中的知觉对象的想象，是人们有意识地编织出来的幻想。这种创造性的想象不是作家、艺术家所专有的，普通人也都有。弗洛伊德曾举过这样一个例子："有这么一个孤儿，他得到了你开给他的某个老板的地址，在那儿他可能会找到工作。在去那个地点的路上，他一边走一边做着白昼梦。这场梦合符产生梦的情景。他所幻想的可能是这样：他被录用了，很讨新老板的喜欢，并且使自己成了老板的事业所不可缺少的人；他被领到了老板的家中，同主人可爱的女儿结了婚；然后，他参与了经营业务，先是一名帮手，后来成了岳父的继承人。就这样，这个梦想天开的人重新得到了他幸福童年所有的东西：庇护他的家，爱抚他的双亲，以及他最喜欢的第一个玩物。"①这个孤儿在路上所展开的幻想是具有创造力的，一点也不比哪个作家编的故事逊色。当然，一般地说，创造性想象以有意识活动为主，但无意识活动也参加了。歌德认为，在创造性想象中"意识和无意识就像经线和纬线一样交织着"，为什么人类会需要这些想象和幻想呢？弗洛伊德认为："未能满足的愿望，是幻想产生的动力；每个幻想包含着一个愿望的实现，并且使令人不满意的现实好转。"②人的一生从童年到老年，不论其生活如何幸福，也总会有缺憾、有不满、有哀伤、有痛苦、有不幸，这样，人就很自然地要通过想象、幻想来寄托、表现和补偿自己的感情。由此可见，想象、幻想是人的天性，没有想象、幻想这个广阔空间，我们将无处安置自己骚动的、不安的、失落的灵魂。这就说明了作家和读者为什么要达成那样的默契：读者允许作者虚拟、假定，作家允许读者不把他写的故事当真的来对待。从这里，我们可以得出这样的结论：寄托、表现、补

① 弗洛伊德：《诗人同白昼梦的关系》，《弗洛伊德论创造力与无意识》，中国展望出版社 1986 年版，第 46 页。

② 弗洛伊德：《诗人同白昼梦的关系》，《弗洛伊德论创造力与无意识》，中国展望出版社 1986 年版，第 44 页。

偿人的感情，释放人郁积在心中的不满、不幸、不安、缺失等情感，是文学作品艺术形象的假定性的心理基础。

然而，艺术形象的虚拟和假定又是有一定的限度的。超过这个限度，人们就会抱怨某个艺术形象不真实。这就是说艺术形象的假定性如果不和真实性相结合，那么假定性就成了虚假性。因此真实性对艺术形象也许是更加重要的。下面，我们就把艺术形象的真实性这一众说纷纭、莫衷一是的问题提出来讨论。

什么是艺术真实性呢？有各种各样的界说。艺术真实就是要以形象反映生活的“真相”和“真义”(见蔡仪主编《文学概论》)，“所谓艺术的真实，是以生活真实为基础，通过概括、集中、提炼创造出来的具体生动的艺术形象，表现出社会生活的某方面的本质和规律性”(见十四院校编《文学理论基础》)。“艺术的真实性，就是艺术作品反映社会生活所达到的正确程度”(《艺术概论》)。这些定义的表述有所不同，但其基本意思是一致的，那就是认为艺术真实性是作品正确地反映了生活的本质和规律。这个认识对不对呢？当然对，可又丝毫不解决问题。因为不但文学艺术要反映生活的本质和规律，而且，一切科学都要反映客观世界的本质和规律。文艺和科学都包含了对真理的追求。真理性这一点是它们的共同之处。所以把艺术真实性界说为“反映生活的本质和规律”，就会把艺术真实和科学真理混为一谈，就不能说明艺术真实区别于科学真理的独特个性。

举例来说，月亮，就本质而言，它是地球的卫星，它环绕地球一周要用二十七又三分之一天的时间，它本身无风、无云、无水，它本身不发光。我们能不能要求诗人正确地写出这种“真相”和“真义”来呢？如果诗人在咏月时不揭示这种“本质和规律”，是否就违反了艺术真实性呢？实际上，诗人在吟咏月亮时给自己提出的任务从来就不是揭示月亮的物理本质。中国古代的咏月诗多得不可胜数，可有哪一首咏月诗是表现月亮的物理本质的呢？

杜甫的诗句“月是故乡明”，如按月亮的固有本质去衡量，就是不真实的，甚至可以说歪曲了月亮的本质，可人们从未对这句诗的艺术真实性提出过异议。可见，艺术真实在诗里不是一般的科学真理，而是文学所必须有的本质——诗意的真切的感受。单纯用“反映生活的本质和规律”来界说艺术真实性，显然是不妥的。

在我看来，艺术真实是作家创造出来的。作家在创造艺术真实时，有认识但又不只是认识。作家在创造艺术真实过程中投入了自己的全部的心理动作——感知、情感、想象、理解，等等，因此，艺术真实既是客观的，又是主观的；既有理，又有情；既是一种假定，又是一种真实。如果这种理解不错的话，那么我们就可以用“合情合理”这四个最普通的字眼来说明艺术形象的真实性。

所谓“合理”，是指艺术形象应符合生活逻辑，是指它可以被人理解的性质。正如上面所述，文学是虚拟的，所以人们要求它“符合生活逻辑”，是以假定为前提的。既然是一种艺术的假定，就不必经过考证与检验。这也就是说艺术的真实性不要求作家笔下所写的真有其人，真有其事。作家完全可以虚构，关键是要“合理”。一件在生活中发生过的事，由于写得不合理，即不符合事物发展的固有逻辑，就不可能达到艺术的真实性。相反，一件生活中未有过的事，由于作家充分地揭示了它在假定情境下的内部发展逻辑，内在的联系，内在的规律性，也完全可以是真实的。对于艺术真实性来说，重要的不是所写人、事、景、物是否真实存在过，而在于所写人、事、景、物的整体的联系。细节的逼真诚然是重要的，但整体的联系更重要，如果一部作品只注意细节的逼真，不注重整体的合理性，仍不免给人以虚假的感觉。

这里我想“介绍”一下《红楼梦》的主人公贾宝玉对真实性的看法。大家知道，“稻香村”是大观园中一景，孤立起来看，那黄泥墙，那茅屋，那青篱，那土井，那菜园，都与真农舍十分相像，可以说是逼真极了。贾政见此称赞不已，说："倒是此处有些道理。"但贾宝玉则不以为然。他说："此处置一田庄，分明见得人力穿凿扭捏而成。远无邻村，近不负郭，背山山无脉，临水水无源，高无隐寺之塔，下无通市之桥，峭然孤出，似非大观。争似先处有自然之理，得自然之气，虽种竹引泉，亦不伤于穿凿。古人云：'天然图画'四字，正畏非其地而强为地，非其山而强为山，虽百般精巧而终不相宜。"贾宝玉的这段话是很有见地的。在他看来，"天然"不"天然"(即真实不真实)，不在事物局部的逼真惟肖，而在符合不符合事物的内在联系。稻香村作为一个农舍，放在大观园中，与那些雕梁画栋、楼台亭榭连在一起，是不自然的，因而是不合理的。倒是"怡红院""潇湘馆"等与大观园内的景观有一种整体的联系，所以"有自然之理，得自然之气"。贾宝玉的话实际上反映了曹雪芹的艺术真实观，它给我们这样的启发：对于艺术形象来说，是可以虚构的，但在假定的情境中，则不可人为地编造，不可"非其地而强为地，非其山而强为山"，要充分注意到事物之间的整体的、天然的联系，即要"合理"，这样才有可能创造出艺术真实来。

"合理"是艺术形象的真实性的客观方面，是有客观标准的。那种认为在假定情境中的"合理"，无法用现实生活的逻辑加以衡量的说法，是不可取的。因为"理"即生活的规律，是从生活中来的。作家的作品写得"合理"，是因为他在生活中领悟到了这个"理"，因此读者尽管面对着虚拟的生活画面，仍然可以用自己在生活中领悟到的"理"来加以衡量。

艺术真实性还有它的主观方面，因此它除了要求"合理"之外，还要"合情"。在某种意义上，"合情"是更加重要的。因为艺术形象中的理不是直接说出的，主要以情感作为中介。"合理"必须与"合情"结合在一起，才能真正达到艺术形象的真实性要求。

所谓"合情"是指作品的艺术形象反映了人们真切的感受，真挚的感情，真诚的意向。人的感受、感情和意向都是主观的东西，因人而异，对作家来说重要的是真切、真挚和真诚。感受的真切，感情的真挚，意向的真诚，可以把看起来不真实的描写升华为真实。

李白的诗句“黄河之水天上来，奔流到海不复回”，后一句完全是真实的，可第一句的描写客观地看起来就不怎么真实。黄河之水是从巴颜喀拉山一路流出来的，并不是从天上倾泻下来的，而天上只下雨，从来不下“河”。然而对这样一种明明是不真实的描写却从未有人指出过，相反古今读者都觉得这样描写是可信的，这是怎么回事呢？原来李白在这里是写自己的真切的感受：你看，黄河之水从高原奔腾而来，水流湍急，巨浪滔天，一泻千里，使人觉得这河水似乎是从天而降。黄河的雄伟气魄被这句诗淋漓尽致地写出来了。真切的感受把看起来不符合事实的描写变成真实了。如果诗人不按自己的这种真切的感受来写，而是如实地写“黄河之水从巴颜喀拉山谷流出来”，那么事实倒是事实，可那诗的意味也就全部丧失了。诗的意味一旦丧失，艺术形象的真实性也就丧失了。在李白这两句诗的后面还有这样两句：“高堂明镜悲白发，朝如青丝暮成雪。”从表面看起来，这样描写也是不真实的。因为头发变白是一个渐进的过程，哪有一夜之间就由“青丝”变成“白雪”的呢？但如果我们仔细思索一下就不难发现，原来李白是写人生短促的真切感受。特别是当一个人被愁苦所压倒的时候，往往觉得在一夜之间就变老了。这种感受是很真切的，因此由这真切感受所引发出来的描写也是很真实的。

在文学艺术创作中真挚的感情的作用就更大。真挚的感情往往可以把虚幻的东西升华为真实。汤显祖的《牡丹亭》描写杜丽娘痴情，竟然死而复生。在实际生活中，死而复生的事是完全不可能的，可在《牡丹亭》中写来又是那样真实。在这里起作用的就是一个“情”字。关汉卿的名剧《窦娥冤》的结尾，窦娥被冤判死刑，临刑前她对天发了三个愿：如果她是被冤屈的，那么就会出现血溅白练、六月飞雪和楚州大旱三年的奇迹。她死后，这三个愿都灵验了，证明她的确含冤受屈。最后一幕中，还出现了窦娥的鬼魂，她托梦给她多年不见、已做了大官的父亲，请他为她昭雪。三愿的灵验、鬼魂的出现，都是不可能的，都是虚幻的，而古今的读者、观众之所以乐于接受这个结尾，认为它是符合艺术真实的，乃是由于其中贯穿了下层群众对昏庸官吏的强烈的愤怒之情和复仇之情，贯穿了作者对含冤受屈人们的真挚的同情。正是这几种情感的结合，使虚幻变为真实。

在文学艺术创作中作者的真诚意向，也可以让不可理解的描写变得可以理解。我们在文学作品中常常看到离奇怪诞、不可理解的描写。但一旦读者明白作者的用心，尤其明白作者那种真诚地想表达某种愿望、意向的时候，读者就会心悦诚服地接受它、相信它。鲁迅的《药》，在夏瑜的坟上凭空添了一个花环，时隐时现。表面看起来这是怪诞的，不可理解的。实际上，鲁迅在这里故意用此奇笔，是因为他有一个真诚的愿望和意向，就是希望病态的社会得到疗救，正如他自己所说："为达到这希望计，是必须与前驱者取同一的步调的，我于是删削些黑暗，装点些欢容，使作品比较的显出若干亮色。"正是这种真诚的愿望和意向，使读者感动，而不能不接受作品的看似不可解实则极可解的东西。卡夫卡的长篇小说《城堡》写一位土地测量员应邀进城堡去工作，可这位土地测量员用尽了毕生的力气，也没有走进城堡中去。城堡就在眼前，可走呀走呀，怎么走都走不到。这是一种多么怪诞的事情呀！可我们细细品味，这情景是很真实的，在生活中我们常会遇到这种情况：目的虽有，可无路可循，我们花尽力气也没有达到目的。由于作者要表达的是这种从生活中深刻体验到的真诚的意向，所以我们能透过荒诞捕捉到真实。

通过以上说明，我们可以得出这样的结论：作品的艺术真实性就是指艺术形象的合情合理的性质。它既包含客观的真理，又包含主观的真情真意，是这两者的和谐的统一。

在文学创作中，要求客观的真理与主观的感情意向的统一，但有时这两者也会产生矛盾，情和理不一致。在这种情况下，是“牵情就理”还是“牵理就情”呢？在科学研究那里，当然是要尽可能排除感情的影响，让客观的真理充分地显示出来。譬如，死者不可复生，就是一条铁的科学规律。如果有哪篇论文想证明死者可以复生，那他就偏离了科学的轨道，走向迷信。可是在文学艺术这里，则应牵理就情。只要情真，“生者可以死，死者可以生”，如《牡丹亭》所写的那样。《红楼梦》写了封建贵族之家无可挽回的没落和崩溃，按“理”说，作者应该完全抱批判的态度，不应有丝毫的同情与惋惜。可曹雪芹偏偏不按“理”来写，而是按自己所特有的那种眷恋的情绪来写，为封建贵族之家的崩溃唱起了挽歌。正是这种挽歌情调，使《红楼梦》所写的人、事、景、物，获得了一种特殊的韵味，达到了高度的艺术真实。刘勰说，“情者文之经”，这句话总结了一条很重要的艺术规律。我们在谈论艺术真实性时，要充分考虑这条规律。对科学来说，在情和理之间，它毫不犹豫地选择了理而抛弃了情；对文学艺术来说，在情和理之间，它两者都要，它追求至情至理，但如果情与理之间发生了矛盾，它就要以情来制约、规范理，这就是科学真理与艺术真实的根本不同之处。

不难看出，我们过去把艺术真实性单纯地解释为“反映生活的正确程度”，“反映生活的本质和规律性”，是单纯从认识论看问题的结果。艺术真实性问题属于美学的领域，只有从美学角度提出，并做出美学的回答，才有可能做出科学的解释。

其三，与科学概括不同，艺术形象是个别与一般的统一。

这个问题我们在第二章讲创作客体的特征时已较详细地讲述了，这里只简单地提一提。文学作品的艺术形象作为一种认识生活的方式，与科学的认识方式既有联系，又有区别。文学与科学认识对象的基本方式都是概括，即通过某种途径抽取生活中的一般性、普遍性的规律，这是二者的共同点。但这两者的概括和抽取又是不同的。科学概括虽然也从对个别事物的调查研究入手，但在概括过程中，不断地摒弃个别，使科学概括最后在抽象的、一般的领域中运行。艺术形象作为艺术概括的方式，则始终不摒弃个别，而是强化它，突出它，丰富它，使个别成为独特的“这一个”；与此同时，这“个别”又与“一般”相联系，相结合。换句话说，对艺术形象来说，个别化与一般化是同步进行的，最终的艺术形象是个别的，但又提升到了一般，即个别的一般化，一般的个别化。

其四，与其他艺术不同，文学作品的艺术形象是确定性与不确定性的统一。

文学作品的形象与其他艺术作品的形象相比，既有共同之处也有相异之处。一切艺术形象都是具体可感的、概括的、能够唤起美感的艺术图像，这是文学与其他艺术的形象的共性。但由于文学是一种语言艺术，它的形象不是直观的，而是想象的，不是直接的，而是间接的，它与其他艺术的形象相比就具有确定性与不确定性相统一的特性。

一方面，文学作品的艺术形象是确定的，“一个人物是男的，是女的，这不能乱变。是男的就是男的，是女的就是女的，是汉族就是汉族，是蒙古族就是蒙古族，是混血儿就是混血儿，事情发生在古代就是古代，发生在现在就是现在。你描写的武松就是武松，是武大郎就是武大郎，不能够混淆起来，他们两人高矮不一样，性格也不一样，武艺也不一样，这就是它的规定性”①。《红楼梦》中的林黛玉，作者写得很朦胧，但她不是一个丑女，不是一个壮女，不是一个愚妇，她是一个美丽、体弱、聪明的女子，这是确定的。苏轼写西湖的名篇《饮湖上初晴后雨》：“水光潋滟晴方好，山色空濛雨亦

---

① 王蒙：《关于小说的一些特性》，《王蒙文集》(第7卷)，华艺出版社1993年版，第112页。

奇。欲把西湖比西子，淡妆浓抹总相宜。”这首诗无疑写得相当朦胧，但也有其确定的方面：西湖不是龙须沟，不是钱塘江，而是一个美丽的湖。文学作品的艺术形象作为一种想象的、间接的形象，之所以有确定的方面，这是因为：第一，人类创造的语言作为一种符号系统，它具有指称功能，尽管它不能说明一切，却可在一定程度上说明一切，因此用语言所描写的形象的性质，形态必然具有大致的规定性、明确性。而且就对象而言，它有“不可言传”的一面（微妙之处），但它又有可以言传的一面（大体的规定）。第二，语言在描写形象时，不是孤立地东写一句，西写一句，而是造成特定的语境和语感，这种语境和语感整体的作用于人的知觉、想象，就必然会产生整体倾向，使人能够把握这种特定语境、语感所暗示的知觉形象。文学作品的艺术形象的确定性往往是语境、语感所指引的结果。

另一方面，文学作品的艺术形象又具有不确定性。这是因为语言所描绘的形象，不具有绘画、雕塑、电影艺术、戏剧艺术那种视觉的直观性和听觉的直听性。语言所描写的形象是间接的。它必须通过读者的阅读和阅读后的想象，才能唤起具体可感的形象。在这种情况下，哪怕作家描写得再详尽、再具体，其笔下的形象仍然是不确定的、模糊的。有时候，作家描写得越是详尽、具体，其笔下的形象越是模糊和不确定。例如，蒋子龙的中篇纪实小说《长发男儿》一开头是这样写的：

> 谁见过林冲？没有。那么，她就是林冲。头戴黑色软罗帽，身穿绲着白襟的黑色箭衣，腰系白色英雄带，左胯悬一把龙泉宝剑，顾盼雄飞，英气逼人，活脱脱一个被逼无奈、夜奔梁山的豹子头林冲。

这里描写得够详尽、具体的了，但越是写得详尽、具体，我们的疑惑之点、不能确定之点就越多。在这里，我们不但不能确定“顾盼雄飞，英气逼人”具体是什么样子，而且我们发现头两句就很费解。林冲作为一个历史人物或小说中的人物早已不存在了，这里怎么又出现一个活着的林冲？还有，林冲明明是一个男子汉，怎么这里用了一个“女”字旁的“她”，说“她就是林冲”，这究竟是怎么回事？很明显，这里存在着语言的“断裂”或“空白”，它等待着读者自己去衔接或填空。这就是说，文学作品中艺术形象的不确定性，除语言形象不具直观性的原因外，还由于语言的描写，也是给读者留下空白，赋予读者以解释的权力。关于这一点，正如英国学者特雷·伊格尔顿所指出的那样：

> 作品充满了“不定因素”，即一些结果取决于读者解释的成份，而这些因素又可以受到很多不同的也许是互相冲突的解释。这里的悖论是，作品提供的信息愈多，它就变得愈不确定。莎士比亚的诗句“隐秘的、黑色的、深夜的女巫们”在某种意义上限定了所述女巫的类型，但是，因为这三个形容词都富有暗示性，可以唤起不同读者的不同反应，因此文本在试图使自己变得更加明确时，它也使自己更不明确了。①

文学作品的形象的不确定性，在我看来，不但是文学形象的特点，也是其优点。因为文学形象的不确定性，留给读者想象的余地很大，读者可以在想象的再创造中获得创造的愉悦。这一点是其他艺术（音乐除外，音乐的形象与文学的形象有共同之处，但又不同，此不论列）无法相比的。改编的电视剧、电影《红楼梦》，就是让最好的演员来演，对于那些读过小说《红楼梦》的人来说，都会有一种似乎失落了什么东西之感，其中的原因可能是多方面的，但电视、电

① 特雷·伊格尔顿：《二十世纪西方文学理论》，伍晓明译，陕西师范大学出版社1986年版，第96页。

影把“不确定”的人物（如宝玉、黛玉、王熙凤等）变成了确定的活人（演员），这就不能不破坏文学形象的假定性、不确定性、朦胧性，不能不限制读者的想象。

第三节　文学作品的深层结构

一、历史人文内容层

文学作品中的艺术形象作为作品结构的一个层面，具有指向性。它的指向性主要表现为包含或暗示一定的历史人文内容。有的作品的艺术形象本身就包含了一定的历史人文内容，如《水浒传》，它写了宋代一次声势浩大的农民起义，展示了当时农民阶级与封建统治阶级之间波澜起伏的斗争的历史画卷，同时又表现了起义农民那种对人的尊重、同情和理解，以及人与人之间的互助团结精神。这一历史人文内容就直接包含在作品所创造的形象和形象体系之中。有的作品的艺术形象本身不包含历史人文内容，但它暗示出一定的历史人文内容，如李商隐的《乐游原》：“向晚意不适，驱车登古原。夕阳无限好，只是近黄昏。”它所写的是古原上黄昏时分夕阳的景象，但它从情绪上暗示出值得留恋的唐帝国已日薄西山、行将灭亡的趋势和对美好事物即将逝去的留念。艺术形象不是文学作品的最后层面，它或多或少地、或明或暗地、或浓或淡地、或从场景描写上，或从情绪表现上伸向一定的历史人文内容。文学作品的艺术形象接纳一定的历史人文内容，成为某种社会生活的折光和人性的赞歌，并不意味着它去依傍“外部”的东西，如前所说的文学作为一种美是依存美，历史人文内容本身就是文学的美的内在构成要素。当然文学作品的历史人文内容与历史科学中的内容不同，有它自身固有的特征，这就是我们下面着重要讨论的问题。

文学作品的历史人文内容既是特定历史时期的、特定民族的社会生活的反映，又是经过作家审美意识过滤的诗意表现，是这二者的统一，这就是文学作品历史人文内容的基本特征。

第一，作为生活的折光的历史内容。

文学作品如果不是从场景上折射出一定社会生活的面影，就是从情绪上流露特定时代的气息。因此，不论哪个时代的文学都必然存在一个“当代性”的问题，不论作家们是正视它还是回避它，“当代性”总是“纠缠”着作家。正视现实、拥抱现实是对现实的一种态度；回避现实、远离现实也是对现实的一种态度。区别仅在于态度是积极还是消极，入世还是出世。就以新时期的文学而言，有的作家对现实采取贴近的态度，他们在作品中写“文化大革命”留下的“伤痕”，对新中国成立以来的生活流变做出“反思”，写改革的必要与艰苦，写普通人的现实的曲折的心态，写现实中一切令人关注的问题……毫无疑问，这类作品的历史内容是具有“当代性”的。相反，有的作家似乎对这一切表示厌倦，他们想“远离”现实，他们写深山老林，写荒滩大漠，写远离尘世的那种原始、粗犷、神秘的生命的律动，写超时代超阶级的超乎一切的人性之美，其实当他们写着这一切之际，他们的双脚仍然立在“当代”这块土地上，他们所写的是“文化大革命”后人们的一种变态心理，说到底还是现实生活的曲折反映。这类作品的“当代性”也是不容抹杀的。我们似乎可以得出这样的结论：文学作品比任何科学作品都更是自己时代的产儿。别林斯基指出：

> 我们时代的精神是如此：无论怎样蓬勃的创造力，如果只把它自己局限于“小鸟的歌唱”，只创造自己的、与当代历史的及思想界的现实毫无共同之处的世界，如果它认为地面上不值得它去施展本领，它的领域是在云端，而人世的痛苦和希望不应该搅扰它的神秘的预见和诗的瞑想的话，——这样的创造力也只能炫耀

一时而已。它无论怎样巨大，由它产生的作品绝不能深入到生活里，也不可能在现代或后世人的心中引起热烈的激动和共鸣……从以上所说的一切，可以推论：艺术，和一切活的、绝对的事物一样，是从属于历史发展过程的；我们时代的艺术应该是在当代意识的优美的形象中，表现或体现当代对于生活的意义和目的、对于人类的前途、对于生存底永恒真理的见解。[1]

别林斯基这里说的文学"是从属于历史发展过程的"论点，的确是很重要的。今天我们所处的时代与别林斯基所处的时代已很不相同，别林斯基的论点是否还适用呢？或许我们要进一步追问：别林斯基的论点是否适用于所有时代的文学作品呢？从艺术与非艺术这一角度来考察，在人类历史发展的长河中，的确存在着两种不同的时代，一种时代"是冥想的、思索的、有着逼人问题的、而不是艺术的时代"，这种时代"是不利于纯艺术的，纯艺术不能寄生于其中"，这种时代对文学作品的历史内容的要求，往往会超过对艺术性的要求。在这种非艺术的时代，"一部在艺术上平庸的、但却予社会意识以刺激、提出或解决某些问题的作品，比高度艺术的、除艺术而外不给意识加添任何东西的作品重要得多"[2]。别林斯基所处的时代基本上就是这样一个时代。从"鸦片战争"以来，到"辛亥革命"，到五四运动，到北伐战争，到抗日战争，到解放战争，到新中国之后的土改、抗美援朝，到"文化大革命"，到"改革开放"的艰苦历程，中国也基本上处于这种时代。在这样的时代里，中华民族处于生死存亡的关头，国家民族的命运与个人紧密相连。每一个人都不得不去思索国家、民族应走的路，对意识形态的关心空前高涨。每个人似

① 别列金娜：《别林斯基论文学》，梁真译，新文艺出版社1958年版，第26页。

② 别列金娜：《别林斯基论文学》，梁真译，新文艺出版社1958年版，第29～30页。

乎都在寻找救国救民的方案，人人关切的都是重大社会问题的解决。这时候文学也不得不卷进对这种社会问题的思考和探索之中。例如，1977年发表的《伤痕》《班主任》，1978年发表的《神圣的使命》，1979年发表的《乔厂长上任记》，引起了整个社会的轰动，但引起轰动的东西，不是这些作品的艺术，而是这些作品的历史内容的现实针对性。这些作品与这些作者后来发表的许多未引起轰动的作品相比，在艺术上要粗糙得多，但却引人注目得多，就是由于那时中国仍处于一个非艺术的时代。在这种时代，我们就可以断言："没有一个诗人能够由于自身和依赖自身而伟大，他既不能依赖自己的痛苦，也不能依赖自己的幸福；任何伟大的诗人之所以伟大，是因为他的痛苦和幸福深深植根于社会和历史的土壤里，他从而成为社会、时代以及人类的代表和喉舌。"①与上述这种时代相对立，社会生活的激流在经过某个急流险滩之后，流进了一个平静的深潭，某种社会形态进入成熟期，生活多元化、丰富化和稳定化，政治激情消退，每一个人关切的更多的是属于自己的问题。人们已不怎么要求文学去帮助他们解决社会问题，人们希望在文学这块园地里得到娱乐、憩息和丰富，这时候艺术的时代也就到来了，对文学作品的艺术性的要求也超越了对作品历史人文内容的要求。作品的历史人文内容也还或多或少存在着，但它已作为附丽于艺术的因素而存在。这时候，作品的历史人文内容的淡化和艺术追求的多样化、洒脱化、轻松化同时出现。文学作品中时而也可能提出很尖锐的问题，但它就像投到深潭里去的小石，只能激起浅浅的涟漪，而不能引起巨大的轰动和共鸣。而且，人们主要依据作品的艺术性而不是主要依据作品所提出社会问题的尖锐性来评定一部艺术作品。然而，不论是非艺术的时代还是艺术的时代，文学作品"从属于历史发展过程"的论点却

① 别列金娜：《别林斯基论文学》，梁真译，新文艺出版社1958年版，第26页。

是普遍适用的。因为如前所述，对历史人文内容的淡化本身也是对现实的一种态度，也是对历史发展的一种理解。因此，文学作品的历史人文内容这个层面永远都是存在的。

作为生活折光的作品的历史人文内容，还普遍存在着一个历史评价和道德评价关系的复杂问题。这个问题在考察作品的历史内容层面时是经常要遇到的，所以这里也简要地来讨论一下。文学创作是一种评价活动。评价各种各样的社会生活必然要采用历史和道德这两把尺子，这样文学作品的历史人文内容层必然要出现历史评价和道德评价相互关系的种种复杂情况。起码有如下四种情况：

第一种，历史评价和道德评价一致。即历史评价加以肯定与否定的恰好就是道德评价加以肯定与否定的东西。“文化大革命”以前十七年的大部分作品都属这一类，如《红岩》，就是一个典型的例子。从历史角度加以否定的国民党反动派在“白公馆”“渣滓洞”对革命者残酷迫害和屠杀，也正是要从道德角度加以谴责的。这种作品的历史内容给读者的感染是鲜明、确定的，爱作者所爱，恨作者所恨。单一而明朗是这类作品的美学基调。

第二种，历史评价胜过道德评价。即不得不承认历史发展的必然逻辑，不得不批判与自己的道德情感相一致的事物、人物。例如，《红楼梦》的作者不得不承认他自己所属的阶级——封建地主阶级——已经到了“末世”，而“树倒猢狲散”的历史趋势不可避免。这种合乎历史逻辑的评价是建立在对作者所眷恋的心爱的贵族社会的无可奈何的批判之上的。也就是说，从道德角度上，作者与他批判的人物贾母、贾政，乃至王熙凤，属于同一营垒，他本应同情他们，与他们站在同一条战线上，但现实的矛盾和历史的预感又使他违背自己的道德立场而起来揭示心爱的贵族社会的必然没落，无可奈何地唱起了“好了歌”。这种作品的历史人文内容给读者的影响是复杂的。它一方面在说服读者要顺从历史的发展的逻辑；另一方面，它又充满悲天悯人之情要人相信失去的东西是美好的，是值得留恋的。可在总的倾向上，前者又胜过后者。这种作品的历史内容很自然地形成了以挽歌为基础的美学情调。

第三种，道德评价压倒历史评价。即热衷于从道德良心来衡量所描写的事物、人物，而置历史发展逻辑于不顾。例如，高德华斯的一个短篇描写了一个手工业靴匠与机器生产竞争，结果是靴匠失败，标志新兴资本主义的机器生产胜利，但作者所同情的却是靴匠，作者歌颂他的正直、善良、工艺精巧。历史的胜利在小说中没有得到肯定，而与历史的进程格格不入的道德原则却得到了肯定。张笑天的引起人们争议的中篇《离离原上草》，多少撇开对解放战争时期历史的评价，而一味肯定一个国民党军官的人性觉醒和良心发现。这种作品缺乏历史感，但其对人性、人类之爱、道德性格的描写，也颇能触动人的情感。

第四种，历史评价与道德评价的冲突与调和。在这类作品中，作者对生活的历史评价与道德评价是冲突的、对立的：从历史角度加以肯定的东西，又从道德角度加以否定；反之，从历史角度加以否定的东西，又从道德角度予以肯定。历史与道德的价值取向是对立的，但这两种对立的价值取向又在作品中并存，并不因历史评价而抹煞道德评价，也不因道德评价而抹煞历史评价。这两种对立的评价又相互联系，通过艺术的创造，取得了某种调和，因而作品的历史内容虽然给人以矛盾之感，却又不给人以割裂之感。例如，苏联著名小说《第四十一》和《这里的黎明静悄悄》就属于这种类型的作品。在《第四十一》中，作品把红军女战士玛琉特卡和白军军官安排在那样一个荒无人烟的小岛上，他们之间发生的爱情是极其自然的，这是人性的胜利，作品给予了肯定的评价。但是，当白军的船只开来之后，白军军官向船只狂奔而走，这时玛琉特卡举起了枪，执行了阶级的使命，于是女红军爱情簿上的第一名成了她革命功劳簿上歼敌的“第四十一”个，这是阶级性的胜利，作品也给予了肯定的评价。这样，道德的评价和历史的评价就出现了对立。然而，玛琉特卡的心理的确又含有人性与阶级性这两个不同的结构因素，当作品充分揭示这种结构因素之际，玛琉特卡的行为变得可以理解，作品所给予的价值取向不同的评价，也终于得到了某种调和。这样，作品的历史人文内容就仍然能够以整体性呈现在读者的面前。《这里的黎明静悄悄》从历史的高度肯定了反法西斯这场战争，这群女战士自愿地走上战场，勇敢地投入战争，并为祖国甘愿献出了自己年轻的生命；但作品又从人道主义这一道德理想出发，对这场战争发出了沉重的叹息。战争毁灭了青春，毁灭了温馨的宁静的生活，毁灭了一切最美好的幻想，战争(无论是什么战争)是残酷的。这样，作品的历史评价与道德评价就出现了二元对立。然而作品通过那富于诗情又带感伤情调的场景的描写和主人公们复杂心态的揭示，使二元对立的评价出现了某种平衡、统一。总的来说，这类作品给予读者的感受更具有不平衡感、跌宕感和悲剧感。除上述四种类型外，还有一些过渡类型，这里就不多谈了。

第二，作为诗意表现的历史人文内容。

文学作品的历史人文内容作为社会生活的折光，既富于历史性的品格，又具有诗的品格，是这两种品格的结合，这就是文学作品历史人文内容的基本特征。关于这一点，别林斯基也有精辟的论述。他说：

> 任何诗都应该是广义上的生活(囊括整个物质和精神的世界)的表现。只有思想能使诗达到这种程度。但是，为了表现生活，诗应该首先是诗。如果有一篇作品能够被称为“智慧的，真实的，深刻的，但却是缺乏诗意的”，艺术就不会从这里取得任何胜利。这样的作品有如一个面貌丑陋而心灵却伟大的女人，

你可以对她表示惊讶，但爱她却是不行的……非诗的作品从各个方面看来都是贫瘠的。[1]

别林斯基在这里强调，文学作品的历史人文内容，既应该是真实的、深刻的，又应该是诗意的。这就把握住了作品历史人文内容的特质。那么，这里所说的“诗意的”是什么意思呢？在我看来，文学作品的历史人文内容的“诗意”化，也就指不能单纯用实用观点去评价生活，也不能用单纯的政治学、社会学、伦理学的观点去评价生活，而是用美学的观点去评价生活。或者换个说法，文学所容纳的历史人文内容，有它独特的诗的角度，独特的诗的眼光。苏联作家康·帕乌斯托夫斯基曾这样说过：“优秀的画家从来不画建筑物的正面，而是取仰角或俯角。这条原则对文学反映现实来说也是必须遵守的。正面描写现实的是报纸。小说和特写应该使现实中从前留在阴影中的那一面转向读者(作为出发点)，从而赋予现实以一种自然的、必不可少的光彩。”[2]或许我们还可以补充说：现实的正面只有一个，而现实的侧面则有无数个。因此，对同一现实持不同视角的作家，就可以有不同的写法，赋予现实以不同的光彩，每一种现实在作家们那里都可能挖掘出无穷无尽的诗意。同一王昭君，成为了千百年来诗人、作家吟咏和描写的对象，褒贬不一，异彩纷呈，且都能为读者所接受，其原因就是诗人、作家笔下的王昭君是诗意化的，读者甚至可以不必过分去追究其中的历史结论的对与错，而主要看其为昭君出塞所提供的内心感情根据是否充分。

如果我们对作品的历史人文内容的诗意化的这种理解站得住脚的话，那么我们从这里又引出一个新的论点，即文学作品的历史人

---

① 别列金娜：《别林斯基论文学》，梁真译，新文艺出版社 1958 年版，第 12～13 页。

② 康·帕乌斯托夫斯基：《面向秋野》，张铁夫译，湖南人民出版社 1985 年版，第 42 页。

文内容虽然也提供认识，但它所提供的认识却具有诗的特点。它可以不提供如历史教科书那样的是非判断和褒贬结论，它可以只提供令人玩味、感叹的因素，让人们在玩味、感叹中去探寻，去思索，去发现，去创造。正如狄德罗所说："如果是诗人的话，他就会写出一切他以为最能动人的东西。他会假想出一些事件。他可以杜撰些言词。他会对历史添枝加叶。对于他，重要的一点是做到惊奇而不失为逼真。"①"比起历史学家来，他的真实性要少些，而逼真性却多些。"正是这种"逼真性"作为认识的种子，深藏在艺术的厚土里，暂时也许还见不出什么明确的结论，但多少年后，种子会发芽，人们会惊奇地发现，它所提供的认识是那样的博大精深，那样无穷无尽。人们可以接近它，却永远不能穷尽它。

二、哲学意味层

在许多优秀的文学作品中，艺术形象层、历史人文内容层又伸向作品可能有的最后一个层面——哲学意味层。文学作品的哲学意味层早已被亚里士多德所发现，他在《诗学》中说："写诗这种活动比写历史更富于哲学意味，更被严肃的对待。"②作品结构中的哲学意味究竟是什么呢？哲学，是人对宇宙人生的普遍规律的最高一级的思考与概括，它属于形而上层次，是抽象的。意味，则是一种不可言传的却可以感知的因素，它属于形而下层次，是具象的。陶渊明在《饮酒》中写道："结庐在人境，而无车马喧。问君何能尔，心远地自偏。采菊东篱下，悠然见南山。山气日夕佳，飞鸟相与还。此中有真意，欲辨已忘言。"作品结构层面中的哲学意味就是这种"欲辨已

---

① 狄德罗：《论戏剧艺术》，《西方文论选》(上卷)，上海译文出版社 1979 年版，第 356 页。

② 亚里士多德：《诗学》，《诗学·诗艺》，北京：人民文学出版社 1962 年版，第 29 页。

忘言"的"真意"，是形而上与形而下对立统一的产物，是作品结构的胜境、灵境。如果说艺术形象层、历史人文内容层还可形诸笔墨的话，那么哲学意味纯粹是一种寓意、一种暗喻、一种象征，一般是不形诸笔墨的。

那么形成作品结构层面中的哲学意味具体是由什么构成的呢？下面我们从三个角度做一些描述：

首先，从作者的角度来看，作品结构层面中的哲学意味，是作者对人生真谛的刻骨铭心的体验，是他用全部的痛苦、坎坷、血泪、青春、生命换取来的人生感受，是他全部创作心理机制和活跃的创作个性所能达到的最高的艺术概括。一个对生活缺乏深刻体验，或没有饱尝过人生灾难，或缺乏鲜明创作个性的作者，即使他遇到了最富于哲学意味的题材，也不能发现它和把握它。反之，一个对生活有过深刻体验，或饱尝过人生灾难，或具有鲜明创作个性的作者，即使他写的是一朵花、一棵草、一件微不足道的小事、一个普普通通的人物，也能自觉或不自觉地在作品中灌注进一种人人心中所有、人人笔下所无的哲学意味。叶燮在《原诗》中说："可言之理，人人能言之，又安在诗人之言之；可征之事，人人能述之，又安在诗人之述之；必有不可言之理，不可述之事，遇之于默会意象之表，而理与事无不灿然于前者也。"诗人与普通人之间之所以会有这种差别，原因之一在于诗人对于人生有超乎常人的深刻体验。海明威的中篇小说《老人与海》写老渔夫桑提亚哥连续 84 天捕不到鱼，在第 85 天，终于捕到一条约 1 000 磅重比他的小船还要大的马林鱼。在捕获过程中，他克服了难以想象的困难，表现了非凡的勇气和决心，经过了长达几天几夜的奋战，终于捕获了这条鱼，并把它绑在自己的小船边。在返航的时候，他又不得不与来抢吃马林鱼的大小鲨鱼战斗，用尽了他的最后一件武器。然而，当他回到岸边时，他捕获的马林鱼只剩一个骨架子了，鱼肉都被鲨鱼吃光了。这篇老渔夫捕鱼的故事寓含了深刻的哲学意味。它写出了人的倔强，又写出了人的屈辱。人活着就要奋斗，顽强地奋斗，即使受到屈辱也还要奋斗。人就要这样，明知不可为而为之，这才是真正的人生。我们读《老人与海》，多少年后，老人捕鱼的过程可能被全部忘记，但作家寓含在这个故事中的上述人生体验永远不会被忘记。这种人生体验是海明威自己毕生的经历的一种凝结和汇聚。他自己谈到这部小说时说："不管怎么说——我这一次极其幸运，能够充分地表达了感受，而且是别人不曾表达过的感受。"①"充分地表达了感受"要以自己长期的生活感受为前提。海明威如果没有长期的生活感受为前提，那么老人与海就是老人与海，而不可能赋予老人与海特殊的意味。海明威写这个故事是有原型的，故事中的老人是一位古巴老渔夫。海明威说："老人向我说出他的遭遇和厄运时相当伤心。他捕到一条他有生以来未曾见过的大马林鱼，同鱼搏斗、周旋，把鱼拖到船边。那场搏斗把老头累得精疲力竭，但又给人极大的鼓舞。不过那可恶的鲨鱼却是他征服不了的坏蛋。这就好比所得税。我努力工作，遇上好运气。我拿到一张数目可观的支票，于是所得税就象鲨鱼一样跟踪而来，用尖利的牙齿大块大块地咬去吃。那老人没有谈这个，我却谈到了。"②古巴老渔夫告诉海明威的不过是老人与海，海明威却让这个普通的故事延伸到自己人生经验的深层，作品的哲学意味就这样产生了。当然，作品结构层面中的哲学意味的形成跟作家的艺术修养和创作个性密切相关。在一个艺术修养很低的缺乏创作个性的作家那里，其作品除了浅露还是浅露，根本就不可能蕴含哲学意味。海明威的《老人与海》的哲学意味的深刻性应该说得益于作者高度的艺术修养和独特的创作个性。海明威说："我总是按照冰山的原则来写作。那就是浮出水面的只有八分之一，还有八分之七藏在水下。你

① 库尔特·辛格：《海明威传》，周国珍译，浙江文艺出版社 1983 年版，第 180 页。
② 库尔特·辛格：《海明威传》，周国珍译，浙江文艺出版社 1983 年版，第 177 页。

知道的东西可以略去不写，这样反而加固你的冰山。略去不写的就是含而不露……《老人与海》本来可以写成一千多页的巨著，可以将渔村的每个人物都写进去，把他们如何谋生、出生、受教育和养儿育女的过程全部都写进去。”①如果海明威把《老人与海》写一千多页，那么八分之七的冰山就露出水面，它的含而不露的哲学意味就会在稀释中消失了。

其次，从作品的角度看，哲学意味是潜藏于作品深层的一种超越时间和空间的、具有永恒性的人生精义和心理蕴含，是作品获得不朽的艺术魅力的原因之一。一般地说，作品结构层面中的历史人文内容不能保证作品具有永久的魅力。因为生活不断向前流动，人们关注的事情不断转移，在过去时代发生的、曾引起人们普遍震动的事件，对于当代的人们看来，不过是一段平常的历史印痕，已引不起他们的震动。同样，在当代发生的，曾激动得人们奔走相告的大事，对后代的人们也不过是一段历史陈迹，并不能激动他们的心。而且，一个国家发生的极其重大的事件，对另一个国家的人们来说就可能引不起他们的关注。所以文学作品特定的历史人文内容属于一定的时间和空间，随着时间的推移、空间的变换，作品的历史人文内容就往往会丧失其激动人心的力量。譬如，前面曾提到《伤痕》《班主任》《于无声处》等文学作品，在当时，这些作品的历史人文内容十分激动人心。可时过境迁，当整个社会心理发生重大的变化，当人们把目光投向未来的时候，这些作品的历史人文内容就失去先前那种动人的力量了。但是，如果这些作品深藏着超越时空的人生精义和心理蕴含的话，那么它就会长久地保持着艺术的魅力。这是因为人生精义和心理蕴含是更深层的东西，它可以超越时空的局限而永远让人玩味思索。又譬如，刘禹锡的《酬乐天扬州初逢席上见

① 库尔特·辛格：《海明威传》，周国珍译，浙江文艺出版社 1983 年版，第 179～180 页。

赠》一诗中的名句“沉舟侧畔千帆过，病树前头万木春”历来脍炙人口，传诵不绝，其原因是它所透露出来的深刻的哲理。但如果把它所含的历史内容揭示出来，读者可能兴味索然。原来刘禹锡被贬二十三年后，才调离和州返回洛阳，他和白居易在扬州不期而遇。在席间，白居易写了一首诗相赠，其中有“举眼风光长寂寞，满朝官职独蹉跎。亦知合被才名折，二十三年折太多”的句子，对刘禹锡被贬二十三年表示同情与感叹。刘禹锡于是写了答诗：“巴山楚水凄凉地，二十三年弃置身。怀旧空吟闻笛赋，到乡翻似烂柯人。沉舟侧畔千帆过，病树前头万木春。今日听君歌一曲，暂凭杯酒长精神。”很明显，刘禹锡对自己被贬二十三年深感悲哀，他觉得自己的一生都被埋没了，所以以“沉舟”“病树”自喻，对沉舟、病树前面的千帆过往、万木争春表示了无可奈何的感叹。由此看来，“沉舟”句的历史内容不过是刘禹锡个人的官场悲剧而已，历史发展到今天，我们对此不会再产生兴趣了。可是“沉舟”句客观上寓含了一种哲理：事物总是新陈代谢，没落的事物就让它没落吧，新生的事物将按必然的规律不可阻止地发展起来。这样一种哲理是对事物发展规律的高度概括，它在任何时间和任何空间都是适用的；加之这种哲理不是干巴巴地讲出来而是与诗的意境连在一起的，所以它就具有永久的魅力。一般来说，一切能够流传下来的作品主要不是靠其历史内容，而是靠其人生精义和心理蕴含，即其中有不仅属于过去，而且属于未来的东西。

最后，从读者的角度看，哲学意味是可喻又不可喻的灵境，是启迪人们性灵的“理外之理”“味外之味”，它属于读者审美理解的最深层次。一般地说，作品结构层面中的哲学意味处在作品所描绘的对象之外，它是超越作品中一切有形事物的无限延伸因素。它是一种符号、一种暗示、一种象征、一种悠远之感、一种缠绵之情、一个待解之结、一块待填的空白，因此它要求读者去领悟、求索、体味、理解、揭示、猜想、填充。总之它不可循迹而求，只可“思而得之”。由于哲学意味处在“咸酸之外”，处在对象之外，所以读者往往不易领悟到、猜想到、寻求到，也许要经过若干年，经过反复阅读，反复寻求，最后才能悟到其中的某些成分。陆游在《何君墓表》中谈到诗的欣赏：“有一读再读，至百十读，乃见其妙者；有初悦可人意，熟味之使人不满者。”前者即是有深沉的哲学意味之作，后者则是缺少这种耐人寻味基因的乏味之作。卡夫卡一生只活了31岁，他生前不过是一个无名小卒，几乎没有人理解他，没有人理解他的作品。半个世纪以前，当卡夫卡给他的朋友朗读他的长篇《审判》时，他得到的是一阵哄笑。可如今，他成为了一位世界级的作家。他为何能得到如此殊荣？我认为原因就在于他的小说的哲学意味极其深沉，而且这种深沉的哲学意味正在被人理解。前面已提到的他的未完成的长篇《城堡》表面看也是“满纸荒唐言”：一位名叫K的土地测量员，要到城堡去办事。其实城堡就在前面的山丘上，可他无论如何就是走不到、进不去。他为此费尽心机，甚至勾引上了城堡里一个官僚的情妇，想通过后门进城堡。然而他所有的努力都付诸东流。当城堡当局最后来了一纸公文允许他走进城堡时，他已是生命垂危了。我们想从故事本身分析它的旨趣意味是徒然的，因为它的旨趣、意味在故事之外。我们可以越想越多，越想越深。也许用卡夫卡自己笔记中的一段话来“解味”是合适的：“目的虽有，却无路可循。我们称作路的东西，不过是彷徨而已。”这样一种深沉的哲学意味，能够引起人们的普遍的共鸣和深思，但读者要从《城堡》的故事中领悟到这种“味外味”“理外理”却是不容易的。

上面，我们具体分析了作品的浅层结构和深层结构。这种分析法比之于内容与形式的二分法，更符合由表及里的认识规律。但是，无论怎么说，文学作品是一个整体，它并不是四个层面的叠合，而是有机的融合。浅层结构和深层结构联系得如此紧密，以致浅层结构要是脱离了深层结构，就等于消灭浅层结构本身；反之也是一样，深层结构要是脱离了浅层结构，也就等于消灭了深层结构本身。没有纯粹的浅层结构，也没有纯粹的深层结构，它们之间永远是相互依存和相互渗透的。但是，文学作品结构的语言——结构层、艺术形象层、历史人文内容层、哲学意味层，又有相对的独立性。或者说这四个层面各自提供不同的声音，从而使文学作品成为了具有美学价值的复调多音的和谐。

材料本身，当然不是艺术；如果仅仅得到艺术形式的消极的“复制”，则只能是平庸的艺术。只有得到艺术形式积极的改造，独特的解释和艺术的安排，那才是真正的艺术。艺术形式绝非是可有可无的细枝末节。非常重视内容的唐代文豪韩愈说：“体不备，不可以为成人；辞不足，不可以为成文。”①清代著名文论家姚鼐也说：“文章之精妙不出字句声色之间，舍此便无可窥寻矣。”②历代都有许多“一字师”的佳话，一字之改，往往就使所写的情景形神毕现，魅力无穷，其基本精神也在说明形式中最小的因素关系到作品的整个艺术生命。俄国文学巨匠列夫·托尔斯泰十分重视艺术形式的作用，他举例说：俄国画家勃留洛夫说过关于艺术的一句意义深长的箴言——勃留洛夫替一个学生修改习作的时候，只在几个地方稍微点了几笔，这幅拙劣而死板的习作立刻就变得生动活泼了。一个学生说：“看！只不过稍微点几笔，一切都改变了。”勃留洛夫说：“艺术就是从这‘稍微’两个字开始的地方开始的。”他这句话正好说出了艺术的特征。托尔斯泰认为，艺术形式中“所必须的无限小的因素”，仍是“艺术开始的地方”。“所有的一切艺术都是一样：只要稍微明亮一点，稍微暗淡一点，稍微高一点，低一点，偏右一点，偏左一点（在绘画中）；只要音调稍微减弱一点或加强一点，或者稍微提早一

① 韩愈：《答尉迟生书》。
② 姚鼐：《与石甫侄孙》。

点，稍微延迟一点(在戏剧艺术中)；只要稍微说得不够一点，稍微说得过分一点，稍微夸大一点(在诗中)，那就没有感染力了。只有当艺术家找到了构成艺术作品的无限小的因素时，他才可能感染别人，而且感染的程度也要看在何种程度上找到这些因素而定。”[①]很明显，托尔斯泰这里所说的“无限小的因素”，实际上是艺术作品中各个组成部分的对比和构成关系，也即形式的因素。他所说的艺术就从“稍微”两个字开始，也即是说艺术始于形式开始发生作用的地方。

艺术形式重要的美学和心理学意义，是可以验证的。可以做一个实验，譬如，我们用一般的语言形式来改写杜甫的《闻官军收河南河北》，尽可能地保留这首诗的全部的生活内容和优点，结果会怎样呢？结果我们只能得到这样一个构架：叛乱已平，捷报传来，又惊又喜，纵酒放歌，返家路途已无阻隔，游子归家的愿望已不难实现。这样一个干巴巴的“构架”与诗的原作是无法相比的。原诗“句句有喜跃意，一气流注，而曲折尽情，绝无妆点，愈朴愈真，他人决不能道”[②]。改写后则诗的意趣、生气、神韵全部失去了，当然诗的神髓和艺术感染力也不复存在。又如，《红楼梦》作为一出悲剧，要是换去它的富于表现力的文字和无懈可击的结构等表现形式，而把这悲剧化为单纯的事实，用报道性的语言写出来，那么《红楼梦》的全部的悲剧美和人情味也就丧失了，剩下的只是一些勾心斗角、争风吃醋的人类的愚蠢行为而已，它至多只能引起人的某种好奇心，但要人们感动却是万万做不到的。有人建议列夫·托尔斯泰用扼要的文字把《安娜·卡列尼娜》的内容概括出来，对此，他断然拒绝，他说：“如果我想用文字说出我打算用长篇小说来表达的一切，我就得从头开始写出我已经写的那部长篇小说……如果批评家们现在已经懂得也可以用小品文来表达我所想说的话，我就该祝贺他们，并且可以

---

① 列夫·托尔斯泰：《艺术论》，丰陈宝译，人民文学出版社 1958 年版，第 124 页。
② 仇兆鳌：《杜少陵集详注》。

大胆告诉人们‘关于这一点他们比我知道的多’。如果近视的批评家们以为我只想描写我所喜爱的东西，诸如奥布朗斯基如何进餐，安娜·卡列尼娜有一对多美的肩膀，那他们就错了。在我所写的一切或几乎一切东西中，主宰我的是要把互相贯穿的思想连缀起来，以便表现自己，但是，如果把用文字表现的任何一个思想从它所在的贯穿关系中抽取出来，它都会丧失其涵义，而大为减弱。这种贯穿本身不是由思想(我想)，而是由某种别的东西造成的，而这种贯穿的基础则是直接用文字无论如何也表现不了的；只能间接地——用文字描写形象、动作、情景才行。”①不难看出，托尔斯泰这里所说的思想和文字的“贯穿”，正是使作品获得艺术秩序的形式因素。文学作品之所以不可改写，就是因为作品的内容不是独立于形式而存在的，而是贯穿、溶解于特定的形式中，内容是表现在形式中的内容，形式是表现着内容的形式，两者不可分离。某个内容变换了或离开了特定的形式，作品的美感和艺术感染力也立刻消失了。从心理学角度看，任何艺术作品都引导读者的情绪向两个方面展开：一方面是由内容引起的情绪，一方面则是由形式引起的情绪。变换了形式的“作品”，已不再是艺术作品，它至多只是生活内容的简单复述，而由形式所引起的情绪则已消失殆尽。这样的“作品”所能引发的只是一种普遍的非艺术的情感，这种情感也可能引起心灵的某一角落的激动，从而留下某种印象，就如同在生活中你跟人吵了一架似的留下心理残迹，但要使人的整个心灵都发生震颤，并使精神进入一种自由的境界，却是不可能的。因为导致人的精神进入这种境界的由内容情感与形式情感汇合而成的艺术情感已不复存在。由此可见，对艺术作品来说，艺术形式绝不是无足轻重的仅仅起呈现内容作用的因素，而是一种给内容以美学阐释，并使内容获得艺术秩

① 列·谢·维戈茨基：《艺术心理学》，周新译，上海文艺出版社1985年版，第40页。

序的力量，它的美学意义是完全不可轻视的。闻一多甚至说："诗的所以能激发情感，完全在它的节奏；节奏便是格律。莎士比亚的诗剧里往往遇见情绪紧张万分的时候，便用韵语来描写。歌德作《浮士德》也曾用同类的手段。"[①]因此，不能说艺术美只在作品内容上，而与形式无关。

值得指出的是，车尔尼雪夫斯基的上述观点跟他的其他一些观点是自相矛盾的。当他强调艺术仅仅是复制现实，只能成为现实的替代品时，他是忽视形式的，认为艺术之美与形式无关。可当他论证艺术"说明生活""对生活现象下判断"时，又不能不肯定形式的某种美学意义，如他说："当事物被赋与活生生的形式的时候，我们就比看到事物的枯燥的纪述时更易于认识它，更易于对它发生兴趣。""诗却永远必须用鲜明清晰的形象来表现事物的主要特征。""从这里就可以看出诗的描绘胜过现实的地方。"[②]这就说明，连车尔尼雪夫斯基自己也未必相信艺术美与作品形式无关，而仅仅存在于作品内容之中。

(二)第二种观点：美在于形式

持这种看法的人也相当多。他们认为艺术作品中的生活、历史、社会、人文、心理内容，统统都是文学的"外界"，唯有艺术形式才属于艺术作品的本体，因此艺术的美自然就在于形式上面。俄国形式主义、英美新批评、法国结构主义等都是力主这个观点的突出代表。

1. 俄国形式主义派的观点

俄国形式主义者认为，"艺术即手法"(什克洛夫斯基语)，文学作品则仅仅是一种语言建构。当然，他们并不否认文学与生活的关系，不否认文学作品再现生活和表现情感，但他们认为生活、情感

---

① 闻一多：《诗的格律》，《闻一多全集》第3卷，生活·读书·新知三联书店1982年版，第413页。

② 车尔尼雪夫斯基：《生活与美学》，周扬译，人民文学出版社1979年版，第101页。

是宗教学、社会学、政治学、伦理学、心理学范畴的东西，它们处在文学的外部，不是文学作品的构成因素。因此，他们认为文学作为一种美是纯粹美，即不依存于内容的纯形式的美。雅各布森提出了一个“文学性”的观念。他说：“文学科学的对象不是文学，而是‘文学性’，也就是说使一部作品成为文学作品的东西。”[①]那么什么是“文学性”呢？他们认为，“文学性”无法体现在题材上，因为任何一种题材都可以进入文学作品。“文学性”仅仅是文学作品的形式，尤其是语言形式。至于文学中的社会、历史、心理内容，那是社会学家、历史学家、心理学家的事，它们与文学无关，因为它们不能体现“文学性”。或者说，文学不是生活、情感，而仅仅是由词语制造的。什克洛夫斯基说：“如果我们要给诗歌感觉甚至是艺术感觉下一个定义，那么这个定义就必然是这样的：艺术感觉是我们在其中感觉到形式(可能不仅是形式，但至少是形式)的一种感觉。”[②]当然，文学之美也只能在形式上面，而与内容无关。俄国形式主义的这些论点对英美新批评、法国结构主义都产生了深远的影响。

2.“新批评”派的观点

在“新批评”内部，尽管对作品的内容与形式的关系存在着不同意见，但其基本思想是大体一致的，即认为形式是文学的自足本体，艺术美只能到形式中去寻找。

“新批评”的代表人物，美国现代著名文论家、诗人兰色姆在作品的内容与形式的关系上提出了“构架—肌质”说。他认为一首诗可分为构架和肌质两部分。构架是指“诗可以意释而换成另一种说法”的部分，即可以用散文加以转述的东西，是使作品的意义得以贯通的逻辑线索(这相当于通常意义上的内容)；肌质则是指作品中那些

---

① 鲍·艾享鲍姆：《“形式方法”的理论》，《俄苏形式主义文论选》，中国社会科学出版社1989年版，第24页。

② 鲍·艾享鲍姆：《“形式方法”的理论》，《俄苏形式主义文论选》，中国社会科学出版社1989年版，第29页。

无法用散文转述的部分，它“并非内容，而是一种内容的秩序”(这相当于通常意义上的形式)。在兰色姆看来，诗的本质、精华，诗的美和魅力都在于肌质，而不在构架。“新批评”的另一重要代表人物，捷克出生的美国现代文论家韦勒克则提出“材料—结构”说。他说，如果把所有一切与美学没有什么关系的因素称为“材料”，而把一切需要美学效果的因素称为“结构”，可能要好一些。这绝不是给旧的一对概念即内容与形式重新命名，而是恰当地沟通了它们之间的边界线。“材料”包括了原先认为是内容的部分，也包括了原先认为是形式的一部分。“结构”这一概念也同样包括了原先的内容和形式中依审美目的组织起来的部分。① 实际上，韦勒克所说的“材料—结构”与“内容—形式”大体相当。在他看来，材料的意义是微乎其微的，“几乎没有什么艺术品的梗概不是可笑的或者无意义的”，因此，“一件艺术品的美学效果并非存在于它所谓的内容中”，只有结构才是“积极的美学因素”，才能产生“美学效果”。由于“新批评”派认为美在于形式，因此他们把形式看成是文学的本体，把对作品的形式的考察称为“内部研究”，把对作品所反映的生活的考察贬为“外部研究”。

3. 结构主义者的观点

以罗兰·巴尔特为代表的法国结构主义，在作品的内容与形式关系问题上，与俄国形式主义、英美新批评一脉相承，所不同的仅仅是他们把形式强调到更绝对的地步。罗兰·巴尔特说，“叙事作品是一个大句子”，“叙述作品具有句子的性质”。他同样认为，唯有具有结构功能的语言单位，才是作品的构成因素，而社会生活、主观情感都不在作品的构成之内。他说：“叙事作品中‘所发生的事’从(真正的)所指事物的角度来说，是地地道道的子虚乌有，‘所发生

① 参见韦勒克、沃伦：《文学理论》，刘象愚等译，生活·读书·新知三联书店 1984 年版第 276～277 页。

的'仅仅是语言，是语言的历险。"①"叙述的代码是我们的分析所能达到的最后层次。""叙述不可能从使用它的外界取得意义，超过了叙述层就是外界，也就是说其他体系(社会的，经济的，思想意识的体系)。这些体系的项不再只是叙事作品，而是另一种性质的成分(历史事实，决心，行为等等)。"②这样一来，作品的美和魅力只能依存于他称之为叙述层的形式，也就合乎罗兰·巴尔特的逻辑了。

上述这些论点可以统称为形式主义论。

4. 形式主义论的弱点

形式主义论的致命弱点是把不可分离的东西分离开来，并加以本末倒置。这就是说，他们把作品的内容与形式人为地分离开来，把形式看成独立自主的可以与特定的内容无关的东西，这样就自然地把艺术的美和魅力都归之于形式。例如，什克洛夫斯基曾这样说："文学作品是纯形式，它不是物，不是材料，而是材料的比。正如任何比一样，它也是零维比。因此作品的规模，作品的分子和分母的算术意义无关紧要，重要的是它们的比。戏谑的、悲剧的、世界的、室内的作品，世界同世界或者猫同石头的对比——彼此都是相等的。"③这里所说的"作品的规模""作品的分子和分母的算术意义"，实际上是指作品的内容；这里所说的"比"，实际上是指形式。在什克洛夫斯基看来，内容"无关紧要"，重要的是作为"材料之比"的形式，而且这种形式是可以脱离开材料而独立自主存在的。这就等于说，从艺术角度看，描写一场伟大的革命斗争与描写一群狗与狗的互咬是完全没有区别的，无关紧要的，重要的仅仅是其中的"材料的

---

① 罗兰·巴尔特：《叙事作品结构分析导论》，《美学文艺学方法论》(下)，文化艺术出版社1985年版，第561页。

② 罗兰·巴尔特：《叙事作品结构分析导论》，《美学文艺学方法论》(下)，文化艺术出版社1985年版，第555页。

③ 列·谢·维戈茨基：《艺术心理学》，周新译，上海文艺出版社1985年版，第63页。

比”。这种“材料的比”凌驾于一切材料之上，可以独立发生美学作用。

形式主义论的观点是不符合艺术事实的。实际上在艺术作品中，内容与形式不可分离，两者就如同光线穿过水晶一般，如同盐溶解于水一般，你无法把它们分离开来。为了强调内容与形式这种不可分离的关系，别林斯基提出了“具体性”这一概念。他指出“具体性”这个词源自拉丁文动词——“结合”：“我们在这里用它指思想和形式的有机的统一。这样的东西是‘具体的’，如果它的思想贯穿在形式里，而形式也表现了思想；取消它的思想就取消了形式，取消它的形式也取消了思想。换句话说，‘具体性’就是思想和形式的隐秘的、不可分的、必要的融合，这种融合成为一切的生命，没有它，任何东西都没有生命了。这在艺术作品中尤为显著。”①别林斯基所提出的“具体性”的概念极为重要，是他在长期的文艺批评实践中把握到的真理性的东西。它说明了那种所谓“艺术中形式就是一切，而材料是没有任何意义”的形式主义论，是极其错误的。按别林斯基的理解，作品的美和魅力不在形式中，而在于内容与形式的这种隐秘的融合的“具体性”中。他强调说：“具体性是真正诗的作品的主要条件，没有具体性的作品是技艺之作，是人造的蔷薇，固然它也有蔷薇的颜色和香气，但没有蔷薇的生命，没有那种说不出名的目的、但却含蕴着生命的某种东西。”②

实际上，就艺术作品的内容与形式的关系而言，形式以内容为对象，无论如何，形式不是绝对自由的，形式是表现内容的手段，并归根到底是根据内容的要求而形成的。任何一个艺术家都明白，当他寻找着新的艺术形式时，并不是仅仅为了显示他具有寻找新的艺术形式的本领，而是为了更加突出某项内容，使读者得到更为强

① 别列金娜：《别林斯基论文学》，梁真译，新文艺出版社1958年版，第2页。
② 别列金娜：《别林斯基论文学》，梁真译，新文艺出版社1958年版，第2～3页。

烈、深刻的审美反应。从这个意义上，我们可以说，关于形式的工作，不是为形式而形式，而是把形式赋予内容。形式总是有目的、有内容的，总是受目的、内容所制约的。刘勰说："夫水性虚而沦漪结，木体实而花萼振，文附质也。"①这就是说内容是根本，形式是在根本上长出来的枝叶花朵。刘勰还强调不能"为文而造情"，而要"为情而造文"②。这是深谙内容与形式两者关系的精辟结论。杜牧说："凡为文以意为主，气为辅，以辞彩章句为之兵卫，未有主强盛而辅不飘逸者，兵卫不华赫而庄整者。四者高下圆折步骤随主所指，如鸟随风，鱼随龙，师众随汤、武，腾天潜泉，横裂天下，无不如意。"③王夫之也说："无论诗歌与长行文字，俱以意为主。意犹帅也，无帅之兵，谓之乌合。"④这些论述把形式受制于内容的思想讲得很透彻。这是一条艺术定律，不论你是否同意，只要你是一个真正的艺术家、理论家，总是自觉不自觉地要承认它。譬如，俄国形式主义者在这个定律面前就不能不陷入惊人的自我矛盾：一方面，他们反复强调在艺术中重要的不是物，不是材料，不是内容，而是"材料的比"，是纯粹的形式；可另一方面，一旦他们要为他们提出的某种手法（如"陌生化"）找理由时，又不能不强调采用某种新手法，是为了更鲜明地显示材料及表现内容，并使人更强烈，更尖锐地体验材料和内容本身。请看什克洛夫斯基关于"陌生化"的手法是怎样说的：

> 如果我们研究一下感觉的一般规律，我们就会看到，动作一旦成为习惯性的，就会变成自动的动作。这样，我们所有的习惯就退到无意识和自动的环境里；有谁能够回忆起第一次拿笔时的感觉，或是第一次讲外语时的感觉，并且能够把这种感

---

① 刘勰：《文心雕龙·情采》。
② 刘勰：《文心雕龙·情采》。
③ 杜牧：《答庄充书》。
④ 王夫之：《姜斋诗话》。

觉同第一万次做同样的事情时的感觉作一比较，就一定会同意我们的看法。我们的散文话语的规律，以及这种话语里不完整的语句和只念出一半的词，都可以用自动化过程来解释……按照这种代数的思维方法，事物都是按其数量和总量考虑的，我们看不到事物，而是根据初步的特征识别事物。事物仿佛被包装起来从我们身边经过，我们根据它所占的位置知道它是存在的，不过我们只看到它的表面。在这样的感觉的影响下，事物首先在作为感觉方面减弱了，随后在再现方面也减弱了……因此，为了恢复对生活的感觉，为了感觉到事物，为了使石头成为石头，存在着一种名为艺术的东西。艺术的目的是提供作为视觉而不是作为识别的事物的感觉；艺术的手法就是使事物奇特化(又译为“陌生化”——引者)的手法，是使形式变得模糊、增加感觉的困难和时间的手法，因为艺术中的感觉行为本身就是目的，应该延长；艺术是一种体验事物的制作的方法，而“制作”成功的东西对艺术来说是无关重要的。①

我们必须承认，什克洛夫斯基提出“陌生化”这样一个概念，是对艺术规律的发现，对文学理论是有贡献的。但在这里，他一反他自己的关于艺术只是一种纯形式的理论，不得不强调作为一种手法陌生化背后的内容和目的。他运用心理学感觉自动性的学说，指出某种动作、言语反复使用，就会变成一种无意识的习惯性自动性言行，使我们仅能识别它，而不能很好地感觉到它。而陌生化作为一种手法，并不是由于它自身有什么优点，而是为了恢复生动感，“为了感觉到事物，为了使石头成为石头”。这就等于承认艺术手法是为一定的内容服务的，是为加强加深人们的审美反应服务的。所以在

① 维·什克洛夫斯基：《艺术作为手法》，《俄苏形式主义文论选》，中国社会科学出版社 1989 年版，第 63～65 页。

这里，什克洛夫斯基实际上是用自己的理论批判了自己的纯形式论。由此也可看出，艺术规律是不可抗拒的。

(三)第三种观点：美在于内容与形式的有机统一

持此种观点的人就更多。从亚里士多德到黑格尔再到别林斯基、列夫·托尔斯泰都力主“有机统一”论，认为艺术之美就存在于作品整体的有机统一中。不过，亚里士多德、托尔斯泰等的“有机统一”论，是指作品的结构而言，侧重于强调作品形式方面的完整性和有机性。黑格尔所论的才是真正意义上的内容与形式的有机统一论，因此我们在这里着重要谈谈他的观点。

1. 黑格尔、别林斯基的观点

作为运用辩证法的高手，黑格尔强调内容与形式的不可分割性，他说：“没有无形式的内容，正如没有无形式的质料一样……内容所以成为内容是由于它包括有成熟的形式在内。”①在这里黑格尔把事物的内容与形式看成同一事物的两个相互依存的侧面，无内容即无形式，无形式即无内容，内容与形式永远是同体的、密不可分的。对此，列宁予以肯定评价，说：“黑格尔则要求这样的逻辑：其中形式是具有内容的形式，是活生生的实在的内容的形式，是和内容不可分离地联系着的形式。”②黑格尔把他的这种辩证法运用到作品的内容与形式的关系的论述中去。他说：“文艺中不但有一种古典的形式，更有一种古典的内容；而在一种艺术作品里，形式与内容的结合是如此密切，形式只能在内容是古典的限度内，才能成为古典的。假如拿一种荒诞的、不定的材料做内容，那末，形式也便成为无尺度、无形式，或者成为卑劣的和渺小的。”③他还说：“只有内容与形式都表明为彻底统一的，才是真正的艺术品。我们可以说荷马史诗

① 黑格尔：《小逻辑》，贺麟译，商务印书馆1980年版，第279页。
② 列宁：《哲学笔记》，人民出版社1956年版，第89页。
③ 黑格尔：《历史哲学》，王造时译，商务印书馆1963年版，第111页。

《伊利亚特》的内容就是特洛伊战争，或确切点说，就是阿基里斯的忿怒；我们或许以为这就很足够了，但其实却很空疏，因为《伊利亚特》之所以成为有名的史诗，是由于它的诗的形式，而它的内容是遵照这形式塑造或陶铸出来的。同样又如莎士比亚《罗密欧与朱丽叶》一悲剧的内容，乃由两姓的仇恨而引起的一对爱人之毁灭；但单是这个故事的内容，尚不足以造成莎士比亚不朽的悲剧。”①黑格尔的意思是，一定的内容本身已含有某种外在的、感性的形式，一定的内容与一定的形式应该相互匹配。一定的内容必然富于一定的形式。反之，一定的形式也必然富于一定的内容，内容与形式融为一体，不可分离。而艺术的美也就在这种内容与形式的有机统一中。曾经是黑格尔思想的信徒的别林斯基这样说：

> 作品里呈现了思想和形式的具体的融合，其中思想只通过形式而存在。以确切不移的必然性为基础的“创造的自由”这一规律派生了“具体性”规律。任何艺术作品之所以是艺术的，因为它是依据必然性规律而制作的，因为其中没有任何随意武断的东西：没有一个字、一种声音、一笔线条是可以被另外的字、声音、或线条去代替的。但不要以为我们因此就抹煞了创造的自由；不，我们这种说法正是肯定了它，因为自由是至高的必然性，凡是不见必然性的地方就没有自由，有的只是任意，其中既没有智慧、意义，也没有生命。艺术家不仅可以改动字、声音和线条，而且能改动任何形式，甚至他的作品的整个部分，但是随着这种改变也改变了思想和形式；它们将不是以前的思想，以前的形式，而是修改过的新思想和新形式了。因此，在真正艺术的作品中，既然一切都依据必然性规律而出现，就不

① 黑格尔：《小逻辑》，贺麟译，商务印书馆1980年版，第279～280页。

会有任何偶然的、多余的或不足的东西；一切都是必然的。[①]

别林斯基这段话可以说是对黑格尔关于内容与形式的辩证法的最深刻的理解和最透辟的论述。

2. 对黑格尔、别林斯基观点的质疑

黑格尔和别林斯基的“有机统一”论，是对作品内容与形式关系问题的哲学的解决，但这种解决又是不够的。因为黑格尔和别林斯基的论点运用到其他事物上面，也同样正确。这说明黑格尔、别林斯基只是揭示了一般事物的内容与形式的关系的共同特征，并没有揭示艺术作品内容与形式关系的特有的审美特征。这也就是说，我们可以同意，艺术之美在于作品的内容与形式的有机统一上面，但这种“有机统一”与其他事物的“有机统一”又有何区别呢？或者说在艺术作品中内容与形式的“有机统一”是如何达到的呢？我们以为要回答这个问题，仅仅停留在哲学辩证法的范畴里寻找答案，是不够的。答案在美学的心理学的分析中。

三、内容与形式的辩证矛盾

那么，艺术作品内容与形式的关系究竟是怎样的呢？我们的基本观点是：必须划清题材、内容、形式三者的边界线。题材作为内容与形式之间的中介概念十分重要。艺术创作最终达到的内容与形式的和谐统一，不是形式消极适应题材的结果，而是在内容与形式的辩证矛盾中达到的。题材作为“准内容”吁求并制约形式，而形式则塑造题材，并赋予题材以艺术生命。在内容与形式互相征服的运动中，达到内容与形式的和谐统一。美在内容与形式的交涉处。

---

① 别列金娜：《别林斯基论文学》，梁真译，新文艺出版社1958年版，第3～4页。

(一)题材、内容、形式及其边界线

普列汉诺夫说："在任何稍微精确的研究中，不管它的对象是什么，一定要依据严格地下了定义的术语。"①关于文艺作品的内容与形式，历来众说纷纭，其说不一。如果作品的内容与形式之间的界限不清楚，其关系也就很难谈。西方许多学者苦于传统理论中关于作品内容与形式边界线的不易划清，曾做过种种补救。德国学者帕特等人提出"内形式""外形式"之说，试图说明内容与形式的分别所在。俄国形式主义文论的代表什克洛夫斯基把"内容—形式"改为"材料—形式"，从而扩大了"形式"的"地盘"。英美新批评派文论家则以"构架—肌质"取代"内容—形式"，以肯定形式的"本体论"地位。新批评派的另一代表人物韦勒克，则认为以"材料—结构"的说法，才能沟通内容与形式之间的边界线。企图给"内容—形式"重新命名的做法几乎成为一种理论时髦。但我们认为"内容—形式"这个名称并没有什么不妥，重要的是要给它一个明确而又比较合理的界说。

那么，艺术作品的内容和形式的分野在何处呢？

首先是要明确解决这一问题的前提，那就是文艺作品内容与形式的不可分离性。形而上学的看法就是把内容和形式这本不可分割的统一体，生硬地切割开来。在这个问题上，我们要回到黑格尔。黑格尔认为："没有无形式的内容，正如没有无形式的质料一样"，"内容所以成为内容是由于它包括有成熟的形式在内"。换言之，内容是具有形式的内容，形式是具有内容的形式，在真正的作品那里，二者永远不可分离；一旦两者变得可以分离，就不能构成真正的作品。因而黑格尔强调说："只有内容与形式都表明为彻底统一的，才是真正的艺术品。"②在这样一个前提下来探讨艺术作品的内容与形

① 普列汉诺夫：《没有地址的信·艺术与社会生活》，曹葆华译，人民文学出版社1962年版，第3页。

② 黑格尔：《小逻辑》，贺麟译，商务印书馆1980年版，第279页。

式的分界及二者的关系，才有可能得出正确的结论。

艺术作品内容与形式的关系，由于如盐溶解于水般的不可分离性，因而我们想孤立地、封闭地去分解艺术作品的内容和形式，就变得非常困难。把盐溶解于水是容易的，但要从盐水中重新把盐和水分解开，如不借助于一定的科学方法，就几乎不可能。所以我们认为要界说艺术作品的内容和形式，划清它们的边界线，必须借助于一个“中介”概念。这个中介概念就是题材。

我们的基本想法是：艺术作品的内容是经过深度艺术加工的题材，形式则是对题材进行深度艺术加工的独特方式。一定的题材经过某种独特方式（形式）的深度艺术加工就转化为艺术作品的内容。在上述定义中关键的是题材。毫无疑问，题材是经过艺术家初步筛选的生活材料。它来自生活，但又不等于生活。一方面，题材是艺术家从生活中寻找到并初步选择过的材料，它不能不带有艺术家主观思想感情的印痕，因此它不完全是“第一自然”；另一方面，题材毕竟还是生活材料，未经深度的艺术加工，有很强的客观性，因此，它又不完全是“第二自然”。正是由于它带有较强的客观性，具有明显的材料性质，所以一部艺术作品的题材一般是可以意释的，是可以用说明式语言转述出来的。但一旦题材经过特定艺术形式的深度加工，转化为特定内容之后，一般来说就不可以意释和转述了。如果你硬要意释和转述，那只能破坏既定的内容，或者你意释和复述的仍然是题材而已。例如，荷马史诗《伊利亚特》的题材就是特洛伊战争，或确切地说，就是阿基里斯的震怒，但这种意释和复述即使再详尽，也仅仅是指出了《伊利亚特》的题材，还不是《伊利亚特》的内容，“因为《伊利亚特》之所以成为有名的史诗，是由于它的诗的形式，而它的内容是遵照这形式塑造或陶铸出来的”。同样，《红楼梦》的题材可以说是封建末世一个贵族之家由盛而衰以及一对青年男女追求自由婚姻的失败所造成的悲剧，这可以或详或略地加以意释或转述，但其内容却是无法原封不动地重述出来的。因为它已经过了独特形式的塑造，《红楼梦》作为内容与形式的有机的结合体，只有靠它本身的全部魅力显示出来。那氛围、那情调、那韵味，即使在最高明的批评家笔下也无法完全地重现出来。即使是内容极为单纯的短诗，如李白的《静夜思》，你可以说它的题材是“月夜思乡”，但要用散文的语言原原本本地把它真正内容重述出来，却是做不到的。你可以背诵它，而要意释它却不容易。这就说明了题材本身还不是内容，题材至多只能说是内容的坯料，只有经过与它相切合的形式的深度的艺术加工之后，才转化为真正具有审美意义的内容。艺术作品的内容是从艺术形式深度加工过的题材那里转化出来的。从这个意义上说，“内容非他，即形式之转化为内容”(黑格尔语)。这样，我们也就不难看到艺术形式在形成艺术内容中所起的积极作用了。

艺术作品形式作为对一定题材的深度的艺术加工的方式，不应如通常所理解的那样，指某种体裁样式，结构方式，以及叙述、描写、抒情的具体手法。艺术作品形式既然是在深度艺术加工中发生作用的，那么它的起点是对题材的处理，它的终点是内容与形式相统一的整个作品的完成。就创作角度说，它是一个过程；就其内涵说，它本身是一种复杂的统一体。实际上，当我们说文学反映生活时，不仅仅指作品内容反映生活，而且作品形式也反映生活。当我们说文学表现艺术家的体验时，不仅仅指作品内容表现艺术家的体验，作品形式也表现艺术家的体验。同样的题材，以不同的形式去加以塑造，其所反映的生活，所抒写的感情可能是完全不同的。人们常说诗是不可翻译的，这就是因为诗是一种形式感特别强的文体，诗的形式中浸润着思想与感情。翻译尽管仅是作品形式的部分改换，也会部分地或全部地破坏或扭曲原诗固有的思想与感情，更不用说对艺术神韵的减损了。可见，形式绝不是与思想情感无关的东西。

当代英国著名学者特雷·伊格尔顿如下一段话，可以帮助我们理解形式究竟是什么，他说：

> 形式通常至少是三种因素的复杂统一体：它部分地由一种“相对独立的”文学形式的历史所形成；它是某种占统治地位的意识形态结构的结晶，如我们已经看到的小说方面的情形；还有……它体现了一系列作家和读者之间的特殊关系。马克思主义批评所要分析的正是这些因素之间的辩证统一关系。因而，在选取一种形式时，作家发现他的选择已经在意识形态上受到限制。他可以融合和改变文学传统中于他有用的形式，但是这些形式本身以及他对它们的改造是具有意识形态方面意义的。一个作家发现手边的语言和技巧已经浸透一定的意识形态感知方式，即一些既定的解释现实的方式。①

伊格尔顿这段话的旨趣无疑在说明艺术形式与意识形态的密切关系，但它关于艺术形式至少是三种因素的复杂统一体的思想，则告诉我们，不要把艺术作品的形式看成是单纯的技术性或技巧性的因素，它包括了极为丰富的内涵。

根据我们对形式的上述理解，我们认为，伊格尔顿讲的还不够全面，作品的形式实际上累积了“内容”，大概说来，应包括以下四个因素：

首先，形式是一种历史传统。它在艺术历史发展中形成，同时在历史发展中又成为一种惰力，要摆脱这种惰力，创造一种适合于新的内容的艺术形式，绝不是轻而易举的事。一种新的艺术形式的出现，甚至一种新的形式技巧的采用，都是对历史成规的突破，都需要有一种超越历史的精神。“五四”新文学革命中白话文的采用，

---

① 特雷·伊格尔顿：《马克思主义与文学批评》，《西方马克思主义美学文选》，漓江出版社 1988 年版，第 685～686 页。

就是向历史传统成功的挑战，它的确是文学形式因素的改变，却绝不是小事一桩。它体现了作家们感知社会现实的新方法。

其次，形式又是“意识形态结构的结晶”。形式本身已经“浸透了一定意识形态感知方式”，或者说形式中有意识形态的投影。普列汉诺夫在《法国戏剧文学和法国18世纪绘画》中有力地论证了法国古典主义悲剧向言情喜剧的转变，反映了贵族向资产阶级价值的转移。因此艺术家们选择什么样的形式，如何运用某种形式，都不是与思想意识无关的小事。形式的选择与运用往往反映了时代的、阶级的意识形态，也充分地体现了艺术家个人的感知现实生活的方式和对生活的认识的深度和广度。当然，艺术形式的变化与意识形态的变化并不是完全对应的，形式有其相对独立性，它不会完全屈从意识形态的每一次风向的改变。

再次，形式是赋予作品以审美效应的重要手段。毛泽东同志所说的文艺作品反映出来的生活，“可以而且应该比普通实际生活更高、更强烈、更有集中性、更典型、更理想，因此就更带普遍性”，这六个“更”，不完全是在选择题材过程中的艺术加工，更重要的是在赋予题材以形式过程中的深度的艺术加工。离开形式化这一深度艺术加工，六个“更”也就不可能达到，艺术作品的审美效应也就无从发生。从这个意义上说艺术作品的形式是艺术家对生活的回赠，它充分体现了艺术家的创作个性和审美理想，是艺术家主体潜能的充分发挥。

最后，形式标示艺术家与读者的特殊关系。艺术家创作时，心目中都有一个隐含的读者群，这个读者群的愿望、要求、欣赏水平和审美趣味不但要在题材的选择中起作用，而且也必然要在形式的选择与运用中起作用，因此，形式在一定意义上说，又是艺术家与读者关系的表征。有人会认为，我们把形式的“地盘”拓展得太大了，其实这不是我们主观任意的拓展，我们不过是还“形式”以本来的“地盘”而已。也许正是在这个意义上，卢卡契才在他的早期论文《现代戏剧的发展》(1909)中那么绝对地说：“文学中真正的社会因素是形式。”并针对庸俗社会学的理解，提出警告说：“艺术中意识形态的真正承担者是作品本身的形式，而不是可以抽象出来的内容。”

通过以上论述，我们似乎可以这样说，题材作为形式与内容的中介环节，一方面受到形式的锻造，一方面则在锻造后转化为内容。形式对题材的锻造一旦获得成功，内容与形式的美学关系得以建立，一部内容与形式有机统一的有艺术生命的作品也就诞生了，而题材则“退出”，只以“隐在”的方式而存在着。进一步说，在一部内容与形式高度统一的作品中，内容与形式就如同水乳交融不可分离。我们很难指出作品中哪些是纯粹的内容，哪些是纯粹的形式。我们无法划清它们之间的边界。一部作品如同一个铜板的两面，从这一面看是内容，从那一面看是形式。当我们感受它时，它是内容，当我们判断它时，它是形式，唯有形式才具有内容，并拥有它。反之，唯有内容才具有形式，并拥有它。从美学的角度看，我们无法把一部作品的内容与形式硬拆开来，并进一步谈论它们之间的决定与被决定的关系。能够而且应该谈论的是形式与作为内容坯料的题材的美学关系。

(二)题材吁求形式

如果我们上述的理解可以成立的话，那么题材作为艺术家选定的介于“第一自然”与“第二自然”之间的材料，只能看成是未来作品的“准内容”。“准内容”还不是“内容”，但它往往急迫地“想”成为真正的内容。然而它在未被赋予一定的形式之前是不可能成为内容的。题材在未被深度艺术加工之前，其“缺陷”是显而易见的。它即使再完整再具体，也还缺少应有的艺术秩序，它就如同纺织工人手边那些纱料一样，从那里可以见出数量和质量，但它还没有布的“秩序”，还不是布。这样，还不具有“艺术秩序”的题材，就还不能构成活生生的艺术世界。进一步说，题材是一种停留于艺术家心中的未定型的东西，还不是“胸中之竹”，至多是“眼中之竹”，它还不是审美对象，还不能与读者构成对话关系，因而也不具美学效果。甚至可以说，题材能不能转化为真正的作品内容也还难说，它可能在痛苦中出生，也可能因各种主客观原因而在母体内窒息而死。在这种情况下，如果一个艺术家选择了一个题材，那么，他和它就会急切地吁求形式，吁求某种理想的形式，以促使题材向真正的内容转化。对艺术家来说，这是一个喜悦和焦虑交织的时刻，他为获得一个题材而喜悦，同时又为寻找具有表现力的形式而焦虑，而且常常是焦虑超过喜悦，如同一个临产的孕妇，喜悦中充满恐惧。这就是说，题材和与其相匹配的形式的关系，绝不是简单的决定与被决定的关系。题材吁求形式，是作为题材拥有者的艺术家苦心追求的过程，并非有了什么样的题材，就一定会有什么样的形式自然而然地出现。“吁求”与“决定”的含义是不同的：“吁求”强调艺术家寻找形式的主动性，“决定”则强调艺术形式呈现的被动性，似乎艺术家不必苦心孤诣地创造，形式在冥冥之中已被内容决定了。这种看法不符合艺术创作的规律。

从形式这一面说，一定的形式只有在题材的吁求下才出现。题材的吁求是形式出现的前提条件。作品的形式无论如何是一定内容的形式。一定的形式以一定的题材为对象。可以这样说，形式的工作就是把形式赋予题材进而转化为内容的工作。形式一旦脱离开它的工作对象，就变得毫无意义了。这一点正如马克思所说：“如果形式不是内容的形式，那末它就没有任何价值了。”①如同社会的生产方式决定上层建筑一样，作品形式归根到底是根据题材的要求而形成的。题材是形式形成的根本动因。作品的形式能否出现，能否形

① 马克思：《第六届莱茵省议会的辩论》，《马克思恩格斯全集》第1卷，人民出版社1956年版，第179页。

成，取决于题材是否有吁求。从这个意义上说，题材吁求决定形式的呈现，题材征服形式。中国古代诗论深得此中规律，在“意”（题材）与“语”“象”“文”“笔”（形式）的关系上，指出“无论诗歌与长行文字，俱以意为主。意犹帅也。无帅之兵，谓之乌合”（王夫之语），因此要“后于语，先于意”（皎然语），要“意在象前，象生意后”（徐寅语），要“意在笔先，然后着墨”（沈德潜语）。强调忽视内容的孤立的形式不能产生美，叶燮在《原诗》外篇中谈到波澜之美，他认为只有在明净的水质中，由微风吹动的波澜才是美的，如果是一条臭水沟，在风的作用下也会出现波澜，可它只能散发出臭味儿。所以他说：“波澜非能自美也，有江湖池沼之水以为之地，而后波澜为美也。”又如苍老也可以是一种美，然而“苟无松柏之劲质，而百卉凡材，彼苍老何所凭藉以见乎？必不然矣”。就诗而言，诗的质（题材）就是“诗之性情，诗之才调，诗之胸怀，诗之见解”，而诗的形式则是诗的“体格、声调”，后者依赖于前者，或者说后者的出现与活跃有待前者的吁求与呼唤。

再进一步说，题材对形式的吁求中，已包含了深一层的要求，从而对形式做了深一层的规定。这就是任何一个艺术家所选定的题材中，都已含有内在的逻辑，其中又可分为来自生活的生活固有逻辑和来自艺术家主体的情感逻辑，这种内在的逻辑吁求形式做出与之匹配的呼应。这也就是说，艺术家对一定题材赋予什么形式，尽管有其发挥创造性的宽广天地，但题材固有的内在逻辑，使艺术家在考虑采用何种形式时，不能不受到一定的制约。遵从这种制约，才能使形式与题材的“性格”相匹配。因为一定的形式只有深刻地切入到题材的内在逻辑，才能充分地艺术地表现这种题材，才能使之转化成真正的富于艺术魅力的内容，进而获得理想的审美效果。这里可能产生两种形式与题材不相匹配的倾向：第一，是形式完全违背了题材固有的内在逻辑的规定，结果题材是一种色调，形式则是另一种色调，两种色调又无法达成妥协而产生和谐感，这样形式与题材就对立而不统一，古人常讲的“有文无质”“有墨痕无血痕”的弊病就是这样产生的。第二，是形式力量不足，题材溢出形式，这样艺术家的感情就不能彻底地转换为艺术情感。马克思烧掉了他早期的抒情诗，其原因是诗的形式力量稍差，束缚不住诗中狂热的感情，成了致命伤。

然而，形式如何才能切合题材的内在逻辑呢？形式只要消极地适应题材的需要，并将题材呈现出来，就可达到目的了吗？情况并非这样简单。如果我们只是强调形式对题材的适应，许多问题我们就解决不了。例如，艺术家为什么总是热衷于写人生的苦难、不幸、挫折、伤痛、死亡、愁思和苦闷？丑以什么理由进入艺术创作中，难道它仅仅是因为可以作为美的对照，或可以供美的理想的批判，才得以进入艺术创作的吗？为什么现代艺术家往往喜欢写生活的荒诞、异化、失落、沉重和邪恶？可以设想，如果形式总是消极地适应这些题材，那么艺术作品还能产生美感吗？

(三)形式征服题材

一直存在着这样一种观点：内容是主人，形式是“奴隶”，形式仅仅是消极地配合、补充内容，服服帖帖地为内容服务。如古代诗论中就有这种说法：“作诗必先命意，意正则思生，然后择韵而用，如驱奴隶。”[①]作诗要“先命意”，这是不错的。这一点我们在上文已论证过。但形式是否就是“奴隶”，只能恭恭敬敬地听任“意”(题材)的驱遣呢？我们的看法不是这样。的确，题材吁请形式，题材是主人，形式是客人。然而一旦把“客人”请到了家，“客人”是否时时处处都需听从“主人”的安排？这就很难说。实际上艺术创作的实践表明，“客人”一旦到了“主人”的“家”，往往就“造起反来”，最终往往是客人征服主人，重新组合，建立起一个新的家。形式征服题材，两者在对

① 魏庆之：《诗人玉屑》卷六。

立、冲突中建立起新的艺术秩序和有生命的艺术世界。我们的基本观点是：艺术创作最终达到的内容与形式的和谐统一，不是形式消极适应题材的结果，恰好相反，是形式与题材对立、冲突，最终形式征服（也可以说克服）题材的结果。形式与题材二者相反相成。

苏联早期心理学家、艺术理论家列·谢·维戈茨基提出“要在一切艺术作品中区分开由材料引起的情绪和由形式引起的情绪”，他认为，“这两种情绪处于经常的对抗之中，它们指向相反的方向”，而艺术作品“应包含着向两个相反的方向发展的激情，这种激情消失在一个终点上，好像消失在‘短路’中一样”。维戈茨基的意思是，在许多作品中，形式与题材的情调不但不相吻合，而且处于对抗之中，如题材指向沉重、苦闷等，而形式则指向超脱、轻松等，形式与题材所指的方向完全相反，但却又相反相成，达到和谐统一的境界。维戈茨基所举的最有名的一个例子，是他对布宁的短篇小说《轻轻的呼吸》的分析。这篇小说就题材看，所描写的是“一个放荡女中学生的生活故事”，“一个外省女中学生的毫不稀奇、微不足道和毫无意义的生活”，她刚 15 岁就轻佻地与一个哥萨克军官谈恋爱，然后又与一个 56 岁的地主乱搞。这个漂亮的女中学生在生活刚刚开始之际，就突然被那个军官在火车月台上枪杀了。维戈茨基说：“故事的实质就是生活的混沌，生活的浑水。”如果我们在真实的生活里听说这么一件事的话，那么除了感到恶心和可怕之外，恐怕不会有其他的感觉。但这样一个恶心、可怕的题材，经作家布宁赋予诗意的形式，作过深度的艺术加工之后，“整个小说给人的印象就不同了”，或者说“小说同本事所产生的印象截然相反。作者所要达到的正好是相反的效果，他的小说的真正主题当然是轻轻的呼吸，而不是一个外省女中学生的一段乱七八糟的生活。这不是一篇写奥丽雅·梅歇尔斯卡娅的小说，而是一篇写轻轻的呼吸的小说。它的主线是解脱、轻松、超然和生活透明性的感觉，而这种感觉从作为小说基础的事件本身是无论如何得不出来的”①。维戈茨基以细致入微的分析，令人信服地说明了布宁的小说《轻轻的呼吸》，其形式与题材不但是对立的，而且“形式消灭了内容”，题材的“可怕”完全被诗意的形式所征服，通篇都“浸透着一股乍暖犹寒的春的气息”。②

就小说而言，题材与形式之间对立是经常的事。小说的题材就是本事，本事作为生活原型性的事件，必然具有它的意义指向和潜在的审美效应。然而当小说家以其独特形式——叙述方式——去加工这个本事时，完全可以发挥它的巨大功能，对本事进行重新的塑造，从而引出与本事相反的另一种意义指向和审美效应。因为作为叙事方式的形式负责把本事交给读者，它通过叙述视角和叙述语调的刻意安排，把这样一个故事而不是那样一个故事交给读者，它可能引导读者不去看本事中本来很突出的事件，而去注意本事中并不重要的细节，引导读者先看什么事件然后再看什么事件等，这样读者从小说中所获得的思想认识和审美感受与从本事中所得到的可能会完全不一样。形式与题材对抗，并进而征服了题材。例如，布宁的小说《轻轻的呼吸》中，女中学生奥丽雅被哥萨克军官开枪打死，无疑是本书中最为重大的事件，但作家仅仅用“开枪打死”四个字带过，并被安排在一个长句中间，而且“开枪打死”作为这篇小说一个最可怕、最令人难受的短语，又“完全被掩盖于对哥萨克军官的一长串平静的、匀称的描写和对月台、对刚刚下火车的广大人群的描写中了”③。相反，在本书中并不重要的奥丽雅与她的女友一次关于女性美的谈话，通过女班主任老师——一个处女的回忆，被大肆渲染。

① 列·谢·维戈茨基：《艺术心理学》，周新译，上海文艺出版社 1985 年版，第 203～204 页。

② 列·谢·维戈茨基：《艺术心理学》，周新译，上海文艺出版社 1985 年版，第 208 页。

③ 列·谢·维戈茨基：《艺术心理学》，周新译，上海文艺出版社 1985 年版，第 207 页。

奥丽雅家的藏书中有一本《古代笑林》，把“轻轻的呼吸”视为整个女性美的最重要一点。奥丽雅说：“轻轻的呼吸！我就是这样的，——你听我怎么喘气，——真是这样吧?”维戈茨基对此分析说：“这个细节是整个小说的 Point，是揭示小说的真正涵义的一个逆转。”的确是这样，在这一个细节里凝聚的思想意义和审美效应比整个作品加在一起还要多。拿古代诗论的话说，这是“诗眼”“文眼”，是画龙点睛的一笔。作家正是通过强调这一点和忽视那一点等艺术形式的深度加工，使形式征服题材，让题材归顺形式。维戈茨基的结论是：“形式是在同内容作战，同它斗争，形式克服内容，形式和内容的这一辩证矛盾似乎正是我们的审美反应的真正心理学涵义。”①如果把这段话中的“内容”改为“题材”的话，那么我们就完全赞同维戈茨基的观点。

我们认为维戈茨基上述观点，是对内容与形式关系的一大发现，它带有普遍性。凡成功的或比较成功的作品都是形式征服题材的范例。这里我们想再举一篇小说来分析一下，因为小说写的是生活故事，题材的客观性最强，题材的内在逻辑性也最清晰，因此，题材对形式的限制也最为严格。要是我们的观点能深刻地解释小说创作的话，那么，以我们的观点去解释诗歌、音乐、舞蹈等形式感特别强的艺术类型的作品，就不在话下了。

幽默本来是属于喜剧类的一个审美范畴。但在艺术创作中，它有时也并不完全是题材本身所固有的，而是创作主体对客体的一种把握方式，因此相对题材而言，它也可以说是一种艺术方式、艺术形式。一般而论，艺术中的幽默是艺术家的机警、智慧的闪光，它与讽刺、滑稽有联系，但又不同。它以宽厚的态度，通过各种手法，对含有潜在喜剧因素的客体，有意做理性倒错的处理，从而引发一种极富情趣又包含复杂感情的会心的笑。题材本身可能是丑的、沉重的、

---

① 列·谢·维戈茨基：《艺术心理学》，周新译，上海文艺出版社 1985 年版，第 213 页。

病态的或异化的，但幽默作为一种艺术方式以笑与之对抗，并战而胜之，把丑的、沉重的、病态的和异化的题材，转换为机智的会心的笑。这里我们想稍微具体地分析一下台湾作家周腓力的获奖短篇小说《一周大事》，来印证我们前面提出的观点。《一周大事》叙述一个小家庭到美国谋生的故事，它所写的是一种不值得过的沉重的不幸的生活，但我们读它却觉得兴味盎然，发出会心的笑，这是怎么回事呢？其原因在于作家巧妙地运用幽默的艺术形式去“攻打”这个题材。就题材而言，是讲在美国谋生不易，所得到的不过是生活的沉重、痛苦的叹息。“我”一家到美国后，为生活所迫，开了一家玩具批发店，全家四口都被卷进了这无休止的生活中去了。4 岁的小女儿珍珍，本应在秋千架上嬉戏，现在却过早地进入生活，她每天得在货架旁以示范的方式向顾客介绍玩具的性能，还得强记一些英语和西班牙语的数字，以便对付顾客的询问。有时甚至连小便的时间也没有，终于憋尿憋出了病。5 岁的儿子强强，他本来也应该享受正常的童年生活，可他每天清晨 6 点钟就要起床做全家的早饭，他在店里负责商品的包装，每天都要像他父亲一样站 10 个小时。他还成了他们家的“小电脑”，所有玩具进口商的电话号码，都在他五岁的小脑里。他必须在他父亲需用电话号码时，立刻准确无误地报出所需的电话号码来。妻子胡瓜也变了，“她不像一个妻子，甚至不像一个女人”，她成了一个老板，她“把丈夫当雇工”，当“植物人”，把儿女当奴隶、当工具。她和左邻右舍的邻里关系搞得很坏，动不动就骂人。作为丈夫的“我”也变了，生活的紧张、劳累，使他没有尽到做父亲和丈夫的责任。他甚至整整一年没有与他的妻子过“夫妻生活”，而背后则又偷偷地搞“拉丁情人”。显然小说的题材是：在美国谋生的艰难，人的异化，生活的沉重，人性的扭曲。就题材看，它只能引起人们的艰难感、苦痛感和不幸感。但作家以幽默的方式与之对抗。作家把这个苦涩的题材编织进幽默的图画中，从而改变了题材的色调。例如，夫妻之间因生活重压而造成精神生活的失常，竟至在一年内没有正常的性生活，但作家在叙述这件事时，却用了这样的文字：

来美国的第二年，我们的生活渐渐安定下来。但是夫妻之情荒废久了，也像学业荒疏太久一样，不是一时半刻就能跟上进度的。直到1984年圣诞节过后，我们利用批发业的空当休假七天，才终于找到机会检讨我们的婚姻生活。我提议须把儿女私事当作公事来办。我甚至建议要排时间表，要列预算，要确定五年计划等等。“婚姻大事”的公务地位确立以后，最后的协议是：星期六晚上规定为“办公”时间。就因为这件事一周只办一次，所以又正式命名为“一周大事”。

作者在这里运用了语言移位的方法，即把某种场合显得很自然的语言，移至一个情况完全不相同的场合。“提议”“进度”“检讨”“公事”“排时间表”“列预算”“五年计划”“公务地位”“协议”“规定”“一周大事”等，这些词语在办公室或会场使用，是自然而合适的，但作者却把这些词语移位到叙述夫妻之间的性生活的安排中，床帐间最富于人情味的事情用最标准的办公室语言来表达，这就导致了一种倒错，从而充满令人发笑的幽默意味。本来事情是扭曲的、不正常的、可悲的和苦痛的，但幽默用另一种相反的形式与之对立、斗争，使人发出了忍俊不禁的却又带有某种酸楚的笑，终于使毫不光彩的生活也带上了艺术的印记。就是其中最令人厌恶的事，在幽默形式的克服下，也化为一种笑声。小说这样写他们最初租到的店面的情形：

我们是1983年初才来的，在第四街上找到一间两千五百平方英尺带仓库的店面，东边还加一个停车场。这间长年尘封的店铺，在承租当时，地面上的灰土赛过月球表面。密布的蜘蛛网，需用武士刀才能斩断。厕所里的水龙头不出水，反而天花板上出水。厕所里既然无水，难怪抽水马桶里囤积着陈年老“粪”，而且已经变得像花岗石一般坚硬。

在这里，小说作者用了对比的方法来制造幽默。地面上灰尘与月球表面灰尘，蜘蛛网与武士刀，水龙头不出水与天花板出水，陈年老酒与陈年老“粪”，“粪便”与花岗石，对比的事物之间完全不相干，作者却能够把它们统一在对比的情境里，这就产生了幽默。有了这种幽默之后，原有的那些令人恶心的事给人的印象就完全不同了。生活悲剧似乎在顷刻间变成了喜剧。面对的是厕所，可我们似乎再闻不到粪的臭味。“陈年老‘粪’”这个生造的词脱胎于“陈年老酒”，即使作者不说出这一点，凡有汉语知识的读者也会立即把两者进行对比，这就是作为艺术形式的幽默对特定题材“攻打”的胜利。

在诗、音乐和舞蹈等艺术中，形式征服题材的规律表现得更为明显。就以诗歌而论，诗的节奏是诗歌作品形式的重要因素。“诗所以能激发情感，完全在它的节奏。”①但必须指出的是，诗讲究节奏，实际是“戴着脚镣跳舞”，是有意的让诗的题材受形式的束缚和征服。诗的题材可以是平淡、苦闷或哀愁的，等等，而节奏则是以优美感、轻松感和韵律感等与之对抗，在这对抗中若节奏征服题材，就可以改变、甚至完全改变题材给人的印象。

许多平淡、琐屑，甚至刻板的题材，经过节奏的征服，都可以变为真正的诗。例如，汉乐府《江南》：“江南可采莲，莲叶何田田！鱼戏莲叶间。鱼戏莲叶东，鱼戏莲叶西，鱼戏莲叶南，鱼戏莲叶北。”就诗的题材而言，不过是讲鱼在莲叶间游戏，十分地单调、平淡。要是用散文意译出来，绝对不会给人留下什么艺术印象。但这

---

① 闻一多：《诗的格律》，《闻一多全集》第3卷，生活·读书·新知三联书店1982年版，第413页。

个平淡无味的题材一经诗的节奏的表现，情形就完全不一样了。我们只要一朗读起它，一幅秀美的“鱼戏莲叶间”的图画就在我们眼前呈现出来，一种欢快的韵调油然而生。清代诗人焦循有首《秋江曲》：“早看鸳鸯飞，暮看鸳鸯宿；鸳鸯有时飞，鸳鸯有时宿。”题材的单调在节奏韵律的征服下，变异出一种深远的意境和动人的情调。我们甚至可以说，只要有好的节奏，无论题材多么简单都可以是真正的诗和歌。诗人郭沫若对此深有体会，他曾介绍说，日本有一位著名的俳人芭蕉，有一次他到了日本东北部一个风景很美的地方—松岛。他为松岛的景致所感动，便作了一首俳句，只是：“松岛呀，啊啊，松岛呀！”这位俳人只叫了三声“松岛”，可因为有节奏，也就产生了一个意味深长的情绪世界，居然也成为名诗。所以郭沫若说：“只消把一个名词，反复地唱出，便可以成为节奏了，比如，我们唱：‘菩萨，菩萨，菩萨哟！菩萨，菩萨，菩萨哟！’我有胆量说，这也就是诗。”①郭沫若的说法未必全妥，但他作为一个诗人看到了节奏的力量，看到节奏激发的情感可以克服题材本身的单调。

大量诗歌的题材就其所指向的意义说，是悲哀的，悲惨的，要是在生活中真的遇到这件事、这种场面，除了引起我们的哀号之外，也许再不会有什么别的感受。但诗人以节奏去征服它，于是变成了一种歌唱。“车辚辚，马萧萧，行人弓箭各在腰。耶娘妻子走相送，尘埃不见咸阳桥。牵衣顿足拦道哭，哭声直上干云霄。”这是杜甫《兵车行》开头一段描写。要是用散文将其内容意译出来，就只能引起我们的悲哀，但读了诗人用诗的节奏歌唱出来的诗句，我们除感到悲哀之外，还感到一种可以供我们进行艺术享受的美，节奏在这里起到了逆转作用。这样，悲哀与美相结合就转化出了一个与题材本身完全不同的艺术世界。

---

① 郭沫若：《诗歌底创作》，《郭沫若谈创作》，黑龙江人民出版社 1982 年版，第44 页。

诗的形式可以克服诗的题材，这点歌德早就注意到了。据说他自己曾写过两首内容“不道德”的诗，其中有一首是用古代语言和音律写的，就“不那么引起反感”。所以他说：“不同诗的形式会产生奥妙的巨大效果。如果有人把我在罗马写的一些挽歌体诗的内容用拜伦在《唐·璜》里所用的语调和音律翻译出来，通体就必然显得是靡靡之音了。”①作为一个伟大的诗人，歌德深刻地指出了诗的形式与其题材之间的对抗关系，以及形式克服题材的巨大力量。值得注意的是马克思也注意到这一点，他在写给当时《新德意志报》的编辑约瑟夫·魏德迈的一封信中这样说：“附在这封信中的是弗莱里格拉特的诗和他的私人信。请你：(1)要精心把诗印好，诗节之间应有适当的间隔，总之，不要吝惜版面。如果间隔小，挤在一起，诗就要受很大影响。”②马克思如此关切诗节之间的间隔，绝不是仅仅为了好看，这与诗的内容的表达密切相关。在一定意义上说，在诗里，节奏具有举足轻重的作用，甚至毫无诗意的话语，要是以诗的形式与节奏来表现，也会产生出意外的效果。我们随便从《人民日报》上抄下这样的标题：“企业破产法生效日近，国家不再提供避风港，三十万家亏损企业被淘汰。”这不过是一个枯燥的叙述，它提出警告，它引起我们心里的严峻感，但现在我们采用“阶梯诗”的形式，把它改写成这样：

中国的
　　　　企业破产法
　　　　　　　悄悄地
　　　　　　　悄悄地
逼近了

① 爱克曼：《歌德谈话录》，朱光潜译，人民文学出版社1978年版，第29页。

② 马克思：《致约瑟夫·魏德迈》(1852年1月16日)，《马克思恩格斯全集》第28卷(下)，人民出版社1973年版，第473～474页。

生效期，
国家
不再提供
不再提供
避风港。
三十万家
三十万家啊
亏损企业
将被淘汰
将被淘汰！

在这里，我们只是对这个标题改动了几个字，并对其中的个别词做了重复处理，可由于用了诗的排列方法，产生了节奏感，于是，就出现了一种与原话情感指向完全不同的情感色调：警告似乎已变为同情，严峻感似乎转化为惋惜感。

上面我们主要是以事实为依据，来说明通过形式征服题材达到内容与形式的统一，是一条普遍的艺术规律。但是作为一种科学的理论仅仅靠举例说明是远远不够的。只有进一步从理论上进行有力的论证，才能确立它的真理性质。

(四)"对立原理"与形式征服题材的发生机制

我们认为，艺术创作中形式与题材对立、冲突，进而出现形式征服题材的"逆转"，反映了人类活动的特征。人类从事着各种各样的活动，其基本特征是辩证矛盾，或者说是对立的统一。

著名的生物学家达尔文在《关于人和动物的感觉表情》和《人类和动物的表情》两部著作中，提出了一条人和动物表情运动的"对立的原理"。达尔文认为，人和动物都是这样："如果有一种直接相反的思想情绪，就会有一种强烈的不由自主的意向要做出那些直接相反性质的动作。”“而在实现直接相反的动作时，我们就使一组相反的肌肉发生作用，例如，向右转和向左转，把一件东西推开或拉近，把重物举起或放下……因为在相反的冲动下做出相反的动作已经成为我们和低等动物的习惯性动作，所以，当某一类动作同某些感受或情感活动联想起来的时候，自然就可以假设，在直接相反的感觉或情感活动的影响下，由于习惯性联想的作用，完全相反性质的动作便会不由自主地发生。”①达尔文的意思是说，人和动物的表情动作，都遵循着“对立的原理”，某种表情动作是以与之相反的表情动作为条件的。细细一想，达尔文的“对立原理”的确是人类活动的一大特征。就以我们人类的动作而言，若要向前先要向后，若要向左先要向右，若要向上先要向下，若要吸先要呼。譬如，运动场上的赛跑，每个运动员都拼命往前跑，可他能不能向前跑，取决于他的腿和脚向后蹬得是否有力。跳高运动员要跳得高，很大程度上取决于他在起跳前的向下一踏是否有力。至于掷铅球、铁饼和标枪，目标也是向前掷，但在向前掷的前一瞬间则是向后运动。据行家讲，举重是向上运动，可其诀窍则是在运动员向下蹬的姿势中。在人的表情活动中，“对立的原理”也处处体现出来。人愤怒到极点时反而狂笑，开心到极点时反而流泪，悲哀到极度反而流不出泪，绝望到极度反而显得平静。俗话说“打是疼，骂是爱”，更是对“对立的原理”的通俗说明。总而言之，人们表现感情经常是与日常生活中认为是自然的、优美的、有益和快适的行动恰好相反的行动。

那么在人类的审美和艺术活动中，是否也遵循“对立的原理”呢？普列汉诺夫以大量的事实证明，达尔文提的“对立的原理”不但可以转移到社会学，而且也可以转移到审美学、艺术学。他尤其深刻地说明了人的审美兴趣的发展，部分地也是由于对立原理影响下进行

① 列·谢·维戈茨基：《艺术心理学》，周新译，上海文艺出版社1985年版，第280页。

的。他举例说，在塞内冈比亚，富有的黑人妇女穿着很小的鞋子，小到不能把脚完全放进去，穿着这种小鞋走路，其步态是很别扭的，但富人们都以这种步态为美。当地普通的劳动妇女穿着正常的合脚的鞋，她们的步态是自然而正常的，却不被认为是美的。富人妇女的步态“仅仅由于与劳累的(因而也是贫困的)妇女的步态恰恰相反，所以才获得意义”①。换句话说，富人妇女的别扭步态被视为是美的，仅仅是因为她们的步态与穷苦妇女的步态相对立，她们从观念上认为凡与穷苦人相对立的言谈举动是美的。又如，山在今天的人们眼中，都认为是美的，可“对于17世纪欧洲的人们，再没有什么比真正的山更不美了。它在他们心里唤起了许多不愉快的观念，刚刚经历了内战和半野蛮状态的时代的人们，只要一看见这种风景，就想起挨饿，想起雨中或雪地上骑着马做长途的跋涉，想起在满是寄生虫的肮脏的客店与给他们吃的那些掺着一半糠皮的非常不好的黑面包”。这是法国学者伊·泰纳在《比利牛斯游记》中告诉我们的。他说明，即使在欣赏风景的问题上，对立的原理也在起作用。普列汉诺夫还指出由阶级斗争所引起的对立原理的心理作用，使英国贵族在“复辟以后，法国风味开始支配英国舞台和英国文学。人们蔑视莎士比亚……把他当作‘烂醉的野蛮人’”②，其原因仅仅是因为莎士比亚属于平民，属于民主主义，所以贵族必须跟他对立，才能显出自己的“高雅”。

达尔文提出的“对立原理”可不可以运用到艺术作品的内容与形式的关系上面呢？维戈茨基认为是可以的。他说：

> 达尔文发现的这一奇妙的规律，毫无疑义地适用于艺术，

① 普列汉诺夫：《没有地址的信》，《普列汉诺夫美学论文集》第1卷，人民出版社1983年版，第327页。

② 普列汉诺夫：《没有地址的信》，《普列汉诺夫美学论文集》第1卷，人民出版社1983年版，第328页。

> 看来，下面的情况对我们来说再也不会是个谜了：同时引起我们相反性质的激情的悲剧，大概就是按照对立定律发生作用的，它把相反的冲动送到相反的各组肌肉上去。悲剧仿佛迫使我们同时向右、向左转，同时把重物举起和放下，它同时刺激肌肉及其对抗体……任何艺术作品——寓言、短篇小说、悲剧——都包含有激情矛盾，引起互相对立的情感系列，并使这些对立的情感系列发生“短路”而归于消灭。这也可以叫作艺术作品的真正效果。①

维戈茨基的意思是：任何艺术作品的内容与形式这两个因素，其情感指向是不同的，内容“向右”转，而形式则“向左”转，形式与内容对抗，并战而胜之，从而转出一个属于艺术的新的情感世界，这是“对立的原理”在艺术内部构成中的体现。正因为“对立的原理”的这种作用，艺术才可以去描写苦难、不幸、挫折、伤痛、死亡、变态、丑恶、异化，等等。很清楚，种种消极的压抑的题材及其情感指向，只有在形式与之对立，并进而塑造，克服和征服它的情况下，才能由不快感转化为快感，痛感转化为愉悦感。列夫·托尔斯泰说过一句话，他要求作家“像写鲜花那样去写死刑”。死刑作为题材仍然是死刑，不是鲜花，但在艺术中通过艺术形式的作用，其压抑的性质可以得到缓解。譬如，我们可以把烈士的死写得非常崇高壮美，读者看到这种描写才会在悲愤、惋惜的同时，获得审美的快感。

实际上，艺术形式对题材的控制、改造、转化以及征服早就被一些伟大的思想家看到了。狄德罗在谈到演员必须以自己的声音、节奏(形式)控制表演时说：“什么？有人会问：这位母亲发自肺腑的如此哀怨、痛苦的叫声，猛烈地震撼着我的心灵，难道她此时此际

① 列·谢·维戈茨基：《艺术心理学》，周新译，上海文艺出版社1985年版，第280～281页。

并没动真情，并非处于绝望的境地？绝对没有。证据是这些叫声都是经过衡量的；它们是一种朗诵体系的组成部分；只消化一个四分高声高上或低下二十分之一，它们就变得不可信，它们都受一个统一的法则的支配；如同演奏和声，它们都是准备好了，到适当时机才出现的。”①狄德罗的话可能有点太绝对，但很深刻地说明了在戏剧表演中，演员的声音、动作作为一种形式，必须非常准确，连每一个“叫声”都必须“经过衡量”，成为“一种朗诵体系的组成部分”，只有这样，才能控制住所要表现的感情，才能使某些让人恐惧悲哀的压抑性质的情感，变得可以供观众“享受”，而不是让观众一味地恐惧、悲哀。这里特别值得注意的是席勒的论述，他认为：

> 艺术家通过艺术加工不仅要克服它的艺术门类的特性本身带来的限制，还要克服他所加工的特殊素材所具有的限制。在真正美的艺术作品中不能依靠内容，而要依靠形式完成一切。因为只有形式才能作用到人的整体，而相反地内容只能作用于个别的功能。内容不论怎样崇高和范围广阔，它只是有限地作用于心灵，而只有通过形式才能获得真正的审美自由。因此，艺术大师的独特的艺术秘密就是在于，他要通过形式来消除素材。素材本身越宏伟，越傲慢，越富诱惑力，素材越是专擅地显示自己本身的作用，或者观众越倾向于直接介入素材，那种主张支配素材的艺术就越成功……在艺术中对待最轻浮的对象也必须把它直接转变成极为严肃的东西。对待最严肃的素材我们也必须把它更换成最轻松的游戏，激情的艺术如悲剧也不例外。②

---

① 狄德罗：《演员奇谈》，《狄德罗美学论文选》，人民文学出版社 1984 年版，第 285～286 页。

② 席勒：《美育书简》，徐恒醇译，中国文联出版公司 1984 年版，第 114～115 页。

席勒的“要靠形式完成一切”的看法无疑是片面的，但他的总体思想却对我们有启发。文学艺术创作的确是这样，在题材确定之后，主要矛盾就转到“怎么写”的问题上面，即如何安排艺术形式方面。形式并不是起消极呈现题材的作用，而是一种“攻击”力量，塑造力量，它与题材对抗，“严肃”的题材往往用“轻松”的形式去征服，而“轻浮”的题材则往往又用“严肃”的形式去克服，这样就可获得深度艺术加工的内容与形式有机和谐统一的文学艺术作品，这种文学艺术作品就可以整体地作用于读者的心灵，使读者步入审美自由的境界。

我们认为形式征服题材，并不是我们不重视作品的内容。恰恰相反，我们强调形式对题材的巨大的塑造作用，正是为了突出作品的内容，突出作品的内容形成的辩证规律。说到底，艺术形式如同一幅画的背景，这个背景的颜色与它要衬托的事物内容的颜色反差愈大，那么，被背景衬托的事物也就愈突出。契诃夫在写给丽·阿·阿维洛娃的一封信中说：“我以读者的身份给您提一个意见：您描写苦命人和可怜虫，而又希望引起读者怜悯的时候，自己要极力冷心肠才行，这会给别人的痛苦一种近似背景的东西，那种痛苦在这背景上就会更明显的露出来。可是如今在您的小说里，您的主人公哭，您自己也在叹气。是的，应当冷心肠才对。”① 契诃夫以一个艺术家的卓识道出了一条重要的艺术规律：实际上写什么(题材、内容)与怎么写(形式)是不能混淆的。这两者愈是相抗衡，从抗衡中获得统一的可能性就愈大，这就是相反相成。形式在内容的关系中诚然处于次要的被吁求的地位，内容是“主”，形式是“客”，这一点不容怀疑；但为了突出“主人”的地位，非得有脾气、性格不同的“客人”才行。形式与题材相对抗，并不是单纯为了显示

① 契诃夫：《契诃夫论文学》，汝龙译，人民文学出版社 1959 年版，第 205 页。

形式自身，而是为了对抗中产生“逆转”，并从这“逆转”中获得真正的艺术内容。

四、内容与形式辩证矛盾的心理学内涵

上面，我们提出了这样的观点：题材（作为潜在的内容）吁求形式，形式征服题材，并赋予题材以艺术生命，从而在形式与题材的辩证矛盾中，生成内容与形式和谐统一的艺术作品。在上述论点中，我们强调了形式对题材的改造、塑造和征服作用。实际上，在艺术创作中，形式的作用是毋庸忽视的。如若不讲清楚形式的作用，要深刻理解艺术创作中内容与形式的美学关系就根本不可能。恩格斯在他的晚年非常诚恳地谈道：他和马克思的著作中，通常总是“把重点放在从基本经济事实中引出政治的、法的和其他意识形态的观念以及以这些观念为中介的行动”，“但是我们这样做的时候为了内容方面而忽略了形式方面，即这些观念等等是由什么样的方式和方法产生的。这就给了敌人以称心的理由来进行曲解或歪曲”。① 恩格斯的这些话的重要性在于教导我们谈论任何一种观念形态（其中也包括文学艺术）时，都不应该“为了内容方面而忽略了形式方面”。而我们过去的某些理论“总是为了内容而忽略形式”②。

这里要讨论的是艺术作品中题材（作为潜在内容）与形式辩证矛盾的心理学内涵。我们认为这种讨论有利于深化对形式改造、塑造、征服题材的理解。

（一）形式征服题材——审美情感生成

我们认为，在艺术创作中形式对题材的改造、征服的心理学意

① 恩格斯：《致弗·梅林》（1893 年 7 月 14 日），《马克思恩格斯选集》第 4 卷，人民出版社 1995 年版，第 726 页。

② 恩格斯：《致弗·梅林》（1893 年 7 月 14 日），《马克思恩格斯选集》第 4 卷，人民出版社 1995 年版，第 727 页。

义，在于将自然情感转化为审美情感。艺术作品中所灌注的必须是审美情感，而不是原始的自然情感，这已是多数人的共识。问题在于艺术作品的审美情感是怎样生成的呢？其中的心理机制又是怎样的呢？

毫无疑问，就艺术鉴赏的角度而言，我们欣赏的是“有血痕无墨痕”①的佳作，而不喜欢“有墨痕无血痕”的废品。作品的极致应是“清水出芙蓉，天然去雕饰”(李白语)，应是“但见性情气骨”，“不见语言文字”(刘熙载语)。然而这并非说形式的加工不重要，恰恰相反，要达到此种极致，有赖于艺术形式对题材的千锤百炼。这就是所谓的“极炼如不炼，出色而本色，人籁悉归天籁矣”。刘熙载说，像晏元献的“无可奈何花落去”，宋景义的“红杏枝头春意闹”一类佳句，都是“极炼如不炼”的典范。所谓“极炼”，就是指形式对题材的深度的艺术加工，其中包括形式对题材的完全征服。

是否可以这样说，由题材所引起的情绪和由形式所引起的情绪，其性质、指向是不一样的，甚至可能是相反的。譬如，题材情感是哀怨的、愤懑的、凄凉的、压抑的、消极的，而形式情感却是轻松的、愉快的、洒脱的、高昂的、优美的。如果艺术家像写早春那样去写严冬，像写胜利那样去写失败，像写愉悦那样去写愁苦，像写初恋那样去写绝望，“像写鲜花那样去写死刑”(列夫·托尔斯泰语)，即从上述形式情感去控制、渗透、改造和征服上述题材情感，那么就会产生一种“混合情感”。如悲中带喜或喜中带悲，笑中含泪或泪中含笑，那么一种感人至深的而又悦人心胸的情感就会油然而生，我们的心就会处于一种无障碍的高度自由状态。作品的审美情感也就生成了。流行于内蒙古鄂尔多斯一带的一首爬山调是这样的：

① 贺贻孙：《诗笺》。

哎哟——

男子汉拿不定主意哎哟……受一辈子穷——

女人家拿不定主意哎哟……换七十二家门——

男子汉没老婆哎哟……多凄惶——

女人家没老汉哎哟……泪汪汪——

这首爬山调，仅就题材情感看，无非是诉说男子汉没老婆和女人没丈夫之苦，既平淡无奇又沉重压抑，但经过诗歌和音乐的艺术形式化之后，那审美效应就完全不同了，据说唱此调时，“哎哟”两个字一声唱起，音节可延长到十拍至二十拍。每一句歌都以起伏跌宕的旋律漫步在无边的草原上，让人觉得是那样粗犷、深厚且悠扬。在这里，爬山调的独特的音乐形式，特别是其中的节奏、韵律，以一种完全不同于题材的形式情绪与题材固有的情绪相对抗，结果是形式改造和征服了题材，从而形成了可供享受的审美情感。

那么，形式情绪改造、征服题材情绪，并形成审美情感的心理过程是怎样的呢？我们可以用一个简单的图表标示如下：

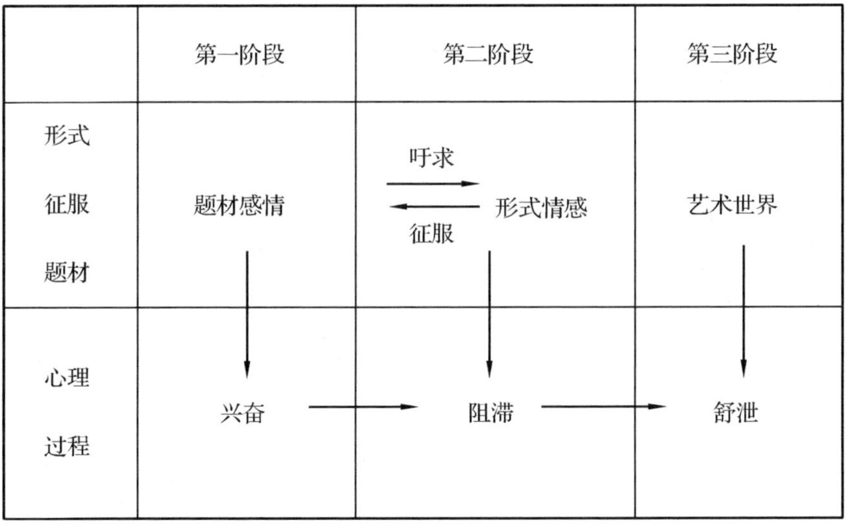

我们可以从三个阶段加以说明。第一阶段，题材情感作为一种刺激，引起人们情感的兴奋。这里所说的情感的兴奋，实际上是一种情感双向交流过程。一方面是题材把它所固有的情感色调灌注于人们，使人们的情感不能不受题材情感色调的感染，用刘勰的话来说，这是主体“随物而宛转”的过程；另一方面是人们把自身的情感移入题材，使主体与题材中的人物、景物合而为一，达到一同悲欢的境地，用刘勰的话来说，这是客体“与心而徘徊”的过程。但是应该着重指出的是，这种题材与“我”交流所引起的物我交融及其所造成的情感兴奋，与人们在普通实际生活中受到某种事物的刺激所引起的情感兴奋毫无二致。它是人们感性知觉的共同的组成部分，不具有任何的特殊审美意义。譬如，一个男子在生活中找不到与他相爱的女子，或一个女子在生活中找不到与她相爱的男子，这是凄惶和痛苦的，有时不免“泪汪汪”。上述内蒙古爬山调题材所引起的情感兴奋与生活中的凄惶、痛苦感受，并无本质的区别。又譬如，某个男子的爱妻死了，这使他很伤心，很痛苦，它可以作为艺术的题材而存在，但这种伤心、痛苦是单纯、原始且自然的，甚至是非理性的，它还不是艺术作品所需要的审美情感。艺术上的题材所引起的自然情感，以至于把它原原本本地，不加选择地，纯客观地呈现出来，往往缺乏形式深度的艺术加工，把“不炼”的原始当成“极炼”后的“天然”，结果混淆了艺术与生活的界线。某些浪漫主义诗作，只为题材所包含的原始题材情感所激动，缺少艺术形式的深度加工，缺乏艺术形式的“对抗”与改造，甚至连诗的节奏也没有，一味大喊大叫，结果流于直露，毫无诗的蕴藉。也许正是在这个意义上，马克思、恩格斯才这样提出疑问：“有谁听说过伟大的即兴作者也是伟大的诗人呢?”以上所述旨在说明由题材所引起的情绪兴奋还不是艺术所需的审美情感。这样题材就必须吁求形式。形式对题材的控制、改造和征服也就成为艺术创造的必然。

第二阶段，形式在题材的吁求下出现，形式情感与题材情感发生“对抗”、冲突，最终形式情感征服了题材情感。此时尽管情感的兴奋仍然保持最大的强度，但由于艺术形式的分隔作用，主体已把审美刺激物与非审美刺激物分开，进而产生了幻象，这就保证艺术中题材所引起的激情兴奋通过幻象得到纯中枢的缓解与阻滞，并保证这些兴奋的激情不会表现为外部的动作。列·谢·维戈茨基说：

> 正是外部表现的阻滞，才是艺术情绪保有其非凡力量的突出特征。我们完全可以说明，艺术是中枢情绪或主要在大脑皮层得到缓解的情绪。艺术情绪本质上是智慧的情绪。它并不表现在紧握拳头和颤抖上，它主要是在幻想的映像中得到缓解。狄德罗说得对，他说，演员流的是真眼泪，但他的眼泪是从大脑里流出来的，这样他就道出了一般艺术反应的实质。①

在这段话中，维戈茨基力图说明这是艺术形式对题材的表现(其中包括改造、征服)，可以使题材所固有的原始的、非理性的自然情感，得到理性的梳整，从而使自然情感发生性质上的改变，即由原始的自然情绪变为“智慧的情绪”。如此一来，原始的自然情绪就不会诉诸“外部动作”，“不表现在紧握拳头和颤抖上”，因为原始的自然情绪在艺术形式阻拦、“对抗”中已得到“缓解”。这无疑是一个重要的思想，它证明艺术中的审美情感一方面是自由的，无障碍的；另一方面又应该是经过理智的节制的，受到阻滞的，不是放纵的，随意的，而在这里起关键作用的是艺术形式及其征服力量。

实际上这个问题一直是美学、艺术理论所关注的问题。美学家布洛提出的著名“心理距离”说，已为大家所熟悉，此处无须赘述。

---

① 列·谢·维戈茨基：《艺术心理学》，周新译，上海文艺出版社1985年版，第278页。

从艺术创作这一角度看，这一理论比立普斯的“移情说”深刻得多。“移情”现象不但存在于艺术中，而且在普通生活中也普遍存在，很难说明这是艺术创作的特性。但“审美心理距离”却仅仅在审美过程、艺术创作及鉴赏中存在，所以布洛称他的“心理距离说”是“艺术因素与审美原则”。然而，无论是布洛本人还是后来的阐释者都强调审美过程中视点的转换，即从实用的视点改为无功利目的的审美视点，很少有人追问一下在艺术创作中这种视点的转换是由什么造成的。实际上，如果我们从形式与题材的美学关系角度看，正是艺术形式的征服作用和分隔作用，使视点发生了由有功利目的视点，转换为超功利目的的视点。正是艺术形式的作用消解了直接的功利目的，而形成了无关功利的审美聚焦，使夹带着泥沙的不可控制的自然情感之流注入深潭，得到控制、回旋与缓解，进而变成审美情感的清流悠然倾泻出来。这里让我们举个例子来分析一下，苏轼的《江城子·乙卯正月二十日夜记梦》：

十年生死两茫茫，不思量，自难忘。千里孤坟，无处话凄凉。纵使相逢应不识，尘满面，鬓如霜。夜来幽梦忽还乡。小轩窗，正梳妆。相顾无言，惟有泪千行。料得年年肠断处，明月夜，短松冈。

这是苏轼悼念亡妻的一首词，感情的深挚溢于言表。苏轼不可能在他妻子刚死时写出来，只有在他妻子死后十年的“痛定思痛”中才可能写出来。因为时间的距离使他淡化了功利得失的考虑，这样就能站到某种超脱的视点进行审美观照。但是这超脱的审美视点又是与这首词的优美的艺术形式的分隔作用密切相关的。就题材情感而言，试想伉俪情深，却一死一生，痛苦、哀伤的情感之流汹涌澎湃，除了泪千行之外，还能怎样呢？真是“此情无计可消除”(李清照语)。但苏轼词中所营构的曲折转合的意象，忽而现实，忽而想象，忽而现在，忽而过去，忽而眼前，忽而梦中，犹如多个反差很大的快镜头组合，给人以目不暇接之感，“不思量，自难忘”，“相顾无言，惟有泪千行”，这些悖论语言和悖论情境的设置，以及笔势的摇曳跌宕，变幻莫测，韵律的铿锵，给人以美不胜收的感觉。这样，艺术形式就使题材本身所固有的痛苦、哀伤的情感之流得到了控制、缓解，并出现了“逆转”；这已不是哭诉自己的痛苦、哀伤，而是歌唱自己的痛苦、哀伤，整首词所抒写的悲情变成至情，变成可以欣赏和享受的感情。这是真正的“以歌为哭”。不难看出，正是由于艺术形式的塑造，使直接功利的视点消失，从而出现了一种超越直接功利的审美的视点。

也许德国戏剧家布莱希特是最自觉地认识到艺术形式对题材情感起缓解阻滞作用的一位艺术家。他在《戏剧小工具篇》中提出一个著名的论点，即“间离法”。他充分地认识到，一个艺术家写什么(题材)与怎么写(形式)之间，应保持辩证矛盾，不可完全一致。如若形式与题材完全一致，那么对读者、观众来说就会因感觉不到形式而引起精神的过分紧张，因为他们意识不到自己在看戏，而把戏中的一切都当真，“像投河那样一头扎进剧情而难以自拔”。因此，他在艺术的题材与形式的关系上，提倡“间离法”，他说：“陌生化的反映是这样一种反映：对象是众所周知的，但同时又把它表现为陌生的。”[①]这也就是说，作为艺术表现的形式应与它所表现的对象(题材)相“抗衡”，使题材与形式两者之间出现距离，观众就会意识到自己在看戏，题材情感之流于是得到“阻滞”，从而能够清醒地运用自己的理智进行评判。布莱希特欣赏中国京剧并非偶然。京剧从脸谱、戏装到程式化的动作、表情、唱腔等属于艺术形式、表现方式的因

---

① 布莱希特：《戏剧小工具篇》，《现代西方艺术美学文选·戏剧美学卷》，春风文艺出版社、辽宁教育出版社1989年版，第22页。

素，都与真实的生活保持距离，即使是角色的哭，也有特殊的规范，与生活中见到的另是一样，这就十分有利于题材的“野性”情感得到适应的舒缓和阻滞，进而有利于将自然情感转为审美情感。

艺术形式对题材情感的缓解与阻滞，实际上就是艺术节制。应该看到，一方面艺术来源于生活，生活永远是艺术的唯一源泉；另一方面，艺术又不等同于生活。生活有生活的规律，艺术有艺术的规律。歌德指出：艺术不应当完全屈从于自然的必然性，它还有它本身的规律。当然，艺术的规律很多，但艺术对生活应加以节制就是其中重要的一条。生活之流可能因野性而汹涌泛滥，夹带着大量的泥沙，浑浊不堪，这时候艺术就要以特有的渗透着理性的形式、手段去控制它，征服它。当生活经过艺术的酵化处理之后，就会变得高尚静穆，沁人心脾，其中的情感就量而言可能有所节制，可品质却提高了，因为它深刻化了，艺术化了。明代画家顾凝远在《画引》中所提出的“深情冷眼”的观点，精辟地概括了艺术节制原理。所谓“深情”，即指创作主体的艺术家应该激情澎湃，进入情感体验的高峰，使心灵处于无障碍的自由状态。所谓“冷眼”，就是要在“沉思”和“凝心”中，冷静地去由那火热的激情以精心设置的艺术形式将情感引进审美的轨道。德国著名艺术理论家莱辛，认为造型艺术家应避免描绘激情顶点的顷刻，这不仅仅因为“在一种激情的整个过程里，最不能显出这种好处的莫过于它的顶点。到了顶点就到了止境”，而且还因为塑造像“拉奥孔”这类题材时，若不“表情中有节制”的话，就会“使人对那整个对象感到恶心或是毛骨悚然”①，就像“笑已变成狞笑”一样，可以供人“享受”的“哀号”，就会变成使人心绪失宁的痛哭，艺术也就变成了非艺术。著名的美国舞蹈家伊莎多拉·邓肯也深知艺术形式对题材情感的缓解、阻滞作用是十分重要的，

---

① 莱辛：《拉奥孔》，朱光潜译，人民文学出版社1984年版，第19页。

她举过这样一个例子："舞蹈在古代曾达到过顶峰，当时它是和希腊悲剧里的合唱结合在一起的。合唱出现在悲剧的高潮部分，即悲伤和痛苦发展到最强烈的时候，这时观众都悲痛欲绝；而随着歌声和舞蹈的出现，他们的心灵会重新恢复平和，因为合唱使观众变得心胸开阔，才经受得住这痛苦的时刻，否则的话，他们会感到极大的恐惧，会感到简直难以忍受。"①邓肯的说明无疑是有道理的。悲剧是一种题材情感极为浓烈的艺术，它所引起的情感兴奋如不采取适当的艺术处理，其情感就可能失控而发展为外部的动作，所以在悲剧的高潮部分插入形式感特别强的合唱和舞蹈艺术，就形成了艺术节制的机制，就能使痛苦、恐怖的情感得到缓解和阻滞。当然，真正悲剧的审美情感的形成，不能光靠剧情高潮中插入合唱和舞蹈，还要靠它自身形式与题材展开冲突斗争，要靠自身的形式战胜题材。

应当说明的是，艺术形式征服题材情感，使情感得到缓解与阻滞，可以说是艺术中审美情感形成的重要一环，但并不是审美情感形成的全部机制所在。因为人们在普通生活中的情绪，也可以通过理智的思考和想象的飞驰在神经中枢得到缓解与阻滞，所以情感不表现在外部行动上，并不是审美情感形成的唯一标志。

第三阶段，形式征服题材情感的最终心理反应，是情感的舒泄与升华。情感的缓解与阻滞作为向审美情感发展的心理中介是重要的，但缓解与阻滞只是表明由艺术品引起的激情，不会变为外部行动，但就情感的量而言，它仍然在蓄积；就情感的质而言，它还没有实现由不快感向快感和美感的转换。情感的蓄积一般来说不具有美学意义，相反它是阻滞情感审美化的。思想和情感所遵循的是不同的规律。在思想中记忆规律起主导作用，而在情感中占优势的是遗忘规律。思想积累是可行的，但情感的积累是不可行的。维戈茨

① 谢尔登·切尼编：《邓肯论舞蹈艺术》，张本楠译，上海文艺出版社 1985 年版，第 78 页。

基在他的《艺术心理学》中曾引述过如下观点：

> 我们的情感心灵简直可以被比作常言所说的大车：从这辆大车掉下什么东西，就再也找不回来。相反，我们的思想心灵却是一辆什么东西也掉不下来的大车。车上的货物全部安放得很好，而且隐藏在无意识的领域里……如果我们所体验的情感能保存和活动在无意识的领域里，不断地转入意识（就象思想所做的那样），那么，我们的心灵生活就会是天堂和地狱的混合物，即使最结实的体质也会经受不住快乐、忧伤、懊恼、愤恨、爱情、羡慕、嫉妒、婉惜、良心谴责、恐惧和希望等等这样不断的聚积。不，情感一经体验并消失，就不会进入无意识的领域，在情感心灵里也没有这样一个领域。情感主要是有意识的心理过程，与其说情感是积累心灵的力量，不如说它们是消耗心灵的力量。情感生活是心灵的消耗。①

既然“情感生活是心灵的消耗”，那么艺术创作中题材情感因受阻滞所形成的情感堤坝，对心灵来说就成为一种压力和沉重的负担。因为堤坝内涌动着的情感潮水，往往是一种压抑感、痛感、磨难感，因此情感的缓解与阻滞并不是目的，不是形式情感征服题材情感的最后心理机制。应该看到，审美情感本质是一种自由的情感，能够畅快地宣泄的情感，缓解与阻滞也是为了形成情感堤坝后的有效的自由的宣泄。这样，形式情感征服、消融题材情感，并不是为了实现形式本身，而是为了使形式与题材在“对抗”后达成“妥协”与“和解”，进而生成一个生机勃勃的形式与内容高度和谐统一的艺术世界。一旦这个形式与内容高度和谐统一的艺术世界生成，它就成为

---

① 列·谢·维戈茨基：《艺术心理学》，周新译，上海文艺出版社1985年版，第263～264页。

了情感的有效的导向机制的溢洪道，情感就可在这溢洪道中自由地舒泄，压抑感、痛感、磨难感就可转化为快感、愉悦感、欢畅感，这样情感不但在量上得到了消耗、舒泄，而且在质上也产生转换，转换为一种混合情感，实际上是升华为一种美感。例如，在悲剧中，如果形式情感最终完全消融了题材情感的话，那么主人公被毁灭使我们痛苦地流下眼泪的那一刻，也正是美感最为强烈地被感受到的那一刻。在闪着泪花的眼里，竟放射出欢乐的光芒。这就是说，我们不但感受到主人公所感到的东西，我们还感受到主人公没有感到的别的东西。而这里所讲的“别的东西”主要是由溶化了题材情感的艺术形式所提供的。没有与题材情感相冲突的形式的爆发力量，情感的积蓄就变得没有出路，那么它就变成损害我们心灵的有害的东西了。

中国古代诗学深知情感的艺术形式化，是发泄宣导情感的必要途径，是化自然情感为审美情感的重要中介。所谓“止怒莫如诗”(《管子·内止》)，“愁极半凭诗遣兴”(杜甫《至后》)，所讲的就是这个道理。另外，中国古代诗学还主张“情景交融”，强调“情”不能直接喊出来，要“以景结情”，特别强调“景语”的重要。认为“不能作景语，又何能作情语耶？古人绝唱多景语，如‘高台多悲风’‘蝴蝶生南国’‘池塘生春草’‘亭皋木叶下’‘芙蓉露下落’，皆是也，而情寓其中矣。以写景之心理言情，则身心中独喻之微，轻安拈出”①。从一定意义上说，这些精辟之论，也是强调情感的对象化和形式化对情感导向机制的建立的重要意义。因为就诗而言，“情为主，景是客”(李渔语)，所以如何选择与描写组合景，实则是如何抒情的问题，带有明显的艺术形式营构的性质。这里特别值得一提的是王夫之的另一段话：“‘昔我往矣，杨柳依依；今我来思，雨雪霏霏’，以乐景写

① 王夫之：《姜斋诗话》。

哀，以哀景写乐，一倍增其哀乐。”[1]这是很有见地的话。人悲景亦悲，人喜景亦喜，这是浅人之捷径。但要“以乐景写哀，以哀景写乐”，做到相反相成，就极不容易。这种说法不但说明了情感对象化的重要意义，而且与我们前面反复强调的形式与题材相对抗，并进而以形式征服题材，在精神实质上是一致的，因为两者强调了对立面的统一。这也就是说，形式情感愈是以对立面的身份去征服题材情感，艺术形式所安排的情感溢洪道就愈合理，那么情感的舒泄也就愈自由，艺术中的审美情感就愈易生成。

西方诗学对于有意味的形式具有舒泄梳理人的情感的作用，也是十分重视的。英国著名诗人拜伦在给别人的信中写道，诗歌这种艺术形式是：

> 想象力的熔岩，它的爆发避免了地震。人们说诗人从来不会发狂或很少发狂……但他们往往几乎要发狂，所以我不得不认为，诗的用处正在于预见到并防止人混乱疯狂[2]。

拜伦的说法与杜甫的“愁极半凭诗遣兴”的说法十分相似，他们两人都是伟大的诗人，他们都真切地体会到诗歌这种形式为心中涌动的强烈的折磨心灵的情感炸开了一条舒泄的通道。有了这个通道，情感就可按艺术的规则有控制地，同时又充分自由地奔流，而情感随意泛滥以至诉诸外部动作，危害身心的情况就可以避免。

以上所述，说明了形式情感征服、消融题材情感，导致了我们的情感沿着兴奋—缓解、阻滞—舒泄、升华的路线前进，而这条路线的终点就是人们渴望的能够给我们心灵以安慰的艺术中的审美情感。

---

① 王夫之：《姜斋诗活》。

② 朱光潜：《悲剧心理学》，人民文学出版社 1983 年版，第 179 页。

(二)题材超越形式——审美情感的消失

为了进一步证明上述论点，我们还可以提出另一种情况来讨论，即艺术创作中题材情感超越甚至消灭形式情感，会产生什么效果呢?我们可以再列一个简单的图表展示如下：

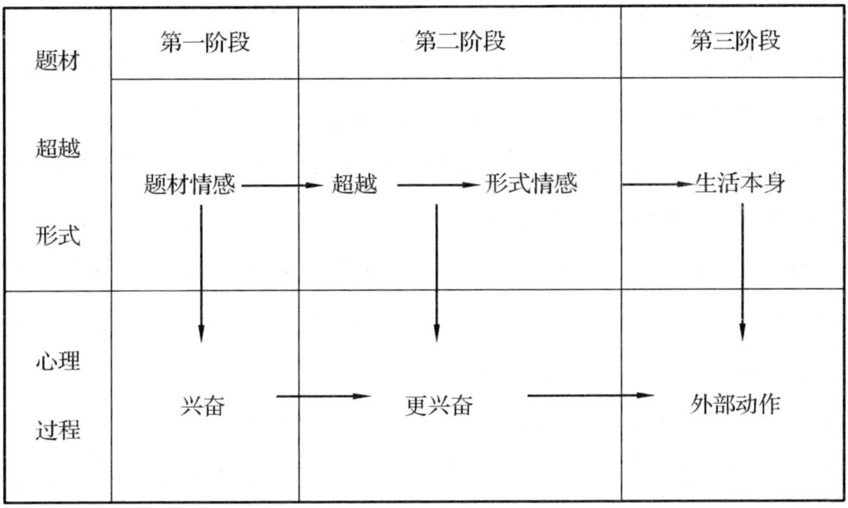

这种情况也可分三个阶段来说明：

第一阶段，题材情感作为一种激动人心的力量，对人们的心灵产生了刺激，作为对这种刺激的反映，人们的情感兴奋起来，譬如，他被某个人物的不幸命运深深地感动了，产生了不能自制的痛苦之情，甚至产生了移情，即把自身的同情移入到人物身上，与人物一起遭受磨难和痛苦。

第二阶段，假如这时候艺术形式不能与这种情感相对抗，不能控制住情感的兴奋，倒是题材情感超越，甚至消灭了形式情感，即人们已感觉不到艺术形式的存在(如看戏人意识不到自己在看戏)。那么，单纯由题材激起的情感就进一步蓄积起来，出现了一种不可压抑的更加兴奋的状态，即情感之流达到了极限的临界点。

第三阶段，由于形式情感的无力以至完全消失，题材情感还原为生活本身，这样内心蓄积的情感没有合理的宣泄渠道，就会导致外部动作。这种情况在艺术创作中较为罕见，但也不是没有。清人焦循的《剧理》中记载了这样一件事：“杭有女伶商小玲者，以色艺称，于《还魂记》尤擅场。尝有所属意，而势不得通，遂郁郁成疾。每作杜丽娘《寻梦》《闹殇》诸剧，真苦身其事者，缠绵凄婉，泪痕盈目。一日演《寻梦》，唱至‘待打并香魂一片，阴雨梅天，守得个梅根相见，盈盈界面’，随声倚地。春香上视之，已气绝矣。临川寓言，乃有小玲实事耶!”商小玲作为一个表演艺术家，竟在创造角色时伤心过度而死，这就是因为她在创造角色时，题材情感处于压倒一切的地步，而感觉不到形式情感(竟忘了这是演戏)。这样一来，演员兴奋起来的激情得不到形式的缓解和阻滞，在心中形成一个情感心理堤坝，终于导致外部动作——随声倚地而死。艺术中的审美情感就完全被破坏了，并诉诸外部动作。当然，我们不应把这种情况与艺术家创作中因深入角色而产生幻觉的情况相提并论。后者在许多大艺术家创作中时常出现，如巴尔扎克写到高老头死时，自己似乎也得了一场大病。福楼拜在写爱玛服毒自杀时，仿佛自己的口里也有砒霜的气味。柴可夫斯基创作《黑桃皇后》写到葛尔曼死之时，悲伤地哭了。这种种情况是艺术家对自己写的人物投入了情感，产生了幻觉，是艺术家身上一种必要的素质。然而他们的幻觉因有形式感的作用，并未超过临界点，并未诉诸外部动作，这与商小玲的随声倚地而死是完全不同的。

在艺术接受中，上述题材情感得不到形式情感的控制，而产生了接受主体诉诸外部动作的情况更是时有发生。清人陈其元在他的《庸闲斋笔记》中记载：“余弱冠时，读书杭州，闻有某贾人女，明艳工侍，以酷嗜《红楼梦》，致成瘵疾。当绵惙时，父母以是书贻祸，取投诸火，女在床，乃大哭曰：奈何杀我宝玉，遂死。”这样的记载还有好几则。众所周知，歌德的小说《少年维特之烦恼》，也使不少青年读者自杀，这是怎么回事呢？当然，这不是作者的过错。就作者而言，创作这篇作品恰好是使他的几乎无法控制的情感得到了有力的导向，正如作者所说："我借着这篇作品，比起其他任何的创作的尝试来，最能把我从暴风雨似的心境中拯救出来。"虽然作者"把实际化为诗而心境轻快明朗"①，但是对那些读了此书而自杀的青年男女来说，情况却恰好相反。这就是说，这些失恋的青年男女往往是在无望的相思中，深感悔恨与绝望，甚至厌倦刚刚开始的生活。他们在此种心境下去读《少年维特之烦恼》，照理他们会比任何人都更能理解作品的内涵。然而恰恰因为此书的题材情感与他们的个人经历过分接近，他们在阅读中把歌德所写的一切都当成事实，于是形式感消失了，不但不能为他们消除绝望，反而更加强烈意识到自己的烦恼与绝望。这样就产生了一个逆转，本来是在欣赏小说，实际上他们不再把歌德的小说作为艺术品来欣赏，不再想维特和夏洛蒂，而只感到自己失恋的哀痛和绝望。如此一来，阅读成为了自伤身世。阅读中形式感的消失，使他们的情感复原为自然情感，并得不到缓解和阻滞，痛苦和绝望之情就会直泻而下，甚至可能导致自杀等外部动作。由此可见，无论是在艺术创作还是在艺术欣赏中，形式情感的有与无，形式情感能否超越、征服题材情感是至关重要的，它决定着艺术中审美情感的生成或消失。这样我们就从创作与欣赏的失败实践中证明，艺术中内容与形式的有机的和谐的统一，审美情感的生成，艺术世界的建立，并不是在内容与形式的简单的静态的相互适应中达到的。恰恰相反，它是在题材与形式的动态的辩证矛盾运动中达到的。

① 歌德：《歌德自传》(下)，刘思慕译，人民文学出版社1983年版，第624页。

第四章　文学接受的艺术规律

本章考察文学活动的最后一个环节——文学接受。文学作品是作家通过创作活动把心理现实凝结为审美现实。但我们应当看到，作品中的审美现实还是一种睡眠状态的、潜在的艺术世界，要把睡眠状态的、潜在的艺术世界转化为苏醒状态的、现实的艺术世界，还必须经过读者的接受活动。文学作品中的审美现实只有在读者的接受中才能实现为有生命的审美现实。由此看来，文学创作的完成，并不意味着文学活动的完结。或者可以说，文学创作的完成处在文学活动的中途，文学接受才是文学活动的终结。正是根据这样的理解，我们可以肯定地说：接受之外无作品。20世纪西方学者正是看到了读者在文学活动中举足轻重的作用，才创立了一种新的文学理论——接受美学。下面，我们将吸收接受美学的某些思想，以丰富、更新传统的鉴赏理论。我们将先考察文学接受的含义和意义，然后讨论文学接受活动形成的条件以及文学接受活动的心理机制。

第一节　文学接受的含义和意义

一、文学接受的含义

文学接受起码可以分为非审美的接受和审美的接受两大类。

非审美的接受主要包括研究性接受和背离性接受。就研究性接受而言，其接受者(读者)是文学史家、诠注家、训诂学家、版本学家等。他们阅读文学作品，接受其中的信息，不是为了审美的鉴赏，而是出于研究特殊学科的目的而搜集资料。这种阅读、接受是一种科学活动，理智的因素处于主导地位。文学史家郑振铎曾把非审美的研究性接受和审美的鉴赏做了这样的区分：

> 原来鉴赏与研究之间，有一个绝深绝崭的鸿沟隔着。鉴赏是随意的评论与谈话，心底的赞叹与直觉的评论，研究却非有一种原原本本的仔仔细细的考察与观照不可。鉴赏者是一个游园的游人，他随意的逛过，称心如意的在赏花评草，研究者却是一个植物学者，他不是为自己的娱乐而去游逛名囿、观赏名花的，他的要务乃在考察这花的科属，性质，与开花结果的时期与形态。鉴赏者是一个避暑的旅客，他到山中来，是为了自己的舒适，他见一块悬岩，他见一块奇石，他见一泓清泉，都以同一的好奇的赞赏的眼光去对待它们。研究者却是一个地质学家，他要的是：考察出这山的地形，这山的构成，这岩这石

的类属与分析，这地层的年代等等。①

很清楚，在这种研究性接受中，接受者对作品所持的态度是非审美的，他们的注意力也在作品的非审美方面，甚至把作品中的审美因素当作非审美的因素来观照。总之，他们不把文学作品当作审美对象，而当作科学对象。就心理活动而言，研究性的接受者的感受处于睡眠状态，只有一种心理机制——理智——处于活跃状态。

所谓背离性接受其实也是研究性接受之一种，它的特征是以提出与作品相对立的见解为目的。例如，西班牙作家米盖尔·德·乌纳穆诺在阅读《堂吉诃德》后，写了一部《堂·吉诃德和桑丘传》，与塞万提斯的原作相对立，他认为塞万提斯的《堂吉诃德》违反了现实，表示把堂·吉诃德处理成超然物外的人物是不对的。另外，像"文化大革命"中那种从一些有定评的优秀作品中专挑"三反"言论的阅读法，也可以算是一种背离性接受。

审美接受可分为一般读者的欣赏性接受和批评家的批评性接受两种。欣赏性接受更重感性，批评性接受更重理性，但审美则是它们的共同特征。审美的接受以接受者的心理功能处于无限自由的状态为标志。在审美的接受中，人的感性与理性、意识和无意识、感知与想象、记忆与幻想以及情感与理智等一切心理机智都处于高度活跃状态，甚至可以说是人的整个心灵的不可抑制的自由的颤动。正是在心灵的这种自由的颤动中，人在那一瞬间，忘记了尘世中的一切，进入了心醉神迷的艺术世界，获得了情感的满足和精神的愉悦。举例来说，杜甫的《古柏行》中有这样两句诗：

霜皮溜雨四十围，黛色参天二千尺。

① 郑振铎：《鉴赏与研究》，《鉴赏文存》，人民文学出版社 1984 年版，第 109～110 页。

这里所描写的是武侯祠前的古柏树。对这两句诗的接受就有审美与非审美的区别。宋代著名学者沈括读了这两句诗后提出疑问："四十围乃是径六尺，无乃太细长乎……此亦文章之病也。"①宋代另一学者范缜也说："武侯庙柏，其色若牙，然白而光泽，不复生枝叶矣。杜工部甫云：'黛色参天二千尺'，其言盖过，今在十丈。古之诗人，好大其事，率如此也。"②后来有人出来为杜甫辩解，认为沈括的算法有问题。如《湘素杂记》的作者黄朝英说："古制以围三径一，四十围即百二十尺。围有百二十尺，即径四十尺矣，安得云七尺也。……武侯庙柏，当从古制为定，则径四十尺，其长二千尺宜矣，岂得以太细长讥之乎？老杜号为诗史，何肯妄为云云也。"③黄朝英与沈括、范缜的算法不同，得出的结论也不同，但他们在接受此诗时所调动的心理机制却是一致的。他们尽管意见不同，但都只做数字推算，即只调动了单纯的理智，因此他们获得的也只是诗句中的数字的确否，而不是审美情感，这是明显的非审美的接受。假若我们在读这两句诗时，不去做上面的那种数字的推算，而是让我们的感知活跃起来，情感激发起来，想象的翅膀飞腾起来，让整个心灵都颤动起来，那么，我们就会仿佛看到那白皮绿叶的高大无比的古柏在面前挺立，我们忍不住要仰头看那高高的树梢，伸手去搂抱那粗壮的树干，并神往它的伟岸。我们还会从树联想到人，联想到那智慧过人、功勋卓著的诸葛亮。我们发现，这参天的古柏不正是诸葛亮的象征吗？由此又联想到诗中的"志士幽人莫怨磋，古来材大难为用"的诗句，禁不住感叹起来……很明显，在接受这两句诗的过程中，我们的视知觉、触知觉、情感、联想、理解等全部心理机制都被调动起来，并进入自由的状态。我们似乎都在用整个心灵去

① 沈括：《梦溪笔谈》。
② 范缜：《东斋记事》。
③ 胡仔：《苕溪渔隐丛话》前集，卷八。

拥抱这参天的古柏，我们获得了一种说不出的愉快。从此，武侯祠前的古柏，不仅属于杜甫，而且也属于我们。这才是审美的接受。

应当说明的是，我们在下面所讨论的文学接受不是非审美的接受，而是审美的接受，即文学的鉴赏与批评。

二、文学接受的意义

在第一章我们讨论文学的审美本质时，谈到了人都要回归到自己的精神家园，已略约地揭示了文学接受对人的意义。下面，我们换一个角度，把艺术、哲学、科学作为人的精神生活的三个重要的组成部分来加以讨论，试图更深一层地说明文学接受的意义。

(一)艺术接受与“人的复归”

在好几个共产主义的定义中，我最赞同马克思在《1844 年经济学哲学手稿》中给共产主义下的定义：

> 共产主义是私有财产即人的自我异化的积极的扬弃，因而是通过人并且为了人而对人的本质的真正占有；因此，它是人向自身、向社会的(即人的)人的复归，这种复归是完全的、自觉的而且保存了以往发展的全部财富的。

在这个定义中，马克思提出了“人的复归”这个重要问题。在我看来，文学接受不是摆脱生活扰攘的憩息，不是酒足饭饱后坐在柔软沙发上的甜蜜的困顿，而是实现“人的复归”过程的一种力量，是人性建构的一个重要方面，是人的精神生活之鼎的必不可少的一足。那么什么是“人的复归”？

人在长期的劳动中创造了自己，从一般动物中分离出来，成为一种有知、情、意的心理功能的社会动物。在人类的童年，人开始了对自身的本质力量的占有，从蒙昧状态中苏醒过来。德国伟大的作家、哲学家席勒曾这样赞美古希腊人："希腊人的本性把艺术的一切魅力和智慧的全部尊严结合在一起……他们既有丰满的形式，又有丰富的内容；既能从事哲学思考，又能创作艺术；既温柔又充满力量。在他们的身上，我们看到了想象的青年性和理性的成年性结合成的一种完美的人性。"①的确，希腊人创造了无比辉煌的古代文化，在他们身上有一种混沌状态下的"完美"。但是，无论如何不能说他们已获得高层次的"完美的人性"，充分发挥了人的一切潜能。这是因为人的全面的本质，不是自然的产物，而是漫长历史的产物。在人类历史刚刚开篇的时候，在生产力的发展还极其低下的情况下，人的感性和理性的潜能是不可能充分发挥出来的，人也就不可能占有自己的全部本质。因此，无论是过去还是今天，讴歌那种原始的丰富，鼓吹原始的美，引导人们把眼光转向遥远的过去，都是可笑的。而马克思所说的"人的复归"，绝不是要把人"复归"到原始人那里去。

"人的复归"是马克思针对人类的严重的"自我异化"提出来的。私有制虽然对原始的公有制来说是伟大的历史进步，但是带来了三大差别。人不但不能全面地展开自己的本质力量，让知、情、意和谐发展，而且人的本性严重地"自我异化"。"由于劳动被分割，人也被分割了。为了训练某种单一的活动，其他一切肉体的和精神的能力都成了牺牲品。人的这种畸形发展和分工齐头并进。"②工人成了机器的单纯的附属品，农民则被捆绑在土地上，成为土地的一部分，而资产者则为他们自己的利欲和金钱所奴役。所有的人都向非人转化，人寻找不到自己。人的知、情、意都受到压抑或部分丧失。对

---

① 席勒：《美育书简》，徐恒醇译，中国文联出版公司 1984 年版，第 48～49 页。

② 恩格斯：《反杜林论》，《马克思恩格斯选集》第 3 卷，人民出版社 1995 年版，第 642 页。

于劳动者来说，由于他不占有生产资料，他们的“自我异化”就更为严重。他们生产的东西愈美好，他们自己就变得愈丑陋；他们的对象愈文明，他们自己就变得愈野蛮；劳动愈精巧，劳动者就变得愈呆笨。“因此，结果是，人（工人）只有在运用自己的动物机能——吃、喝、生殖，至多还有居住、修饰等等——的时候，才觉得自己在自由活动，而在运用人的机能时，觉得自己只不过是动物。动物的东西变成了人的东西，而人的东西变成为动物的东西。”①在大地直立起来的人，经过层层异化，丧失了人的本质，终于沦陷到了一般动物的地位。人类在劳动中创造了自己，人类又在劳动中摧残了自己，这是人类的悲剧。

就个体而言，人的“自我异化”表现为个人的知、情、意心理结构的残缺和片面化。私有制总是把人捆绑在单一的对象上，并使人的感觉也单一化。当一个人只为一种感觉所控制的时候，那么他的这种感觉就畸形发展，而其他一切感觉、情感、欲望和理智就将被扼杀。一个一贫如洗的穷人，时时刻刻被贫困所控制，他作为人的其他心理潜能就多半丧失了，所以马克思说：“忧心忡忡的穷人甚至对最美的景色都无动于衷。”一个一心想赚大钱的商人，他的全部身心都被利欲所占有，他作为人的其他的全部潜能也消失了，所以马克思说：“贩卖矿物的商人只看到矿物的价值，而看不到矿物的美和特性；他没有矿物学的感受。”我认为人性的这种残缺和片面化，就是人的精神危机的表现。而危机的根源在私有制，只有实现共产主义，才能彻底消除人的“自我异化”，弥补人生的残缺，才能在最高层次上实现人的复归，使人的肉体和精神、感性和理性的一切潜能都以应有的丰富性发挥出来。

然而，共产主义还是遥远的未来，在人类向这个目标前进的过

① 马克思：《1844年经济学哲学手稿》，《马克思恩格斯选集》第1卷，人民出版社1995年版，第44页。

程中，难道人类就无所作为，任凭人的“自我异化”继续下去吗？不，人类进行了不屈不挠的斗争，其中包括为消灭私有制所进行的阶级斗争。与此同时，人类又互相合作，在危机中求生存，在困难中求发展，根据自己的需要，生产出人类精神的三种伟大产品——科学、哲学和艺术(包括文学)。这三种产品是人的本质力量的延伸的结果，反过来又丰富着人的感性与理性。在人类历史的茫茫长夜中，科学、哲学和艺术犹如三盏不灭的灯，照亮了人类“自我复归”的路。艺术接受(其中包括文学接受)就是抵抗“自我异化”，实现“人的复归”的途径之一。

(二)科学、哲学、艺术在“人的复归”运动中的位置

人类孜孜以求，创造出科学、哲学和艺术三大产品绝非偶然。人有三种潜能：知、情、意，科学、哲学、艺术就是人的知、情、意潜能的发挥。人要面向三个世界：自然世界、人际世界、内心世界，科学、哲学和艺术就是伸向这三个世界的桥梁。人性的建构有三个领域：认识的领域、伦理的领域、情感的领域，科学、哲学和艺术就是打开这三个领域大门的三把钥匙。人要达到三种境界：真、善、美，科学、哲学和艺术就是达到这三种境界的有力手段。(注意，当我这样说的时候，并不是把它们分别一一对应起来。)

鼎是中国古代煮东西用的器物。鼎有三足，它才能站稳。人的精神生活之鼎也要有三足，才能平衡、稳定。三足缺一，作为一个真实的人的精神生活就要失去平衡，那么他(她)就要感到痛苦。物质生活的匮乏是一种痛苦，精神生活的失衡则是一种更深刻的痛苦。

科学是人类精神生活的重要的一足。如果连最广义的科学都没有，人就无法与自己周围的自然对象对话，那么世界对他来说就是一个陌生的、神秘的、不可知的存在。我们周围的事物，往往是表里不一的，这就是所谓现象与本质的矛盾。所以在人类还没有揭示出事物的本质之前，往往会在现象面前感到彷徨、茫然和不安，感到处处不自由，

似乎每走一步都有可能掉进陷阱。于是有人就去向上帝和神明求救，实际上真正能解救人自己的是人所创造的科学。因为，科学“用现象的自然原因来解释现象，在于完全撇开超自然力的任何影响”(普列汉诺夫语)。科学使世界变得明朗，科学赋予人类一种独特的语言，使人能跟自然亲切对话。科学提高了人类，使人类远远地超出了一般动物。科学使人的认识功能得到发挥，是人的精神生活的重要一足，因而是“人的复归”的一种重要手段。

哲学是人类精神生活之鼎的又一足。一个人的生活如果没有丝毫的哲学色彩，那么在这个充满矛盾和不安宁的世界中，他的精神就要崩溃，可能连一天也生活不下去。譬如，怎样活着的问题里就有多种多样的哲学，有了怎样活着的哲学作为精神支撑，人才能活着或有意义地活着。就是一个最卑微的人，也有他奉守的“关于活着”的哲学。就如阿Q吧，如果他没有“精神胜利法”这种处世哲学的话，他在那困苦的折磨和失败的屈辱中，可能早就自杀了。就最宽泛的意义说，我们每一个人都自觉不自觉地倾向于阿Q的哲学。人生一世，哪个没有坎坷，哪个没有忧患，哪个没有变幻无常之感，可人们又总是用“祸兮福之所倚，福兮祸之所伏”来开导安慰自己。这与阿Q的自欺自慰的“精神胜利法”不是也有某种相似之处吗？当然，这种处世哲学是消极的、病态的，于是人们就去寻找积极有为的生活哲理。“老骥伏枥，志在千里；烈士暮年，壮心不已。”这是曹操的哲学。且不说少年、青年、中年时期要奋斗，就是暮年已至，也还要奋斗。这是多么有气魄的哲学。“个人的生命只有当它用来使一切有生命的东西都生活得更高尚、更优美时才有意义。”这是爱因斯坦的哲学。生命的意义不在自身，而在为他人服务的过程中，这是多么高尚的哲学。又比如，怎样对待死？一个对死不能做哲学思考的人，在他行将就木之际，必然会惊恐不安，惶惶然不可终日。反之，如果有某种哲学支撑着他，那么他面对死亡也不会有丝毫的恐惧。当著名影星赵丹得知自己将不久于人世时，就要求他的亲人在他弥留之际千万不要哭泣，他希望在人生的最后一刻听到一段他平时最喜爱的乐曲。赵丹喜欢不喜欢庄子不得而知，但他对死的态度与庄子对死的态度毫无二致。《庄子·列御寇》篇中说："庄子将死，弟子欲厚葬之。庄子曰：'吾以天地为棺椁，日月为连璧，星辰为珠玑，万物为赍送，吾葬具岂不备邪？何以加此？'"多么达观的哲理。而更令人感叹不已的是他的生是劳作，死是休息的论点："夫大块载我以形，劳我以生，佚我以老，息我以死。""古之真人，不知说生，不知恶死，其出不訢，其入不距；倏然而往，倏然而来而已矣。"一个人有了这种哲学作为精神支柱，那么他对死就不会有什么畏惧了，他甚至可以用宁静的、超脱的态度来迎接死亡。最近我翻阅《爱因斯坦文集》，发现了爱因斯坦在死前不久也有相似的见解，他说："个人的生命，连同他的种种忧患要解决的问题，有一个了结，到底是一件好事。本能使人不愿接受这种解脱，但理智却使人赞成它。"我十分欣赏这种顺乎自然规律的哲学，因为这种哲学是人类理智的伟大胜利。我们这里所谈的哲学可能狭隘了一些。哲学不但包括人生哲学，而且也包括科学哲学。哲学好像伸出的两只手，一手拽住科学，一手拽住艺术。然而不管怎么说，哲学不同于普通常识，它是超越了普通常识而对天、地、人生从一个更广阔的角度、更深远的层次所做的规律性的思考和批判。哲学使人的感性与理性的潜能得到高度发挥。哲学使人变得更像真正意义上的人，因而哲学也是"人的复归"的有力手段。

人类精神生活之鼎，有了科学和哲学这两足是不是就站稳了呢？不！还得有第三足，这就是艺术。

艺术对于人类来说是一种什么东西呢？

如果说科学和哲学主要是帮助人类跟外在的自然、社会对话的话，那么艺术则主要是帮助人类跟自己的内心对话。自然和社会是两重广阔的宇宙，人类不跟它们搞好关系，无穷无尽的麻烦就会找上门来，那么你就会不得安宁，所以帮助人与自然环境、社会现实实现和解的科学和哲学是重要的。但人的心灵从某种意义上说是一重更加广阔和深邃的宇宙，如果人只顾跟自然、社会这两重宇宙打交道，忘记了抚慰自己的心灵这重宇宙，那么人的精神就会失衡，人性就会异化，人就会丧失归宿感，就像一个游子失去家园。而艺术创作和欣赏实际上就是一个游子寻找家园的活动。

远离故乡的游子，不论他在事业上搞得如何轰轰烈烈，都会经常有一种乡愁冲动。每当夜深人静之际，白天恼人的事还未从脑际退出，一股乡愁就会悄悄地爬上心头。故乡的小河从眼前潺潺地流淌而过；土路上缓缓而行的牛车似乎在对他咿呀咿呀地唱着美妙的歌；暮色中袅袅的炊烟，似乎在频频向他招手；而老母亲慈祥的脸上像渔网一般的皱纹则催下了他的泪水……可他的心平静下来了，他的呼吸均匀了，他在故乡的抚慰下入睡了。不知哪一个夜晚，这一幕又重演。我这里说的是狭义的故乡，人还有一个广义的故乡，这就是艺术。

从一定的意义上说，人的生命活动是由外出与归隐两部分组成的。为了生存和发展，人必须外出奋斗，在工作和奋斗中寻找自己所属的世界，寻找奉献自己力量的场所。如果人人都不外出，人人都龟缩在家里，那么社会就要解体，人的生命也难以为继，更谈不上人类的进步，文明的飞跃。而且人也只有在外出的活动中，将自己的本质力量对象化，人才会发现真、善、美，才会发现生命的意义。但人又不能在所有的时间都外出，人的生命活动又需要归隐，归隐到自己的精神家园，回归到自己的心灵故土。有的西方学者说：“我们的情感大部分都包括在莎士比亚的诗句里。”我们也同样有理由说：我们的情感大部分都在屈原、陶渊明、李白、杜甫、曹雪芹、鲁迅所写的字里行间。我们的每一种微妙难言的情感都可以从艺术世界里得到回响。因此，对我们来说，每一位伟大的作家、艺术家都是一片精神故土，都能使我们回归到自己的心灵家园。

我们把艺术看成是精神家园是否有道理呢？

就狭义的故乡来说，它为什么会那样牵动游子的心，为什么永远会引起游子的乡愁冲动？这主要是因为故乡有游子所熟悉和爱恋的人、事、景、物，情绪、情感、氛围和难忘的童年。在时间与空间的距离都已拉开的情况下，功利考虑变淡，连童年在故乡饿肚子、挨打骂的经历，仿佛也化为了一首甜美而深沉的诗。艺术作品也具有故乡这两大特性：第一，它提供了读者似曾相识的、并能引起情感共鸣的人、事、景物、情感、氛围和刻骨铭心的体验。第二，它不是读者身边发生的事，它们与读者无直接的功利关系，读者可以拉开审美心理距离去品味。尽管某个悲惨的故事，使读者在阅读、观赏时情不自禁地流下眼泪，但这不会伤害读者，读者流过泪后，反而会获得一种满足。艺术与故乡给人们提供的东西如此相似，所以我们把艺术看成是广义的故乡，精神的故乡，把艺术接受看成回归精神家园的活动，就是很自然的了。其实这种想法爱因斯坦早已略约提到，他在《论科学》一文中说："至于艺术上和科学上的创造，那末，在这里我完全同意叔本华的意见，认为摆脱日常生活的单调乏味，和在这个充满着由我们创造的形象的世界中去寻找避难所的愿望，才是它们的最强有力的动机。这个世界可以由音乐的音符组成，也可以由数学的公式组成。我们试图创造合理的世界图象，使我们在那里就象感到在家里一样，并且可以获得我们在日常生活中不能达到的安定。"①这里所说的"就像感到在家里一样"，实际上就是指精神家园。尽管爱因斯坦的话是对艺术创作而言的，可对艺术接受来说，其道理不是一样吗？

---

① 爱因斯坦：《论科学》，《爱因斯坦文集》第1卷，商务印书馆1976年版，第285页。

人为什么需要艺术这个精神家园？人要是丧失了这个精神家园会怎样呢？这只需回忆一下“文化大革命”时的情形，就可以找到答案。那时，古今中外的名作差不多都被说成是“封、资、修黑货”，书店不许卖，图书馆不许借，十亿人只有八个“样板戏”，想过合理的精神生活的人无不失魂落魄，精神家园的丧失使人们的精神失衡，生活变得暗淡而乏味。人们无法忍受这种生活，于是有的为一张内部电影票而四处奔波，有的为看一场《卖花姑娘》而甘愿冒着被挤死的危险，各式各样的手抄本小说不胫而走……这就清楚地说明了，艺术接受绝不是一种可有可无的活动。从心理学观点来看，人类有两种动机，即缺乏性动机和丰富性动机。人类也有两种需要，不仅需要生存与安全，而且还需要各种各样的满足与快乐，其中也包括需要审美的满足与快乐。费尔巴哈曾在他的名著《基督教的本质》中说过：“动物只为生命所必需的光线所激动，人却更加为最遥远的星辰的无关紧要的光线所激动。只有人，才有纯粹的、理智的、大公无私的快乐和热情；只有人，才过理论上的节日。”显然，这里所说的“理论”是包括艺术在内的广义的“理论”。所以，人一旦生活在缺少艺术美的正常刺激的、只有少量感觉输入的单调的环境中，就会引起厌烦，甚至产生强烈的痛苦与失调，于是就会不顾一切地以高昂的代价去追求艺术，来维持自己精神的平衡。

在现代科学技术高度发展的情况下，在生活节奏越来越快的情况下，人与各式各样的机器、仪器等捆绑得更紧了，尽管人们的物质生活提高了，而精神家园的丧失感却也更加严重了，于是人们就拼命地想在艺术欣赏等活动中寻找到精神家园，寻找失落的自我。人们渴望在艺术的节日里，寻找到更高一级的精神平衡。在获得了更高一级的精神平衡的条件下，人的精神世界就会大大提高，人的感知和想象能力也会大大提高。这样，人们在社会主义现代化的劳动中，不仅会干劲倍增，而且知、情、意等各种心理功能都会充分发挥出来。因此，我们可以肯定地说：艺术接受活动的发展与现代化的进展是同步的。

科学、哲学、艺术作为人类精神生活之鼎的三足，作为人性建构的三个方面，作为“人的复归”的三种力量，是缺一不可的。科学、哲学启人思，使人获得理性的成年性；艺术增人感，使人获得情感的青年性。既有理性的成年性，又有情感的青年性的人，才是真正的人。一个人要是连最广义的艺术欣赏都没有，那他就是一个精神残缺和失衡的人，一个畸形的人，他就不可能达到“对人的本质的真正占有”。据此，我们有充分的理由说：艺术接受（其中包括文学接受）在发展人的精神生活，完善人性的建构，促使“人的复归”的过程中，起了一种其他任何东西都无法代替的作用。人类永存，艺术和艺术接受活动也永存。

第二节　文学接受活动形成的条件

文学接受活动的形成是有条件的。有可供接受的对象（即有可供欣赏的作品），有一定接受能力的主体（即有欣赏能力的读者），和接受主体与接受对象之间的适应性，是文学接受活动得以形成的三个不可缺少的条件。

一、接受的对象

文学接受活动形成的第一个条件，就是要有可供接受的对象。马克思说过：“没有生产，消费就没有对象。”同样的道理，没有作家创作出来的作品，读者的接受就没有对象。当然，并不是说凡作品都可以成为接受的对象。一部作品要成为审美接受的对象，必须具有起码的艺术性，或者说必须是真正的文学作品。马克思说：“只有音乐才唤醒人的音乐感觉。”同样的道理，只有真正的文学作品才能唤醒人的文学感觉，才有可能形成文学接受活动。我们不同意英美新批评派把文学作品本身视为至高无上的“纪念碑”，而无视读者的再创造，这种看法把文学接受看成是作品单方面起作用的结果，这无疑是一种“文本拜物教”。但我们也不同意某些接受美学的理论家把文本看成是无足轻重的、甚至是毫无用处的死文学的极端化见解。联邦德国学者G. 格林曾这样介绍过接受美学创立者的观点：

> 一个作品在历史、社会的各种不同的背景里有各不相同的意义结构。这一意义结构包含两个方面：作者所赋予的意义，用代码A表示；接受者所领会、所赋予的意义，用代码R表示。将意义结构用S来表示，则：
>
> 公式Ⅰ　$S=A+R$
>
> 随着时间的流逝，时代的变迁，由于个人天性和经历的差异，接受者对作品的理解将发生变化。同是评论韩干的马，则杜甫：“子惟画肉不画骨，忍使骅骝气凋丧”，予以否定；而苏轼：“厩马多肉尻脽圆，肉中画骨夸尤难”，又予以肯定。因此，A虽是恒量，但能被接受者重新探寻出来的，不一定是全部，甚至可能完全不被发现；而R是变量。这样，该公式的详式为：
>
> 公式Ⅱ　$S=(A_{恒}-O)+R_{变}$
>
> 而作品的本来价值只取决于作者(艺术构思、技巧等)，这其实就是S。
>
> $R_{变}$取决于接受者的文化修养，因此变化范围异常广阔：
>
> 公式Ⅲ　$S=(A_{恒}-O)+R_{变}$
>
> $=(A_{恒}-O)+(R_{\infty}-R_{\infty})$
>
> $\approx R_{\infty}-R_{\infty}$

于是得出：

公式Ⅳ　S≈R

显而易见，这派理论认为，一个艺术作品的价值几乎与A无关，而只取决于R。——无疑，这是一种反传统的新观点。①

上述公式Ⅰ、Ⅱ，基本上还是正确的，可公式Ⅲ、Ⅳ就把作品潜在的意义，即作者赋予作品的意义置之不顾，完全否定了作品本身对接受活动的规范及制约作用，就不能认为是正确的了。正如萨特所说："阅读是引导下的创作。"②引导物——作品本身——对文学接受来说无论如何都是重要的。如果把作为引导物的作品本身的制约作用全盘否定，那么文学接受就成了无源之水、无本之木。只有消费，没有产品，结果就不能构成消费。马克思在《〈政治经济学批判〉导言》中关于生产与消费的关系的论述对我们有启发意义。他认为生产和消费的关系是相互依存、相辅相成的。他说："生产直接是消费，消费直接是生产。每一方直接是它的对方。可是同时在两者之间存在着一种中介运动。生产中介着消费，它创造出消费的材料，没有生产，消费就没有对象。但是消费也中介着生产，因为正是消费替产品创造了主体，产品对这个主体才是产品。产品在消费中才得到最后完成。"③上述接受理论公式的一大缺陷就在于忽视了"生产中介着消费"这一面。

在这个问题上，我认为德国接受美学理论家瑙曼的观点更可取。他认为，作品的生产是第一位的、决定性的因素，而读者的接受是第二位的、次要的因素。因为"没有作家便没有作品，也没有接受的

---

① G. 格林：《接受美学简介》，《文艺理论研究》1985年第2期。引文中的"O"表示各种影响作品意义的因素。原译文中公式有误，笔者做了修正。

② 萨特：《为什么写作》，《萨特研究》，中国社会科学出版社1981年版，第8页。

③ 马克思：《〈政治经济学批判〉导言》，《马克思恩格斯选集》第2卷，人民出版社1995年版，第9页。

对象。接受理论只能从接受的对象性中获得存在的合理性”。他还认为作品对于读者接受过程起一种驾驭作用。他说：“作品不仅创造了接受的需要，也创造了满足这种需要的材料和接受方式。每一部作品都表现出一种内在的意义，一种特有的结构，一种个性，一系列特点，这一切为接受过程预先规定了作品的接受途径，它的效果和对它的评价。”①因此，每一部作品都是一种“接受前提”，如读《阿Q正传》，有笑有悲，先笑后悲，使人联想不断，是由作品本身的特点所决定的。王冶秋有一篇读书随笔，这样描述接受《阿Q正传》的方式、过程和效果：

看第一遍：我们会笑得肚子痛；
第二遍：才咂出一点不是笑的成分；
第三遍：鄙弃阿Q的为人；
第四遍：鄙弃变为同情；
第五遍：同情化为深思的眼泪；
第六遍：阿Q还是阿Q；
第七遍：阿Q向自己身上扑来……
第八遍：合而为一了；
第九遍：又化为你亲戚的泪；
第十遍：扩大到你的左邻右舍；
第十一遍：扩大到全国；
第十二遍：甚至到洋人的国土；
第十三遍：你觉得它是一个镜子；
第十四遍：也许是警报器；
……

① 章国锋：《国外一种新兴的文学理论——接受美学》，《文艺研究》1985年第4期。

王冶秋这里所描述的阅读、接受《阿Q正传》的曲折过程，并不是凭空产生的，也不是接受者的想入非非，而是由作品所创造的阿Q这个具有普遍性的典型所“引导”的。

我们绝不可忽视作品本身作为“接受前提”的作用。但是，“接受前提”毕竟还只是一种“前提”，还不是现实。“产品在消费中才得到最后完成”，作品的潜在意义只有在具体接受活动中才最后变成现实的意义。所以，我们对作为接受对象的作品的作用又不能过分夸大，要给予它一个正确的估价。

那么，我们怎样恰当地估计文学接受对象的作用呢？

在这个问题上，萨特在《为什么写作？》一文中提出的观点，对后人是有启发的。他认为，对于读者来说，作品“无疑是作为一项建议而存在的”，“任何文学作品都是一项召唤”，“作家向读者的自由发出召唤，让它来协同产生作品”。毫无疑问，萨特的关于作品是作为“一项建议”“一项召唤”而存在的思想，在接受美学创始人那里得到了很好的发挥。姚斯说：文学作品“可以通过预告、公开的或隐蔽的信号、熟悉的特点、或隐蔽的暗示，预先为读者提示一种特殊的接受。它召唤以往阅读的记忆，将读者带入一种特定的情感态度中，随之开始唤起‘中间与终结’的期待”①。伊瑟尔则明确提出了作品的“召唤结构”的理论。按伊瑟尔的见解，文学作品跟一般性著作不同，一般性著作(学术著作、理论论文、新闻报道等)是在说明事实和阐明道理，所用的是“解释性语言”，而文学作品是要描绘形象、表达感情，所用的是“描写性语言”。由于文学作品所用的是描写性语言，那么作品就必然会包含许多“意义不确定”和“意义空白”。举例来说，假定有一篇作品里写了这样一个句子：“一个美丽的姑娘向他走去。”这句话的意义有确定的、实在的一方面：这是个姑娘，不是个小女

① H.R. 姚斯、R.C. 霍拉勃：《接受美学与接受理论》，周宁、金元浦译，辽宁人民出版社1987年版，第29页。

孩儿，也不是老太婆；她不是丑女，她是美丽的；她向一个男子走去，不是向一个女子走去。但这句话又包含了“意义不确定”的、“意义空白”的方面：譬如，这个姑娘是高个子还是矮个子？是丰满还是苗条？她美在何处？脸庞如何？她的美丽是外在相貌的美还是内在精神的美？……这些都不确定，都留下了“意义空白”。她向他走去，他是谁？是干什么的？长得怎么个样子？她是如何向他走去的？等等，这也是不确定的，也留下了意义空白。文学作品文本的这种意义不确定和意义空白，首先是由描写性语言形成的。作家萧乾在《经验的汇兑》一文中也曾说：文学作品中的“文字是天然含蓄的东西。无论多么明显地写出，后面总还跟着一点别的东西：也许是一种口气，也许是一片情感。即就字面说，它们也只是一根根的线，后面牵着无穷的经验”①。这也就是说，任何文学文本，由于用了描写性语言，都必定会有意义不确定性和意义空白。其次，作家又充分运用这种描写性语言来进行巧妙的构思，虚虚实实，虚中有实，实中有虚，达到“虚实相生，无画处皆成妙境”的极致。这是更深一层意义的不确定性和意义空白。例如，崔护的律诗：“去年今日此门中，人面桃花相映红。人面不知何处去，桃花依旧笑春风。”运用人面、桃花之间的联系与去、留对比的构思，留给读者许多想象的意义空白。每个人都可根据自己的生活经验去补充它。再如，艾青的诗《盼望》：

> 一个海员说
> 他最喜欢的是起锚所激起的
> 那一片洁白的浪花……

---

① 萧乾：《经验的汇兑》，《鉴赏文存》，人民文学出版社 1984 年版，第 455 页。

一个海员说
最使他高兴的是抛锚所发出的
那一种铁链的喧哗……
　　　　　一个盼望出发
　　　　　一个盼望到达

这首诗由于运用了描写性语言与构思的深沉而含有许多意义不确定和意义空白。这两个海员的心情为什么会如此不同？他为什么喜欢起锚所激起的那一片洁白的浪花？难道他不怕远航的艰苦吗？那可是整整数月或整年见不到自己的祖国和亲人！而另一个海员为什么盼望到达？那到达岸边时铁链的喧哗意味着什么？这两个海员的盼望真的就那么不同吗？他们的不同盼望中是不是也包含了某种相同的东西呢？这一切都等待读者自己去确定和填充。

按伊瑟尔的理论，“作品的意义不确定和意义空白促使读者去寻求作品的意义，从而赋予他参与作品意义构成的权利”。因此，意义不确定性和意义空白构成了文本的基础结构，这就是文本的所谓“召唤结构”。文学文本的这种“召唤结构”犹如一座桥梁，这边站着作者，那边站着读者，这座桥梁是作者与读者的感情相互契合的必要条件，因而也是形成文学接受活动的必要条件。

概而言之，文学文本的“召唤结构”，具有潜在意义，它对文学接受活动的方向、路线起着规范和引导的作用。没有作为接受对象的文学文本，文学接受就不能发生。

二、接受的主体

文学文本作为文学接受的对象，是文学接受活动赖以进行的必要条件，但按接受美学的看法，文学文本和具体化了的作品还是有区别的。因为文本还仅仅是一些印刷品，一些文字符号，它虽然具有潜在的意义，具有召唤结构，但毕竟还没有变成鲜活的、现实的实体，还没有得到读者心灵的感应，因此，它还是第一文本，还不能构成实在的美学对象。第一文本经过作为接受主体的读者欣赏性的阅读，经过阅读过程中想象的作用，其潜在的意义变成了鲜活的、现实的实体，其召唤得到了读者的响应之后，才变成第二文本，即作品，才成为实在的美学对象。萨特说："文学对象确实在读者的主观之外没有别的实体：拉斯可尔尼可夫(《罪与罚》中的主人公)的期待，这是我的期待，是我与我的期待赋予他的；如果没有读者的这种迫切心情，那么剩下的只是〔白纸上〕一堆软弱无力的符号；拉斯可尔尼可夫对于审讯他的法官的仇恨，这是我的仇恨，是符号引起并且接受了我的仇恨，而且法官本人，如果没有我通过拉斯可尔尼可夫对他怀有的仇恨，他也不会存在；是我的仇恨使他具有生命，成为血肉之躯。"①这就是说，读者在阅读第一文本的过程中，不是被动的、消极的，而是能动的、积极的，读者也是一种创造力量。接受美学也正是在读者接受活动的能动性、积极性中寻找到了它的合理性。我在第一章里引过接受美学家如下的话：

> 一部文学作品，并不是一个自身独立、向每一时代的每一读者提供同样的观点的客体。它不是一尊纪念碑，形而上学地展示其超时代的本质。它更多地象一部管弦乐谱，在其演奏中不断获得读者新的反响，使本文从词的物质形态中解放出来，成为一种当代的存在。②

---

① 萨特：《为什么写作》，《萨特研究》，中国社会科学出版社 1981 年版，第 8 页。

② H.R. 姚斯、R.C. 霍拉勃：《接受美学与接受理论》，周宁、金元浦译，辽宁人民出版社 1987 年版，第 26 页。

这是向只重视作者的创作，把文学活动局限为作者的创作活动，视作品为孤立的“文碑”的文本主义批评流派的挑战。接受美学把读者通过阅读活动所具体化的美学对象视为主要研究对象，其目标是要用接受美学取代以创作为研究中心的美学。接受美学的基本特征之一就是把注意力转向读者，强调读者在阅读过程的创造作用，认为读者才是作品的“真正完成者”。姚斯说：

在作家、作品和读者的三角关系中，后者不是被动的因素，不是单纯作出反应的环节，它本身就是一种创造历史的力量。文学作品的历史生命没有接受者能动的参与是不可想象的。①

姚斯的这个理论当然也不新鲜，在这之前，早就有人谈到过。法国象征主义诗人保尔·瓦莱里说过：“我诗歌中的意义是读者赋予的。”波兰哲学家英伽登也认为文学文本本身只提供了一个多层次的框架或图式结构，其中留下了许多未定点，只有在读者通过阅读，把这些未定点确定之后，作品的意义才显露出来。他认为读者在一句一句阅读作品时，头脑里流动着一种“语句思维”，于是“我们在完成一个语句思维之后，就预备好想出下一句的‘接续’——也就是和我们刚才思考过的句子可以连接起来的另一个语句”。也就是说，读者的阅读不是被动的，而是积极的，对语句的接续、意义的展开、情节的推进都不断地做出猜测、判断和期望。但姚斯等人的接受美学作为一种新兴理论流派，把英伽登等人的思想系统化了，还是有功劳的。

那么我们怎样来估计读者在接受、欣赏作品过程中的能动作用呢？为了回答这个问题，应解决三个具体问题。

---

① H. R. 姚斯、R. C. 霍拉勃：《接受美学与接受理论》，周宁、金元浦译，辽宁人民出版社 1987 年版，第 24 页。

第一，对读者的能动作用的看法与对作品的存在方式的看法是相联系的。那么作品的存在方式是怎样的呢？英美新批评认为，作家创作出来的文本，就是作品本身，文本是不可变易的物质，因此作品就存在于作家写出的文本中，想从读者体验中寻找作品的存在是不可能的。韦勒克和沃伦说："体验与诗永不相当：即使一个修养很好的读者，也可以在诗中发现他从前阅读时未曾体验过的新的细节，而一个在这方面缺乏素养或者根本没有素养的读者会把诗读得如何走样、如何肤浅就无须细论了。"①所以按新批评的理论，读者的能动作用可能是一种破坏作用，不应该过分看重。但按新的解释学和接受美学的看法，则认为文本不是封闭的"独立王国"，不是"纪念碑"。德国哲学家海德格尔认为任何存在都是在一定时间空间条件下的存在，超越自己的历史环境而存在是不可能的。同理，文学作品作为一种存在也总是在一定时间和空间的存在。如果这样来理解文学作品的本体符合实际的话，那么在一定时间和空间读者根据其主观条件理解作品，不但是合理的，而且是必要的。这样，文学作品的存在方式就永远和不同时代不同条件下的，带有不同的主观成见的读者联系在一起。读者就作为文学作品的一个重要因素起作用。读者就成为了作者的合作者，正是他们的合作才创造了文学作品。

第二，那么读者是怎样跟作者合作，共同创造了文学作品的呢？在这里英伽登提出了"具体化"的概念，接受美学的倡导者则接过了"具体化"这个重要概念。正如意大利学者弗·梅雷加利在《论文学接受》一文中所说的接受美学"最基本的概念之一就是'具体化'的概念"。所谓"具体化"，就是读者通过对文本的阅读，在想象中把文本中潜在的未定的东西化为确定的、有血有肉的、具体可感的艺术世界的过程。只有通过具体化的作品，才是现实的鲜活的作品，才是

① 韦勒克、沃伦：《文学理论》，刘象愚等译，生活·读书·新知三联书店1984年版，第153页。

实在的美学对象。因此，“具体化”是变文本为作品的必由之路。没有具体化，就没有作品，就没有美学对象，也就没有文学接受。关于“具体化”的观点的确克服了新批评派把文本当成封闭的“独立王国”的不足，也就是克服了对作品解释的绝对主义。但这里又产生了一个问题：即读者的主观条件是多种多样的，如果“具体化”时每个读者都可以自己做主的话，那么对文本的具体化也就必然千差万别，其中某些读者的具体化可能完全脱离开文本的实际，或者与文本毫无关系，是随心所欲的解释。例如，鲁迅就指出，大家都读《红楼梦》，“单是命意，就因读者的眼光而有种种：经学家看见《易》，道学家看见淫，才子看见缠绵，革命家看见排满，流言家看见宫闱秘事……”①。很明显，《红楼梦》的命意大体上是确定的，可这些“家”们对它的理解却牛头不对马嘴。如果我们承认这些看法都是对文本的合理的“具体化”的话，那么就必然陷入相对主义的泥潭，从而否定了文本本身对欣赏、接受的制约作用，否定了文学作品的本体。韦勒克、沃伦看到了这一点，所以他们说：“绝对主义的论点是不完善的，与它相反的相对主义的论点也是不完善的，必须用一种新的综合观点取代并使它们成为和谐体，这种新的综合观点使价值尺度具有动态，但又并不丢弃它。”②这样看来，所谓通过读者“具体化”把文本变成作品的论点岂不是典型的相对主义了吗？这怎么站得住脚呢？当然，接受美学的创立者没有解决这个问题，美国的“读者反应批评”走得更远，他们干脆声称“文本的客观性只是一种幻想”。只有德国接受美学的理论家伊瑟尔则尝试碰一碰这个问题，试图在绝对主义与相对主义之外找一种正确的规定。于是他提出了这样的观点：文学作品有两极，一极是作者写出的文本，一极是读者对文本

① 鲁迅：《〈绛洞花主〉小引》，《鲁迅全集》第 8 卷，人民文学出版社 1981 年版，第 145 页。

② 韦勒克、沃伦：《文学理论》，刘象愚等译，生活·读书·新知三联书店 1984 年版，第 165 页。

的具体化，而“从这种两极化的观点看来，作品本身显然既不能等同于文本，也不能等同于具体化，而必定处于这两者之间的某个地方”①。这也就是说，文学作品的审美实体，既不在作者赋予文本的意义上面，也不在读者对文本的理解上面，而在这两者之间的某个地方。我认为这样一来，情况就变得非常复杂。首先，作者赋予文本什么意义以及怎样赋予它意义是各不相同的。其次，不同读者的理解由于受不同主观条件的作用也会变得非常复杂。因此情况就可能无限的多样，如图示：

文本 →0→ 读者的具体化…………影响力与创作力平衡…………………读者与作者吻合

文本 →0← —— 读者的具体化…………创造力超越影响力……………读者改造作者

文本 —— →0← 读者的具体化…………影响力超越创造力……………作者改造读者

我们实际上可以把文本与读者具体化的接触点“0”放在横线的任何一个位置上，以表明文本与读者具体化之间关系的无限多样。从上图可看到，文本的具体化过程，实际上是文本的影响力与读者的创造力的双向运动过程。一方面，文本的潜在的意义作为一种影响力，对读者施加影响，力图把读者纳入它所固有的轨道，引导读者按原有的潜在意义来解释它，理解它。文本的这种影响力使读者不可能获得完全的自由，随意解释作品。不论读者如何理解，都含有文本潜在意义的某种因素。例如，尽管一千个读者就有一千个哈姆雷特，但在这一千个读者的理解中毕竟还是哈姆雷特，而不是别的

① 张隆溪：《仁者见仁，智者见智——关于阐述学与接受美学》，《外国现代文艺批评方法论》，江西人民出版社1986年版，第358页。

什么人。再如，对白居易的《长恨歌》的主题历来有不同的解释，有的认为写的是爱情悲剧，歌颂了唐明皇与杨贵妃的执着的爱情；有的认为写的是帝王的生活，暴露了唐明皇与杨贵妃荒淫、误国的行为；还有的人将这两种说法调和起来。可不论哪一种说法，都或多或少地反映了文本潜在意义的某一方面或某种萌芽，并没有完全脱离开文本的实际。另一方面，读者作为一种创造力对文本也施加作用，力图要按自己的愿望、倾向和趣味来解释作品。例如，对唐明皇与杨贵妃抱有同情的人，力图按"爱情说"来解释《长恨歌》，而讨厌唐明皇与杨贵妃的人，则力图按"暴露说"来解释《长恨歌》。这就说明了文本的"具体化"实际上包括了两个过程：一个是文本潜在功能的影响过程，一个是读者的再创造过程。每个过程都有一种力，一个是文本作用读者的影响力，一个是读者作用于文本的创造力，这两种对立的力量在某一点上达成的"默契"，就实现了文学的接受活动。

第三，既然在"具体化"过程中读者起着再创造的作用，那么读者的这种创造力从何而来？为了回答这个问题，解释学的理论家们又提出了"先结构"这个概念。所谓"先结构"，是指读者在解释文本之前就具备了先有（Vorhabe）、先见（Vorsicht）、先把握（Vorgriff），实际上就是读者在阅读作品之前已形成的立场、观点、趣味和思想方法等主观成分。读者对文本的具体化是以"先结构"为基础，"先结构"使读者对文本的具体化总带有主观的成分，再创造的成分。在我看来，所谓"先结构"，就是读者在社会实践中所形成的全部个人因素，其中主要包括：生活经验，思想感情，文化水平，艺术修养，审美能力，心境注意，兴趣爱好，等等。所有这一切个人的因素，都这样或那样地左右着读者对文本的具体化。这里且不说不同的读者因个人的主观条件不同，而对作品的具体化有差异，就是同一个人对同一部作品，童年时的具体化与成年时的具体化也是不同的。

这是因为一个人从童年到成年，生活经验、艺术修养乃至兴趣爱好都有了很大变化。只要个人的条件有了变化，对文本的具体化就不同。鲁迅说："看别人的作品，也很有难处，就是经验不同，即不能心心相印。所以常有极要紧，极精采处，而读者不能感到，后来自己经验了类似的事，这才了然起来。例如描写饥饿罢，富人是无论如何都不会懂的，如果饿他几天，他就明白那好处。"[①]郭沫若说："同是一部《离骚》，在童稚时我们不曾感得什么，然而目前我们能称道屈原是我国文学史上第一个有天才的作者。"[②]总体来看，读者在社会实践中所形成的个人因素，是读者的创造力的内在根源。没有一个读者不是以自己的全部的生活经验、全部的心理的和生理的动作去拥抱作品的。接受主体及其主观因素是形成文学接受活动的又一重要条件。

三、接受主体与接受对象之间的适应性及联系

有了可供接受的对象和具有接受能力的主体，并不意味着就一定可以产生接受活动。实际上，如果接受的对象不能适应一定的接受主体的欣赏要求，或接受主体缺乏适应欣赏一定的对象的条件，如果主体与对象之间没有建立起联系，那么接受活动还是不能产生。可以这样说，文学接受活动的形成是接受主体和对象相互估量的结果。主体估量对象，看对象能否与自己的条件相适应；在这同时，对象也估量主体，看主体是否具备必要的条件能认识、理解和欣赏自己。如果主体与对象在相互估量之后发现彼此能相互适应，产生了联系，发生了思想感情的交流，这样主体与对象之间就出现了可

---

① 鲁迅：《致董永舒》，《鲁迅全集》第12卷，人民文学出版社1981年版，第212～213页。

② 郭沫若：《艺术的评价》，《沫若文集》第10卷，人民文学出版社1959年版，第79页。

以深入对方的通道，接受活动就随之形成了。否则，接受活动就无法实现。在主体与对象应相互适应的问题上，接受美学的创立者姚斯提出了“期待视野”这样一个概念。所谓“期待视野”包括读者接受作品的一切条件，既包括读者受教育的水平、生活经验、审美能力、艺术趣味等，又包括读者从已阅读的作品中获得的经验、知识以及对不同文学形式和技巧的熟悉程度。在我看来还应包括读者所处时代、民族、阶层对读者欣赏倾向和趣味的影响。作品必须适合读者的期待视野，才会引起读者的兴趣，才会建立起通道，从而进入欣赏过程。如作品与读者的期待视野相去甚远，则作品对读者就没有吸引力，通道不能建立，也就无法使读者进入接受过程。任何作家都不应盲目写作，都应对读者的“期待视野”做出预测。我以为毛泽东在《在延安文艺座谈会上的讲话》中关于普及与提高的论述，实际是帮助当时的作家对读者的“期待视野”做出分析与预测。他说：

> 普及的东西比较简单浅显，因此也比较容易为目前广大人民群众所迅速接受。高级的东西比较细致，因此也比较难以生产，并且往往比较难于在目前广大人民群众中迅速流传。现在工农兵面前的问题，是他们正在和敌人作残酷的流血斗争，而他们由于长时期的封建阶级和资产阶级的统治，不识字，无文化，所以他们迫切要求一个普遍的启蒙运动，迫切要求得到他们所急需的和容易接受的文化知识和文艺作品，去提高他们的斗争热情和胜利信心，加强他们的团结，便于他们同心同德地去和敌人作斗争。对于他们，第一步需要还不是“锦上添花”，而是“雪中送炭”。所以在目前条件下，普及工作的任务更为重要。……某种作品，只为少数人所偏爱，而为多数人所不需要，甚至对多数人有害，硬要拿来上市，拿来向群众宣传，以求其个人的或狭隘集团的功利，还要责备群众的功利主义，这就不

> 但侮辱群众，也太无自知之明了。任何一种东西，必须能使人民群众得到真实的利益，才是好的东西。就算你的是“阳春白雪”吧，这暂时既然是少数人享用的东西，群众还是在那里唱“下里巴人”，那末，你不去提高它，只顾骂人，那就怎样骂也是空的。现在是“阳春白雪”和“下里巴人”统一的问题，是提高和普及统一的问题。

与此同时，他又估计了工农兵读者的“期待视野”的变化，指出“广大群众的文化水平也是在不断地提高着”，所以普及与提高不能截然分开。“普及工作若是永远停止在一个水平上，一月两月三月，一年两年三年，总是一样的货色，一样的‘小放牛’，一样的‘人、手、口、刀、牛、羊’，那末，教育者和被教育者岂不都是半斤八两？这种普及工作还有什么意义？人民要求普及，跟着也就要求提高，要求逐年逐月地提高。”毛泽东这段话包含了很丰富的接受美学的思想。如果可以这样说的话，他这些话对当时读者的“期待视野”做了很好的分析。首先，他对读者做了政治学的、社会学的分析，他把读者分为两个读者群，一个是暂时还只能接受“下里巴人”的工农兵读者群，一个是喜欢“阳春白雪”的少数人的读者群。这种对读者类型的分析，我认为是“期待视野”观念的理论前提，如果没有这种读者类型的分析，所谓接受者的“期待视野”就只能是一笔糊涂账，无法界说清楚。对姚斯的“期待视野”的理论，西方有的学者就提出了质疑，他们说：“姚斯缺乏一个关于读者类型的定义：读者在社会学里处于什么位置？读者的文学基础知识如何？姚斯都没有谈到。既然要从接受者的角度出发去进行研究，没有接受者的具体情况怎么行？”[①]而这一点，毛泽东早在《讲话》中就注意到了，并根据当时

① G. 格林：《接受美学简介》，《文艺理论研究》1985年第2期。

中国的情况做了分析。其次，毛泽东把读者的“期待视野”看成一个由低向高的运动过程，从动态发展中辩证地来认识“期待视野”。工农兵群众现在的欣赏水平还是“下里巴人”，还需“雪中送炭”，但这种情况正在改变，群众的文化水平、审美能力也在提高，所以作家、艺术家拿出来的东西要适应群众“期待视野”的变化，不能总是一样的“小放牛”，一样的“人、手、口、刀、牛、羊”，也是需要不断提高的东西。最后，毛泽东提出了作家、艺术家对工农兵的“期待视野”既要适应(服务)又要加以提高的科学态度。既要重视普及，适应群众的水平，又不要总是适应，而要在做群众的学生的同时做群众的先生，教育群众，提高群众的“期待视野”，做到把“下里巴人”和“阳春白雪”结合起来，把普及和提高结合起来。

总之，作者对读者的“期待视野”的正确预测，使自己的作品与读者的“期待视野”相吻合，使接受主体与接受对象相适应，并建立起联系的基础。但读者的“期待视野”问题是一个极其复杂的问题。读者的情况是极其复杂的，同一时代就有许许多多读者群，不同的读者群有不同的“期待视野”，一个作家的作品可能会出现这样的情况：它适应了某个读者群的“期待视野”，却排斥了另一个读者群的“期待视野”。另外，不同时代又有不同的读者，不同时代读者的“期待视野”更是不同，作家的创作如何能既适应当代读者的“期待视野”，又能超越时代，适应后代读者的“期待视野”呢？这里也必然会出现种种复杂情况：某部作品适应了当代读者的“期待视野”，轰动一时，可时过境迁，这部作品由于完全不能适应后代读者的“期待视野”而销声匿迹；某部作品超越了当代读者的“期待视野”，为当代读者所不能理解，但由于时代的变迁，作品中所蕴含的某种审美信息释放出来，适应了后代读者的“期待视野”，得到了后代读者的青睐。

第三节　文学接受的审美心理机制

一、文学接受的审美心理过程

由于有了可供接受的对象，又有了具有审美能力的主体，而且主体与对象之间又有了适应性，这就产生了文学接受活动。那么，接受者在文学接受中审美心理的过程和结构是怎样的呢？这就是我们在本节要进一步加以讨论的问题。一般地说，读者面对着文学作品中的审美现实，其审美心理过程的顺序是：诉诸想象——产生感知——唤起情感——进入审美判断和审美玩味。下面就对这个心理过程逐一加以讨论。

(一)想象

文学以语言为媒介来塑造形象，其形象并不具有直接作用于读者的感觉器官的特性。文学的形象是一种间接的形象，或者说是想象中的形象。所以读者翻开一部文学作品，看到的并不是具体可感的形象，而是一行行的文字。那么怎么把一行行文字变成具体可感的艺术形象呢？这就要靠想象。与接受其他艺术情况不同，想象是接受者欣赏文学作品最早产生的一种心理活动。读者以文学作品中的语言描绘作为指南，在自己的头脑中引起与之相应的想象，从而使作品所描绘的形象活生生地呈现在自己心目中。高尔基说：

> 只有当读者像亲眼看到文学家向他表明的一切，当文学家使读者也能根据自己个人的经验，根据读者自己的印象和知识的累积，来“想象”——补充、增加——文学家所提供的画面、形象、姿态、性格的时候，文学家的作品才能对读者发生或多

或少强烈的作用。①

想象可分为两种，一种是再造性想象，一种是创造性想象。再造性想象是根据语言的描述或符号的提示，在头脑中再造出相应的形象的心理过程。创造性想象是创造者根据自己积累的知觉材料，围绕着一个目的，独立地创造新形象的心理过程。文学接受的想象以再造性想象为主，创造性想象为辅。这是因为文学接受作为一种审美活动，是有特定的对象的，这就是文学文本中潜藏着的艺术形象。读者在阅读、接受活动中的想象，必须根据文学文本所提供的艺术形象来进行。艺术形象既大致规定了接受者想象的范围和方向，又大致规定了接受者想象的内容和性质。也就是说接受者想象什么，如何想象，与作品所描写的“有些类似的，大致不差”(鲁迅语)，不可能完全不一样。例如，古华的长篇小说《芙蓉镇》中有这样一段描写：

芙蓉镇街面不大。十几家铺子、几十户住家紧紧夹着一条青石板街。铺子和铺子是那样的挤密，以至一家煮狗肉，满街闻香气；以至谁家娃娃跌跤碰脱牙、打了碗，街坊邻里心中都有数；以至妹娃家的私房话，年轻夫妇的打情骂俏，都常常被隔壁邻居听了去，传为一镇的秘闻趣事，笑料谈资。偶尔某户人家兄弟内讧，夫妻斗殴，整条街道便会骚动起来，人们往来奔走，相告相劝，如同一河受惊的鸭群，半天不得平息。不是逢圩的日子，街两边的住户还会从各自的阁楼上朝街对面的阁楼搭长竹竿，晾晒一应布物：衣衫裤子，裙子被子。山风吹过，但见通街上空“万国旗”纷纷扬扬，红红绿绿，五花八门。再加

① 高尔基：《论文学》，孟昌、曹葆华、戈宝权译，人民文学出版社1978年版，第225～226页。

上悬挂在各家瓦檐下的半串红辣椒，束束金黄色的苞谷种，个个白里泛青的葫芦瓜，形成两条颜色富丽的夹街彩带……人在下边过，鸡在下边啼，猫狗在下边梭窜，别有一种风情，另成一番景象。

我们读了这段描写，立刻在头脑中出现再造性想象，而我们心目中出现的图景大致上是南方小镇的图景。如果你是一个广西人或云南人，你可能在这条街尽头，加上几棵香蕉树，如果你是江西、福建人，你可能在这条街的旁边加上一两片毛竹林，如果你是一个没有去过南方的北方人，你总在某个电影中领略过南方小镇的风貌，总而言之，无论是哪个读者，都大致不差地把它想象为一个南方小镇的景象。你大概不会把它想象为陕北农村那一排排的窑洞，你不会把它想象为内蒙古大草原上那星罗棋布的蒙古包，你不会把它想象为北京那长长的静谧的小胡同，你不会把它想象为上海那熙熙攘攘的里弄……作品所提供的艺术形象引导和制约着接受者的想象，所以文学接受中的想象只能以再造性想象为主，而不能像文学创作那样以创造性想象为主。

但是，正如我们前面所讲的那样，文学作品由于是用语言作为媒质，它无论描写得如何详尽，也只能是个生活大纲和框架，它留有许多“意义空白”和“意义不确定”。因此，读者在阅读过程中根据作品形象所唤起的想象，实际是根据自己的生活经验、知识水平、兴趣爱好，对于“意义空白”的独特的填充，对于“意义不确定”的独立的确定。而在这填充、确定过程中，就必然会有接受者的再创造。所以接受过程的再造性想象中也会有创造性想象，即对艺术形象进行补充、延伸、丰富和发展，甚至发现作者本人未发现的东西。德国画家珂勒惠支有一幅题名为《战场》的版画。画中描绘的是农民被官兵打败之后的战场上的景象：漆黑的夜里，地上躺着横七竖八的、隐约可见的尸体，近处有一位老妇人提着风灯在寻找尸体，风灯照出她那只因长期劳动而变得满是筋节的手，正在抚摸一具死尸的下巴。整个画面的光线都集中在这一小块上。鲁迅在介绍这幅版画时写道："这恐怕正是她的儿子，这处所，恐怕正是她先前扶犁的地方，但现在流着的却不是汗而是鲜血了。"鲁迅的想象是根据画面所提供的东西展开的，是再造性想象，但鲁迅断定那就是她的儿子，断定现在流血的地方正是他们先前流汗犁地的地方，则完全是他的创造，是他的创造性想象，也可以说这是再造性想象和创造性想象相统一的结果。一般地说，绘画比之于文学，它的形象更确定一些，但读者仍然有如此创造性想象，那么读者对更为不确定的文学形象的想象，其想象的创造性就必然更大了。文学描写生活的方式非常丰富，可叙事，可抒情，可再现，可表现，可正写，可倒写，可虚写，可实写，可直接写，可间接写，可写静态，也可写动态。当作者采用抒情、表现、侧写、间接写、虚写时，所留的空白就更大，所带的不确定性也更大。在这种情况下，读者就会把文本所提供的一星半点的朦朦胧胧、隐隐约约的东西放在自己的心中去发展，进行再创造，创造出一种连作者都感到吃惊的艺术世界来。例如，陈子昂的《登幽州台歌》：

前不见古人，后不见来者。念天地之悠悠，独怆然而涕下。

我第一次读这首诗时，我的想象中出现的是在北方的广阔的平原上，一个身着古装的诗人站在高台上，呼天喊地，泪流满面——一位伟大的孤独者。这基本上还是一种再造性想象。可是在"文化大革命"中，我有了新发现。在我的想象中，把那个被打成"死不改悔的走资派"的党委书记变成了这首诗的抒情主人公，我觉得此时只有他最配吟《登幽州台歌》了。在这想象中，创造性的成分就大大增加了。显然，这是因为这首诗的缺乏视知觉形象的抽象写法，给读者留下了很大的想象空间，可以引发读者更多的创造性想象。

(二)感知

接受者阅读文本产生了再造性想象，栩栩如生的艺术世界作为想象表象出现在接受者的脑海中，使接受者仿佛身临其境。这样，被想象翻译过来的艺术世界，就对接受者的感官造成了一种强有力的刺激，而感官便也集中于眼前的对象，于是审美感知活跃起来了。

在文学接受活动中，审美感知有什么特点呢？

第一，文学接受的审美感知集中于视觉和听觉上面。

作家创作作品时，是调动了自己的视觉、听觉、触觉、嗅觉、味觉等一切感知功能的。那么接受者在接受文学作品时，接受者的感知活动也是全面的。也就是说，读者在阅读文本过程中感知的一切功能，包括视觉、听觉、触觉、嗅觉、味觉，以至各种欲望，如食欲、性欲等，都可能被调动起来。例如，上面我们所引古华《芙蓉镇》的那段文字，经想象的“翻译”后，我们的感知功能被充分调动起来，我们一边读，一边就仿佛亲眼看见了那条窄小的青石板街，纷纷扬扬、红红绿绿的“万国旗”(视觉)，仿佛亲自听见了妹娃们的私房话、年轻夫妇的打情骂俏(听觉)，甚至于仿佛闻见了那满街的狗肉香味而垂涎欲滴(嗅觉、味觉)，仿佛摸到了青石板的硬度和热度(触觉)……然而，如果哪个读者读了这段文字，主要是被那满街的狗肉香味所吸引，或者从那妹娃们的私房话和年轻夫妇的打情骂俏而想入非非，引起某种欲望，那么他就没有获得精神的美感，而只是获得了生理的某些快感。在这段文字中，那些视觉描写和听觉描写才是引起审美感知的刺激物。为什么说审美感知主要是视听感知呢？早在中世纪，意大利的基督教神学家和经院哲学家托马斯·阿奎那就做了回答，他说：“与美关系最密切的感官是视觉和听觉，都是与认识关系最密切的，为理智服务的感官。我们只说景象美或声音美，却不把美这个形容词加在其它感官(例如味觉和嗅觉)的对象上去。”[①]托马斯·阿奎那可能是从禁欲主义的观点来解释这个问题的，但他的话的确是有道理的。后来黑格尔也认为只有视、听觉才是“认识性感觉”，才与艺术、审美有关。他说：

> 艺术的感性事物只涉及视听两个认识性的感觉，至于嗅觉，味觉和触觉则完全与艺术欣赏无关。因为嗅觉、味觉和触觉只涉及单纯的物质和它的可直接用感官接触的性质，例如嗅觉只涉及空气中飞扬的物质，味觉只涉及溶解的物质，触觉只涉及冷热平滑等等性质。因此，这三种感觉与艺术品无关，艺术品应保持它的实际独立存在，不能与主体只发生单纯的感官关系。[②]

黑格尔以“认识性”作为标准来衡量那种感知是审美的感官，可能太狭隘些，但他的基本思路是对的。我认为，触觉、味觉、嗅觉之所以不能成为审美的感知，主要是由于它们只引起缺乏性动机，而跟直接的生理反应、物质需要相联系。一句话，它们只激起了人的肉体功能欲望，却不能满足人的高级精神需要。读《红楼梦》中螃蟹宴描写，就忍不住要咽口水，这不是审美愉悦，而是食欲的被挑动。视、听觉之所以能够成为审美的感知，主要是由于它们引起人的丰富性动机，跟人的高级精神活动相联系。视觉、听觉总是能够升华为高级的精神愉悦，升华为理智的满足。它们可以超越功利需求，而满足精神需求。车尔尼雪夫斯基说：“视觉不仅是眼睛的事情，谁都知道，理智的记忆和思考总是伴随着视觉，而思考则总是

---

① 北京大学哲学系美学研究室：《西方美学家论美和美感》，商务印书馆1980年版，第67页。

② 黑格尔：《美学》第1卷，朱光潜译，商务印书馆1979年版，第48～49页。

以实体来填补呈现在眼前的空洞的形式。”[①]通过以上分析不难看到，文学接受的审美感知主要集中在视、听感知上面。

第二，文学接受的审美感知是整体的感知。

当接受者感知文学作品中所描写的人、事、景、物时，总是把它们作为一个整体形象来感知，而不是把形象作为人、事、景、物的集合物来感知。譬如，上述《芙蓉镇》中那段描写，接受者在感知时，是把它作为一个南方小镇的整体形象来感知的，而不是先把它分成许多描写成分：青石板街、铺子、狗肉、娃儿跌跤、妹娃的私房话、年轻夫妇的打情骂俏、弟兄内讧、阁楼、长竹竿、衣衫裙子、瓦檐、红辣椒、苞谷种、葫芦瓜、鸡、猫、狗、人……然后再把它们集合起来。我们不是把这个小镇作为许多事物的集合体来感知，而是作为一个五六十年代的普通的、古朴的、温馨的南方小镇的整体来感知，我们在没有一个一个研究过它的构成因素前，就在眼前出现了那整个的小镇。也就是说，我们一开始就把芙蓉镇作为一个知觉完形来把握。按完形心理学的“心物同型”说，人们“不是把知觉印象仅仅作为它由之产生的感觉的集合来对待”。我们在日常生活的某些经验，就很好地体现了完形心理倾向。对一个刚认识的人的外貌的知觉是对一个完形的知觉，而不是对此人的眼睛、鼻子、嘴、脸、身段、身高等知觉的集合。我在第一次见到张三时，我没有逐一分析过他身上的各部位的特征，我就记住了他。一个多年未见的朋友，我一眼就可看出来，而不需回忆他身上的各个部位的特征。这就是因为我的知觉本身有一种组织能力，能够发现对象的“完形”，从而获得对象的整体形象的独特经验。日常生活的这种完形心理，被充分地运用到创作中，而接受者的审美感知也就必然具有整体性的特征。例如，马致远的《天净沙·秋思》：

---

① 车尔尼雪夫斯基：《生活与美学》，周扬译，人民文学出版社1958年版，第53页。

枯藤老树昏鸦，小桥流水人家，古道西风瘦马。夕阳西下，断肠人在天涯。

前三句，没有用一个动词，似乎是分别摆出九种景物。作者也未点明这九种景物之间的联系，但读者在读这几句诗时，发挥了自身的知觉组织功能，不必一种一种分析，就发现了它的“完形”，把它作为一个秋天的苍凉的图景的整体来感知。在这一感知过程中，接受者先是接近性的知觉经验，把三句诗，看成是三个组，把分散的景物，组成了小组。接着接受者又以连续性的知觉经验把三句诗联系起来。最后以知觉完整倾向，把它们尽可能完善地构成整体。

文学接受的感知完整性，对创作提出了要求，即要突出特征，渲染氛围。过多细节的描写没有必要，要相信接受者发现“完形”的能力。董希文的《开国大典》，抽去了天安门上一根柱子，观众并未发现。因为它突出了特征——画出了庄严的氛围，这就能使观众立刻组织起知觉完形。

(三)情感

在文学接受活动中，伴随着审美想象产生了情感。在感知一个对象的同时，是否产生情感的反应，是区别审美接受和非审美接受的一个关键。在文学接受活动中，对形象的感知越是真切，所引起的想象越是活跃，所激起的情感反应就越是强烈有力。这种情感反应主要表现在接受者产生了与作者的感情或作品中的人物的感情相同或相似的情感的共鸣。对此，列夫·托尔斯泰在《艺术论》中做过这样的描述：“感受者和艺术家那样融洽地结合在一起，以致感受者觉得那个艺术品不是其他什么人所创造的，而是他自己创造的，而且觉得这个作品所表达的一切正是他很早就已经想表达的。”①

---

① 列夫·托尔斯泰：《艺术论》，丰陈宝译，人民文学出版社1958年版，第149页。

问题不在对文学接受活动中情感活动的描述，而在于对这种情感活动产生的原因的解释。在这个问题上，起码有以下四种观点：

第一种，联想说。

这是一种最普通最流行的说法。文学接受者在过去的生活中，曾接触过某种对象，体验过某种情绪和情感，因而形成了一种情绪记忆。在阅读文学文本感知形象过程中，又遇到相似的或相关的情感刺激，于是联系起过去的相关的情绪和情感，产生了感情的“共鸣”，引起了美感。例如，一个曾失恋过的人，他对林黛玉就会产生一种特殊的感情。因为林黛玉的爱情悲剧勾起了他自己过去的相似的情感体验，引起了他的联想。再如，我们读描写故乡的诗词，如读“床前明月光”，“月是故乡明”，等等，我们的美感主要来源于联想。因为每个人都有自己的故乡，都有过深刻的乡愁冲动，所以写故乡的好诗，总让人联想起童年的生活，联想起故乡的生活情调和氛围，因而特别能引起人的情感的“共鸣”。用“联想”说来解释文学接受的审美情感的发生，还是比较好的。它既强调了客体的作用，又重视接受主体以前生活经验的作用，从客体与主体的结合点上说明了文学接受中审美情感发生的根源。它的不足之处是难以解释读者何以会对一些较抽象的、怪诞的、奇特的与先前的生活经验没有多少联系的作品产生情绪、情感的“共鸣”。

第二种，移情说。

用移情说同样也可以解释文学接受过程中情感的发生。根据移情理论的见解，读者在感知作品的艺术形象的同时，忽喜忽悲，忽哀忽乐，进入忘我境地，是由于“我”的感情外射到文学形象上面的缘故。这就是说，接受过程的情感，主要不是文学形象本身的特性引起的，而是“自我”对引起自己关注的文学形象所采取的一种情感态度。由于这种关注达到了忘我的地步，不知不觉中“自我”的情感就超越了实际的“自我”的限制，而把情感投射到对象中去，并与对象融为一体。例如，我们读林黛玉“焚稿断痴情”，我们情不自禁地流了泪，感到无限的哀伤，但这哀伤的情感主要不是由林黛玉的形象本身的特性引起的，是读者主动将哀伤的情感移入的结果，而且这种哀伤的情感也并非由于读者联想过去的什么经历。而是由于忘我、入迷，从而使“自我”与林黛玉合而为一。

文学接受是读者的能动的、主动的创造。移情说强调文学接受中情感的发生是“由我及物”的缘故，是有一定的道理的，也确能令人信服地解释文学接受中情感的发生的部分事实。但是移情说过分强调“由我及物”，而否定“由物及我”，不免失之于片面。

第三种，客体结构说。

此说认为，接受者在感知形象的同时所产生的情感既与接受者的联想无关，也不是接受者的情感外射的结果，而是由文学形象的客观结构所决定的。为什么大家在读《红楼梦》时都为林黛玉的命运感到悲哀呢？为什么大家在看《白毛女》时都对压迫喜儿的黄世仁感到愤怒呢？尽管各人反应的强度可能有差别，可读者的情感反应的性质是一致的，那么这种情感反应的一致又怎样来解释呢？这只能说是由林黛玉的悲剧命运本身的性质所决定的，是由黄世仁本身的罪恶行为所决定的，而不是由读者主观情感所决定的。尽管林黛玉的悲剧命运具有悲哀的情感性质，可读《红楼梦》的“我”绝不是多愁善感和悲哀的，绝不能把“我”的情感和文学形象的情感性质等同起来。即或“我”的情感与林黛玉的情感大致相同，就是说，都是多愁善感，但“我”和林黛玉的情感在强度上是有差别的，林黛玉的情感很强烈，而“我”的情感却是微弱的。因此，我们只能说“我”欣赏文学作品时所产生的情感，是“我”对作品形象的结构性质的认识和把握，情感归根到底来源于作为欣赏的客体的作品。

客体结构说自然有合理的成分，因为读者的情感不是无缘无故产生的，情感是对客体所持态度的一种体验。离开客体，情感是不会自动发生的。情感的发生的确与客体的结构性质有关。但这种说法也带有很大的片面性。试想，如果作品的形象的情感结构不能与接受者的情感相契合，不经接受者心灵的能动的感应，接受过程的审美情感又怎么能发生呢？

第四种，异质同构说。

在格式塔心理学派看来，外部世界与人的内在世界都是力的结构，当外部的力的结构与人的心理世界的力的结构相对应时，人与物的力的结构就合而为一。人与物的情感也就相通，人的审美情感也由此而产生。清代学者姚鼐说："其得于阳与刚之美者，则其文如霆，如电，如长风之出谷，如崇山峻崖，如决大川，如奔骐骥；其光也，如杲日，如火，如金鏐铁……其得于阴与柔之美者，则其文如升初日，如清风，如云，如霞，如烟，如幽林曲涧，如沦，如漾，如珠玉之辉，如鸿鹄之鸣而入廖廓。"①这段著名的话就集中地罗列了一系列的对象与情感的对应关系。美国心理学家鲁道夫·阿恩海姆利用格式塔心理学的实验，做出这样的假设：外部事物的力的结构通过视觉神经系统反射到大脑皮层相应的区域，在这个相应的区域内就形成了一个脑电力场，并使这个力场的结构与外部的事物的力的结构达到同形同构。在文学接受中，其对象与客体不是外在事物，而是文学的艺术形象，按"异质同构"的理论，接受过程中审美情感的发生，是由于文学的艺术形象作为一种力的结构与接受主体脑电力场的力的结构相对应的结果。就是说，文学的艺术形象的情感和读者的情感虽然是不同质的，但它们的力的结构性是相同的，这样就产生了共鸣，产生了感情的契合，审美情感由此而发生。或者说，作品的艺术形象和接受主体的心理结构，以大脑皮层的力场为中介，由相互联系达到完全的沟通，审美情感正是在这沟通中产

---

① 北京大学哲学系美学教研室：《中国美学史资料选编》（下），中华书局 1981 年版，第 369 页。

生。例如，李清照的词《浣溪沙》：

> 小院闲窗春色深，重帘未卷影沈沈，倚楼无语理瑶琴，远岫出山催薄暮，细风吹雨弄轻阴，梨花欲谢恐难禁。

这首词，并没有写一个“愁”字，但接受者读过之后，一种淡淡的哀愁不禁油然而生。按“异质同构”说的解释，这是由于庭院冷清、重帘不卷的生活场景，云山雾霭、雨打梨花的自然景物，以及那闺人无语理琴的形象所具有的力的结构，通过接受者的视觉神经系统反射到了接受者的大脑皮层，于是大脑皮层产生了一种电力场，而这电力场的力的结构与词中的形象的力的结构是同形同构的，这样就使接受者产生了淡淡的哀愁。“异质同构”说，对于文学接受审美情感的产生做出了一种新的解释，试图从生理—心理的更深的层次，从主客观的交接上对审美情感的产生做出解释，这是一种贡献。但对脑电力场力的结构的说明，还仅仅是一种假设，还远未达到科学的地步。

我的看法是，以上四说都能说明文学接受过程中情感发生的部分现象，但又都不能说明全部现象，因此，四说互补是最可取的。

(四)审美判断

在文学接受过程中，接受者在想象、感知的基础上产生了情感，并使自己的情感与对象的情感相契合，进入了入迷的境地。但这并不意味着文学接受活动的结束。实际的情况是接受者往往在“入迷”中保持“不入迷”，在热情中保持冷静，在情感活跃中渗入理智。文学接受作为人类的一种高级精神活动，是人的感情与理性的全部投入。人在文学接受中不仅会感动，而且自然而然地会在心灵的最深处去追寻这种感动的原因，并进而做出判断。文学如果没有理性的参与，如果不能做出审美的判断，那就不是完整的接受，也就不能获得最高的审美享受。别林斯基说：“对于我们，只是欣赏还不够，——我们还想求知；没有智慧，我们就谈不到欣赏。假如有人说，某某作品使他很兴奋，可是却不能解释这种快感，追究不出快感的原因何在，这种人就是自欺欺人。由不能理解的艺术作品所引起的兴奋是痛苦的兴奋。”①毛泽东也说，“感觉到了的东西，我们不能立刻理解它，只有理解了的东西才能更深刻地感觉它”②。这些话都是很深刻的。如果接受者仅有情感的兴奋，理智仍处于睡眠状态，那么就不可能真正理解作品的内容，对作品艺术形象及其所反映的社会生活的认识就没有完成，对作品的意味就缺乏深刻的感受，即所谓“用思有限者，不能得其神”（葛洪语）。当然也就无法鉴别作品的美丑，不能做出正确的审美判断。从这一点上说，文学接受只有在做出判断之后，才真正进入了高级阶段。

审美判断是对作品的真、善、美做出合情合理的评判，而这种评判的前提和基础是理解。理解作为文学接受的一种审美心理机制，具有多层次的功能。在较低的层次上，理解的功能，在于理解到文学接受的对象是幻象，而不是实象。由于有了这种理解，我们才不会把作品中所描绘的一切都当成身边发生的事情，我们才不会把动感情变为放纵感情，才不会把悲哀变成号啕大哭，才不会觉得用一句话就把十年时间跳过去的描写不真实，才不会举起枪向舞台上的黄世仁开火。但作为审美判断的基础和前提的理解，是指更高层次的理解的功能，即对于融解于艺术形式中的意味的真正的把握。这种对作品意味的理解不同于科学的道德的认识，科学和道德的认识是概念化和逻辑化的，而接受者对作品意味的理解则是情感化的。既有理智的因素，又带有情感的色彩，是从理智和情感的交切点上来把握作品。之所以有这样的区别，是因为科学和道德所认识的对

① 别列金娜：《别林斯基论文学》，梁真译，新文艺出版社1958年版，第259～260页。

② 毛泽东：《实践论》，《毛泽东选集》，人民出版社1966年版，第275页。

象是规律，而规律要以概念的逻辑的方式才能揭示出来。文学接受者理解的对象是作品的意味，意味是情感在形式中的直接显现，也就是说，在文学作品中，情感与形式是一而二、二而一的结构，情感与形式是永不分离的。因此，接受者无法把情感与形式强行分离开来，然后用逻辑推理的方法去把握，而只能在直接感受中去领悟。同时，文学作品的意味既然是情感性的感受性的东西，那么，“只有那些最为激烈的感觉才可能具有名字，而这样一些感觉又被大家称为‘情绪’。然而我们感受到的所有东西中，有很多东西并没有发展成为可以叫得出名字的‘情绪’。这样一些东西在我们的感受中就象森林中的灯光那样变幻不定、互相交叉和重迭；当它们没有互相抵销和掩盖时，便又聚集成一定的形状，但这种形状又在时时地分解着，或是在激烈的冲突中爆发为激情，或是在这种冲突中变得面目全非……在通常情况下，人们总爱把这一完整的‘内在生活’之流分解成理性的、情感的和感觉的单位”①。这样，接受者对文学作品的意味实际上处于“可喻不可喻”“可解不可解”的状态。例如，宋之问有首《渡汉江》：“岭外音书绝，经冬复立春；近乡情更怯，不敢问来人。”为什么在接近故乡之时“情更怯”呢？为什么“不敢问”呢？如果要用言语来解释的话，大体上也可以说是自己多年在外，音信久绝，不知家里人是吉是凶，所以在近乡之时“情更怯”而“不敢问来人”。但这种解释是不是把诗的意味都穷尽了呢？远远没有。“情更怯”“不敢问”不过是一个“召唤结构”，这里包含了很大的“意义空白”和“意义不确定”。每一个接受者都只能用自己的情感去“意会”，而不能用言语把诗的意味全部解释明白。实际上，真正的意味是说不清、道不尽的。因此接受者发挥自己的审美理解——情感性的“意会”——的心理机制就变得非常重要了。

---

① 苏珊·朗格：《艺术问题》，滕守尧、朱疆源译，中国社会科学出版社 1983 年版，第21 页。

（五）审美玩赏

文学接受者在理解作品的意味的基础上，做出了审美判断，随后就进入了鉴赏的高潮，审美愉悦也达到了顶点。如果说审美判断主要是“识味”的活，那么审美玩赏则主要是“品味”，实际上是“回味”。接受者如果对一部作品做出了肯定的审美判断，那么他就会情不自禁地一次、再次地回味作品中那些动人、感人之处。比如，作品中某个人物的悲惨命运令接受者反复感叹，不禁又一次流下泪水；某个英雄人物的献身精神，一再在接受者眼前重现，使我们不禁击掌叹赏；某种令人心醉的氛围让接受者流连忘返；某种富于诗情画意的境界，令接受者神往；某种深刻新鲜的哲理，令接受者反复思考；某些清新隽永的句子，一再跳到接受者眼前，禁不住朗朗吟哦起来。至于那些弦外之音、景外之景、味外之味，更令接受者久久不能释怀，而一再去咂摸。审美玩赏的心理机制不是单一的，而是极其丰富的。知、情、意等一切心理机能都处于活跃的交织状态。

例如，《红楼梦》第四十八回专有一段写香菱体味、玩赏王维的诗的情景。林黛玉把王维的诗集借给香菱，香菱拿回去读了，她都领略过了。有一天，香菱又来找黛玉，黛玉问她读王维的诗可有体会，香菱笑道：

> “据我看来，诗的好处，有口里说不出来的意思，想去却是逼真的；又似乎无理，想去竟是有理有情的……我看他‘塞上’一首，内一联云：‘大漠孤烟直，长河落日圆。’想来烟如何直？日自然是圆的。这‘直’字似无理，‘圆’字似太俗。合上书一想，倒像是见了这景似的。要说再找两个字换这两个，竟再找不出两个字来。再还有：‘日落江湖白，潮来天地青。’这‘白’‘青’两个字，也似无理。想来必须这两个字才形容的尽；念在嘴里，倒像有几千斤重的一个橄榄似的。还有：‘渡头余落日，墟里上

孤烟。'这'余'字合'上'字，难为他怎么想来！我们那年上京来，那日下晚便挽住船，岸上又没有人，只有几棵树，远远的几家人家做晚饭，那个烟竟是青碧连云。谁知我昨儿晚上看了这两句，倒像我又到了那个地方去了。"

很明显，这里写的香菱在玩赏王维的诗，在"品"王维的诗"味"。香菱在品诗过程中，调动了自己的各种心理机制，获得审美的愉悦。所谓"诗的好处，有口里说不出来的意思，想去却是逼真的；又似乎无理的，想去竟是有理有情的"，这是审美的理解。所谓"合上书一想，倒像是见了这景似的"，这是审美想象。所谓"念在嘴里，倒像有几千斤重的一个橄榄似的"，这是由于审美视觉转化而来的审美味觉。所谓"我昨儿晚上看了这两句，倒像我又到了那个地方去了"，这是回忆和联想。由此可见，审美玩赏作为文学接受和欣赏的高潮阶段，是接受者一切心理机制交替活跃的结果。

上面，我们描述了文学接受活动中接受者的心理过程及其先后顺序。我们必须认识到，上述这些心理机制不是机械地分割开的，也不完全是先有了一种心理机制，再出现一种心理机制。实际上，上述心理机制是互相联系、互相渗透的。是有序中的无序，无序中的有序。正如阿恩海姆所说："在人的各种心理能力中，差不多都有心灵的作用，因为人的诸心理能力在任何时候都是作为一个整体活动着，一切知觉中都包含着思维，一切推理中都包含直觉，一切观测中都包含着创造。"①

二、文学接受的深层心理结构

上面，我们描述了文学接受的心理过程。总的来看，这种心理

---

① 鲁道夫·阿恩海姆：《艺术与视知觉——视觉艺术心理学》，滕守尧、朱疆源译，中国社会科学出版社1984年版，第5页。

过程还是文学接受中浅层的心理特征。实际上，在文学接受过程中，接受者的心理活动并不是这样简单的过程，而是一个复杂的、充满多种对立统一的过程。这多种对立统一的心理运动，是文学接受中深层次的心理结构，我们只有揭示文学接受者多种的对立统一的心理结构和特征，才能真正把握到文学接受的内在规律。

(一)生理与心理的对立统一

作为接受者的人，既有生物性的一面，又有心理性的一面，既有各种生物性的感觉与欲望，又有精神性的需要与追求。人是“灵与肉”的对立统一。文学接受作为一种高级的精神活动，本来似乎应该是一种纯粹的心理活动，即精神的需求与满足。其实不完全是这样。在文学接受活动中，由于人所面对的是有生命活力的艺术形象，其中七情六欲无所不包，所以一个全神贯注的接受者实际上是以全部的生理和心理动作投入到艺术世界中去，以自己的生理和心理(即整个的人)全部“本钱”拿到艺术世界中去“冒险”。或者换句话说，一切真正的作品都直接诉诸人的整体，即心灵与感官，我们在得到心理的美感的同时，又得到生理的快感。王蒙说：“我认为写作的时候，不仅要求助于自己的头脑，而且要求助于自己的心灵，而且要求助于自己的皮肤、眼睛、耳朵、鼻子、舌头和每一根末梢神经。例如你写到冬天，写到寒冷，如果只是情节发展的需要或是展示人物性格的需要使你决定去写寒冷，而不去动员你的皮肤去感受这记忆中的或假设中的冷，如果你的皮肤不起鸡皮疙瘩，如果你的毛孔不收缩，如果你的脊背上不冒凉气，你能写得好这个冷吗?”①王蒙讲的是创作，其实文学接受也是如此。接受者谈到这段冬天的寒冷的描写，皮肤不起鸡皮疙瘩，毛孔不收缩，那么接受者实际上就没有真切地感知到作品的描写。李贽在《初潭集》记载了一条材料：“汉桓帝

① 王蒙：《倾听着生活的声息》，《探索者的足迹——北京作家作品评论选》，北京十月文艺出版社1985年版，第57页。

时，刘褒画《云汉图》，见者觉热；又画《北风图》，见者觉寒。”我自己在读一些极其成功的悲剧时，当看到主人公惨死、屈死之际，我不但觉得心里受不了，而且心口紧缩，头晕脑涨，我知道我的血压升高了，心跳也加快了。英国经验派的美学家早就联系生理感觉来谈美感，一件事物之所以给人以美感，首先是因为生理上产生了快适之感。或者说，任何美的东西，首先是令人在生理上感到舒适的东西。诗歌节奏之所以给人以美感，首先是它给人以生理上的快感。由此可见，文学接受活动，既是心理过程，又是生理过程，接受者的心理活动要以生理活动为基础，是生理和心理矛盾统一的运动。

然而，如果一个接受者在欣赏文学作品过程中，只有生理反应，没有心理反应，或生理反应强，心理反应弱，那么这种接受所获得的主要不是高级的美感，而是生理的快感。所以文学接受不能仅仅停留在生理反应阶段，而要提高到心理反应的阶段。生理反应和心理反应是一对矛盾。如果生理反应超越了心理反应，那么得到的主要是生理快感。如果心理反应超越了生理反应，那么接受者才能获得真正的美感。如果你读《红楼梦》中螃蟹宴的描写时，禁不住被那个味美的螃蟹所吸引，你面对着那“螯封嫩玉封封满，壳凸红脂块块香”的螃蟹，似乎闻到了那香味，禁不住流口水，这可以理解。但如果你的接受仅止于这一生理的反应，就还不是审美的愉悦。你在读这段描写时，应该有情感的反应和思想的颤动，你应特别注意林黛玉、薛宝钗写的咏螃蟹诗，特别注意到刘姥姥说的如下一段话：“这种螃蟹今年就值得五分一斤，十斤五钱，五五二两五，三五一十五，再搭上酒菜，一共倒有二十多两银子。阿弥陀佛！这一顿的银子，够我们庄稼人过一年了。”你为这些诗和刘姥姥的这段话仰头长叹，低头沉思，在长叹和沉思中产生心灵的颤动。当这心灵的颤动超越生理反应之际，这才进入了真正的文学鉴赏。生理和心理的对立统一是文学接受心理活动的深层特征之一。

(二)情感与理智的对立统一

作为文学接受者的人，既有情感，又有理智，完整的人是情感与理智的统一。接受者在文学鉴赏中是否倾注了情感，是否动情，是否因动情而进入入迷的、忘我的境界，是衡量接受者是否真正获得美感的一个重要的标志。有的诗人说："历史上一切经得起时间考验的好诗，不是喊出来的，唱出来的，就是哭出来的，笑出来的。'长歌当哭'此之谓也。"文学创作是如此，文学接受也是如此。接受者的情感应能移入作品之中，也要喊出来，唱出来，哭出来，笑出来。在文学接受过程中，情感冻结，不喊、不唱、不哭、不笑，就不能产生情感的共鸣，就得不到丝毫的审美享受。黑格尔说："这种鉴赏力虽然要借修养才能了解美，发现美，却仍应是直接的情感。"中国的俗话说："唱戏的都是疯子，看戏的都是傻子。"这话有合理的成分。演员不"疯"，不能进入角色，观众不"傻"，不能进入戏中。但是，正常的文学接受，又不能把情感的跃动变成情感的失控。这就是说，接受者的情感是受理智制约的。古人所谓"以理节情"，对文学接受而言，是有道理的。实际上，在文学接受中情感与理智作为对立的心理机制，其相互关系应是：一方面，理在情中，所以情受到制约，而不会失控；另一方面，情理交替，所以癫狂状态的情感往往只是一瞬之间，很快理智就介入，提醒自己是在鉴赏作品。斯坦尼斯拉夫斯基在《演员的自我修养》中说：完全地毫不间断地忘记自己是在角色中，和绝对地毫不动摇地相信舞台上所发生的一切，这种情形固然是有的，但究竟很少。我们只是在一切个别的，或长或短的时刻才处于这种状态，而在其余时间，真实和逼真，信念和似乎相信是互相交替出现的。演员演戏况且如此，欣赏文学就更是如此。如果在文学接受中，不能以理节情，致使情感失控，把作品中的幻象当成身边现实的生活，那么接受者的审美情感就还原为生活中的实在情感，而这样一来，不但丧失了欣赏的乐趣，而且还会发生危险。乐钧记载了这样一件事：有一痴女子，废寝忘食读《红楼梦》，读至佳处，往往掩卷而思，继之以泪，梦寐之间未尝不呼宝玉，终至饮泣而瞑。又陈镛转述一常州士人贪看《红楼梦》，每到入情处，必掩卷冥想，或发声长叹，或挥泪悲啼，寝食并废，匝月间连看七遍，遂致神思恍惚，心血耗尽而死。又 1822 年 8 月法国巴尔地冒尔剧场演莎剧《奥赛罗》，演至第五幕，奥赛罗扼住苔丝狄蒙娜的脖子，有个在剧场执行警卫任务的士兵突然大喊："我绝不允许一个该死的黑人，当着我的面，杀死一个白女人!"士兵边喊边开枪，打伤了饰演奥赛罗的演员的胳膊。又一个英国老太婆看《哈姆雷特》，到最后决斗的一幕，大声警告哈姆雷特说："当心呀，那把剑是上过毒药的!"这种情况的发生，是由于欣赏者不能以理节情，情感失控。对这些人来说，他们的情感已还原为生活中的自然情感，他们得不到享受，他们得到的只是痛苦。真正的文学接受，应是"入乎其内"与"出乎其外"的统一。"入乎其内"，情感移入，"物我两忘"，读者与作品的艺术世界融为一体；"出乎其外"，理智介入，"物我两立"，站在更高处来领悟艺术世界。情感与理智的对立统一，也是文学接受者审美心理结构的深层特征之一。

(三)直觉与思维的对立统一

文学接受者对文学作品的艺术美的把握，往往是凭艺术直觉。正如鲁迅所说："美则凭直感的能力而被认识。"艺术直觉是直观的领悟，它不经过概念的中介及逻辑的推理，就直接理解了事物的本质。在文学接受中，接受者对作品的艺术美的领悟，也是直接的，不经概念中介的，不经逻辑推理的，是霎时的感受和判断。大家都有这种经验：无论是读一首诗，还是看一出戏，听一首歌曲，并不是先通过一番理智的思考，才来决定是否欣赏，是否要产生美感。正好相反，而是在根本没有想到要推理的情况下，立即感到了这首诗或这出戏美或不美。甚至感到美以后，还说不出一个所以然来。例如，大家都很欣赏李清照的《醉花阴》，特别是最后三句“莫道不销魂，帘卷西风，人比黄花瘦”，都觉得写得妙，写尽了那种离愁别绪。但这种感受是直接的，是一刹那的，没有经过思考的。若是认真思考推论起来，反而会使美感顿消。“人比黄花瘦”，如若考证起来，似乎就没有什么根据。李清照的《如梦令》中有“知否？知否？应是绿肥红瘦”，怎么回事？到底是绿的瘦还是红的瘦？花的颜色真有肥瘦之分吗？人的瘦与花的瘦又如何能相比？这样一推论，倒觉得这三句诗不合理了，不美了。对于接受者来说，他对作品的艺术美的感受不但是直接的，不经逻辑推理的，而且往往是抽象的理论难以强行干预的。“文化大革命”期间，要批判作家李准，于是就放映他担任编剧的影片《龙马精神》，叫李准到场“陪斗”。电影放映前，组织者先告诫大家，不要上李准的当，中李准的毒。看时要严肃，既不要笑，也不要哭。可是看电影的群众看到高兴处照样笑，看到难过处照样哭。看电影的群众还是上了李准的“当”，中了李准的“毒”。为什么事先已有提醒，“理论”已先行，群众还会做出这样违背“理论”的反应呢？这就是艺术直觉的作用。群众在刹那间产生的艺术直觉是任何“理论”都难以抑制的。此处可笑，立刻就笑起来，而不必先想一想，此处该不该笑，笑得有道理没有。文学接受中的直觉就是这种对于作品的艺术美的不假思索的直接把握。直觉和逻辑思维是不同的，也可以说是对立的。但这种对立并不是像克罗齐所理解的那样，是一种绝然不相容的对立：“不是直觉的，就是逻辑的。”实际上，人所具有的感性与理性的功能并不是互相割裂的，而是既对立又统一的。在文学接受活动中的艺术直觉，渗透了接受者的逻辑思维，或者说艺术直觉是建立在理性的基础上的。按俄国学者巴甫洛夫的解释，所谓直觉，乃是由于一个人对其事物已有了经验的积累和理性的认识，以致他看到某个事物，立即就知道它是什么事物的一种心理现象。换言之，直觉就是一个人只记得认知的结果，而把认知这事物的论证过程省略了。列宁说过："人的实践，不知重复亿万次，在人的意识中以逻辑的式固定下来。"为什么在事先有了告诫的情况下，那些观看《龙马精神》的观众该哭还是哭，该笑还是笑呢？这就是因为这些观众对作品中所描绘的生活很熟悉，他们有这方面的经验积累，他们在平日生活中这样或那样思考过与此相关的问题，所以他们在观看电影时能不假思索地做出反应。这里还可以举一个例子，美国加利福尼亚州某大学东语系学生讨论《小二黑结婚》，他们感到三仙姑爱打扮无可非议，甚至认为在当时中国封闭的农村，三仙姑可称得上是一个解放的女性，作者讽刺挖苦她倒是封建意识的表现。美国学生的艺术直觉与中国读者的艺术直觉为什么会有如此之大的差异呢？这是因为美国青年的观念与中国读者的观念不同的缘故。在传统的中国读者看来，爱打扮只能是青年人的事，人老了，青春过去了，就不应再打扮了，如果像三仙姑那样的年纪还在打扮上花心思，如果不是太风骚的话，起码也是作风不正派。这样一种观念使中国读者直觉地认为三仙姑爱打扮是丑的。可美国人的观念跟我们不同。在他们看来，40岁左右的女性讲究穿着打扮，是合情合理的事。正在趋向衰老的中年妇女，青春失去了，自身的美也正在失去，这就更需要通过打扮来弥补失去的东西。在这种观念支配下，他们直觉地感到三仙姑爱打扮完全在情理之中，为什么要讽刺挖苦她呢？由此可见，文学接受中的艺术直觉的基础是平日的思维和长期形成的观念。艺术直觉与逻辑思维的对立统一也是文学接受者心理结构的深层特征之一。

(四)愉悦性与功利性的对立统一

在文学接受中，接受者心里所获得的愉悦性与隐伏着的功利性也处于对立的统一。首先，文学接受是一种超越直接功利考虑的精神愉悦。这种精神愉悦与肉体欲望一般说是对立的。就是说，如果在文学欣赏过程中，实用的考虑过多，那么就不能获得精神的愉悦。

反之，要想获得精神的愉悦，就必须超越直接的功利考虑。《红楼梦》写了林黛玉和薛宝钗，后来就有"褒钗贬黛"派和"褒黛贬钗"派的争论，甚至争论到要动起拳头来。他们的衡量标准不是情感性的，而是实用性的，即选谁来做自己的妻子更合适。当他们做这种争论之时，他们对作品所抱的态度已不是审美态度，这样，他们也就根本不可能得到精神的愉悦了。鲁迅说：《红楼梦》出来以后，"反对者却很多，以为将给青年以不好的影响。这就因为中国人看小说，不能用鉴赏的态度去欣赏它，却自己钻入书中，硬去充一个其中的脚色。所以青年看《红楼梦》，便以宝玉，黛玉自居；而年老人看去，又多占据了贾政管束宝玉的身分，满心是利害的打算，别的什么也看不见了"①。鲁迅这里所说的"满心是利害的打算，别的什么也看不见了"，正是一种非审美的态度，一种不能超越实际功利的态度，用此种态度去阅读作品，是不能获得审美享受的。"画家并不带着渴而思饮的眼光来看一池清水，也不带着荒淫好色的眼光来看一个美人。"②同样，接受者并不带渴而思饮的眼光来看艺术家关于清水的描写，也不带着荒淫好色的眼光来看艺术家关于美人的描写。只有这样，接受者才能沉浸在审美愉悦之中。18世纪英国美学家柏克指出过审美的情感与实际的欲望的区别，他说："我认为爱指的是在观照任何一个美的东西(不论其本性如何)的时候心灵上所产生的满足感——和欲望或情欲加以区别；欲望或情欲是我们心灵中驱使我们去占有某些对象的一种力量，而这些对象之所以打动我们，并不是由于它们的美，而是依靠完全不同的手段。我们可能对一位姿色平平的妇女产生强烈的欲望，而最美的男子或其他动物虽然可能引起我们的爱，但却完全不会勾起我们的欲望。这一切说明美和美所产

---

① 鲁迅：《中国小说的历史的变迁》，《鲁迅全集》第9卷，人民文学出版社1981年版，第338页。

② 乔治·桑塔耶纳：《美感》，缪灵珠译，中国社会科学出版社1982年版，第25页。

生的情感——我们称之为爱——和欲望有所不同，尽管有的时候欲望是和美一同发生作用的。”①美国学者乔治·桑塔耶纳也认为：“生理快感与审美快感之间有着十分明显的区别，审美快感的器官必须是无障碍的，它们必须不隔断我们的注意，而直接把注意引向外在的事物。所以审美快感的地位较高和范围更大，就很可以理解了。我们的灵魂仿佛乐于忘记它与肉体的关系，而且幻想自己能够自由自在地遨游全世界，正如它可以自由自在地改变其思想对象。心灵可以从中国走到秘鲁，而绝不觉得身体哪部分有丁点紧张变化。这种超脱的幻觉是使人高兴的，而沉湎于肉体之中，局限于感官之内的快感，就使我们感到一种粗鄙和自私的色调了。生理快感所唤起的一般是比较卑贱的联想，这也有助于说明它们是比较粗劣的。”②为什么囿于直接功利和肉体欲望的快感不能获得精神愉悦？为什么超越直接功利和肉体欲望的美感则可以获得精神愉悦？我们可以从上面所引的柏克和桑塔耶纳的论述中找到答案：首先，快感是一种注意力的转移，即从对对象的美的价值的关注转移到对对象的实用价值的关注；而美感则始终把注意力集中于对象的审美价值上面。这种区别使主体所获得的东西完全不同，前者是欲望的满足，后者是精神的满足。其次，快感的器官有障碍，其心灵被束缚在实际的利害打算，欲望满足上面，因而他的灵魂是不自由的。美感的器官无障碍，心灵不受任何实际利益的束缚，可以自由自在地遨游全世界。由此我们也可以得出结论，文学接受中接受者的愉悦，其实质是一种精神的自由解放。

我们说文学接受不涉及个人的直接的欲望和功利，并不意味着接受者可以脱离社会的功利，可以与社会人生不发生联系，也并不

---

① 柏克：《关于崇高与美的观念的根源的哲学探讨》，《古典文艺理论译丛》第5册，人民文学出版社1963年版，第38～39页。

② 乔治·桑塔耶纳：《美感》，缪灵珠译，中国社会科学出版社1982年版，第24～25页。

意味着接受者心灵的绝对自由。实际上，在审美的愉悦中隐伏着广泛的社会功利性。对于那些广泛而深刻地描写社会人生作品的接受，接受者所获得的精神愉悦，不能不受社会功利要求的制约和渗透。因为在这类作品中，一般地说美与善是紧密不可分的。对这类作品而言，只有善的才可能是美的。这样，对接受者而言，只有在他不违背与作品相一致的社会功利观的情况下，才可能获得真正的审美愉悦。美国青年喜欢三仙姑，并认为她是一个反封建的女性，这种反应是与他们的社会道德观念相联系的。中国读者不喜欢三仙姑，认为她作风不正派，这种反应也是与我们的社会道德观念相联系的。可见美的或丑的感觉是与许多复杂观念相联系的。普列汉诺夫曾在《没有地址的信》中引了达尔文的话说："对于文明人，这样的感觉是与复杂的观念和连续的思想密切联系在一起的。"普列汉诺夫说："这是一个非常重要的指点"，"在文明人那里，美的感觉是与许多复杂观念联系着的"。为什么一定社会的人正好有着这些而非其他趣味，为什么他正好喜欢这些而非其他的对象，这就决定于周围的条件。这就是说，美的感觉是跟人们的生活条件相联系的，因此在美感中总是有这样或那样的社会功利因素，只是人们自己没有立刻意识到而已。朱光潜先生在他的《文艺心理学》中曾举过这样一个例子："一个海边农夫逢人称赞他的门前的海景美，便很羞涩地转过来指着屋后的菜园说：'门前虽没有什么可看的，屋后这一园菜却还不差。'我们大多数人，谁不像这位海边农夫呢?"朱先生对这一例子的解释遭到了黄药眠先生的批评，黄先生在《论食利者的美学》一文中说："就以朱先生所举的例子看，我也觉得农民的这种审美评价，虽然是粗糙一些，但是他比朱先生的美学观要健康得多了。因为他的美学观是紧紧地和生活联系在一起的。难道一个劳动农民，就没有权利欣赏一下自己辛勤劳动的结果——葱茏的蔬菜的颜色么？难道金黄的谷子，青青的牧草，累累的果实，浓绿成黑色的森林，不都是美的形象么?”在这个问题上，我基本上是同意黄先生的意见的。你住在一个不靠海的城市里，突然来到了这样一个屋门面海的农民家，你立刻被大海的景色吸引住了，你没有错，你的这种美感正是和你的生活条件相联系的，你在大海面前心旷神怡，得到了休息，精神从紧张的劳动状态下解放出来，你的美感中实际上隐伏了这样一种功利性。至于那个农民呢？大海的景色对他已司空见惯，他为自己辛勤劳动而结出的瓜果蔬菜感到由衷的喜悦，这种美感也正和他的生活条件相联系，他也没有错。因为在他从葱茏的蔬菜所得到的愉悦，不能不隐伏他作为劳动者的功利，而这是不能责备的。就文学接受所获得的美感而言，情况更是如此。接受或欣赏什么作品，不欣赏什么作品，从何得到美感，通过何种方式得到美感等问题，在它们的背后都隐伏着社会的功利性。普列汉诺夫举了英国文学史上的例子，他说：

> 从英国文学史上可以知道，我所指出的由阶级斗争所引起的对立原则的心理作用是怎样强烈地反映在上等阶级的审美概念上面。流亡期间住在法国的英国贵族，在那里认识了法国文学和法国戏剧，它们是优雅的贵族社会的标准的、独一无二的产物，因而较之伊利莎白时代的英国戏剧和英国文学更加符合他们自己的贵族倾向。复辟以后，法国风味开始支配英国舞台和英国文学。人们蔑视莎士比亚，正如后来坚持古典传统的法国人在认识他以后对他的蔑视一样，即是，把他当作“烂醉的野蛮人”。当时他的《罗密欧与朱丽叶》被认为是“糟糕的”，而《仲夏夜之梦》是“愚蠢而又可笑的”；《亨利八世》是“幼稚的”，而《奥赛罗》是“不大高明的”。对他的这种态度甚至在下一世纪也没有完全消失。休谟认为，莎士比亚的戏剧天才通常是被夸大了的，其原因就像一切畸形的长得不匀称的身体显得非常之大一样。他责难这位伟大戏剧

家完全不懂得戏剧艺术的规则。蒲伯惋惜莎士比亚为人民写作，不想得到皇室的庇护和宫廷官员的支持。①

不难看出，这些英国贵族不欣赏莎士比亚，不能从莎士比亚的剧作中得到美感，这与他们的贵族立场、思想、趣味密切相关，即与其阶级的功利性密切相关。

对于描写社会人生的作品的欣赏，在审美愉悦中潜伏着功利性，这还比较好理解。那么对于那些描写自然景物的作品——专写自然美的山水诗——的欣赏，其审美愉悦中是否隐伏着功利性呢？郁达夫有一篇题为《山水及自然景物的欣赏》，专讲人从欣赏山水和自然景物中可以得到什么。他的论点或许可以帮助回答上面提出的问题。他认为对于这一种利欲熏心的人，对症的良药，就只有一服山水自然的清凉散。因为山水、自然是可以使人性发现，使名利心减淡，使人格净化的陶冶工具。“大抵山水佳处，总是自然景物的美点发挥得最完美、最深刻的地方；孔夫子到了川上，就觉悟到了他的栖栖一代，猎官求仕之非；太史公游览了名山大川，然后才死心塌地，去发愤而著书。从知我们平时所感受不到的自然的威力，到了山高水长的风景聚处，就会得同电光石火一样，闪耀到我们的性灵上来。”②这就是说欣赏大自然，不但可以得到消遣，而且可以“使人发现人性”，减淡名利之心，陶冶人格，使人的精神更高尚。这种在消遣中满足了人们的精神要求，提高自己的精神境界的要求，难道不也是一种功利性吗？欣赏大自然况且如此，欣赏描写大自然、揭示自然美的诗就更是如此了。

鲁迅说：“社会人之看事物和现象，最初是从功利底观点的，到后来才移到审美底观点去，在一切人类所以为美的东西，就是于他

① 普列汉诺夫：《没有地址的信·艺术和社会生活》，曹葆华等译，人民文学出版社1962年版，第26～27页。

② 郁达夫：《山水及自然景物的欣赏》，《鉴赏文存》，人民文学出版社1984年版，第544页。

有用——于为了生存而和自然以及别的社会人生的斗争上有着意义的东西。功用由理性而被认识，但美则凭直感底能力而被认识。享乐着美的时候，虽然几乎并不想到功用，但可由科学底分析而被发见。所以美底享乐的特殊性，即在那直接性，然而美底愉乐的根柢里，倘不伏着功用，那事物也就不见得美了。并非人为美而存在，乃是美为人而存在的。”①鲁迅的这段话，对审美心理结构中的愉悦性和功利性对立的统一，做了很好的总结。

（五）个性与社会性的对立统一

作为接受者的人，既是社会的，又是个别的。这就决定了接受者的心理结构是个性与社会性的对立统一。个性是个人的比较稳定的兴趣、能力、气质以及性格等心理特征的总和。个性以个别性为前提，没有个别性，就谈不到个性。但个性又不等同于个别性，个别性仅指事物的个体存在。每一片树叶，都是个别的，都是个体存在，但我们不能说每一片树叶都有个性。一个初生的婴儿，也是个体存在，但他还没有个性，他的个性还没有形成。原始人是个别存在，但还没有自觉的独立的意识，也不能说他们有个性。有的成年人，也不能说他们有个性。个性是人作为个别存在在长期的社会实践中形成的心理特征，这种心理特征往往表现在他精神的独特性和能力的自由性上面。所谓精神的独特性，指他在长期的社会实践中所形成的自己独有的兴趣爱好、思想见解等。所谓能力的自由性，是指他在长期的实践中，已获得了从事某项活动的能力，可以随自己的意愿行动，并能达到目的。文学接受作为一种审美活动，始终带有个性色彩，是接受者精神的独特性和能力的自由性的结合。精神的独特性，要以能力的自由性作为基础。如果没有欣赏的能力，那么欣赏的个性就不可能表现出来。正如马克思所说：“如果你想要

① 鲁迅：《〈艺术论〉译本序言》，《鲁迅译文集》第6卷，人民文学出版社1958年版，第483～484页。

得到艺术的享受，你本身就必须是一个有艺术修养的人。”马克思又说：“对于不辨音律的耳朵来说，最美的音乐也毫无意义，音乐对它来说不是对象……因为对我说来任何一个对象的意义(它只是对那个与它相适应的感觉说来才有意义)都以我的感觉所能感知的程度为限。”在有了相应的欣赏能力的条件下，欣赏者的个性就必然要表现出来。在文学接受中，接受者欣赏什么，不欣赏什么，从何获得审美愉悦，审美愉悦的程度如何等，都是欣赏个性表现的范围。刘勰在《文心雕龙·知音》中说：

> 知多偏好，人莫圆该。慷慨者逆声而击节，酝藉者见密而高蹈；浮慧者观绮而跃心，爱奇者闻诡而惊听。会己则嗟讽，异我则沮弃，各执一隅之解，欲拟万端之变。

这就是说，人们总是欣赏跟自己的个性相近的东西，并在审美愉悦中表露自己的个性。文学接受活动中个性的表现起码有以下几种情况：第一，不同个性的人欣赏格调不同的作品。一般来说，气质、性格外向的人，自然喜格调豪放、雄浑之作，气质、性格内向的人则喜含蓄、深沉之作。第二，不同个性的人对同一部作品的感受不同，印象不同，褒贬不同，评价不同。第三，同一个人的个性发生变化，其欣赏的趣味也随之发生变化。

欣赏的个性又不是绝对的。人的个性是在社会实践中形成的，所以在个性中必然要折射出社会性。社会性首先表现在群体性上面，如民族群体、时代群体、阶级群体、专业群体等。同一民族的人，既有不同的个性，又有共同的民族性，因此同一民族的不同接受者既表现出欣赏的个性，又表现出共同的民族性。同一时代的人，也是既有不同的个性，又有共同的时代性，所以在欣赏活动上面，既有个性差异性，又有共同性、一般性。同一阶级的人，既有不同的个性，又有共同的阶级性，所以在欣赏活动上面，既有个性的差异性，又有阶级的一致性。其次，整个人类在长期的社会实践中，也形成了某些共同的审美标准，所以作为个体在欣赏时，既会表现出个性的差异性，又会表现出共同的一致性。所谓“共同美”的问题，是人类欣赏的社会性的突出表现。尽管人与人之间的差别是很大的，然而与其他异类相比，又表现出许多共同的一致性。共同的人性问题是谁也抹煞不掉的。而这共同的人性正是人类欣赏一致性的根源。万里长城和描写万里长城的诗，受到了中国人的欣赏是易于理解的，可为什么连外国人也那么欣赏呢？人们对比可以做出各种各样的解释，但我认为万里长城的雄伟气势象征了男性美。长城是全世界第一伟大的“男子汉”，男性美是全人类的共同美之一。所以大家登上长城，就犹如来到一个伟大的父亲或坚强的丈夫的身旁，感到了力量，感到了安定。没有一个人不赞美长城，因为没有一个人不需要可信赖的父亲或坚强的丈夫。

上面，我们讨论了文学接受的含义和意义，文学接受活动形成的条件，文学接受活动的审美心理机制。实际上，文学接受这个问题是很复杂的。随着接受美学的兴起，文学接受问题的研究将日益引向深入，文学接受活动的深层的艺术规律将会被继续揭示出来。当学术的地壳正在活动的时候，最要紧的是不能故步自封，我们必须敢于和善于吸收一切新的理论营养，只有这样，才能壮大我们自己。

附录

导言：历史题材文学研究前沿问题

新时期以来，中国当代历史题材文学创作有了巨大的发展，出版的作品数量多，质量也有明显提高，但同时所涌现出来的问题也日益增加，解决的难度也加大了。如何从中国当代历史题材文学的实际出发，从理论上深刻回答这些问题，就是学术上迫切的需要。本书作为“历史题材文学文学系列研究的理论卷”，力图从中国当代历史题材文学创作中所提出的带有前沿性的问题，以现代性的视野，对诸多问题做一深入的探讨。应该说明的是，当下历史题材创作中所涌现出的问题，与20世纪五六十年代所面临的问题都有了很大的变化。五六十年代历史题材的文学创作遇到的主要问题是指导思想上“极左”的意识形态性偏执，热衷于讨论历史题材创作中是写“才子佳人”还是写人民群众的问题，热衷于考察作品思想倾向中的阶级性和人性关系问题，热衷于寻找作品中历史人物是否影射现实问题，等等。在

“极左”思想的束缚下，真正的学术研究无法展开，常常是在政治上上纲上线，不但无助于问题的解决，而且这种讨论常常成为政治运动的最初征兆。如对历史电影《武训传》的批判，揭开了知识分子思想改造运动的最初一幕。最极端的案例则是对吴晗的历史剧《海瑞罢官》的评价，江青、姚文元等人竟然说这是为彭德怀的所谓的“右倾机会主义”翻案，成为中国“文化大革命”的导火线。新时期(1978年起)以来，随着改革开放的迅速进展，随着90年代以来中国经济的快速发展，随着人民群众欣赏趣味的变化，随着文学作品作为艺术生产和艺术消费现象的出现，随着网络技术的日新月异，随着作家观念意识的更新，随着所谓的“戏说”作品的出现……历史题材文学创作中所出现的问题变化很大，出现了新的情况和新的问题。这些问题极为纷繁复杂，导致争论不休。我们的确需要以新的视野，用新的观念和理论，对这些问题进行一次梳理，并在梳理的基础上予以理论性的回答。

其一，历史书写与文学叙事的区别与关联问题。文学研究与历史研究之间是否存在着不可逾越的鸿沟呢？事实上，历史视域从来都是文学研究最主要的视角之一，而历史研究也常常从文学研究中汲取营养。如果说，“历史的也是文学的”与“文学的也是历史的”这样具有后现代色彩的提法并非是毫无道理的臆说，那么“历史的文学研究”与“文学的历史研究”也自然应该是有意义的论题。20世纪后期以来，在人文科学领域那种科学主义倾向受到普遍质疑，人们越来越不满于19世纪末和20世纪初确立起来的那些学科规范。在后现代主义语境中，一股反学科的潮流蔓延开来。就文学与历史而言，不是文学首先宣布自己有资格成为历史，而是历史宣布自己原本与文学并无根本区别，文史本来是一家。

但文学叙事与历史叙事毕竟有根本的区别。就取材而言，迄今为止，一切历史叙事无不着眼于那些重大的历史事件，尤其是政治的、军事的事件，青睐于重要政治人物的行为。因为他们的名字已然成为某种代表着各种力量、利益和动机的符号，在历史叙事中非常便于表述。文学叙事则不然，尽管它也取材于曾经发生过或正在发生着的社会生活事件，但在选材过程中作家的个人经验与体验十分重要，所以往往是日常生活而非重大政治事件。就对材料的处理而言，历史叙事注意勾勒前因后果，重视事件的脉络的梳理，不大关注具体场景和细节描写，或者说是叙述为主，很少有描写。文学叙事则实际上是以描写与叙述交错而行，而且非常注重细节刻画。就叙事的目的来看，历史叙事追求的是使接收者处身于历史潮流中感受社会之变迁，文学叙事则追求使接受者进入一个生活场景之中体验世态人情；历史叙事为的是满足人们的集体性想象或对集体的想象，因此强调历史整体感；文学叙事为的是满足人们的个体精神需要，因此强调独特情感体验。对于历史书写和文学叙事的联系与区别，是当前大家关注的，我们必须予以深入的探讨。

其二，历史题材文学创作中采取什么历史观的问题。当然历史题材的文学创作需要历史唯物主义的历史观。但是这历史观如何贯穿到具体的创作中去，就是一个很大的问题。可以就某个朝代孤立起来考察，某个帝王是否有正确的作为。但我们能孤立地只看一段历史，而不看后来的历史进程与这段历史的关系吗？我们提出，看历史，不能孤立地看几年、几十年，而是要看大趋势，把研究的历史人物放到几百年的历史发展大趋势中去把握。我们对二月河等人的小说，在肯定它的一定的合理性的同时，提出了质疑，即对所谓“康雍乾盛世”高调的歌颂与赞美提出了批评。历史的规律性，常常在短期内看不出来，需要在经过长时期之后，才看得出来。同理，我们看一个朝代、一个帝王是否有作为，是否是盛世，不能局限于该朝，要看前后几百年，看历史脉络走向，看这个朝代、这个帝王是顺应时代的潮流，还是逆时代的潮流。康雍乾时期已经到了中国封建社会的后期，他们的统治对于封建制度来说，是远去的帆影，是黄昏时刻的落日，是将要燃尽的蜡烛，是即将结束的盛宴，是临死前的回光返照。他们的统治为其后不远的中国的亡国灭种危机埋下了隐患。我们提出，当代历史文学和影视剧回避上述历史核心问题，并那样高调地评价他们所立下的所谓千秋功业，这是为什么？这是否符合历史唯物主义观念？

其三，呼唤人民和人民性的回归。1949 年以来，历史题材文学创作中，人民性问题始终是一个重要问题。20 世纪五六十年代历史文学创作以阶级性统概社会性，也遮蔽了人性，这是“以阶级斗争为纲”的路线在历史文学中的折射。但是当下，历史题材文学创作中人民作为历史的主体没有占到应有的地位，这些作品以重新解构历史的方式，将人民的历史主体作用消弭殆尽，这显然是创作的误区。我们呼吁人民形象和人民性的回归，肯定人民群众的历史地位，还原人民群众历史创造者的地位。同时认为，肯定人民的历史推动力并不意味着必须回到“十七年”历史文学的老路，唯农民战争是从，唯阶级斗争是从。人民群众并非只在改朝换代时，才能以暴力形式、生命代价来推动历史，和平时代的历史更是由他们创造。到目前为止，以人民动力历史观考察历史的文学书写多局限于农民战争，完成的是寇盗贼匪的荷锄暴民向改天换地的革命英雄的颠覆式转变。然而，当摆脱了阶级斗争历史观束缚的历史书写拥有了更大的空间，在以生产力为推动力的新历史观的指导下足以创造出更为生动活泼、真实丰富的人民历史时，却以“写真实”为由头，放大了圣君贤相、才子佳人的历史作用，而遮蔽了人民的历史主观能动性。诚然，为被阶级斗争妖魔化的帝王将相祛魅的确需要，从史书中追寻君臣名士的足迹的书写方式，在一些斤斤计较于历史真实的学者那里也容易过关，但并不代表这些人物就能代表历史，推动历史。历史的真正主体永远只能是人民，他们才是推动历史的实际力量。

其四，历史题材文学作品中的历史真实，本书认为是历史题材文学创作的核心问题，应该在前人研究的基础上有新的理解。20世纪五六十年代的历史题材文学创作的真实性的理解，更多受历史学家的限制，认为历史真实必须有较严格的历史事实的依据，否则就被看成不真实。新时期以来，随着观念的更新，特别是新历史主义观念的引进，我们已经不能把对历史题材文学的真实的理解，停留在20世纪五六十年代的水平上。本书从朱光潜美学中“物甲物乙”理论中得到启发，把历史分为“历史1”“历史2”和“历史3”，用“历史1”标示客观的历史，用“历史2”标示历史学家、作家心中眼中的历史，用“历史3”标示作品中被作家加工描写过的历史，并认为这才是历史文学作品中历史真实，即历史真实中包括了作家的情感、想象与虚构。作为“历史2”的史书和相关典籍所记载的材料经过历史语境化和艺术加工化，就变成了区别于史书上的材料，这就是“历史3”了。这“历史3”才达到了历史文学作品的历史真实和艺术真实的统一，历史题材文学创作所要追求的艺术理想才算实现。

其五，历史题材文学的生产与消费问题。这是随着20世纪90年代以来商品经济的迅速发展和网络热带动出版热而产生的新问题。本书作者以畅销历史文学作品《明朝那些事儿》为个案，来分析当下社会中历史题材文学作品的生产机制和消费机制。作者考察了很平常的《明朝那些事儿》如何由网络事件演变至纸质作品的出版和热销的过程。本书作者认为，历史题材生产元素，我们可以从两方面入手：内部元素和外部元素。前者主要涉及作者的写法问题，而后者则涉及网络和书商。关于内部元素的写法问题，历史题材的文学的商品性生产，常常以戏仿、戏说、反讽、引征、调侃、挪用、庄词谐用、今词古用等为主要叙述手法。关于外部元素，作者考察了BBS论坛、博客、粉丝与书商在生产中的巨大作用。也就是说，新媒体时代的到来已经在很大程度上改变了传统文学的生产方式。传统作家的成名当然也要靠作品说话，但更需要通过文学编辑、文学名刊、文学评论家、文学大奖等“权威人士”或“权威机构”的认可，他们的成名通常会经历一个漫长的文化资本的积累过程；而网络写手的成名则主要通过 BBS 论坛与博客的“展示”。在此生产中，点击率既会帮助读者赢得知名度，也会吸引书商的目光。因掐架而起的网络事件又会形成新闻轰动效应并使“眼球经济”落到实处。而粉丝作为费斯克所谓的“过度的读者”，他们不但传播与再生产着偶像的文学产品，同时也是其产品最具消费力的购买者。所有这些，都为书商的后期宣传与营销铺平了道路。而书商的介入，既是对网络写手存在的合理性的追认，也是对其商业价值的进一步固定，这又为书商可持续性的商业开发奠定了基础。从消费的角度看，当下的历史题材文学往往被定位成“娱乐经济”，那种好看的写法、游戏化的隐性结构、“轻松读历史”的诱惑、书商的高调宣传与炒作、青少年读者的“悦读笑果”，等等，便全部都有了着落。这样，在大众文化与消费文化的不断熏染下，当下业已形成了“娱乐至死”的时代氛围，而受众不断增长着的娱乐需求又不断刺激着娱乐产业的扩大再生产。当下的历史题材文学创作既是这一时代氛围的产物，同时它又最大限度地满足了受众的娱乐需要，因此容易获得成功。

其六，“戏说”问题。从 1992 年引进大陆的台湾电视连续剧《戏说乾隆》开始，戏说逐渐成为我国历史题材电视剧创作的重要组成部分，也逐渐成为一种典型的当代社会文化现象。如何界定“戏说”？戏说产生的历史文化语境是什么？戏说与后现代文化思潮有何关系？戏说如何对待历史？这些是摆在我们面前的问题。本书作者认为，戏说是一种产生于 20 世纪 90 年的文化现象，它主要指涉了以历史为主要创作题材的电视剧中一种讲述历史的方式。按照学界的一般理解，戏说之“戏”包含两个维度：“戏剧”之戏与“游戏”之戏。如果说“戏剧”之戏讲究的是历史叙说的艺术化处理方式，那“游戏”之戏就在本质上代表了对历史的立场——它不仅是讲述历史的策略，更是处理历史的基本态度。20 世纪 90 年代是产生戏说的土壤。90 年代代表了中国文化与美学精神一次深刻的当代转型。大众文化从精英文化与主流文化的婢女到占据文化市场中心位置后的不可一世，消费由物质层面转而成为无孔不入的意识形态，后现代成为文化实践与文化精神挥之不去的幽灵。这是观照 90 年代历史文化语境何以产生戏说的重要维面。后现代文化从根本上拒绝一切终极意义与价值，而中国 90 年代本土化的世俗生活观念也着意淡化深度思考与追求，强调对当下的享受，两种文化观可以说一拍即合，世俗文化（确切讲也即大众文化）成为后现代思潮中最有生命力的文化样式。历史题材电视剧创作中，戏说就是这样一种带有典型后现代特征的文化实践。戏说中无视历史本身，历史在这里只是一个躯壳，而无实际内容。历史想象的规则不是历史的必然或应然，而是收视率，是大众文化身份限定的那些能够获得市场与经济收益的主题。

此外，本卷还讨论了历史题材文学诸维度及其关系，历史题材文学的类型及其审美精神，历史题材文学创作三层面，历史题材文学的类型及其审美精神等诸多问题。

历史题材创作三向度

中国当代历史题材的文艺创作出现了喜人的繁荣局面，大大丰富了人民文化生活，给读者提供了新的精神食粮。但是在繁荣与喜人的局面中，也出现了不少有待探讨的问题。我个人认为这些问题主要是：帝王将相、清官好官在小说演义和电视屏幕上出现过于频繁，受到过多的颂扬，这就不能不给人留下疑问：难道历史是由他们创造的吗？我们今天的社会是否只要有清官、好官，一切社会问题就可迎刃而解？与此同时又存在另外一种倾向，就是过分拘泥于史料，缺乏戏剧性的情节和生动的细节，缺乏思想深度的艺术加工，缺乏审美的艺术的品格，这里也给人留下疑问：历史小说的功能主要是什么？是像历史教科书那样传授历史知识呢？还是像别的艺术品那样主要是提供审美的欣赏？此外，有一些作品为演绎历史而演绎历史，缺乏时代的眼光，也缺乏个人的眼光，没有启迪人的新鲜意味，这里的问题是，历史题材的创作仅仅是为了复制历史吗？历史是可以复制的吗？历史题材的创作是否需要体现时代精神？如果需要的话，那么这种时代精神是不是就是借古喻今？不难看出，当前历史题材的文艺创作理论存在三个向度的问题。

一、历史的向度

谈到历史的向度，大家首先考虑的就是历史题材创作中的历史观的问题。历史是人民群众创造的，这个唯物历史观当然是不容置疑的。恩格斯说，常常有人提出这样的问题：社会上不同的阶级，在什么限度内是有用的或甚至是必要的呢？回答自然是按照不同的历史时代而又分别的。毫无疑义，曾经有过一个时期，土地贵族是社会上无可避免和必要的成分。不过，那是很久很久以前的事了。以后有一个时期，又以同样不可避免的必然性出现了一个资本主义的中产阶级——法国人把它称作布尔乔亚（Bourgecisie）——跟土地贵族做斗争，打破他们的政权，并接替他们而成为经济上和政治上的支配者。但自产生以来，从没有一个时期社会上可以不要一个劳动阶级而能够存在下去的。有一件事是很明显的：不管不事生产的上层社会发生什么变动，没有一个生产者阶级，社会就无法生存。[①]恩格斯在这里，对于统治阶级由地主阶级到资产阶级的更替做出了历史的解说，但是他强调的是劳动阶级在任何社会中所占的重要地位。没有人民群众、劳动阶级，社会就无法生存。人民群众是历史的主人，是历史的真正创造者。在历史文学的创造中，人民群众理应占有更重要的地位。这一点，马克思和恩格斯在评论拉萨尔的历史悲剧也同样得到强调。马克思劝告拉萨尔："革命中的这些贵族代

---

① 参见马克思、恩格斯：《德意志意识形态》，《马克思主义经典作家论历史科学》，人民出版社 1961 年版，第 99～101 页。

表——在他们的统一和自由的口号后面一直还隐藏着旧日的帝国和强权的梦想——不应当象在你的剧本中那样占去全部注意力，农民和城市革命分子的代表(特别是农民的代表)倒是应当构成十分重要的积极的背景。这样，你就能够在更高得多的程度上用最朴素的形式把最现代的思想表现出来。”①的确，历史不是由帝王将相、清官、好官创造的，不应把他们摆到过分突出的位置上。但是我们也不要简单地直线地去理解“把颠倒的历史再颠倒过来”，以为写历史题材就非去写农民起义不可，帝王将相一律不许写。我们的看法是帝王将相也是可以写的，问题在怎么写。历史发展观的主要问题在于要把握历史发展的大趋势和总趋势，要把所写的历史人物和历史事件放到历史发展的总趋势中去考虑，不要把历史人物从历史发展的长河中抽出来，孤立地加以描写。因为历史是一条连贯的长河，有上游、中游和下游，更重要的是这上、中、下游是有密切关系的。在上游具有进步意义的推动历史前进的事物，到了中、下游就可能没有意义，甚至成为一种阻碍历史发展的消极的力量，而必须加以批判了。离开历史的整体语境，我们就可能会把秦始皇做的事情和康熙做的事情混为一谈，把汉武帝做的事情与乾隆做的事情混为一谈，完全失去了历史的尺度，陷入反历史的谬误之中。任何一个历史人物及其所成就的事业，都起码要放在几百年甚至上千年的历史巨流中去考察与评估，我们才能获得发言权。因此广阔的历史眼光和必不可少的历史语境，应该是历史题材文学创作中特别要加以重视的。

二月河的帝王系列，专写清朝的“康雍乾盛世”，由于通俗好看，能唤起人们对现实的一些联想，赢得众多读者，活跃了人们的文化生活。但其历史观并不是没有问题。“帝王系列”所写的“康雍乾盛世”处于17至18世纪，康熙(1661—1722在位)、雍正(1722—1735

① 马克思：《致拉萨尔》(1859年4月1日)，《马克思恩格斯论文学与艺术》(上)，人民文学出版社1982年版，第174页。

在位)、乾隆(1735—1795在位)三朝共134年，乾隆禅位于嘉庆那年离标志着中国衰落的1840年鸦片战争只有44年，离1911年辛亥革命只有115年。对于具有五千年历史的古代中国来说，封建社会不但处于衰落的后期，甚至可以说已经进入末世。“康雍乾盛世”不过是封建社会这个衰老的躯体的最后的“回光返照”。生活于这个时期的曹雪芹①在其《红楼梦》中，已经预感到这个社会表面上似“鲜花著锦”，“烈火烹油”，似乎还是一个鼎盛时期，其实“内囊已尽上来了”：贾府的家学已经乱作一团，孔子的学说在民间已经不那么吃香；特别是宝玉、黛玉一类的蔑视“仕途经济”的具有新思想的人物的出现，说明统治者已经面临着后继无人的危机；封建社会官场内部又十分混乱，今天你抄我的家，明天我抄你的家，你方唱罢我登场，日子越来越不好过，最终是“落了片白茫茫大地真干净”。曹雪芹客观上意识到封建社会即将崩溃的命运。他对于当时现实的这种感觉是有预见性的和前瞻性的。二月河创作的“帝王系列”长篇小说，明知“康雍乾盛世”不过是末世的“繁荣”，是即将开败的花，是黄昏时刻的落日，但作者还是不能按照历史发展的大趋势去真实地把握它，而用众多的艺术手段去歌颂“康、雍、乾”诸大帝，真的把他们的统治描写成“盛世”，这在某种意义上是推销最腐败的帝王专制文化。其作品所反映出来的历史观远远落后于曹雪芹，这不能不说是令人费解的。

其实，中国的历史发展到明代，中国社会自身已经生长出了资本主义的幼芽。有的学者通过对明代农业生产力的发展和生产关系的演变，明代的商品流通和商业资本，官营手工业的衰落和手工业中小商品生产的扩大，苏州、杭州丝织业的资本主义的萌芽，广东佛山冶铁和铁器铸造业中资本主义的萌芽，以确凿的事实和有力的

① 曹雪芹生卒年历来有许多讨论，但他生活于1762或1763年以前三四十年则是可以肯定的。

分析证明了到了明代后期资本主义萌芽在中国的出现。[1] 特别是到了晚明时期，资本的流通和市民社会也初步形成，出现了泰州学派，出现了李贽等一群思想解放的学者，反对以孔子之是非为是非，加上农民起义风起云涌，使中国到了一个历史转折的关头。如果不遇到障碍，资本主义有可能自然破土而出，这就是当时社会发展的走向。清朝建立后是顺应这个历史潮流呢，还是逆这个历史潮流而动呢？这是我们必须弄清楚的。康雍乾三朝长达134年的统治，虽然社会是基本安定了，生产也得到恢复，但他们把封建主义的专制制度发展到了极致，朝廷的全部政务，包括行政、任免、立法、审判、刑罚等，事无巨细，都要皇帝钦定。特别是用儒家思想僵硬地钳制着人民，更是达到登峰造极的程度。尤其是康雍乾三朝所盛行的文字狱，一朝比一朝严厉。乾隆朝的文字狱竟多达130余起，因文字狱被斩首、弃市、凌迟、门诛甚至灭九族等事件，层出不穷。整个知识文化思想界噤若寒蝉、万马齐喑。这一扼杀思想自由的行为，最为严重，它直接形成了国民的奴性，也直接导致朝廷眼光狭隘、闭关锁国、蔑视科学、重农轻商等后果。可以说，在康、雍、乾三朝已经埋下了晚清社会落后、国力孱弱、内忧外患、亡国灭种的危机。不幸得很，正当我们为17、18世纪康雍乾盛世而自骄自傲的时候，欧洲的主要国家在文艺复兴运动之后，开始并完成资产阶级革命，科学技术发明接连不断，轰轰烈烈的现代工业革命创造了人类空前的财富，开始了现代化的进程，把东方各国远远地甩在了后面。以英国为首的列强已经开始对东方的中国虎视眈眈，中国离遭受别人宰割的日子已经不远了。这就是历史大趋势和总趋势坐标中所谓的“康雍乾盛世”，他们的统治并非顺应历史发展的潮流。显然，帝王系列小说并没有以这种宏阔的眼光来认识这段历史，虽然作者也

① 参见许涤新、吴承明编：《中国资本主义的萌芽》，人民出版社1985年版，第二章。

把它称为“落霞三部曲”，但写康雍乾的缺陷只是一种点缀，而歌颂他们殚思竭虑为百姓谋利益，不畏艰险为中国谋富强，千方百计为国家除腐败等则成为主调。历史主要是他们创造的，他们是历史的主人，这的确在一定意义上是“历史的颠倒”。我不认为这样的历史观是可以接受的。

历史文学理论中的所谓“历史的向度”基本上是属于认识论的范围，也就是作者如何去认识历史的问题。是孤立、封闭地去认识一朝一代，还是把这一朝一代的历史放到整个历史的进程中去把握？是看某个皇帝做了什么事情，还是把他所做的事情放到历史潮流中去把握？在这一点上作者必须有明确的历史唯物主义的认识，缺少这种认识，自己笔下所写的历史就必然出现“颠倒”，把不该歌颂的加以歌颂，把不该赞美的加以赞美，逆历史的潮流而动。

那么怎样去用历史唯物主义观点去认识历史呢？这里存在一个内容与方法的问题。从内容上看，有两点是要充分关注到的，第一是根据马克思的社会基础上层理论，要注意到历史人物对于生产关系和生产力矛盾和冲突的克服状况，即这个历史人物是运用政治的、法律的、哲学的、艺术的等意识形态去克服社会的矛盾，为社会的变革开辟道路，还是制造社会冲突，阻碍社会的变革和发展。第二是应把人民看成历史的创造者，看成社会前进的动力。当然，这些都不是绝对的，要看历史是否提供了“前提”。从方法上看，马克思主义的方法是，认识现实往往要以史为鉴；反之，认识历史则要以现实作为参照系统。离开对于今天的现实关系的理解，很难真正地深入到历史的深处，很难考察过去的某段历史的真义究竟是什么。人类只有在资本主义社会开始自我批判的时候，才能对古代的封建社会有清楚的理解。马克思在谈到资本主义研究时，表达过这样的思想：“资产阶级社会是最发达和最多样性的历史的生产组织。因此，那些表现它的各种关系的范畴以及对于它的结构的理解，同时也能使我们透视一切已经覆灭的社会形式的结构和生产关系。资产阶级社会借这些社会形式的残片和因素建立起来，其中一部分是还未克服的遗物，继续在这里存留着，一部分原来只是征兆的东西，发展到具有充分意义，等等。人体解剖对于猴体解剖是一把钥匙。反过来说，低等动物身上表露的高等动物的征兆，只有在高等动物本身已被认识之后才能理解。因此，资产阶级经济为古代经济等等提供了钥匙……资产阶级经济学只有在资产阶级社会的自我批判已经开始时，才能理解封建的、古代的和东方的经济。”①马克思的意思是说，今天的现实残留了昨天的历史断片，我们必须充分地理解今天才能真正认识昨天，诚如人体解剖对于猴体解剖是一把钥匙。同样，研究今天的种种复杂多样的现实关系是研究历史的复杂多样的现实关系的一把钥匙。我们甚至可以说，如果我们不能很深刻地理解 1978 年开始的改革开放的意义，就不能认识到康熙五十六年的“禁海令”是何等的愚蠢和荒谬；如果我们不能理解“五四”思想启蒙运动的意义和 20 世纪 80 年代以来的思想解放运动的意义，就不会真正认识到康、雍、乾三朝的“文字狱”是如何地钳制和禁锢人们的思想，如何成为导致清末以来中国自身的衰弱而受帝国主义列强欺凌的原因。

二、艺术的向度

历史题材的创作毕竟是文学创作，属于艺术，文学艺术的审美特性是不容忽视的。这“审美特性”就应该包括在尊重历史真实的前提下的艺术虚构、合理想象、情节安排、细节描写和情感评价等。对于历史题材的创作而言，作家的确面临一个难解的悖论。一方面，

---

① 马克思：《〈政治经济学批判〉导言》，《马克思恩格斯选集》第 2 卷，人民出版社 1995 年版，第 23～24 页。

越是敬畏历史、尊重历史、达到高度的历史真实就越好；另一方面，越是巧于虚构、善于想象，其情节、细节描写越是生动、感人就越好。但这两方面就历史原型说，并不总是一致的。你敬畏历史、尊重历史、追求历史真实，可又不能过分拘泥于历史事实。过分拘泥于历史事实，文学的审美特性就必然会被削弱，从而缺乏艺术魅力，不能激动人心，不能引人入胜；可如果你一味考虑虚构，想象，编排情节，渲染细节，又可能会对历史不恭，违背历史真实。这种要真实又要好看的两难处境，是每个历史小说家和剧作家必然会遇到的问题。黑格尔说过："我们理应要求艺术家们对于过去时代和外国人民的精神能体验入微，因为这种有实体性的东西如果是真实的，就会对于一切时代都是容易了解的；但是如果想把古代灰烬中的纯然外在现象的个别定性都很详尽而精确地摹仿过来，那就只能算是一种稚气的学究勾当，为着一种本身纯然外在的目的。从这方面来看，我们固然应该要求大体上的正确，但是不应剥夺艺术家徘徊于虚构与真实之间的权利。"①黑格尔把这种两难处境，称之为"艺术家徘徊于虚构与真实之间"，对于历史要做到"大体上的正确"，对于艺术则允许"虚构"。但黑格尔并没有提出解决这种"两难"的具体要求和方法。

那么，如何来解决这个创作的"悖论"，排除"两难"呢？这要从历史文化与文学文化的互动关系中去加以探讨。我们的看法是这样：文学是一种文化，历史也是一种文化，这两种文化可以相互渗透。历史渗透进文学，文学也可以渗透进历史。目前流行不少历史题材的小说和电视剧，不少历史学家经常批评这些小说或电视剧，与历史事实不符，这些批评看了让人怵目惊心，会觉得这些小说家和电视剧的编导怎么这样没有历史知识，怎么敢这样乱写？其实，我觉得这些小说家、剧作家并不是不懂历史的事实。如果连明显的历史

① 黑格尔：《美学》第1卷，朱光潜译，商务印书馆1979年版，第353～354页。

事实都不知道，怎敢动笔呢？史实肯定是要掌握和甄别的，但为了文学的审美特性又不得不进行必要的改动和虚构。诚如法国学者狄德罗所说："历史学家只是简单地、单纯地写下了所发生的事实，因此不一定尽他们所能把人物突出，也没有尽可能去感动人和提起人的兴趣。如果是诗人的话，他就会写出一切他认为最感人的东西。他会想象出一些事件。他可以杜撰些言词。他会对历史添枝加叶。对于他，重要的一点是做到奇异而不失为逼真；当自然容许以一些正常情况把某些异常的事件组合起来，使他们显得正常的话，那么，诗人只要遵照自然的秩序，是可以做到这一点的。这就是诗人的职责。"①狄德罗所说的想象就是作为历史戏剧家职责的虚构。例如，电视连续剧《天下粮仓》，其中的一个大臣，早在雍正年间就死了，怎么到了乾隆即位后还活着呢？而且还是重要人物，起重要作用。编导不是连起码的历史知识都没有了吗？又如，电视剧《康熙大帝》中，康熙把女儿许配给噶尔丹，这是完全没有的事。因为康熙视噶尔丹为死敌，怎么会把自己的女儿嫁给他呢？其实，文学创作属于审美文化，它是人类的一种审美活动。我们写的作品，能不能称为文学作品，我们的习作能不能称为文学创作，关键就看我们笔下的作品是不是"以情感评价生活"，是不是具有诗情画意，是不是生气勃勃，是不是具有浓郁的氛围，是不是有独特的情调，是不是有令人醉心的音律，是不是具有可观的色泽，等等。善于写历史题材的列夫·托尔斯泰说："感受到诗意与感受不到诗意是创作的主旋律之一。"写历史题材的作品，也不能为了忠实于历史，就完全客观地、不动感情地照搬历史事实。郭沫若说过，历史学家是挖掘历史，文学家是发展历史。何谓"挖掘"？那就是在历史事实内部下功夫，通过考证等手段，确定史实，并进行深入的联系比较，揭示出历史本身的发展规

---

① 狄德罗：《论戏剧诗》，《狄德罗美学论文选》，人民文学出版社 1984 年版，第 160～161 页。

律来。何谓“发展”，就是以历史事实为基本依托，在历史框架和时限中，通过虚构、描写、夸张、铺呈、渲染等文学手法展现出艺术的风采来。在历史小说或历史剧所展现的世界中，历史都是经过作者感情过滤的、艺术虚构过的历史，它已经不是，也不可能是历史的原貌。譬如，古典历史小说《三国演义》和改编的电视连续剧《三国演义》，作者或编导者若是照搬三国相互争斗的历史事实，是不会创作成功的。《三国演义》所以获得成功，就在于有较充分的“想象”“虚构”和“诗意情感评价”。三国时期的历史，在小说和剧作中只是一个历史框架，一个时间断限，某些历史事件可以重新改写，某些历史人物可以重新塑造，它已不完全像一般历史书那样去忠实地叙述历史，作家和编导根据自己的创作意图，以极大的热情去虚构场景，以爱憎的感情去塑造人物。《三国演义》(包括小说和电视连续剧)之所以能够获得成功，就在于它有很充分的一种“诗意情感评价”和艺术虚构。比如说大家都知道的“空城计”，在这里，小说家和编导何等生动地写出了诸葛亮超人的智慧、沉着、勇气和才能，作者简直对他倾注了无限的赞美之情，但历史的事实如何呢？查一下史书《三国志》就知道，历史上完全没有“空城计”这段历史。历史上没有什么“空城计”，但在作品中被说得真实可信，绘声绘色，让人觉得真有其事。实际上，诸葛亮一生只是在最后一次北伐时，才与司马懿在渭水对峙。诸葛亮屯兵陕西汉中阳平时，司马懿还在湖北担任荆州都督，根本没有机会与诸葛亮对阵。小说和电视剧的作者这种虚构，是因为他们把诸葛亮看成是智慧的化身，对他充满赞颂之情，以至于不惜编出这种常人不可能做出来的事情来，这就是作者的“诗意情感评价”和艺术虚构的结果。通过这种诗意情感评价和艺术评价，引发读者或观众产生美感，这就是文学创作。中国梁代文学理论家刘勰在《文心雕龙》一书中所说的“情者文之经”，可以说是一语道破了文学作为一种文化的审美和诗意的特性。所以对于以历史为题材的文学文化的真实性，你硬要用历史文化的真实性去要求，是不合理的。以历史为题材的文学作者并非没有起码的历史知识，他们往往是借历史的一端表达对社会现实的某种情感的评价，表达某种看法。当然，既然是历史剧、历史小说，也不能胡编乱造，最起码也要符合特定历史文化情境和历史发展大趋势。只有这样，历史题材的创作才能做到“真实”“好看”。艺术真实与历史真实的关系，是历史文学理论的基本问题，有人强调艺术真实而不顾历史真实，有人强调历史真实不顾艺术真实，这两者看法都有偏颇，我们的追求的理想应该是艺术真实与历史真实的统一。艺术真实与历史真实在历史文学理论中的统一是一个大题目，可能不是几句话能够说得清楚的。但重要的是必然律和可然律，就是说历史文学中“诗意的情感评价”和“艺术虚构”是可以的，写真人假事是可以的，写假人假事是可以的，但要求作家有能力展现在特定的历史环境中的必然性和可能性。如写假人假事，必须是特定的历史条件中必然会有的人与事；写真人假事，则必须是按照这个人物的性格轨迹可能会做的事，如《三国演义》的“空城计”就是写真人假事，但作者罗贯中写出了在那种假定的条件下，以诸葛亮和司马懿的性格逻辑会发生的事，那么这就达到了艺术真实与历史真实的统一了。

现在有一种现象，写历史题材的作家以为自己是在普及历史知识，看历史题材作品的读者以为可以增长历史知识，这完全是误会。历史题材的创作属于文学文化，它不提供真实的历史知识，它所提供的是特定的历史框架、历史时限中的真实的艺术形象，其功能主要是审美欣赏，不是普及历史知识。如果真想了解历史知识，还是要去看历史教科书。

艺术的向度问题，基本上是在“审美”的范围里。在有基本的历史资料根据的基础上，对描写的对象进行情感的评价，这里可以有对历史事实的突出、缩小、夸张、变形、集中、分散、增益、删节、详化、简略、回避、虚构，等等。

三、时代的向度

对于历史题材的创作，通常仅考虑“历史真实和艺术真实的统一”，也就是历史和艺术两个向度。实际上还有一个同样重要甚至更重要的向度，这就是时代的向度。历史题材的创作不是对历史的复制，作家必须以时代的眼光去观照历史，从中发现时代的精神，并以生动的形象体现时代的精神。历史都是昨天的，但作家的眼光则是现代的。以现代的眼光去发现昨天的历史，所发现的精神是与我们今天时代的需要息息相关的。让读者似乎从历史中看到了现实，看到了现实的需要，看到了现实的矛盾，而不能不产生种种现实的联想。黑格尔说：“这些历史的东西虽然存在，却是在过去存在的，如果它们和现代生活已经没有什么关联，它们就不是属于我们的，尽管我们对它们很熟悉；我们对于过去事物之所以发生兴趣，并不只是因为它们有一度存在过。历史的事物只有在属于我们自己的民族时，或者只有在我们可以把现在看作过去事件的结果，而所表现的人物或事迹在这些过去事件的联锁中，形成主要的一环时，只有在这种情况下，历史的事物才是属于我们的。单是同属于一个地区和一个民族这种简单的关系还不够使它们属于我们的，我们自己的民族的过去事物必须和我们现代的情况、生活和存在密切相关，它们才算是属于我们的。”①黑格尔的意思是，写历史存在过的事物，一定应让它们与现代生活产生关联，这种历史书写才是属于我们的。而且他还告诉我们，仅仅认为这种历史存在的事物同一地区、同一

① 黑格尔：《美学》第1卷，朱光潜译，商务印书馆1979年版，第346页。

民族这种简单的联系，仍然是没有意义的，只有这种历史存在的事物成为过去与现在之间的主要的一环时，才是有意义的，这种历史书写才属于我们今天。这种理论是具有启发性的。的确，我们写历史，不是为了写历史而写历史，我们写历史是为了在历史这面镜子里，或多或少看到我们今天现实的熟悉的面影。这样说来，是否就是过去人们所说的“借古喻今”甚至是以古人“影射”今人呢？这个问题正是我们想重点探讨的问题。这里，茅盾先生在分析中国古代历史剧时有一个说法值得重视，他说：“至于心存影射、张有冠而李戴，意图热闹、唐宋人欢聚一堂，诸如此类的不顾史实、错乱时代的毛病，在古典的历史剧中早已视为逢场作戏、理所当然。这是因为作者下笔之时，心目所注，虽在讥讽，而服务对象，实非广大群众而只是他那一个小圈子的人们，故而在作者想来，蔡中郎虽事董卓，却未曾入赘牛府，权且借他来指桑骂槐，观众自然心照不宣，既不发生传播错误的历史知识的问题，也不负无端破坏古人名誉的责任；因而我们可以说，前辈先生们对待历史剧的态度，实在是严肃而又不严肃的。严肃者何？即意在借古讽今，绝不为古而古。不严肃者何？即对于历史事实任意斩割装配，乃至改头换面。象《鸣凤记》、《桃花扇》那样的谨守史范，不妄添一角，不乱拉陪客，在古典历史剧中，是比较少见的。”①的确，我们常看到的一种借古喻今、暗中影射、指桑骂槐的做法。这种做法往往是针对现实中某个人、某件事、某个情境，很容易变成为个人崇拜或个人攻击，所透露的只是作家个人一己的私见，一般是没有意义的，甚至是负意义的，也即是茅盾所说的“不严肃”的一面。怎样才能够摒弃古典历史剧中的“不严肃”的“指桑骂槐”，而又做到不为古而古呢？我们觉得这就要真正达到“以史为鉴”，“古今对话”，其主要意义在于实现古今普

① 茅盾：《关于历史和历史剧》，《茅盾评论文集》(下)，人民出版社1978年版，第191页。

适精神的互释，通过历史的抒写体现时代精神。换言之，我们从所表现的历史题材中通过深入的挖掘，所挖掘出的意蕴足以延伸到现在的种种性质。因此，这样做的结果，所针对的不是现实中个别的人和事，个别的情境和场合，而是宏阔的时代的洪流或现实的矛盾或生活的缺失，所透露的是作家对于时代社会的深刻的理解。能否达到这一点正是历史题材创作成败的关键。我们知道，莎士比亚的许多剧本都是写历史题材的，但莎士比亚的成功不在于他对历史忠实的程度，而在于他的历史剧作能够体现时代精神，有深刻的意味。莎士比亚的朋友、著名戏剧家本·琼孙曾为莎士比亚的戏剧(包括历史剧)题词，称赞莎士比亚为“时代的灵魂”，说“他只不属于一个时代而属于所有的世纪”。莎士比亚的确是当得起这样的赞誉的。莎士比亚生活于欧洲文艺复兴时期，那个时代的主题是摆脱中世纪的神权对人和人的思想的束缚，重新发现人，强调人的感性和理性，强调人的自由意志，强调人是自己命运的主人，强调人是宇宙万物的中心。莎士比亚的历史剧创作，无论是《理查二世》《理查三世》《亨利四世》《亨利五世》《亨利六世》《亨利八世》，还是《李尔王》《奥赛罗》《罗密欧与朱丽叶》《哈姆雷特》《雅典的泰门》等，都是在批判封建割据的落后性保守性给人的情感带来的压抑，着重探索人作为人的各种喜怒哀乐、七情六欲、心理矛盾等的正当性、合理性。写的是历史，反映的是现实，呼唤的是未来。与文艺复兴初期那些一味迎合小市民、满足他们的感官快乐的作品，大不相同。历史小说《张居正》也是目前中国历史题材创作中时代感比较强的一部，作者写张居正的改革，写他的改革思想和作为，写出了改革的合乎历史的要求；但同时又写张居正晚年的腐败和堕落，写出了某些改革者最后的悲哀。这让我们联想到今天的改革开放的现实以及所发生的种种问题。这不是影射某一个人、某一件事，是从一个宏阔的视野来思考历史与现实的相通、相似之点，形成了古今对话，时代精神也就从中体现出来了。

时代的向度基本上属于评价论范围。人们总是倾向于做有价值的事情。一个艺术家写一段历史，不可能为写历史而写历史，为写古代而写古代，他一定是看到或挖掘到这段历史对于今天所具有的价值，才下笔去写它。如果这段历史对于现实毫无价值的话，那么写历史小说、历史剧的动力从何而来呢？马克思和恩格斯都说过“历史的重演”的意思，古代演出过的历史，后代在不同的历史语境下又会有相似的演出。基于这样的理解，历史的价值性是可以从古代延伸到后代的，历史文学的创作者抓住了这一点，有时候不便于对现实直接发言，就通过对历史的书写间接地来发言。这种发言由于以厚重的历史为依托，有时候会显得更有力量，更具有启发性。这就是历史文学从古到近不断地发展着的原因吧！

历史题材创作的三个向度，所追求的审美效果不仅是真实、好看，还有非常重要的一点，那就是有深沉的意味。真实，好看，有意味，构成了历史题材作品审美效应的全部。

（《文学评论》2004 年第 3 期，《新华文摘》2004 年第 14 期转载）

历史题材文学创作五向度

新时期以来，历史题材的文学创作进入一个繁荣时期。这一时期所产生的作品数量之多，出版之众，印刷量之大，读者之多，影响之大，在中国文学史上都是空前的。从姚雪垠的反映明末的农民起义的长篇历史小说《李自成》开始，随后较有代表性的长篇历史小说有凌力的《少年天子》《暮鼓晨钟——少年康熙》《梦断关河》，徐兴业的《金瓯缺》，二月河的落霞三部曲：《康熙大帝》《雍正皇帝》《乾隆皇帝》，唐浩明的《曾国藩》《张之洞》《杨度》，熊召政的《张居正》，卧龙的《汉武大帝》，王梓夫的《漕运码头》，包丽英的《蒙古帝国》，颜廷瑞的《汴京风骚》，高旅的《玉叶冠》，周国汉的《张骞大传》，王鼎三的《洛阳风云》，万斌生的《王安石》，映泉的《楚王》，丁牧的《中原乱》，高光的《孔子》，常万生的《唐太宗》，马昭的《草堂春秋》，孙浩晖的《大秦帝国》，日本作家司马辽太郎的《项羽与刘邦》，法国作家勒内·格鲁塞的《成吉思汗》，等等。此外，在网络上发表还未出版的历史小说也还有很多。这些面世的长篇历史小说经过电影或电视连续剧的改编，播放，读者数量又大大增加，影响也就更大。这些历史题材小说的涌现，丰富了新时期的文学创作。有部分作品也有一定的思想力量和艺术水平，产生了好的社会效果，满足了群众的艺术欣赏要求。对于新时期历史题材文学所取得的成绩应充分肯定并做出公允的评价。但不能不看到，由于中国人的历史癖好，喜欢阅读历史题材小说的读者很多，这些作品销路很好，出版商获利巨大，于是历史题材文学被商业化所裹挟，粗制滥造的作品也不少，所产生的问题也很多，这就给文艺理论工作者提出一个任务，我们究竟应该如何来看待当代历史题材的文学创作。这篇文章试图从五个维度来厘清历史题材文学创作中的主要问题。

一、历史题材文学创作的历史观问题

历史题材文学作品创作，首先遇到的是一个历史观的问题，也就是我们根据什么样的观点来看待某个历史时期、某个历史事件和历史人物等，做出怎样的是非判断，或歌颂或批判等。当然，我们是要用马克思的历史唯物主义的历史观来看待、评价历史的。历史唯物主义的核心是什么？美国学者杰姆逊曾说过，马克思写于1859年的《〈政治经济学批判〉序言》那卷书（在英文书中），是马克思主义最重要的一卷书（马克思这篇论文的中文译本则在上下两卷中）。所以我们可以说，因为正是在这两卷书里，马克思鲜明地提出了他的历史唯物主义的两个核心点：第一是“不是人们的意识决定人们的存在，相反，是人们的社会存在决定人们的意识”①；第二是指社会的

① 马克思：《〈政治经济学批判〉序言》，《马克思恩格斯选集》第2卷，人民出版社1995年版，第32页。

物质生产力发展到一定的阶段，就会与现存的生产关系发生矛盾，这时社会革命的时代就到来了。那么革命的时代要解决的问题，就是要解决社会生产力与生产关系之间的现存的冲突。这种冲突的解决首先是经济基础的变更，其次是全部庞大的上层建筑的变更，其中也包括法律的、政治的、宗教的、艺术的和哲学的意识形态的变更。马克思的历史唯物主义所着眼的是解决社会冲突，促进社会生产力的发展，只有社会生产力发展了，人民的生活才可能改善。一切历史时代的人物，是否对历史的进步做出贡献，也要从他们是否解决了阻碍社会发展的社会冲突中所起的作用来加以判断。

美籍华人学者黄仁宇著有《万历十五年》等作品，他提出了一种“大历史观”。他的《万历十五年》成为新时期学者阅读中的一个事件，他的观点的确给予我们许多启发。按照我的理解，他的“大历史观”有三点相互联系的内容：第一是从技术理性的角度看历史。他说：“大历史的观点，亦即是‘从技术上的角度看历史’（technical interpretation of history）。至于将道德放在什么地方，这也是一个严重的问题。”①他的文字，猛一读比较费解。“从技术的角度看历史”是什么意思？我们需要阅读他的全部著作才会有所了解，他的意思是从数字可以统计的角度来看历史。如在欧洲，为什么资本主义比封建主义进步，就是因为资本主义具有商业的品格，一切都是可以用数字统计技术计算出来的，当然更重要的是可以用统计数字的技术来管理的。这种具有商业化的可用数字技术来统计和管理的社会，必然会创造大量的财富，生产力也就大大发展了。他的“从技术的角度看历史”，归结起来就是认为社会的统治者不要过多地用道德笼罩一切。譬如，不要总是把人分成“君子小人”之类，分成“白猫黑猫”之类，而是要着眼于生产力的发展，而这生产力的发展是要在重视

① 黄仁宇：《万历十五年》，中华书局2006年版，第225页。

数字统计和数字管理的条件下才可以达到。所以，他认为，中国传统社会发展了两三千年，最接近资本主义的时期，是宋代。宋代的商业发展是空前的。特别是宋神宗时期的王安石变法，有可能改变长期维持道德统治的中国。因为变法加速金融经济，使财政商业化，从而可以“不加税而国用足”（王安石语）。新法的主要措施如青苗法、市易法、均输法等都是试图以可计算的信用贷款、资金融通的办法来刺激经济增长。生产大量增加，货物大流通，国家就可以从高额流通状态里收到增税之成果。王安石的全面变法，就是试图以金融管制的办法管理国事。这种办法如能成功，“纵使政府不立即成为一个大公司，也有大公司的业务”①。那么，中国将进入一种数目字技术管理的时代，财富的大量积累，必然促进生产力的发展，科学技术的发展也会同时到来。如果历史走向是这样的话，那么中国历史乃至世界历史将重新改写。第二是用这种大历史观看待历史人物和历史事件，就不能孤立地在某个划定的短时段来看历史人物的是非功过，要从历史发展的长过程的大潮流中来看历史人物是非功过。黄仁宇说：“历史的规律性，有时在短时间尚不能看清，而须要在长时间内大开眼界，才看得出来。”②又说：“中国的革命，好像一个长隧道，须要一百零一年才可以通过。我们的生命纵长也难过九十九岁。以短衡长，只是我们个人对历史的反应，不足为大历史。将历史的基点推后三五百年才能摄入大历史的轮廓。”③“大历史观”侧重于对历史的动态观察和纵向研究，提倡长时间、远距离、宽视界地审察和批判历史。因为只有通过长时间、远距离和宽视界，我们才能看清社会冲突是否真正地解决。换言之，任何社会都有一个萌芽和新兴时期，也有一个衰落和灭亡时期，从而形成不同社会历史潮

---

① 黄仁宇：《放宽历史的视界》，生活·读书·新知三联书店 2001 年版，第 65 页。

② 黄仁宇：《万历十五年》，中华书局 2006 年版，第 226 页。

③ 黄仁宇：《万历十五年》，中华书局 2006 年版，第 226 页。

流。那么，我们如何来评价历史人物在历史社会潮流中的功过呢？这就要看他所领导的社会变革是顺应或推进历史潮流，解决了社会的现存冲突呢，还是根本没有解决社会的现存冲突，甚至阻碍和阻挡社会历史潮流的发展。第三是大历史观要求我们看一个小的历史人物或小历史事件，一般也不应就事论事，而应该当看这小人物和小事件背后的政治、经济、社会等多方面的原因，置放于历史文化语境中去考察。

黄仁宇的大历史观与马克思的历史唯物主义当然是不同的。马克思主义要通过阶级斗争来解决阶级压迫和剥削，而黄仁宇则关注技术理性的改进并促进商业化，这一点我们不可将马克思的历史唯物主义和黄仁宇的大历史观相混淆。但我们又要看到马克思和黄仁宇都认为社会的进步很大程度取决于社会生产力的大发展。只有社会生产力的大发展，才能改善人民的生活。至于从长时间、远距离、宽视界地审察和批判历史，马克思和黄仁宇都认为一个社会的发展过程中，要清楚地分出社会发展的新兴期和没落期，历史人物在不同时期扮演了什么不同的角色，都要纳入到这个社会发展过程的不同时期去考察和评价。所以我们又要看到历史唯物主义和大历史观也有一致的地方。我们今天在创作或评论历史题材文学的时候，当然要坚持以马克思主义的历史唯物主义为指导，但黄仁宇与马克思相一致的观点似乎也可以作为参考。

根据这样的历史观，我们来看一看创作历史长篇小说《大秦帝国》的孙浩晖和创作“落霞三部曲”即清代康、雍、乾三皇帝的小说的二月河的一段对话。二月河在对话中说：“整个历史就是一个抛物线，秦王朝可以看到抛物线刚刚上抛的时候，产生激烈的、灿烂的火花。到了康熙、雍正、乾隆时期，是抛物线开始下落了。下落也是美丽的。下落也是给人一种流星的灿烂的曲线美。凄美和壮美，都给人心灵上的一些碰撞。至于说秦王朝和清王朝它们有共同的地方，但是区别也是有很多的。下落的时候有下落的特点，上升有爆发的原因和特点。我们通过这样一个讲座对于总结和研究这个过程，当然我这个书是小说，我不希望别人把这个书当作历史来读，在座的同学如果对秦王朝的崛起，和清王朝的下落感兴趣，你自己去研究历史，你会有自己的心得，发表出更高的见解。我们写小说是给所有人看的，也不指小批量的专业爱好者，是指所有的人，想通过这些东西给人一些历史上的启迪，让人感受到很多的历史氛围和人文感受。”二月河的“抛物线”的比喻很好。秦王朝是抛物线的上升的时期，清王朝则是抛物线下落的时期。但二月河认为，不论是抛物线的哪一头都有“共同点”，都有美处，一个是“激烈的灿烂的火花”，是“壮美”；一个是“流星的灿烂的曲线美”，是“凄美”。联系到二月河的“康雍乾盛世”的三部小说，他的说法是难以令人接受的，或者说，他的说法在历史观上是错误的。

秦始皇处于中国传统社会的新兴时期①，那时的中华文明如初升的太阳，喷薄而出，光辉灿烂，前途似锦。中华民族文化有诸多特点，在秦统一中国前后已逐渐形成。譬如，战国时期的人民不希望各君主国混战，希望中国走向统一，统一的意向始终成为人民的一种理想；那个时代农耕文明已奠定了基础，使中国人有可能过着丰衣足食的生活；以儒家为主的人文传统使中国人认识到人之为人乃“人为万物之灵”，人是具有尊严的，人是“三才”之一；儒家人伦中心主义，使世世代代人生活于具有人性生活秩序中；儒家的尊君爱民传统，使人与人之间处于有等级的又是有亲切关怀的气氛中；儒家的中庸协和精神使中国人热爱和平，与人和平相处，与自然和平相处；儒家为主的延绵坚韧精神，使中国人民继承世代传统，使

① 这里不使用“封建社会”这个词语。因为这个中国何时进入封建社会，或哪几个朝代是封建社会，至今历史学界仍争论不休，如有学者认为中国只有“夏商周”三朝属于封建社会，又有的学者认为封建社会是从魏晋时期才开始的。我们这里的“中国传统社会”是指从春秋到晚清数千年的历史时期。

中国人以勤劳、刻苦和勇敢著称于世。秦始皇所继承的中华文明是夏商周诸子百家思想精神的融合和总结。在中国传统社会开始起步之时，中华文化的这些元素和特点都是勃勃而有生机的，应该加以肯定的。孙浩晖的《大秦帝国》就是在中国传统社会“抛物线”刚刚划出的时期，充分肯定与赞美了中华文明的光辉，适度地赞美了秦始皇。

统一中国，消除了长达三百多年的战国纷争，解除了人民因战乱带来的苦难。这从历史的长时段看，是具有积极意义的。当然，秦始皇有秦始皇的问题，他开创了中国传统社会二千多年的专制统治历史，带来了根深蒂固的“一言堂”，危害无穷。这一点后文还将论及。

但清代的康、雍、乾三朝，已处于中国传统社会的末世，如果说，秦代是中国传统社会八九点钟的太阳的话，那么清代已经到了日薄西山的黄昏时刻。康熙、雍正和乾隆三朝，从 1662 至 1796 年，即处于 17 世纪中叶与 18 世纪末叶之间。这是中国社会发展一个很重要的时期，即在明代后期资本主义萌芽后①，后继的帝王实行什么样的政策，是至关重要的。我们可以简要地来考察以下几点：

第一，是继续维护小农自然经济，还是推动商品和货币的发展?

---

① 20 世纪 50 年代末和 60 年代初讨论中国的资本主义萌芽问题，可参见《中国资本主义萌芽问题讨论集》上、下卷，生活·读书·新知三联书店 1957 年版。《中国资本主义萌芽问题讨论集·续集》，生活·读书·新知三联书店 1960 年版。三本论集共收入论文 53 篇。对于中国什么时候起有资本主义的萌芽，各家意见不一。《续集》“前言”说，关于资本主义萌芽的开始时期，目前还没有一致的意见。在若干论文中，都认为把资本主义萌芽提早到唐或宋代是不符合历史真实的，并指出这是由于作者孤立地考察手工业或农业部门中的雇佣关系，没有较为全面剖析当时社会基础与上层建筑的复杂状况。就近年来所发表的论文来看，比较多数的意见认为明代已经出现了资本主义萌芽。至于具体时代上，一般都以为在 16 世纪。也有认为在 15～16 世纪这一阶段内，在某些城市经济特别发达的地区，在某些有长远历史传统手工业部门中，已有资本主义生产关系的最初发生。另外，在 1985 年人民出版社出版的中国社会科学院历史所许涤新和吴承明主编的《中国资本主义萌芽》一书中，也把中国资本主义萌芽的开始时期定位于“明代后期”，作者从多方面寻找根据，进行了详尽的论述，参见《中国资本主义萌芽》第二章。

是“重本轻末”还是“农商皆本”？康熙诸帝选择的是维护自然经济和“重农抑商”。明代商业开始发展，商人的地位有了很大的提高，货币权力日益增长。马克思说：“自从有可能把商品当作交换价值来保持，或把交换价值当作商品来保持以来，求金欲就产生了。随着商品流通的扩展，货币——财富的随时可用的绝对社会形式——的权力也日益增大。”[①]明代就是货币权力日益增长的时代。清代学者顾炎武编写的《天下郡国利病书》，以徽州地区为例，认为当时的经济的发展可以分为四个时期：弘治以前时期“家给自足”，“妇人纺绩，男子桑蓬，臧获服务”，这明显是自给自足的自然经济。到了正德末“则稍异也，出贾既多，土田不重”，并出现了“高下失均，锱铢共竞”的局面。嘉靖、隆庆间“则尤异矣。末富居多，本富尽少”，这就“自爰有属，产自无恒”。约三十年后，即万历时期则“富者百人而一，贫者十人而九”，达到了“金令司天，钱神卓地”[②]的地步。这些说法虽只限于徽州一地，但明后期的这类情况记载甚多，说明了社会上因经商热导致货币权力大为增长。这种情况反映到思想上，万历首相张居正就提出“商农之势若权衡”的论点，他主张既要“省征伐以厚农而资商”，又要“轻关市以厚商而利农”，张居正所言不能不说是当时社会中农商并重的思想的反映，这与中国历代“以农为本”“以商为末”已经大大前进了一步。更进一步，到了丘濬、赵南星、黄宗羲等人那里已经形成了“工商皆是本”的思想。明亡后的清代几个帝王的经济政策，推行以前的自然经济的“重本抑末”即重农轻商的政策，雍正皇帝有一段话说：“凡士工商贾，皆赖食于农，以故农为天下之本务，而工贾皆其末也……市肆中多一工作之人，则田亩中少一耕稼之人；且愚民见工匠之利多于力田，必群趋而为工，群趋为工，则物之制作者必多，物多，则售卖不易，必致壅滞而价贱。是

① 马克思：《资本论》第1卷，人民出版社1975年版，第151页。
② 参见顾炎武著：《天下郡国利病书》原编，第9册，《风宁徽》。

逐末之人多，不但有害于农，而并有害于工也……苟遽然绳之以法，必非其情之所愿，而势有所难行，惟在平日留心劝导，使民知本业之为贵。”①雍正的言论反映出：第一，当时经商做工已经成为一种“势”，人群众多，是继明代末年有了一定的发展；第二，雍正认为这“势”并不好，会造成农工皆败；第三，要遏制这种“势”，因人众多，遽然绳之以法，势必造成混乱，不利他们的统治。还是农民守住自己的地耕作，更好管理。所以这段话不但说明了清代康雍乾几个皇帝仍然没有顺应时代之潮流，推进资本主义的萌芽，继续“重本轻末”，而且也反映了他们“重本轻末”的原因是怕发展工商，需要众多人群参与，而“滋生事端”，甚至聚众闹事，十分不利他们的专制统治。他们并没有更为宏远的眼光，推动商业交换和货币权力的发展。

第二，是开放门户，与外国交往，还是闭关锁国，夜郎自大？康熙诸帝选择的是“海禁”的封闭政策。“清代从顺治元年到康熙二十三年(1644－1684)的四十年间，为对付抗清势力，令‘片板不许下海’，‘片帆不准入口’。康熙二十三年统一台湾，始开放海禁，允许中国商民出海贸易；又指定广州、漳州、宁波、云台山(今江苏连云港)四地为外人来华通商口岸。但对外贸商人、船只和出口商品等仍有许多限制。康熙五十六年(1717)，海禁又趋严格，除保留东洋贸易外，对南洋贸易，只允许外人来华，禁止中国商人前往贸易。雍正五年(1747)停止中国商人往南洋贸易的禁令。乾隆十二年(1747)却又恢复。乾隆二十二年(1757)有将外商来华通商口岸限在广州一地，其他三口关闭。清初禁海，有战时体制的性质。从严格意义上讲，清代闭关政策的推行，应当说是始于康熙五十六年的‘海禁令’。从此以后，虽还有弛严起伏，但总的趋势是门户越来越小，限制越

① 《世宗宪皇帝实录》第57卷，《清实录》第7册，中华书局1985年版，第867页。

来越严。直到外国侵略势力用炮火轰开中国的大门。”[1]康熙等清代皇帝的海禁政策与以商品、货币为标志的明代后期萌芽的资本经济是相对立的，它仍然是自古以来的封建自然经济的产物。“海禁”这一政策的推行直接为清代后期中国衰弱以及受帝国主义的侵略、欺凌埋下了伏笔。

第三，是广开言路、自由开放，还是钳制思想、禁锢言论？康熙诸帝选择的是大兴“文字狱”，强化思想控制。文字狱自古就有，但康雍乾三朝的文字狱是历代最为严酷的，而且愈演愈烈。遭受文字狱的人多为士人和下层官员，凡被认为“语含怨望”“狂悖讥刺”者，一经揭发，就成为文字狱的对象。揭发者有功受赏，被揭发者则祸从天降。所以，一时间以私报怨、断章取义、牵强附会、文网密布，动辄得咎。康雍乾三朝的文字狱有案可查的不下 100 多起，在这些案件中被判死刑的 200 多人，受到株连而遭遇各种刑罚的更不计其数。乾隆一朝，虽修了工程浩大的《四库全书》，但在编修过程中也焚烧了一些被认为是“有问题”的珍贵的典籍。文字狱到乾隆年间达到高潮，仅乾隆三十九年至四十八年，文字狱就达 50 起，被冤枉者不计其数。清代最著名的文字狱发生在康熙年间，第一案是浙江吴兴的“明史案”。富商庄廷拢得前朝朱国祯的明史遗稿《列朝诸臣传》，然后邀请许多士人编辑、增补其书，其中有批满洲的文句，又使用了明朝年号，不用清代年号等，庄廷拢先死，其父庄允城将书刊行。不久，被人告发，庄允城被捕到京，死于狱中。庄廷拢的坟地被挖，开棺烧骨。其余作序者、校阅者、刻书者、卖书者、藏书者统统被处死，仅这一案连杀 70 多人，被充军者数百人。此外就是戴名世和方孝标的“《南山集》案”，也牵连数百人，戴被斩首，方被戮尸，两家男丁 16 岁以上者均被杀害。康熙诸帝大兴“文字狱”就是要钳制思

① 许涤新、吴承明编：《中国资本主义的萌芽》，人民出版社 1985 年版，第 702～703 页。

想自由，控制社会舆论。其影响甚深，直到龚自珍的《咏史》诗仍有“避席畏闻文字狱，著书都为稻粱谋”的句子。康、雍、乾三朝虽有一些学问家，却没有一个像明代李贽那样的思想家。这样一个没有思想自由的社会，必然是死气沉沉、毫无生气的，对于资本主义萌芽的思想更受到扼杀，社会也就不得不停滞不前。

以上三点，即“重本抑末”“海禁”“文字狱”，有相通之处，就是以保守、封闭、钳制来实行极端的专制制度。历史的规律性常常在短期内看不出来，需要在经过长时期之后，才看得出来。同理，我们看一个朝代、一个帝王是否有作为，是否是盛世，不能局限于孤立于本朝来看，要看前后几百年，看历史脉络走向，看这个朝代这个帝王是顺应时代的潮流，还是逆时代的潮流。实际上，康熙不是什么“千古一帝”，并没有那么多丰功伟业，他和雍正、乾隆统治中国一百多年，正当中国资本主义萌芽成长时期，但他们没有为此解决矛盾、克服冲突，为它开辟发展的道路，相反却推行“重本抑末”“海禁”“文字狱”等政策，推迟、延缓了资本主义萌芽在中国的发展。康雍乾时期已经到了中国传统社会的后期，他们的统治对于封建制度来说，是远去的帆影，是黄昏时刻的落日，是将要燃尽的蜡烛，是即将结束的盛宴，是临死前的回光返照。当代历史文学和影视剧回避上述历史核心问题，并那样高调地评价他们所立下的所谓千秋功业，《康熙王朝》电视连续剧结尾前的评语是：康熙“一生政绩卓著，制服鳌拜，平定三藩，收复台湾，亲征噶尔丹。经过明末清初的长期战乱，中国各族人民深盼太平与安定，玄烨顺应人民的愿望，完成了他所承担的历史使命，为中国社会的发展做出了重要的贡献。康熙皇帝玄烨因其文治武功卓著，在位长久，被后世称为‘千古一帝’。”当然，人民希望由乱走向治，但要求的是什么样的治呢？是更加专制的严酷的停滞的封建主义的统治，还是在资本主义萌芽的基础上迎接新的社会变革的“治”呢？还值得一提的是，正当17、18世纪所谓的康雍乾盛世之时，欧洲的主要国家在文艺复兴运动之后，开始并完成了资产阶级革命，科学技术发明接连不断，轰轰烈烈的现代工业革命创造了人类空前的财富，开始了现代化的进程，把东方各国甩在了后面。以英国为首的列强已经开始对东方的中国虎视眈眈，中国离遭受别人宰割的日子已经不远了。历史的情势已经发生了根本的变化，当时有作为的统治者，就应该顺应历史的潮流，根据当时中国的实际，做出调整和变革，在历史提供的条件下，打破妨碍社会生产力发展的障碍，以满足人民的新的要求、需要和愿望。但是二月河的《康熙大帝》等三部以康熙、雍正和乾隆为主角小说，还是把康雍乾三朝看成“盛世”，甚至浓墨重彩地歌颂了他们的英明的作为、处事的果敢、统治的仁爱等，描写所谓的“流星的灿烂的曲线美”和“凄美”。对于“盛世”的理解，绝不能把某个朝代孤立和封闭起来理解，而要看它处于社会发展的哪个阶段哪个时段，历史的潮流已经提出了什么要求，所谓“抛物线”的两端，是完全不同的，不能相提并论。而且这里所说的“凄美”，似乎应带有悲剧的意味，但二月河的笔下那些帝王有谁带有悲剧意味呢？二月河一味鼓吹康雍乾“盛世”，是颠倒了历史的是非，他的历史观连生活于十八世纪的曹雪芹都不如，曹雪芹还能预感和揭示清朝的统治表面上像“烈火烹油”之盛，实际上“内囊已尽上来了”，最终是要“树倒猢狲散”，“落了片白茫茫大地真干净”；而二月河最初也是研究《红楼梦》的，却不但不能效法曹雪芹，反歌颂起“落霞”的“凄美”来了，这是让人不能理解的。

历史观不能不是创作历史题材文学的首先要关注的一个大问题，因为不管怎么说，你是在写“历史”，你不能不对你写的那段历史有一种理解和评判，你不可能不同情或赞美这个人和事，不可能不贬抑或批判那个人和事。你在历史叙述中无法做到纯客观，你的主观情感不能不渗透到你的历史叙述中去。“观点”是很重要的，我们感觉和理解世界上的事物，都取决于一个特定的“观点”。清代“康雍乾”三朝历史如果我们换一个观点来看，就和二月河看到的不一样。就如一个人从飞机上俯视一座一百层的高楼，觉得那不过是一个火柴盒，而从平地上仰视它，觉得它巍然耸立，拔地而起，那感觉和理解是完全不一样的。曹雪芹站在历史的高处来看康雍乾及其走势，觉得那已经快到山穷水尽的地步了，二月河则从一个低洼地来仰视康雍乾，所以觉得其“巍然耸立”，也就不奇怪了。

二、历史题材文学作品的历史真实问题

历史真实是一切创作历史题材文学作家的重要追求。除了那些有意“戏说”的作品，一般的以历史题材为创作内容的作家，都宣称自己的作品达到了“历史真实”。但是什么是“历史真实”呢？历史题材文学作品能达到历史真实吗？这个问题在中国争论了差不多一个世纪，仍然没有得出大家都一致同意的结论。

对于历史与文学哪个更高？历史上是有分歧的。古希腊罗马时期大体上可以说文学“战胜”了历史。亚里士多德在《诗学》中对此说得很清楚：“写诗这种活动比写历史更富于哲学意味，更被严肃的对待；因为诗所描述的事带有普遍性，历史则叙述个别的事。”①但是，到了19世纪，由于科学主义和实证主义的发展，认为历史是纯客观的真实，更具有价值；文学则是虚构的，虚构只是一种“可能”，不一定是真实的。所以历史比文学更具有价值。然而，亚里士多德的见解也不是所有的人都同意的。所以，我们第一步要把“历史”这个概念弄清楚。

“历史”这个词是什么意思呢？从词源上说，甲骨文中的“史”与

① 亚里士多德：《诗学》，《诗学·诗艺》，人民文学出版社1962年版，第29页。

“事”相似，史乃是指事件。许慎《说文解字》写道：“史，记事者也。从又持中，中，正也。”这里的“记事者”，根据中国古代的惯例，显然是指“史官”。问题是“史官”记录的事件就一定“中”或“正”吗？这当然是不能一概而论的。有董狐、太史公那样“据事直书”的史官，也有更多按照统治者的要求或自己的立场和观点去书写历史的史官。前者的记录可能保存了事件的真相，而后者则可能是按照当时统治者的要求或个人的观点带有某些想象和虚构了。就是说，历史可能是客观的，也可能是主观的，可能是真实的，也可能是想象的。两种情况都存在过。西方的情况大致也是如此。在西方，多数语言的“历史”一词源出自希腊语“historia”。根据有的学者的研究和说法，认为“历史既是过去发生过的事件，又是叙述过去这些事件的故事，在法文里，histoire这个字就既有‘历史’、又有‘故事’这两种含义，由此可见，真实与想象之间、客观叙述和主观推测之间、现实和虚构之间，从来就有一种紧张而又密切的关系。在西方传统的早期，希洛多德和修昔底斯的历史著作提供了历史叙述的两种不同的模式。”①我之所以要引用这段话，是因为作者用了“紧张而又密切”这个有趣的表述，意思是说本来历史是应该真实的，但我们看到的历史叙述又往往是想象的，真实与想象之间的关系不是很“紧张”吗？但是又有“密切”的关系，就是说我们面对的历史叙述常常是真实中有想象，想象中有真实，真实与想象交织在一起。

西方19世纪是科学技术发展到一个巅峰的时代，人们也相信科学技术能解决一切问题，其中也包括能解决历史叙述中的真实问题。这就出现了科学主义的历史真实观。这种科学主义的历史真实观以德国著名历史学家利奥波德·冯·兰克(1795—1886)为代表。兰克被称为“近代史学之父”“科学历史之父”不是没有道理的，他一生著

① 张隆溪：《中西文化研究十论》，复旦大学出版社2005年版，第246页。

作甚丰。他的最早的著作是1824年出版的《拉丁与条顿民族史(1494—1535)》，1834至1836年间撰写了《16、17世纪的罗马教皇及其教会与国家》，即《教皇史》，1839至1847年，他用了8年时间撰写了《宗教改革时期的德意志史》，1847至1848年间写了《普鲁士史九书》，1852至1861年撰写了《16、17世纪法国史》，1859至1868年又用了近9年时间撰写了《16、17世纪英国史》，1869年撰写了《华伦斯坦传》，1871年写了《德意志诸邦国和诸侯同盟》《德意志史(1780—1790)》、1881至1888年撰写16卷的《世界史》，可惜没有全部完成。他的全集有54卷之多。在他的影响下，形成了一个学派。兰克的历史真实观，就是他的那句不断被人引用的话：历史学家只是“表明过去是怎样的”。这是他的第一部著作《拉丁与条顿民族史》一书前言中的话。① 他还有一句名言：“我情愿忘却自我而只讲述能够彰显强势人物的事情。”这句话出自他的《英国史》第二卷。这两句话有丰富的内涵，即他认为历史学家要追求“客观性”“忘却自我”，全力恢复历史的本来面貌。兰克的历史叙述的方法也是根据他的“客观性”的要求而提出来的，那就是重视一切原始资料，引进史料考据的方法，坚持对原有的文献不做任何改动，只是寻找证明或证伪，做出科学的阐释，以形成具有因果关系的合理的有内在关联的历史。兰克不满意当时风靡整个欧洲的英国作家司各特(1771—1832)的历史小说，认为他写的那些内容诚然很生动，却不真实，这是他无法接受的。但兰克也认识到，“客观性”只是理想，很难达到，所以他说：“我认为不可能彻底完成这项任务。只有上帝才了解全部世界历史。我们只是认识历史上所产生的各种矛盾、几多和解。正如一位印度诗人所言，‘为神所知，但不为人所晓’。我们作为人只是只能

① 参见利奥波德·冯·兰克：《历史上的各个时代：兰克史学文选之一》，杨培英译，北京大学出版社2010年版，第9页。

肤浅地、由远而近地认识了解历史。”[①]兰克的追求历史真实的“客观性”理论，对历史学界产生了很大影响。

饶有意思的是，在中国，早于兰克之前的乾隆(1735年登基，1795年退位)到嘉庆(1796年登基，1820年退位)时期，产生了为后人广知的“乾嘉学派”。顾炎武是这个学派的开山祖，他是明末清初人。他的学生潘耒在给顾炎武的《日知录》所写的序中说：“顾宁人先生长于世族。少负绝异之资，潜心古学。九经诸史，略能背诵，尤留心当世之故，时录奏报，手自抄节。经世要务，一一讲求。当明末年，奋欲有所自树，而迄不得试，穷约以老。然忧天闵人之志，未尝少衰。事关民生国命者，必穷源溯本，讨论其所以然。足迹半天下。所至交其贤豪长者，考其山川风俗疾苦利病，如指诸长。精力绝人。无他嗜好。自少至老，未曾一日废书。出必载书数簏自随。旅店少休，披寻搜讨，曾无倦色。有一疑义，反复参考，必归于至当。有一独见，援古证今，比畅其说然后止。”[②]乾嘉学派所研究的问题很广泛，史学、经义、吏治、财赋、天文、地理、艺文、语言、音韵等，无所不包，但方法都是考据，即所谓“援古证今”，“披寻搜讨”，无征不信，揭示源流。做到“无一事无出处，无一事无来历”，务求恢复历史的本来面貌。这个学派取得了很大的成绩。如钱大昕的《二十二史考异》，系统地考证了22部正史正文以及注释的史料、文字、训诂，订正了许多讹误，大受推崇。

乾嘉学派的主张与兰克的观点不谋而合。这样，这种“无征不信”“恢复历史原貌”的历史真实观，就对中国20世纪的历史叙述产生了广泛的影响。王国维、顾颉刚、傅斯年等人都受其影响，如1943年傅斯年在历史语言研究所的《史料与史学》发刊词中说：“此中

---

① 参见利奥波德·冯·兰克：《历史上的各个时代：兰克史学文选之一》，杨培英译，北京大学出版社2010年版，第14页。

② 顾炎武：《日知录集释》，黄汝成释，世界书局1936年版，第1页。

皆史学论文，而名之曰《史料与史学》者，亦自有说，本所同仁之治史学，不以空论为学问，亦不以‘史观’为急图，乃纯就史料以探史实也。史料有之，则可因勾稽有此知识，史料所无，则不敢臆测，亦不敢比附成式。此在中国，固为司马光以至钱大昕之治史方法，在西洋，亦为软克莫母森（兰克莫母森）之著史立点。”[①]一直到现在，这一治史观念仍然深入人心并在史学界占据了重要地位。

当中国人在20世纪仍然在迷恋乾嘉学派和兰克的时候，西方的20世纪那里的历史真实观则发生了重大转变。这可能是以科学技术为基础的资本主义越到后来所产生的和积累的不可克服的社会矛盾越多，人们的生活没有按照先前历史学家的预言发展，人们对此感到失望，甚至绝望，不能不怀着骚动和不安，觉得以前的历史学家的历史叙述有许多令人怀疑的地方，甚至是欺骗人的地方，于是开始重新打量19世纪的科学主义的历史真实观。在西方，20世纪是科学主义的历史真实观实现了一次重大的转变，即转变为人文主义的历史真实观。什么是人文主义历史真实观？这种历史观说了什么？我们听到了克罗齐的“一切历史都是现代史”的耸人听闻的说法。

贝内德托·克罗齐（1866—1952），是意大利少有的著名的学术大师之一，他是哲学家、美学家，也是20世纪意大利著名的文学批评家、政治家，更是享誉西方的历史学家和史学理论家。我们过去似乎只知道克罗齐是位美学家，实际上他在历史学上的贡献是卓越非凡的。他的历史著作有《历史学的理论和历史》《作为思想和行动的历史》《那不勒斯王国史》《1871—1915年意大利史》和《十九世纪欧洲史》等。他的“一切历史都是现代史”出自他的《历史学的理论和历史》，那么这句常被引用的话是什么意思呢？这就要看克罗齐本人是怎么说的。克罗齐有一个观念，就是要把“编年史”和“历史”区分开

---

① 傅斯年：《〈史料与史学〉发刊词》，《出入史门》，浙江人民出版社1998年版，第88页。

来。克罗齐说："历史是活的历史，编年史是死的历史；历史是当代史，编年史是过去史；历史主要是思想行动，编年史主要是意志行动。一切历史当它不再被思考，而只是用抽象词语记录，就变成了编年史，尽管那些词语曾经是具体的和富有表现力的"。他又说："当生活的发展逐渐需要时，死历史就会复活，过去史就变成现在的。罗马人和希腊人躺在墓穴中，直到文艺复兴欧洲精神重新成熟时，才把他们唤醒。""因此，现在被我们视为编年史的大部分历史，现在对我们沉默不语的文献，将依次被新生活的光辉照耀，将重新开口说话。"这就是说，我们不能把历史与现实完全切割开，编年史可能是真的，但它是死的，只有当现实需要的时候，才会把它唤醒，是新的生活唤醒过去的历史。就像我们在抗日战争时期，我们把南宋的抗金斗争的历史唤醒；像延安整风运动中把明末李自成农民起义最终失败的历史唤醒；像 20 世纪 80 年代初把"五四"时期的文化启蒙运动的历史重新唤醒。总之，是活的现实把死的历史唤醒。

我们还可以进一步通过克罗齐发表这种思想时的历史文化语境来理解他这句话。在 20 世纪初中期，克罗齐是意大利法西斯墨索里尼的死对头。克罗齐本来是一位在书斋工作的学者，但当墨索里尼以暴政对付人民时，他转而成为意大利知识分子反法西斯的精神领袖。他在 1925 年撰写了《反法西斯知识分子宣言》，征集签名，并发表于《世界报》，呼吁反抗法西斯的统治。更重要的是他作为历史学家撰写了《那不勒斯王国史》《意大利史》和《十九世纪欧洲史》等史学著作，以春秋笔法，针砭时弊，反抗法西斯的统治。就是说，克罗齐是以学术为武器，投入反抗现实的斗争。这样，我们就可以理解他的"一切历史都是现代史"重点是强调历史的"当代性"。克罗齐既然要强调历史的当代性，那么他撰写的历史著作就必然有倾向性，就必然对过去的历史有所突出，有所省略，有所建构，以便唤醒历史为现实的斗争服务。由此可见，他的历史真实观与兰克已经大不相同，他不强调什么历史书写“客观性”，他强调历史书写现实针对性。

那么具有当代性的历史如何才能建立起来呢？这里我们就不能不考虑到英国的历史哲学家和历史学家柯林武德(1889—1943)的观点。柯林武德的主要著作是他的《历史的观念》一书。这本书是对西方古希腊以来的关于历史观念的梳理，同时贯穿着他自己的历史观念。柯林武德深受克罗齐的历史理论的影响，他不同意过去的那种实证主义的或科学主义的历史观念。他在《历史的观念》“后论”部分鲜明地提出了“历史的想象”和“历史的建构”的观点。常识性的理论认为“历史学中最本质的东西就是记忆和权威”，[①] 即某个权威(如司马迁)知道一段历史中的人物与事件，他记住了这些人物与事件，然后用别人能理解的词句来陈述他的回忆，这就是历史书写(如《史记》)。柯林武德不同意这种“权威加回忆”的观点。他认为，相信这种常识性的理论实际上是做不到的。因为，“每个历史学家都知道，有时候他确实是在使用所有这三种方法来窜改他在他的权威那里所找到的东西的。他从其中挑选出来他认为是重要的，而抹掉其余的；他在其中插入了一些他们确实是没有明确说过的东西；他由于抛弃或者修订他认为是出自讹传或谎言的东西而批评了它们。”[②]这种“挑选”“插入”和“抛弃”，历史学家认为是他们的“权力”，可这与“权威加回忆”的常识性的理论是不一致的，自相矛盾的。柯林武德认为，“历史学家贯穿在他的工作过程之中的，一直都是选择、构造和批评；只有这样做他才能维护他的思想在一个科学的可靠进程的基础上。”[③]他把这称为“史学理论中的哥白尼革命”。在柯林武德看来，

① 柯林武德：《历史的观念》，何兆武、张文杰、陈新译，北京大学出版社2010年版，第232页。

② 柯林武德：《历史的观念》，何兆武、张文杰、陈新译，北京大学出版社2010年版，第233页。

③ 柯林武德：《历史的观念》，何兆武、张文杰、陈新译，北京大学出版社2010年版，第233页。

历史学家并不依赖自身以外的权威，“历史学家就是他自身的权威；并且他的思想是自律的、自我一授权的”。[①] 这样，历史学家为了获得历史真实，就只能走向历史的想象和历史的建构了。那么什么是历史的想象和建构呢？柯林武德给我们举了例子：“如果我们眺望大海，看见有一艘船，五分钟之后再望过去，又看见它在另一个不同的地方；那么当我们不曾眺望的时候，我们就会发觉自己不得不想象它曾经占据过各个中间的位置。这已经是历史思维的一个例子了；而当我们被告知恺撒在这些连续的时间里是在这些不同的地方时，我们就发现自己不得不想象恺撒曾经从罗马旅行到高卢；——这情形并无不同。”[②]当然，历史学家的想象和建构也不是随意的编造，因为历史人物和事件都有本身的内在必然性在起作用。就是说，秦始皇有秦始皇的内在必然性，恺撒有恺撒的内在必然性。这就是历史的想象和建构了。实际上，当我们介绍克罗齐和柯林武德上述观点时，我们的介绍已经从19世纪的科学主义的历史真实观转到了20世纪的人文主义的历史真实观。因为前者注重的是事实，从而排除人的思想，后者则认为事实并不可靠，要用人的思想来想象与建构，或者说历史真实不仅包括史料，还包括人对史料的认识。

从上面对历史真实观的初步扼要的梳理中，我们已经感觉历史真实问题是一个很复杂的问题。一些历史学家，总是用“恢复历史的真相”的要求来要求历史题材文学作家的创作，是不合理的。我觉得要用“建构”的观点来看是比较合理的。是否可以这样说，历史真实是指原初的本真的历史，即历史的鲜活的现场。这可以说是“历史1”。谁也不可能返回到历史现场去窥见历史真实，谁也不能把握“历史1”。你孙浩晖能够返回到秦始皇那个时代去亲睹战国群雄对峙的

---

① 柯林武德：《历史的观念》，何兆武、张文杰、陈新译，北京大学出版社2010年版，第233页。

② 柯林武德：《历史的观念》，何兆武、张文杰、陈新译，北京大学出版社2010年版，第238页。

历史场景吗？你二月河能够返回到康雍乾时代去亲睹那历史情境吗？这都完全不可能。历史学家所记录的历史，一般也都不是亲睹亲闻的，他们根据前人的记载提供的是历史文献，就如受到后人一致看好的司马迁的《史记》，是根据《尚书》《春秋》《左传》等提供的历史残迹的记录编撰而成的，司马迁不可能出现在“鸿门宴”的现场，亲睹历史的场面。因此历史的文献相对于本真的“历史1”而言，只是“历史2”，其中已经渗入了历史学家的爱憎喜好，已经是一种“建构”，不可能完全忠于历史真实。历史题材文学作家笔下的历史，是根据部分历史文献想象的产物，艺术虚构的产物，已经是“历史3”了，这更是作家艺术“建构”的产物，这里有更多虚幻的东西，很难获得历史真实。所谓的艺术真实实际上就是“历史3”。无论是孙浩晖还是二月河，他们总是宣称自己的历史小说是“正剧”，里面写的是“历史真实”，已“恢复了历史的原貌”，不客气地说，这些说法都是欺人之谈，完全不足为信。就是大家一致看好的古典名著《三国演义》，其中的想象和虚构处处可见。不用多，只需把《三国志》与《三国演义》对比一下，我们就会发现，《三国演义》艺术建构太多了，什么“草船借箭”“诸葛祭风”“周瑜打黄盖”“火烧连营”和“空城计”等，都是《三国志》中所没有的。就拿“空城计”而言，它是《三国演义》的一大事件，可完全是作者的虚构。只要查一下《三国志》就知道，诸葛亮一生只是在最后一次北伐时，才与司马懿在渭水对峙。诸葛屯兵陕西汉中阳平时，司马懿还在湖北担任荆州都督，根本没有机会与诸葛亮对阵。“空城计”这一重要情节完全是作家想象的产物。

我这里说的历史学家和历史题材作家的“建构”，是指人们陈述历史或描写历史，不是（也不可能）还原历史，而是把自己的观念渗透进陈述中去，他的陈述带有他的观念的痕迹，不可能做到完全客观，不可能如兰克所说的那样“忘却自我”，他的陈述最终只是充满他自己的思想的构想而已。绝不能把历史题材文学作品当作历史来阅读。就是那些撰写得最好的历史文学作品，也是建立在历史文献基础上的建构的结果，所达到的是艺术真实，即合情合理的艺术真实。情和理的运动的逻辑与轨迹一旦被写出来，这种艺术真实也就显现出来了。

如前所述，对于历史与文学哪个更高的问题，历史上是有分歧的。古希腊罗马时期大体上可以说，文学“战胜”了历史。亚里士多德在《诗学》说，历史讲述的是已经发生的事，诗讲述的是可能发生的事。由于这个原因，诗比历史更带哲学性、更严肃；诗所说的是普遍的事物，历史所说的只是个别的事物。但是，到了 19 世纪，由于科学主义和实证主义的发展，认为历史是纯客观的真实，更具有价值；文学则是虚构，虚构只是“可能”，不一定是真实。所以历史比文学更具有价值。其实，历史与文学在“历史真实”这点上是不分轩轾的。亚里士多德的话也有片面性，因为历史学家的历史书写也和作家的历史书写一样，都要达到普遍性，才会有价值和意义。历史没有战胜文学，文学也没有战胜历史。

三、历史题材文学的价值判断问题

当前，历史题材文学创作中存在的另一个大问题，就是价值判断问题。我们的作者对自己笔下的历史人物及其所作所为，要么歌颂，要么批判，要么肯定，要么否定，要么“三七开”，要么“倒三七开”，这里就是存在一个价值判断的问题。我很少看见在历史题材的文学创作中，对一个人物及其行为既歌颂又批判，歌颂不吝惜力量，批判也不吝惜力量，肯定很多很多，否定也很多很多，不搞什么“三七开”，也不搞什么“倒三七开”，而是采取一种具有张力的独特的悖论判断。为什么我们的作者死死地就要采取我上面归纳的那种价值判断呢？这里有一个怎样来看待社会发展的深层认识问题。

这个问题最早是由黑格尔提出并得到恩格斯的呼应和解释。恩格斯是在批判费尔巴哈的道德论的贫乏性的时候，说了如下的话："在善恶对立的研究上，他同黑格尔比起来也是肤浅的。黑格尔指出：'有人以为，当他说人本性是善的这句话时，是说出了一种很伟大的思想；但是他忘记了，当人们说人本性是恶的这句话时，是说出了一种更伟大得多的思想。'在黑格尔那里，恶是历史发展的动力的表现形式。这里有双重意思，一方面，每一种新的进步都必然表现为对某一种神圣事物的亵渎，表现为对陈旧的、日渐衰亡的、但为习惯所崇奉的秩序的叛逆，另一方面，自从阶级对立产生以来，正是人的恶劣的情欲——贪欲和权势欲成了历史发展的杠杆，关于这方面，例如，封建制度的和资产阶级的历史就是一个独一无二的持续不断的证明。但是，费尔巴哈就没有想到要研究道德上的恶所起的历史作用。"①当然，对恩格斯这段的解读有不同的意见，有人认为恶就是历史发展的动力，有人认为这样说过分了，恩格斯说这些话是有前提的。但我们不能不看到，恩格斯所说的"自从阶级对立产生以来，正是人的恶劣的情欲——贪欲和权势欲成了历史发展的杠杆"这句话是明确的，就是说，恶成为历史发展的动力，是指自有阶级对立以来的历史说的，不是泛指一切历史时期；同时恩格斯的确承认人的恶劣的情欲、贪欲和权势欲有时候会成为历史发展的杠杆。我们可以从有阶级社会以来的历史发展中找到许多例子。恩格斯在同一篇著作中就用近似的观点来谈到西方的中世纪。中世纪诚然是野蛮的，充满罪恶的，但恩格斯又强调要用历史的观点来评判中世纪，他说："这种非历史观点也表现在历史领域中。在这里，反对中世纪残余的斗争限制了人们的视野。中世纪被看作是千年普遍野蛮状态造成的历史的简单中断；中世纪的巨大进步——欧洲文化

① 恩格斯：《路德维希·费尔巴哈和德国古典哲学的终结》，《马克思恩格斯选集》第4卷，人民出版社1995年版，第237页。

领域的扩大，在那里一个挨着一个形成的富有生命力的大民族，以及14和15世纪的巨大的技术进步，这一切都没有被人看到。这样一来，对伟大历史联系的合理看法就不可能产生，而历史至多不过是一部供哲学家使用的例证和插图的汇集罢了。”①如果我们把恩格斯这两段话联系起来思考，那么就形成了这样的悖论：恶、贪欲、权势欲是可耻的，但恶、贪欲、权势欲又是历史发展的杠杆；中世纪是野蛮的、充满罪恶的，是阻碍历史发展的，但中世纪扩大了欧洲的文化领域，形成了一个个富有生命力的民族，又是促进历史进步的。这就是一个悖论。其实这个思想不仅属于黑格尔和恩格斯，也属于马克思。马克思在一系列著作中，其中也包括《共产党宣言》，在谈论资本主义的时候，一方面承认它促进了社会生产力的发展，创造了空前的巨大的社会财富，如说：“资产阶级在它的不到一百年的阶级统治中所创造的生产力，比过去一切世代创造的全部生产力还要多，还要大。”②人们的生活条件也大为改善了；另一方面，资本主义又是对人的空前的压迫和剥削，人的劳动异化了，人自身也异化，它给人带来巨大的灾难，所以他主张消灭私有制。这难道不也是一个悖论吗？历史学家、历史文学家都应该以此悖论来观察，研究和书写历史，对历史的发展做出合乎实际的价值判断。

我们在把问题转到中国来。在恩格斯说了上述这些话的一百多年后，李泽厚首先在《中国古代思想史论》(1986)，随后又在《乙卯五说》(1999)中的《说历史悲剧》中提出“伦理主义与历史主义的二律背反”理论，用以解答和阐释当代社会现实中的问题。李泽厚先引了庄子的“同与禽兽居”的回归原始的理想，接着说：“历史上好些批判近代文明的浪漫派思想家们，从卢梭到现代浪漫派都喜欢美化和夸张

① 恩格斯：《路德维希·费尔巴哈和德国古典哲学的终结》，《马克思恩格斯选集》第4卷，人民出版社1995年版，第229页。

② 马克思、恩格斯：《共产党宣言》，《马克思恩格斯选集》第1卷，人民出版社1995年版，第277页。

自然(无论是生理的自然，还是生活的自然)，认为‘回到自然’才是恢复或解放‘人性’。比起他们来，庄子应该算是最早也最彻底的一位。因为他要求否定和舍弃一切文明和文化，回到原始状态，无知无识，浑浑噩噩，无意识，无目的，‘居不知所为，行不知其所之’，‘生而不知其所以生’，像动物一样。庄子认为，只有那样，才能得到真正的幸福。但历史并不随这种理论而转移。从整体来说，历史并不回到过去，物质文明不是消灭而是愈来愈发达，技术对生活的干预和生活中的地位，也如此。尽管这种进步的确付出了沉重的代价，但历史本来就是在这种文明与道德、进步与剥削、物质与精神、欢乐与苦难的二律背反和严重冲突中进行，具有悲剧的矛盾性；这是发展的现实和不可阻挡的必然。正像马克思、恩格斯早已深刻论述过的资本主义在历史上的进程那样。”①这里已经提出了历史进步过程中文明与道德的二律背反命题，在十余年后，随着中国社会现实的发展中矛盾的呈现，更激发他对这个命题的深入思考，撰写了《说历史悲剧》一文，就更明确地提出和阐发了他的伦理主义和历史主义二律背反的论题。这篇文章开篇就提出“历史在悲剧中前行”。历史前行为何是悲剧的呢？李泽厚说：“数千年来，科技(生产力的核心)作为人们物质生活的基础，的确带来了各种‘机事’和‘机心’，这也就是各种社会组织和思想智慧，从而也带来了各种罪恶和肮脏。特别是20世纪空前发展的科技和组织，带来的正是最大规模的犯罪和屠杀。揭露、谴责这种历史‘进步’带来的各种祸害和罪恶，如环境污染、人心异化、核能杀人等等，早已满牍盈筐。但一切高玄理论和道德义愤似乎无济于事，历史和科技依旧前行，今天克隆牛羊，明日‘制造人类’。”②这样一来，李泽厚就认为“历史在悲剧中前行”，

① 李泽厚：《中国古代思想史论》，生活·读书·新知三联书店2008年版，第170页。

② 李泽厚：《历史本体论·乙卯五说》，生活·读书·新知三联书店2008年版，第217页。

历史的发展陷入了一个困境，所以他又说："追求社会正义，这是伦理主义的目标，但是，许多东西在伦理主义范围里是合理的，在历史主义范围并不合理。例如，反对贫富不均的要求，也就是平均主义的要求，在伦理主义范围里是合理的，但在历史主义范围内就不一定合理了。"①同理，在历史主义范围里认为是合理的，在伦理主义的范围里就不一定合理了。这就是李泽厚的社会发展中"伦理主义和历史主义二律背反"的命题以及理由。应该说，这个论点不但对于现实中所产生的种种矛盾、困境是有解释力，对于过去的历史也同样具有解释力。当历史学家或历史题材文学家书写历史的时候，就要充分意识到这个问题。流行的对历史人物所谓"三七开"，所谓"倒三七开"这种价值判断，完全无补于事。

笔者和陶东风于 1999 年在《文学评论》上发表论文，提出了"历史理性与人文关怀之间的张力"的论点，这个论点被运用于文学批评上面，落实到文学理论的建构中。他们不满意当时文坛渲染一时的所谓"新现实主义冲击波"，认为刘醒龙的《大厂》等作品，只是一味鼓吹历史的维度，而把人文的维度置之不顾，是文学创作中的一种失败。他们说："现实的发展却不总是历史理性与人文关怀相统一的。令人忧伤的是，现实的发展往往是顾此失彼或顾彼失此。历史进步(譬如经济的快速增长、工具理性的迅猛发展等)常以道德沦丧、社会问题丛生为代价。固守人文则又付出历史停滞甚至倒退为代价。面对如此'悖反'的现实，作家们，你是选择'历史理性'还是'人文关怀'？我的忠告是，你们千万不要陷入这种'选择'的泥潭中……真正的文学家决不在这两者中选择，他的取向应是'人文——历史'双重张力。他既要顺应历史潮流，促进历史进步，同时他们又是专门在人的情感领域耕耘的人，他们更要有人的良知、道义和尊严，并在

① 李泽厚：《历史本体论·乙卯五说》，生活·读书·新知三联书店 2008 年版，第 220 页。

他们的作品中艺术地体现出来。”①这种观点与上述恩格斯、李泽厚的观点是一致的，它的优点在于提出了“张力”论，就是说对于作家而言，他不是从事具体的社会工作的人，作家有作家的特性，他可以把历史的和现实的这种困境呈现在读者面前，清醒地提出问题，而不做给予历史人物或现实人物以基本肯定或基本否定的价值判断。他可以深入到历史或现实的深层艺术地解析形成这种悖论的原因。如果要对具有悖论的历史做判断的话，作家的价值判断可以是亦此亦彼的。

作为历史家和历史题材文学家，就一定要认识到历史的前行总是带有悲剧性。历史理性与人文关怀总是顾此失彼。没有一段历史的发展是完全美好的，完全不损害人民利益的，完全没有价值缺陷的。历史上许多时代，特别是历史进步的时代，总是存在着历史理性与人文关怀的二律背反。

春秋战国五百年，国家不统一，征战年年不断，人民流离失所，痛苦不堪，但此时因为没有统一全国的专制的力量，言论自由，结社自由，人们各种聪明才智及自己的研究思考都可展现，文化上出现了百家争鸣、百花齐放的局面。所以春秋战国时期是一个好时代（正题），又是一个坏时代（反题），这是一个悖论。秦始皇统一了中国，结束了战国二百多年混乱和征战，多少解除了人民的疾苦，恢复了生产力的发展，这可以说是历史的进步，特别是秦统一后实现了车同轨、书同文，统一了度量衡，这对中国华夏文化的保护也起到了作用，秦统一中国解开了战国时期的历史悖论（正题）；但秦统一中国过程中所进行的战争，杀害了成千上万的人民，给多少家庭带来了灾难；秦始皇不但杀害了许多无辜的人们，而且连自己的母亲和对自己有恩惠的吕不韦也不够仁慈，失去了人性应有的基本态

① 童庆炳：《在历史与人文之间徘徊——童庆炳文学专题论集》，北京师范大学出版社2007年版，第288页。

度。特别是秦始皇在中国漫长的历史上开启了专制主义，实行全面专制统治，提倡有利于他们严酷统治的法家，而贬黜别家，甚至焚书坑儒，不再有言论自由，曾经有过的百花齐放、百家争鸣的局面完全被扼杀了。这种专制不能不给中国社会后代留下无穷后患，换言之，秦统一中国又给中国历史生成了一个新的悖论(反题)。贾谊《过秦论》指出："废先王之道，焚百家之言，以愚黔首；隳名城，杀豪杰，收天下之兵，聚之咸阳，销锋镝，铸以为金人十二，以弱天下之民。"又指出："秦王怀贪鄙之心，行自奋之智，不信功臣，不亲士民，废王道而立私爱，焚文书而酷刑法，先诈力而后仁义，以暴虐为天下始。"这种"愚民""弱民"和"虐民"的政策再加上大规模修长城，修阿房宫，修陵寝，"仁义不施"，劳民不已，这就为秦朝二代而亡，埋下了种子。所以秦始皇时代统一了中国，是社会的进步，这是可喜的(正题)，但他开启专制主义统治，从此中国开始陷入没有思想和言论自由的时代，阻碍了社会的发展，这是可悲的(反题)。历史文学家应写出这种种悖论，以表达历史前行的悲剧性。但是我们所看到的孙浩晖的《大秦帝国》却完全采取对秦始皇的歌颂态度，在第五部《铁血文明》的第十二章里，秦始皇"岁末大宴群臣"，秦始皇却不屑于群臣给他祝寿，他竟然说出这样的话："若论天下一统，夏商周三代也是一统，并非我秦独能耳。至大功业何在？在文明立治，在盘整天下，在使我华夏族群再造再生，以焕发勃勃生机！……朕今日要说：华夏积弊久矣！诸侯耽于陈腐王道，流于一隅自安，全无天下承担，全无华夏之念！"让一个生活在两千多年前的皇帝，开口闭口"文明立治"和"族群再造"挂在嘴边，让秦始皇站在历史的巅峰之上，这种描写完全没有必要的根据，是不能令人信服的。关于秦始皇"焚书坑儒"一事，作者杜撰了一个所谓的《大秦始皇坑儒诏》，为秦始皇坑杀儒生的行为进行虚伪的辩护，让秦始皇自我标榜："朕不私天下，亦不容任何人行私天下之封建诸侯制；尔等若欲复辟，尽可鼓噪骚动，朕必以万钧雷霆扫灭丑类，使尔等身名俱裂。谓予不信，尔等拭目以待!”其中“朕不私天下”的表白，把秦始皇打扮成“毫不利己”的伟人。秦始皇是为“私”，还是为“公”，这是原则问题，作者应有清醒的理智判断。在中国历史上，哪里会有一个皇帝是大公无私的呢？对于历代皇帝来说，他们都是公私合一的，实际上是完全为私的，秦始皇也不例外。秦始皇做了皇帝以后，本来就有宫殿 145 处，藏美女多达万人以上，但他还不满足，在长安西南造阿房宫，征用所谓“罪人”70 万人分工营造；又造骊山大墓，又征用所谓“罪人”70 万人日夜营造，秦始皇死，尸体入墓，没有生子的宫女全部殉葬，不待工匠出来，封闭墓门，工匠都被活埋在里面。当时全国人口仅 2000 万人左右，前两项工程共征用 150 万人，修长城 50 万人，蒙恬所率防匈奴兵 30 万人，再加别的杂役，总数不下 300 万人，占总当时全国总人口的 15%。老百姓生活悲惨可以想见。农民起义四处蜂拥而起，也是可以理解的了。① 这是为“私”还是为“公”？这个答案是明显的。历史上没有一个皇帝不是“私天下”的，这是基本的常识，是一个历史文学家起码要有的。

但我们不能不看到，目前流行的以中国历代帝王将相为题材的历史文学作品，都没有意识到伴随历史发展的悲剧性，无价值原则地鼓吹，从秦始皇，中经汉武帝、唐太宗、明太祖，一直到对处于传统社会末世的康熙、雍正和乾隆。历史被简单化了，历史人物被偶像化了。可能是我的孤陋寡闻，新时期以来，还没有一部写帝王将相的作品是经得起真正的价值检验的，这是令人遗憾的。

四、历史题材文学与现实对话问题

写历史题材的文学作品，最终是要与现实对话。历史总是处在

① 以上数字参见范文澜：《中国通史》第 2 册，人民出版社 1994 年版，第 17 页。

过去、现在和未来的时间链条中。人们不是为了解过去而了解历史。人们尝试着了解过去是为了更清楚地观察现在和预知未来。反过来说，我们真要了解过去又往往要从现在出发，用我们对现在的体验和认识去建构过去的历史。换言之，历史与现在是在不同的时间点上，过去有过去的生活，现在有现在的生活。这两种生活可能是异质的，但它们又可能会有相同的结构，即所谓"异质同构"。马克思认为："一切发展，不管其内容如何，都可以看做一系列不同的发展阶段，它们以一个否定另一个的方式彼此联系着。"①就是说，发展有低级阶段和高级阶段之分，而高级阶段发生的事情，也会在低级阶段发生过，尽管性质可能是不同的。低级阶段往往处于过去，高级阶段往往处于现在，人们可以从过去汲取教训就是自然的事情。这也说明过去与现在是彼此联系着的，不是完全隔绝的。因此，过去与现在的双向对话，就成为历史书写的重要目标，不论对于历史学家还是对于历史文学家都是如此。

"过去"作为"现在"的对话者是重要的。因为常有这样的情形，现在出现的社会矛盾和问题，过去也以另一种形式出现过，那么，我们何不从过去演出过的故事中，寻找处理社会矛盾和问题的历史智慧作为参考呢？这就是所谓的"以史为鉴"。在古代中国，"以史为鉴"的意识似乎在孔子修《春秋》时就已萌芽。孔子生活于礼崩乐坏的春秋末期(公元前 551 年—公元前 479 年)，他为何要书写春秋时期(公元前 770 年—公元前 476 年)的历史呢？司马迁《史记·孔子世家》做了这样的描述："'弗乎弗乎，君子病没世而名不称焉。吾道不行矣，吾何以自见于后世哉？'乃因史记作春秋，上至隐公，下讫哀公十四年，十二公。据鲁，亲周，故殷，运之三代。约其文辞而指博。故吴楚之君自称王，而春秋贬之曰'子'；践土之会实召周天子，而春

① 马克思：《道德化的批评和批评化的道德》，《马克思恩格斯全集》第 4 卷，人民出版社 1956 年版，第 329 页。

秋讳之曰‘天王狩于河阳’：推此类以绳当世。贬损之义，后有王者举而开之。春秋之义行，则天下乱臣贼子惧焉。”孔子写《春秋》所谓“约其文辞而指博”，就是文辞虽简约，但所包含的意义却很广博，因为它“据鲁，亲周，故殷”，意思是根据鲁国为中心，遵从周天子，以殷的旧事为借鉴。这里的“故”，是指旧事，引申为轨鉴。这就是有以殷代的历史为鉴之意。“贱土之会实召周天子，而春秋讳之曰‘天王狩于河阳’。”这里说的是僖公 28 年，晋文公破楚师于城濮，然后在践土这个地方(今河南原阳县西南)与诸侯会盟，也邀请周天子参加。孔子认为“以臣召君，不可以为训”(《左传》)，所以在《春秋》中改写为“天王狩于河阳”(即天子离践土不远的地方狩猎)。孔子这样曲写是为了明君臣之道。所谓“以绳当世”，就是以周礼的一套作为标准来写作。所谓“贬损之义，后有王者举而开之”，即希望以后当王的人要把《春秋》包含的意义都张扬开来，以为警惕和提醒。所以孔子修《春秋》，是有“以史为鉴”的意思的。司马迁写《史记》，用他自己的话来说，是为了“究天人之际，通古今之变，成一家之言”。这意思就是要研究人与自然的关系，探讨古今历史变化的规律，然后能卓然自成一家之言。司马迁写《史记》，其中所含的“以史为鉴”的意义就更自觉了。唐代的唐太宗更明确说出了：“夫以铜为镜，可以正衣冠。以古为镜，可以知兴替。以人为镜，可以明得失。”①一个帝王能说出这样的话来，不是没有缘故的。这句话是唐太宗在魏徵这个敢于进谏的良臣死后说的。魏徵一生与唐太宗共事二十年，总是用历史的经验教训来告诫唐太宗，唐太宗又总是在不情愿的情况下，听取和接受魏徵的正确意见，这才使唐太宗的“贞观之治”成为可能。宋代司马光写《资治通鉴》一书，也是为宋朝的统治者写的，其“以史为鉴”的思想就更自觉了，他说：“治乱之源，古今同体，载

① 吴兢：《贞观政要·任贤》。

在方册。”又说：“治国安邦，不可不读史。”[①]这说明了历史的智慧总会给现在以启迪。外国的历史学家，从古至今，也强调“以史为鉴”，这里就不一一罗列了。但法国现代历史学家布罗代尔提出“用过去解释现在”，并说：“如果人们要理解现在，那么就应该调动全部历史的积极性。”[②]所谓“调动历史的积极性”，也就是以历史的经验和教训为借鉴，让历史参与到现实的改革中来。这与“以史为鉴”的思想是一致的。

但是，我们如何去理解和描述过去的历史呢？这就需要认识我们自身所处的时代，或者更直接地说，是要“用现在解释过去”。我们需要过去的历史，如上所述，是为了“以史为鉴”。但如果我们不深入研究现实的话，我们就可能从过去抓来一堆无用的历史垃圾，来污染现实的环境。这不但对我们现实毫无益处，而且这些历史的病菌，会麻醉我们的意识，破坏现实的生态。就像我们前面所提到的二月河的《康熙大帝》等历史小说，孙浩晖的《大秦帝国》长篇历史小说，他们鼓吹自己的东西是“历史正剧的巅峰之作”，可他们一味歌颂帝王们的专制主义的统治，给社会带来和平、安宁和繁荣，这是要干什么呢？我们目前正在建设具有中国特色的社会主义，我们需要改革开放和解放思想，需要民主与法制，需要公平与正义，需要和谐与发展，需要肃清贪官，需要生态平衡，需要共同富裕，等等。可二月河和孙浩晖等人的不少以帝王将相为题材的历史小说，鼓吹帝王将相和达官贵人，宣扬他们的穷奢极欲和富贵享乐，欣赏君臣勾心斗角和明枪暗箭，描写宫妃如云和争宠吃醋，而对秦始皇、康熙、雍正、乾隆等禁锢思想，闭关锁国的言行，为自身的地位和利益窃国害民的言行则闭口不谈，对他们禁锢思想和闭关锁国也不

---

① 司马光：《进通志表》。

② 费尔南·布罗代尔：《论历史》，刘北成、周立红译，北京大学出版社2008年版，第197页。

敢触及，这种书写究竟要在过去与现在之间建立起一种什么联系呢？他们要给现在提供什么东西呢？他们要对现实说什么话呢？也许他们要说，这是在写历史吗？不这样写能行吗？不对。对于历史，我们要用现在去解释过去。马克思说过："人体解剖对于猴体解剖是一把钥匙。反过来说，低等动物身上表露的高等动物的征兆，只有在高等动物本身已被认识之后才能理解。因此，资产阶级经济为古代经济等等提供了钥匙。"①有人可能要问：为什么马克思不是如医学上那样先做白鼠的解剖再做人体的解剖呢？而是把对低等动物的认识置于对高等动物的解剖的前面，采用颠倒过来的认识方法呢？因为在马克思的理解中，低等动物身上呈现出来的某些征兆，在人们解剖高等动物之前还看不清楚，难以获得准确的认识。所以，马克思进一步认为："基督教只有在它的自我批判在一定程度上，可说是在可能范围内完成时，才有助于对早期神话作客观的理解。同样，资产阶级经济学只有在资产阶级社会的自我批判已经开始时，才能理解封建的、古代的和东方的经济。"②这是马克思在解剖了资本主义社会之后，获得的深刻的思想发现。马克思说："资产阶级社会是最发达的和最多样性的历史的生产组织。因此，那些表现它的各种关系的范畴以及对于它的结构的理解，同时也能使我们透视一切已经覆灭的社会形式的结构和生产关系。"③这意思就是说，资本主义社会是集奴隶社会、封建社会之大成，它借助以前社会形式的残片和因素建立起来，以前社会还只是具有征兆性的东西，在资本主义社会发展为完满的复杂的东西。因此充分认识资本主义社会，我们

---

① 马克思：《〈政治经济学批判〉导言》，《马克思恩格斯选集》第2卷，人民出版社1995年版，第23页。

② 马克思：《〈政治经济学批判〉导言》，《马克思恩格斯选集》第2卷，人民出版社1995年版，第24页。

③ 马克思：《〈政治经济学批判〉导言》，《马克思恩格斯选集》第2卷，人民出版社1995年版，第23页。

才能理解以前社会只带有征兆性的东西。同样的道理，我们时代是过去时代的发展，我们时代把以前只是残片的因素，变成为具有充分意义的东西。就像一位普通的医生，在一个病人的病初发的阶段，并不能认识这种病症的症兆意味着什么，只有等到病症充分显现的时候，这位医生才能充分认识这个病人初发病症的意义。因此，只有把握现实，分析现实，深刻认识现实，把握时代精神，才能深刻分析过去的历史，深刻认识历史，并通过历史的描写对现实说话，说出有益的话。我们必须充分认识到，历史题材文学创作不是为了普及历史知识，更不是为了寻找历史的垃圾来获得感官的享乐，而是为了对现实发出自己的声音。因此，对于历史题材文学的创作来说，研究现实，把握时代精神，是十分重要的。

从上面这个意义上说，法国著名历史学家费尔南·布罗代尔所说的既“用现在解释过去”，又“用过去解释现在”是至理名言，对于历史题材文学创作是具有启发意义的。

五、历史题材文学的文体审美化问题

历史题材的文学毕竟是文学，读者是把它当作艺术品来欣赏的，因此作品的艺术文体审美提升至关重要。历史题材文学创作要讲一个故事并非难事，重要的是这故事怎样讲？或讲成什么样子？这就属于文体的审美化问题。

文体不单纯是一个简单的仅能传达意义的言语。文体作为一种语言体式，既反映了一定历史时期的时代和文化精神，又折射出作家的独特的创作个性。换言之，文体作为一个综合性的概念，是语言传达，但又不限于语言传达。文体不能仅仅能满足于讲一个历史故事。

对于写历史题材的文学的作者来说，文体的审美化关键是语言表达中的“情以物兴”和“物以情观”①。言语是传情的。情从何处来？情从“物”来，这里的“物”就是通常所说的生活。只有从生活的深处吸取动人之情，其文体才会有生活的和时代的根据，所以“情以物兴”是偏重客体的作用。另一方面，就是“物以情观”，以作家的情感去观察、体验和评价生活，让生活都从作家的诗情画意的眼光中看出，这样落笔之际就必然会有“惊风雨”“泣鬼神”效果。所以“物以情观”是偏重主体的作用。“情以物兴”和“物以情观”是主客体的相互激动相互深入，正是在这相互激动相互深入中，创作的审美升华得以完成，文体的审美化也得以完成。

文体的审美化都与“情”相关，情是鲜活的、有文化内涵的和渗透到字里行间的，因此生命气息和文化内涵，似是历史题材文学作品文体的起码特征。

对于写历史题材的作家来说，他们所面对的是过去的故纸堆的历史，往往是陈旧的、死的和无生气的。历史题材文学作品的文体的特点之一，就是要把陈旧的写成新鲜的，把死的写成活的，把没有生气的写成生机盎然的。不难理解，作品言语是否充满生命气息，这是历史题材文学文体的首要要求。那么，怎样做才能使文体充满生命气息呢？用中国古代文论的话来说，就是话语要有“气”。“气”有多种理解，形而上的理解是一种，形而下的理解又是一种。我觉得在文学中把“气”理解为生命的元素更为合理。中国先秦的古籍中，把“气”理解为生命的元素是屡见不鲜的。《论语·季氏》：“君子有三戒：少之时，血气未定，戒之在色；及其壮也，血气方刚，戒之在斗；及其老也，血气既衰，戒之在得。”《左传》记载昭公十年发生的事：齐国的惠氏、栾氏和高氏与陈氏、鲍氏闹矛盾，这年夏天，有人告诉陈桓子说惠氏、栾氏和高氏准备攻打陈氏和鲍氏，前者比后

① 刘勰：《文心雕龙·诠赋》。

者势力大。晏子在虎门，四个家族都召见他，但他都不去。后来陈氏和鲍氏因为有准备而打败了栾氏和高氏，并且分了他们的家产。之后晏子对陈桓子说：“必致诸公（意谓陈氏栾、高者，必交给齐景公），让（谦让），德之主也。让之谓懿德（美德）。凡有血气，皆有争心，故利不可强。思义为愈（想着道义就能胜过别人）。”这里孔子说的“血气”和晏子对陈桓子所说的“凡有血气，必有争心”中的“血气”，就是指血液与气息而言，是生命的元素。

在孔子所在的时代，不但注意到人的“血气”的概念，而且还把“气”与“辞”联系起来。如《论语·泰伯》篇曾子说：“出辞气，斯远鄙倍矣。”这是曾子说的“鸟之将死，其鸣也哀”那句话之后的话，意思是，人在吐气说话时要是能讲究礼，那么便不会鄙陋乖戾了。总的说，战国时期人们交往所用的是言辞，通过“文章”交往还较少，所以孔子只说“辞达而已”，而不讲文章如何如何。战国时期已注意到辞与气是有关系的。

真正把文章与血气联系起来做出判断的是魏代的曹丕。曹丕的《典论·论文》提出“文以气为主”这在文论上是一次革命。曹丕说：“文以气为主，气之清浊有体，不可力强而致。譬诸音乐，曲度虽均，节奏同检，至于引气不齐，巧拙有素，虽在父兄，不能以移子弟。”我为什么说这段话是中国文论上的革命呢？因为它从根本上揭示出了文学的本性和文体的本性。文学不是别的什么东西，是个体的人的生命力（气、血气）的舒泄。文体不是别的，也是个体的人的生命力的表现。文学不是一般的认识，不是一般的知识，文学有个人的体温，个人脉搏的跳动，个人呼吸的频率，个人心跳的样态……文学是与个人的生命气息永远联系在一起的。这是对于作为艺术的文学真正的理解。曹丕的理论对后代影响很大。其后如刘勰、沈约、钟嵘等都不断引用和发挥曹丕的思想。连唐代韩愈领导的影响甚巨的古文运动，也与曹丕的这一思想有关。

正是基于上面这些理解，我们首先把历史题材文学创作的文体与生命气息联系起来。历史文学文体的生命气息是否浓郁，既关系到文体是否把陈旧的、死的历史写活了，而且也关系到文体的独特创作个性问题。目前，历史题材文学创作文体所存在的问题之一，就是文体缺乏个人的生命气息。我们所看到的大多数历史小说都是用现代的白话，历史文化发展中形成的成语、熟语等语汇，来写事件、场景所构成的故事。有时候，写的故事是战国时代发生的，可那些成语、熟语却是后来或现代才产生的，完全不像几百年前、几千年前古人的生活场景里所发生的事情。这些所谓历史故事完全是凭着作者的想象编出来的。我们听不到历史的声音，听不到古人真实的对话，看不到古代的生活场景。这样的文体可能有作者一些现代的意识，个别的细节也可能写得比较有味，也夹杂了一些古代的词语，但这都是把今人的意识、趣味、言语强加到古代人的身上去。"星河璀璨"，"露出一双美丽而朦胧的眼睛"，"绚丽夺目的霓虹灯光"，"像羊圈里待宰的羔羊"，"酒精在身体里燃烧，血液在沸腾"，"要在这座城市里买一套房子"，"涌起一阵针扎般的痛楚"，"端起纸杯，一饮而尽"，"冲着远处正在应酬客人的服务员大声叫道"，"这座城市里打拼了三年"，"爱她就应该给她幸福"，"这美轮美奂的空间迅速抖动起来"，"穿越了，我穿越了，我竟然穿越了"……这些词语和句子是用来写战国生活情境的，如此当代的言语，如此华丽的言语，或者说如此苍白的言语，是完全没有生命力的，没有独特个性的，没有色彩的，这种文体因为缺乏"气"，即必要的生命力和创作个性而不能不归于失败。

我们只要反观当代大家都熟悉的一些描写当代生活的作品，如史铁生的小说《我的遥远的清平湾》，我们读后就会觉得小说中那质朴幽默白老汉，那天真可爱的留小儿，那通晓人性的牛群，那慢慢流淌的清平河，那裸露出黄土的山梁、山坡、山沟，那韵味悠长的山歌，那纯朴的充满人性的人与人之间的关系，每一个细节，如同一股暖风或冷风，迎面地尽情地向我们扑来，觉得那样鲜活，那样生动，那样纯真，那样质朴，那样带着生命的全部活力，让我们不能不刻骨铭心地感受到那是一种真实生活的脉动。虽然作品中所用的多是带有乡土气息的陕北山村带着土气的有趣口语，没有“星河璀璨”“绚丽夺目”“美轮美奂”“穿越”之类的华丽的词语，但我们不能不说《我的遥远的清平湾》所呈现的是被灌注了生命气息的文体。

历史题材文学创作文体的另一个特征是文化性。历史题材文学创作写历史，有时是写一两千年以前的历史，这就不能不讲究文体是否充满那个时代的文化内涵。不同的民族有不同的文化，不同历史时期有不同历史时期的文化，甚至同一历史时期不同时段的历史也有不同的文化。因此，历史题材文学作品文体是否具有特定历史时代的文化内涵，就是历史题材文学作家不能不探索的。历史是什么？历史与文化的关系是怎样的？历史是时间之流。按照法国历史学家布罗代尔的看法，有三种时间，即“地理时间、社会时间和个人时间”①，这就意味着历史可以分为一系列的层次：第一，从地理时间看，有地理环境的历史，这是一种变化十分缓慢的历史，如中华民族从古以来所倚重的就是黄河和长江，长时间在黄河与长江两岸从事农业劳动，形成了农耕文明。虽然中国也有很长的海岸线，但大海对于古代中国大部分时间而言是陌生的，中国人较少出没于各岛屿与海口之间，对于中国人的生活影响很小。黄河与长江是我们的母亲河，所以从地理环境看，五千年的历史变化相对而言是缓慢的。第二，从社会时间看，是社会史，一种有关群体、集团的历史，它应包括经济、国家、社会、文明。如中华民族从夏、商、周起，经过历朝历代的变化，这中间经济发展、国家制度、社会生活和文

① 费尔南·布罗代尔：《论历史》，刘北成、周立红译，北京大学出版社 2008 年版，第 5 页。

明更替，都是社会史的范畴。这个层面的历史变化比第一层面的变化无疑要快得多。第三，从个人时间看，有“事件的历史”，“这种历史是表面的骚动，是潮汐的强烈运动所掀起的浪涛。这是由短暂、急促、紧张不安的波动构成的历史”[①]。如中国五千年的历史出现了大大小小许多历史事件，从夏禹治水、周代礼乐、战国七雄、秦代一统、陈胜和吴广农民起义、项羽刘邦之争……许多与个人时间密切相关的权力、争斗、起义、变革、挫折、战争、胜利、失败、复兴、衰败、阴谋、暗算等，都属于“事件的历史”。如果是纯粹的历史书写，那么历史学家的确可以把这三个层面的历史分开来书写。当然也不能不充分认识到这几个层面的联系。

但是对于历史文学创作而言，这三个层次完全不能分离开来书写，必须从一个层次转到另一个层次，或者是三个层次融合为一。这就如布罗代尔所言：“惊天动地的事件常常发生在一瞬间，但它们不过是一些更大的命运的表征。”[②]这就是说，任何历史事件的发生都不是孤立的，都不能把它从整体生活中分割出来。或者我们换一个词——“文化”，“文化乃是一民族大群集体人生之一种精神共业”（钱穆语），或者也可理解为一民族人的生活的整体，事件的发生与发展都与“文化”相关。当前，历史题材文学创作的缺憾之一，就是更多地看重“事件的历史”，把事件关联起来，变成历史故事，而丰富的具有魅力的文化则往往或多或少被剥离掉了。在这类历史题材的作品中，我们没有或很少看到具有独特文化性的言语、文字、风俗、习惯、神话、宗教、信仰、人伦、孝道、友情、人性、灵魂、文学、绘画、音乐、舞蹈、书法、建筑、医疗等的集合表现。有时也随笔写到，但都是个别的、偶然的笔墨，不是把文化当作精心经

① 费尔南·布罗代尔：《论历史》，刘北成、周立红译，北京大学出版社 2008 年版，第 4 页。

② 费尔南·布罗代尔：《论历史》，刘北成、周立红译，北京大学出版社 2008 年版，第 4 页。

营的文体来对待，没有渗透到事件的连接中形成一种能够让读者突出地感受到的文化氛围。用历史事件连缀成故事是容易的，但写出一种具有民族文化的审美化文体就不是容易的事了。

对于历史文学创作而言，历史观是创作的指导思想，历史真实是创作的核心地带，价值判断关系到对历史的深刻评价，与现实对话是历史题材文学的意义所在，文体审美化则是创作的艺术魅力问题。如果我们的作家把上述五个向度问题都解决好了，那么一定会有更多更好的历史题材的优秀作品涌现出来。这正是我们所期待的。

（《清华大学学报(哲学社会科学版)》2012年第2期）

“历史3”

——历史题材文学创作的历史真实

历史题材创作中的“历史真实”属于什么？是属于历史还是属于文学？这是历史题材创作中一个重大问题。由于对这个问题经常有不同的理解，结果导致对一部历史题材的创作的看法迥异。历史学家说，历史题材的创作属于历史，既然你要以历史题材为创作的资源，那么尊重历史，还历史的本来面貌，就是起码的要求。文学批评家则说，历史题材的创作属于文学，文学创作是可以虚构的，历史题材的创作只要大体符合历史框架和时间断限，就达到了历史真实了。由于观点的分歧，历史学家对于历史题材文学创作的批评，几乎都是挑剔历史题材创作不符合历史事实的毛病，而文学批评家则在历史真实问题上相对则放得宽松一些，更多地去批评作品的艺术力量是否足以动人的问题。所以我认为探讨历史题材创作中的历史真实问题，对于我们如何理解历史题材的作品是很重要的。

一、历史1和历史2

20世纪50年代的美学大讨论中，已故著名美学家朱光潜先生提出了一个很有意思的“物甲物乙”的命题。对于朱光潜先生的这个命题的了解直接关系到我们对历史题材创作中“历史1”和“历史2”的理解。朱光潜先生在反驳蔡仪先生的批评时说：“物甲只是自然物，物乙是自然物的客观条件加上人的主观条件的影响而产生的，所以已经不纯是自然物，而是夹杂着人的主观成份的物，换句话说，已经是社会的物了。美感的对象不是自然物而是作为物的形象的社会的物。”[①]朱先生观点无疑既是唯物的又是辩证的。

如果我们把朱先生的观点运用于历史上面，那么很显然，原本的完全真实的历史原貌，完全不带主观成分的客观存在，就是“物甲”，也就是我这里说的“历史1”。“历史1”——原本的客观存在的真实的历史存在，由于它不能夹带主观成分，是历史现场的真实，因而几乎是不可完全复原的。特别是后人去写前人的历史，要写到与本真的历史原貌一模一样，把历史现场还原出来，根本是不可能的。例如，大家都一致推崇的历史学家司马迁，是汉武帝时代的人，他生活于公元前145年到公元前90年。他的《史记》第一篇《五帝本纪》，写黄帝、颛顼、帝喾、尧、舜，所写的是中国尚无文字记载的原始公社的传说时代的历史，距司马迁生活的时代也许有两千年左右之久，他不过是把《尚书》中极其简略的记载敷衍成篇，他怎么能写出五帝的原本的真实的历史原貌呢？再以《史记》第四篇《周本纪》

---

① 朱光潜：《美学怎样才能既是唯物的又是辩证的》，《美学问题讨论集》第2集，作家出版社1957年版，第21页。

来说，当时虽然有文字记载了，但那时大约是公元前 1066 年至公元前 771 年，距离他生活的年代也大约早 900 年到 500 年，他怎能把那个时期的本真历史原貌叙述出来呢？这是完全不可能的。我们退一步说，就以他所生活的汉武帝时期来说，他写汉武帝，写李广，写卫青等，但他并非始终在朝，他因为替李陵说了几句话，被汉武帝贬责，受到了宫刑，几乎成为一个废人；在卫青、霍去病掌握兵权，征讨匈奴时期，他在自己的家乡专心编撰《史记》，消息闭塞。像汉武帝和卫青的对话，他怎么会知道呢？他当时获罪在身，大家避他唯恐不及，谁会把朝廷上的谈话告诉他呢？所以他在《史记》中写得那样具体，完全是司马迁自己的推测之辞，是“自然物的客观条件加上人的主观条件的影响而产生”，《史记》是主客观相统一的产物，不是历史本身，仅仅是历史的“知识形式”而已。大家都欣赏司马迁所写的“鸿门宴”故事，这个故事可谓高潮迭起，真是扣人心弦。无论是人物的出场、退场，还是人物的神情、动作、对话，乃至座位的朝向，都十分讲究。这段故事不知被多少戏剧家改写成戏剧作品在舞台上演出。在这一类描写中，为了突出戏剧性，为了取得逼真的文学效果，为了展现矛盾冲突，为了刻画人物性格，如果不根据史实做必要的虚构，根本是不可能写成这样的。《史记》虽然以“实录”著称，大家一致认为司马迁具有严肃的史学态度，但他的笔下那些栩栩如生的故事，不可能完全是真实的。为了追求生动逼真的艺术效果，追求作品的感染力，他动用了很多传说性的材料，也必然在细节方面进行虚构。司马迁自述《史记》的宗旨是：“网罗天下放失旧闻，略考其行事。总其终始，稽其成败兴坏之记”，“亦欲以究天人之际，通古今之变，成一家之言。”这一代宗师的治史名言，二千年来脍炙人口，这说明一个史学大家必然有他的评价历史的理想的，有他的主观成分。他的《史记》不是完整的本真的历史原貌的记载，是他提供的历史“知识形式”。

所以我们说，那已经无法完全知道的本真的历史原貌是“历史1”，而历史学家记载的史书，那里面的历史事实，不完全是历史事实，已经加入了历史学家的主观成分的过滤，他褒扬他认为好的，贬抑他认为坏的，鼓吹他想鼓吹的，遗漏他想遗漏的，甚至其中起码也有细节和情节的虚构等，这就是“历史2”。司马迁给我们提供的是“历史2”，不是“历史1”。如果说，“历史1”是原本的历史真实的原貌的话，那么“历史2”是经过历史学家主观评价过的历史知识形式。

历史题材的文学创作是从哪里开始的呢？有些历史学家要求从“历史1”开始，这是对历史题材创作的一种苛求，其实是做不到的。历史题材创作一般只能从史书开始，也就是从“历史2”开始。

二、从历史2到历史3

历史题材文学创作从“历史2”——史书开始，但不是重复史书。史书作为“历史2”是属于历史学，不属于文学。真正的历史题材的文学创作实际上是从“历史2”开始，加工成文学作品。如前所述“历史2”已经有了加工，文学家创作历史题材的作品是在加工上面的再次加工。这后面的作家的加工属于文学加工，所产生的历史已经不再是“历史2”，而是“历史3”了。

那么，历史3与历史2有什么不同呢？历史题材的文学创作是从哪里开始？从哪里结束的呢？

毫无疑问，历史题材的文学创作只能从历史2开始，即从史书所提供的事实开始。因为作为历史2的史书是创作家首先要熟读的，因为不论史书如果夹带着主观成分，它总是提供了大致的历史线索、历史框架和时空断限。如果一个创作家连这些都一无所知，创作也就不可能。但是如果只是停留史书记载的具体描写上面，也还是不行的。对于历史题材的文学创作来说，最重要的一环是“艺术加工”。

“艺术加工”涉及的范围很宽，几乎就是在谈整个文学创作的规律，这篇小文里无法展开来讲。只能就其中最重要的一点来谈点看法。历史事件和历史人物都不是随意的，它的形成和产生都有其必然性。因此，在把握历史事件和历史人物中，如何尽可能做到“合理合情”就变得十分重要。所谓“合理”，就是说历史事件和历史人物的发展有它的内在的必然的逻辑性，其形成和产生都受历史背景和条件的影响，创作家最重要的艺术加工就是要摸透历史事件和历史人物的这种内在的必然的逻辑运动规律，一旦摸透了，就不能随意地打断这种内在的必然的运动逻辑，而要始终紧跟这种逻辑。所谓“合情”，就是指历史人物的情感活动也是有内在的运动的轨迹的，他或她欢笑还是痛苦，是喜还是悲，是愤怒还是欣悦，是希望还是失望，等等，都不是随意的，也是有它自身的规定的。创作家对于历史事件和历史人物的这种运动轨迹，只能遵从，而不能随意违背。

列夫·托尔斯泰也是一位著名的历史文学家，他曾说：“不要按照自己意志随便打断和歪曲小说的情节，自己反要跟在它后头，不管它把您引向何方。”[①]列夫·托尔斯泰所说，无疑是十分正确的。中国古代文论里面，也有“事体情理”的说法，即所描写要符合对象的运动轨迹，不可胡来。曹雪芹是大家都佩服的小说家，他说：“但我想，历来野史，皆蹈一辙，莫如我不借此套者，反倒新奇别致，不过只取其事体情理罢了，……至若离合悲欢，兴衰际遇，则又追踪蹑迹，不敢稍加穿凿，徒为供人之目而反失其真传者。”[②]这里所说的“事体情理”，所说的“追踪蹑迹”，就是讲要把握住描写对象的活动的轨迹、性格的逻辑和命运的必然。要自然，要天然，不要为了搞笑，为了增加噱头，而离开、歪曲历史事件和历史人物的内在

① 列夫·托尔斯泰：《论创作》，董启译，漓江出版社1982年版，第178页。

② 曹雪芹：《红楼梦》，第一回。

的必然的运动逻辑。当然，编写历史小说、历史剧，为了增加读点和看点，增加艺术情趣，增加艺术效果，有时插科打诨是不可免的，但正如明末清初戏剧理论家李渔所说："科诨虽不可少，然非有意为之。如必欲某折之中，插入某科诨一段，或预设某科诨一段，插入某折之中，则是觅妓追欢，寻人卖笑，其为笑也不真，其为乐也亦甚苦矣。妙在水到渠成，天机自露。'我本无心说笑话，谁知笑话逼人来'，斯为科诨之妙境耳。"①

那么如何才能达到历史事件和历史人物的内在的必然的运动的逻辑呢？这里就要关注中古代文论提出的另外一个命题，即"设身处地"。创作家一定要调查研究历史事件和历史人物的历史文化的背景的条件下，通过"设身处地"的反复体验，做到与自己所写的历史人物情感同步的状态，与小说或剧本中的人物同甘苦共欢乐，喜怒哀乐也达到相与共。这个时候，不是创作家指挥自己笔下的人物，把自己笔下的人物当傀儡，而是跟着人物的性格走，跟着人物的心理活动走，宁可压抑自己的欲望，也要满足人物的要求。应该知道自己笔下人物的复杂性，也许他会做出出人意料的事情来。《三国演义》第二十六回写曹操抓获关云长，关云长不肯投降，本该杀掉，以去心头之患，偏偏曹操就不杀关云长，这是何道理？这就需要作者有理解曹操的心。毛宗岗评道："曹操一生奸诈，如鬼如蜮，忽然遇着堂堂正正，凛凛烈烈，皎若青天，明若白日之一人，亦自有珠玉在前，觉吾形秽之愧，遂不觉爱之敬之，不忍杀之。此非曹操之仁，有以容纳关公，乃关公之义，有似折服曹操耳。虽然，吾奇关公，亦奇曹操。以豪杰折服豪杰不奇，以豪杰折服奸雄则奇，以奸雄敬爱豪杰则奇。夫豪杰而至折服奸雄，则是豪杰中又有数之豪杰；奸雄而能敬爱豪杰，则是奸雄中有数之好奸雄。"②毛宗岗这段评语，

---

① 李渔：《闲情偶寄》，巴蜀书社 1997 年版，第 46 页。

② 罗贯中：《三国演义》，毛宗岗评批，齐鲁书社 1991 年版，第 308 页。

揭示了罗贯中对于自己笔下人物的心理活动的细微曲折之处有极其深刻的了解，若不是这样来处理人物之间的关系，那么《三国演义》的深微之处，也就散失殆尽了。

作为历史 2 的史书所记载的材料经过如上的艺术加工，就变成了区别于史书上的材料，这就是历史 3 了。这历史 3 才是属于历史文学作品的历史真实，历史题材文学创作所要追求的艺术形象。

从这里我们可以看到，历史学家对于历史小说或历史剧的种种“不符合历史真实”“不尊重历史真实”“不符合历史原貌”等一类批评，常常只是对于历史 2 的迷恋，对于史书的迷恋，并非要小说家或剧作家真的尊重历史原貌，因为历史本真原貌基本上是不可追寻的。

三、历史 1、历史 2 和历史 3 的关系

但是，当我们把历史 1(历史原貌)与历史 2(史书)区别开来，当我们要求艺术加工让历史 2 前进到历史 3(历史小说或历史剧中的历史真实)的时候，仍不能抹煞历史 1、历史 2 和历史 3 之间的关系。

历史 1 对于历史小说家或剧作家来说，往往是不可追寻的。但我们又必须认识到，历史小说和历史剧的真正的生活源泉正是历史 1。唯有历史 1 是才是活水源头。因此真正严肃的历史小说家或剧作家，为了历史真实，总是要通过查阅正史以外的其他历史资料，亦补正史之不足。同时也可以通过对曾经发生过某个历史事件的地点环境的勘探，考古的实物发现，都可以从中看到一些蛛丝马迹，以增加创作历史真实性。例如，历史事件和历史人物生活的自然环境、地势、地貌，生产力发展的具体状况，尽管今天已经有很大的改变，但其中一定还有不变的成分可供创作时参考。特别是某地的民风民情民俗，从衣食住行到住家细节，都有参考价值，绝不可忽略过去。目前我们看到的一些历史小说、历史剧，从地理环境到语言到生活

细节，都现代化了，这就不能不影响作品的历史真实。如电视连续剧《汉武大帝》其中的语言过分现代化了，有一些后人才说出的名言，少数民族才有的谚语，今天人刚刚才说了几年的话（如“底线”之类），都出现在剧中，不能不让人感到十分失望。另外据有的历史学家说，《汉武大帝》中关于“精钢”的情节，也完全是失真的。西汉时代，汉朝人的炼铁和炼钢技术都是周围国家无法比拟的。不是匈奴人掌握“精钢”技术封锁汉朝，而是汉朝的炼铁、炼钢技术更高，不得不对匈奴人封锁。造成此种错误的原因之一，就是作者完全忽略了历史 1。我反复说过，历史 1 作为历史的本真原貌是不可完整地追寻的，但其中可能还有若干历史的碎片，也许还残留民间，或残留在考古的发现中，艰苦的实地考察和勘探，对考古文物的重视，仍然是必要的，对于文学这种十分注重细节的艺术种类说，如何真实地再现某个历史时期的生活状貌，也是十分重要的。因此，我们说历史 1 的考察对于历史 3 的创造，仍然是创作的源泉与基础之一，丝毫也不能忽视。

在从历史 2 到历史 3 的过程，即根据史书所提供的资料进行文学创作的过程。对于史书的记载，不能不信，又不能全信，如我在前面已经反复说过，史书不完全是客观的，里面夹带了主观成分。因此历史小说家和历史剧作家面对史书必须进行去伪存真、去粗取精的辨析的工作。就历史的框架和时间断限来说，可能史书是很有用的，但对历史事件和人物的评价观点，就有可能存在许多历史局限。中国古代的历史典籍，总是歌颂帝王将相，而批判农民起义及其英雄，把农民起义称为“造反”，把农民起义的代表人物称为“贼”，这完全是历史的颠倒，应该颠倒过来。历史典籍无疑都是历史小说家、历史剧作家十分重视的，但的确存在一个如何阅读的问题，用什么观点去阅读的问题。

另外既然历史 3 是历史题材文学创作的历史真实，它属于文学范畴，那么如何超越历史典籍，让所描写的内容具有想象性、诗意性，就是很自然的。他们无疑要重视历史典籍，但又不能照搬历史典籍。历史题材的文学创作中的艺术想象，是作品是否成功的一个重要方面。如果说，历史典籍是干枯的记载的话，那么文学家笔下的历史就必须赋予这干枯的记载以鲜活的血和肉，赋予其以深邃的灵魂，把某种意义上的死文字变成正在演变着的活的故事。从历史 2 到历史 3 的想象就成为真正的考验。以《三国演义》为例，其中的诸葛亮设计的“空城计”，几乎家喻户晓，无人不知。但这情节完全是“想象”“虚构”。《三国演义》长篇小说，以及后来改编的电视连续剧，就不是完全照搬历史，如果照搬历史事实，创作就不会成功，《三国演义》(包括小说和电视连续剧)之所以能够获得成功，就在于它有很充分的想象。在这里，小说家和编导何等生动地写出了诸葛亮超人的智慧、沉着、勇气和才能，作者简直对他倾注了无限的赞美之情，但历史的事实如何呢？你查一下《三国志》那个历史书就知道，历史上一些没有的事情，被说得真实可信，甚至绘声绘色。譬如，诸葛亮一生只是在最后一次北伐时，才与司马懿在渭水对峙。诸葛屯兵陕西汉中阳平时，司马懿还在湖北担任荆州都督，根本没有机会与诸葛亮对阵。“空城计”情节完全是作家想象的产物。

综上所述，我们可以说，历史 1 作为历史的原貌是历史题材创作的源泉，虽然它往往不可寻觅，但历史小说家和历史剧作家还是要尽力去寻觅，即或只能获得一些碎片，也是有意义的。历史典籍作为历史 2 是创作的基本资料，当然是重要的，需要十分熟悉，也需要加以辨析，但不能原样照搬。历史题材的文学创作必须有辽阔的诗意想象空间，只有在深度的艺术加工的过程后，我们才会获得作为历史 3 的历史文学创作的历史真实。

(《人文志杂》2005 年第 5 期)

重建·隐喻·哲学意味

——历史文学作品三层面

历史文学创作的发展与繁荣，成为当代文学创作的奇葩，吸引了众多的读者和观众，也引起了争议。史学家常常指责和批评当前历史剧、历史电视连续剧、历史小说没有写出历史的原貌，违背历史真实；文学批评家中多数人则为认为历史文学家有权力虚构，不必复制历史原貌，况且何处去找"历史的原貌"呢？就是被鲁迅称赞为"史家之绝唱，无韵之离骚"的《史记》其中不也有不少推测性的虚构吗？"鸿门宴"上那些言谈和动作，离《史记》的作者司马迁少说也有六七十年了，他自己并未亲睹那个场面，他根据什么写出来的呢？他的《史记》难道不是他构造的一个"文本"吗？另外，现实生活无限丰富多彩，无限生动活泼，只要你愿意，你可以从中寻找到无限的诗性，寻找到无限的戏剧性。你想要的一切，在现实生活中都可能存在，可为什么有的作家明明生活在现实生活中却对现实生活似乎视而不见，总是扭过头去对那过去的历史情有独钟，愿意去写历史，愿意去重建艺术的历史世界呢？这里就关系到一个作家重建历史文本能够给我们提供什么有价值的东西的问题。还有，人们需要历史文学难道仅仅是因为需要它为现实提供一面镜子吗？或者说历史的教训可以古为今用？对于历史文学来说，还有没有更为深层的东西？我们发现上面所提的问题，恰好就是历史题材文学创作由表及里的三个层面。对这三个层面进行必要的探索也许能揭示历史题材文学所面对的一些难题。

一、历史题材创作过程之一——重建历史世界

最近重读郭沫若的《棠棣之花》《屈原》《蔡文姬》等史剧。郭沫若是一位有重大成就的严肃的历史学家。历史研究占去了他一生十分重要的一部分。他的当年轰动中外的《中国古代社会研究》，是中国最早运用唯物史观来研究中国历史的一个典范。他的《甲骨文字研究》，揭示其奥秘，把死的文字，变成会说话的活的历史。他的《十批判书》《青铜时代》和《历史人物》等，也是一时翘楚之作。他的“以人民为本位”的历史观几乎贯穿他的整个历史著作中。同时他的历史著作也是最深地介入中国现代斗争的篇章，如他写的《甲申三百年祭》在1942年的延安，被列为“整风文件”。作为一个历史学家，他的研究是实事求是的，贡献是巨大的。那么，这样一位历史学家是怎样来写历史剧的，解答这个问题，对于正在争论着的历史文学创作问题无疑是会有启发的。

郭沫若撰写历史剧，不像某些作家那样是偶一为之。他是真正地正业来做的，当作文学创作的重要方面来做的。“五四”时期，郭沫若创作了十部历史剧，即《黎明》《棠棣之花》《湘累》《女神之再生》《广寒宫》《月光》《孤竹君之二子》《卓文君》《王昭君》《聂嫈》。抗日战

争时期，郭沫若又创作了六部历史剧，即《棠棣之花》《屈原》《虎符》《高渐离》《孔雀胆》《南冠草》。新中国成立后，郭沫若又创作了三部历史剧，1959年创作的《蔡文姬》、1960年创作的《武则天》，1961年创作的《郑成功》。郭沫若这三个历史时期历史剧创作有很多差异，但也有一以贯之的东西。本文重在揭示其一以贯之的部分。

我们在重读了郭沫若这些历史剧之后，深感历史题材文学应老老实实地定位为“文学”，而不能定位为“历史”。为什么这样说？历史题材文学家生活在现在，可他写的却是数十年、数百年、数千年前的历史故事。他的根据是什么？就是历史文本(史书)。问题是这历史文本能不能反映历史的原貌呢？可以肯定地说，这是不可能的。第一，历史上发生的真实情境已过去了很长时间，他无法亲眼去看去听，更无法去亲身去经历去体验，他所根据的仍然是前代史官和民间传说留下的点滴的并不系统的文本。这些前代史官所写的文本和民间传说文本，也不是作者的亲见亲闻亲历，他们所提供的也只是他们自认为真实的文本而已。无论是前代的资料，后人写的历史，都只是“历史文本”，而不是历史本身，他只是后人对那段历史文本的阐释而已。第二，既然是对前人文本的历史阐释，当然也就渗透进阐释者本人的观点。对一段历史，你可以从这个角度看，他可以从另一个角度看，所看到的是不同的方面，甚至是完全不同的方面。更不用说，史官不可能做到完全的“秉笔直书”，“按实而书”，这里又有一个避讳问题，所谓“为尊者讳，为亲者讳，为贤者讳”，这是情之难免。所以史剧作家所依据的历史文本就存在一个真假难辨、又无难分的问题。诚如有的学者所说：“中国史书虽然力图给我们造成一种客观记载的感觉，但实际上不外乎一种美学上的幻觉，是用各种人为的方法和手段造成的‘拟客观’效果。”[①]你如何能让历史题

① 浦安迪：《中国叙事学》，北京大学出版社1996年版，第15页。

材文学作品忠于历史原貌，恢复历史的本来面目呢？苛求历史题材文学要忠于历史原貌的那些历史学家又何尝能说清楚那一段历史原貌呢？

这里的问题是，历史本身不是史官笔下的文本，不可能是真实叙事，但如果历史题材文学家不借助历史文本的话，那么就无所依凭，创作也就无从谈起。这是一个悖论：历史文本不完全真实，可不借助历史文本创作就没有根据。那么历史文学家是如何来解开这个悖论的呢？换句话说，历史文学的创造者是如何来构筑他的作品结构框架的呢？我们在重读了郭沫若的历史剧之后，我们想到了一个词，这个词就是“重建”。意思是历史文学的创作者构筑艺术世界的方法既非完全的虚构，也非完全的复制，而是根据历史文本的“一鳞半爪”，尽力寻找历史根据，以艺术想象重新建立“历史世界”。艺术重建就是另起炉灶，对历史文本加以增删，加以改造，不照抄历史文本，而以自己的情感重新评价历史中的人物与事件，另辟一个天地，构思成一个完整的世界。

先说郭沫若的《棠棣之花》。《棠棣之花》所写的故事发生在公元前 371 年的战国时代。史剧的故事是这样的：当时的晋国还没有分裂为韩、赵、魏三国，魏国有一位武力高强的青年聂政，他因为小时候杀过人，只好到齐国隐没在民间，做一个屠狗之夫。他受到韩侯卿相严仲子的知遇之恩，在母亲去世后，来到了濮阳见了严仲子。严仲子主张韩赵魏三家不分裂，联合抗强秦。但他遭遇到当时韩侯的丞相侠累的反对和排斥，他希望聂政能帮助他，把侠累刺杀掉，使国家不至分裂，人民免遭痛苦。聂政认为这是正义的事情，慨然应允。聂政来到韩城，利用一个机会把侠累刺杀掉了后，他自己也自杀了。但在自杀之前他先把自己的容貌毁掉，使韩城的人不能把他认出来。他这样做是为了保护他的姐姐，不连累姐姐，因为他的姐姐聂嫈与他是孪生姐弟，相貌十分相似。但聂嫈知道后，与一位年轻的心里爱着聂政的姑娘春姑，来到韩城认尸，她们为此也都死在这里，为的是要把聂政的英名宣扬出去，不能让他白白死去。

《棠棣之花》的整个的历史语境是郭沫若构想的，拿《史记》来对照，严仲子与侠累有仇怨是真的，但严仲子与侠累的分歧是主张抗秦还是亲秦，是主张三家分晋还是反对三家分晋，则完全是郭沫若的艺术构思的结果，总体的历史语境是作者重建的。作品中重要的人物酒家母、春姑、盲叟、玉儿，及其整个的人物关系，聂政与姐姐是孪生姐弟等，都属于重建历史世界过程中的合理想象。至于剧中另一个重要的穿针引线的人物韩坚山，《史记》中只字未提到。所以，写历史文学不是写历史，不必受历史文本的束缚，可以按照历史文学家的艺术评价，重新构建出一个历史世界来，把古代的历史精神翻译到现代。然而，如果我们对照司马迁所写的《刺客列传》中聂政的有关段落，那么我们会发现，郭沫若的《棠棣之花》不是空穴来风，不是凭空虚构，作者的确抓住了历史文本的“一鳞半爪”：聂政确有其人；他确有一个姐姐；他因为“杀人避仇”而到齐地当屠夫是事实；严仲子曾亲自去齐国拜访他，请他出山，他以母在暂不能受命，这也有记载；母死后他来到濮阳，见严仲子，毅然受严仲子之托而刺杀了韩相侠累也是真的；甚至他杀了侠累之后自杀前自毁容貌都有文字可寻。可见，郭沫若的《棠棣之花》的创作的确是有历史文本作为根据的。换句话说，历史文学又要以历史文本所提供的事实为基本依托，在历史框架和时限中重建历史世界，展现出艺术的风采来。

再来看郭沫若的《屈原》。剧中所写的是屈原为当时楚国的三闾大夫，楚国的重臣，地位显赫，声名卓著，对楚怀王的内外决策有很大的影响。其时楚国面临着一个是单独与秦国媾和还是联合东方共同抗秦的问题。屈原是坚决的抗秦派。秦国派丞相张仪到楚国郢都来策动楚国与秦国媾和，并答应割让给商於之地六百里。条件是楚国与强大的齐国绝交。在三闾大夫屈原的坚持下，楚怀王似乎拒绝了张仪的要求，张仪感到无法回秦国复命，决定回自己的祖国魏国去。第二天楚怀王要与群臣设宴为张仪饯行。其实在暗中楚怀王的宠妃南后郑袖、上官大夫靳尚与张仪已经密谋好，要改变楚怀王的主意。南后以邀请屈原到宫中看根据屈原的诗歌《九歌》改编的歌舞，吹捧屈原。但在楚怀王、张仪等刚刚走进宫里，准备参与宴会的瞬间，南后借称自己头晕、站不住，故意倒在屈原的怀抱里，然后立刻翻脸，说屈原要调戏她，以此陷害屈原。由于楚怀王亲眼所见这一幕，觉得屈原的举动狂妄滔天，说他是疯子，罢免了他的职务，不许再回宫。屈原不但遭到陷害，而且还被投入狱中。他在一个作为监狱的破旧殿中，感情激动地作了《雷电颂》，抒发他心中的愤懑。他的弟子无耻文人宋玉背叛了他，他的另一个弟子——南后的儿子也背叛他。唯有他的一个女弟子婵娟始终相信他，忠于他，最后并为他献出了生命。屈原则在正义人士的帮助下带着冤屈离开了郢都。

与《棠棣之花》相比，《屈原》的艺术建构的力度更大，离历史文本也更远。应该说，在《史记》文本中与《屈原》有关的主要是这样一段："屈平既绌。其后秦欲伐齐，齐与楚从亲，惠王患之。乃令张仪佯去秦，厚币委质事楚，曰：'秦甚憎齐，齐与楚从亲，楚诚能绝齐，秦愿献商、於之地六百里。"楚怀王贪而信张仪，遂绝齐，使使如秦受地。"当然还有《张仪列传》中相关部分。可以这样说，郭沫若的《屈原》整个剧情都是重建的。第一，张仪来楚劝说、诱骗楚怀王一事，是在屈原被贬黜之后，与屈原无关。按照《史记·屈原贾生列传》的记载，屈原为楚怀王"左徒"，受到楚怀王的信任。当时有"上官大夫与之同列，争宠而心害其能"。有一次，"怀王屈原造为宪令，屈平属草稿未定。上官大夫见而欲夺之，屈平不与，因谗之曰：'王使屈平为令，众莫不知，每一令出，平伐其功，曰'以为非我莫能为也。'王怒而疏屈平"。可见屈原被谗害在先，原因是上官大夫进谗言；张仪来楚在后，其中的曲折与屈原无关，不是史剧所写的那样。第二，史剧中关键人物南后郑袖，在《战国策》相关描写中，确有其人，与张仪也有关系，张仪也称赞她天下美人。但她故意陷害屈原却史无记载。第三，《屈原》剧中三个弟子，宋玉史有记载，却不是屈原的弟子；子兰是楚怀王的儿子，但是不是南后所生，却没有根据；婵娟则完全是作者虚构的人物。第四，对张仪的评价，郭沫若自己说："把他写得相当坏，这是没有办法的。在本剧中他最吃亏，为了禋祀屈原，自不得不把他来做牺牲品。假使站在史学家的立场来说话的时候，张仪对于中国的统一倒是有功劳的人。"①第五，第五幕卫士处置更夫，用了"活杀子在法"，这种杀人的办法是，被杀的人一时气绝，但人自己会苏醒过来，这完全是作者编造，郭沫若说："我自己并不懂这个法术。"②我们还可以指出第六点、第七点，等等，总之，史剧《屈原》是郭沫若的艺术重建，与历史文本不同，与历史真相更不同。

历史文学要艺术地重建历史世界，并不是容易做到的事情。我们认为艺术重建可以从三个维度来加以考察。

认识的维度。历史文本尽管不完全是历史的真相，但作家创作历史题材的作品，还是要搜集到所有相关的历史文本中的史料，加以深入地分析，并从中抽绎出真实的有意义的部分来。这里的确又是一个去伪存真的过程。由于历史学家思想的偏见，常常把历史弄颠倒了。譬如，社会发展趋势问题，阶级斗争问题，人民群众和个人在历史发展中的作用问题，是英雄造时势还是时势造英雄问题，帝王将相的地位问题，清官问题，民族问题，宗教问题，等等；几

① 郭沫若：《我怎样写五幕史剧〈屈原〉》，《作家谈创作》，北京师范学院出版社 1978 年版，第 18 页。

② 郭沫若：《我怎样写五幕史剧〈屈原〉》，《作家谈创作》，北京师范学院出版社 1978 年版，第 18 页。

乎哪一个历史题材的作品都离不开对这些问题的认识。认识的正确与否，认识的深刻与否，常常是一个历史题材能否成功的一个关键因素。这是历史文学家在艺术地建构历史世界的时候，首先要解决的问题。

就拿社会发展的趋势来说，同样是写帝王将相的历史题材的作品，也要看这个帝王在社会发展趋势中所处的地位。他是处于某种社会的上升阶段呢，还是处于某种社会的衰落阶段；他的作为对于他所处的社会发展阶段的关系如何，是守旧还是变革。对于这些问题的认识，关系到作家建构历史世界的历史观，十分重要。我几年前在一篇文章中讨论过二月河的长篇历史小说："历史发展观的主要问题在于要把握历史发展的大趋势和总趋势，要把所写的历史人物和历史事件放到历史发展的总趋势中去考虑，不要把历史人物从历史发展的长河中抽出来，孤立地加以描写……二月河的帝王系列，专写清朝的'康雍乾盛世'。由于通俗好看，能唤起人们对现实的一些联想，赢得众多读者，活跃了人们的文化生活。但其历史观并不是没有问题。'帝王系列'所写的'康雍乾盛世'处于17至18世纪，康熙(1661－1722在位)、雍正(1722－1735在位)、乾隆(1735－1795在位)三朝共134年，乾隆禅位于嘉庆那年离标志着中国衰落的1840年鸦片战争只有44年，离1911年辛亥革命只有115年。对于具有五千年历史的古代中国来说，封建社会不但处于衰落的后期，甚至可以说已经进入末世。'康雍乾盛世'不过是封建社会这个衰老的躯体的最后的'回光返照'。生活于这个时期的曹雪芹在其《红楼梦》中，已经预感到这个社会表面上似'鲜花著锦'，'烈火烹油'，似乎还是一个鼎盛时期，其实'内囊已尽上来了'……最终是'落了片白茫茫大地真干净'。曹雪芹客观上意识到封建社会即将崩溃的命运。他对于当时现实的这种感觉是有预见性的和前瞻性的。二月河创作的'帝王系列'长篇小说，明知'康雍乾盛世'不过是末世的'繁荣'，是即将开败的花，是黄昏时刻的落日，但作者还是不能按照历史发展的大趋势去真实地把握它，而用众多的艺术手段去歌颂'康、雍、乾'诸大帝，真的把他们的统治描写成'盛世'，这在某种意义上是推销最腐败的帝王专制文化。其作品所反映出来的历史观远远落后于曹雪芹。这不能不说是令人费解的。"①

又如，对于帝王将相的建构，也有一个认识问题。帝王将相的本质就是对人民群众实行专制的统治，不论他们是开明还是顽固，都是剥削、压迫人民的反民主的力量。如今银幕上那么多历史题材的电视连续剧，从文景之治，写到贞观之治，再写到康雍乾之治，都几乎是千篇一律地歌颂他们的文治武功，对于他们的反人民、反民主的本质则轻描淡写，一笔带过，这难道是正确的认识吗？这样的作品的社会效果是什么呢？是否在宣扬帝王创造历史？是否在宣扬人民群众只配做弯腰曲背的低眉顺眼的奴仆和顺民？是否认为人民的反抗毫无意义，只有老老实实当奴仆和顺民，才是老百姓的本分？

再如，是时势造英雄还是英雄造时势，目前的流行的历史题材的电视连续剧，也同样存在许多问题。写汉武帝，就鼓吹汉武帝，似乎没有汉武帝就没有中国汉代的辉煌；写唐太宗，就鼓吹唐太宗，似乎没有唐太宗就没有中国唐代的盛世；写成吉思汗，就鼓吹成吉思汗，似乎没有成吉思汗就没有中国元代的伟大开拓；写明太祖，就鼓吹明太祖，似乎没有明太祖也就没有中国明代的开篇时的盛大演出……这种认识是根本错误的。应该看到，是历史选择了人物，不是人物选择了历史。历史需要是必然的，而人物的出现是应历史需要而偶然出现的。不能把历史需要与人物出现这两者的关系弄颠倒。恩格斯说："这里我们就来谈谈所谓伟大人物问题。恰巧某个伟

---

① 童庆炳：《历史题材创作三向度》，《文学评论》2004 第 3 期。

大人物在一定时间出现于某一国家，这当然纯粹是一种偶然现象。但是，如果我们把这个人去掉，那时就会需要有另外一个人来代替他，并且这个代替者是会出现的，——或好或坏，但是随着时间的推移总是会出现的。”[①]马克思、恩格斯的话立意在说明历史需要是一种必然的规律，而由谁去满足这个历史需要，扮演某个角色，则是偶然的。因此是时势造英雄而不是英雄造时势。但是我们的历史文学作者往往对这一点缺乏认识，这是很严重的问题。

价值的维度。历史文学创作重建历史必须充分考虑到价值的维度。历史的事实纷繁复杂，无奇不有。作家在选择史料来重建历史世界的时候，一定要放出眼光来，加以分辨。看看哪些史料是有价值的，哪些史料是没有价值的；哪些史料具有文化价值，哪些史料只具有商业价值。价值是对人的意义，商业价值，赚钱，也是一种价值。这在今天也不能不讲。20 世纪 50 年代“极左”时期，一味批判“票房价值”是没有道理的。我们不反对某些大片写中国的历史片断，进行高成本投入，从而使影片中的一切都在刺激人的欲望。或者是场面巨大，动人心魄，或色彩缤纷，华丽无比。结果，票房价值节节攀高，一部电影比一个工厂所赚的钱还要多。但是，这一切都不可做得太过分。因为中国历史的基本价值不在这里，而在那些中华民族真正的精神文化价值之中。能充分体现我们民族优秀传统的历史文化，包含了儒、道、释、诸子百家的文化精华，而这些优秀文化的最普通的载体，就是那些中国历史上曾经为民族兴旺为社会进步为百姓谋福利曾经做过贡献的人以及他们所做的事。就是那些中国历史上为正义为平等为自由为民主曾经抗争过牺牲过的人以及他们所做的事，就是那些中国历史上那些创造了科学文明和精神文明而劳累过发愤过成功过失败过的人以及他们所做的事。只可惜我们相当多的

① 恩格斯：《致瓦·博尔吉乌斯》(1894 年 1 月 25 日)，《马克思恩格斯全集》第 39 卷，人民出版社 1974 年版，第 200 页。

历史文学的作者在史料的价值的选择中，发生了不应有的迷误，他们专注和欣赏帝王将相、登基继位、篡权夺位、君临天下、母仪天下、三宫六院、宫闱秘事、内廷相斗、妃子争宠、父子不容、兄弟相残、明争暗斗、斩首示众、骄奢淫逸、开边征战、尸横遍野、血流成河、哀鸿遍野、牛鬼蛇神、拉帮结派……这些都差不多是中国传统文化的消极成分，甚至纯粹的文化垃圾。不是不可以写，但为什么要展示和宣扬负价值的东西？这不是价值的迷误是什么？写到这里，我们想起了恩格斯在谈到历史悲剧问题时说的话："没有价值的东西是不值得这样费力的。"①又想起了鲁迅说过的话："我们目下的当务之急，是：一要生存，二要温饱，三要发展。苟有阻碍这前途者，无论是古是今，是人是鬼，是《三坟》《五典》，百宋千元，天球河图，金人玉佛，祖传丸散，秘制膏丹，全都踏倒他。"②我们今天仍然处在要生存、要温饱、要发展的时期，对于妨碍我们生存、温饱和发展的消极文化，不论它多么有"魅力"，我们虽然不必采取"全都踏倒它"的态度，但一定要有批判的精神。因此历史文学创作在重建历史世界的时候，是否有准确的价值判断和取向是很重要的。

审美的维度。因为历史文学属于文学，所以在重建历史世界的时候，审美的维度就变得十分重要。一个"似史"的形象世界能不能打动人心，很大程度上要看作品是否有审美的品质、艺术的趣味。如果一部历史题材的作品，经不起审美的、艺术的检验的话，那么这部作品也就不值得我们过多地去谈它了。

对于历史文学而言，重建历史世界，审美的维度最起码要求是有如下：

第一是制造历史气息，渲染历史氛围。历史是消逝了的世界，

---

① 恩格斯：《致拉萨尔》(1859年5月18日)，《马克思恩格斯论文学与艺术》(上)，人民文学出版社1982年版，第176页。

② 鲁迅：《忽然想到》，《鲁迅全集》第3卷，人民文学出版社1956年版，第36页。

死去的世界；作家要唤醒这个消逝的世界，使其变成为一个活的世界。让历史的人物和事件由消逝到存在，由死到活，这就是历史文学作者遇到的一大困难。因为作者生活于现在，却要让过去的历史复活，作者遭遇困境可想而知。但制造历史气息，渲染历史氛围，才能使历史人物和事件被唤醒，如果连这一点也达不到，那么读者、观众就会觉得是假的。气息、氛围是一种整体性的弥漫性的和背景性的东西，如何捕捉，如何营造，需要有专文来讨论，限于篇幅，这里不能展开了。

第二是形成历史的具体性和形象性。历史世界也是一个具体的生活世界。因此重建历史世界审美要求之一，就要求绘声绘色的场景，形神俱现的人物，跌宕起伏的情节，攫住人心的冲突，引人入胜的故事，逼真鲜活的细节，等等。马克思和恩格斯在谈到拉萨尔的历史悲剧的创作的时候，都不约而同地谈到“莎士比亚化”和防止“席勒式”的问题。马克思说：“这样，你就得更加莎士比亚化，而我认为，你的最大缺点就是席勒式地把个人变成时代精神的单纯的传声筒。”①恩格斯也说：“我们不应该为了观念的东西而忘掉现实主义的东西，为了席勒而忘掉莎士比亚。”郭沫若的史剧《蔡文姬》，作者公开说他之所以要写这部作品，就是为了给曹操翻案。但是全剧四幕，曹操在第四幕才登场。曹操的文治武功等都是通过剧中的董祀的嘴说出来的，如第一幕中借董祀之口说曹操“锄豪强，抑兼并，济贫困，兴屯田，使流离失所的农民又重新安定下来，使纷纷扰攘的天下，又重新呈现太平景象”，抽象、枯燥、乏味，完全是“席勒式”的说教，这样曹操的形象就显得十分苍白。曹操这个人物形象在《蔡文姬》中就缺少历史的具体性，很难站住脚。

第三是要求有基于人性基础上情理灌注其间。合情合理是一切

① 马克思：《致拉萨尔》(1859年4月1日)，《马克思恩格斯论文学与艺术》(上)，人民文学出版社1982年版，第174页。

艺术真实的关键所在。对于历史文学而言，如何让重建的世界合乎情理的逻辑，就是一个重要的要求。作品中的艺术情理往往不能依靠逻辑的推论，主要依靠作家自己深厚的生活体验。《蔡文姬》中的蔡文姬则塑造得比较成功，具体，真实，有血有肉。特别是蔡文姬在是否归汉中的那种矛盾心理，写得十分成功。蔡文姬与左贤王生有两个子女，现在要返回故土，这是她日夜盼望的；但是左贤王不许她带走子女，作为一个母亲，她又舍不得离开年幼的儿女。她为此感到痛苦不堪，不断地流泪。这种描写不但具体真实，而且写出了作为爱故土的蔡文姬与爱子女的蔡文姬的内心的斗争。这是合乎情理的精彩之笔。那么，郭沫若为什么能对蔡文姬写得如此成功呢？郭沫若自己回答说"蔡文姬就是我！——是照着我写的"①。过去人们也常引郭沫若这句话，但很少去考察郭沫若为什么会这样说。最近读郭沫若的短篇散文，读到他于1937年8月1日脱稿，最初发表于1937年8月上海的《宇宙风》月刊第47期上的《由日本回来了》。这篇散文看起来是郭沫若写的日记。大家知道大革命失败后，郭沫若于1927年逃亡日本，一住就是十年。在日本期间，他与安娜恋爱、结婚、安家、生子，而且生下了五个子女。他在日本发动了侵略中国的卢沟桥事变后，决定偷偷离开日本，回国参加抗击日本帝国主义的战争。他回国的时候，的确面临当年和蔡文姬相似的选择，一边是故国的召唤，一边是对妻子儿女的爱恋，所以他感到无限的痛苦。1937年7月25日日记中写道："昨夜睡甚不安，今晨四时半起床，将寝衣换上一件和服，踱进了自己的书斋。为妻及四儿一女写好留白，决心趁他们尚在熟睡中离去……我怕通知他们，使风声伸张了出去，同时也不忍心看见他们知道了后的悲哀。我是把心肠硬下了……自己禁不住淌下了眼泪……走上了大道，一步一回首地，

① 郭沫若：《中国农民起义的历史发展过程·序〈蔡文姬〉》，《郭沫若谈创作》，黑龙江人民出版社1982年版，第169页。

望着妻儿们所睡的家。灯光仍从开着的雨户露出，安娜定然是仍旧在看书。眼泪总是忍耐不住地涌。走到看不见家的一步了。”[1]郭沫若正是因为有此体验，即不得不离开妻子、儿女回故国，感到难过、悲伤、痛苦，所以他才说“蔡文姬就是我！——是照着我写的”。也因为他有此亲身体验，他在写蔡文姬离开南匈奴归汉时候的那种不安、徘徊、痛楚的心理，表现出一种逼真的艺术情理。

重建历史世界是历史文学创作的必由之路。但这条路曲折崎岖，真要走好不是容易的。只有少数坚韧不拔者才能走通这条路。

二、历史题材创作过程之二——隐喻现实世界

现实生活无限丰富多彩，无限生动活泼，只要你愿意，你可以从中寻找到无限的诗性，寻找到无限的戏剧性。你想要的一切，在现实生活中都可能存在，可为什么有的作家明明生活在现实生活中却对现实生活似乎视而不见，总是扭过头去对那过去的历史情有独钟，愿意去写历史，愿意去重建艺术的历史世界呢？这里就关系到一个作家重建历史文本能够给我们提供什么有价值的东西的问题。这是历史题材文学创作第二个层面的问题。

历史作为一个社会生活的发展过程，常常令人惊异。某些事情总是以相似的情境一再重现。就像山上的盘旋路，可以有十二盘，或十八盘，每一个弯道都那样相似。历史发展也是这样，它曲折地回旋地发展，尽管时代不同了，情境变化了，人物更换了，但经常出现“历史的重演”。“历史的重演”这个概念是马克思论述巴黎公社的斗争的时候提出来的，他的意思是，只要工人阶级继续受压迫，没有得到解放，那么他们就会重复先前的斗争，所以“斗争也只是延

---

① 郭沫若：《由日本回来了》，《郭沫若代表作》，河南人民出版社 1990 年版，第 656～657 页。

期而已。巴黎公社的原则是永存的”。同时，只要下等阶级继续斗争，上等阶级就会重复地继续镇压，“所有这一切只不过是过去的历史的重演”。列宁也说过：“发展似乎是重复以往的阶段，但那是另一种重复，是在更高基础上的重复（‘否定的否定’）”。“重演”也好，“重复”也好，都是强调历史发展中有一些规律性一再出现的东西。一千年前发生过的事情，可能在一千年以后在新的历史条件下又再次相似地“重演”或“重复”。在这“重演”或“重复”中往往蕴含宝贵的“历史精神”。什么是历史精神？我们认为就是反映人民的利益、希望、愿望和理想的精神。人民是历史发展的动力，符合人民的利益和愿望的精神，才能称之为“历史精神”。例如，爱国主义精神，以人为本精神，望合厌分精神，精诚团结精神，天人合一精神，清廉洁净精神，临危不惧精神，直面现实精神，改革创新精神，等等，都是符合人民利益和愿望的。历史的发展往往就是这些精神在更高阶段上的重演或重复。这样，历史精神就往往成为现实的一面镜子。在这面镜子中，似乎更能清楚地看清现实的种种问题和可能的演变。因此人们很重视“以史为鉴”，力图在总结历史发展的规律中，掌握历史精神，并以此映照现实，采取措施，使现实不再陷入历史的死胡同，不再犯前人犯过的错误。要知道，我们处在现实生活中，现实与我们离得太近，或利害相关，不得不装聋作哑，明知故犯；或挨得太紧，近朱者赤，近墨者黑，习焉不察，常常看不清楚现实真相。但是我们看过去的历史则可以拉开距离，可以居高临下，可以看到远方已经起火，那火正在向近处漫延，危机或灾难已经迫近。更重要的是，历史文学作家还可以把握历史精神，挖掘历史精神，重建历史情境，赋予历史以新的意义。所以在历史和历史文学这面镜子里，可以看得更清楚，更明白，也更具有美感。这就是历史文学家钟情于历史的原因吧！也是现代人需要历史想象原因，需要把握历史精神的原因吧！

那么，1941年作为历史学家的郭沫若写了历史剧《棠棣之花》，这是举起了什么样的镜子呢？他看到了什么危机呢？郭沫若自己说：“《棠棣之花》的政治气氛是以主张集合反对分裂为主题，这不用说是参和了一些主观的见解进去的。望合厌分是民国以来共同的希望，也是中国有历史以来的历代人的希望。因为这种希望是古今共通的东西，我们可以据今推古，亦正可以借古鉴今，所以这样的参合我并不感其突兀。”①原来，《史记》只写严仲子与侠累“有郤”。“郤”即“隙”，就是仇怨，他们之间有何仇怨，《史记》没有写。但郭沫若的《棠棣之花》则把三家分晋的事情结合进去，这样就成了是主张统一还是要搞分裂的斗争，是联合抗秦还是单独亲秦的斗争。郭沫若在1941年写历史剧《棠棣之花》，在国民党反动派统治黑暗时期，就是以要团结反分裂的历史精神警示人们，在日本帝国主义的侵略面前，我们应该做出何种选择。所以《棠棣之花》成为当时中国政治形势的一面镜子，就具有了重大的意义。同样，史剧《屈原》写于1942年，是国民党统治最黑暗的时期，当时的重庆就是黑暗的中心。中国共产党领导的人民和队伍遭到国民党反动派的镇压，新四军遭到围剿，损失很大。诚如作者自己所言：“全中国进步的人们都感受着愤怒，因而我便把这时代的愤怒复活在屈原的时代里去了。换句话说，我是借了屈原的时代来象征我们当前的时代。”②

在历史文学中这种以历史精神警示现实的功能，有各种不同的说法：如说“影射”，即以古代的人与事影射当前的人与事；如说“翻译”，即把古代的精神翻译到今天来。最为流行，影响最大的说法是“古为今用”，强调“用”，写古代的人与事似乎只是一个躯壳，对比性地说明现代的一个道理，才是真正的“用”。这样就把历史文学中

---

① 郭沫若：《我怎样写〈棠棣之花〉》，《郭沫若谈创作》，黑龙江人民出版社1982年版，第107～108页。

② 郭沫若：《序俄文译本史剧〈屈原〉》，《郭沫若谈创作》，黑龙江人民出版社1982年版，第158页。

的历史与现实的联系寓言化。我们总觉得这些说法都有一点“急功近利”，在这种思想和说法指导下去写历史题材，被写的历史变得不重要，而为现实服务才是根本。并且作为历史的文学作品往往会失之于浅露、直白和机械的生硬的类比。时过境迁，“用”的功能丧失，那么也很难作为真正的艺术品流传下去。

因此，对于历史文学中历史与现实之间的关系，我想用“隐喻”这个概念更为恰当。隐喻是一种修辞格，它是指某个言语过程中，此物被转移到彼物上面。尽管此物与彼物是不同的，但差异中又具有相似点。历史文学用言语写历史上的人与事，这就是“此物”；但这人与事中隐含的历史精神，通过心理联想，被转移到现实，这现实就是“彼物”。《棠棣之花》是一个重建起来完整的历史世界，但这个世界中的反分裂的历史精神(彼物)被转移到抗日战争时期的现实(此物)中。

对于历史文学作品来说，隐喻也大体可概括为三点：第一，隐喻的根据是现实中的问题，历史文学不但不回避现实，恰好是要针对现实，没有现实针对性的隐喻是没有意义的。第二，隐喻的关键是必须要深幽、隐微、曲折、朦胧，让人觉得作品完全是在写古人的故事，并且那故事有自己的艺术逻辑，不直白，不浅露，历史对现实的比较在那里似有似无，似是似不是，似可言又似不可言；直奔主题的隐喻没有艺术特性，可能成为借古人的服装演出现代人的戏。第三，隐喻的艺术理想是，要为它所构造的艺术世界着色，应更有氛围、更有情调、更有韵味、更有色泽，因而更具有审美品格，更具有艺术魅力。

三、历史题材创作过程之三——暗示哲学意味

人们需要历史文学创作难道仅仅是因为需要它来隐喻现实吗？

郭沫若有一个说法，他说：“总结写历史剧的主要有三点：一是再现历史的事实，次是以历史比较现实，再其次是历史的兴趣而已。”① 这实际上道出了历史文学作品的三个层面，“历史的兴趣”就是历史文学作品的第三层面。

“历史的兴趣”是什么呢？我想就是历史场景往往具有戏剧性，或说得宽一些，就是文学性，如历史场景那种氛围、气息、情调、韵味、色泽等，大体相当于“赋比兴”中的“兴”。“桃之夭夭，灼灼其华。之子于归，宜其室家”，这是《诗经·周南》中《桃夭》的第一节，意思是说，桃花开得红艳艳，这个姑娘出嫁了，找到了一个好家室。“桃之夭夭，灼灼其华”是所谓的“兴句”，它所描写的场景似与第二句“之子于归，宜其室家”似有关又似无关。说有关，找不到直接的联系；说无关，似乎又是借桃花的风调来烘托姑娘出嫁时候的红火、热闹的气氛、情调，仅仅一句“之子于归”是没有“兴趣”的。现在有了前面的句子“桃之夭夭”就有“兴趣”了，这“兴趣”是通过“兴”而获得的。历史文学的情形与此相仿。作品中所写的“历史的事实”以及“以历史比较现实”，如果只是机械地生硬地去写，那是不会有氛围、气息、情调、韵味、色泽的，不会有文学性，不会有兴趣。必须透过对于历史场景的艺术的渲染，像依托诗中的“兴”那样，历史场景才会获得一种让人品味不尽的艺术氛围、气息、情调、韵味、色泽等，“文学性”“兴趣”才会油然而生。

但是我们觉得把历史文学作品的深层仅仅归结为“历史的兴趣”和“文学性”是不够的。真正的历史文学作品应该通过历史场景的描写延伸到人生“哲学意味”的呈现。“哲学意味”这个概念是亚里士多德在《诗学》中提出的。他说：“写诗这种活动比写历史更富于哲学意味，更被严肃的对待；因为诗所描述的事带有普遍性，历史则叙述

① 郭沫若：《谈历史剧》，《郭沫若谈创作》，黑龙江人民出版社1982年版，第155页。

个别的事。”[①]这就是说历史文学作为一种诗性的活动也是哲学活动，同样可以达到对于人生真谛的揭示。在亚里士多德以后的大约两千年，法国作家加缪也说：“文学作品通常是一种难以表达的哲学结果，是这种哲学的具体图解和美化修饰。”[②]实际上，刘勰在《文心雕龙·原道》中，提出文学源于“道心神理”，也是讲文学的哲学意味，与后来韩愈讲的“文以载道”殊异。那么哲学意味是什么呢？“哲学”是“形而上”的、抽象的，“意味”则是“形而下”的、感性的，“哲学意味”就是作品中所暗示出来对人生真谛的那种可言不可言、可道不可道的状态。历史文学若要达到极致，像其他伟大作品一样成为不朽的经典，就不能停留在对于历史的重建上，不能停留在对现实的隐喻上，还必须更上一层楼，要有暗示人生“哲学意味”的效能。

那么，一部历史文学作品是否有“哲学意味”，由谁说了算？是作者自己说了算，还是由读者所了算？有的作者过于骄傲，常把自己的平庸之作说得天花乱坠。但有的作者则过分谦虚，讲自己的作品“过时”了。郭沫若就属于后面这一类。他的史剧在20世纪50年代初被翻译成俄语，在苏联发行。郭沫若在《序俄文译本史剧〈屈原〉》一文认为他写这个剧本是在1942年，现在中华人民共和国已经建立，它所针对的那个时代已经过去，他“耽心”这个剧本不一定能受到苏联读者的欢迎，因为它“很快地失掉了象征现时代的那一段意义”。郭沫若的“耽心”是多余的，他的《屈原》不但在当时受到欢迎，就是在今天仍然受到欢迎。在现今的中学和大学的教材里《屈原》仍然闪耀着它的光芒。郭沫若自己没有看到他的《屈原》所暗示的“哲学意味”，但读者发现了，众多的读者发现了。这里且不说常为读者津津乐道第五幕的大段的“天问”式的“雷电颂”充满哲学意味，就整个故事而言，我觉得它深刻地揭示了人生的险恶和人生的温暖。剧中

---

① 亚里士多德：《诗学》，《诗学·诗艺》，人民文学出版社1962年版，第29页。

② 加缪：《西西弗的神话》，杜小真译，西苑出版社2003年版，第121页。

人物南后竟然是那样阴险，在几秒钟前还让屈原兴高采烈，觉得他的《九歌》在南后的改编和导演下变得那样美丽，就要当着众人的面，特别是当着楚怀王和秦使张仪等的面前演出，可几秒钟后在楚怀王等人进来的一瞬间，南后假装站不稳故意倒在屈原的怀里，诬陷屈原要调戏她。人生的险恶只是顷刻间的事情。你不要认为你一切都很幸运，也许再过几秒钟厄运就会降临。但人生也有温暖，如郭沫若的朋友徐迟所说的“人间的阳光”。屈原遭南后陷害，以为再也没有洗清之日，但剧中人物“钓者”，竟然就是目睹屈原遭受南后陷害的证人，他突然的出现，洗清了屈原的不白之冤，这不是人生的温暖吗！婵娟被抓到宫中的牢里，以为必死无疑，但看守她的卫士甲良心发现转而帮助她脱离险境，这不是人生的温暖吗！屈原最后眼看要被毒酒害死，但这酒无意间被婵娟喝了，婵娟替他死了，这难道不是人生的温暖吗？对于人生，险恶和温暖并存，这就是《屈原》暗示给我们的难以言说的真谛。它让我们激动，让我们沉思。

历史文学中的哲学意味大体上也可以概括为三点：第一，这哲学意味是自然的，是作者从生活体验中提炼出来的，而不是生硬灌输进去的，更不是在作品中写哲学讲义。第二，这哲学意味是从作品的整体中透露出来的，不是个别细节插入。第三，哲学不同于常识，因此历史文学中的哲学意味应该是深刻的，它像火种那样点燃人生的希望，像阳光那样照亮人生的道路，像魔镜那样照澈人的心灵，让灵魂的阴暗无所逃遁。

历史文学创作三个层面：重建—隐喻—哲学意味，由表及里，层层深入。重建完整的历史世界，才能艺术地隐喻现实；而哲学意味则不是外加的，就在重建、隐喻中。

（《社会科学辑刊》2006 年第 6 期）

历史题材文学的类型及其审美精神

历史题材文学自古就有不同的类型，有的具有较充分的历史根据，有的只有部分的历史根据，有的完全没有历史根据，仅仅是根据传说创作的历史故事剧之类也是有的。发展到今天，历史题材文学的类型越来越复杂，越来越多，真有让人目不暇接之感。还有的历史题材的作品很难简单地把其划分到某一类中去。这种复杂的情况，以至于影响到历史题材文学本身性质的认识，有的学者认为历史题材的文学本身就是历史。历史题材的作品就等于历史吗？看看司马迁的《史记》中的《五帝本纪》《夏本纪》《殷本纪》等篇，完全是根据传说写成的，想象的成分构成了其基本内容，黄帝、炎帝、嫘祖、玄嚣、昌意、高阳、高辛、挚、放勋，等等，都无历史可考。在他写作的当时很难找到“历史根据”，但司马迁写进他的历史著作中，后人就把这些人物及其事迹视为历史。实际上，这些作品最多只能视为历史文学故事。然而，我们既然要研究历史题材的文学，首要的条件就必须把属于想象性的文学和有一定历史根据的历史题材文学创作区别开来，进一步把历史题材的文学类型大体上区别开来。

一、历史题材文学是否要有历史根据

关于这个问题历来都有争论。早在1942年著名历史学家兼历史剧作家郭沫若就发表了《历史·史剧·现实》一文，提出了他对历史题材文学创作的比较宽泛的理解。他首先对历史和史剧做了区分，说："历史研究是'实事求是'，史剧创作是'失事求似'。史学家是发掘历史的精神，史剧家是发展历史的精神。史学家是凸面镜，汇集无数的光线，凝结起来，制造一个实的焦点。史剧家是凹面镜，汇集无数的光线，扩展出去，制造一个虚的焦点。"①郭沫若这种史剧是"失事求似"的观点多为一些历史题材的作者所接受，认为历史题材的创作只要抓住历史上的一点可能存在的人物与事件，就可以进行整体的艺术加工，表达自己的主题，不必真的有什么真的历史根据。其理由是如郭沫若所说的那样："历史并非绝对真实，实多舞文弄墨，颠倒是非，在这史学家只能纠正的地方，史剧家还须得还它一个真面目。"②郭沫若这里所说的"真面目"显然不是历史的真面目，而是艺术的可然性和或然性的"真面目"。郭沫若为了增加他的论证，对于"现在"给了一个饶有意味的解释："'现在'，究竟在哪儿？刚动一念，刚写一字，已经成了过去。"③已经成为历史。显然，郭沫若

① 郭沫若：《历史·史剧·现实》，《郭沫若谈创作》，黑龙江人民出版社1982年版，第137页。

② 郭沫若：《历史·史剧·现实》，《郭沫若谈创作》，黑龙江人民出版社1982年版，第137页。

③ 郭沫若：《历史·史剧·现实》，《郭沫若谈创作》，黑龙江人民出版社1982年版，第139页。

给了历史题材文学一个辽阔的空间，但也留下了问题：按照郭沫若的理解，写现在活跃着的现实生活的作品，岂不也成历史题材的创作了吗？换言之，一切创作岂不都成了历史题材的创作了吗？

20世纪60年代初，中国创作界和学术界就历史题材文学问题进行了一次较为深入的讨论。在那次讨论中就历史题材文学要不要历史根据展开了认真的研究。以著名历史学家吴晗为代表的一派，认定历史题材文学创作必须要有"历史根据"。他认为："历史剧是艺术，也是历史。""历史剧必须有历史根据，人物、事实都要有根据。历史剧的任务是反映历史的实际情况，吸取其中某些有益经验，对广大人民进行历史主义爱国主义教育。人物、事实都是虚构的，绝对不能算历史剧。人物确有其人，但事实没有或不可能发生的也不能算历史剧。在这一点上，历史剧必须受历史的约束，两者是有联系的。"当然，吴晗也看到了历史与历史剧的区别，说："历史剧不同于历史，两者是有区别的。假如历史剧完全和历史一样，没有加以艺术处理，有所突出、夸张、集中，那只能算历史，不能算历史剧……历史剧的剧作家在不违反时代的真实性原则下，不去写这个时代所不可能的发生的事情，而写的是这个历史人物所处的时代完全可能发生的事情，在这个原则下，剧作家有充分虚构的自由，创造故事，加以渲染，夸张，突出，集中，使之达到艺术上完整地要求。具体一点说，也就是要求现实主义与浪漫主义相结合，没有浪漫主义也是不能算历史剧的。"[①]吴晗的论点，所强调的是要求历史剧"必须有历史观根据"，对于艺术处理当然也提出了要求。但是他的论述给人以前后矛盾的印象。历史剧既然"必须有历史根据"，那么，剧作家又如何能获得"充分的虚构的自由"呢？或者说在"历史根据"的束缚下又如何能获得"充分的虚构的自由"呢？在那次讨论中，

---

① 吴晗：《谈历史剧》，《历史剧论集》第1集，上海文艺出版社1962年版，第268～269页。

也有一些作者不同意吴晗的历史剧“必须有历史根据”的说法，但真正与他形成对垒的是著名文学家茅盾。

茅盾于 1962 年撰写了长达 9 万字的专著《关于历史和历史剧》，他从《卧薪尝胆》的几十个不同的剧本谈起，用大量的篇幅来甄别史料问题。对于春秋后期吴越之争，从《左传》《国语》《吕氏春秋》《韩非子》《史记》《吴越春秋》《越绝书》等史书中做了对比，发现所写的都是吴越之争，但所写的事实却有很大出入，不尽相同，此书有的，彼书没有，此书详的，彼书简略，通过详尽的甄别，说明这些书在记载吴越之争上不同的价值。茅盾的结论是：“任何史料在传写过程中，不可避免地会由于传写者的主观意图而有所篡改、损失，或增加。这也就是说，一定会打上阶级的烙印。”[①]茅盾在 1962 年用阶级观点来说明各书记载的不同，是可以理解的，但重要的一点是，他清楚地说明了对于历史记载由于不同的作者主观意图不同而会有不同的记载，任何一部历史著作，都无法返回历史的现场，不可能绝对真实地把历史现场描写出来。这样一来，根据不同史书编写的历史剧的内容不同甚至很不相同，这是自然的事情，谁也很难说清楚哪个事实才是真正的“历史根据”。他还认为：“历史剧不等于历史书，因而历史剧中一切的人和事不一定都要有牢靠的历史根据”。[②]“历史剧当然是艺术品而不是历史书。”[③]在这里，茅盾已经具有了新历史主义的“建构”的观点，即他所见的七十多部不同的史剧《卧薪尝胆》之所以有这样或那样的不同，乃是不同作者对于吴越之争这段历史的不同建构而已。人们对某个历史事件的观点不同，角度不同，

① 茅盾：《关于历史和历史剧》，《茅盾评论文集》(下)，人民文学出版社 1978 年，第 98 页。

② 茅盾：《关于历史和历史剧》，《茅盾评论文集》(下)，人民文学出版社 1978 年，第 190 页。

③ 茅盾：《关于历史和历史剧》，《茅盾评论文集》(下)，人民文学出版社 1978 年，第 227 页。

用以说明问题的意图不同，对于这个历史事件的建构就会不同。

更进一步，茅盾把历史剧中所写的人与事分成三种：真人假事，假人真事和假人假事三种。这里的问题是，这种真假参半或完全的假人假事，如何能达到艺术真实呢？茅盾的回答是："假人假事固然应当是那个特定时代的历史条件下所可能产生的人和事，而真人假事也应当是符合于这个历史人物的性格发展的逻辑而不是强加于他的思想或行动。"①"任何艺术虚构都不应当是凭空捏造，主观杜撰，而必须是在现实的基础上生发出来的。换言之，人与事虽非真有，但在作品所反映的时代社会条件下，这些人与事的发生是合理的，是有最大的可能性的。历史题材作品中的艺术虚构亦复如此。"②茅盾所论的历史剧中的假人假事或者说艺术虚构，强调要以"现实的基础"和条件，这应该是艺术创作的基本常识，无疑是正确的。但是在历史题材的创作中，像吴晗所说的严格地或比较严格地按照历史著作所提高的人与事来写作的情况，也是有的，我们不能完全抹杀吴晗的论点。吴晗自己创作的引起重大影响的历史剧《海瑞罢官》就是一例。

如果比较上面吴晗与茅盾所论，除了吴晗所说的历史剧也是历史的观点外，两人的观点和论证，都有合理性。只是他们所强调的方面不同而已。吴晗更强调历史剧的历史品格，茅盾则更强调历史剧的艺术品格。在历史题材创作的作品中，上述两类作品在文学史上都存在，而在改革开放三十年来，由于思想解放，由于整体政治环境改善，由于商业运动介入创作，这种分野更为清晰地显露出来，而且出现了所谓"戏说"的新品种。因此对于当代现实生活中的历史题材创作进行类型的划分，并进一步分别揭示它们不同的艺术追求和审美精神，就显得十分重要了。

---

① 茅盾：《关于历史和历史剧》，《茅盾评论文集》(下)，人民文学出版社 1978 年，第 190 页。

② 茅盾：《关于历史和历史剧》，《茅盾评论文集》(下)，人民文学出版社 1978 年，第 209 页。

二、历史题材文学作品的类型

诚如我们前面提到的，任何人都无法返回历史现场，史书的记载也不完全等于历史真实，这里也存在着按照自己主观意图的建构。但是，我们是否可以把史书假定为一个真实的或比较真实的存在，从作品与史书的关系的角度，来划分历史题材文学作品的类型呢？我们认为这是可以的。

如果我们从作品与史书关系的角度切入，那么我们就可以把目前的历史题材作品大体分成三大类：再现类、表现类和戏仿类。

首先，来谈谈所谓再现类的历史题材的创作。我们必须谨记，史书不等于历史本身。史书仅仅是史书作者事后根据一定的历史资料和相关传说所出的对历史纪录。这种纪录的真实性如何，因作者不同而不同，因所见的资料的不同而不同，不可一概而论。有的作者是像司马迁那样严肃的历史学家，用他自己的话说：他写《史记》是“亦欲以究天人之际，通古今之变，成一家之言”①。所以他的《史记》能做到“其文直，其事核，不虚美，不隐恶，故谓之实录”(班固语)。更多的作者是史官，受到统治者思想的束缚，虚美、隐恶之类的事情在所难免，很难做到“实录”。就是像司马迁具有“实录”精神的作者，限于见闻资料方面的局限，也很难完全记录历史真相。所以，我们这里所说的再现类的历史题材的作品，也不是完全的对历史真相的再现，仅仅是对史书的再现而已，很难有真实的“历史根据”。但无论如何，这类大体上再现史书的作品是有的，是历史题材中最为严肃的一类。还需要说明的是，这里所说的“再现”与一般对现实生活的再现作品也不完全相同。对现实生活的再现一般是指对

---

① 司马迁：《报任安书》。

现实生活的复制的样式；对历史题材的再现主要指与史书的接近程度而言，这两者是有所不同的。

自1978年实行改革开放这三十年来，再现类历史题材作品也时常出现。如20世纪八九十年代以来出现的电视连续剧《司马迁》《林则徐》《末代皇帝》《谭嗣同》《努尔哈赤》等。在革命历史题材的创作中，则有《中国命运的决战》《开国领袖毛泽东》《邓小平在1950》《少奇同志》《长征》《日出东方》等。应该说，这类作品一般忠实于史书，接近于史书，虽然其中也有艺术虚构、气氛渲染、细节描写、夸张集中等，但仍与史书基本一致，也没有故意要表现题材自身并不具备的意义含蕴，它们可以称为再现类历史题材的创作。例如，我们把电视连续剧《一代廉吏于成龙》与《清史稿》中的《于成龙传》相比较，两者所写的人物与事件以及于成龙成为一代廉吏的过程，完全是一致的。在《于成龙传》中："顺治十八年，谒选，授广西罗城知县，年四十五矣。""康熙六年，迁四川合州知州。……迁湖广黄冈同知，驻岐亭。""十三年，署武昌知府。""十七年，迁福建按察使。"后又"迁布政使。""十九年，擢直隶巡抚。""未几，迁江南江西总督。"后死于任上。在电视连续剧《一代廉吏于成龙》中，对于于成龙所任职务及先后，除康熙六年迁合州知州一段省略外，其余都一一按序展开描写。安抚百姓的事迹，依法办案的事迹，设法剿匪的事迹，当官20年不回家的事迹，康熙表彰他为"天下廉吏第一"的事迹，等等，都是按照史书一一加以形象化。电视剧的艺术加工主要表现在作者对于于成龙俭朴作风的渲染，耿直个性的刻画，一些细节的增益等。譬如，于成龙每在一任结束，奔赴新任前，为了表现他对自己工作过的土地的眷恋，都会特意装一陶瓶的泥土带走。20年后，他衣锦回乡，做了几个新的木箱子，把这些装有泥土的陶瓶放在里面。他故意做的箱子引起他的政敌的怀疑，上奏康熙，甚至奉旨半路检查他的箱子，但在没有检查什么金银宝贝，只检查出几瓶泥土后，康熙为此感动，立刻拟旨荣升他为两江总督。这一情节在史书里面是没有的，这是历史剧作者的刻意创造。这一情节的虚构，符合于成龙的性格逻辑和行动轨迹，合情合理，无可挑剔。在长达20集的电视连续剧中，主要的艺术加工仅此而已，因此不妨碍称这部历史剧是一部较为典型的再现类的作品。这也说明，再现类的历史题材的作品，并非不能进行艺术虚构，艺术虚构是所有类型的历史题材作品的共同特点。一部历史题材的文学作品是否是再现类，关键还是看它与史书接近的程度，看它在内容的意味是不是自然流露出来的。如果它所写的人与事接近史书，作品的意味是自然流露出来的，那么就可以看作是再现类的作品了。

其次，谈谈表现类的历史题材的文学作品。表现与再现是一对意义对立的词语。如果说再现趋向于客观的话，那么表现就趋向于主观。在西方，柏拉图、亚里士多德的摹仿说，被认为是再现说的传统的源头。亚里士多德说："一般说来，诗的起源仿佛有两个原因①，都出于人的天性。人从孩提的时候起就有摹仿的本能(人和禽兽的分别之一，就在于人最善于摹仿，他们的最初的知识就是从摹仿得来的)，人对于摹仿的作品总是感到快感。"②这种摹仿说，统治了西方二千多年，所以西方文学发展起来的更多是通过叙述以逼近对象的再现类文学作品。这个传统直到19世纪初英国的浪漫主义诗歌兴起后才被打破。以华兹华斯为代表的浪漫主义诗人，从对外部世界的摹仿转到对内心感情的抒发和想象力的展现，这就是从再现转到表现。华兹华斯反复强调："诗是强烈情感的自然流露。它起源于平静中回忆起来的情感。"③这不是说，诗歌不要描写人的行为和行动，这只是说："是情感给予动作和情节以重要性，而不是动作和情节给予情感以重要性。"另外，华兹华斯强调想象的重要性，说：

---

① 另一个原因是人的节奏感。

② 亚里士多德：《诗学》，《诗学·诗艺》，人民文学出版社1962年版，第11页。

③ 华兹华斯：《〈抒情歌谣集〉序言》，《十九世纪英国诗人论诗》，人民文学出版社1984年版，第22页。

"想象力最擅长的是把众多合为单一，以及把单一分为众多，——这些变化是以灵魂庄严地意识到自己强大的和几乎神圣的力量为前提，而且是被这种庄严的力量所制约的。"[①]这就是说，对于诗歌来说，通过想象力表现情感才是坦途。我们今天历史题材文学作品表现类，也基本上还是在上述意义来说的。

对于历史题材文学创作，表现类要着重解决的是内外关系、古今关系这两个问题。

第一是内外关系。对于历史题材的创作来说，所谓"内"，就是作家要抒发的内心的情感和思想，所谓"外"，就是从史书上拾取的某些史实的情节化。就表现型的历史题材的创作说，重要的是内在的情感与思想，而不是外在的史实的多少和完整性。形象化的人物、情节都是要的，但它是受情感和思想的表现约束的。这类作品在意识形态对立的时代，就更容易产生。郭沫若抗日时期创作的历史剧《屈原》，重要的不是屈原的种种遭遇和经历本身的完整性和真实性（甚至可以说这只是一个符号），重要的是要通过这想象重新组合过的形象体系来表现爱国主义和批判国民党的消极抗日乃至投降的行为。"外"要服从于"内"，只要把内在的感情和思想表现出来，原有的史书提供的资料可以通过单一到众多或众多到单一的想象，予以戏剧化的表现。

第二是古今关系。古今关系与内外关系密切相关，但也有一些不同。即在历史题材的创作中，虽然看起来是古今对话，但这不是平等的对话。在古今之间重要的是古为今用。郭沫若说："写过去，要借古喻今，目的在于教育当时的观众，这就是革命浪漫主义。有人说：写历史就要老老实实的写历史，那倒是一种超现实的主张了。文学史上的任何流派都离不开现实的基础，不仅现实主义是现实的，

---

① 华兹华斯：《〈抒情歌谣集〉序言》，《十九世纪英国诗人论诗》，人民文学出版社1984年版，第46页。

就是达达派、未来派、表现派或其他什么什么派，都是当时社会的产物。”[1]在这里，郭沫若把历史题材创作的古今关系说得很清楚，实际上也把表现类的历史题材的创作的古今关系说得很清楚。他自己创作的《屈原》《蔡文姬》《武则天》就是这种表现类作品的典型，郭沫若在历史剧中所看重的不是史书，而是他自己要表现的思想、感情和意愿。例如，他认为宋代以来，用儒家的封建正统的观念评价曹操，把曹操看成奸臣，这是错误的；他的看法是，曹操对于中国的历史和文化都有许多贡献，是一个了不起的历史人物，他要为曹操翻案。这就他创作《蔡文姬》要表现的思想、感情和意愿，把今天这个意愿表现出来了，这就够了，历史著作的事实完全可以更改、变动。曹禺创作于1978年的《王昭君》更是以古释今，他不管史书上怎样写王昭君出塞，他把王昭君写成一个深明大义的、促进民族大团结的女英雄，高高兴兴地出塞去了。史书被重写过，王昭君也被现代思想重新梳妆打扮过。这个王昭君与马致远笔下的哀怨的王昭君，与郭沫若笔下的悲愤的王昭君完全不同。

改革开放三十年来，历史题材表现类的作品越来越多。这是因为我们的作者主体的思想力量更强大了，现实也有了需要。我们看到了《康熙王朝》《雍正王朝》《乾隆皇帝》《大明宫词》《天下粮仓》《孝庄秘史》等一批历史题材的电视连续剧，其作者大都说是什么“正剧”，是什么“忠实于历史”的剧作，实际上都是观念在前、现实需要在前所组装起来的表现类的剧作。先有一个“太平盛世”之类的观念，然后通过由一变多或由多变一的想象，虚构成符号性的形象体系，把那个现代的观念表现、诠释出来。这些历史题材的作品借历史之外衣，所指涉的是皇权、统治、财富、欲望、享乐、权术、阴谋、算计，等等，并不是历史本身。

---

① 郭沫若：《谈戏剧创作》，《郭沫若谈创作》，黑龙江人民出版社1982年版，第165～166页。

最后，谈谈戏仿类的历史题材的文学作品。我们这里谈的“戏仿”类的作品，不同于过去的《杨门女将》《秦香莲》等一类的历史故事作品。它是随着市场化而发展起来的、运用电子媒介制作的、专门以历史作为消费和娱乐一类的作品。它也是当前流行的大众文化之一种。从20世纪90年代出场以来，《戏说乾隆》《康熙微服私访》《铁齿铜牙纪晓岚》等电视连续剧，都受到观众的喜爱，看完一集，就还想看第二集，一集一集看下去，十分吸引人。这些戏仿作品受到观众的喜爱不是没有原因，主要在于四个方面：第一是大众的欲望在幻想中得到替代性的满足。在今天商业社会的条件下，大众都有自己的欲望，如金钱、美女、权力，等等，这些欲望在现实中常常得不到满足。而戏说的作者就细心揣摩观众的心理，了解他们的现实中的欲望和心理，哪怕是根本不可能实现的欲望，然后用历史的外壳把它包装起来，让这些欲望在他(她)所崇拜、同情的“历史”主人公身上得到实现，这样自己的欲望也在戏说中得到了替代性的满足。虽然说戏仿性的作品作为后现代的作品具有“平面化、拼贴化、无深度、历史感缺失”的特点，但我们不能说它没有大众的心理基础。虽然什么金钱、美女、权力都是媚俗的，但正迎合了大众的无意识，大众才乐于接受。第二是它具有问题意识。对于现实社会有某些不公正，大众郁积在心头，不满、愤怒，无处发泄。那么这些戏说历史的作品，总是在历史的演义中安排“惩恶扬善”的情节和结果，宣扬“善有善报，恶有恶报”，在它所展现的情节的推进中，满足了大众的宣泄要求，甚至有荡气回肠之感。因此，我们又不能讲戏说的作品没有问题意识，它恰恰是有很强的问题意识。换言之，它是力图把现实的问题移置于虚幻的历史场景中去解决。第三就是它的娱乐化特点。情节曲折，变化多端，大开大合，引人入胜。因为是“戏说”，文本的语言则诙谐调侃，幽默有趣，平民化，通俗化，带有狂欢化的特点，能博得人们的笑声。第四就是它不追求历史的真实性，它消费、玩弄历史，看似合情合理，实则随意拼贴，任意虚构，对历史不尊重，而且在其中常常宣扬“皇权”“顺民”及一些庸俗思想等。这样，在一定的意义上，也可以说它是糖衣包裹的炮弹，娱乐中暗含的毒素。

三、三种不同的审美精神

上述三种类型的历史题材的文学作品，都是人的情感给予历史对象以情感的评价，因此都是审美，都具有审美精神，都能给人以审美的享受。但这是三种不同的审美精神。

再现类的历史题材的作品，强调史书所写历史的忠实性和客观性，不随意杜撰历史。虽然其中也有艺术加工，有艺术虚构，但尽量避免人为的痕迹，特别注意历史形象本身发展的自然轨迹，人物、事件变化的必然逻辑。这种种特色构成了现实主义的审美精神。这种现实主义的审美精神是怎样发生的呢？历史题材作品的创作者，只是把史书中所写的一切当成是历史的真实，他的兴趣是将这些“史实”从静态的文字变成动态的形象，并力求在想象中把这“史实”变成具体的、生动的形象和形象体系。如果“史实”有断裂，不够完整，那么就要通过想象模仿历史的现实(他假定的现实)并使其完整起来，如果“史实”本身过于散漫，不能吸引人，那么也同样要通过想象模仿历史的现实(他假定的现实)并把它们集中起来、强烈起来，最终使读者获得完整的具有戏剧性的生命的形式。作品生活样式就似乎跟生活原貌一样，描写也神形毕肖，这种艺术的实录，就给人以快感。更何况，作者还要在千锤百炼的史料中，毫不做作地、自然而然地发现感情和思想的意味，做到“他的感觉是印象的必然的结果，他的思想是从事物的现实产生的”①。这样，作者所描写的历史场

① 席勒：《论素朴的诗与感伤的诗》，《欧美古典作家论现实主义和浪漫主义》(二)，中国社会科学出版社 1981 年版，第 313 页。

景、历史人物、历史情节、历史细节就跟所流露的意味和谐一致。如在孔尚任的历史剧《桃花扇》中，通过明末复社文人侯方域与秦淮名妓李香君的真实爱情故事，“借离合之情，写兴亡之感”（孔尚任语）。“离合之情”的真实描写与“兴亡之感”天衣无缝般地连接在一起，真实、和谐，现实主义的审美精神就这样油然而生。

在表现类的历史题材的作品中，作家内在的思想感情处于优先的地位，史书中的历史只处于被动的地位。问题是历史实际如何才能被配置呢？这就要“把现实提高到理想”（席勒语），把历史提高到激情。历史本身似乎在这里是一个较低的存在，情感倾向和观念才是一个至高的存在。读者似乎看到了人物的表演，看到了奇特的情节，看到一些精彩的场景，实际上他们不过是被观念控制的激情所左右，人们在那里欣赏的是一种令人赞赏的激情，所感受到的是一种浪漫主义的审美精神。那么，到底这种浪漫主义的审美精神是怎样产生的呢？席勒在谈到“感伤的诗人”的时候这样说：“这种诗人沉思事物在他身上所产生的印象；他的心灵中所引起的和他在我们心灵中所引起的感情，都是以他这种沉思为基础。对象是联系着观念而考察的，它的诗的印象就是以同观念的这种关系为基础。因此，感伤的诗人经常打交道的是两个互相冲突的感觉和印象，是当作有限看的现实，和当作无限看的他的观念。他所引起的混合感情总是证实这种源泉的双重性。”[①]就表现类的历史题材作品的作者而言，他面临两种事物：一个是史书上的历史，一个是蓄积在他心中的观念。他用他的观念沉思这史书上的历史，获得了他需要的印象，引起了感情的反应。但无论是印象还是感情都是以他主体的沉思为基础。他眼中的史书上的历史是联系着观念而被考察的。他作品的人物、情节、场景等都不是独立的、客观的，而是同这观念的这种关

① 席勒：《论素朴的诗与感伤的诗》，《欧美古典作家论现实主义和浪漫主义》（二），中国社会科学出版社1981年版，第317页。

系为基础的。作者在创作中，与历史形象与感情观念打着交道，但历史形象就是那有限的印象，而感情观念则有无限的可能，这就不能不发生史书形象与作者感情观念的冲突，在这冲突中总是感情观念发展为激情，占着强大的优势，于是史书的形象不是被忠实地维护，而是被强大的激情所改造。让我们举一个例子来说，电视连续剧《大明宫词》被认为是表现类的作品，史书的确谈到了太平公主这个人。《资治通鉴》："太平公主依上皇之势，擅权用事，与上有隙，宰相七人，五出其门。文武大臣，大半附之。"就是说，太平公主在历史上是一个搞政治的人，喜欢的是党争和权术。这个历史真实是有限的。但作者沉思这段历史的印象，却做了无限的思考，他没有顺其自然，而是在无限的思考中选择了用爱情与权力的观念来联系这段历史，最后用观念改变了这段历史，因为电视剧《大明宫词》的主旨是关于"爱情与权力，权力与人性"的深度的思考。剧中的历史形象都力图激起人们对此问题的思考。我们在被剧情吸引的同时，更多的是被历史上升到的观念所吸引。激情的引力，娱乐的引力，这就是浪漫主义审美精神在剧中的体现。

戏仿类的历史题材的作品的审美精神就是游戏、娱乐。游戏是人的天性。虽然历史的发展往往是沉重的、惨烈的，但人的游戏始终没有停止。今天的戏仿类的历史题材的作品，是后现代的产品。后现代是怎样一回事，这是一个很难说清楚的问题。按照我们的理解，后现代是人类发展到第二次世界大战后，现代化发展到极端的一种生活方式或思维方式。在现代性追寻意义、解决矛盾、推进社会的过程中，遇到了重重阻力。人们终于感到人生的意义不可能全部追寻到，社会的矛盾也不能全部解决，人类似乎要进入一个死胡同，理性、上帝、真理、真实、规律等传统价值都不可靠，或者说解释不了我们面对的世界。那么怎么办？终于有人觉悟到，既然现代性的意义不能完全追求到，社会矛盾不能完全解决，那么我们就把它悬置起来，把理性、上帝、真理、真实、规律等传统价值也悬置起来。只要有可能，与其为追寻意义和解决社会矛盾而烦恼，还不如让我们暂时把现代性放一放，把上帝、理性、真理、规律放一放，甚至可以把它们颠倒过来：一个汉堡包照片比一个汉堡包还要真实；一个关于可口可乐的广告，才使你尝出了可口可乐的味道；地图比真的国土更真实。一切都可以颠倒。既然一切都靠不住，还是让我们返回到游戏的快乐中去。有人把这种思维方式称为“一种新的启蒙”。那么，在这样一个新的时代，有了电子媒介这样的新时代，怎样去游戏呢？后现代提出了戏仿、互文性、拼贴、复制等方法。所谓戏仿，就是模仿，不过这模仿有一种夸大原作与“正常”话语之间距离的讽刺性的冲动。虽然，这是平面化的，无深度的，但可以让我们感到愉快，如《铁齿铜牙纪晓岚》，它当然是在模仿纪晓岚，但在后现代的这种“戏仿”中可能比正常的纪晓岚还要滑稽、还要可笑。似乎真的纪晓岚不如这个戏仿中的纪晓岚。假的比真的还真，假的历史胜过真的历史。这就引起了我们的笑声，我们在笑声中获得娱乐。戏仿类的历史题材的作品的后现代的审美精神也就这里显示出来。还有一点，在写现实的题材中，作家们一般不能颠倒黑白，不能不讲意义和价值，否则就要遭到人们的质疑。但在历史题材的创作中，你可以“戏说乾隆”，可以拿他来开玩笑，因为他仅仅是历史上一个皇帝，与我们距离很远，与我们没有利害关系，开他的玩笑也不会引起质疑，随意戏仿、拼贴又有何妨？在这种情况下，在我们又有闲暇时间的情况下，我们消费历史，玩弄历史，是几乎所有的人都可以接受的。所以，戏仿类历史创作通过戏说和搞笑来表现后现代的审美精神，也就成为可能。

（《甘肃社会科学》2010 年第 1 期）

历史文学中的封建帝王评价问题

一、帝王形象创造需要“主体意识”的参与

有的学者说，历史题材的文学创作是“双声话语”，既要历史的真，又要艺术的美。这样说自然是对的，但还不够。实际上历史题材的文学创作是“三声话语”，除历史的真和艺术的美之外，还必须有作家或编导的主体意识。所谓主体意识，差不多就是胡风所说的“主观战斗精神”。我还认为这第三种声音，并不是可有可无的，而是剧本的内在的灵魂。诚然，我们看重历史的真(可信)，艺术的美(好看)，但是历史的真和艺术的美如何才能达到呢？这就有赖于作家的自身思想情感介入与参与。历史的真，不是现成的东西，尽管有各种历史著作作为依据，但那是后代的历史学家追忆的东西，其中的偏见几乎到处可见，有意地增添，刻意地忽略，甚至故意地歪

曲，都是可能的。所以有的学者把原本原貌的历史叫作“历史1”，而把历史著作中所展现的历史叫作“历史2”。作家不可能面对几百年前、几千年前的“历史1”。在我看来，就是大家一致称赞的司马迁的《史记》，其中也有不少的虚构和假定，美化和丑化，选择与摈弃，增添和忽略，隐藏与凸显，否则那些人物对话他是从何得来的？难道他司马迁真的听到了几百年前他笔下人物的对谈了吗？这是不可能的。那么如何尽可能(我只说尽可能)接近历史的本真原貌呢？这就要靠作家主观思想情感的介入与参与，设身处地，感同身受，感人物之所感，想人物之所想，做人物之所做，选择那些应该选择的，摈弃那些应该摒弃的，补充那些必须补充，删改那些必须删改的。这样，也许更能接近历史本真。艺术的美更要作家主观思想感情雨露的浇灌，如果没有作家思想感情雨露的浇灌，如实地描写，或巧妙地描写，不论描写手法如何创新，都不可能把读者需要的艺术美展现出来。从这个意义上说，作家的“主体意识”力量重于历史的真与艺术的美的力量，它不能不是历史文学中的另一重声音。

值得注意的是，作者们在写古代帝王生活的时候，也要有主体意识的介入，即对帝王及其生活进行评价。把某帝王的所谓千秋功罪做平列式的罗列，堆砌各种资料，拼凑各种细节，虚构具体的场景，东拉西扯，万般铺陈，这都是无济于事的，或没有意义的。重要的是主体意识的灌注，给帝王一个中肯的评价。把某帝王的真实还给历史。这种经过作家主体意识介入的历史，我们似乎可以叫作“历史3”。帝王的真实不在历史1，因为这样的历史本真无从追寻；也不在历史2，这仅是历史家的历史。唯有具有作家主体意识参与的历史3，才是历史文学所需要的历史真实。

二、帝王形象需要“最现代的思想”的评价

马克思1859年在给拉萨尔的信中，谈到他的历史题材的剧本

《弗朗茨·冯·济金根》创作的得失。马克思认为拉萨尔对于济金根贵族们隐藏着的旧的帝国和强权的梦想，描写得太多，占去了全部注意力，“农民和城市革命分子的代表(特别是农民的代表)倒是应当构成十分重要的积极的背景。这样，你就能够在更高得多的程度上用最朴素的形式恰恰把最现代的思想表现出来”①。马克思这段话对我们是有启发的。特别他要求历史剧“用朴素的形式把最现代的思想表现出来”，尤其精辟。如何来理解历史剧表现“最现代的思想”呢？是不是像正在热播电视剧《汉武大帝》那样，汉代的古装人说着现代的白话，加上诸如“国家兴亡，匹夫有责”这类清代才有警句，就表现出“最现代的思想”呢？当然不是。让古人嘴里充满了如今才流行的话语，这是作家或编导无能的表现。让古人做现代的事情，讲现代的革命道理，以现代人之心度古人之腹，向现代人说教，把一切现代的都强加到古人身上，这是反历史主义。马克思要历史剧表现“最现代的思想”肯定不是指这些反历史主义的种种做法。

马克思的意思显然是作为现代的剧作者应该运用历史唯物主义(即唯物史观)这个“最现代的思想”去掌握和选择历史资料，分析历史事实，评价历史人物，总结历史的经验与教训，并最终让人对于今天的社会有所“感悟”和联想。例如，在拉萨尔的《济金根》的剧本中，马克思认为以“最现代的思想”，分析当时的社会发展趋势和社会发展力量，不应该把全部的兴趣放在济金根们这些贵族的身上，“农民和城市革命知识分子的代表(特别是农民的代表)倒是应当构成十分重要的积极的背景”，特别要有农民的参与，这才更具有历史真实。

大家都知道毛泽东曾针对历史电影《武训传》说过的话：“在许多作者看来，历史的发展不是以新事物代替旧事物，而是以种种努力

---

① 马克思：《致斐·拉萨尔》(1859 年 4 月 19 日)，《马克思恩格斯选集》第 4 卷，人民出版社 1995 年版，第 554 页。

去保持旧事物使它得免于死亡；不是以阶级斗争去推翻应当推翻的反动的封建统治者，而是象武训那样否定被压迫人民的阶级斗争，向反动的封建统治者投降。我们的作者们不去研究过去历史中压迫中国人民的敌人是些什么人，向这些敌人投降并为他们服务的人是否有值得称赞的地方。我们的作者们也不去研究自从一八四〇年鸦片战争以来的一百多年中，中国发生了一些什么向着旧的社会经济形态及其上层建筑（政治、文化等等）作斗争的新的社会经济形态，新的阶级力量，新的人物和新的思想，而去决定什么东西是应当称颂或歌颂的，什么东西是不应当称赞或歌颂的，什么东西是应当反对的。”[①]我认为毛泽东在这里表述的历史唯物史观应该受到充分的尊重和理解，应该用阶级论观点和发展的观点来看待作者笔下历史生活，这是完全正确的。这就是以“最现代的思想”来看待历史的一个典范。按照唯物史观，封建帝王的本质什么？封建帝王是封建地主阶级的最高代表，他们虽然生活于不同的历史时期，所遭遇的社会问题各不相同，所具有的个性也各异，但都号称“天子”，所谓“君权神授”，个人拥有至高的权威和权力，并以此实行严酷的专制统治，有生死予夺之权，用今天“最现代的思想”看，帝王无不是反民主的、反法治的，他们代表着旧社会经济形态及其上层建筑，代表着旧的政治和文化，这是他们的共性。尽管历代帝王中有实行“王道”和“霸道”的区分，似乎“王道”更讲人情和道德，更顺应民情，所实行的是“善政”，而“霸道”则不顾人情和道德，逆民情而动，一味依靠权势，颐指气使，横行天下，实行恶政。但对于历代帝王而言，完全实行“王道”的很少，完全实行“霸道”也不多，大多是“王道”中有“霸道”，“霸道”中有“王道”，即所谓的“常道”。而其结果可能会有不同，甚至有很大的不同：有的建立了伟大的功业，有的则庸庸

① 毛泽东：《歌颂什么、反对什么》，《毛泽东论文艺》，人民文学出版社 1983 年版，第 85 页。

碌碌，潦倒一生。并不是天下乌鸦一般黑，这是必须要承认的。

与此相联系，人们可能会问，历史上是不是有开明的皇帝？帝王中是不是有伟大的人物？如果有的话，他们对社会发展问题的解决所做出的贡献是否应该得到肯定的评价？我想这些问题都是需要回答，也是可以回答的。马克思说："每一个社会时代都需要有自己的大人物，如果没有这样的人物，它就要把他们创造出来。"①的确是这样，历史总是给历史人物(包括帝王)提供了机遇。现实也总是给现实的人提供机遇，而不论是什么时代，都可能面临一些必须解决的问题。如在汉代，北方的匈奴不断入侵，杀虏边民，成为社会不安定因素，汉高祖没有解决这个问题，所谓的"文景之治"也没有解决这个问题，汉武帝以他的"雄才大略"，在卫青、霍去病等将领和无数士兵及广大人民的支持下，平息了匈奴之乱，同时打通了河西走廊，开辟了丝绸之路，是一大功绩。电视连续剧《汉武大帝》肯定和颂扬了打击匈奴所取得的功绩，是大体不错的。所以我们应当承认帝王中有开明的，或睿智的、有气魄的、有才干的，有为历史中重大问题的解决获得成就的人物，有为民族国家的形成做出贡献的伟大人物；不承认这一点区别，统统简单地归结为罪不可赦的剥削者、压迫者是不符合历史事实的。但是，电视连续剧《汉武大帝》在肯定汉武帝的功绩的同时，对于汉武帝的赞颂，也过分"拔高"，特别在开篇的歌词中竟然唱汉武帝"你燃烧自己，温暖大地，任自己成为灰烬"。这样的鼓吹和赞颂，对封建帝王的汉武帝是合适的吗？特别是他晚年穷兵黩武，好大喜功，炼仙丹，喜方士，这种近乎吹嘘谄媚的称赞是汉武帝能够承受得起的吗？汉武帝的伟大，仍然是作为封建帝王的伟大，帝王的本性在他身上并没有改变，过分的鼓吹乃是臣民的奴性思想在作怪，离马克思所说的"最现代的思想"距

---

① 马克思：《1848年至1850年法兰西阶级斗争》，《马克思恩格斯选集》第1卷，人民出版社1995年版，第432页。

离很远很远。这种过分夸大帝王作用的描写是一种帝王崇拜，与辛亥革命反帝制和“五四”时期批判“国民性”的思想是背道而驰的。

三、评价帝王的三要点

在当代历史文学创作中，帝王常常是人物描写的中心，成为作者们所热衷的写作对象。《康熙王朝》《雍正王朝》《乾隆王朝》《成吉思汗》《汉武大帝》等影响很大的小说和电视连续剧，都以帝王作为主角来展开艺术描写。这里当然不应设什么禁区，问题在于怎样写才是成功的。我认为，面对帝王形象，不但要看作者所写的历史是否可信，不但要看艺术表现是否栩栩如生，更重要还要看作者对于作为作品的主角的封建帝王的评价是否准确和正确。

那么，我们在描写那些有作为的帝王的时候，应该注意哪些问题呢？

第一，我们的作者们不要把这些帝王看成是天生的，离开他们历史就不能前进。要知道，在封建社会中，谁成为帝王，是封建内部斗争的结果，带有很大的偶然性。恩格斯曾经说过：“恰巧拿破仑这个科西嘉人做了被本身的战争弄得精疲力竭的法兰西共和国所需要的军事独裁者，这是个偶然现象。但是，假如没有拿破仑这个人，他的角色就会由另一个人来扮演。这一点可以由下面的事实来证明：每当需要有这样一个人的时候，他就会出现，如凯撒、奥古斯都、克伦威尔等等。”①同样的道理，像汉代的汉武帝出现，是历史需要的结果，因为在那个时期，匈奴的问题已经到了非解决不可的时候，需要有一个具有战略眼光的帝王出来平定匈奴之乱。如果没有刘彻，“他的角色会由另一个人来充当的”。那种在小说或影视作品中故意渲染某个帝王出生时就不同凡响，有什么天人感应的现象发生，连

---

① 恩格斯：《致瓦·博尔吉乌斯》(1894 年 1 月 25 日)，《马克思恩格斯选集》第 4 卷，人民出版社 1995 年版，第 733 页。

孩子哭声都不同于凡人，似乎他真是上天派下来专为解决某个历史难题的人物。这样一些描写，都是历史唯心主义的伪艺术伎俩。

第二，我们的作者们应当把帝王置于历史发展潮流中去把握，看他是顺应历史潮流呢，还是逆历史潮流而动。帝王总生活在一定的历史阶段，这个阶段的现实是否是必然的、合理的，即是否符合历史潮流？如果现实是必然的、合理的，你肯定这个现实，拥抱这个现实，那么你是对的；但是如果历史潮流已经向前发展了，那么就显示出原有的现实的不合理，必须加以调整或推翻。我们的作者不应该总是守住黑格尔的那句“凡是现实的都是合理的；凡是合理的都是现实的”，而应该听一听马克思的话：“一切发展，不管其内容如何，都可以看做一系列不同的发展阶段，它们以一个否定另一个的方式彼此联系着。比方说，人民在自己的发展中从君王专制过渡到君主立宪，就是否定自己从前的政治存在。任何领域的发展不可能不否定自己从前的存在形式。”①我们还可以更具体地听一听恩格斯的话：“法国的君主制在1789年已经变得如此不现实，即如此丧失了任何必然性，如此不合理性，以致必须由大革命(黑格尔总是极其热情地谈论这次大革命)来把它消灭。所以，在这里，君主制是不现实的，革命是现实的。这样，在发展进程中，以前一切现实的东西都会成为不现实的，都会丧失自己的必然性、自己存在的权利、自己的合理性；一种新的、富有生命力的现实的东西就会代替衰亡的现实的东西。”②

如果我们听懂了马克思和恩格斯的话，那么他们的思想是清楚的：一定阶段的社会现实不一定是必然的、合理的，该加以赞扬的。历史潮流滚滚向前，原有的现实可能不具有必然性和合理性，那就

---

① 马克思：《道德化的批评和批评化的道德》，《马克思恩格斯全集》第4卷，人民出版社1958年版，第329页。

② 恩格斯：《路德维希·费尔巴哈和德国古典哲学的终结》，《马克思恩格斯选集》第4卷，人民出版社1995年版，第215～216页。

要用新的、更富有生命力的现实加以取代。对于帝王及其行为的评价，就应该用这样的观点来加以衡量。

例如，同样是生活于封建社会的帝王，也有一个是生活于封建社会的上升时期还是衰落时期的问题，我们对于他们作为的评价，就不能不考虑这种区分。还是以电视连续剧《汉武大帝》为例。这部电视剧的主要人物汉景帝和汉武帝，都处于中国封建社会的上升时期。电视剧的主要内容写了汉景帝平定内部的七国之乱，建立汉代中央集权，汉武帝讨伐匈奴的胜利，扩充了疆土，就应该放到这个历史背景中去加以考量。汉高帝于公元前202年战胜项羽，做了皇帝，建立了汉王朝。但是汉高帝在立国以后，留下了两大问题没有解决。一个是诸侯王割据，汉朝廷直接统辖仅有十五郡，其他地方由诸侯王统辖。当时这样做，对于汉高帝来说实在是出于无奈，因为不分封，大家不能齐心合击项羽，不能齐心推他为皇帝。但分封之后的局面与战国时代的割据局面十分相似，国家未能统一起来，也时时威胁汉王朝的稳定。另一个是对于匈奴的和亲政策。汉高帝也曾率32万军队进驻平城(今山西大同县东)，准备袭击匈奴。但匈奴冒顿率40万骑兵围困平城7日，汉高帝不战自退。从此匈奴更加强大，经常入寇西汉王朝西北部边境，汉朝只能忍辱退让，以和亲政策求得暂时的和平。但历史问题总是要解决的。汉景帝时期，诸侯王割据问题进一步激化，公元前154年发生了吴、楚、赵、济南、淄川、胶西、胶东七国诸侯王联合反叛，形成了七国之乱。汉景帝奋起应战，运筹帷幄，派智谋过人的周亚夫击败七国叛军，灭了诸国。此后皇子受封为侯，只征收税租，不再管理政事，在中国历史上真正结束了诸侯割据制度，符合历史潮流，也加强了西汉王朝的中央集权。这应该说是历史的功绩，作为这场削藩战争的最高代表汉景帝有历史贡献，应予以积极评价。电视连续剧《汉武大帝》对于汉景帝的评价应该说是大体不错的。汉高帝留下的第二个问题，即对匈奴的战争问题则由在位 54 年的汉武帝解决了。汉武帝于公元前 129 年开始了对匈奴的战争，耗费了“文景之治”所留下的大量的经费和各种资源，重用卫青和霍去病等将领，动用了无数的人力资源，征战 44 年，打了几大战役，最终把匈奴赶往漠北，结束了匈奴对汉朝地域的侵扰。《汉武大帝》赞扬了汉武帝的“雄才大略”，特别是他对匈奴作战的胜利，这也是符合历史潮流的，评价应该说也大体不错。历史提供了顺应历史潮流的机会，汉景帝、汉武帝虽然是封建时代的帝王，但他们抓住了这个机会，有所作为，建功立业，是应该得到适当的积极评价的。

但是对于处于封建社会衰落时期的清代康熙、雍正、乾隆来说，就不能与汉景帝、汉武帝同日而语了。笔者曾在一篇文章中说过：二月河的清代“帝王系列”所写的“康雍乾盛世”处于 18 世纪，康熙、雍正、乾隆三朝共 134 年，乾隆禅位于嘉庆那年离标志着中国衰落的 1848 年鸦片战争只有 44 年，离 1911 年辛亥革命只有 116 年。对于具有五千年历史的古代中国来说，封建社会不但处于衰落的后期，甚至可以说已经进入末世。“康雍乾盛世”不过是封建社会这个衰老的躯体的最后的“回光返照”。对于二月河创作的“帝王系列”长篇小说，以及其后所改编的电视连续剧，明知“康雍乾盛世”不过是末世的“繁荣”，是即将开败的花，是即将枯萎的树，是黄昏时刻的落日，是远去的帆影，但作者还是不能按照历史发展的大趋势去真实地把握它，而用众多的艺术手段去歌颂“康、雍、乾”诸大帝，如称颂康熙的溢美之词是：“面对冰刀血剑风雨”，“踏遍万里山河”，“站在风口浪尖紧握住，日夜旋转”，“愿烟火人间，安得太平美满”，说他“还想再活五百年”。吹嘘雍正则是什么“千秋功罪任评说，海雨天风独往来，一心要江山图治垂青史”。作者真的把他们的统治描写成“盛世”，这在某种意义上是推销最腐败的专制帝王文化，这不能不说是令人费解的。其实，中国的历史发展到明代，中国社会自身已经生长出了资本主义的幼芽，特别是到了晚明时期，资本的流通和市民社会也初步形成，特别是出现了泰州学派，出现了李贽等一群思想解放的学者，反对以孔子之是非为是非，加上农民起义风起云涌，使中国进入到了一个历史转折的关头，如果不遇到障碍，资本主义有可能自然地破土而出。这就是当时社会发展的走向。清朝建立后是顺应这个历史潮流呢，还是逆这个历史潮流而动呢？这是我们必须弄清楚的。康雍乾三朝长达 134 年的统治，虽然社会是基本安定了，生产也得到恢复，但他们把封建主义的专制制度发展到极端，朝廷的全部政务，包括行政、任免、立法、审判、刑罚等一切，事无巨细，都要皇帝钦定。特别是以儒家思想僵硬地钳制着人们，更是达到登峰造极的程度。尤其是康雍乾三朝所盛行的文字狱，一朝比一朝严厉。乾隆朝文字狱竟多达一百三十余起，因文字狱被斩首、弃市、凌迟、门诛甚至灭九族等，层出不穷。整个知识文化思想界噤若寒蝉、万马齐喑。这一扼杀思想自由的行为，后果最为严重，他直接导致了国民奴性的形成，也直接导致朝廷眼光狭隘、闭关锁国、蔑视科学、重农轻商等局面的形成。可以说，在康雍乾三朝已经埋下了晚清社会落后、国力孱弱、内忧外患、亡国灭种的危机。不幸得很，正当我们为 17、18 世纪康雍乾盛世而自骄自傲的时候，欧洲的主要国家在文艺复兴运动之后，开始并完成资产阶级革命，科学技术发明接连不断，轰轰烈烈的现代工业革命创造了人类空前的财富，开始了现代化的进程，把东方各国地远远甩在了后面。以英国为首的列强已经开始对东方的中国虎视眈眈，中国离遭受别人宰割的日子已经不远了。这就是历史大趋势和总趋势坐标中所谓的康雍乾“盛世”，他们的统治并非顺应历史发展的潮流。显然，帝王系列小说并没有从这种宏阔的眼光来认识这段历史，虽然二月河也把它称为“落霞三部曲”，但写康、雍、乾的缺陷只是一种点缀，而歌颂他们殚思竭虑为百姓谋利益，不畏艰险为中国谋富强，千方百计为国家除腐败等则成为主调。这是在歌颂逆历史潮流而动的最腐朽的东西，我不认为这样的评价是可以接受的。①

第三，要写出帝王形象的思想和心理的复杂性，定量分析没有意义，需要的是写出他们的悖论式悲剧。现在描写帝王形象的历史小说和电视连续剧，总是按所谓的“三七开”“四六开”来评价，这种量化的评价必然会把帝王形象简单化，不可能把帝王思想和心理的复杂性充分展现出来。有的作者总是把全部兴趣放在这些帝王们所谓的建功立业上面，农民和其他阶级的不满和斗争，并没有进入他们的视野，没有成为与之对照的背景。

正在热播的电视连续剧《汉武大帝》也存在这个问题。编导者只关心表现他的“雄才大略”这一面，而没有展现他压迫人民、剥削人民、给人民带来灾难的一面，当时的农民起义也没有进入到他们的视野；作者们只关注他性格中坚强的一面，没有强调他性格中残酷的一面；只强调他大败匈奴的战功，而穷兵黩武的一面则完全被忽略了。

历史就是历史，表现汉武帝，要尊重历史。一定要把汉武帝的复杂性表现出来。汉武帝不完全是他本人，他就是那个历史时代的产物。他的一生，无论个人命运，还是政治生涯，都是复杂的。早年的汉武帝意气风发，雄心不已；晚年他权力独揽，但他的悲哀是连个亲人都没有，最后宁可把监国大权交给大臣，也不交给亲属。当他权力达到顶峰时，他实际也成了孤家寡人。汉武帝还梦想长生不老，导致各种迷信的骗子出入朝廷，搅扰朝政。晚年更是刚愎自用，性情古怪，朝令夕改，深不可测；太子被迫自杀，卫夫人也被迫自杀，后来谁被他任命为丞相，谁就会感到大祸临头，甚至有人哭着不肯做丞相，这不是咄咄怪事吗？

汉武帝下“罪己诏”，可罪恶已经铸成，无法挽回。他为了支持

① 参见童庆炳：《历史题材创作三向度》，《文学评论》2004年第3期。

对匈奴的战争，其所需要的经费，不能不巧取豪夺。于是对农民进行残酷的剥削，田三十亩按一百亩征收税租，口钱每人二十改为二十三，七岁起算改为三岁起算。结果，贫民生子多杀死，农民贫困破产。在汉武帝统治下，“海内虚耗，人口减半”，这是汉武帝自己没有想到的。

汉武帝完全是个悖论式的悲剧人物，可以说，他是一个普通人，有人性人情，但又是一个政治家，擅权专断，不讲道理；他是一个明君，深知自己的责任，但又是一个暴君，杀人如麻；他权力大无边，臣民们都围着他转，但他又是孤家寡人；他是一个情种，他钟情于女人，知道女人需要什么，可他又是一个无情的人，顷刻之间，见异思迁，移情别恋，且说杀就杀；他是一个硬汉子，杀伐决断，敢作敢为，但又是一个软弱的人，他害怕他做的事情有可能失败。这样的复杂的人物性格，不是“三七开”“四六开”的定量分析可以表现出来的。应该充分展现他的多面性格，展现他内心的痛苦，展现他最后的既胜利又失败的悲剧悖论。可惜得很，目前我们所见到电视连续剧，恰恰停留在这种“三七开”或“四六开”的定量分析中而无法展示特定时期帝王性格的复杂性和悲剧命运。

（《北京师范大学(社会科学版)》2005 年第 4 期）

代后记

这篇后记本来应该是由童庆炳先生本人亲自撰写的，但实际情况是，老人家还没来得及进入这一环节，就于今年 6 月 14 日仙逝了。这样，便只好由我越俎代庖，勉为其难地写上几笔。

据我掌握的信息，也据童老师最后四届博士生回忆，《童庆炳文集》的整理与编纂经历了一个较为漫长的过程。2010 年 9 月，新一届博士生江飞和李立刚入学不久，童老师便找他们帮忙，嘱其编辑文集一事，以便为以后的正式出版做准备。江飞说："当时，童老师只给了我们一摞已复印保存的文章，数量少，也比较散乱，基本上是在网上容易找到的文章。为了编得更准确、更齐全，那时我们在课余时间搜遍了网络，跑遍了北师大图书馆，坐公交车到国家图书馆更是不计其数，查找、借阅、复印、整理、编纂，力求将童老师发表的所有文章一网打尽。"经过三个月的努力，他们二人初步完成了十二卷文集、总字数约四百万字的编辑工作，其中包括《童庆炳文集》十卷和《童庆炳研究（1979—2010）》上下两卷，同时他们还分别编纂了《童庆炳文集（1961—2010）》总目录、《童庆炳文集编年索引（1961—2010）》以及各分卷目录。值得一提的是，当初的十卷文集是按时间顺序编辑起来的，这应该是童老师对自己文集的最初构想。

之后，2011级博士生李圣传与段恺，2012级博士生姜洪真、席志武与彭薇，2013级博士生杨宁宁又根据童老师的另一种编排思路，在此前编辑的基础上调整结构，完善内容，查漏补缺。姜洪真回忆，2012年10月，童老师在北医三院因心脏病接受治疗期间，曾向她口述过一个文集编排的思路框架——四百多万字的文集准备出十二卷，每卷约四十万字，其中理论研究十卷，文学创作两卷。理论研究包括审美诗学（三卷）、心理诗学（两卷）、文体诗学（一卷）、比较诗学（三卷）和文化诗学（一卷），文学创作包括两部长篇小说（一卷）和散文随笔（一卷）。童老师出院后不久，他便安排姜洪真与席志武按新的编排原则加以落实，姜洪真负责审美诗学和心理诗学两大块，席志武负责文体诗学和比较诗学两部分。文化诗学因仅涉及初步完成的一部书稿，这部分便交由李圣传校对完善。2013年2月，他们编出了文集目录；2013年秋，重新编排的文集已大体竣工。

但实际上，这并不意味着这套文集就万事大吉了，因为在此后一年多的时间里，童老师还曾不断念叨起文集之事，而每念叨一次，我听出来的话外音都是不满和焦虑。例如，在文艺学研究中心举行的2013年年底总结会上，童老师显然有备而来，因为轮到他发言时，他说他要给大家讲一讲自己的最新思考，可概括为“两论”——“体制论”和“单元论”。所谓“单元论”，是说学人治学一般以十年为一个单元，只有在一个单元内集中做一件事，深挖洞，广积粮，勤思精研，穷其所有，才能把它做到极致。随后他马上以自己为例说：“但我研究《文心雕龙》，十年中并没有把它研究到极致，没有成为这个方面首屈一指的专家。”2014 年 5 月 17 日，文艺学研究中心召开学术委员会会议，会上童老师又讲起了科研速度与学术质量问题。他从梁启超的《中国近三百年学术史》讲起，先是谈钟敬文先生在“六五”规划中的遗憾——他想写本梁启超那样的书，却终未如愿。接着又拿自己说事：编了十卷本的文集，觉得好多东西是应景之作，有价值的东西不多。而编自选集时他也意识到，自己这辈子真正满意的文章，有些价值的文章，不过五六篇而已。

这番话让我很受震动，我也立刻联想到钟敬文先生的一个说法：“我从十二三岁起就乱写文章，今年快百岁了，写了一辈子，到现在你问我有几篇可以算作论文，我看也就是有三五篇，可能就三篇吧。”(《人民的学者钟敬文》，学苑出版社 2003 年版，第 122 页)两位老人晚年时如此评价自己，不约而同，在我看来绝非什么自谦之词，而是活到一种境界之后的大彻大悟之言，其中我以为隐含着两层意思：一是要想有所发现，有所出新，以真知灼见之文行世，是难乎其难的；二是贪多求快，或逞一时之勇，可能会写出学术时文，却又往往速生速灭，成为过眼烟云。我觉得起码在童老师那里，他已意识到这一问题的严重性，却又来不及补救了。因为那天他结束发言时说：“我自己觉悟得太晚了。”

因此我猜想，在编辑自己的文集时，童老师或许并非主要是欣慰和满足，而是有些失望，有些遗憾。为了弥补一些缺憾，也为了把他这套文集归置得妥帖些，修补得漂亮些，2014 年暑期他又亲自动手，调整、补充、完善、提高，直到把自己折腾出毛病。我还记得那是去年 8 月 28 日下午四点半左右，我把童老师的保姆小郭约至北师大西门外，与她在零星小雨中聊童老师近况，长达一小时(此前她曾给我打过电话，直言童老师身体不好，希望与我见面说十分钟)。她说，童老师最近被十卷文集折磨得够呛，脑子也不好使了，重复打印了多遍文稿，老出错。她还说，童老师依然惦记着要再写两三篇关于《文心雕龙》的文章，这样才能使《〈文心雕龙〉三十说》圆满。而这本书既被童老师看得很重，也正是他准备收到文集中的内容之一。她希望我们想想办法，帮帮他，劝劝他，让他停下手头的所有事情，好好休息一阵子。

事情紧急，我马上给程正民老师打电话，向他求主意。程老师立刻去看望童老师，发现他果然状态很差，便赶快跟我说，得给童老师减负。他建议我与姚爱斌加入进去，爱斌负责《文心雕龙》卷，我负责另一卷论文组成的集子，别让他再跟自己的文集较劲了。但我们还没来得及进入，童老师就在 9 月初给我电话，让我和爱斌各派自己的一位学生去他家，帮他再整理一下十卷本的文集，他说他自己老也弄不好。我随即与爱斌商量，他派出了杨宁宁，我则派出了徐晓军。

2014 年秋冬之际，很可能是童老师平生状态最差的时期。那一阵子，他的脑子确实出了点问题——张嘴忘词，提笔忘字，思维迟钝，语速更慢。他也跑了几趟医院，让医生帮其诊断病因。但就在这种状态下，他每天还要读书写作，力争让他的《文心雕龙》研究有一个大团圆结局。他跟我说过，坐在电脑前，他经常是精神涣散，哈欠连连，犯困，打盹儿，有时甚至会睡过去，但醒来之后还得接着工作，效率很低。每每想到这幕情景，我就觉得心酸，也觉得有些悲壮。也许，那时的童老师已意识到什么，他在与死神赛跑，也在挑战生命的极限。套用以前的一个说法，他确实是战斗到了生命的最后一息。

至年底，他终于把十卷文稿理顺了，也差不多补齐了。但交到出版社后，他依然不放心，便又在今年春节期间修补一番，重新提交一遍电子版。大概只是到那时候，他才算是松了口气，也了却了自己平生最大的一桩心事。

我把童老师文集的成型过程简要描述如上，是想说明一个问题：

尽管昆德拉说过，现在已是一个写作癖正在流行，满大街都是作家的时代，但是对于一个学者来说，一辈子能够写出四五百万文字著作文章，又能把它们在生前出成文集的情况还不太多见。童老师看重这十卷本文集，那固然是他一辈子思考的结晶，但又何尝不是一个学者毕生追求的东西？曹丕说：“盖文章，经国之大业，不朽之盛事。年寿有时而尽，荣乐止乎其身，二者必至之常期，未若文章之无穷。”(《典论·论文》)如今，把文章上升到“经国之大业”的高度或许已显得迂腐，但“不朽之盛事”却很可能还是许多舞文弄墨者绕不过去的一个情结。因为谁都知道，在生命终止之处，文字可以再度出发，那是生命的延续，也是薪尽火传的主要通道。我听说圈内一位正值盛年的学人身患绝症，当他得知自己不久于人世时，首先想到的便是出版自己的文集。我也刚刚参加了“庆祝聂石樵先生九十寿辰学术研讨会”，聂先生的夫人邓魁英老师在会上披露，当十二卷《聂石樵文集》的样书送来后，聂老一晚上不断摩挲，连说真好真好。这幅画面令人动容，也许它再明白不过地说明了一套文集在学者心目中的份量。

当然，我更清楚，童老师的文集也是他为自己准备的生日礼物。他跟我说过：“等过八十岁生日时，这套文集也面世了，那么我要为来宾、为学生每人准备一套书，送给他们。但十卷本文集又太沉了，不好带走。所以我会让他们留下地址，然后让小郭，让学生帮忙，挨个儿给他们寄回去。”这番话是在今年4月的某一天说的，那时候他并未想到他会先走一步，永远失去“摩挲”这套文集的机会。每念及此，我就觉得造化弄人，心里特别不是滋味。

这套文集的顺序，每卷的书名和其中的内容都是童老师生前亲自敲定的，而整体框架也大体上遵循了他在2012年形成的编辑思路：始于审美诗学，终于文化诗学。与他那时的构想相比，文集只是少了两卷文学创作，那应该是出版社与他商量的结果。据我粗略了解，这十卷本文集或许还不够全面，但基本上已把童老师学术方面的著作文章搜罗殆尽了。如何全面评说这皇皇巨著，显然是一个大工程，并非三言两语能说清楚，也并非笔者学力所能胜任。不过，据我先前阅读的点滴体会，我似乎可以重复一下我曾经形成过的一个看法："在我的心目中，童老师是一个真正懂得文学、并能吃透文学诸多奥秘的人，于是文学在他那里便能敞开、显豁、透亮。唯其如此，他才能够把来自自己阅读、创作、生活感悟的经验上升为理论，又在古今中外的文学理论中去印证自己的经验，最终提炼出某种文学规律。"(《好雨知时节，当春乃发生——童庆炳先生对于中国当代作家的意义》，《南方文坛》2014 年第 1 期)基于我的这一理解，我觉得在这十卷著作中，无论童老师是说中道西，还是谈古论今，都可以看作一个深谙文学之理、审美之道的温厚长者在与您围炉夜话，侃侃而谈。在他的娓娓道来中，在他掰开来揉碎式的讲解中，理论不再显得僵硬了，不再让人头疼发怵避之唯恐不及了，而是有了血肉，有了灵魂，有了温度，有了丰采。如果去掉那些大而无当的溢美之词让我说句实在话，我更愿意与读者朋友分享我的这一感受。

感谢北京师范大学以及出版社的领导，正是因为他们的重视和推动，才使这套文集有了面世的机会。出版社学术著作与大众读物分社主编谭徐锋先生告诉我，因为学校和出版社要为资深教授出文集，他曾奉命与童老师商谈此事。那是 2013 年 10 月 22 日上午，童老师把他约到家中，谈正事也谈天说地，总之是相谈甚欢。谭主编说：童老师当时讲启功，说汪曾祺，还把他自己写就的未刊发过的小说打印稿拿出来，与他一起赏析。"老爷子的平易近人，让我倍感意外，或许是由于我对民国以来的学林掌故略知一二，所以还能对上一些话题。当时说了很久，结束后他还专门把我送出来，很是热情。"2014 年，谭主编又就文集之事与童老师交流过四五次，而最后一次见面则是 2015 年 4 月。可以说，在具体运作这套文集的过程中，谭徐锋先生各方面都考虑得细致周到，为童老师提供了一次愉快的合作机会。

感谢北京师范大学出版社的诸位责任编辑，他(她)们为这套书的编辑付出了大量劳动。据策划编辑曾忆梦讲，这套文集每一卷都有一位责编，而她则负责整套书的组织协调工作。当文集经过二校依然存在着编辑无法解决的一些专业问题时，曾忆梦和童老师的儿子童小溪先生与我商量，希望文艺学专业的老师和学生加入进来，群策群力，完善文稿。于是在中秋节那天上午，曾忆梦、童小溪、《文学评论》编审吴子林、文艺学研究中心的四位老师(陈太胜、陈雪虎、姚爱斌和我)及文艺学专业的几位硕士生，一起在北师大出版社的二层会议室开会，商谈如何处理每一卷发现的问题，并进一步分工，由老师带着学生通读二校稿，订正错误，再由每位老师分别写出所经手的那两卷的"本卷说明"。具体分工是这样的：吴子林老师与周娆同学负责第一卷《文学审美特征论集》和第八卷《中国古代诗学与美学》，陈太胜老师与王子健同学负责第二卷《文学活动的美学阐释》和第三卷《精神之鼎与诗意家园》，姚爱斌老师与胡一飞、王文文同学负责第四卷《文体与文体的创造》和第七卷《〈文心雕龙〉三十说》，赵勇老师与段萌婕、熊超同学负责第五卷《维纳斯的腰带——创作美学》和第六卷《文学创作问题六章》，陈雪虎老师与郑浩洁同学负责第九卷《现代视野中的中华古代文论系统》和第十卷《文化诗学的理论与实践》。他们在很短的时间内圆满地完成了最后的任务。

还要感谢关心童老师文集出版一事的亲朋好友和学界同仁，感谢参与《童庆炳文集》相关事务的所有老师和同学，特别要感谢童老师的最后几届弟子。他们的名字及其工作我在前面已一一提及，兹不赘述。

走笔至此，我也想在这里指出困扰童老师也困扰帮他整理书稿者的一个问题，那就是重复。童老师曾经跟我讲过，编辑文集时他才发现，书稿中有许多东西是重复的。所谓重复，既指一篇文章与某本书中部分内容的重复(即文章内容进入了某本书的某一个章节中)，也指不同著作和不同文章之间一些论述上的重复。而据杨宁宁讲，当文集的编排告一段落时，实际上后来几位弟子的主要任务便是查重——发现重复之处告诉童老师，让他亲自处理或他们试着帮他处理。尽管重复问题在童老师生前已有所解决，但责编们后来依然发现不少。于是我们商量决定，凡文集中单篇文章与某本著作的部分内容整体重复，一律删除单篇文章；而如果是著作与著作之间、著作与文章之间的部分论述存在着重复，则不再改动，意在保持文气的贯通和著作文章的完整性。

重复问题让编辑们头疼，也引发了我的思考。我是这样理解重复问题的：一、学者著书立说之时，往往便有阶段性成果以论文的形式先期面世，而成书时把这些论文改造成书中章节，这应该是学界通行做法。此种情况没必要深究。二、当不同的著作文章论述到完全相同或大致相同的问题时，其语境交待、举例引证等或许就会有重复之处。这固然算不上尽善尽美，却也是可以理解的。当然，最稳妥的做法是另起炉灶，让它们以不同的文字行世。三、重复现象增多，在我看来又是数码写作时代的一个特点。当年笔耕墨种的时候，我们是不大可能把自己以前写的文字掐胳膊去腿，“拖”进新写的文章中的，但自从有了电脑之后，复制、粘贴等既让写作方便了许多，却也往往会让人生出不少惰性。童老师得风气之先，是国内最早使用电脑写作的学者之一，这样，他在享受着电脑写作便利的同时，也就不可避免地感染上了这种写作的某些“病毒”。我想，在这一问题上，我们没有必要为童老师避讳。他的问题其实也是我们大家或多或少面临的问题。而指出这一点，既是对童老师的尊重(其实，他生前对此问题已有非常清醒的认识)，也是对《童庆炳文集》诸读者的一个交待，还是对后来者的一个提醒：如果您此前不大注意，那么等您晚年编文集时，困扰童老师的那些问题很可能也会让您苦恼不已。

需要说明的是，童老师并未来得及专门为这套文集写序。但事实上，早在1993年他就意识到一个问题：书须有序。当其时也，台湾一家出版公司约他出书，书稿交上后责编又催其写序，说书有序言才符合出版规范，才能使一本书圆满。于是童老师引台湾作家柏杨的话——“一本书没有序，好像一个人没鼻子。夫‘序’者纲要也，读者老爷看了序，对全书的来龙去脉，就有一个概括的了解。”——以此佐证序言的重要性（参见《苦日子　甜日子——童庆炳美学随笔·自序》，上海人民出版社1999年版）。基于此，我们觉得找他一篇文章使其成为该文集“纲要”，是顺理成章的。而童老师在编完《从审美诗学到文化诗学：童庆炳自选集》（首都师范大学出版社2014年版）一书后，随即写出了《我的新时期文学理论研究之旅》。此文是他对自己这辈子研究之路与学术之旅的回顾与总结，把它拿来用作这里的“序言”，应该说也恰如其分。这样，这套文集就有了“序言”或“前言”。

阅读这篇长文，我很是感慨。我也特别注意到童老师在此文的结尾部分写下了这样一番话：

新时期过去了三十余年，转瞬之间，我已从中年迈入晚年。我从审美诗学起步，经过了心理诗学、文体诗学和比较诗学的跋涉，最后一站来到文化诗学。这就是我的新时期的文学理论之旅。回顾所走过的路，总觉得所做的太少，留下的遗憾太多，论文和著作的质量不能令人满意。我清楚知道，我离我的学术研究目标还有很大的距离，未能像某些大家那样达到那种令人神往的境界。但生命的火焰即将黯淡，我可能再做不了什么来补救了。遗憾将陪伴上天留给我的日子。我只能告诫我的学生：努力吧，勤奋地、不倦地在文学理论这块园地里耕耘。要读万卷书，行万里路，永远和现实生活保持密切的、生动的联系，把书本知识、创作实践和生命体验贯通起来，也许你们能在这块园地获得丰收。我从来不嫉妒学生。我希望你们成家立派。当你们像我这样年老的时候，回首往事，觉得自己的生命没有虚度，你们已经成功，达到了你们的老师没有达到的境界。那对我来说，就是最好的安慰了。

这段表白责己也深，期待也甚，行间蕴情意，字里含悲音，读来令人感喟，启人三思。把它作为总结自己、鞭策后进的学术遗言，是一点都不为过的。但言之凿凿，情之切切，声犹在耳，斯人邈矣。

于是我想说，尽管童老师晚年觉悟，对自己做出了不无苛刻的评价，但他依然是他们这代学人中的佼佼者。他甚至已把他们这代人的学问做到了极致，做到了境界。我辈只有脚踏实地，勤奋耕耘，有待于内，无期乎外，或许才不至于辜负他老人家的殷切期望。

诗云：落红不是无情物，化作春泥更护花。

让我们一起努力！

北京师范大学文艺学研究中心　赵勇

2015 年 10 月 23 日写于北京，25 日改于荥阳

图书在版编目(CIP)数据

文学活动的美学阐释 / 童庆炳著．—北京：北京师范大学出版社，2016.1

（童庆炳文集）

ISBN 978-7-303-19183-3

Ⅰ.①文… Ⅱ.①童… Ⅲ.①文艺美学—文集 Ⅳ.①I01—53

中国版本图书馆 CIP 数据核字(2015)第 149614 号

营销中心电话 010-58805072 58807651
北师大出版社学术著作与大众读物分社 http://xueda.bnup.com

TONGQINGBING WENJI

出版发行：北京师范大学出版社 www.bnup.com
北京市海淀区新街口外大街 19 号
邮政编码：100875

印　　刷：鸿博昊天科技有限公司
经　　销：全国新华书店
开　　本：787 mm×1092 mm　1/16
印　　张：34.5
字　　数：520 千字
版　　次：2016 年 1 月第 1 版
印　　次：2016 年 1 月第 1 次印刷
定　　价：128.00 元

策划编辑：曾忆梦　责任编辑：曾忆梦　梁宏宇
美术编辑：王齐云　装帧设计：王齐云
责任校对：陈　民　责任印制：马　洁